SCARLETT

~ ciąg dalszy ~

PRZEMINĘŁO Z WIATREM

MARGARET MITCHELL

TOM DRUGI

WYDAWNICTWO **ATLANTIS**
WARSZAWA 1991

SERIA „KLASYKA ROMANSU"

W PRZYGOTOWANIU:

MICHAEL KORDA

„QUEENIE"

ALEXANDRA RIPLEY

SCARLETT

ciąg dalszy

PRZEMINĘŁO Z WIATREM

MARGARET MITCHELL

TOM DRUGI

PRZEŁOŻYŁ: ROBERT RESZKE

Tytuł oryginału: *Scarlett: Gone with the Wind*

Copyright: ©by 1991 Stephens Mitchell Trusts
All rights reserved

© For the Polish edition by ATLANTIS S. C.,
Warszawa 1991

© For the Polish translation by ATLANTIS S.C.,
Warszawa 1991

Projekt okładki, ilustracje: SZYMON ZAREMBA
LESZEK LIPECKI

Korekta: KAMILA MIESZKOWSKA

Skład: HAND, Warszawa ul. Stołeczna 19

ATLANTIS S.C., Warszawa, ul. Kaniowska 41
Wydanie I

ISBN-83-900006-8-7

Druk i oprawa t I, II
Olsztyńskie Zakłady Graficzne
im. Seweryna Pieniężnego
Zam. 1333-4/91

KSIĘGA TRZECIA

nowe życie

33.

S carlett z radości aż klasnęła w dłonie, kiedy dorożka zatrzymała się przed domem dziadka Robillarda. Naprawdę różowy, Eleonora nie zmyślała. I pomyśleć, że w ogóle tego nie zauważyłam, choć byłam tu już przedtem! Ale nieważne, to dawne dzieje; liczy się tylko teraz.

Wyskoczyła z dorożki, pognała po schodach obwiedzionych podwójną metalową poręczą. Wpadła przez otwarte drzwi. Ciotki i Pansy mogą zająć się bagażem — ona umierała z ciekawości, co znajdzie w środku.

Tak, wewnątrz też było na różowo — na różowo, biało i złoto. Różowe były ściany, obicia krzeseł i zasłony. Do tego lśniącobiałe kolumny, biała stolarka, a wszystko obwiedzione złotymi lamówkami. Trzeba jednak przyznać, że dom prezentował się znakomicie — ani farba nie obłaziła, ani ściany nie były odrapane, czego nie można powiedzieć o większości domów w Charlestonie i Atlancie. Miejsce jak znalazł, zwłaszcza gdy pomyśleć o scenie pojednania z Rettem: ujrzawszy te pokoje nie powinien wątpić, że jej rodzina w każdym calu dorównuje Butlerom gdy idzie o znaczenie i nobliwość.

Także zamożność. Przez otwarte drzwi salonu wodziła wzrokiem po meblach, oceniając wartość każdego z nich. Hm... za tę ilość pieniędzy, ile wydano na jeden złoty listek w sztukateryjnych gzymsach u sufitu, mogłaby wymalować dwór w Tarze z zewnątrz i od środka.

Stary sknera! Dziadek nie dał mi ani pensa, gdy klepałam biedę zaraz po Wojnie, nie mówiąc już o ciotkach, o które też nie zadbał w najmniejszym nawet stopniu.

Scarlett sposobiła się do bitwy. Ciotki darzyły starego Robillarda respektem należnym ojcu, ale ona prócz złości nic do niego nie czuła. Przeraźliwa samotność, jakiej zaznała w Atlancie, sprawiła, że stała się bojaźliwa, że bała się nawet własnego cienia, tym bardziej więc dała się uwieść urokom życia w Charlestonie. Teraz jednak ujęła swoje losy we własne ręce − czuła, jak cała emanuje energią. Ani człowiek, ni bestia, nie był w stanie napędzić jej strachu. Rett kochał ją, była więc królową świata. Jednym śmiałym ruchem zdjęła z głowy kapelusz, później zsunęła z ramion rotundę. Po czym zaczęła ściągać rękawiczki, zielone, w kolorze niedojrzałego jabłka. Czuła na sobie wzrok ciotek. Całą drogę się na nią patrzyły. Ale Scarlett bardzo była rada, mogąc wreszcie założyć kostium podróżny w zielono-brązową kratę − wreszcie zrzuciła z siebie przymus ubierania się w monotonne, brunatne kitle. Rozwiązała kokardę z zielonej tafty, która − zawiązana pod brodą − przydawała oczom blasku. Gdy rękawiczki wylądowały na kapeluszu, kapelusz na rotundzie, a rotunda na marmurowym blacie konsolki w hallu, Scarlett niedbałym ruchem wskazała na stertę ubrań:

− Pansy, zanieś to na górę i powieś w sypialni... W najładniejszej, jaką znajdziesz. I przestań kryć się po kątach. Nikt cię tu nie pogryzie.

− Scarlett, nie możesz...

− Musisz poczekać... − ciotki załamały ręce.

− Skoro dziadunio niełaskaw wyjść na spotkanie gości, same musimy o siebie zadbać. Na miłość Boską, ciociu Eulalio! Wychowałaś się tu, w tym domu, ciocia Paulina też, nie mówcie więc, że nie czujecie się tutaj jak u siebie.

Odważne były to słowa, śmiałe zachowanie, lecz gdy gdzieś z głębi domu zahuczało basem − Hieronimie! − nawet Scarlett poczuła, jak drżą jej ręce. Dziadek − dopiero teraz przypomniała sobie ten szczegół − jednym spojrzeniem potrafił przeszyć cię na wskroś i sprawić, że nagle zapragnęłaś znaleźć się gdziekolwiek, byle tylko poza zasięgiem tego spojrzenia.

Teraz pojawił się czarny lokaj bardzo słusznej postury i bez słowa wskazał otwarte drzwi po przeciwległej stronie hallu. Scarlett puściła ciotki przodem.

Dawny salon, ogromny i potwornie wysoki, został zamieniony na sypialnię. Pełno tu było mebli − wszystkich tych sof, krzeseł i stołów, które znajdowały się w tym pokoju już wcześniej − lecz ponadto stało tu teraz ogromne łóżko z baldachimem wspartym na czterech kolumnach, z których każdą wieńczył pozłacany orzeł. W kącie, w stojaku stała flaga francuska i bezgłowy manekin, a na nim obsypany medalami, błyszczący złotymi epoletami mundur Pierre'a Robillarda − ten sam, który nosił, gdy był jeszcze młody i służył w armii napoleońskiej jako oficer. Stary Pierre Robillard siedział w łóżku, wyprostowany, wsparty o piramidę poduszek, spoglądający na gości bezbarwnymi, szklanymi oczyma.

Ojej, ale z niego szczapa. I pomyśleć, że tyle miał kiedyś w sobie krzepy.

Teraz jednak ledwie go było widać w tym ogromnym łóżku, nic tylko sama skóra i kości.

— Hello, dziadku! — zawołała. — Przyjechałam z życzeniami urodzinowymi. Jestem Scarlett, córka Ellen.

— Nie straciłem pamięci — powiedział głosem tak mocnym, że aż dziwne było, w jaki sposób może pochodzić z ciała tak słabowitego. — Ale najwidoczniej z twoją pamięcią jest nie w porządku. W tym domu, moja panno, dzieci nie mają prawa głosu, chyba że zostaną zapytane.

Scarlett ugryzła się w język. Nie jestem niedorosłą pannicą, żebyś mógł mnie traktować w ten sposób, a poza tym i tak powinieneś się cieszyć, że w ogóle ktokolwiek chce się z tobą widzieć. Nic dziwnego, że Mama tak się ucieszyła, gdy pojawił się Papa i zabrał ją z tego domu!

— *Et vous, mes filles. Qu'est-ce-que vous voulez cette fois?* — warknął Pierre Robillard w stronę córek*

Eulalia i Paulina rzuciły się w stronę łóżka, wykrzykując coś jedna przez drugą.

Coś takiego, mówią po francusku? Co ja tu robię? — Scarlett opadła na wybitą złotym brokatem, szeroką sofę, pragnąc gorąco znaleźć się możliwie daleko stąd, gdziekolwiek. Lepiej niech ten Rett pospieszy się z przyjazdem, inaczej szybko tu oszaleję.

Na dworze zapadał zmrok. W kątach sypialni zrobiło się nagle ciemno, jakoś niesamowicie. Bezgłowy żołnierz sprawiał wrażenie, jakby za chwilę miał ruszyć z miejsca. Scarlett zdało się, że kark jej ściskają czyjeś lodowato zimne palce, skarciła się jednak w duchu i zwymyślała od głupich pensjonarek. Mimo to ucieszyła się, gdy Hieronim i czarna kobieta, wyprostowana i sztywna jakby kij połknęła, weszli do sypialni niosąc lampę. Podczas gdy Murzynka zasłaniała okna, Hieronim zapalał gazowe kinkiety na ścianach. Uprzejmie zwrócił się do Scarlett, czy nie zechciałaby podnieść się na moment i przepuścić go za sofę. Kiedy wstała, poczuła na sobie wzrok dziadka. Szybko pobiegła spojrzeniem w inną stronę. Po chwili uświadomiła sobie, że spogląda na wielki obraz w złoconej, ozdobnej ramie. Hieronim zapalił jedną lampę, potem drugą, obraz jakby ożył.

Portret babki. Znając babkę z obrazu w Tarze, tutaj poznała ją na pierwszy rzut oka, choć malowidła były zupełnie różne. Tutaj czarne włosy Solange Robillard nie były upięte w wysoki kok, lecz opadały jej na plecy i odsłonięte ramiona ciemną kaskadą, ujęte jedynie perłową przepaską. Co prawda zgrabny nosek sterczał tu równie arogancko, ale na wargach błąkał się nieśmiały uśmiech, nie — szyderstwo — a spod wysoko uniesionych brwi ciemne oczy spoglądały tak wesoło, tak poufale, że każdy, kogo dotknęło to spojrzenie, czuł się wyzwany, spętany urokiem, któremu nie sposób było nie ulec. Na tym portrecie babka wyglądała młodziej, była już jednak kobiecej, nie dziewczęcej urody. Krągłe, pół odsłonięte na obrazie w Tarze piersi tu pozostawały ukryte pod stanikiem jedwabnej sukni: ukryte, lecz i widoczne zarazem,

Et vous, mes filles. Qu'est-ce-que vous voulez cette fois? (franc.) — „A wy, moje córki, czegóż chcecie tym razem? (przyp. tłum.)

przebijające bielą i różem przez cieniutką warstewkę delikatnej materii. Scarlett poczuła, jak pieką ją policzki, jak twarz oblewa się szkarłatem. Hm... babka wcale nie wygląda jak dama — pomyślała, automatycznie ganiąc się za samą myśl o tym, że tak właśnie wyglądać powinna. Mimo woli stanął jej przed oczyma obraz Retta trzymającego ją w ramionach, przypomniała sobie owo dzikie pragnienie, by czuć na własnym ciele dotyk jego dłoni. Babkę zżerał chyba ten sam dziki głód, przeżywała zapewne to samo uniesienie — wyraz jej oczu, uśmiech, mówiły same za siebie. Nie, nie mogę się mylić w tym, co czuję. Cóż by to mogło być innego? Czyżby więc to skażenie bezwstydem, które miała we krwi, pochodziło od kobiety uśmiechającej się do niej z obrazu? Scarlett zadarła głowę, spoglądała do głębi ujęta.

— Scarlett — ktoś szepnął jej do ucha. — To Paulina. — *Père* życzy sobie, byśmy go opuściły. Powiedz cichutko „dobranoc" i pójdź za mną.

* * *

Na kolację podano pieczeń. Nie dość, że porcje były głodowe, to jeszcze tak twarde, że chyba dorównywały twardością fantazyjnym płomiennopiórym ptakom wymalowanym na talerzach.

— To dlatego, że kucharka jest zajęta przygotowaniami do urodzin — wyjaśniła Eulalia ledwo słyszalnym szeptem.

— Na cztery dni przedtem? — huknęła Scarlett. — To chyba musi doglądać kurczaki, czy dobrze rosną.

Jezus Maria, jeśli w ten sposób będą je tu karmić aż do czwartku, to chyba zostanie ze mnie sama skóra i kości — westchnęła w duchu. Dlatego gdy cały dom pogrążył się we śnie, zeszła na palcach do kuchni w suterenie i zaspokoiła głód chlebem z maślanką, bo to znalazła w spiżarni. Tym razem niech sobie służba pogłoduje — pomyślała z ponurą satysfakcją, iż jej podejrzenia okazały się stuprocentowo słuszne. Bo chociaż Pierre Robillard wymuszał głodem posłuszeństwo córek, to jednak nie mógł głodzić służby, w przeciwnym razie wszyscy służący by uciekli.

Następnego dnia rano kazała Hieronimowi przynieść sobie jajecznicę na bekonie i grzanki.

— Tylko nie mów, że nie ma — zgasiła pytające spojrzenie lokaja. — Widziałam w kuchni.

I otrzymała, co chciała. Zdegustowana własną potulnością, wymuszoną na niej wczoraj wieczorem, teraz poczuła się znacznie lepiej. To nie jest w moim stylu, poddawać się tak bez walki — myślała. Jeśli nawet Paulina i Eulalia drżą ze strachu przed ojcem niczym osika, to jeszcze nie powód, żeby dać się obrażać złośliwemu starcowi. Nie dopuszczę, by powtórzyło się to raz jeszcze.

Niemniej jednak była zadowolona, że nie z dziadkiem ma do czynienia, tylko ze służbą. Spostrzegła obrażoną minę Hieronima i bardzo była tym ucieszona. Już od dłuższego czasu nie mogła sobie pozwolić na grę w otwarte karty, dlatego z radością korzystała z pierwszej nadarzającej się okazji — lubiła przecież wygrywać.

— Panie starsze też chciałyby otrzymać na śniadanie jajecznicę na bekonie — powiedziała do Hieronima. — Poza tym dostałam za mało masła do grzanek.

Hieronim sztywnym krokiem oddalił się wydać polecenia kuchni. Żądania Scarlett zdały się obrażać poczucie przyzwoitości całej służby, lecz wcale nie dlatego, że zmuszała ich do pracy, nie prosiła bowiem o wiele — zaledwie o to, co sami jedli na śniadanie. Nie, to nie żądania jako takie wywoływały niechętne reakcje — kamieniem obrazy była młodość Scarlett, jej młodzieńcza werwa, zakłócająca zatęchłą, przytłumioną atmosferę tego domu. Służbie pozostawało jedynie ufać, że wkrótce stąd odjedzie, nie wprowadzając zbyt wiele zamętu w ustalony tryb życia.

Po śniadaniu Eulalia i Paulina oprowadziły Scarlett po całym parterze, pokazując każde pomieszczenie, rozprawiając z ochotą o wszystkich balach i przyjęciach, które przeżyły tu w latach młodości, poprawiając jedna drugą, kłócąc się zawzięcie o szczegóły. Scarlett przystanęła na dłużej przed portretem trzech dziewcząt, usiłując dostrzec w rysach twarzy pucułowatej pięcioletniej dziewczynki pierwsze zapowiedzi urody dorosłej Ellen O'Hary. W Charlestonie, gdzie wszyscy byli z wszystkimi w jakiś sposób skoligaceni, Scarlett czuła się osamotniona, dobrze więc jej zrobiło znaleźć się w domu, gdzie przyszła na świat i dojrzewała jej matka, w mieście, w które wrosła.

— Pewnie macie miliony kuzynów w Savannah — zwróciła się do ciotek. — Opowiedzcie mi o nich.

Paulina i Eulalia zmieszały się lekko. Kuzynostwo? Owszem, żyli jacyś Prudhomme'owie, rodzina ze strony matki, ale tu, w Savannah, mieszkał tylko jeden leciwy dżentelmen, wdowiec po siostrze ich matki. Reszta rodziny już przed laty przeniosła się do Nowego Orleanu.

— W Nowym Orleanie wszyscy mówią po francusku — wyjaśniła Paulina. — Ale co się tyczy rodziny Robillardów, to jest bardzo nieliczna. — *Père* ma mnóstwo kuzynów we Francji, także dwóch braci, lecz do Ameryki przyjechał tylko on jeden.

Przerwała jej Eulalia.

— Ale w Savannah mamy naprawdę wielu przyjaciół, Scarlett. Chętnie cię przedstawimy. Razem z siostrzyczką będziemy dzisiaj oddawać wizyty i składać karty wizytowe. Możesz pójść z nami... o ile tylko *Père* nie będzie nas potrzebował.

— Dobrze — szybko zdecydowała się Scarlett. — Lecz muszę wrócić przed trzecią.

Chciała być w domu, gdy Rett przyjedzie, poza tym chciała się mu pokazać z najlepszej strony. Zanim przybędzie popołudniowy pociąg z Charlestonu, parę ładnych godzin minie jej na kąpieli i przy toalecie.

*　　*　　*

Ale Rett nie przyjechał. Za to kiedy Scarlett podniosła się z ławeczki w nieskazitelnie utrzymanym, bardzo konwencjonalnie urządzonym ogródku na tyłach domostwa Robillardów — sama troskliwie wybrała to miejsce, uznając, że tu najlepiej wypadnie scena powitania — czuła się przemarznięta do szpiku

11

kości. Zrazu nie chciała przyjąć zaproszenia ciotek, które pragnęły ją zabrać wieczorem na koncert. Pomyślała sobie, że jeśli będzie to choćby z grubsza podobne do tego, co musiała przejść dziś po południu, jeśli znowu zbiorą się wiekowe damy i zaczną snuć smętne wspomnienia, to ani chybi zanudzi się na śmierć. Lecz gdy spoczęło na niej złowrogie spojrzenie dziadka, który przyjął – tak, przyjął! – rodzinę na dziesięć minut przed kolacją, natychmiast zmieniła zdanie. Wszystko gotowa znieść, byleby tylko nie pozostać ze starym Robillardem sam na sam w pustym domu.

*　　*　　*

Siostry Telfair – Maria i Małgorzata – były uznanymi w Savannah stróżkami życia kulturalnego miasta, a ich wieczorki muzyczne niczym nie różniły się od tych, które Scarlett dane już było poznać. Zwykle w ich domu spotykały się panie pragnące publicznie pokazać swe „talenta": jedne śpiewały, drugie akompaniowały na fortepiano. Godziło się, by każda dama trochę śpiewała, trochę grała, trochę szyła, trochę malowała akwarelami i trochę haftowała lub robiła na drutach. Ale w domu Telfairówien przy skwerze świętego Jakuba wszystko to odbywało się na prawdziwie światowym poziomie. W pięknym i wielkim salonie, utworzonym z dwóch mniejszych, oddzielonych rozsuwanymi drzwiami, ustawiono w półkolu rzędy krzeseł o złoconych oparciach, a z przodu postawiono fortepianin, harfę oraz dodatkowo sześć krzeseł dla solistów – obok podstawki pod nuty – obietnica prawdziwego koncertu. Wielki, również złożony z dwóch pomieszczeń salon w domu Butlerów łatwo można było urządzić w ten sposób, ale na tym podobieństwa się kończyły – przyjęcia, jakie tam wydawano, były zupełnie innego rodzaju. Scarlett wprawdzie nie cieszyła się sławą eleganckiej gospodyni, nigdy jednak nie dałaby się poznać w roli starej, wyfiokowanej kobiety, a tak właśnie wyglądały obie Telfairówny. Ani też nie zaniedbałaby się do tego stopnia, jak te młode osóbki tutaj. Skąd, u Boga, wzięło się tutaj, na Południu, to osobliwe przekonanie, że aby dowieść własnej szacowności trzeba wyglądać jak ostatni nędzarz, który nie ma czym okryć grzbietu?

Kwartet smyczkowy nudził ją niepomiernie, a kiedy harfistka dobrała się do instrumentu, myślała, że już nigdy nie skończy. Za to śpiew bardzo jej się podobał, choć nigdy nie była w operze. Wreszcie jakiś mężczyzna. Co prawda śpiewał z kobietą, ale zawsze to lepiej niż dwie wyrośnięte panny. A kiedy skończyły się popisy wokalne w obcych językach, wykonano kilka śpiewów, które znała. Męski głos w *Pięknym Marzycielu* był cudownie romantyczny, drżał od uczucia, gdy śpiewał *Wracaj do Erim, Mavoureen, Mavoureen*. Musiała przyznać, że brzmiało to znacznie lepiej niż pijackie pienia Geralda O'Hary.

Ciekawe, jakby Papa zareagował na to wszystko? – Scarlett roześmiała się półgłosem. Pewnie podśpiewywałby sobie i zaprawiał poncz tym, co miałby w piersiówce. A potem poprosiłby o *Peggy na wozie*. Dokładnie tak, jak wtedy, gdy prosił, aby Rett mu zaśpiewał...

W jednej chwili zniknął salon i ludzie, i słyszała głos Retta rozbrzmiewający w przewróconej łodzi, czuła jak obejmuje ją ramionami, czuła jego ciepło... Nie, beze mnie nie wytrzyma. Tym razem to on do mnie przyjdzie. To mój czas.

Scarlett nie zdawała sobie sprawy, że uśmiecha się słuchając przejmującej interpretacji *Nitek srebrnych między złotymi*.

Następnego dnia wysłała telegram do wuja Henryka, podając mu swój adres w Savannah. Na moment zawahała się, ale później postanowiła dodać jeszcze jedno pytanie: czy Rett przesłał jej jakieś pieniądze?

A co, jeśli usiłuje zagrać tę samą grę raz jeszcze i nie przysyła ani grosza na utrzymanie domu przy Brzoskwiniowej? Nie, to raczej niemożliwe. Prędzej już coś odwrotnego — z listu wynikało przecież, że przesłał jej pół miliona.

Nie, to nieprawda. Znowu się z niej naigrawał. To jak opium, sam tak twierdził. Nie, bez niej sobie nie poradzi. Przybędzie tu po nią. Niełatwo mu będzie powściągnąć własną dumę, trudniej niż któremukolwiek mężczyźnie, ale przyjdzie. Musi. Bez niej nie może przecież żyć. Zwłaszcza po tym, co wydarzyło się na plaży.

Scarlett poczuła ciepłą falę słabości przepływającą przez jej ciało, siłą musiała sobie przypomnieć, gdzie właściwie się znajduje. Zapłaciła za telegram, po czym uważnie przysłuchiwała się telegrafiście, który instruował ją, jak dojść do klasztoru Sióstr Miłosierdzia. Zaledwie skończył, wybiegła z budynku poczty krokiem tak śpiesznym, że Pansy z trudem trzymała tempo. Czekając na przyjazd Retta powinna mieć wystarczająco dużo czasu, by wytropić Matkę Przełożoną i dostać się na audiencję u biskupa, zgodnie z zaleceniami Retta.

*   *   *

Klasztor Sióstr Miłosierdzia w Savannah był dużym białym budynkiem z krzyżem na wysokich, zamkniętych drzwiach; budynek otaczało metalowe ogrodzenie z zamkniętą bramą, zwieńczoną metalowymi krzyżykami. Scarlett, ujrzawszy budowlę, zwolniła kroku — w porównaniu z wdzięcznym klasztorem charlestońskim wyglądało to całkiem inaczej.

— Miss Scarlett, chce panienka wejść tam do środka? — głos Pansy wyraźnie drżał. — To chyba lepiej, jak poczekam przed bramą. Jestem baptystką.

— Głupia gęś! — strachliwość Pansy dodała Scarlett odwagi. — To przecież nie kościół, tylko dom dla panien... dla miłych panienek, takich jak Miss Karina.

Leciutko pchnęła metalowe skrzydło. Brama otworzyła się.

*   *   *

Tak — powiedziała starsza mniszka, która otworzyła Scarlett drzwi — tak, charlestońska Matka Przełożona bawi w klasztorze w Savannah. Nie, nie może spytać, czy zgodziłaby się przyjąć teraz Mrs. Butler, ponieważ właśnie trwa kongregacja. Nie, nie wie, jak długo będzie trwało, ani też kiedy Matka Przełożona znajdzie sposobność na widzenie z Mrs. Butler. Ale może Mrs. Butler zechce obejrzeć szkołę — zakon jest bardzo dumny ze swoich osiągnięć.

Można by też pomyśleć o zwiedzeniu nowej katedry. Może wtedy, gdy obrady się skończą, może wtedy nadarzy się sposobność powiadomienia Matki Przełożonej.

Scarlett zmusiła się do uśmiechu. Ostatnią rzeczą, którą mogłaby podziwiać, jest stado dzieciaków − pomyślała gniewnie. Albo jakiś kościół. Już chciała powiedzieć, że nie, że wróci tu później, lecz słowa zakonnicy nasunęły jej pewien pomysł. Aha, więc budują nową katedrę? Tak. A to kosztuje. Może więc jej oferta wykupienia posagu Kariny będzie tu widziana łaskawszym okiem niż w Charlestonie. Bo przecież w końcu Tara należała do Georgii, do diecezji, którą zarządzał biskup Georgii. A jeśli zaproponuje, że ufunduje do nowo budowanej katedry witraż w zamian za posag Kariny? Byłoby to warte znacznie więcej niż jedna trzecia udziału w dziedzictwie Tary, musi tylko wyraźnie zaznaczyć, że ofiaruje witraż w zamian, nie jako dodatek. Biskup na pewno pójdzie po rozum do głowy − już on powie Matce Przełożonej, co o tym wszystkim ma myśleć.

Uśmiech Scarlett rozpromienił całą jej twarz, przybrał na sile.

− Będę zaszczycona mogąc obejrzeć katedrę, siostro. Ale czy siostra jest pewna, że nie przysporzy to jej zbyt wielu kłopotów?

*   *   *

Pansy rozdziawiła usta z podziwu spoglądając na strzeliste bliźniacze wieże neogotyckiej katedry. Robotnicy na rusztowaniach cienką pajęczyną obiegających niemal gotowe już iglice sprawiali wrażenie wiewiórek − mali i zwinni, krzątający się po gałęziach rosnących obok siebie drzew. Scarlett jednak nie obchodził rozgrywający się hen w górze, gdzieś wysoko nad jej głową spektakl. Serce żwawiej jej zabiło, gdy popatrzyła na znaną krzątaninę na dole, gdy usłyszała łomot młotów, jęk pił, a zwłaszcza gdy do jej nozdrzy dotarł znany, rześki zapach świeżo pociętych tarcic. Och, jakże brakło jej tartaku i składu drewna! Ręce ją swędziały, chciało się jej dotykać gładkich desek, chciała być czymś zajęta, sortować, zarządzać − cokolwiek, byleby tylko nie wypijać morza herbaty z filigranowych filiżanek, potakując żałosnym wzdychaniom filigranowych, ciężko przez los doświadczonych staruszek.

Ledwo słyszała słowa młodego księdza, rozpływającego się w zachwytach nad przyszłym kształtem budowli. Nie zauważyła nawet ukradkowch, pełnych podziwu spojrzeń, jakie rzucali w jej stronę krzepcy robotnicy, rozstępujący się, by zrobić przejście księdzu i jego towarzyszce. Zbyt była zajęta. Z jakich to prostych, wysmukłych drzew pochodziły te kolosy? To z pewnością najlepszy gatunek sosny, jaki zdarzyło się jej widzieć. Ciekawe, gdzie je rżną, jakie mają piły, jakiej mocy. Och, gdyby tak była mężczyzną! Wtedy przynajmniej mogłaby pytać bez skrępowania, mogłaby pójść oglądać tartak, nie kościół. Przebierała nogami wśród zwałów trocin, wdychając ostry zapach żywicy.

− Niestety, muszę wracać do szkoły na obiad − odezwał się przepraszającym tonem młody kapłan.

− Oczywiście, ojcze, już idę.

Wcale nie chciała wracać, lecz co miała mu powiedzieć? Wyszła za księdzem z katedry.

— Wybacz, ojcze — zwrócił się do przewodnika jakiś barczysty mężczyzna o czerwonej twarzy, w czerwonej koszuli, pokrytej grubą warstwą ceglanego pyłu — w porównaniu z nim ksiądz wyglądał niepozornie i blado.

— Gdyby tak ojciec zechciał wyrzec króciutkie błogosławieństewko... niecałą godzinę temu położyliśmy nadproże w kaplicy Najświętszego Serca.

Hm... brzmi całkiem jak irlandzki akcent Papy — Scarlett schyliła główkę na słowa błogosławieństwa, naśladując w tym grupę robotników. Aż oczy ją piekły od mocnego zapachu żywicy, co — wraz ze wspomnieniem ojca — wycisnęło jej z oczu parę łez.

Pojadę do braci Papy — postanowiła. Nieważne, czy mają po sto lat, czy może więcej. Papa na pewno chciałby, żebym ich odwiedziła i pożegnała już na zawsze.

W towarzystwie księdza wróciła do klasztoru, gdzie stara zakonnica po raz drugi odmówiła jej widzenia z Matką Przełożoną.

Scarlett zdołała się opanować, lecz oczy błysnęły jej groźnie.

— Proszę powiedzieć Matce, że będę tu dzisiaj po południu.

Kiedy żelazna furta zamknęła się za nią, gdzieś z odległości kilku przecznic dobiegło ją dudnienie dzwonów.

— Psiakość! — mruknęła ze złością. Spóźni się na obiad.

34.

Zaledwie otworzyła drzwi do dużego różowego domu, poczuła zapach smażonych kurczaków.

— Weź to — z rekordową szybkością zrzuciła rotundę, zdjęła kapelusz, rękawiczki — Pansy wyłapywała fruwające w powietrzu części garderoby. Scarlett była bardzo głodna.

Gdy weszła do jadalni, Eulalia musnęła ją aksamitnym spojrzeniem jak zwykle żałobnych oczu.

— *Pére* pragnie się z tobą widzieć.

— Nie może poczekać aż skończę z obiadem? Jestem potwornie głodna.

— *Pére* powiedział: „natychmiast, gdy się tu zjawi".

Scarlett chwyciła w przelocie ciepłego, parującego jeszcze rogalika i obracając się na pięcie gniewnie kłapnęła zębami. Zanim weszła do sypialni dziadka, rogalika już nie było.

Pochylony nad talerzem, niewidoczny niemal w ogromnym łożu starszy człowiek podniósł głowę, gdy tylko usłyszał szmer jej sukni. Ujrzawszy Scarlett, zmarszczył brwi. Na talerzu, co spostrzegła, była zaledwie kartoflana papka i kawałki rozgotowanej marchewki.

Panie Święty! Nic dziwnego, że wygląda jakby go coś bolało. Przecież na tych ziemniakach nie ma nawet płatka masła. To już bezzębnych odżywia się lepiej.

— Nie toleruję, gdy ktoś zakłóca porządek tego domu.

— Przepraszam, dziadku.

— To dyscyplina pchnęła armię Cesarza ku wielkim czynom. Gdzie brak dyscypliny, tam lęgnie się chaos.

Mówił głosem niskim, silnym, przyprawiającym o strach. Ale Scarlett widziała kościste nogi, wystające zza ciężkiej, lnianej koszuli nocnej i niczego się nie bała.

— Powiedziałam, że przepraszam. Mogę już odejść? Jestem głodna.

— Nie bądź impertynencka, panno.

— O ile wiem, w fakcie bycia głodnym trudno doszukać się impertynencji, dziadku. Jeśli nie masz ochoty na obiad, nie znaczy to wcale, że inni też mają dać się zagłodzić.

Pierre Robillard gniewnie odsunął tacę.

— Kleik! — krzyknął — I świnie tego nie zjedzą.

Scarlett zawróciła w stronę drzwi.

— Nie powiedziałem, że możesz wyjść, moja panno.

W tej samej chwili zaburczało jej w żołądku. Rogaliki pewnie wystygły, a zważywszy apetyt ciotki Eulalii, z kurczaka zostały kości.

— Na miłość Boską, dziadku, przecież nie jestem twoją podkomendną! Ani się ciebie nie boję, w przeciwieństwie do moich ciotek, a twoich córek. Co ty sobie myślisz? Że może wolno ci rozstrzelać mnie za dezercję? Jeśli chcesz zagłodzić się na śmierć, Bóg z tobą. Gdy jednak o mnie chodzi, to jestem głodna i w tej chwili idę na obiad, a raczej to, co z niego zostało.

Już jedną nogą była za progiem, gdy dobiegły ją jakieś dychawiczne świsty i pochrapywania. Dobry Boże, czyżbym przyprawiła go o apopleksję? Nie dozwól, by ten starzec umarł przeze mnie.

Odwróciła się.

Pierre Robillard trząsł się od śmiechu.

Scarlett oparła dłonie o biodra, patrzyła się, nie do końca zdając sobie sprawę z tego, co widzi. Omal sama nie umarła ze strachu.

Pierre Robillard uniósł dłoń o wysmukłych, wychudzonych palcach. Odprawił ją machnięciem ręki.

— Idź jeść! — zawołał. — Jeść.

Po czym znowu wybuchnął śmiechem.

*   *   *

— Co się stało? — spytała Paulina.

— Czy mi się zdawało, czy słyszałam jakieś krzyki? — dopytywała się Eulalia.

Siedziały przy stole. Obiad już zjadły, teraz czekały na deser.

— Nic się nie stało — syknęła Scarlett zza zaciśniętych zębów. Porwała za srebrny dzwoneczek i zaczęła nim wściekle potrząsać. Gdy w drzwiach ukazała się otyła czarna pokojówka, niosąc dwie miseczki budyniu, Scarlett podeszła do niej, położyła jej dłoń na ramię i odwróciła do siebie.

— A teraz — zaczęła drżącym z wściekłości głosem — biegiem do kuchni. Biegiem, a nie spacerkiem, chyba rozumiesz? Przyniesiesz mi obiad. Ciepły, dużo i szybko. Nie dbam, które z was ostrzyło sobie na to apetyt, ale będziecie musieli oddać, co moje, migiem. Chcę udko, pierś, ziemniaki polane sosem i ciepłe rogaliki z masłem. Jazda.

Opadła na krzesło, gotowa stoczyć walkę z ciotkami, jeśli pisną choćby słówkiem. W jadalni zrobiło się cicho. W ciszy podano obiad.

Paulina trzymała język na wodzy aż do chwili, gdy Scarlett zaspokoiła pierwszy głód. Dopiero wtedy zdobyła się na odwagę:

— Co ci powiedział *Père*? — spytała bardzo grzecznie.

Scarlett otarła usta serwetką.

— Usiłował znęcać się nade mną, jak nad tobą, ciociu, i nad ciocią Eulalią, ale wyłożyłam mu, co o tym myślę. Bardzo go to rozśmieszyło.

Siostry wymieniły przerażone spojrzenia. Scarlett uśmiechnęła się, podlała resztę ziemniaków sosem. Ale że też takie głupie gęsi z tych — zdałoby się — wiekowych dam! Czyżby ciągle jeszcze nie zdołały się przekonać, że wobec tyranów w rodzaju ich ojca można przyjąć tylko dwie postawy: albo walczyć i wygrać, albo dać się wdeptać w ziemię?

Scarlett nigdy nie dała się styranizować i nigdy nawet nie musiała opierać się czyimś zapędom w tym kierunku, a to dlatego, że sama pierwsza tyranizowała ludzi. Stary Robillard wybuchnął śmiechem, ponieważ zrozumiał, że tym razem trafił na równego sobie przeciwnika.

Kiedy podano deser, dało się odnieść wrażenie, jakoby czarka tapioki była nieco większa od tych, którymi musiały ukontentować się siostry. Eulalia uśmiechnęła się wdzięcznie do Scarlett.

— Właśnie rozmawiałyśmy, jak to dobrze znowu znaleźć się w domu. Nie sądzisz, moja droga, że Savannah to milutkie miasteczko? Widziałaś fontannę na Chippewa Square? A teatr? Niewiele młodszy od charlestońskiego. Pamiętam, jak siedząc w ławie szkolnej zwykłyśmy były zaglądać przez okno i spoglądać na przechadzające się aktorki. A ty, siostrzyczko, pamiętasz?

Paulina pamiętała. Pamiętała też, że Scarlett wyszła dzisiaj z samego rana bez opowiedzenia się, dokąd idzie, nie powiedziała także, gdzie była. Gdy zatem Scarlett zdała sprawę z wizyty na budowie nowej katedry, Paulina położyła paluszek na usta. *Père*, szepnęła, jest zagorzałym wrogiem Kościoła Rzymskiego. Ta jego niechęć wynika w jakiś sposób z historii Francji, nie wiadomo dokładnie, o co tu chodzi, w każdym razie wszystko, co wiąże się z Kościołem, bardzo irytuje Papę. Właśnie dlatego jadąc do Savannah wyjeżdżały z Charlestonu zawsze po niedzielnej mszy świętej i zawsze wracały do domu w sobotę, by zdążyć na niedzielną służbę Bożą. W tym roku trzeba będzie pokonać trudności szczególnego rodzaju, albowiem ze względu na wczesną Wielkanoc, Środa Popielcowa zastanie ich w Savannah. Oczywiście i tak pójdą na mszę, wyjdą z domu skoro świt, nikt ich nie zauważy, ale jak ukryć przed Papą ślady po popiele, widoczne przecież na czołach?

— Umyjcie się — westchnęła zniecierpliwiona Scarlett, zdradzając tym samym całkowitą niewiedzę w kwestii świętych obrzędów i stosunkowo świeżej daty nawrócenia. Zgniotła serwetkę.

— Będę szczera — zaczęła w przypływie świeżej energii. — Zamierzam... zamierzam odwiedzić ciotki i wujów O'Harów.

Nie chciała, aby ktokolwiek wiedział, że usiłuje odkupić od zakonu posag Kariny. A zwłaszcza nie chciała, by dowiedziały się o tym ciotki. Za dużo plotkowały. Jeszcze napisałyby jakiś list do Zueli... Uśmiechnęła się najsłodziej, jak umiała.

— O której idziemy na mszę?

Pewna była, że wieść o jej pobożności dojdzie do Matki Przełożonej. A jeśli nawet zdążyła już zapomnieć, co to takiego ta Środa Popielcowa... nie ma potrzeby o tym wspominać.

Cóż z tego, że zostawiła różaniec w Charlestonie? Kupi sobie nowy. W sklepie wuja O'Hary. O ile dobrze pamięta, wszystko tam mają, mydło i powidło.

*   *   *

— Miss Scarlett, kiedy wracamy do Atlanty? Nie czuję się dobrze wśród tych ludzi w kuchni dziadka panienki. Wszyscy tacy starzy. No i buty mi się zdarły od tego biegania. Kiedy wrócimy do domu, gdzie tak dobrze i gdzie są takie wspaniałe powozy?

— Przestań wreszcie narzekać, Pansy. Wrócimy, gdy powiem, że wracamy.

Scarlett niewiele serca włożyła w tę odpowiedź, bowiem myślami błądziła zupełnie gdzie indziej: usiłowała przypomnieć sobie, gdzie znajduje się sklep wuja — bez powodzenia. Chyba już mnie ogarnęła starcza skleroza —pomyślała. Przynajmniej w tym, co się tyczy staruszków w kuchni u dziadka, Pansy ma rację. Rzeczywiście, wszyscy, których znam w Savannah, są starzy. Dziadek, obie ciotki, ich znajomi... Bracia Papy dożyli już pewnie wieku matuzalemowego. Wpadnę tylko na chwilę, powiem „dzień dobry", nadstawię policzków do tych obmierzłych, wyschniętych starczych pocałunków, kupię różaniec i ucieknę. Nie ma powodu, żebym musiała spotkać się z ich żonami. Gdyby naprawdę obchodziło ich, co u mnie słychać, mieli dość czasu w ciągu tych wszystkich lat, by dać jakiś znak życia. Cóż, równie dobrze mogłabym umrzeć, zostać pogrzebana, a oni nawet nie zdobyliby się na depeszę kondolencyjną do męża i dzieci. Rzec by można, oto wzorowy przykład traktowania bliskich krewnych na odległość. A może by tak zapomnieć o nich, dać sobie spokój z tą wizytą? Ostatecznie wcale nie zasługują na dowody przywiązania z mojej strony po tym, jak zlekceważyli mnie, nie odpowiadając na moje listy, aż w końcu przestałam je wysyłać.

Ale w obliczu tego, co stać się miało, gotowa była puścić te zniewagi w niepamięć. Uknuła pewien plan, skoncentrowała się.na dwóch sprawach: po pierwsze, przejąć kontrolę nad Tarą; po drugie, wygrać z Rettem. Mniejsza z tym, że oba cele wzajemnie się wykluczały — już ona tak pokieruje wszystkim, że będzie miała w garści i jedno, i drugie. By tak się jednak stało, musiała wszystkie swe myśli skupić na obu sprawach. Muszę wytropić Matkę

Przełożoną i biskupa. Och, jaka szkoda, że zostawiłam te różańce w Charlestonie... szybko obrzuciła spojrzeniem frontony domów po drugiej stronie Broughton Street — handlowej ulicy Savannah. Gdzieś blisko powinien znajdować się jubiler.

Prawie tuż naprzeciwko, na ścianie, nad pięcioma wypucowanymi do połysku oknami rozciągał się pozłacanymi literami wielki napis *O'Hara*. Boże ty mój — westchnęła w duchu Scarlett — w końcu jednak zdołali się wybić. Wcale nie wyglądało to jak składzik rupieci.

— Idziemy — rzuciła do Pansy, po czym obie przebiły się przez ruchliwą ulicę, pełną wozów, powozów i wózków.

Sklep O'Harów pachniał świeżą farbą, a nie starym kurzem. Wkrótce się wyjaśniło dlaczego: nad ladą unosił się wielki transparent z zielonego muślinu, zaś na nim, złotymi literami obwieszczano WIELKIE OTWARCIE. Scarlett rozejrzała się zazdrośnie: sklep był dobre dwa razy większy od tego, który miała w Atlancie, towar był świeższy i w większym wyborze. Obok poetykietowanych skrzyń i zwojów jasnych tkanin, pnących się na półkach w górę, aż do sufitu, w równym szeregu stały beczki z mięsem i mąką, obiegając pomieszczenie. Zaś niedaleko od brzuchatego pieca, na samym środku, na wysokim kontuarze stały wielkie, kuszące zawartością słoje z cukierkami. O, tak, zapewne wujowie się wybili. Sklep, który pamiętała z roku 1861 nie znajdował się w centralnej, eleganckiej części Broughton Street, był ciemny, pozastawiany czym się dało, nawet bardziej niż jej w Atlancie. Ciekawe, ileż to mogło kosztować... może dowie się tutaj czegoś, co da się wykorzystać we własnym interesie.

Szybko podeszła do lady.

— Chciałabym się widzieć z Mr. O'Harą, jeśli to możliwe — powiedziała do wysokiego mężczyzny w fartuchu, który właśnie mieszał coś w zbiorniczku lampy naftowej.

— Chwileczkę, będzie pani łaskawa poczekać — odparł, nie podnosząc wzroku znad lady. W jego głosie słychać było cień irlandzkiego akcentu.

Tak, to sensowne — pomyślała sobie. W sklepie prowadzonym przez Irlandczyków nawet subiekci mają irlandzką wymowę. Spojrzała na etykiety skrzyń spiętrzonych na wysokich półkach naprzeciwko — subiekt wylał resztki starej nafty na papier, po czym zaczął wlewać nową. Hm... może by warto było samej w ten sposób układać rękawiczki: nie według koloru, lecz wielkości? Kiedy otworzysz skrzynkę, z wybraniem odpowiedniego koloru raczej nie masz trudności, ale w pudle pełnym jednokolorowych rękawiczek znaleźć odpowiedni rozmiar jest już dość trudno. Że też nie pomyślała o tym wcześniej!

Mężczyzna za ladą zaczął mówić, zanim jeszcze Scarlett zdążyła wrócić myślami do rzeczywistości.

— Ja jestem O'Hara — powtórzył, ponieważ za pierwszym razem do niej nie dotarło. — Czym mogę pani służyć?

Och, a jednak to nie był sklep jej wujów! No tak, pewnie nic się nie zmieniło i jest tam, gdzie zawsze się znajdował. Scarlett pospiesznie wyjaśniła, na czym polegał jej błąd. Szuka starszych panów O'Harów. Pana Andrzeja lub pana Jakuba.

— Mógłby mi pan wskazać, gdzie znajduje się ich sklep?

— To właśnie tutaj. Jestem ich bratankiem.

— Och... och, wielki Boże. W takim razie jesteś moim kuzynem... Kasia Scarlett, córka Geralda. Z Atlanty.

Scarlett wyciągnęła ręce. Kuzyn! Wysoki, dobrze zbudowany, do starości mu daleko! Czuła się tak, jakby podarowano jej prezent-niespodziankę.

— A ja jestem Kuba — zawołał kuzyn ze śmiechem, ujmując jej dłonie w swoje. — Kuba do usług, Scarlett O'Haro. Dla zmęczonego kupca prezent z ciebie nie lada! Piękna jak Jutrzenka, spadasz nam z nieba niczym gwiazda. Powiedz, jak to się stało, że trafiłaś tu dokładnie na otwarcie nowego sklepu? Pozwól tutaj... zaraz przyniosę krzesełko.

W jednej chwili zapomniała o różańcu. O Matce Przełożonej też zapomniała. I o Pansy, która usadowiwszy się na niskim stołeczku w samym kącie sklepu zapadła w sen, głowę złożywszy na końskich derkach.

Kuba O'Hara mruknął coś pod nosem, gdy wrócił z zaplecza z krzesłem dla Scarlett i ujrzał klientów, których trzeba było obsłużyć — mruknął coś tytułem usprawiedliwienia. W ciągu następnej pół godziny klientów pojawiało się coraz to więcej, tak że Kuba nie miał nawet chwili przerwy, by zamienić ze Scarlett bodaj słówko — tylko spoglądał na nią z niemą prośbą o wybaczenie. Scarlett jednak uśmiechała się i potrząsała głową: co tu wybaczać? Dobrze się tutaj czuła, w dobrze prowadzonym, ciepłym sklepie, nie narzekającym na brak klientów, ze świeżo odkrytym kuzynem, którego kompetencje i ogromny talent w pracy na tym stanowisku obserwowała z niekłamaną przyjemnością.

W końcu nadeszła krótka chwila, gdy w sklepie z klientów została tylko matka z trzema córkami — przeglądały pudła koronek.

— Dobrze, wobec tego będę mówił jak rwąca rzeka — zaczął Kuba. — Wuj Jakub bardzo będzie chciał cię zobaczyć, Kasiu. Jest co prawda wiekowy, ale ciągle aktywny. Codziennie wysiaduje tu w sklepie, od rana do obiadu. Może nie wiesz, ale jego żona... wieczne odpoczywanie... nie żyje, podobnie jak żona wuja Andrzeja. Jej śmierć złamała mu serce i, biedaczyna, przeniósł się za nią na łono Abrahama niespełna miesiąc później. Niech aniołowie zawiodą ich do raju. Wuj Jakub mieszka ze mną, z moją żoną i dziećmi. To niedaleko stąd. Może przyjdziesz do nas na herbatę jeszcze dzisiaj po południu? Zobaczysz się z wszystkimi. Daniel powinien zaraz wrócić, a wtedy możemy wyjść razem. Dobrze się składa, właśnie dzisiaj obchodzimy urodziny córki, będzie cała rodzina.

Scarlett odparła, że z największą przyjemnością, po czym — zdjąwszy kapelusz i rotundę — podeszła do pań, które ciągle oglądały koronki. Zatem z całego rodu O'Harów nie ona jedna wiedziała, jak prowadzić sklep. Zresztą nie tylko ten sklep był dla niej powodem radosnego podniecenia — zbyt silnego, by zdołała wytrzymać siedząc na jednym miejscu. Urodziny córeczki kuzyna. Zobaczymy! W każdym razie to pierwsza kuzynka z drugiego pokolenia. Chociaż Scarlett wyrosła w samotności, nie mając zbyt wielu okazji poprzestawać z liczną rodziną, która — co typowe dla tych stron — niczym sieć o wielu okach pokrywała cały obszar Południa, znała jednak wszystkie związki i powinowactwa do dziesiątego stopnia pokrewieństwa. Znajdowała przyjemność w przyglądaniu się, jak Kuba pracuje, ponieważ widziała w nim żywe potwierdzenie tego, co kiedyś o rodzinie O'Harów usłyszała od Geralda: ciemne kędzierzawe włosy, błękitne oczy, szerokie usta i krótki nos, twarz krągła i rumiana. Przede wszystkim jednak Kuba był mężczyzną dobrze zbudowanym, wysokim, szerokim w barach. Nogi miał smukłe i silne niczym drzewa, zdolne wytrzymać każdą burzę. Nie można było przejść obok niego obojętnie.

— Twój Papa to karzeł w rodzie olbrzymów —rzekł do niej kiedyś Gerald, nie tyle wstydząc się z powodu własnego wzrostu, ile raczej rosnąc w dumę wspomniawszy wielkość braci. — Ośmiu chłopaków miała matka, ja byłem ostatni i jedyny, który nie wyrósł na wysokość domu.

Scarlett zachodziła w głowę, któryż to z braci Geralda jest ojcem Kuby. Wkrótce jednak dała temu spokój. I tak wszystkiego dowie się przy herbacie... nie, to nie na herbatę ją zaproszono, lecz na przyjęcie urodzinowe... pierwszej kuzynki w drugim pokoleniu.

35.

Scarlett spojrzała na Kubę z troskliwie skrywaną ciekawością. Na ulicy, w świetle dnia zobaczyła zmarszczki na jego twarzy i worki pod oczami — dotychczas niewidoczne pod osłoną półmroku panującego w sklepie. Cóż... kuzynek był mężczyzną średniego wieku, najwyraźniej zaczynał przybierać na wadze i nabierać brzuszka. Scarlett uznała, że skoro był jej kuzynem, powinien też być w jej wieku, lecz gdy w sklepie zjawił się Daniel, doznała prawdziwego szoku: oto przedstawiono ją bynajmniej nie chłopcu, którego posyła się do miasta, by rozniósł jakieś paczki, lecz dojrzałemu mężczyźnie, w dodatku o ogniście rudych włosach. Było w nim coś bardzo... bardzo pospolitego.

Podobne zresztą wrażenie wywoływał w świetle dziennym jego ojciec. On... on nie był dżentelmenem. Scarlett nie potrafiłaby jasno określić motywów, dla których wydała tę opinię, lecz co do samego faktu nie miała wątpliwości — jasne jak słońce! Sposób, w jaki się ubierał — była w tym jakaś skaza. Miał na sobie granatowy surdut — ciemny, lecz nie dość ciemny, ponadto zbytnio opinał mu klatkę piersiową i plecy, zaś nazbyt luźno zwisał wszędzie indziej. Ubranie, które nosił Rett, było w każdym calu okazem doskonałego krawiectwa i — w tym, co się tyczy samego Retta — świadectwem dążenia ku doskonałości. Nie spodziewała się, że Kuba będzie naśladował niezrównany styl Retta — takiego mężczyzny jeszcze nie udało się jej spotkać — niemniej jednak mógłby chyba coś zrobić, by nie wyglądać tak... tak pospolicie. Gerald O'Hara zawsze wyglądał jak dżentelmen, niezależnie od tego, co na siebie założył lub jak wygnieciony miał płaszcz. Scarlett nie przyszło na myśl, że ta przemiana ojca w dostojnego ziemianina była nie tyle jego zasługą, ile raczej wynikiem długotrwałych, tyleż dyskretnych co usilnych zabiegów matki — wiedziała tylko jedno: ujrzawszy kuzyna w świetle dziennym bardzo się rozczarowała. Cóż, ostatecznie wypiję filiżankę herbaty i zjem kawałek ciasta, po czym wyjdę.

— Tak przejęta jestem samą myślą o spotkaniu z twoją rodziną, że aż postradałam zdrowy rozum — uśmiechnęła się promiennie. — Przecież siedząc tak długo w sklepie powinnam była kupić jakiś prezent dla twojej córeczki.

— Czyż nie ofiaruję jej najpiękniejszego podarunku wnosząc cię do domu w ramionach, droga Kasiu Scarlett?

Ma ten sam błysk w oku co Papa. I mówi z tym samym drażniącym akcentem. Gdyby tak jeszcze nie nosił melonika! Przecież nikt dziś nie nosi meloników.

— Będziemy musieli przejść obok domu twego dziadka — powiedział, siejąc przerażenie w jej sercu. Co, jeśli ciotki ich zobaczą... nie daj Bóg, by miała go przedstawić. Paulina i Eulalia i tak zawsze twierdziły, że matka popełniła mezalians, zaś Kuba będzie najlepszym potwierdzeniem słuszności ich sądów. Co tam on mówi?

— ...zostaw tutaj swoją pannę służącą. U nas w domu będzie się czuła niezręcznie. Nie mamy służby.

Jak to? Boże wielki, przecież wszyscy mają służbę, wszyscy! To gdzie oni mieszkają? W czynszówce? Scarlett zacisnęła usta. Dobrze. Kuba jest synem rodzonego brata Papy, wuj Jakub jest Papy bratem. Nie zhańbię pamięci Geralda O'Hary będąc zbyt małoduszna, by wypić z jego najbliższymi filiżankę herbaty, nawet gdyby po podłodze biegały szczury.

— Pansy! — zawołała. — Kiedy dojdziemy do domu Robillardów, wejdź tam i zostań. Zaraz wracam, przekaż to paniom starszym... Kuzynie, zechcesz odprowadzić mnie do domu, prawda?

Wstąpiła w nią taka dzielność, że nie speszyłaby się widokiem szczura biegnącego tuż obok, nie chciała jednak zepsuć sobie na zawsze reputacji spacerując samotnie ulicami. Po prostu damom to nie uchodzi.

*   *   *

Ku wielkiej uldze Scarlett, przeszli obok domu dziadka tylną uliczką, nie skwerkiem, gdzie ciotki nader chętnie lubiły paradować wśród drzew lub — jak same zwykły się wyrażać — "zażywać przechadzek dla zdrowia". Pansy z największą przyjemnością weszła do domu przez furtkę ogrodową, ziewnąwszy sobie w oczekiwaniu na ciąg dalszy przerwanego snu. Scarlett usiłowała nie spoglądać za nią z zazdrością. Słyszała, jak Hieronim skarży się przed ciotkami

24

na upadek domów w najbliższym sąsiedztwie, bowiem zaledwie parę przecznic dalej, idąc na wschód, stare, czcigodne domy wyrodziły się w nędzne ruiny, gdzie kwaterowali żeglarze, często zawijający do ruchliwego portu w Savannah. Hieronim biadał też nad coraz większą liczbą imigrantów, którzy wylewali się wprost falami z wielu zawijających do Savannah okrętów. Jak powiadają snobistycznie nastawieni eleganccy czarni, w większości to irlandzki motłoch.

Kuba prowadził ją prosto, potem skręcił w uroczą, doskonale utrzymaną aleję zwaną Południową Szeroką. Scarlett westchnęła z ulgą.

— Jesteśmy na miejscu — oznajmił Kuba, zatrzymując się przed wysokim domem z cegły.

— Jak tu ładnie! — zawołała Scarlett, ze szczerością równie wielką jak przerażenie i niepewność, które jeszcze przed paroma chwilami mroziły jej serce.

Były to jednak ostatnie słowa, jakie zdołała z siebie wykrztusić, zanim weszła do środka. Bowiem zamiast ruszyć po wysokich schodach na taras, Kuba pchnął wąskie drzwiczki na poziomie ulicy po czym wprowadził ją do kuchni. Zwalił się na nich tłum ludzi — wszyscy rudzi i głośno coś wykrzykujący. Kuba usiłował przekrzyczeć tę wrzawę, oznajmiając co sił w płucach:

— Oto Scarlett, urocza córka mojego wuja Geralda O'Hary. Przybyła do nas z Atlanty, by złożyć uszanowanie wujowi Jakubowi.

A to ci czereda — przemknęło przez myśl Scarlett, gdy wszyscy obecni rzucili się w jej stronę. Kuba wybuchnął gromkim śmiechem, gdy najmłodsza — na pierwszy rzut oka — dziewczynka i jakiś chłopczyk ujęli go pod kolana, uniemożliwiając jakikolwiek ruch. Teraz już zupełnie nie sposób było zrozumieć, co usiłował powiedzieć.

Wysoka i tęga kobieta, jeszcze bardziej ruda niż pozostali, wyciągnęła ku Scarlett spierzchnięte, czerwone ręce.

— Witaj w domu — powiedziała spokojnie. — Jestem Maureen, żona Kuby. Nie zwracaj uwagi na te dzikusy. Proszę, zechciej usiąść przy ogniu, rozgrzej się i bądź łaskawa wypić z nami herbatę.

Zdecydowanym ruchem ujęła Scarlett pod ramię, po czym wprowadziła ją do pokoju.

— Ucisz się, pogańska zgrajo! — krzyknęła. — Może dacie Papie złapać oddech? Proszę natychmiast się umyć, po czym grzecznie, jedno po drugim, macie przywitać ciocię Scarlett.

Zerwała z ramion „cioci Scarlett" podbitą futrem rotundę.

— Mario Katarzyno, połóż to w bezpieczne miejsce, w przeciwnym razie nasz najmłodszy barbarzyńca pomyśli sobie, że to kociątko i zechce wyrwać mu ogon, takie to miękkie.

Wyższa z dziewczynek dygnęła dwornie przed Scarlett i ochotnie wyciągnęła rękę po okrycie. Jej błękitne oczy aż zogromniały z podziwu. Scarlett uśmiechnęła się. Do Maureen też się uśmiechnęła, choć żona Kuby pchnęła ją na krzesło o rzeźbionym oparciu jak gdyby była jednym z jej dzieci, które można rozstawiać po kątach niczym uciążliwe toboły.

Nie minęła chwila, a Scarlett trzymała w ręku największą filiżankę z herbatą, jaką zdarzyło się jej widzieć w życiu. Drugą ręką potrząsała dłoń dziwnie pięknej dziewczyny, która szepnąwszy do matki — Wygląda jak księżniczka — przedstawiła się jej jako Helena.

— Powinnaś dotknąć futra — wtrąciła Maria Katarzyna z miną nader poważną.

— Czy to Helena jest tutaj gościem, żebyś ją zabawiała rozmową? — zwróciła jej uwagę matka. — Co za utrapienie mieć takie nieznośne dzieci — westchnęła, spoglądając na Scarlett, lecz w jej głosie pobrzmiewała tłumiona wesołość i prawdziwa czułość.

Maria Katarzyna oblała się szkarłatem. Dygnęła przed Scarlett po raz drugi, nieśmiało wyciągnęła rękę.

— Kuzynko Scarlett, błagam o wybaczenie. Zachwycona twą elegancją, zupełnie się zapomniałam. Jestem Maria Katarzyna i jestem dumna, że mam w rodzinie prawdziwie wielką damę.

Scarlett miała już na końcu języka, że nic się nie stało, że nie ma powodów prosić o wybaczenie, ale nie zdążyła, bo właśnie Kuba, który zdjął kapelusz, ściągnął surdut i rozpiął kamizelkę, zbliżył się przyciskając do prawego boku wierzgającego, piszczącego, pucułowatego i — oczywiście — rudowłosego malca.

— A ten tutaj diabełek to Jasio, nazwany tak jak każdy dobry Amerykanin zwać się powinien, ponieważ urodził się tu, w Savannah. Wołamy do niego Janek. No, Janku, powiedz kuzyneczce „dzień dobry", przecież Bozia dała ci język.

— Hello! — wrzasnął Janek, po czym zawył z radości, ponieważ ojciec wziął go za nogi i odwrócił głową do podłogi.

— A to co znowu?

Cały hałas ucichł jak nożem uciął i tylko Janek ciągle chichotał. Zamiast dziecięcej wrzawy dało się słyszeć jakieś starcze gderanie. Tocząc wzrokiem dokoła, Scarlett spostrzegła wysokiego starca. Tak, to chyba wuj Jakub. U jego boku stała zgrabna dziewczyna o ciemnych, kręconych włosach — sprawiała wrażenie zaniepokojonej, jakby zalęknionej.

— Janek wyrwał wuja Jakuba z drzemki — szepnęła. — Czy coś się stało, że tak wyje i że Kuba wrócił tak wcześnie do domu? Może jest chory?

— Nie. Janek ma się aż nazbyt dobrze — wyjaśniła Maureen. — A wy macie gościa, wuju Jakubie — powiedziała, podniósłszy głos. — Przyjechała specjalnie do was. Kuba wcześniej wyszedł ze sklepu, żeby ją tu przyprowadzić. Niech wuj tu podejdzie, do pieca. Herbata gotowa. I Scarlett jest tutaj.

Scarlett wstała, uśmiechnęła się.

— Dzień dobry. Czy wuj mnie jeszcze pamięta?

Starzec spojrzał na nią.

— Kiedy widziałem cię po raz ostatni, nosiłaś żałobę po mężu — zawołał głośno, jak to w zwyczaju głuchawych. — Znalazłaś już sobie drugiego?

Scarlett pospiesznie odkopywała pokłady pamięci. Wielki Boże, Jakub ma rację! Przecież zaraz gdy urodziła Wade'a, przyjechała do Savannah. Była wtedy jeszcze w żałobie po Karolu Hamiltonie.

— Tak, znalazłam — roześmiała się. — A nie zrzednie ci mina, wścibski staruszku, jeśli powiem, że nawet dwóch?

– To dobrze – oznajmił z namaszczeniem w głosie wuj Jakub. – To bardzo dobrze. Zbyt wiele mamy dziś w tym domu niezamężnych kobiet.

Dziewczyna, która stała obok niego, krzyknęła i wybiegła z kuchni.

– Wuju Jakubie, jak można być tak złośliwym – pojednawczym tonem odezwał się Kuba.

Starzec podszedł do kuchni i wyciągnął ręce nad ogniem.

– Jak można być taką płaksą – powiedział. – Rodzina O'Harów nie płacze, nawet gdyby miała powód. Maureen, napiłbym się teraz herbaty... teraz, gdy będę rozmawiał z dziewczyną Geralda.

Zajął miejsce na krześle obok Scarlett.

– Powiedz mi, jak wyglądał pogrzeb – pochylił się ku niej. – Chcę usłyszeć, czy godnie pochowałaś ojca. Bo mój drugi brat Andrzej miał najwspanialszy pogrzeb, taki, jakiego miasto już od lat nie widziało.

Przed oczyma Scarlett stanął obraz garstki żałobników skupionych przy grobie ojca w Tarze. Niewielu ich było, niewielu. Ci, którzy być tam powinni i zapewne bardzo by chcieli, odeszli przed nim, umarli przed czasem.

Spojrzenie jej zielonych oczu spotkało chciwie wbity w nią wzrok bladobłękitnych oczu starego człowieka.

– Przeszklony z czterech stron karawan ciągnęła czwórka karych koni strojnych w czarne pióropusze – zaczęła. – Na trumnie leżał wieniec, dach karawanu uginał się od kwiatów, a w kondukcie ciągnęły dwie setki kirem spowitych żałobników. Ciało Geralda O'Hary spoczęło w marmurowym sarkofagu, nie w grobie, a nad blokiem marmuru rozkłada skrzydła wykuty w kamieniu anioł, wysoki na siedem stóp.

W jej głosie był jakiś chłód, mówiła lekko ochrypłe. Niech cię to zadowoli, starcze – pomyślała ponuro. Daj spokój biednemu Papie.

Jakub zatarł ręce – chude i pomarszczone.

– Panie, świeć jego duszy! – zawołał dziarsko. – Zawsze twierdziłem, że z nas wszystkich jeden Gerald ma wyczucie stylu, wielkiego stylu. No, sam powiedz, Kuba, nie mówiłem? Prawie karzełek, a jakeś go obraził, to pierwszy rzucał się z pięściami. Zwinny był z niego człowieczek, z tego Geralda... A wiesz, w jaki sposób wszedł w posiadanie plantacji? Grając w pokera, i to za moje pieniądze, taki był cwany. Oczywista, nie odpalił mi ani pensa z wygranych.

Jakub wybuchnął śmiechem – zdrowym, gromkim śmiechem młodego mężczyzny. Pełen był życia, tryskał humorem.

– To powiedz teraz, wuju, jak to się stało, że opuścił Irlandię – prosiła Maureen, napełniając mu filiżankę. – Może nasza Scarlett nigdy o tym nie słyszała.

Tam do diabła! – Scarlett gniewnie rzuciła się w krześle. Co to, stypa?

– Słyszałam o tym sto razy – oznajmiła. Trudno było nie słyszeć – Gerald O'Hara pasjami lubił się przechwalać i opowiadać o tym, jak to musiał opuszczać Irlandię świadom, że wyznaczono cenę za jego głowę po tym, jak jednym uderzeniem pięści ukatrupił angielskiego rządcę. W całym Powiecie nikt się nie uchował, kto by o tym nie słyszał bodaj ze sto razy, lecz nikt nie wyrzekł marnego słowa, słysząc tę opowiastkę po raz sto i pierwszy. Gerald, gdy się pieklił, głośno pokrzykiwał, ale cały świat wiedział o tym, że w gruncie rzeczy jest bardzo wrażliwy.

Maureen uśmiechnęła się.

— Prawdziwy mocarz wzrostu krasnala... zawsze tak mi o nim opowiadano. Ojciec, z którego córka może być dumna.

Scarlett poczuła, jak płacz ściska jej gardło.

— Tak, właśnie taki był Gerald — pokiwał głową Jakub. — No, Maureen, kiedy wreszcie dasz nam spróbować tortu urodzinowego? I gdzie Patrycja?

Scarlett spojrzała po purpurowych od gorąca twarzach. Nie, na pewno żadne z nich nie przedstawiło się jako Patrycja... może to ta ciemnowłosa dziewczyna, która uciekła.

— Patrycja właśnie szykuje ucztę — poinformowała Maureen. — Wuju, wiesz przecież, jaka z niej szczególna osóbka. Gdy Stefan powie, że już można, przejdziemy do pokoju.

Stefan? Patrycja? Drugi pokój?

Maureen dostrzegła zdziwienie na twarzy Scarlett.

— Jak to, Kuba ci nic nie mówił? Mamy tu teraz trzy gospodarstwa O'Harów. Co tutaj widzisz, to zaledwie początek.

*　　*　　*

W ogóle nie powinnam była dać się tu wciągnąć! — westchnęła w duchu Scarlett. Och, gdybyż tak mieszkali na jednym miejscu!

Płonne nadzieje. Patrycja wydawała przyjęcie urodzinowe w salonie złożonym z dwóch pokojów połączonych wspólnymi drzwiami, które teraz rozsunięto na całą szerokość. Dzieci — a wiele ich było — zajęły się zabawami wymagającymi wielkiej zręczności w gonitwach, wynajdywaniu kryjówek, wyskakiwaniu zza krzeseł i zasłon. Dorośli od czasu do czasu miotali groźne spojrzenia na te spośród nich, które stawały się zbyt hałaśliwe albo rzucali się podnosić z podłogi te, które właśnie upadło i, rozpłakane, wymagało słów pociechy. Nikt nie zwracał uwagi na to, czyje to dziecko. Wszyscy dorośli bawili się w rodziców dla wszystkich dzieci.

Scarlett znajdowała pociechę w tym, że cała dzieciarnia Maureen była rudowłosa. Dzięki temu przynajmniej łatwo było je odróżnić od pozostałych: Patrycję, Daniela oraz jeszcze jednego dorastającego chłopca, którego imienia nie pamiętała. Pozostałe były podobne jedno do drugiego, a w całym tym zamęcie wprost nie do rozróżnienia.

Z rodzicami było wcale nie lepiej. Scarlett wiedziała, że jeden z mężczyzn ma na imię Gerald — ale który? Wszyscy byli wysocy, o ciemnych, kędzierzawych włosach, błękitnych oczach, wszyscy jak jeden mąż uśmiechali się ujmująco.

— Czy nie przyprawia cię to o oczopląs? — rozległ się obok jakiś kobiecy głos. Maureen. — Nie zadręczaj się zgadywaniem, które jest które. Z czasem jakoś rozwiążesz tę łamigłówkę.

Scarlett uśmiechnęła się. Uprzejmie pokiwała głową. Zresztą wcale nie miała zamiaru „rozwiązywania łamigłówek". Chciała prosić Kubę, by odprowadził ją do domu. Byle szybciej. Głowa jej pękała od hałasu. Chmara dzieci biegała dokoła wrzeszcząc, omal nie popękały bębenki w uszach. Cichy różowy domek przy skwerku zdał się jej teraz oazą spokoju. W ostateczności, gdy już koniecznie chciała z kimś porozmawiać, miała na podorędziu ciotki. Tutaj nie było do kogo otworzyć ust. Wszyscy byli zbyt zajęci uganianiem się za bachorami, ściskaniem i całowaniem Patrycji oraz — wielkie nieba! — wypytywaniem, jak się ma — ona oraz jej dziecko, właśnie w drodze. Jak gdyby nie wiedzieli, że wobec ciężarnej kobiety jedyne, co się godzi, to udawać, jakoby w ogóle nie widziało się jej brzucha. Czuła się tu jak raróg. Byleby wreszcie stąd uciec. A zresztą, niewarte splunięcia. Jak Atlanta. Jak Charleston. Tyle że to rodzina. Ta okoliczność pogarszała sprawę. Bodaj i stokrotnie.

— Teraz zaczniemy tort — rzekła Maureen, obejmując Scarlett ramieniem. — A potem troszeczkę muzyczki.

Scarlett O'Hara zacisnęła zęby. Boże wielki, już przecież byłam na jednym koncercie w Savannah. Cała zdrętwiałam od tego siedzenia. Czy ci ludzie nie umieją się bawić w jakiś inny sposób? Podeszła z Maureen do kanapy obitej czerwonym pluszem, przysiadła sztywno na samym brzeżku.

Ktoś zastukał nożem w kieliszek, zwracając powszechną uwagę. Niewiarygodne, lecz chyba prawie zapanowała cisza.

— Wdzięczny wam jestem tak bardzo, jak długo powstrzymacie się od mówienia — zawołał Kuba. Kiedy rozległy się śmiechy, pokiwał z przyganą nożem i ciągnął dalej.

— Zebraliśmy się tutaj, by uczcić urodziny Patrycji, choć tak naprawdę wypadają one dopiero w przyszłym tygodniu. Ale ponieważ dzisiaj mamy zapusty, lepsza to sposobność do uciech niż sam środek Wielkiego Postu.

Znowu przerwały mu śmiechy i znowu pogroził nożem.

— Mamy też jeszcze jeden powód do świętowania. Nasza piękna Scarlett O'Hara, od której od dawna nie mieliśmy znaku życia, jest dziś wśród nas. Wznoszę więc ten kieliszek w imieniu całego rodu O'Harów, piję zdrowie naszej ślicznej kuzyneczki prosząc ją, by czuła się jak u siebie... w naszych sercach i w naszych domach.

Co rzekłszy, odchylił do tyłu głowę i wlał do ust ciemną zawartość kieliszka.

— Niech wniosą na stół poczęstunek! — zawołał, majestatycznie zakreślając łuk ramieniem. — Niech zabrzmi muzyka!

Przy drzwiach ktoś zachichotał. Zaraz rozległy się syki i wezwania o ciszę. Do kanapy podeszła Patrycja, usiadła tuż obok Scarlett. A wtedy, z kąta, ktoś zaczął grać na skrzypcach *Sto lat*. Piękna Helena, córka Kuby, pojawiła się z półmiskiem pełnym parujących kawałeczków mięsa. Schyliła się przed Patrycją i Scarlett, tak aby mogły zobaczyć, co dokładnie znajduje się na paterze, po czym ostrożnie ruszyła w stronę ciężkiego, okrągłego stołu, zajmującego sam środek salonu i postawiła ją na adamaszkowym obrusie. Za Heleną podążała Maria Katarzyna — ta śliczna dziewczyna, która towarzyszyła wujowi Jakubowi, za nią najmłodsza z O'Harówien. Obie w ten sam sposób prezentowały przed Scarlett i Patrycją zawartość półmisków, zanim postawiły je na stole. Rostbef, czosnkowana szynka, ogromny indyk. Potem znowu pojawiła się Helena z wielką miską pełną parujących ziemniaków, a za nią następne z *purée* z marchewki, pieczoną cebulą, *purée* ze słodkich patatów. Ta osobliwa procesja przesuwała się w uroczystym rytmie, aż stół zaczął się uginać pod stosami jedzenia i wszelkiego rodzaju smakołyków. Skrzypce — Scarlett zauważyła, że to Daniel gra, ten, którego spotkała w sklepie — zachęcały do tańca skocznym *apregio*, a do salonu wkroczyła teraz Maureen, dźwigając kopiasty tort zwieńczony ogromnymi, jaskraworóżowymi różami z cukru lodowego.

— Tort z piekarni! — zawołał Tymoteusz.

Tuż za żoną pojawił się Kuba. Nad głową trzymał wyciągnięte ręce, a w każdej dłoni po trzy butelki whisky. Skrzypce zabrzmiały żywszą nutą, wszyscy zaczęli się śmiać i wyklaskiwać rytmicznie. Nawet Scarlett. Nawet ona nie potrafiła się oprzeć swoistemu czarowi procesjonalnego nakrywania do stołu.

— A teraz, Brian... — odezwał się Kuba. — Ty i Billy przenieście królowe na ich tronie do kominka.

Zanim Scarlett zdążyła się zorientować, o co tu właściwie chodzi, wraz z Patrycją zakołysały się na kanapie, razem z meblem poszybowały do góry i po chwili wylądowały przy żarzącym się palenisku kominka.

— A teraz wuj Jakub! — zarządził Kuba i moment później zasiadający na krześle z wysokim oparciem, trzęsący się od śmiechu starzec znalazł się naprzeciwko Scarlett i Patrycji.

Dziewczyna, która opiekowała się wujem, zaczęła zgarniać dzieci do drugiej części salonu, a robiła to tak, jakby miała do czynienia z drobiem. Maria Katarzyna tymczasem rozstawiała dla nich zastawę przed drugim kominkiem, wprost na podłodze.

W zaskakująco krótkim czasie tam, gdzie jeszcze przed chwilą był chaos, zapanowała cisza. Jedząc i rozmawiając Scarlett usiłowała „rozwiązać łamigłówkę", która tym razem polegała na odgadnięciu, kim są dorośli.

Dwaj synowie Kuby byli tak bardzo do siebie podobni, że z trudem mogła dać wiarę, iż dwudziestojednoletni Daniel był o trzy lata starszy od Briana. Kiedy uśmiechnęła się do Briana i powiedziała, co właśnie sobie pomyślała, spiekł raka i to tak strasznie, jak to się tylko zdarza bladym rudzielcom. Siedzący obok jakiś chłopak natychmiast zaczął zeń drwić, dość przykro, lecz przestał zaraz potem, gdy jakaś dziewczyna o zaróżowionych policzkach położyła swą dłoń na jego dłoni i powiedziała:

— Daj spokój, Gerald.

Aha, to Gerald. Papa na pewno by się ucieszył, gdyby wiedział, że ten przystojny, rosły młodzieniec nosi jego imię. Do dziewczyny zwracał się *Polly*, a oboje tak promienieli miłością, że chyba byli świeżo po ślubie. Zaś Patrycja była bardzo apodyktyczna wobec mężczyzny, którego Kuba nazywał Billy, oni także byli więc chyba mężem i żoną.

Scarlett nie miała jednak zbyt wiele czasu na wsłuchiwanie się w imiona gości. Odnosiła wrażenie, że wszyscy koniecznie chcieli z nią rozmawiać, zaś wszystko, co powiedziała, natychmiast wywoływało jakieś okrzyki, prośby o powtórzenie, wzbudzało podziw. Sama nawet nie wiedziała, jak to się stało, gdy oto stwierdziła, że rozmawia z Danielem i Kubą o sklepie w Atlancie, z Polly i Patrycją o krawcu, zaś z wujem Jakubem o Jankesach, którzy podłożyli ogień w Tarze. Głównie jednak rozprawiała na temat tartaku, opowiadała, jak to udało się jej rozbudować interes, mówiła o składzie drewna i o całym osiedlu nowych domów, które wznosi na przedmieściu Atlanty. Wszyscy głośno wyrażali jej aprobatę. Wreszcie zatem znalazła ludzi, którzy wcale nie sądzili, że rozmowa o pieniądzach jest tabu. Byli do niej podobni: chcieli ciężko pracować, ale i zgarniać ciężkie pieniądze. A ponieważ ona już zdążyła się wzbogacić, mówili jej prosto w oczy, że jest wspaniała. W ogóle nie mogła dopuścić myśli, że jeszcze przed chwilą chciała uciec z tego cudownego przyjęcia i wrócić do śmiertelnie spokojnego domostwa dziadka Robillarda.

— Danielu, kiedy już zjesz większą część tortu urodzinowego swojej siostry, może zechcesz nam coś zagrać? — zwróciła się do syna Maureen, podczas gdy Kuba odkorkowywał butelkę whisky. Nagle wszyscy zerwali się z miejsc i — z wyjątkiem jednego wuja Jakuba — zaczęli wirować w tanecznych figurach, co zdało się należeć do ustalonego porządku rzeczy. Daniel rozpoczął piskliwą, szybką melodię — nazbyt szybką, jak można było wywnioskować słuchając krytycznych głosów poniektórych, wszakże kobiety zaraz posprzątały ze stołu, mężczyźni odsunęli meble pod ściany, tak że tylko Scarlett oraz wuj Jakub pozostali na swych miejscach — wysepkach spokoju. Kuba podał wujowi szklaneczkę whisky i — na wpół pochylony — czekał aż starzec wyda swój osąd.

— Ujdzie — brzmiał wyrok.

— Złośliwy starcze, bardzoś łaskawy — roześmiał się Kuba. — Zresztą, nie mamy innego wyjścia. To jedyna whisky w tym domu.

Scarlett usiłowała schwycić spojrzenie kuzyna, lecz po paru nieudanych próbach głośno zwróciła mu uwagę, że powinna wracać do domu. Oto bowiem wszyscy zaczęli ustawiać krzesła półkolem przy kominku, dorośli siadali, zaś dzieci zajmowały miejsca u ich stóp. Najwidoczniej zamierzano urządzić jakiś koncert, a gdy już muzyka raz zacznie grać, trudno będzie wstać i wyjść — okropny nietakt.

Kuba, przeskoczywszy nad rozłożonym na podłodze chłopcem, dobił w końcu do Scarlett.

— Tutaj jesteś? — westchnął, po czym, o zgrozo — podał jej szklaneczkę napełnioną na grubość kilku palców jasnozłocistym, ostro pachnącym płynem. Co on sobie myśli, że niby kim jestem? Dama nie pije whisky. Nie piła niczego, co byłoby mocniejsze od herbaty, no — może poza szampanem, ponczem albo malutkim kieliszeczkiem sherry. Wątpliwe, by Kuba cokolwiek wiedział o koniaku, który zwykła popijać, a zatem — nie wiedząc — obrażał ją. Nie, to chyba tylko jakiś żart. Wykrzywiła usta w wymuszonym uśmiechu.

— Czas na mnie. Znakomicie się bawiłam, lecz robi się późno i...

— Chyba nie zamierzasz wychodzić na samym początku przyjęcia? — zdumiał się Kuba, po czym, zwróciwszy się do syna, krzyknął głośno:

— Danielu, tym rzępoleniem płoszysz nam kuzyneczkę! Zagraj nam jakąś piosenkę, a nie w kółko tę kocią muzykę!

Scarlett usiłowała przemówić, ale jej słowa zostały zagłuszone przez okrzyki w rodzaju „graj przyzwoicie", albo „my chcemy ballady" lub też „reel, daj nam reel"*

---

*Reel — nazwa szkockiego tańca (przyp. tłum.)

Kuba wyszczerzył zęby w uśmiechu.

— Widzisz — nachylił się nad Scarlett. — Nie mogę cię usłyszeć — przekrzyknął gwar. — Jestem głuchy jak kamień na prośby każdego, kto mi mówi coś o odejściu.

Scarlett czuła, jak puszczają jej nerwy. Toteż kiedy Kuba ponownie wyciągnął w jej kierunku szklaneczkę whisky, wściekle poderwała się z kanapy. Ale zanim zdążyła wytrącić Kubie szklankę z dłoni, uświadomiła sobie, że melodia, którą zaczął grać Daniel, to *Peggy na   wozie.*

Ulubiona piosenka Papy. Spojrzała na czerstwą twarz Kuby, jak to u Irlandczyka zaróżowioną, i dostrzegła w niej rysy ojca. Och, gdybyż tata mógł się tutaj znaleźć, jakżeby go kochała!

Usiadła. Na widok powtórnie proponowanego drinka potrząsnęła głową. Jej twarz rozjaśnił nieśmiały uśmiech. Spojrzała na Kubę — oczy Scarlett błyszczały łzami.

Ale muzyka nie dopuszczała smutku. Skoczny rytm zbyt był radosny, zbytnio zarażał wesołością, tak że kto mógł, ten podśpiewywał sobie, wszyscy klaskali. Niewidoczna pod falbanami sukni stopa Scarlett zaczęła mimowolnie podrygiwać.

— Jazda, Billy! — śpiewnie, w takt granej melodii zawołał Daniel. — Zagraj razem ze mną.

Bill otworzył wieko skrzyni pod oknem, wyjął harmonijkę. Skórzane miechy, sapiąc, rozciągnęły się w obie strony. Bill podszedł do Scarlett, sięgnął ręką nad jej głową i zdjął z gzymsu kominka coś błyszczącego.

— Pozwólmy sobie na nieco prawdziwej muzyki. Stefan... — rzucił lśniącą tulejkę w stronę ciemnego, milczącego mężczyzny. — Brian, ty też, łap! — w powietrzu poszybował następny kawałek półkoliście zgiętego srebra. — A to dla ciebie, droga teściowo.

Z jego dłoni na podołek Maureen upadło coś błyszczącego.

Jakiś chłopak zaczął z zapałem klaskać w ręce.

— Kości! Kuzynka Maureen będzie grała na kościach.

Scarlett spoglądała w oczekiwaniu. Daniel przestał grać, a kiedy umilkła muzyka, znowu poczuła, jak nachodzi ją fala żałości. Ale już nie chciała wyjść stąd przy pierwszej sposobności. To, w czym uczestniczyła, nie miało nic wspólnego z wieczorkami muzycznymi u Telfairówien. Tu czuła swobodę, ciepło, radość. Zanim powstał cały ten galimatias, zanim zaczęło się przestawianie mebli, znoszenie krzeseł, rzec by można, że salon wyglądał bardzo gustownie. Teraz, gdy Maureen uniosła obie ręce i kiedy rozległ się suchy klekot, Scarlett przekonała się, że owe „kości" to w istocie kawałki wyklepanego drewna.

Kuba ciągle nalewał i roznosił szklaneczki whisky. Coś takiego! Kobiety też piją. I to nie w tajemnicy, nie chyłkiem. Bawiły się równie dobrze jak mężczyźni. Dobrze, też wezmę sobie coś do picia. Będę świętować O'Harów. Już prawie miała zawołać do Kuby, już-już chciała poprosić o szklaneczkę, gdy nagle się opamiętała. Tak, przecież wracam do dziadka. Nie mogę pić. Ktoś poczuje mój oddech. Zresztą, po co. Jest mi wewnętrznie tak ciepło, że czuję się, jakbym łyknęła szklaneczkę. Więcej nie trzeba.

Daniel przeciągnął smyczkiem po strunach. *Dziewczyna za barem* — zapowiedział. Wszyscy zaczęli się śmiać, nawet Scarlett, choć sama nie wiedziała dlaczego. W jednej chwili cały ogromny salon rozbrzmiewał dźwiękami irlandzkiej melodii. Harmonia Billa kwiliła donośnie, Brian wygwizdywał melodię na cienkiej fujarce, Stefan dośpiewywał na swoim instrumencie drugim głosem, a kontrapunktując Briana to wpadał w ton, to odbiegał. Kuba wystukiwał rytm nogą, dzieci klaskały, Scarlett klaskała, wszyscy klaskali. Wszyscy z wyjątkiem Maureen, która potrząsając dłonią postukiwała „kośćmi", tak że trwałe, monotonne *staccato* nadawało rytm całości, ujmując w ryzy wielogłosową melodię. „Szybciej" — rozkazywały kastaniety. „Szybciej" — powtarzały instrumenty, dłonie i nogi. Fujarki wspięły się o ton wyżej, skrzypce zaśpiewały głośniej, harmonia, dysząc, usiłowała nadążyć za rytmem. Kilkoro dzieciaków zerwało się z miejsc — wybiegłszy na środek salonu zaczęły skakać po gołej podłodze. Scarlett poczuła jak ręce rozgrzewają się jej od klaskania, jak nogi zaczynają samoistnie podrygiwać, jak gdyby chciały skakać razem z dziećmi. Gdy *reel* dobiegł końca, opadła na kanapę, wyczerpana.

— Mateusz, rusz się, pokaż dzieciom, jak powinien wyglądać taniec! — zawołała Maureen kusząco pobrzękując drewienkami. Starszy człowiek, siedzący obok Scarlett, podniósł się ze swego miejsca.

— Boże broń! — krzyknął błagalnie Billy. — Poczekajcie chwileczkę, muszę odpocząć. Kasieńko, zaśpiewaj nam coś.

Podał jej parę pierwszych dźwięków.

Scarlett zaczęła protestować. Nie, przecież nie może śpiewać tak z marszu, nie tutaj. Nie zna żadnych irlandzkich piosenek, poza *Peggy* oraz *Ubrana w zieleń* — ulubionych melodii ojca.

Okazało się jednak, że nie do niej zwracał się Bill, nie do Kasi Scarlett. Jakaś kobieta o nieładnej twarzy, ciemnych włosach i dużych, wystających zębach podała swoją szklankę Kubie, po czym wstała i zaczęła śpiewać *Był sobie dziki chłopak z kolonii* — głos miała czysty, wysoki i słodki. Zanim jeszcze zdążyła skończyć pierwszą zwrotkę, Daniel, Brian oraz Billy dołączyli z akompaniamentem. *Jack Duggan było mu na imię* — śpiewała Kasieńka.
— *Urodził się i urósł w Irlandii...* — w tej właśnie chwili włączyła się fujarka Stefana — oktawę wyżej, dziwnie rozdzierającym, płaczliwym, kryształowej czystości tonem.
— *...w domu zwanym Castelmaine...*
Teraz wszyscy podchwycili melodię — wszyscy, tylko nie Scarlett, która nie znała słów. Nie przywiązywała jednak do tego faktu uwagi. I tak była częścią muzyki. Muzyka krążyła wokół niej, przepełniała ją bez reszty, a gdy smutna, zacna pieśń dobiegła końca, Scarlett spostrzegła, że wszystkim — tak, jak jej, dziwnie błyszczą oczy.

Następną, tym razem bardzo wesołą piosenkę, zaintonował Kuba, po niej przyszła kolej na następną — tak dwuznaczną, że kiedy Scarlett zrozumiała grę słów, jednocześnie i śmiała się, i czuła, jak policzki stają jej w ogniu.

— Teraz ja — powiedział Gerald. — Zaśpiewam mojej słodkiej Polly *Arię z Londonderry.*

— Och, Gerald — Polly ukryła zapłonioną twarz w dłoniach. Lecz Brian podał już pierwsze nuty, a potem Gerald zaczął śpiewać i Scarlett zaparło dech w piersi. Słyszała co prawda o irlandzkim tenorze, nie spodziewała się jednak, że brzmi to tak, jak właśnie słyszała. Ten imiennik Papy śpiewał niczym anioł. W jego śpiewie słychać było wszystkie uczucia młodego serca Geralda, wszystkie one jawiły się na jego twarzy, drżały w czystym, silnym, wysokim głosie, wystawione na widok dla każdego. Piękno tego śpiewu sprawiło, że Scarlett oniemiała, że sama zapragnęła poznać miłość taką, jaką przeżywał Gerald — świeżą i prostą. Rett! — krzyczało jej serce, nawet wtedy, gdy rozum wyśmiewał jej fantazje o tym, że jego ciemny, złożony charakter objawi się nagle w bezpośredniej prostocie.

Kiedy piosenka dobiegła końca, Polly zarzuciła Geraldowi ręce na szyję i ukryła twarz w jego ramionach. Maureen uniosła dłonie z kastanietami.

— A teraz jeszcze jeden *reel* — oznajmiła wyraźnie. — Już czuję, jak nogi rwą mi się do tańca.

Daniel roześmiał się. Popłynęły pierwsze takty muzyki.

Scarlett już ze sto razy tańczyła *Virginia reel*, lecz nigdy jeszcze nie zdarzyło się jej widzieć czegoś podobnego do tego, co miało miejsce na urodzinach Patrycji. Zaczął Mateusz O'Hara. Wyprostowawszy plecy, ręce sztywno przyłożywszy do boków wyglądał niczym żołnierz, gdy tak oddalał się od rzędu krzeseł. A potem nagle jego nogi zaczęły udeptywać podłogę, strzelać, wirować i poruszać się tak szybko, że aż oczy nie mogły nadążyć w patrzeniu. Drewniana podłoga uderzana obcasami odpowiadała łomotem, była jak błyszcząca tafla lodu pod zadziwiająco szybkimi krokami to w przód, to do tyłu. Chyba najlepszy z niego tancerz na świecie — pomyślała Scarlett. Wówczas tanecznym krokiem zbliżyła się doń Kasieńka, dół sukni ująwszy w obie dłonie, tak że nogi mogły swobodnie wyczyniać taneczne akrobacje. Maria Katarzyna była następna, potem do córki dołączył Kuba. I piękna Helena też wyrwała się na środek salonu, pociągnąwszy za sobą kuzyna — chłopaczka ośmioletniego być może. Nie, nie wierzę własnym oczom — powtarzała w myśli Scarlett. To czary, wszystkich opętał czar. Muzyka — ona rzuciła urok. Czuła, jak nogi ruszają jej w tan, jak rwą się do pląsu, szybszego niż kiedykolwiek, jak usiłują naśladować to, co widzi, jak usiłują wyrazić muzyczne podniecenie. Muszę się nauczyć tańczyć w ten sposób, koniecznie. To jest jak... jakbyś wirował wokół słońca.

Dziecko, śpiące dotychczas pod kanapą, obudziło się na odgłos stukających stóp i uderzyło w płacz, który niczym zaraza, rozprzestrzenił się wśród innych dzieci. Tańce i muzyka ustały.

— Złóżcie parę kołder i zróbcie z nich materace — powiedziała Maureen. — I wytrzyjcie dzieciakom pupy. Ułożymy je w drugim salonie, po cichutku zamkniemy drzwi, powinny zaraz zasnąć. Kuba, twoja perkusistka ma straszne pragnienie. Mario Katarzyno, zechciej łaskawie podać Papie moją szklaneczkę.

Patrycja poprosiła Billy'ego, żeby pomógł jej przenieść trzyletniego syna.

— Ja zajmę się Betty — rzekła, sięgając pod kanapę. — No, cichutko, szsz... — uspokajała dziewczynkę, którą wyciągnęła spod mebla. —Helenko, zechciej zasłonić okna, kochanie. Dzisiaj w nocy księżyc będzie świecił jasno.

Scarlett nadal pozostawała jakby w transie, owładnięta czarem muzyki. Bez określonego celu spojrzała na okno — to przywróciło ją rzeczywistości. Robiło się ciemno. Choć wpadła tu na herbatkę, wizyta przeciągnęła się i trwała już dobre parę godzin.

— Och, Maureen, jeszcze chwila, a spóźnię się na kolację — westchnęła. — Muszę wracać do domu. Dziadek wpadnie w furię.

— I niech tam... stary dureń. Zostań z nami. Przyjęcie ledwo się zaczęło.

— Pragnęłabym z całego serca — zawołała Scarlett. — Bo to najlepsze przyjęcie, jakie zdarzyło się mi widzieć. Ale muszę wrącać. Obiecałam.

— Ach, skoro tak... Słowo to słowo. Ale odwiedzisz nas jeszcze?

— Z największą ochotą. Ale zaprosisz mnie jeszcze?

Maureen roześmiała się rozbawiona.

— Posłuchajcie tylko tej dziewczyny — zwróciła się do wszystkich. — Przecież żadne z was nie zostało zaproszone. Jesteśmy jedną rodziną, a ty, Scarlett, też do nas należysz. Przyjdź, gdy tylko będziesz miała ochotę. Kuchennych drzwi nigdy się nie zamyka, a pod kuchnią zawsze pali się ogień. Kuba też ma lekką rękę do skrzypiec... Kuba! Scarlett musi już wracać. Wskakuj w płaszcz, niezdaro, podaj ramię kuzynce!

*   *   *

Zaledwie doszli do rogu ulicy, Scarlett znowu usłyszała dźwięki muzyki. Dopływały stłumione, ale to dlatego, że wszystkie okna i drzwi szczelnie pozamykano przed zimą. Mimo to poznała pieśń śpiewaną w domu O'Harów: *Ubrana w zieleń*.

Znam wszystkie słowa... wszystkie, co do jednego... — westchnęła w głębi serca. Och, gdybym tak nie musiała wychodzić.

Szła krokiem z lekka tanecznym, nogi same jej pląsały. Kuba roześmiał się i wykonał kilka tanecznych *pas*.

— Następnym razem nauczę cię, jak się to tańczy.

36.

Scarlett z zupełnym lekceważeniem zniosła niemą przyganę ze strony ciotek, wyrażającą się w ponuro zaciśniętych wargach. Nawet wezwanie na dywanik do dziadka niewiele ją przejęło. Przypomniała sobie, jak otwarcie zbyła go Maureen O'Hara. Stary dureń — szepnęła sobie w duchu i zachichotała. W przypływie dobrego humoru starczyło jej odwagi oraz impertynencji, by pochylić się nad łóżkiem i pocałować dziadka w policzek.

— Dobranoc, dziadku — szepnęła pogodnie.

— Stary dureń — szepnęła pod nosem, gdy już znalazła się bezpieczna w hallu. Kiedy zajęła miejsce przy stole obok ciotek, ciągle się śmiała. Kolację podano z całą pompą. Jej talerz przykryty był srebrną pokrywą, by jedzenie nie wystygło — pokrywa lśniła tak jasno, jakby ją przed chwilą wyczyszczono, czego Scarlett była zupełnie pewna. Nawet w tym domu rzeczy mogą biec właściwym sobie torem — rozmyślała pochylona nad jadłem — gdy tylko znajdzie się ktoś, kto utrzymałby służbę w ryzach. Dziadek wszystko puszcza im płazem. Stary dureń.

— Co cię tak bawi, Scarlett? — spytała Paulina lodowatym tonem.

— Nic, cioteczko — Scarlett spojrzała na górę jedzenia, objawiającą się przed nią w miarę jak Hieronim uroczyście podnosił srebrną pokrywę. Roześmiała się w głos. Teraz, gdy chyba po raz pierwszy w życiu nie była głodna, teraz, po tej fecie u O'Harów, właśnie teraz postawiono przed nią tyle jedzenia, że wystarczyłoby na wykarmienie kilku głodomorów. Chyba więc udało się jej zaszczepić w kuchni bojaźń Bożą.

*   *   *

Następnego dnia z samego rana — a była to Środa Popielcowa — Scarlett razem z ciotkami udała się do kościoła i zajęła miejsce w ich ulubionej ławce. Miejsce było nierzucające się w oczy, całkiem z tyłu, prawie pod chórem, łatwo dało się tam dojść z bocznej nawy. Właśnie od klęczenia na zimnej posadzce zaczynały boleć ją kolana, gdy spostrzegła, że do kościoła wchodzą kuzynostwo. Oczywiście — przemknęło przez myśl Scarlett — walą prosto przed siebie głównymi drzwiami, główną nawą, niemal pod sam ołtarz; zajęli prawie do ostatniego miejsca dwie ławki z przodu. Potężni, dobrze zbudowani, pełni życia... i barw. Głowy synów Kuby w czerwonym blasku słońca, padającym z witraży, sprawiały wrażenie rozżarzonych głowni, zaś promiennej czerwieni włosów Maureen i jej córek nie były w stanie ukryć nawet szerokoronde kapelusze. Scarlett do tego stopnia dała się pochłonąć pełnym zachwytu wspomnieniom z wczorajszych urodzin, że omal nie przegapiła momentu, gdy w kościele pojawiły się zakonnice. A przecież sama poganiała ciotki, by przyjść na czas! Chciała się upewnić, czy charlestońska Matka Przełożona ciągle jeszcze przebywa w Savannah.

Tak, była. Scarlett puściła mimo uszu gorączkowe szepty Eulalii, która usiłowała przywołać ją do porządku i skupić jej uwagę na tym, co działo się przy ołtarzu. Uważnym okiem spoglądała na łagodny wyraz twarzy zakonnicy, która wolnym krokiem zdążała wraz z innymi do wyznaczonego mniszkom miejsca przy ołtarzu. Tak, dzisiaj spotka się z Matką Przełożoną, bez dwóch zdań. Resztę czasu spędziła snując marzenia na jawie, wyobrażała sobie, jak będzie wyglądało wielkie przyjęcie, które wyda przywróciwszy Tarę do stanu dawnej świetności. Będzie muzyka i tańce, będzie wesoło tak jak ostatniej nocy, zabawa będzie trwała dobrych parę dni.

— Scarlett! — syknęła Eulalia. — Przestań podśpiewywać podobne sprośności!

Scarlett, uśmiechnięta, wsadziła nos w mszalik. Nie zdawała sobie sprawy z tego, że coś sobie podśpiewuje, a oczywiście musiała przyznać, że *Peggy na wozie* nie należała do repertuaru kościelnych pieśni.

*   *   *

— Niewiarygodne! — krzyknęła Scarlett. W jej z nagła pobladłych oczach malowało się oszołomienie i boleść zawodu, naznaczone plamą popiołu czoło zmarszczyło się gniewnie, palce niczym szpony zacisnęły się na różańcu, który pożyczyła od Eulalii.

Starszawa mniszka powtórzyła to, co już raz powiedziała, z cierpliwością zupełnie wypraną z emocji.

— Matka Przełożona cały dzisiejszy dzień oddaje się rekolekcjom, postom i modlitwie.

Tu spojrzała z politowaniem na Scarlett i dodała wyjaśniającym tonem:

— Dzisiaj jest Środa Popielcowa.

— Wiem, proszę siostry — Scarlett omal nie krzyknęła z wściekłości. Zaraz jednak powściągnęła język.

— Proszę powiedzieć Matce, że jestem bardzo zawiedziona — dodała łagodnym tonem. — I że wrócę tu jutro.

Zaraz gdy weszła do domu, dokładnie umyła twarz.

Kiedy zeszła do salonu, Eulalia i Paulina były wyraźnie zszokowane, lecz nie wyrzekły ani słowa. Milczenie — oto jedyna broń, jaka im pozostała, gdy Scarlett była w złym usposobieniu. Kiedy jednak Scarlett oznajmiła, że zamierza zaordynować śniadanie, Paulina nie wytrzymała.

— Będziesz tego żałować, nim jeszcze dzień dobiegnie końca.

— A to dlaczego? — ze zdumienia Scarlett opadła szczęka.

Opadła i trwała tak, podczas gdy Paulina wyjaśniała jej powody. Nawrócenie Scarlett było tak świeżej daty, że nie zdążyła jeszcze się dowiedzieć, na czym właściwie polega post: w swej prostoduszności sądziła, iż wystarczy, gdy ograniczy się do jedzenia ryb w piątki. Lubiła ryby i wcale nie przeszkadzało jej, gdy raz w tygodniu musiała powstrzymać się od mięsa. Lecz to, co usłyszała od Pauliny, wzbudzało w niej zasadnicze zastrzeżenia.

Przez cały okres czterdziestodniowego Postu tylko jeden posiłek dziennie, a i to bezmięsny. Wyjątkiem niedziele: dozwolone jeść trzy razy dziennie, mięso wszakże zakazane.

— Niewiarygodne! — wykrzyknęła Scarlett, już po raz drugi w ciągu godziny. — U mnie w domu nigdy nie pościłam w ten sposób.

— Bo byłaś dzieckiem, moja droga — powiedziała Paulina. — Nie wątpię jednak, że twoja matka zachowywała wszystkie posty. Nie rozumiem tylko, dlaczego nie nauczyła cię tego samego, gdy już dorosłaś. No tak, Ellen musiała mieszkać sama jedna na wsi, nie mogła poddać się duchowemu przewodnictwu kapłana, poza tym musiała jeszcze przeciwdziałać wpływowi pana O'Hary... — głos jej się załamał.

Oczy Scarlett zalśniły niebezpiecznie.

— A dokładnie, ciociu, o co ci chodzi, gdy mówisz o „wpływach pana O'Hary".

Paulina spuściła wzrok.

— Wszyscy wiedzą, że ten Irlandczyk dość swobodnie interpretował prawa kościelne. A w dodatku, jak wszystkich Irlandczyków, trudno go potępiać... biedna, pogrążona w ciemnocie nacja... — przeżegnała się pobożnie.

Scarlett tupnęła nogą.

— Nie zamierzam siedzieć tu i brać udział w snobistycznej błazenadzie sfrancuziałych dewotek. Tatuś był dobrym człowiekiem, a jego „wpływ" to sama dobroć i szlachetność, czyli coś, o czym nie macie pojęcia. Ponadto pragnę was powiadomić, że całe wczorajsze popołudnie spędziłam na łonie rodziny O'Harów... wspaniali ludzie, wszyscy razem i każdy z osobna. Wolę już ulec ich „wpływom" niż waszej wymoczkowatej pobożności.

Eulalia uderzyła w płacz. Scarlett spojrzała na nią spod oka. Tak, teraz ładnych parę godzin będzie musiała słuchać tych łkań. Nie, to nie do zniesienia.

Paulina zaszlochała głośno. Scarlett podskoczyła, spojrzała na ciotkę... Paulina nigdy nie płakała.

Ogarnięta poczuciem bezbrzeżnej bezradności spojrzała na pochylone nad stołem siwe głowy i zgarbione plecy. Paulina sprawiała wrażenie szczególnie kruchej i dotkniętej.

Niesłychane! Nie wierząc samej sobie, podniosła się, podeszła do Pauliny i objęła ją za szyję.

— Bardzo przepraszam, ciociu. Wcale nie myślę tego, co powiedziałam.

*   *   *

Kiedy już przywrócono pokój, Eulalia zaproponowała Scarlett wspólny spacerek wokół skweru.

— Siostra i ja zawsze byłyśmy zdania, że przechadzka wielce pokrzepia — oświadczyła z promiennym uśmiechem. Zaraz jednak usta zadrżały jej w patetycznie powstrzymywanym grymasie bólu. — Nie mówiąc już o tym, że pozwala trzymać się z dala od wszelkiej myśli o jedzeniu.

Scarlett zgodziła się bez wahania. Musiała wyjść z domu. Była przekonana, że z kuchni dobiega ją zapach smażonego bekonu. Obeszła zatem z ciotkami wysepkę zieleni przed domem, potem przeszły na następny skwer, potem następny i tak dalej. Zanim jednak ruszyły w drogę powrotną do domu, z wyczerpania słaniała się na nogach niemal tak samo jak Eulalia, a także zdążyła nabrać przeświadczenia, że obeszły każdy z dwudziestu paru skwerów zdobiących Savannah, które dzięki nim zyskało sławę miasta o szczególnym uroku. Była też przeświadczona, że jeszcze chwila, a umrze z głodu i z nudów. Ale w końcu zbliżał się czas obiadu... Nie przypominała sobie, by kiedykolwiek ryba smakowała jej tak wybornie.

Co za ulga! — westchnęła w duchu, gdy Eulalia i Paulina pomaszerowały na górę, by zażyć poobiedniej drzemki. Ich wspomnienia dzieciństwa spędzonego w Savannah, podane w rozsądnej dawce, ostatecznie mogły się dłużyć. Większa ilość mogła pchnąć najbardziej nawet cierpliwego człowieka do rękoczynów. Scarlett ruszyła na przechadzkę po ogromnym domu, podnosiła na wysokość oczu piękne okazy chińskiej porcelany i stare srebra, spoglądała na nie nic nie widzącym wzrokiem, odstawiała i szła dalej, pogrążona we własnych myślach.

Dlaczego Matka Przełożona piętrzy trudności? Dlaczego w końcu nie przemówi do niej prosto i otwarcie? Dlaczego, na miłość Boską, kobieta taka jak ona spędza cały dzień w odosobnieniu, nawet jeśli to Środa Popielcowa? Na pewno Matka Przełożona była chodzącą doskonałością, na tyle przynajmniej, na ile jest to dane człowiekowi, po co więc spędzać cały dzień na poście i modlitwie?

Post! Scarlett szybko pobiegła do jadalni. Rzuciła okiem na zegar. Niemożliwe, dopiero czwarta. A jednak. Nawet niepełna, bo dopiero za siedem minut. I pomyśleć, że aż do jutra, do obiadu, nie dostanie nic do jedzenia... Nie, to niemożliwe. Nonsens.

Podeszła do dzwonka, pociągnęła cztery razy za sznurek.

— Zakładaj płaszcz — powiedziała, gdy nadbiegła Pansy. — Wychodzimy.

*　　*　　*

— Miss Scarlett, dlaczego przyszłyśmy do piekarni? Niech pani spojrzy... ona mówi, że na wystawie są same atrapy i nie nadają się do jedzenia. I jeszcze mówi, że wszystko, co tutaj się znajduje, sama wypiekła.

— Niech sobie mówi, co chce. A jeśli puścisz parę z ust, gdzieśmy były, żywcem obedrę cię ze skóry.

Na miejscu zjadła dwa ciastka i rogalika. Do domu wzięła dwie torebki pełne różnych wypieków: przemyciła je do sypialni, skrywając w obszernych fałdach rotundy.

Na biurku leżał telegram. Rzuciła torebki z ciastkami na podłogę. Podbiegła, chwyciła kopertę.

Henryk Hamilton — głosił podpis. Do diabła, a więc nie Rett! A już myślała, że to od niego, że błaga ją o powrót do domu, albo że sam wyprawia się do Savannah, by ją przywieźć. Wściekle zgniotła w dłoni kartkę lichego papieru.

Zaraz jednak wygładziła. Lepiej już wiedzieć, co ma do powiedzenia Henryk. Czytając depeszę, powoli dochodziła do siebie. Na jej twarz z wolna zaczął powracać uśmiech.

TELEGRAM OTRZYMAŁEM STOP OGROMNY PRZEKAZ OD RETTA STOP CO ZA SZALEŃSTWA SIĘ ZA TYM KRYJĄ? STOP RETT PROSI MNIE O TWÓJ ADRES STOP LIST WYSŁAŁEM STOP HENRYK HAMILTON

A jednak Rett, szuka jej — tego dokładnie oczekiwała. Ha! Miała rację, że ściągnęła do Savannah. Teraz pozostawało tylko mieć nadzieję, że wuj Henryk wykazał się przytomnością i podał Rettowi jej adres telegraficznie, a nie listownie. Hm... może właśnie w tej chwili czyta depeszę od Hamiltona, tak jak ona.

Nucąc walca zawirowała po pokoju, przycisnąwszy telegram do serca. A może Rett ruszył już w drogę? Pociąg z Charlestonu przyjeżdża o tej porze. Podbiegła do lustra. Gorączkowymi ruchami poprawiła fryzurę, powlekła policzki warstewką różu. Zmieniać suknię? ... Nie, Rett na pewno by zauważył i jeszcze by sobie uroił, że nic nie ma tu do roboty, niż tylko czekać na niego. Natarła skronie i szyję wodą kolońską. Tak. Teraz jest już gotowa. Spostrzegła w lustrze, że oczy jej płoną niczym kocie ślepia. Przystawiła do okna stołek, usiadła tak, by z zewnątrz pozostała niewidoczna za zasłoną, sama jednak miała widok na wszystko.

Minęła godzina. Rett nie przyjeżdżał. Wyjęła z torebki rogalik. Post? Do licha z postem! Też mi coś, siedzieć ukryta w sypialni i po kryjomu wcinać rogaliki — bez masła. Gdy schodziła po schodach na dół, była w bardzo złym humorze.

A tu w dodatku spotkała Hieronima z tacą, a na niej kolacja dla dziadka! To chyba już wystarczający powód, by przejść do hugonotów lub prezbiterian, jak stary Robillard.

Scarlett zatrzymała lokaja w hallu.

— To wygląda ohydnie — skrzywiła się na widok jedzenia. — Jazda z tym z powrotem do kuchni. Na kartofle położyć duży kawałek masła. Na talerzu podać gruby plaster szynki... wiem, że macie tu szynkę, widziałam w spiżarni. Na budyń proszę położyć parę łyżeczek śmietanki... i łyżeczkę dżemu poziomkowego.

— Mr. Robillard nie przeżuje szynki — odparł z godnością służący. — A jego lekarz mówi, że powinien powstrzymać się od jedzenia słodyczy, tak zresztą jak śmietanki i masła.

— Ale dieta nie służy zagłodzeniu pacjenta — odparła Scarlett. — Rób, co ci każę.

Odprowadziła go wzrokiem aż do samego końca schodów — zniknął w drzwiach do kuchni, ani razu nie zgiąwszy sztywnego karku.

— Nikt nie powinien głodować — mruknęła. — Nigdy.

Nagle poczuła świeży przypływ dobrego humoru. Roześmiała się pod nosem.

— Nikt. Nawet stary dureń.

37.

*P*okrzepiona rogalikami, radośnie podśpiewując, Scarlett schodziła po schodach w czwartek rano. Ciotki krzątały się nerwowo, przygotowując odświętny obiad w dzień urodzin dziadka. Podczas gdy Eulalia mocowała się z gałązkami ciemnozielonolistnej magnolii, która miała ozdobić kredens i okap kominka, Paulina przekopywała się przez stos sztywno wykrochmalonych obrusów i serwetek, usiłując znaleźć te, które − jak pamiętała − *Père* szczególnie lubił.

− A co to za różnica? − niecierpliwie mruknęła Scarlett. Burza w szklance wody! Pierre Robillard nawet nie dojrzy stołu, zakopany po uszy w pościeli. −Po prostu połóżcie ten obrus, który ma najmniej cer, i basta.

Eulalia opuściła naręcze szeleszczących gałązek magnolii.

− Nie słyszałam, jak nadchodzisz. Dzień dobry.

Paulina chłodno skinęła głową. Jak przystoi dobrej chrześcijance, z serca wybaczyła Scarlett jej grubiaństwo, lecz „przebaczyć" nie znaczy „zapomnieć": wedle wszelkiego prawdopodobieństwa nigdy jej tego nie zapomni.

− W obrusach *Mère* nie ma cer − oznajmiła wyniośle. − Wszystkie są jak nowe.

Scarlett spojrzała na stosy obrusów, rozłożone na długim stole i przypomniała sobie zniszczoną, poplamioną serwetę, która zawsze widniała na stole w charlestońskim domu ciotek. Gdyby to od niej zależało, spakowałaby te stosy świetnej bielizny i zabrała w sobotę, gdy będą odjeżdżać, do Charlestonu. Dziadek i tak by nie zauważył, ciotki miałyby przynajmniej jakiś pożytek z tego. Nigdy w życiu nie będę się nikim przejmować tak wielce, jak one tym starym tyranem. Gdybym jednak zdradziła im, co myślę, Eulalia natychmiast zaczęłaby chlipać, zaś Paulina wygłosiłaby mi kazanie o obowiązkach wobec starszych i nie ustałaby, zanim by nie minęła godzina z okładem.

— Muszę wyjść — obróciła się na pięcie. — Chcę kupić dziadkowi prezent. Może mam zrobić jakieś zakupy dla was?

I nie ważcie się — dodała w duchu — nastręczać się mi z towarzystwem. Muszę pójść do klasztoru, do Matki Przełożonej. Przecież nie może przebywać dzień i noc w odosobnieniu. Jeśli trzeba, stanę u furty i złapię ją, gdy tylko wyjdzie. Już mnie nuży to ciągłe odchodzenie z kwitkiem.

Zbyt są zajęte — usłyszała w odpowiedzi — by iść na zakupy i dziwią się, że Scarlett dotychczas jeszcze nie wybrała i nie zapakowała prezentu dla dziadunia. Scarlett wyszła, zanim zdołały ją wnikliwiej poinformować o naturze zajęcia, które trzyma je w domu i nim zdołały dać wyraz głębi swego zdziwienia.

— Stare idiotki — mruknęła półgębkiem. Uśmiechnęła się.

Pnie drzew na skwerze sprawiały wrażenie grubszych, trawa była jakby bardziej zielona niż poprzedniego dnia. I słońce też grzało intensywniej. Scarlett poczuła przypływ fali optymizmu — jak to zwykle, gdy wiosna daje pierwsze znaki życia. Dzisiaj wszystko się uda — tego była pewna. I to wbrew urodzinowemu przyjęciu dziadka.

— Szybciej, Pansy — już automatycznie ponagliła dziewczynę. — Nie wlecz się jak żółw.

Co rzekłszy, przyspieszyła kroku, głośno wybijając rytm na trotuarze.

Stukot młotów i gwar męskich głosów rozdarły poranną ciszę. Budowa katedry. Scarlett przez chwilę pragnęła, by znowu pojawił się ten młody ksiądz i oprowadził ją po budowli. Ale przecież nie po to tu przyszła. Ruszyła w stronę klasztornej furty.

Zadźwięczał dzwonek. Otworzyła ta sama starszawa zakonnica. Scarlett przygotowała się do walki. Zanim jednak zdążyła cokolwiek z siebie wykrztusić, usłyszała:

— Matka Przełożona oczekuje. Jeśli pani pozwoli...

Gdy dziesięć minut później wychodziła z klasztoru, była prawie pijana ze szczęścia. Wszystko poszło tak łatwo! Matka Przełożona zgodziła się na rozmowę z biskupem. Tak — powiedziała — wspomniała już o tym tam, gdzie trzeba i rozmowa odbędzie się wkrótce. Nie, nie może powiedzieć, kiedy, niewątpliwie jednak w ciągu najbliższych dni. W przyszłym tygodniu wraca do Charlestonu.

Jakby niesiona na skrzydłach dotarła do domu, gdzie od razu wpadła w wir ostatnich przygotowań do uroczystego obiadu w dzień urodzin Robillarda. Zabiegi, które jeszcze parę godzin temu zdały się jej przesadne, teraz, gdy dowiedziała się, że dziadek zasiądzie za stołem, uznała za nader niewystarczające. Co innego widzenia, które odbywała w sypialni starca –nie przykładała do tego specjalnej uwagi, ponieważ dziadek szybko ją odprawiał. Nie byłaby jednak w stanie odejść od stołu, gdy obiad składał się z pięciu czy sześciu dań – z drugiej jednak strony wysłuchiwanie gadaniny ciotek było równie trudne do zniesienia.

Cóż, w końcu to tylko jeden obiad. Może nie będzie aż tak strasznie. Zgryźliwy starzec w gruncie rzeczy niewielkie ma możliwości.

Nie były one aż tak niewielkie – przekonała się Scarlett. Cóż z tego, że postanowiła nie dopuścić, by konwersację przy stole prowadzono wyłącznie po francusku. Jej „wszystkiego najlepszego, dziaduniu" zostało absolutnie zignorowane, trafiło w próżnię, tak jak gdyby w ogóle niczego nie powiedziała. Z kolei życzenia ciotek przyjęto do wiadomości oziębłym skinieniem głowy. Po czym Pierre Robillard zasiadł w ogromnym, jakby tronowym krześle u góry stołu.

Pierre August Robillard niczym nie przypominał wątłego, odzianego w koszulę nocną staruszka. Nieskazitelnie ubrany w staromodny surdut i wykrochmaloną koszulę, choć potwornie wychudzony, prezentował się nader imponująco, a jego wyprostowana postawa – dziedzictwo wielu lat spędzonych w wojsku – imponowała nawet wtedy, gdy siedział. Siwe włosy przywodziły na myśl lwią grzywę, spod krzaczastych, mlecznobiałych brwi spoglądały sokole oczy, zaś wielki kościsty nos wyglądał jak dziób drapieżnika. Cała pewność, że będzie to dobry dzień, opuściła Scarlett z szybkością zimnej wody spływającej w czas burzy. Rozłożyła więc bez słowa sztywno wykrochmaloną serwetkę, gotując się w duchu na coś, co przyjść miało, a czego jeszcze nie znała.

Do jadalni wkroczył Hieronim. Na srebrnej tacy wielkości blatu stolika wniósł srebrną wazę. Źrenice Scarlett rozszerzyły się ze zdumienia: takiego srebra jeszcze w życiu nie widziała. Waza była inkrustowana, podstawa wyobrażała prawdziwą puszczę: drzewa, gałęzie i liście oplatały obrzeże. Na gałęziach siedziały ptaki, wśród pni drzew kryły się zwierzęta: niedźwiedzie, jelenie, dziki, zające, bażanty. Były nawet sowy i wiewiórki. Pokrywa wyobrażała pień drzewa, porośnięty grubymi pędami winorośli, dźwigającymi miniaturowe, acz oddane z doskonałą wiernością, winne grona. Hieronim ustawił wazę przed panem domu, po czym ręką w białej rękawiczce uniósł pokrywę. Buchnęły kłęby pary. Srebro zaparowało, całą jadalnię wypełniły wyborne aromaty zupy żółwiowej.

Paulina i Eulalia zgodnie pochyliły się nad stołem, uśmiechnięte na samą myśl o jedzeniu.

Hieronim wyjął z kredensu talerz na zupę, podstawił go pod wazę. Pierre Robillard uniósł srebrną chochlę i w milczeniu napełnił naczynie. Potem, wyprostowany, patrzył spod półprzymkniętych powiek, jak talerz wędruje do Pauliny.

Ceremonię powtórzono – najpierw dla Eulali, następnie dla Scarlett, która już nie mogła się doczekać, kiedy wreszcie będzie jej wolno sięgnąć po łyżkę. Cierpliwie jednak, choć palce ją świerzbiły, trzymała dłonie na kolanach spoglądając, jak dziadek napełnia swój talerz, po czym jak smakuje pierwszy łyk. Pierre Robillard wymownie wzruszył ramionami. Łyżka została w talerzu.

Eulalia załkała jakoś tak niesamowicie.

Ty stary potworze! − oburzyła się w głębi ducha Scarlett. Spróbowała zupy. Znakomita! Usiłowała złowić wzrok Eulalii, chciała dać jej do zrozumienia, że rzadko zdarza się jeść coś równie smacznego, lecz ciotka, przygnębiona, wbiła wzrok w stół. Paulina także zostawiła łyżkę w talerzu. To wystarczyło, by Scarlett straciła całą sympatię dla ciotek. Skoro tak łatwo dały się styranizować, zasługiwały na to, by spędzić dzień o pustym żołądku. Co się jednak jej tyczy, nie miała zamiaru dać zepsuć sobie apetytu!

Paulina zapytała o coś ojca, lecz ponieważ Scarlett nie znała słowa po francusku, nie wiedziała, o co. Ale odpowiedź dziadka była tak lakoniczna, zaś twarz Pauliny tak blada, że chyba powiedział coś strasznego. Powoli wzbierał w niej gniew. Ten człowiek znajduje przyjemność w zohydzaniu wszystkiego i robi to celowo. Ach, gdybym tak mówiła po francusku, nie siedziałabym jak na tureckim kazaniu, w milczeniu łykając wszystkie jego podłości.

Milczała jednak, gdy Hieronim zbierał talerze do zupy i srebrne podstawki, milczała, gdy roznosił płaskie talerze, a następnie rozkładał noże i widelce do ryb. Zdało się, że trwało to wieczność.

Lecz gdy wniesiono alozę *sauté*, okazało się, że warto było czekać tak długo. Scarlett zerknęła na dziadka − tak, nawet on nie ośmielił się udawać, że i drugie danie mu nie smakuje. Ugryzł... najpierw kęs, potem drugi. W śmiertelnej ciszy stukot noży i widelców zabrzmiał okropnie głośno.

Najpierw Paulina, potem Eulalia zostawiły na talerzach większą część nie dojedzonej ryby. Scarlett, za każdym razem, gdy unosiła do ust widelec, spoglądała wyzywająco na dziadka. Lecz nawet ona powoli traciła apetyt. Niezadowolenie starszego pana odbierało smak każdemu kęsowi.

Gotowane kapłony, podane jako trzecie danie, były tyleż kuszące co knedliki, którymi je obłożono, brązowa rzeka sosu opływała *purée* z ziemniaków i gniazdka z czarnej rzepy, gdzie złożono smaczne kęsy delikatnego mięsa. Pierre Robillard zanurzył czubek widelca w sosie, dotknął językiem i to był już koniec.

Scarlett myślała, że lada chwila wybuchnie. Tylko rozpaczliwe błaganie, widoczne w oczach ciotek, zmusiło ją do milczenia. Czy w ogóle ktokolwiek mógł przelicytować w swej niechęci ku rodzajowi ludzkiemu jej dziadka? To przecież niemożliwe, by nie smakował mu ten obiad. Sama smakowała te same dania, a każdy kęs rozpływał się jej w ustach. Z pewnością jedzenie nie było za twarde, nawet jeśli starzec miał słabe zęby. Więcej, nawet jeśli nie miał żadnego. Wiedziała też, że dziadek lubi wykwintne dania. A kiedy wczoraj kazała polać papkę warzywną sosem i obłożyć kawałkami masła, talerz wrócił do kuchni czysty jakby go pies wylizał. Nie, Pierre Robillard musiał mieć inny powód, dla którego nie jadł. Widziała to po jego oczach, płonących dziwnym blaskiem, gdy spoglądał na litość budzące rozczarowanie ciotek. Większą radość sprawiało mu przyprawianie ich o cierpienie niż przyjemność, której by doznał, jedząc obiad. Nawet jeśli był to uroczysty obiad urodzinowy.

Jakaż różnica w nastrojach, gdy porównać to ponure zgromadzenie z urodzinami kuzynki Patrycji. U O'Harów dom promieniał miłością, rozbrzmiewał śmiechem i muzyką. Tu, przy stole dziadka Robillarda, panowała cisza, strach i okrucieństwo.

Scarlett usiłowała skupić uwagę na subtelnym i bogatym aromacie sosu, lecz gniew odebrał jej całą przyjemność. Spoglądała na kościste ciało dziadka, na jego kamienną, ściągniętą w grymasie samozadowolenia twarz. Gardziła nim za to, że w ten sposób dręczył jej ciotki, a swoje córki. Ona, od czasu, gdy Wojna zdruzgotała świat, w którym czuły się bezpieczne, opiekowała się nimi i dbała, by miały środki do życia, teraz zaś gotowa była stanąć do walki z ich prześladowcą. Lecz im bardziej nim gardziła, tym większą pogardę odczuwała także i dla nich, które bez słowa skargi znosiły tortury, jakie im zadawał. Nie miały ni krzty oleju w głowie. Jak mogły tak siedzieć w absolutnym milczeniu u stołu ich ojca, w miłym różowym pokoju — jednym z wielu w ślicznym różowym domku? Ta sytuacja napawała ją obrzydzeniem do wszystkiego i wszystkich, nawet samej siebie. Jestem nie mniej okropna niż ci ludzie dokoła — myślała. Dlaczego nie otworzę ust i nie powiem mu, że jego zachowanie jest haniebne? Nie muszę zwracać się do niego po francusku, przecież mówi po angielsku równie dobrze jak ja. Jestem dojrzałą kobietą, nie muszę czekać, aż się do mnie odezwą. Co się ze mną dzieje? Zupełny idiotyzm!

Siedziała jednak w milczeniu, wyprostowana, plecami nie dotykając oparcia krzesła, z lewą ręką na kolanach, gdzie rozłożyła sztywną, wykrochmaloną serwetkę. Była niczym dziecko, które chce zdać egzamin z zachowania w towarzystwie starszych i dostać najwyższą ocenę. Nie widziała — nawet nie wyobrażała sobie — obecności swej matki, lecz Ellen Robillard O'Hara także tu była, była w domu, gdzie wyrosła, siedziała przy stole, przy którym siadywała po wielekroć, a gdzie siedziała teraz Scarlett, z lewą dłonią spoczywającą na wykrochmalonej serwetce na kolanach. I właśnie czując tę jej obecność — pomna na miłość ku niej — by zyskać uznanie w jej oczach — Scarlett nie była w stanie rzucić otwartego wyzwania tyranii Pierre'a Robillarda.

Siedziała więc, czując, jak mija wieczność, siedziała spoglądając na pełną godności krzątaninę Hieronima. Jedne talerze zastępowano drugimi, noże i widelce zamieniano na nowe noże i widelce, wyniesiono nie tknięte prawie kapłony i na półmiskach przykrytych srebrnymi czaszami podano duszone mięso. Potem na stół wjechał apetyczny suflet z sera, a po głównym daniu mięsnym przyszła kolej na tort urodzinowy. Pierre Robillard z podziwu godną wytrwałością smakował i oddalał każde danie. Zanim Hieronim postawił paterę z tortem na stole, cierpienie i napięcie nerwowe ciotek stały się niemal namacalne. Nawet Scarlett z trudem zdołała wysiedzieć na krześle, tak wielką miała ochotę zerwać się i uciec stąd byle dalej.

Tort był obłożony lśniącymi, zawijanymi w esy floresy bezami, szczodrze obsypanymi srebrzystym groszkiem. Filigranowa róża na szczycie spinała zawiłe sploty włosów anielskich, z których wyrastały miniaturowe jedwabne flagi Francji, armii napoleońskiej oraz regimentu, gdzie służył dziadek. Starzec chrząknął, gdy Hieronim postawił przed nim tort — niewykluczone, że z przyjemności. Po czym zwrócił się ku Scarlett. Obrzucił ją spojrzeniem na wpół przymkniętych oczu.

46

— Pokrój — rozkazał po angielsku.

Pewnie myśli, że uderzę nożem we flagi — pomyślała z ponurą satysfakcją. Otóż nie, nie wyświadczę mu tej przyjemności. Gdy prawą ręką przyjmowała od Hieronima szeroki nóż do krojenia tortu, lewą ręką szybko zdjęła srebrzystą różę i postawiła ją na stole. Spojrzała dziadkowi prosto w oczy, a następnie uśmiechnęła się, jak mogła najsłodziej.

Jego wargi zadrżały.

*　　*　　*

— I jak myślisz, zjadł? — wykrzyknęła Scarlett dramatycznie drżącym głosem. — Nie zjadł! Ten stary okrutnik wziął na czubek widelczyka nie więcej niż dwa okruchy... przedtem jednak zdrapał te piękne bezy jakby to było zeschnięte błoto albo i co gorszego... po czym włożył je do ust z taką miną, jak gdyby wyświadczał łaskę całemu światu. A potem oznajmił, że zbyt jest zmęczony, by otworzyć prezenty i zaszył się z powrotem w sypialni. Tylko czekałam, aż skręci ten swój patykowaty kark.

Maureen O'Hara, siedząca na fotelu na biegunach, zabujała się do tyłu i w przód, i roześmiała się uciesznie.

— Nie widzę w tym nic śmiesznego — bąknęła Scarlett. — Był podły i zachowywał się grubiańsko.

Żona Kuby wyraźnie ją rozczarowała. Spodziewała się po niej współczucia, nie rozbawienia.

— Ależ oczywiście, Scarlett, że widzisz. Przecież to tylko łajdackie figle, nic więcej. Twoje stare, biedne ciotki wychodzą ze skóry, by zrobić mu przyjemność, a on, wiecznie w tej swojej koszuli nocnej, niczym bezzębne dzieciątko, wychodzi ze skóry, by uknuć jakąś intrygę przeciwko nim. Stary huncwot. Zawsze miałam słabość dla takich szelm i ich matactw. Już go widzę, jak siedząc w łóżku czuje nadciągające z kuchni zapachy i knuje swe plany... Czyż nie domyślasz się, że w swej przebiegłości schował się za zamkniętymi drzwiami sypialni i tam dopiero nasycił swój apetyt? Stary łobuz. To jego wyrachowanie bardzo mnie bawi.

Śmiech Maureen tak był zaraźliwy, że i Scarlett dała upust wybuchowi wesołości, teraz już przekonana, iż dobrze zrobiła przychodząc tutaj po tym fatalnym obiedzie — tu, do kuchni, której drzwi zawsze stały otworem.

— Pozwólmy sobie zatem na kawałek tortu — rzekła Maureen. — Ponieważ po urodzinach dziadka masz wprawę, zechciej zająć się krojeniem... tu, pod serwetką na kredensie. Ukrój parę kawałków więcej, bo za chwilę dzieci wrócą ze szkoły. Ja zaparzę herbatę.

Scarlett zaledwie zdążyła się usadowić w pobliżu ognia z filiżanką herbaty i ciastem na talerzyku, gdy nagle drzwi odskoczyły jakby trącone podmuchem huraganu i do kuchni wpadło pięcioro małych O'Harów. Scarlett zdołała rozpoznać rudowłose — Marię Katarzynę oraz Helenę — córki Maureen. Chłopiec, jak wkrótce się dowiedziała, miał na imię Michał, dwie młodsze dziewczynki — Klara i Peg — były jego siostrami. Ci troje mieli ciemne, kędzierzawe włosy, którym stanowczo przydałby się grzebień, błękitne oczy przesłonięte długimi rzęsami, małe rączki utytłane w czymś lepkim — Maureen kazała im natychmiast się umyć.

— Ale my nie musimy mieć czystych rąk — zawołał Michał. — I tak zaraz idziemy do obory bawić się ze świniami.

— Świnie mieszkają w chlewiku — wtrąciła Peg, świadoma wagi tego, co mówi. — Prawda, Maureen?

Scarlett zaniemówiła. W jej świecie dzieci nie miały prawa zwracać się do dorosłych po imieniu. Ale Maureen zdała się nie dostrzegać w tym niczego złego.

— Świnie mieszkają w chlewiku dopóty, dopóki ich ktoś nie wypuści — rzekła, mrugnąwszy porozumiewawczo okiem. — Chyba nie przyszło wam do głowy wypuszczać świnki z chlewika?

Michał oraz jego siostry wybuchnęli śmiechem, jak gdyby Maureen opowiedziała najzabawniejszy dowcip, jaki zdarzyło się im słyszeć. Po czym wybiegły z kuchni przez tylne drzwi na duże podwórko.

Scarlett powiodła wzrokiem po rozżarzonych węglach na palenisku, błyszczącej miedzi czajniczka do herbaty zawieszonego nad ogniem, po rondlach ustawionych na okapie. Śmieszne. I pomyśleć, że gdy minęły złe dni Tary, przyrzekła sobie, iż jej noga nigdy więcej nie postanie w kuchni. A jednak... Ale ta kuchnia była inna od wszystkich, tętniła życiem, jej przeznaczeniem było przeżywanie szczęścia, a nie jedynie gotowanie posiłków i zmywanie naczyń. Pragnęła, by mogła tu pozostać. Dostojne piękno salonu w domu jej dziadka, zaledwie o nim pomyślała, przyprawiało ją o dreszcze.

A jednak należała do świata salonu, nie kuchni. Była damą, przyzwyczajoną do służby i luksusów. Szybko dopiła herbatę, odstawiła filiżankę na spodek.

— Ocaliłaś mi życie — westchnęła. — Myślałam, że oszaleję, jeśli pozostanę z ciotkami choć chwilę dłużej. Ale teraz muszę się zbierać.

— Szkoda. Nawet nie spróbowałaś mojego tortu... wszyscy twierdzą, że moje wypieki są grzechu warte.

Helena i Maria Katarzyna podskoczyły do fotela matki, pokazując puste talerzyki.

— Dobrze — uśmiechnęła się Maureen. — Weźcie sobie jeszcze po kawałeczku, lecz nie zjedzcie wszystkiego, bo maleństwo zaraz przyjdzie.

Scarlett zakładała rękawiczki.

— Muszę uciekać — powtórzyła.

— Szkoda. Ale mus to mus. Mam nadzieję, że przyjdziesz w sobotę i zostaniesz na tańce? Kuba mi mówił, że chce nauczyć cię tańczyć *reela*. Może do tego czasu wróci Colum.

— Niemożliwe! Czyżbyś wydawała w sobotę następne przyjęcie?

— „Przyjęcie" to może zbyt wielkie słowo. Ale gdy kończy się tydzień i mężczyźni przynoszą do domu pliki banknotów, zawsze to dobrze pocieszyć się trochę przy muzyce i tańcach. Można na ciebie liczyć?

Scarlett potrząsnęła głową.

— Nie mogę. Chętnie bym przyszła, lecz przecież nie pozostanę w Savannah na zawsze.

Ciotki sądziły, że razem z nimi wróci w sobotę do Charlestonu porannym pociągiem. Nie przypuszczała, by do tego doszło, nigdy nie sądziła, że tak się stanie. Do soboty na pewno zjawi się po nią Rett... może już teraz był u Robillardów? Nie, stanowczo nie powinna była wychodzić z domu.

Zerwała się na równe nogi.

— Uciekam. Dziękuję za wszystko, Maureen. Przed odjazdem na pewno do was wpadnę.

Może nawet przyprowadzi ze sobą Retta, żeby poznał rodzinę O'Harów. Całkiem by do siebie pasowali: jeszcze jeden rosły, ciemnowłosy mężczyzna w gronie tylu innych. Choć, z drugiej strony, niewykluczone, że oparłby się o ścianę, jak to u niego w zwyczaju, z elegancką niedbałością, która tak wielu działała na nerwy, i wyśmiewałby ich wszystkich, co do jednego. Zawsze naśmiewał się z pół-Irlandczyków, kpiąc z niej, gdy powtarzała to, co Papa mówił jej dobre sto razy: że O'Harowie byli od wieków wspaniałym rodem możnych posiadaczy ziemskich. Aż do bitwy nad Boyne.

Nie wiem, co on widzi w tym śmiesznego. Skoro niemal wszyscy, których znamy, stracili grunty na rzecz Jankesów, to chyba łatwo sobie wyobrazić, że krajanie Papy w ten sam sposób postradali ziemię, bodajże na rzecz Anglików, jeśli się nie mylę. Przy pierwszej sposobności zapytam o to Kubę lub Maureen... o ile Rett nie zabierze mnie stąd do tego czasu.

38.

Właśnie zaczynało zmierzchać, gdy do domu Robillardów dostarczono obiecany w telegramie list wuja Henryka Hamiltona. Scarlett chwyciła kopertę niczym linę rzuconą tonącemu. Już od godziny przysłuchiwała się sporom ciotek, które nie potrafiły rozstrzygnąć, kogo właściwie należałoby winić za to, co miało miejsce dzisiaj przy obiedzie.

— To dotyczy moich spraw w Atlancie — wyjaśniła, rzuciwszy okiem na kopertę. — Przepraszam, ale muszę na górę.

Nie czekała, aż łaskawie wyrażą zgodę.

Zamknęła drzwi do sypialni. Chciała delektować się każdym słowem zupełnie na osobności:

Jakich znowu dopuściłaś się głupstw? — zaczynał się list pytaniem zamiast pozdrowienia. Stary wyga tak czymś się przejął, że trudno było odczytać jego pismo. Scarlett zmarszczyła brwi i przysunęła kartkę bliżej lampy.

Jakich znowu dopuściłaś się głupstw? W poniedziałek złożył mi wizytę nadęty stary dureń, jeden z tych, którym z reguły schodzę z drogi, by nie narażać się na niemiłe spotkanie. Człowiek ten pokazał mi czek przesłany za pośrednictwem jego banku i płatny na ciebie. Kwota opiewa na pół miliona dolarów, czek został wystawiony przez Retta.

We wtorek zawziął się na mnie inny stary głupiec, tym razem jakiś adwokat, koniecznie pragnący uzyskać ode mnie twój adres. Jego klient — mąż twój — pragnie wiedzieć, gdzie przebywasz. Nie powiedziałem mu, że jesteś obecnie w Savannah...

Scarlett jęknęła. Jakim prawem Henryk Hamilton wymyśla ludziom od starych głupców, skoro sam jest jednym z nich? Nic dziwnego, że ciągle nie mogła doczekać się Retta. Spojrzała na pająkowate pismo wuja.

...ponieważ otrzymałem Twój telegram już po tym, jak wyszedł z mojego biura, a podczas jego wizyty sam nie wiedziałem, gdzie się podziewasz. I nie powiem mu tego teraz, ponieważ nie wiem, jakie pomysły zalęgły się w Twojej głowie, a coś mi mówi, żeby trzymać się od tego wszystkiego z daleka.

W każdym razie informuję Cię, że ów prawnik zadał mi w imieniu Retta dwa pytania: po pierwsze, gdzie przebywasz. Po drugie — czy chcesz rozwodu.

Droga Scarlett. Nie wiem, doprawdy, jak zdołałaś omotać Retta, że dał Ci te pieniądze i wcale nie chcę tego wiedzieć. Także nie obchodzi mnie, jakie dał Ci powody do rozwodu. Nigdy nie poplamiłem sobie rąk, mieszając się w podobne sprawy, tym bardziej więc nie będę się zajmować nimi na starość. Na marginesie dodam, że tracisz czas i pieniądze, gdyż w Południowej Karolinie nie przeprowadza się rozwodów, a w świetle prawa Rett zamieszkuje Południową Karolinę.

Jeśli jednak obstajesz przy tej błazenadzie, gotów jestem polecić Ci adwokata, dość szacownego, jak sądzę, choć z tego, co wiem, sam przeprowadził dwa rozwody. Ostrzegam Cię jednak, że będziesz musiała powierzyć mu — lub innemu, którego sobie znajdziesz — prowadzenie wszystkich Twych interesów, albowiem ja nie chcę już mieć z tym nic wspólnego. Jeśli w głowie Ci rozwód z Rettem, a następnie poślubienie Ashleya Wilkesa, pozwól, że zasugeruję Ci, byś przemyślała tę sprawę ponownie, i to bardzo dokładnie. Ashley radzi sobie lepiej, niż można się było po nim spodziewać. Miss India i moja siostra-idiotka prowadzą mu dom, tak że niczego nie zbywa ani jemu, ani jego synowi. Jeśli chcesz wkroczyć w życie Ashleya, wszystko zepsujesz. Zostaw lepiej tego biedaka w spokoju.

W rzeczy samej, zostawić go w spokoju! Ciekawe, jak wyglądałoby życie „tego biedaka", gdybym zostawiła go samemu sobie! Spośród wszystkich ludzi, których miałam szczęście i nieszczęście poznać, właśnie wuj Henryk powinien wykazać się tą odrobiną zdrowego rozsądku miast niczym swarliwa stara panna obciążać mnie winą za wszystkie zło tego świata. On jeden zna całą prawdę o osiedlu na peryferiach, a mimo to... Scarlett poczuła się bardzo dotknięta. Henryk Hamilton spośród wszystkich atlanckich przyjaciół był jej najbliższy — poniekąd zastępował jej ojca — toteż jego oskarżenia bardzo bolały. Szybko przebiegła wzrokiem parę zdań na końcu listu, szybko wygotowała odpowiedź, którą Pansy miała natychmiast zanieść do telegrafu.

MÓJ ADRES W SAVANNAH NIE JEST TAJEMNICĄ STOP NIE CHCĘ ROZWODU STOP PIENIĄDZE W ZŁOCIE ZNAK ZAPYTANIA

Gdyby wuj Henryk nie kwęczał niczym kwoka na jajach, byłaby zupełnie pewna, że już dawno temu zamienił pieniądze na złoto i ulokował je w jej sejfie w banku. Ale czy ktoś, kto nie miał dość oleju w głowie, by podać Rettowi jej adres, mógł się wykazać tą odrobiną rozsądku i przeprowadzić tę prostą operację — tego już nie była pewna. Ssąc kciuk oddała się ponurym myślom. Pieniądze. Może by tak wrócić do Atlanty, porozmawiać z wujem, bankierami, Colletonem? Może dokupić jeszcze ziemi na peryferiach i wybudować więcej domów? Teraz, gdy do miasteczka dotarła pierwsza fala depresji wywołana krachem na giełdzie, ceny powinny spaść na łeb, na szyję.

Nie! To, co najważniejsze, trzeba załatwić najpierw. Rett wszczął poszukiwania. Uśmiechnęła się do samej siebie, wyjęła kciuk z ust i palcami prawej dłoni zaczęła masować zmacerowaną skórę. Nie zwiedzie mnie tą gadaniną o rozwodzie. Ani nawet przekazem na pół miliona, czym dawał do zrozumienia, jakoby wszystko, co nas łączy, zostało zerwane. To, co ważne — to, co naprawdę ważne — sprowadza się do jednego: Rett chce wiedzieć, gdzie mieszkam. Gdy wuj Henryk poda mu mój adres, niedługo będzie zwlekał.

*　　*　　*

— Nie bądź śmieszna, Scarlett — powiedziała Paulina lodowatym tonem. — Oczywiście, że jutro odjedziesz z nami do Charlestonu. Zawsze w sobotę wracamy do domu.

— Jeśli nawet wy wracacie, to wcale nie znaczy, że i ja muszę. Powtarzam wam zatem po raz wtóry: postanowiłam zatrzymać się w Savannah.

Scarlett była zdecydowana nie pozwolić Paulinie naprzykrzać się zbyt długo — nikt nie mógł niepokoić jej teraz, gdy wiedziała, że Rett wszczął za nią poszukiwania. Przyjmie go tutaj, właśnie tutaj — w tym wytwornym, różowozłotym pokoju i przywiedzie go do takiego stanu, że będzie błagał, by zechciała wrócić. A kiedy w stosownych słowach poprosi ją o przebaczenie i dość się uniży, zgodzi się wrócić, a wtedy on weźmie ją w ramiona i złoży na jej ustach pocałunek...

— Scarlett, może łaskawie zechcesz odpowiedzieć na pytanie?

— O co chodzi, ciociu Paulino?

— O to, co zamierzasz z sobą zrobić. Gdzie chcesz się zatrzymać?

— Jak to? Oczywiście, że tutaj.

Nie mieściło się jej w głowie, iż ktoś miałby jej bronić gościny w domu dziadka. Na Południu ciągle jeszcze pielęgnowano tradycję gościnności. Nie do pomyślenia było, by gospodarz wyprosił gościa z domu wcześniej, niż on sam uznał, że czas już odjechać.

— *Père* nie lubi niespodzianek — smutno zauważyła Eulalia.

— Mam wrażenie, że jestem w stanie pouczyć Scarlett o obyczajach tego domu i bez twojej pomocy, siostrzyczko.

— Oczywiście, że jesteś, siostro. Tak jak i ja jestem zupełnie pewna, że nigdy nie twierdziłam aby było inaczej.

— Zapytam dziadka — rzekła Scarlett, podnosząc się z miejsca. — Chcecie mi towarzyszyć?

Na samą myśl o tym pobladły, przerażone, że wtargnięcie do sypialni dziadka bez jego wyraźnego zaproszenia przyprawi go o białą gorączkę. Tam, do licha. Jakiej jeszcze podłości mógł się wobec nich dopuścić, czy nie wyczerpał już całego repertuaru? Ruszyła przez hall odprowadzana przez szepczące, ciekawe wyniku tej wizyty ciotki. Zapukała.

— *Entrez, Jerome.*

— To nie Hieronim, dziadku, to ja, Scarlett. Mogę wejść?

Chwila ciszy. Po czym zza drzwi dobiegł ją niski, silny głos Pierre'a Robillarda.

— Wejdź.

Scarlett podrzuciła główką i uśmiechnęła się triumfalnie w stronę ciotek. Pchnęła drzwi.

Straciła nieco na pewności siebie gdy spojrzała na jastrzębią twarz starca. Ale nie zwolniła kroku. Przebrnęła do połowy przez gruby dywan, przekonana, że się jej powiedzie.

— Chciałam ci tylko powiedzieć, dziadku, że zamierzam tu zostać parę dni dłużej niż ciotki Eulalia i Paulina, które jutro rano wracają do Charlestonu.

— Dlaczego?

Scarlett poczuła się zakłopotana. Nie miała zamiaru przedstawiać dziadkowi swoich racji. Zresztą nie bardzo rozumiała, dlaczego miałaby to robić.

— Bo tak chcę.

— Dlaczego?

Spojrzenie jej zielonych oczu — tak, była gotowa stoczyć tę walkę, zdały się mówić — skrzyżowało się z podejrzanie bladoniebieskim wejrzeniem starca.

— Mam swoje powody — wykrztusiła w końcu. — A czy ty masz coś przeciw temu?

— A gdybym miał?

Nie, to nie do zniesienia. Nie może, za żadną cenę nie wróci do Charlestonu. Byłoby to tak, jakby poniosła bezwarunkową kapitulację. Musi pozostać w Savannah.

— Jeśli nie chcesz, żebym tu została, przeniosę się do kuzynostwa O'Harów. Właśnie mnie zaprosili.

Usta Pierre'a Robillarda skrzywiły się lekko na kształt uśmiechu.

— Jeśli ci obojętne, czy śpisz w salonie sama, czy ze świnią, sam też nie będę się tym przejmował.

Scarlett poczuła, jak twarz oblewa jej purpura. Zawsze wiedziała, że dziadek bardzo niechętnym okiem spoglądał na małżeństwo matki. Nigdy nie gościł Geralda O'Hary w swoim domu. Chciała bronić ojca i kuzynów od bezpodstawnych uprzedzeń starego Robillarda, któremu nienawistne było wszystko, co irlandzkie. Nie pozostawiłaby tej zniewagi bez odpowiedzi, gdyby sama nie tkwiła w straszliwym podejrzeniu, że dzieci O'Harów naprawdę przynoszą do domu małe świnki i że bawią się ze zwierzętami.

— Nieważne — mruknął dziadek. — Zostań tu, jak długo chcesz. Gdy o mnie chodzi, nie przywiązuję do tej sprawy najmniejszej uwagi.

Zamknął oczy. Posłuchanie skończone.

Scarlett z trudem powstrzymała się od trzaśnięcia drzwiami. Co za upiorny starzec! Niemniej jednak uzyskała to, na czym jej tak zależało. Uśmiechnęła się do ciotek.

— Wszystko w porządku.

Tego samego dnia rano i po południu Scarlett towarzyszyła ciotkom, które roznosiły przyjaciołom i znajomym karty wizytowe z odręcznie wypisanymi w lewym dolnym rogu inicjałami „P.P.C." — *pour prendre congé**. Zwyczaj ten, nie praktykowany w Atlancie, w starszych miastach Georgii i Południowej Karoliny stanowił coś w rodzaju rytuału, któremu należało się podporządkować, zaś zdaniem Scarlett był zwykłą stratą czasu — bo niby po co informować bliższych i dalszych znajomych, że wyjeżdża się z miasta? Zwłaszcza gdy jeszcze parę dni temu ciotki wypuściły się do miasta, by w tych samych domach złożyć bilety wizytowe informujące, że przyjechały. Poza tym była przekonana, iż większość z tych ludzi, którym ciotki dwukrotnie w ciągu tygodnia składały wizyty li tylko celem zostawienia wizytówki, nie odwzajemniała się, składając własne karty wizytowe. W domu Robillardów nie przyjmowano gości.

W sobotę uparła się odprowadzić ciotki na dworzec. Osobiście dopilnowała, by Pansy postawiła walizy dokładnie tam, gdzie sobie tego życzyły, na widoku, tak żeby nie dało się ich niepostrzeżenie ukraść. Ucałowała zmarszczone i suche niczym papier policzki, wróciła na peron i — wtopiona w tłum odprowadzających — machała im na pożegnanie aż pociąg wytoczył się ze stacji.

— Zanim wrócimy do domu, zatrzymamy się u piekarza na Broughton Street — powiedziała do dorożkarza. Zanim podadzą obiad, minie jeszcze kilka głodnych godzin.

Wysłała Pansy do kuchni, żeby przyniosła jej kawę, po czym zdjęła kapelusz i rękawiczki. Uff, nareszcie. Z odjazdem ciotek w domu zapanował miły sercu spokój. Ale na stole w hallu dostrzegła warstewkę kurzu. Tak, koniecznie trzeba powiedzieć coś do słuchu Hieronimowi. Reszcie służby, o ile okaże się to konieczne, też. Nie wolno jej dopuścić do sytuacji, że gdy Rett przyjedzie, dom będzie zapuszczony do granic możliwości.

Jak gdyby czytając w jej myślach, Hieronim pojawił się ze srebrną tacą w rękach. Scarlett podskoczyła. Na miłość Boską, czy ten człowiek nie umie poruszać się ciszej?

— To do pani, Miss Scarlett.

Na tacy leżał telegram.

Rett. Scarlett sięgnęła po kopertę drżącymi palcami, nader szybko.

— Dziękuję. Zobacz, co tam z kawą.

Ten lokaj jest zbyt wścibski. Nie, nie pozwoli, by czytał znad pleców. Gdy tylko odszedł, rozerwała kopertę.

— Do diabła! — syknęła.

Depesza od wuja Henryka.

Oszczędny zazwyczaj w słowach Henryk był chyba poruszony do głębi, skoro pozwolił sobie na takie krasomówstwo, i to w telegramie.

NIE MAM I NIE CHCĘ MIEĆ NIC WSPÓLNEGO Z PIENIĘDZMI

Pour prendre congé (franc.) — formuła grzecznościowa umieszczana na biletach wizytowych składanych przy wyjeździe. (przyp. tłum.)

KTÓRE PRZEKAZAŁ CI MĄŻ STOP CAŁA SUMA SPOCZYWA NA TWOIM KONCIE W BANKU STOP CHYBA DOŚĆ JASNO WYRAZIŁEM MĄ NIECHĘĆ WOBEC OKOLICZNOŚCI W JAKICH ODBYŁA SIĘ TA TRANSAKCJA STOP NIE OCZEKUJ ODE MNIE POMOCY STOP.

Przeczytawszy depeszę, Scarlett osunęła się na krzesło. Nogi miała jak z waty, serce biło jak oszalałe. Stary dureń! Pół miliona — to chyba więcej, niż widzieli w banku przez wszystkie te lata, które upłynęły od końca Wojny. Cóż mogło powstrzymać bankierów od zgarnięcia całej sumy do kieszeni i zamknięcia banku? W całym kraju banki ogłaszały bankructwa, gazety pisały o tym dzień w dzień. Musi więc wrócić do Atlanty, wymienić pieniądze na złoto i złożyć je do sejfu. Ale to potrwa. Nawet gdyby jeszcze dzisiaj odjeżdżał z Savannah jakiś pociąg, i tak nie zdąży dojechać wcześniej niż na poniedziałek. Dwa dni... to dość dużo czasu, by jej pieniądze rozpłynęły się niczym dym w powietrzu.

Pół miliona dolarów. To więcej, niż zdołałaby osiągnąć, gdyby sprzedała wszystkie swe majętności po dwukrotnie wyższej cenie, niż były warte. Więcej, niż zdoła zarobić na sklepie, barze i nowych domach w ciągu najbliższych trzydziestu lat. Och, miała ochotę udusić tego Henryka!

Kiedy na schodach pojawiła się Pansy, dumnie niosąc srebrną tacę, a na niej cały serwis do kawy, jej wzrok spotkał się z dzikim spojrzeniem z nagła pobladłych zielonych oczu Scarlett.

— Zostaw to i zakładaj płaszcz — przemówiła ochrypłym tonem Mrs. Butler. — Wychodzimy.

W zupełności panowała nad sobą, choć gdy wpadała do sklepu O'Harów, policzki miała zaróżowione. Kuzyn, czy nie — lepiej żeby Kuba nie wiedział zbyt wiele o jej sprawach. Dlatego postarała się, by jej głosik brzmiał odpowiednio dziewczęco, gdy poprosiła kuzynka, by polecił jej zaufanego bankiera.

— Taka jestem roztargniona, że nawet nie zauważyłam, jak wydałam wszystkie pieniądze, a teraz postanowiłam zostać w Savannah parę dni dłużej. Muszę pobrać z banku w Atlancie, gdzie mam konto, kilka nędznych dolarów, ale nie znam tu żywej duszy. Pomyślałam więc sobie, że jako człowiek interesu, znany i szanowany dla swych sukcesów, wstawisz się za mną u solidnego bankiera.

Kuba uśmiechnął się od ucha do ucha.

— Będę jedynie dumny, mogąc towarzyszyć ci do samego dyrektora banku, a za jego rzetelność głowę daję, bo wuj Jakub robił z nim interesy przez dobre pięćdziesiąt lat. Ale lepiej chyba uczynisz, Scarlett, gdy powiesz mu, że jesteś wnuczką starego Robillarda, niż gdybyś przyznała się do pokrewieństwa z naszą rodziną. Pierre Robillard to bardzo bogaty starszy pan, a przy tym człek nie w ciemię bity. Czyż nie wykazał się nie lada sprytem, wysyłając do Francji całą forsę po tym, jak Georgia, za przykładem Południowej Karoliny, postanowiła wystąpić z Unii?

Zatem dziadek zdradził Południe! Nic więc dziwnego, że zachował wszystkie te wspaniałe srebra, a i dom miał nietknięty. Ciekawe, dlaczego go nie zlinczowano? I dlaczego Kuba traktował to z taką dozą humoru? Scarlett przypomniała sobie, że i Maureen śmiała się z dziwactw dziadka, choć miała wszelkie prawa czuć się tym zszokowana. Bardzo skomplikowane. Nie wiadomo, co o tym myśleć. W każdym razie, w tej chwili nie ma czasu na myślenie – szybko do banku, trzeba zrobić coś z pieniędzmi.

– Danielu, rzuć okiem na sklep. Ja wychodzę z kuzynką.

Kuba podał jej ramię, Scarlett wzięła go pod rękę i pomachała na pożegnanie do Daniela. Pozostawało mieć nadzieję, że jeszcze nie jest za późno. Było prawie południe.

– Maureen, kiedy usłyszy, że chcesz pozostać w Savannah parę dni dłużej, na pewno będzie zachwycona –rzekł Kuba, gdy tak szli Broughton Street, z Pansy dreptającą z tyłu. – Wpadniesz do nas wieczorem? Po drodze do domu mogę na ciebie krzyknąć.

– Chętnie.

Naprawdę miała na to ochotę, bo jeśli będzie musiała siedzieć sama jedna w tym wielkim różowym domu, jeśli nie będzie miała do kogo się odezwać – co najwyżej do dziadka, ale i to nie dłużej niż na dziesięciominutowych posłuchaniach – oszaleje. Jeśli do wieczora przyjedzie Rett, zawsze może posłać do sklepu Pansy z karteczką, że zmieniła zdanie.

*　　*　　*

Jak się okazało, czekała na Kubę niecierpliwie. Gdy poinformowała dziadka, że dziś wieczorem ma wychodne, staruszek zrobił się bardzo, ale to bardzo niemiły.

– To nie hotel, moja panno. Nie możesz tu przychodzić i wychodzić wedle życzenia. W tym domu panuje pewna dyscyplina, a to znaczy, że masz być w łóżku nie później niż o dziewiątej.

– Jasne, dziadku – przytaknęła potulnie. Była pewna, że wróci znacznie wcześniej. Poza tym, po wizycie u dyrektora banku zaczęła spoglądać na starego Robillarda z rosnącym szacunkiem. Był bogaty – o tym wiedziała od dawna – lecz jego zamożność chyba przekraczała jej najśmielsze wyobrażenia. Gdy Kuba przedstawił ją jako jego wnuczkę, bankierowi omal spodnie nie pękły, tak się kłaniał i szurał nogą. A potem, gdy Kuba już wyszedł, kiedy zostali sami i gdy mu powiedziała, że pragnie wynająć sejf oraz dokonać przelewu pół miliona dolarów z konta w Atlancie, bankier omal nie rzucił się do jej stóp. Mniejsza o to, co mówią inni – pomyślała, pokrzepiona wspomnieniem tej wizyty. Nie ma to, jak siedzieć na górze złota.

– Nie mogę długo zabawić – powiedziała Kubie zaraz na powitanie. – Mam nadzieję, że nie masz nic przeciwko temu, gdy cię poproszę, abyś odprowadził mnie do domu już o pół do dziewiątej?

– Będę zaszczycony mogąc ci towarzyszyć wszędzie i o każdej porze – Kuba wygiął się w błazeńskim ukłonie.

Wtedy, gdy odchodzili sprzed domu dziadka, Scarlett nie miała pojęcia, że wróci prawie o świcie.

39.

Wieczór zaczął się spokojnie. Na tyle spokojnie, że Scarlett miała prawo czuć się rozczarowana. Oczekiwała muzyki, tańców, świętowania, lecz Kuba wprowadził ją do jakże dobrze znanej kuchni i na tym koniec. Maureen przywitała ją całusem w policzek i filiżanką herbaty, po czym wzięła się do gotowania kolacji. Scarlett przysiadła obok wuja Jakuba – staruszek w pół drzemał. Kuba zdjął płaszcz, rozpiął kamizelkę i zapalił fajkę, usiadł w fotelu bujanym i oddał się przyjemności palenia. Maria Katarzyna oraz Helena nakrywały do stołu w przyległej jadalni, szczebiocąc coś jedna do drugiej przez górę noży i widelców. Owszem, miła idylla rodzinna, lecz czym się tu ekscytować? Przynajmniej – myślała Scarlett – można znaleźć pociechę w tym, że u O'Harów jedzą kolację nawet w Poście. Wiedziałam, ciotki nie miały racji prawiąc te wszystkie okropności o jednym posiłku dziennie, a i to bezmięsnym. Nikt nie przeżyłby tych kilku tygodni jedząc tylko raz dziennie.

Minęło parę minut. Do kuchni weszła jakaś wstydliwie uśmiechająca się dziewczyna z główką otoczoną chmurą ciemnych włosów. W ramionach trzymała Janka.

– Ach, tu jesteś, Kasiu – powitał ją Kuba. Scarlett, już niejako automatycznie, zapisała w pamięci jej imię — bardzo stosowne, jak ona łagodne i pełne świeżości. — Podrzuć tego urwisa tatusiowi.

Janek wyciągnął ramiona i podbiegł do ojca. W jednej chwili cały spokój prysnął. Scarlett aż krzywiła się, tak głośne okrzyki radości wydawał chłopiec. Nawet wuj Jakub zachrapał i momentalnie się obudził. Otwarły się drzwi. Z ulicy weszli do kuchni Daniel oraz jego młodszy brat Brian.

— Zobacz, kogo znalazłem! — zawołał Daniel. — Węszył pod drzwiami.

— Och, jednak zdecydowałeś się zaszczycić nas swoją obecnością — wykrzyknęła Maureen. — Nic, tylko ogłosić to w gazetach na pierwszej stronie.

Brian objął matkę w niedźwiedzim uścisku.

— Chyba nie wydasz człowieka na śmierć głodową?

Maureen zrobiła taką minę, jakby bardzo się gniewała, oczy jednak skrzyły się jej dowcipem. Brian ucałował czubek góry rudawych włosów, spiętrzonych w wielkim koku. Puścił matkę.

— No i popatrz, co najlepszego zrobiłeś z moimi włosami, ty indiański dzikusie! — zrzędziła Maureen. — A w dodatku zawstydzasz mnie nie witając się z kuzynką Scarlett. Ty też, Danielu.

Brian, chłopak jak tyka, pochylił się niczym żuraw i rzucił Scarlett porozumiewawczy uśmiech.

— Wybaczysz mi, kuzyneczko? Jesteś taka drobniutka i zachowujesz się tak cicho, że nawet cię nie zauważyłem.

Czerwony blask ognia jeszcze bardziej rozpłomienił jego i tak ogniste włosy, w jego błękitnych oczach czaiły się ogniki wesołości.

— Czy zechcesz wstawić się za mną do mej okrutnej matki, by jednak nie żałowała mi paru okruchów, które spadną z jej stołu?

— Dalej, dzikusie. Umyj ręce! — wypchnęła go z kuchni Maureen.

Gdy Brian zniknął w toalecie, jego miejsce zajął Daniel.

— Miło nam, że znowu jesteś wśród nas, kuzynko.

Scarlett uśmiechnęła się. Choć Janek, podskakując na kolanach Kuby, darł się niemiłosiernie, jej także miło było znajdować się tutaj, gdzie tyle było życia. W porównaniu z tym domem zimna doskonałość domostwa jej dziadka zdała się martwa niczym grób.

Gdy zasiedli za stołem, gdy wzięli się do jedzenia, Scarlett poznała przyczyny, dla których Maureen tak zgryźliwie traktowała Briana. Ów młodszy syn jeszcze kilka tygodni temu dzielił jeden pokój z Danielem, zaś matka tylko pozornie pogodziła się z tym jego wybiciem się na samodzielność. Owszem, mieszkał tylko parę kroków stąd, w domu swej siostry Patrycji, a jednak było to tak, jakby na dobre go straciła. Dlatego niezmienną i złośliwą satysfakcją napawał Maureen fakt, że syn przekładał jej kuchnię nad wysublimowane *menu* Patrycji.

— No bo i czego tu się spodziewać — rzekła zadowolona z siebie samej — skoro Patrycja boi się, czy oby przypadkiem firanki nie przesiąkły zapachem ryby? — co rzekłszy, położyła na talerz syna kawałek smażonej na maśle ryby. — Trudno być taką damą w czasie Postu.

— Powstrzymaj swój język, kobieto — powiedział Kuba. — Przecież oczerniasz własną córkę.

58

— A któż ma do tego prawo jeśli nie ja, jej matka?

Wtrącił się Jakub.

— Dobrze mówi — wskazał na Maureen. — Pamiętam ostry język mojej matki... — tu z wyraźną lubością przywołał parę obrazów z przeszłości. Scarlett słuchała uważnie w nadziei, że wuj wspomni także jej ojca, co też się stało.

— Ale Gerald — ciągnął stary Jakub — Gerald był oczkiem w głowie matki. I jako dziecko, i jako dorosły.

Scarlett pochyliła się, by lepiej słyszeć.

— Geraldowi, nawet gdy zasłużył na lanie, zawsze udawało się ujść co najwyżej z krótką połajanką...

Scarlett uśmiechnęła się. Tak, to wypisz wymaluj Papa — ten, którego znała. Któż mógłby się oprzeć urokowi jego gołębiego serca, niewprawnie skrywanemu pod zewnętrzną powłoką chwactwa? Jakże bardzo pragnęła, by mógł być tu z nimi, z całą rodziną.

— Pójdziemy po kolacji do Mateusza? — zapytał wuj Jakub. — Czy też wszyscy przyjdą tutaj?

— Idziemy do Mateusza — odparł Kuba.

Aha, to ten mężczyzna, który na urodzinach Patrycji dał początek tańcom — przypomniała sobie Scarlett czując, jak stopy zaczynają rytmicznie podskakiwać.

— Coś mi się wydaje, że ktoś ma ochotę na *reela* — uśmiechnęła się do niej Maureen. Po czym podniosła z talerza swoją łyżkę, sięgnęła Danielowi przez ramię i wzięła jego łyżkę, następnie ujęła je w rękę i zaczęła postukiwać o otwartą dłoń, nadgarstek, przedramię, wreszcie — o czoło Daniela. Stukot łyżek, uderzających jedną o drugą, przypominał rytmiczne uderzenia kastanietów — „kości" były jednak delikatniejsze w brzmieniu, a prostota, czy wręcz prostactwo tej muzyki, której źródłem była para sztućców, sprawiła, że Scarlett nie mogła powstrzymać się, by nie wybuchnąć śmiechem. Niewiele myśląc, zaczęła uderzać otwartą dłonią w stół, potęgując rytmiczne postukiwanie łyżek.

— Musimy już się zbierać — powiedział, tłumiąc śmiech, Kuba. — Tylko wezmę skrzypce.

— Musimy wziąć ze sobą krzesła — powiedziała Maria Katarzyna.

— Mateusz i Maria Katarzyna mają w całym domu tylko dwa sprzęty do siedzenia — wyjaśnił Daniel. — To najmłodsza odrośl rodu O'Harów w Savannah.

I bardzo dobrze. No bo koniec końców jakie to ma znaczenie, że w dwupokojowym salonie Mateusza i Marii Katarzyny nie było prawie wcale mebli. Były za to dwa kominki, było ciepło, na suficie wisiały szklane kule oświetlane płomieniem gazowym. Oraz — co najważniejsze — na ogromnej, lśniącej woskiem podłodze można było tańczyć do utraty tchu. Godziny mijały tutaj tak szybko, że Scarlett uznała ten sobotni wieczór za najszczęśliwszy z tych, które dane było jej przeżyć.

W gronie rodziny O'Harów oddychało się atmosferą miłości i szczęścia niczym powietrzem — swobodnie, nawet nie zdając sobie z tego sprawy. Scarlett odniosła wrażenie, że oto dojrzewa w niej coś, co straciła już tak dawno temu, iż nawet wszelkie wspomnienia o tym się zatarły. Jak ci, którzy ją otaczali, stała się spontaniczna w uczuciach, zdało się jej, że odzyskała samą siebie, a wraz z tym posiadła umiejętność dzielenia beztroskiej radości. Teraz mogła strząsnąć z siebie całą tę powłokę sztuczności, wyzbyć się wyrachowania, niezbędnego w bataliach o zdobycze i dominację — stałego rytuału życia pięknej kobiety w społeczeństwie Południa.

Tutaj wdzięk nie był jej potrzebny, zdobycze tym bardziej. Akceptowano ją taką, jaka była — wystarczyło, że należała do rodziny. Po raz pierwszy w życiu wcale nie chciała czuć na sobie spojrzeń wszystkich — z radością przystała na to, by kto inny znalazł się w centrum uwagi. To inni byli dla niej źródłem fascynacji: po pierwsze dlatego, że odkryła ich dopiero teraz, ale też z tego powodu, że jeszcze nigdy w życiu nie spotkała podobnych im ludzi.

Albo też: prawie nigdy. Spojrzała na Maureen, na Briana i Daniela, którzy stojąc za jej plecami przygrywali do tańca, na Helenę i Marię Katarzynę, klaszcząc w ręce w rytm wybijany przez „kości", a wtedy przez ułamek sekundy odżył w jej pamięci obraz młodych Tarletonównych. Bliźniaczki — wysokie i przystojne dziewczyny, zwijające się z niecierpliwości w oczekiwaniu kolejnej przygody, którą życie trzymało dla nich w zanadrzu. Scarlett zawsze zazdrościła im, że tak swobodnie i zupełnie niewymuszenie zachowują się wobec matki. Tę samą swobodę widziała teraz między Maureen i jej dziećmi. I wiedziała, że ona też może śmiać się z Maureen, że wolno jej drwić z innych ale i sama może stać się przedmiotem drwin, że i ona może otrzymać ów dar uczucia, którym żona Kuby hojnie szafowała dla wszystkich.

W tej samej chwili owo bliskie prawdziwej czci uczucie, którym darzyła swą łagodną, zawsze zdolną okiełznać gniew matkę, ów ołtarzyk, który wzniosła jej w głębi serca zadrżał w posadach i pojawiła się w nim głęboka rysa. Jednocześnie poczucie winy, które dręczyło ją od momentu, gdy uświadomiła sobie, że nie potrafi żyć w myśl wskazówek matki, zaczęło powoli ją opuszczać. Może to właśnie lepiej, że nie jest w każdym calu damą... Obraz damy, przekazany jej przez Ellen O'Harę, był zbyt barwny, zbyt zawiły. Tak, pomyśli o tym później. Teraz lepiej nie zaprzątać sobie głowy podobnymi problemami. Nie chciała wędrować myślami ani do „wczoraj", ani do „jutra". Teraz tylko jedno się liczyło: chwila szczęścia, muzyka i śpiew, klaskanie w dłonie i taniec.

Po rytuałach charlestońskich balów pełna spontaniczności atmosfera domowej zabawy miała w sobie nieodparty urok. Scarlett całą duszą chłonęła radość i śmiechy, sama była przeniknięta śmiechem i radością.

Peggy — córka Mateusza — pokazała jej najprostsze kroki *reela* i — choć mogłoby się to wydawać dziwne — fakt, że dojrzała kobieta uczyła się od siedmioletniej dziewczynki zdał się być czymś zupełnie słusznym. Tak jak słuszną rzeczą było wysłuchiwać słowa zachęty, wypowiadane przez innych i w pogodzie ducha przyjmować żarty: i Scarlett, i Peggy znajdowały się w tej samej sytuacji. Tańczyła więc, dopóki nie zaczęła słaniać się na nogach, dopóki śmiejąc się serdecznie nie osunęła się na ziemię, wprost do nóg starego Jakuba, który pogłaskał ją po głowie jakby była malutką dziewczynką, co przyprawiło ją o kolejny, gwałtowniejszy atak śmiechu. Śmiała się aż do utraty tchu, a w końcu wydyszała:

— Nigdy w życiu nie bawiłam się tak wspaniale.

Albowiem bardzo niewiele chwil wspaniałych było w życiu Scarlett, nic więc dziwnego w tym, że kiedy już nadeszły, całym sercem pragnęła, by wiecznie trwały owe czyste, proste radości. Spoglądała na dryblasowatych, wesołych jak dzieci kuzynów, była dumna, że wszyscy tacy silni, żywotni, z talentem do muzyki... i życia. „Pełno nas jest na świecie, nas, O'Harów, a pókiśmy razem, żaden zbój nie śmie nas choćby tknąć palcem" — zdało się, że słyszy, jak chełpi się ojciec, jak wypowiada słowa, które powtarzał po wielekroć. Teraz jednak — dopiero teraz — zrozumiała, co one znaczą.

— Och, Kuba, jakaż to była wspaniała noc — westchnęła, gdy wsparta o ramię kuzyna wracała do domu. Tak się zmęczyła, że ledwo powłóczyła nogami, lecz świergotała bez chwili przerwy, zbyt rozbawiona, by pogodzić się ze spokojem pogrążonego we śnie miasta.

— Pełno na świecie O'Harów...

Kuba roześmiał się. Silnymi rękoma objął ją wokół talii i podniósł, i zawirował ze Scarlett w objęciach.

— I żaden zbój nie śmie nas tknąć — dokończył, gdy postawił ją na ziemię.

*   *   *

— Miss Scarlett!... Miss Scarlett! — pokrzykiwania Pansy obudziły ją o siódmej rano. Przyniosła wiadomość od *Père*. — Pan starszy chce się z panienką widzieć... Już, w tej chwili.

Stary żołnierz siedział przy stole, na wielkim, podobnym do tronu krześle, zapięty na ostatni guzik i świeżo ogolony. Z wysokości swego fotela spojrzał z dezaprobatą dla jej pospiesznie przyczesanych włosów i matinki.

— Śniadanie żadną miarą trudno uznać za satysfakcjonujące — oznajmił, dźwięcznie wypowiadając każde słowo.

Scarlett wbiła weń zdumione spojrzenie, ziewnęła impertynencko. Do licha, a co ją to obchodzi? Czy on myśli sobie, że stała przy kuchni? Może postradał zdrowe zmysły, niczym Papa... choć nie, z Papą to było co innego. Gdy los go doświadczył tak, że nie mógł już tego znieść, odszedł do miejsca i czasu, gdzie nic strasznego nie mogło się przydarzyć. Był jak dziecko, jak dziecko, które straciło orientację. Ale po dziadku nie było widać, by stracił orientację, nic w nim nie przypominało dziecka. Dobrze wiedział, kim jest, gdzie przebywa i co robi. Co to ma znaczyć, że zrywa mnie z łóżka zaledwie po paru godzinach snu, po czym żali się na śniadanie?

— Dziadku — jej głos był przeraźliwie spokojny. — Co ci się nie podoba w tym śniadaniu?

— Zimne i bez smaku.

— To dlaczego nie odeślesz do kuchni? Powiedz Hieronimowi, na co masz apetyt i dodaj, żeby było ciepłe.

— Ty to zrobisz. Kuchnia to babska sprawa.

Scarlett położyła ręce na biodra. Stalowe spojrzenie jej oczu omal nie prześwidrowało dziadka na wskroś.

— Czy wobec tego mam rozumieć, że wyrwałeś mnie z łóżka tylko po to, abym powiedziała kucharce, co chcesz jeść na śniadanie? Za kogo ty mnie masz? Za pokojówkę? Sam wydasz polecenia kuchni, albo skonasz z głodu. Dla mnie to wszystko jedno. Wracam do łóżka.

Odwróciła się na pięcie.

— To łóżko należy do mnie, moja panno, a jeśli śpisz na nim, to tylko za moją łaską i z mego upodobania. Dopóki przebywasz pod moim dachem, będziesz spełniała moje polecenia.

Teraz to już prawdziwa wściekłość ogarnęła Scarlett, wszelkie nadzieje na sen prysły. W tej chwili spakuję manele i zaraz mnie tu nie będzie — przemknęło jej przez myśl. Nie muszę znosić humorów tego starca.

Zanim jednak otworzyła usta, by wypowiedzieć to, co miała już na końcu języka, zatrzymał ją kuszący aromat kawy. Tak, najpierw filiżanka kawy, z dziadkiem jeszcze się zdąży... Lepiej się chwilę zastanowić. Jeszcze nie mogła wyjechać z Savannah. Rett pewnie już wie, że się tutaj zatrzymała. Poza tym w każdej chwili może jej dać znać Matka Przełożona.

Podeszła zatem do drzwi i pociągnęła za sznur dzwonka. Po czym zajęła miejsce na krześle po prawicy dziadka. Wszedł Hieronim.

— Podaj mi filiżankę do kawy — utkwiła w lokaju piorunujący wzrok. — A potem zabierz stąd ten talerz. Co to ma być? Płatki owsiane? Jakkolwiek by się to nazywało, powiedz kucharce, niech sama to zje. A później niech migiem usmaży jajecznicę na szynce i bekonie, niech poda kaszę i grzanki. I niech wszystko poleje masłem. Dużo masła. Ja zaś w tej chwili chcę dostać dzbanuszek śmietanki do kawy.

Hieronim spojrzał na pana domu. Pierre Robillard siedział wyprostowany, pilnie unikając spojrzenia lokaja, i tylko cisza ponaglała go, by czym prędzej spełnił polecenia Scarlett.

— No, nie stój tu jak posąg — ofuknęła go. — Zrób to, co ci kazano.

Scarlett była głodna.

Dziadek też był głodny.

A chociaż śniadanie minęło w ciszy równie głębokiej, jak onegdaj urodzinowy obiad, tym razem starzec zjadł wszystko, co mu podano. Scarlett spoglądała nań podejrzliwie kącikiem oka. Co znowu knuje ten stary lis? Trudno byłoby jej uwierzyć, że za tym wszystkim nic się nie kryje. Doświadczenie mówiło jej, iż nic łatwiejszego w wyegzekwowaniu od służby tego, na co miało się ochotę. Wystarczyło głośniej krzyknąć. A już Bóg świadkiem, że Pierre Robillard umie wywierać na ludziach odpowiednie wrażenie, wystarczy spojrzeć na ciotki. Zresztą i ona — Scarlett — też wyskoczyła z łóżka, zaledwie usłyszała, że ją wzywa. O nie, po raz drugi to się już nie powtórzy.

Dziadek położył serwetkę na pusty talerz.

— Na przyszłość masz być stosownie ubrana do stołu — powiedział, spoglądając na drzwi. — Dokładnie za godzinę i siedem minut wychodzimy do kościoła. To chyba dość czasu na toaletę.

Scarlett nie w głowie było do kościoła. Teraz, gdy nie musiała przejmować się ciotkami, gdy od Matki Przełożonej dostała to, na czym jej zależało, pobożność Scarlett osłabła. Ale przecież ktoś musiał położyć kres despotyzmowi dziadka. Ciotki twierdziły, że jest zagorzałym antykatolikiem.

— Nie wiedziałam, że chodzisz na mszę — powiedziała głosem ociekającym słodyczą.

Grube, białe brwi Pierre'a Robillarda wygięły się w łuk.

— Mam nadzieję, że w przeciwieństwie do swoich ciotek nie należysz do twardogłowych papistów?

— Jeśli myślisz o Kościele Rzymskim, to owszem, jestem dobrą katoliczką i idę na mszę świętą z kuzynostwem O'Harami. Którzy, tak mimochodem, zapraszają mnie do siebie, gdy tylko będę miała ochotę i na tak długo, jak zechcę.

Co rzekłszy wstała, dumnym krokiem przeparadowała przez jadalnię i wyszła. Była już w połowie schodów, gdy przypomniała sobie, że przed mszą nie powinna niczego jeść. Ale trudno. Skoro tak, to najwyżej nie przystąpi do komunii. Ale dziadkowi zamknęła usta, to pewne. Gdy weszła do pokoju, wykonała kilka kroków *reela*, które poznała ostatniej nocy.

Ani przez chwilę nie sądziła, że starszy pan weźmie za dobrą monetę tę historyjkę z mieszkaniem u kuzynów. Bo chociaż lubiła chodzić do O'Harów na tańce, by posłuchać muzyki, to jednak mieli stanowczo za dużo dzieci. W tych warunkach nie mogłaby zamieszkać. Poza tym nie mieli służby. A jak tu się ubrać bez Pansy, kto zaciągnie sznurówkę, kto ułoży włosy?

Ciekawe, co też on knuje? — pomyślała po raz drugi, by za chwilę niedbale wzruszyć ramionami. Pewnie wkrótce i tak się dowie, czy chce, czy nie. W gruncie rzeczy to bez znaczenia. Zanim dziadek odkryje karty, Rett na pewno zdąży ją stąd zabrać.

40.

*G*odzinę i cztery minuty po tym, jak Scarlett zamknęła się w swoim pokoju na górze, Pierre August Robillard − żołnierz napoleoński − opuścił cudowny azyl swego domu i udał się do kościoła. Ubrał się w gruby i ciężki płaszcz, szyję zawinął w wełniany szalik, a rzadkie, białe włosy przykrył wysoką czapą z soboli, która kiedyś należała do rosyjskiego oficera, lecz biedak padł pod Borodino. Chociaż słońce wdzięczyło się prawdziwie po wiosennemu, chociaż w powietrzu unosiła się zapowiedź wiosny, starcowi było zimno. Ale choć było mu zimno, szedł równym krokiem, sztywno wyprostowany, z rzadka tylko podpierając się laseczką trzcinową. Krótkimi ukłonami odpowiadał na pozdrowienia ludzi, których mijał. Nie było w Savannah nikogo, kto by go nie znał.

Wszedłszy do Niezależnego Kościoła Prezbiteriańskiego przy Chippewa Square, zajął miejsce w piątej ławce od ołtarza. Zawsze tu siadał, od czasu uroczystego poświęcenia świątyni, co odbyło się z górą pięćdziesiąt lat temu. Na uroczystości obecny był sam Jakub Monroe − prezydent Stanów Zjednoczonych − który prosił, by przedstawiono go żołnierzowi Napoleona od Austerlitz do Waterloo. Pierre Robillard łaskawie potraktował starszego jegomościa, choć prezydent nie mógł wywrzeć żadnego wrażenia na człowieku, który walczył u boku Cesarza.

Gdy nabożeństwo dobiegło końca, zamienił kilka słów z ludźmi, którzy przywołani kiwnięciem dłonią zbiegli się wokół niego na schodach prowadzących do kościoła. Postawił kilka pytań, wysłuchał wielu odpowiedzi, po czym ruszył z powrotem do domu, a jego surowa zazwyczaj twarz prawie się rozpogodziła: tak, teraz utnie sobie króciutką drzemkę, aż do obiadu, który zje w łóżku, nie wychodząc z sypialni. Z upływem czasu to niedzielne chodzenie do kościoła stawało się coraz bardziej męczące. Zasnął lekko, jak to starzy ludzie, obudził się jeszcze nim Hieronim wniósł tacę z obiadem.Czekając, aż zjawi się lokaj, rozmyślał o Scarlett.

Nie interesowało go ani jej życie, ani jej charakter. Przez wiele lat nie poświęcił jej ani jednej myśli, a gdy znienacka zjawiła się przed nim w towarzystwie jego córek, ani się nie ucieszył, ani nie było mu przykro. Zwrócił na nią uwagę dopiero wtedy, gdy Hieronim poskarżył się, że swymi życzeniami sieje zamęt w kuchni. I że przyprawi Mr. Robillarda o śmierć, jeśli nadal będzie obstawała, by dodawać mu do posiłków masło, sos i słodycze.

Scarlett pojawiła się jako odpowiedź na modły starca. Niczego już nie spodziewał się w życiu, co najwyżej paru miesięcy — może lat — ustatkowanej egzystencji, odmierzanej niezmiennym rytmem posiłków, drzemek i cotygodniowych ekskursji do kościoła. Okoliczność, że jego życie było tak bezbarwne, niewiele mu przeszkadzała: ciągle miał przed oczami portret ukochanej żony, a w głębi duszy pewność, że w stosownym czasie połączy się z nią, tym razem na zawsze. Dni i noce mijały mu na snach o niej, kiedy spał, i na przywoływaniu obrazów wspomnień, kiedy czuwał. I tyle zdało się mu wystarczać. Gdyby nie pewien drobiazg. Dotkliwie odczuwał brak dobrego jadła. Już od lat podawano mu posiłki pozbawione smaku, jeśli nie przypalone, to zimne, poza tym śmiertelnie nijakie. Chciał, by Scarlett pomogła mu to zmienić.

Podejrzliwość Scarlett wobec dziadka była zupełnie bezpodstawna. Pierre Robillard natychmiast poznał w niej naturę sobie pokrewną, równie tyrańską, jak on sam. Pragnął teraz tak ułożyć sprawy, by siłę Scarlett udało się mu zaprząc do własnych celów, on bowiem nie miał już dość krzepy, by wywalczyć dla siebie to, czego potrzebował. Służba dobrze wiedziała, że zbyt już stary, zbyt znużony życiem, by zmusić ich do czegoś, czego sami by nie zechcieli. Ale Scarlett była młoda i silna. Pierre Robillard nie potrzebował ani jej towarzystwa, ani miłości. Chciał tylko, by prowadziła dom w ten sposób, jak sam kiedyś prowadził, to znaczy dostosowując wszystko do jego wymagań i podporządkowując się jego władzy. Zastanawiał się, jak by do tego doprowadzić, dlatego myślał o Scarlett.

— Poproś moją wnuczkę, żeby tu przyszła — powiedział, gdy w sypialni pojawił się Hieronim.

— Panienki nie ma w domu — odparł lokaj z lisim uśmiechem. Cieszył się, że pan Robillard lada chwila wybuchnie gniewem z powodu wnuczki, która odważyła się samowolnie wyjść z domu. Hieronim nienawidził Scarlett.

*   *   *

Scarlett poszła z O'Harami na Targowisko Miejskie. Po awanturze z dziadkiem ubrała się, dała wychodne Pansy i wymknęła się przez ogród — bez przyzwoitki — na ulicę. Szybko minęła dwie przecznice i zapukała do O'Harów.

— Szukam towarzystwa do kościoła — powiedziała Maureen, choć tak naprawdę to szukała miejsca, gdzie ludzie odnosiliby się do siebie miło.

Po mszy mężczyźni ruszyli w jedną stronę, kobiety i dzieci w drugą.

— W *Hotelu Pułaskiego* zbierają się na postrzyżyny i plotki — wyjaśniła Maureen. — A także, oczywista, na kwaterkę piwa albo i dwie. Z tego, co tam wygadują, lepiej się dowiesz, co się dzieje niż z gazet. My, kobiety, zbieramy się w tym samym celu na targu. Muszę kupić parę ostryg.

Targowisko Miejskie w Savannah niczym się nie różniło od targu w Charlestonie — przychodzono tu w tym samym celu, panowało to samo ożywienie. Dopiero gdy wpadła w jakże znajomy wir interesów, w gorączkę zakupów, gdy wszędzie wokół słyszała jak znajomi wymieniają pozdrowienia — dopiero wtedy uświadomiła sobie, jak bardzo dawał się jej we znaki brak tego galimatiasu w okresie zimowego sezonu, gdy karnawałowe uciechy wzięły pierwszeństwo przed obowiązkami domowymi.

Szkoda, że jednak nie wzięła ze sobą Pansy: mogłaby wtedy wypełnić koszyk egzotycznymi owocami, których obfitość w Savannah tłumaczyła się bliskością morza. Dla wszystkich pań O'Hara spełniały tę posługę Maria Katarzyna i Helena. Scarlett poprosiła je w końcu, by wzięły dla niej kilka pomarańczy. I upierała się, by zapłacić za kawę i rogaliki karmelkowe, które kupiła przy jednym ze straganów.

Poza tym odmówiła, gdy Maureen zaprosiła ją do siebie na obiad. Przecież nie powiedziała kucharce, że jej nie będzie. Marzyła też o poobiedniej drzemce — niedostatki snu ciągle dawały się we znaki. Nie ma zamiaru wyglądać jak nie wystygły jeszcze nieboszczyk, gdy Rett przybędzie popołudniowym pociągiem.

Na progu domu Robillardów ucałowała więc Maureen, resztę kuzynów pożegnała wołając „do zobaczenia", a kiedy prawie już znikli za rogiem — nie spiesząc się przez wzgląd na dzieci i ciążę Patrycji — od grupki oderwała się Helena, obarczona wypchaną torebką.

— Proszę nie zapominać o pomarańczach, kuzynko Scarlett.

— Ja to wezmę — zza pleców dobiegł ją głos Hieronima.

— Ach, to ty... Dobrze. I nie skradaj się tak za plecami, bo w końcu przyprawisz mnie o zawał. Nawet nie słyszałam, jak otwierasz drzwi.

— Wyglądałem, czy pani nie idzie, Miss Scarlett. Pan chciałby panią widzieć.

Hieronim spojrzał na stadko O'Harów z nie tajonym lekceważeniem.

Scarlett poczuła, jak szczęki się jej zaciskają. Coś trzeba było w końcu zrobić z tą lokajską impertynencją. Pospieszyła do sypialni dziadka ze słowami skargi na końcu języka.

Pierre Robillard nie dał jej czasu nawet na otworzenie ust.

— Masz potargane włosy — powitał ją chłodno już na samym progu. — I naruszyłaś obyczaje tego domu. Kiedy strzępiłaś język z tymi irlandzkimi przekupkami, minęła pora obiadowa.

Scarlett ani się obejrzała, jak połknęła przynętę.

— Będę ci wdzięczna, dziadku, jeśli zechcesz wyrażać się o mojej rodzinie w kulturalny sposób.

Błysk w oczach starca tylko z trudem dał się skryć pod opuszczonymi na wpół powiekami.

— A jak zwykłaś nazywać człowieka, który trudni się kupiectwem?

— Jeśli masz na myśli Kubę O'Harę, to takich, jak on, zwykłam nazywać ludźmi sukcesu, którzy na to, co zdobyli, ciężko zapracowali, wobec czego darzę ich ogromnym szacunkiem.

Teraz starzec pociągnął haczyk.

— I niewątpliwie podziwiasz też tę jego krzykliwą połowicę?

— W rzeczy samej! To miła i szlachetna kobieta.

— Obawiam się, moja panno, że to tylko wrażenie, a sprawiać dobre wrażenie należało przecież do jej zawodu. Wiesz chyba, że była barmanką w irlandzkim barze.

Scarlett gwałtownie wciągnęła powietrze, niczym ryba wyciągnięta na piasek. Nie, to niemożliwe! W jej umyśle zaroiło się nagle od niechętnie przywoływanych obrazów wspomnień... Maureen podnosi szklaneczkę, żeby nalać jej kolejną porcję whisky ...wystukuje na kastanietach rytm sprośnych piosenek, zwrotka za zwrotką... odgarnia z nalanej, zarumienionej twarzy niesforne kosmyki jasnych włosów, nie usiłując nawet skromnie upiąć ich z tyłu... podnosi rąbek sukni aż do kolan, tańcząc *reela*...

Pospolitość. Maureen jest pospolita.

Wszyscy się spospolitowali.

Scarlett czuła, jak łzy dławią jej gardło. Jakże szczęśliwa była z O'Harami, nie chciała ich utracić. Ale... tu, w tym domu, gdzie wyrosła jej matka, rozziew między rodziną Robillardów a O'Harów był zbyt szeroki, by go nie dostrzec. Nic dziwnego, że dziadkowi wstyd za mnie. Mamie pękłoby chyba serce gdyby widziała, z jakimi to ludźmi idę ulicą. I pomyśleć: kobieta w ciąży, wzdęty brzuch osłonięty zaledwie szalem, a mimo to ma czelność wystawiać się na widok publiczny. A wokół niej sfora dzieci, rozpuszczonych jak indiańskie dzikusy... a na domiar złego nie mają nawet służącej do noszenia zakupów. Pewnie wyglądałam równie tandetnie jak całe to towarzystwo, choć Mama tyle trudu sobie zadała, by wychować mnie na prawdziwą damę. Szczęście, że już nie żyje. Lepsze to, niż dowiedzieć się, że własna córka przyjaźni się z kobietą, która pracowała w barze.

Scarlett obrzuciła niespokojnym spojrzeniem wyciągniętego na łóżku starca: może on wiedział też o tym budynku w Atlancie, który wydzierżawiła oberżyście?

Pierre Robillard leżał, zamknąwszy oczy. Zdało się, że zapadł w ten dziwny rodzaj przychodzącej znienacka starczej śpiączki. Odwróciła się, po czym na paluszkach wyszła z sypialni. Kiedy zamknęły się za nią drzwi, stary żołnierz wykrzywił pergaminowe usta w uśmiechu, a potem zasnął.

Na srebrnej tacy przyniósł Hieronim pocztę. Scarlett wzięła kopertę, podziękowała krótkim skinieniem głowy. Nie, nie powinno to wyrażać jej zadowolenia, najdrobniejszym gestem nie mogła się zdradzić, czy zamierza zatrzymać Hieronima na jego posadzie, czy też raczej go zwolni. Poprzedniego wieczoru, po — zdałoby się — ciągnącym się w nieskończoność oczekiwaniu na Retta, który nadal nie dawał o sobie znaku życia, całej służbie wygłosiła takie kazanie, że chyba nigdy go nie zapomną. A zwłaszcza Hieronim. Dobrze się stało, że ten lokaj omal nie posunął się do impertynencji — trzeba jej było kogoś, na kim mogłaby wyładować swój gniew i rozczarowanie.

Wuj Henryk Hamilton miotał na nią pioruny za to, że przelała pieniądze do banku w Savannah. Niedobrze. Zmięła kartkę i cisnęła ją na podłogę.

Gruba koperta była zaadresowana ręką Pauliny. Nie ma się co spieszyć. Ukryte w gąszczu słów skargi i narzekania mogą poczekać — bo że skargi i narzekania list zawierał, tego była pewna. Odłożywszy na bok list od ciotki, wzięła sztywną, prostokątną kopertę zaadresowaną charakterem pisma, którego nie znała.

Zaproszenie. Nazwisko osoby zapraszającej było jej zupełnie nieznane. Musiała dobrze się zastanawiać, nim sobie przypomniała. Tak, oczywiście „Hodgson" nazywała się jedna z tych starszych dam, było to nazwisko po mężu jednej z sióstr Telfair. Zapraszano ją na ceremonię otwarcia Hodgson Hall oraz na przyjęcie, które ma się odbyć tuż po uroczystości. „Nowa siedziba Towarzystwa Historycznego Georgii". Brzmi jeszcze nudniej niż wzmianki o koncertach. Skrzywiła się, odrzuciła zaproszenie. Trzeba by znaleźć jakiś papier listowy i wysłać list z odmową oraz wyrazami szczerego żalu. Ciotki lubiły nudzić się aż do granic wytrzymałości. Ona nie.

Ciotki. Dobrze, lepiej już mieć to za sobą. Rozerwała kopertę z listem Pauliny.

...jestem dogłębnie zawstydzona Twym przerażającym zachowaniem. Gdybyśmy wiedziały, że wyjeżdżasz z nami do Savannah nie zostawiwszy Eleonorze Butler słowa wyjaśnienia, poprosiłybyśmy Cię o opuszczenie pociągu i natychmiastowy powrót do domu.

O czym znowu ona mówi? Czy to możliwe, by Miss Eleonora nie wspomniała nawet o liściku, który jej zostawiła? A może go nie otrzymała? Nie, to mało prawdopodobne. Ciotka Paulina jak zwykle szuka dziury w całym.

Szybko przebiegła wzrokiem dalsze narzekania, tym razem poświęcone szaleńczej brawurze Scarlett, która nie zawahała się ruszyć w podróż do Savannah mimo że poprzedniego dnia przeżyła katastrofę na morzu oraz skargi wywołane „nienaturalną powściągliwością", której koronnym dowodem był fakt zatajenia przed ciotkami całego incydentu.

Że też Paulina nie pójdzie po rozum do głowy i nie napisze paru treściwych zdań o tym, co naprawdę warte było ceny papieru i atramentu. Dlaczego wciąż ani słówka na temat Retta? Przerzucała stronę po stronie, prześlizgiwała się wzrokiem przez gąszcz ciotczynych bazgrołów. Jezus Maria! Paulina ma większy talent kaznodziejski niż sam Jan Złotousty. A, nareszcie.

...Łatwo pojąć, że droga Eleonora w chwili obecnej myślami krąży wokół Retta, który powodowany koniecznością dopilnowania ekspedycji nawozów udał się do Bostonu. W tym miejscu trudno byłoby powstrzymać się od uwagi, że mąż Twój nie powinien wystawiać się na ostry klimat Północy zaraz po tym, gdy przez czas tak długi przebywał w lodowatej wodzie...

Kartki upadły jej na kolana. Oczywiście! Bogu niech będą dzięki. Teraz przynajmniej wiadomo, dlaczego Rett tak długo się nie pojawiał. Pytanie tylko, co było powodem tego, że wuj Henryk zataił przede mną wiadomość, iż telegram Retta przybył z Bostonu? W ten sposób zaoszczędziłby mi popadnięcia w szaleństwo tym ciągłym wyczekiwaniem, że lada chwila Rett stanie w drzwiach. A może jeszcze ciotka pisze, kiedy wraca? Wróciła do dżungli wykoślawionych liter. Zaraz, gdzie to skończyłam?

Wreszcie znalazła to miejsce i chciwie chłonąc słowo po słowie doczytała list do końca. Co tu robić? O Recie nie było już żadnej wzmianki. Mógł wrócić zaraz, albo za parę tygodni.

Podniosła z podłogi zaproszenie od Mrs. Hodgson. Niech tam. Zawsze dobrze jest mieć dokąd się wybrać. Dostanie spazmów, jeśli będzie musiała siedzieć zamknięta w tym domu dzień po dniu.

Gdyby tak mogła wybrać się teraz do Kuby na filiżankę herbaty. Nie. To nie do pomyślenia.

*   *   *

A mimo to, nie mogła nie myśleć o O'Harach. Następnego dnia z samego rana wybrała się z ponurą kucharką na targowisko, by przekonać się, co kupuje i ile za to płaci. Nie mając nic innego do roboty była zdecydowana doprowadzić do porządku gospodarstwo dziadka. Gdy popijała kawę, usłyszała, jak ktoś za plecami, nieśmiało i jakby z oporem, szepce jej imię. Piękna, wstydliwa Kasia.

— Nie znam się na amerykańskich rybach — rzekła, dygając grzecznie. — Może zechcesz pomóc mi wybrać najlepsze krewetki?

Scarlett była tak oszołomiona, że nie mogła się zorientować, o co chodzi dziewczynie, dopóki ta nie wskazała na stragan z krewetkami.

— Niebo mi cię zesłało — oznajmiła Kasia, gdy już ryby wylądowały w koszyku. — Bez ciebie byłabym zgubiona. Maureen posłała mnie po najlepsze krewetki, a ja nie mam o tym pojęcia... Wiesz, spodziewamy się przyjazdu Columa.

Colum... czy ja powinnam go znać? Maureen, czy może ktoś inny już kiedyś wymienił przy mnie to imię.

— Dlaczego to takie ważne?

Oczy Kasi aż poogromniały ze zdziwienia, że ktoś w ogóle mógł postawić podobne pytanie.

– Dlaczego?... No bo to... no bo to Colum. On... on jest... – najwidoczniej nie mogła znaleźć właściwych słów. – To Colum, no i już. Dzięki niemu jestem tutaj, nie wiedziałaś o tym? Colum to mój brat, tak jak Stefan.

Stefan. Ten czarny. Scarlett nie wiedziała, że Stefan jest bratem Kasi. Może więc pokrewieństwem trzeba tłumaczyć fakt, że oboje byli bardzo nieśmiali. Może w całej rodzinie wszyscy są tak wstydliwi jak myszki polne,

– Powiedz mi, Kasiu, który z braci wuja Jakuba jest twoim ojcem?

– Mój ojciec nie żyje. Wieczne odpoczywanie.

Czy ta dziewczyna jest aż tak głupia?

– Jak miał na imię?

– Ach, chcesz wiedzieć, jak miał na imię! Patryk... Patryk było mu na imię. Patryk O'Hara. Po nim została nazwana Patrycja, pierwsze z dzieci Kuby. Imieniem ojca ją nazwał.

Scarlett aż czoło się zmarszczyło, tak intensywnie myślała. Zatem i Kuba to brat Kasi.

– Masz jeszcze jakieś rodzeństwo?

– Och, tak – dziewczyna rozpromieniła się w uśmiechu. – Mam braci, mam siostry... Czternaścioro nas. Chyba wszyscy żyją, Boże dopomóż – przeżegnała się naprędce.

Scarlett odeszła od kuzynki co sił w nogach.

Boże – myślała sobie. Nie dość, że kucharka słyszała, to i jeszcze dziadek dowie się o wszystkim. Tak, już widzę go, jak z fałszywym ubolewaniem kiwając głową mruczy o dziwnym katolickim obyczaju, którym jest rozmnażanie się jak króliki.

Ale Pierre Robillard w ogóle nie wspomniał o kuzynach Scarlett. Wezwał ją przed kolacją, oznajmił, że posiłki wyraźnie się polepszyły, po czym puścił ją wolną.

W hallu omal nie wpadła na Hieronima, który właśnie niósł panu kolację. Zatrzymała go, chcąc się naocznie przekonać, czy srebro lśni jak należy i czy lustrzanej powierzchni nie brukają oby tłuste odciski palców. Gdy odkładała łyżeczkę do kawy, przypadkowo uderzyła o srebrną łyżkę do zupy. Brzdęk!... Ciekawe, czy Maureen nauczyłaby mnie, jak się gra na łyżkach? Natychmiast jednak oddaliła od siebie tę myśl.

Tej nocy śnił się jej ojciec. Obudziła się rano z uśmiechem, lecz na policzkach miała ślady po zaschniętych łzach.

Na targowisku wystarczająco wcześnie usłyszała donośny śmiech Maureen, by zdążyć się schować za jakiś filar i pozostać nie zauważona. Za to ze swojej kryjówki miała dobry widok na Maureen i Patrycję – wielkie jak domy – oraz czeredę dzieci, którą za sobą ciągnęły.

– Twój ojciec jako jedyny z całej rodziny nie dał się porwać gorączce przygotowań na przyjazd Columa – powiedziała właśnie Maureen. – Za to bardzo lubi te smakołyki, które co wieczór przygotowuję w nadziei, że Colum zjawi się na kolację.

Też by mi smakowały – buntowniczo pomyślała Scarlett. Strasznie nudne są te potrawy gotowane dla dziadka, bo jedynym kryterium doboru jest to, czy są dość miękkie.

70

— Weź też parę kurczaków — zwróciła się do kucharki. — I usmaż mi na obiad kilka kawałków.

Ale choć wpadła w zły humor, przed obiadem spotkała ją niemała radość. Gdy wróciła do domu, oczekiwała na nią wiadomość od Matki Przełożonej. Biskup zamierzał przychylić się do petycji Scarlett i miał zamiar zezwolić jej na wykup wiana Kariny.

Tara! Odzyskam Tarę! Tak pochłonęły ją plany przywrócenia świetności Tarze, że nawet zapomniała o upływie czasu, a gdy przyniesiono jej obiad, nie wiedziała, co ma na talerzu.

Widziała to zupełnie wyraźnie: dom na wzgórzu, kłujący w oczy bielą świeżo pomalowanych murów, przycięty trawnik cieszy serce szmaragdową zielenią trawy gęsto poprzetykanej źdźbłami koniczyny, pastwisko lśniące aksamitną zielenią faluje, kołysane podmuchami wiatru, niby dywan rozkładający się ze szczytu pagórka ku podnóża, by zatrzymać się w tajemniczo cienistej zieleni sosen porastających brzeg rzeki tak gęsto, że aż nie było jej widać. Wiosna, a z nią chmury ażurowych kwiatów derenia, mocny zapach wisterii, potem lato, rześki wiatr kołyszący białymi zasłonami w otwartych oknach, ciężka słodycz kapryfolium, którego woń przenikała w najodleglejsze nawet kąty całego domu — wszystko to, powołane na nowo do życia siłą jej wyobraźni, błyszczało i lśniło pewne własnej doskonałości. Tak, lato jest najpiękniejsze. Długie, leniwe, odmierzające dzień za dniem lato w Georgii, gdy zmierzch trwał do późnej nocy, a robaczki świętojańskie polatywały w kleistych, jakby smołowatych wysepkach gęstniejącej ciemności. A potem gwiazdy — obrzmiałe i bliskie na wyciągnięcie ręki — rozrzucone po aksamicie nieba, albo księżyc — biały i okrągły — bielą dorównujący nieskazitelnej białości pogrążonego we śnie domu, błyszczącego na szczycie ciemnego, łagodnie dźwigającego się ku górze pagórka.

Lato... oczy Scarlett poogromniały. Tak, to jest to! Że też nie wpadła na to wcześniej. Oczywiście. Lato — gdy uroki Tary najbardziej przypadały jej do serca — lato było tą porą roku, kiedy Rett musiał wyprowadzać się z Dunmore Landing ze względu na panoszącą się febrę. Nie mogła sobie wymarzyć szczęśliwszego zbiegu okoliczności. Od października do czerwca będą więc przebywać w Charlestonie, z utęsknieniem czekając na sezon zimowy, który by przerwał śmiertelną nudę nieśmiertelnych herbatek, by potem oczekiwać na lato w Tarze, które by przerwało monotonię sezonu. Dopóki w Tarze trwać będzie długie lato, gotowa znieść choćby i to.

Gdyby jeszcze biskup się pospieszył!

41.

*N*a ceremonię otwarcia Hodgson Hall Scarlett odprowadził Pierre Robillard. W staromodnym stroju galowym złożonym z aksamitnych bryczesów, aksamitnego żakietu z rozetką Legii Honorowej dyskretnie błyszczącą w butonierce, z szeroką czerwoną szarfą ściśle opinającą wąskie biodra, dziadek wyglądał nader imponująco. Scarlett jeszcze nigdy w życiu nie widziała kogoś, kto wyglądałby równie dystyngowanie i arystokratycznie.

Nie ma co, dziadek też może być ze mnie dumny — myślała, drobiąc kroczki. Perły i diamenty miała pierwszej wody, suknia — prześwietna, niczym połyskliwa kolumna złotego, brokatowego jedwabiu, zdobna złotą koronką i złotym trenem z brokatu długim na cztery stopy. Dotychczas nie miała jeszcze okazji, by ubrać się w te wspaniałości, ponieważ w Charlestonie była zmuszona nosić się jak pokraka. Co za szczęście, że kazała uszyć całą nową garderobę. Miała tu parę sukni, które ledwo zdążyła przymierzyć. Nawet bez ozdób, odprutych pod wpływem Rettowych szyderstw, i tak były piękniejsze od wszystkiego, w co — jak widziała — ubierają się tutejsze panie. Gdy Hieronim pomagał jej zająć miejsce naprzeciwko dziadka w wynajętym powozie, mimowolnie zaczęła się wdzięczyć do lokaja.

Podróż na południowy kraniec miasta minęła w milczeniu. Zwieńczona białą grzywą głowa Pierre'a Robillarda kołysała się półsennie. Podskoczyła do góry na głośne — Spójrz, dziadku! — wykrzyknięte przez Scarlett. Na ulicy, przed ogrodzoną metalowym płotem klasyczną budowlą tłoczyli się ludzie żądni widoku pań i panów z towarzyskiej elity Savannah. Jak na balu świętej Cecylii. Scarlett arogancko uniosła główkę i — nie spoglądając nawet na lokaja w liberii — dała się wyprowadzić z powozu. Od strony tłumu dobiegł ją pomruk podziwu. Podczas gdy dziadek wygrzebywał się z przepastnych głębi wielkiej kolasy, ona potrząsała główką, tak by brylantowe kolczyki rozsypywały na wszystkie strony drżące blaski, jednocześnie zbierając w garści tren sukni, by po chwili rozpuścić go na wysokich, wyłożonych czerwonym chodnikiem schodach.

„Ooooch..." — dobiegło ją od strony tłumu, po czym „aaach..." i „wspaniałe", „kim ona jest?". Gdy zacisnęła dłoń w białej rękawiczce wokół spowitego w aksamit ramienia dziadka, spośród okrzyków tłumu dobiegł ją jakiś znajomy głos:

— Kasiu Scarlett, kochanie, jesteś oślepiająco piękna, dorównujesz Królowej Sabie!

Nagle ogarnięta strachem zerknęła spiesznie w lewą stronę, po czym — jeszcze szybciej — odwróciła twarz od Kuby i stadka, które przywlókł ze sobą, jakby go w ogóle nie znała. Powoli, statecznym krokiem odmierzanym przez Pierre'a Robillarda, zmierzała ku wejściu. Lecz widziany przed chwilą obraz głęboko zapadł jej w pamięci: Kuba stał obejmując ramieniem roześmianą żonę, melonik zsunął mu się na tył głowy, odsłaniając gęstwę kędzierzawych włosów. Po prawej stronie stał przy nim jakiś mężczyzna, dobrze widoczny w blasku latarni. Był szczupły jak ramię Kuby, spowity szczelnie w płaszcz wyglądał niczym tyka. Jego rumianą okrągłą twarz rozjaśniał uśmiech, miał błyszczące błękitne oczy, a odkrytą głowę otaczała aureola srebrzystych kędziorków. Był niczym żywy obraz Geralda O'Hary.

Od wewnątrz Hodgson Hall wyglądał elegancko i poważnie, stosownie do swego przeznaczenia. Błyszczące boazerie z rzadkich gatunków drewna biegły wzdłuż ścian, drewniane okładziny ramowały zbiór map i szkiców będący własnością Towarzystwa. Masywne mosiężne świeczniki wisiały u sufitu, a mlecznobiałe kule równomiernie rozsiewały jednostajny blask płomieni gazowych, nieżyczliwie podkreślając bladość pociągłych, arystokratycznych twarzy. Scarlett, znalazłszy się nagle w ich otoczeniu, instynktownie rozejrzała się w poszukiwaniu cienia. Starość. Wszyscy dokoła wyglądali staro.

Opadło ją przerażenie. Obiegła ją fala strachu, że oto nagle się zestarzeje, że zarazi się od tych ludzi starością. Dzień jej trzydziestych urodzin nadszedł i minął zupełnie nie zauważony, w Charlestonie zbyt była zajęta, by się tym przejmować. Ale teraz uświadomiła sobie, że miała na karku czwarty już krzyżyk. Powszechnie znana to prawda, że kobieta po trzydziestce to jakby już pogrzebiona. Trzydzieści lat... nigdy nie sądziła, że i ją to spotka. Niemożliwe, aby to była prawda.

— Scarlett — usłyszała głos dziadka. Trzymając pod rękę pociągnął ją w stronę długiego ogonka oczekujących na oficjalne powitanie gości. Jego palce były zimne jak śmierć. Czuła ten chłód — przenikał przez cieniutką skórkę rękawiczek, spowijających jej ręce niemal do barków.

Z przodu starszawi członkowie Towarzystwa Historycznego witali starszawych gości, jednego po drugim. Nie, nie mogę! — przemknęła jej przez głowę gorączkowa myśl. Nie mogę ściskać tych śmiertelnie zimnych dłoni, nie mogę się uśmiechać i mamrotać, że bardzo mi miło. Wcale mi tu nie miło. Chcę stąd uciec.

Opadła na sztywne ramię dziadka.

— Słabo mi — szepnęła. — Bardzo źle się czuję.

— Nie wolno ci źle się czuć — odparł, nie spojrzawszy nawet na nią. — Proszę zaraz mi się wyprostować i robić wszystko, co należy. Możesz wyjść po ceremonii, ale nie wcześniej.

Scarlett wyprostowała kręgosłup i wykonała kilka sztywnych kroków do przodu. Co to za potwór! Nie dziw, że Mama tak mało mówiła o dziadku. Gdyby nawet chciała, niewiele miłych rzeczy dałoby się o nim powiedzieć.

— Dobry wieczór, Mrs. Hodgson — poruszyła wargami. — Miło mi, że mogę się tutaj znaleźć.

Pierre Robillard posuwał się znacznie wolniej. Sztywno zginał głowę nad dłonią damy, podczas gdy Scarlett dawno już miała za sobą ceremonię powitania. Szybko przebiła się przez grupkę ludzi i pognała w stronę drzwi.

Zaledwie znalazła się na dworze, chwyciła głęboki oddech. Kryształowo czyste nocne powietrze cudownie orzeźwiało. Potem zerwała się do biegu. W światłach rozstawionych wzdłuż schodów lamp tren jej sukni mienił się cudownie na tle czerwonego galowego chodnika, rozciągał się za nią niczym skrzydło, swobodnie łopoczące na wietrze.

— Powóz pana Robillarda! — zawołała. — Szybko!

Lokaj, widząc jej pośpiech, pobiegł tam, gdzie za rogiem czekały pojazdy. Scarlett gnała za nim, nie dbając, że tren sukni ciągnie się po wysypanym kruszoną cegłą chodniku. Musiała uciec, zanim ktokolwiek zdąży ją zatrzymać.

Bezpieczna w ciemnym wnętrzu powozu oddychała łapczywie, starając się uspokoić i wyrównać oddech.

— Na South Broad — wykrztusiła do stangreta. — Pokażę, który dom.

Mama też porzuciła tych ludzi — myślała, gdy stangret wdrapywał się na kozioł. Poślubiła Papę. Nie może mnie potępiać za to, że i ja uciekłam.

Przejeżdżając obok domu O'Harów, z kuchni usłyszała muzykę i śmiechy. Kazała woźnicy zatrzymać, wysiadła i odprawiła powóz z powrotem do Hodgson Hall. Stanęła przed kuchennymi drzwiami. Nie bardzo wiedziała, czy po tym, co się stało, będzie mile widzianym gościem. W końcu jednak desperacko rzuciła się z pięściami na drzwi i waliła tak długo, dopóki Kuba jej nie otworzył.

— Scarlett! — wykrzyknął, wyraźnie zaskoczony. — Proszę, kochanie, pozwól do środka. Jest tu Colum, najlepsza odrośl z całego rodu O'Harów, poza tobą, kuzynko, rzecz jasna.

Teraz, gdy widziała go z bliska, mogła się przekonać, że Colum był o lata całe młodszy od Kuby, a jego podobieństwo do Papy — tak uderzające na

74

pierwszy rzut oka — wcale nie było takie oczywiste i ograniczało się do krągłej twarzy oraz niskiego wzrostu, co wśród wysokich kuzynów i bratanków szczególnie zwracało uwagę. Niebieskie oczy Columa były ciemniejsze, bardziej poważne, a jego krągły podbródek miał w sobie jakąś stanowczość — tę samą, którą zdarzało się jej widzieć u ojca, gdy jechał wierzchem i zmuszał konia, by ten wziął przeszkodę wyższą, niż zezwalał na to zdrowy rozsądek.

Uśmiechnął się, gdy Kuba ją przedstawił, a jego oczy niemal znikły w siateczce drobnych zmarszczek. Lecz ciepło, które promieniowało z jego spojrzenia sprawiło, że ów moment był jednym z najszczęśliwszych w całym życiu Scarlett.

— Czyż nie jesteśmy najszczęśliwszą rodziną na okręgu Ziemi mając wśród nas stworzenie takie, jak to? — rzekł, schylając lekko głowę. — Tylko korony ci brak, droga kuzynko, dla dopełnienia wspaniałego widoku, którym nas zachwycasz. I gdyby Królowa Wróżek mogła cię zobaczyć, czyż nie porwałaby w złości swych błyszczących skrzydeł? Maureen, pozwól dziewczynkom, niech przyjrzą się kuzynce. Ten widok powinien być im natchnieniem, powinien je tyleż podnieść na duchu, co zaprzeć dech w piersiach.

Scarlett uśmiechnęła się, a w kącikach ust zadrgały jej dołeczki — oznaka najwyższej przyjemności.

— Ani chybi dane mi było poznać słynną irlandzką sztukę komplementowania pań.

— W żadnym wypadku. Pragnąłbym tylko posiąść w tej chwili dar poetyckiego natchnienia, bym tym pełniej mógł wyrazić, co myślę.

Kuba rąbnął brata w ramię.

— I tak wyszło ci to nie najgorzej, ty hultaju. A teraz odsuń się i daj Scarlett miejsce, gdzie mogłaby przysiąść. Ja zajmę się szklaneczką... Tułając się tyle po świecie, Colum zdobył dla nas baryłkę prawdziwego irlandzkiego piwa. Scarlett, kochanie, musisz tego skosztować.

Kuba wymawiał imię Scarlett i owo pieszczotliwe „kochanie" w ten sam sposób, w jaki wymawiał je Colum, to znaczy łącząc oba wyrazy, tak że powstawało coś w rodzaju: „Scarlechanie".

— Och nie, dziękuję — odpowiedziała automatycznie. Ale potem zastanowiła się i zmieniła zdanie. — A właściwie, dlaczego by nie? Nigdy nie piłam irlandzkiego piwa.

Gdyby podano jej szampana, wypiłaby bez zastanowienia. Lecz ciemny, okryty grubym kołnierzem piany napój był cierpki. Umoczyła wargi i skrzywiła się.

Colum zabrał jej kufel.

— Do rozlicznych swych cnót dodaje także i tę, że wyrzeka się wspaniałego napoju na rzecz bardziej spragnionego.

Gdy wychylał zawartość kufla, jego oczy śmiały się do niej.

Scarlett odwzajemniła uśmiech. Nie mogła nie odwzajemnić. W miarę upływu czasu zauważyła, że wszyscy często uśmiechają się do Columa, jakby gwoli zaspokojenia jego potrzeby życia w radości. Ale i on sam umiał sobie znaleźć źródła przyjemności. Wygodnie rozłożywszy się na krześle, nogami wsparł się o ścianę w pobliżu kominka, lekko kołysał dłonią jak gdyby dyrygując i dodając odwagi Kubie i Maureen, z których jedno grało na skrzypkach, drugie wystukiwało rytmiczne rat-ta-ta na „kościach". Zdjął buty, stopami w samych skarpetkach wybijał taneczny rytm. Mógł służyć za wzór mężczyzny zażywającego wytchnienia, zdjął nawet kołnierzyk, rozpiął koszulę, tak że śmiech mógł nieskrępowanie wibrować w gardle.

— Opowiedz nam, Colum, o swoich podróżach — dawało się słyszeć od czasu do czasu, lecz Colum za każdym razem odmawiał. Trzeba mi muzyki — odpowiadał — i kufla, by odświeżyć serce i przepłukać gardło. Jutro. Jutro będzie dość czasu na opowieści.

Także i serce Scarlett odrodziło się za sprawą muzyki. Jednak ciążyła jej świadomość, że nie może zostać tu zbyt długo. Musi wracać do domu. Zanim wróci dziadek, musi już być w łóżku. Żywiła nadzieję, że stangret dotrzyma obietnicy i nie powie staremu Robillardowi, dokąd ją odwiózł. Gdyby się dowiedział, nigdy by jej tego nie wybaczył. Bo w końcu czy był w stanie zrozumieć, że musiała wyrwać się z tego mauzoleum i pozwolić sobie na chwilę radości?

Zaledwie zdążyła na czas. Tylko Kuba zniknł z pola widzenia, gdy przed rezydencję Robillardów zatoczył się powóz. Szybko pobiegła po schodach, w dłoni trzymając pantofelki, tren sukni przyciskając łokciem do boku. Zaciskała wargi, by nie wybuchnąć śmiechem. Zabawa w wagary była nawet całkiem miła, pod warunkiem, że udało się umknąć pościgowi.

Nie do końca jednak udało się jej wybrnąć z tej przygody zupełnie cało. Bo chociaż dziadek nigdy się nie dowiedział, jak spędziła ów wieczór, ona jednak wiedziała, a wiedza ta poruszyła w niej uczucia, z którymi walczyła w głębi ducha przez całe życie. Sam rdzeń osobowości Scarlett przejęła bowiem po swym ojcu, podobnie jak odziedziczyła po nim nazwisko. Była jak on porywcza, miała silną wolę, jak on była z lekka nieokrzesana, żywiołowa i odważna, jednym słowem posiadała te wszystkie cechy charakteru, dzięki którym Gerald O'Hara zdołał przepłynąć burzliwe wody Atlantyku i spełnić swe marzenia: zostać właścicielem wielkiej plantacji i mężem wielkiej damy.

Po matce przejęła kruchą budowę i śmietankową karnację — świadectwo wielkiej przeszłości rodu. Ellen Robillard wpoiła jej także arystokratyczne zasady postępowania oraz inne dogmaty, o których ludzie dobrze urodzeni nie powinni zapominać.

Teraz instynkty burzyły się przeciwko temu wszystkiemu, czego zdołała się nauczyć. O'Harowie przyciągali ją niczym magnes. Ich wigor, emanująca z nich wszystkich zwyczajna, ziemska radość przemawiały do najgłębszych, najlepszych pokładów jej osobowości. Ale nie miała swobody wyboru. Wszystko, czego nauczyła ją matka, wszystko, co ze względu na pamięć matki czciła — to wszystko wzbraniało jej tej swobody.

Rozrywał ją dylemat, lecz nie była w stanie pojąć, czym właściwie jest to, co przyprawia ją o ten pożałowania godny stan duszy. Bez chwili wytchnienia błąkała się po labiryncie pokojów, ślepa na ich surowe piękno, wyobrażając sobie muzykę i tańce w domu O'Harów, całym sercem pragnąc być razem z nimi, myśląc jednak — tak jak ją nauczono o tym myśleć — że tego rodzaju gwarne uciechy są wulgarne i stosowne jedynie dla ludzi niższego stanu.

W gruncie rzeczy nie obchodziło ją, że dziadek gardził jej kuzynami. To samolubny starzec — myślała — który gardzi wszystkimi bez wyjątku, włącznie z własnymi córkami. Ale to wszystko, czego nauczyła ją matka, wycisnęło znamię na całym jej życiu. Widząc, jak daje sobie radę w Charlestonie, Ellen powinna być z niej dumna. Wbrew drwiącym zapowiedziom Retta, została uznana i przyjęta jako dama. I bardzo to się jej podobało. Bo i jak? Czyż nie jest damą? Oczywista, że jest. Tego zatem pragnęła — damą być — i zdało się jej, że była damą. Czegóż więc zazdrościła irlandzkiej odrośli swej rodziny?

Nie będę teraz o tym myśleć — postanowiła. Później się zastanowię. Zamiast o tym, pomyślę sobie o Tarze. Po czym pogrążyła się w idylli wyobraźni — w takiej, jaką zawsze znała, jaką zawsze snuła w głębi własnego serca.

Po czym przyszła wiadomość z kurii i idylla wybuchła jej prosto w twarz. Biskup nie przychylał się do jej prośby. Scarlett zupełnie straciła wątek, myśli rozpierzchły się bez ładu i składu. Wetknęła kartkę za stanik i pobiegła — nie bacząc na nic, z gołą głową, zupełnie sama — pobiegła do domu Kuby O'Hary, tam, gdzie drzwi zawsze stały otworem. Oni zrozumieją to, co czuje, rodzina O'Harów na pewno ją zrozumie. Przecież Papa zawsze powtarzał: „Dla każdego z kroplą irlandzkiej krwi w żyłach ziemia, na której przetrwał, jest jak matka. To jedyne, co pozostaje, co warte jest trudu, o co warto walczyć..."

Pchnęła drzwi, przebiegła przez próg słysząc ciągle głos Geralda O'Hary. Jej spojrzenie od razu zatrzymało się na szczupłym, jakby zbitym w sobie ciele Columa O'Hary i na siwiznie, otaczającej jego głowę srebrzystą aureolą. Chyba właśnie on czuł to, co ona czuła — tak, to całkiem pewne.

Colum stał w drzwiach, spoglądając do jadalni. Gdy drzwi trzasnęły i do kuchni jak burza wpadła Scarlett, odwrócił się.

Miał na sobie ciemny surdut. Oszołomiona bólem Scarlett nie do końca rozumiała, co rejestrują jej oczy. Spoglądała więc na białą linię okalającą jego szyję. Koloratka. Ksiądz! Nikt jej nie uprzedził, że Colum jest księdzem. Dzięki Bogu. Księdzu można zawierzyć wszystko, nawet najgłębsze tajemnice serca.

— Pomocy, ojcze! — zawołała przez łzy. — Ktoś musi mi pomóc.

42.

I do tego sprowadza się rzecz cała — podsumował Colum.
— Teraz trzeba by odpowiedzieć na pytanie, co zrobić aby zaradzić złu. Ten
problem musimy rozwiązać jako pierwszy.

Siedział przy długim stole w jadalni u Kuby, zajął miejsce przy krótszym
końcu. Wszystkie miejsca były zajęte przez całą rodzinę O'Harów — przy
stole zebrali się dorośli z trzech domów. Przez zamknięte drzwi do kuchni
dobiegały głosy Marii Katarzyny i Heleny, karmiących dzieciarnię. Scarlett
siedziała zaraz obok Columa, twarz miała lekko obrzmiałą i zaczerwienioną
od długiego ataku płaczu.

— Czy to ma znaczyć, Colum, że w Ameryce całe gospodarstwo nie może
przejść na własność najstarszego dziecka w nienaruszonym stanie?

— Na to wygląda, Mateuszu.

— No to bardzo głupio postąpił wuj Gerald nie zostawiając testamentu.

Scarlett drgnęła i rzuciła mu ostre spojrzenie. Zanim jednak zdążyła cokolwiek powiedzieć, wtrącił się Colum.

— Biedaczyna, nie było mu dane dożyć złotego wieku, nie miał więc czasu
pomyśleć o śmierci i o tym, co potem... świeć Panie jego duszy.

— Świeć Panie jego duszy — powtórzyli pozostali, czyniąc jak jeden mąż znak krzyża. Scarlett potoczyła wzrokiem po uroczystych twarzach, nie robiąc sobie złudnych nadziei. Irlandzcy imigranci. W czym mogli jej pomóc?

Wkrótce jednak przekonała się, że tkwi w błędzie. W miarę, jak posuwała się rozmowa, jej nadzieje rosły. Irlandzcy imigranci mieli niemało do powiedzenia.

Na przykład Billy Carmody, mąż Patrycji, był brygadzistą murarskim na budowie katedry i siłą rzeczy dobrze znał biskupa.

— Niestety, aż nazbyt dobrze — westchnął ciężko. — Ten człowiek trzy razy dziennie gotów przerywać pracę tylko po to, by ponarzekać, że roboty nie posuwają się wystarczająco szybko.

Biskupowi spieszyło się, bowiem na jesieni miał przybyć do Ameryki kardynał z Rzymu i można było żywić nadzieję, że zechce nawiedzić Savannah i dokonać konsekracji świątyni.

O ile do tego czasu katedra będzie gotowa.

Kuba pokiwał głową.

— O, tak. Ambitny człowiek, ten nasz biskup Gross, prawda? Wiele by zrobił, by kuria rzymska zwróciła na niego uwagę.

Po czym spojrzał na Geralda. To samo uczynili Billy, Mateusz, Brian, Daniel i stary Jakub. Podobnie kobiety — Maureen, Patrycja i Kasieńka. Także i Scarlett, choć nie wiedziała, czemu przypisać to nagłe zainteresowanie.

Gerald ujął dłoń swej młodej żony.

— Nie bądź taka wstydliwa, słodka Polly — powiedział, przyciskając ją do boku. — Jesteś teraz panią O'Hara, jak my wszyscy. Powiedz więc, które z nas, twoim zdaniem, najbardziej się nadaje do rozmów z twoim Papą?

— Tomasz MacMahon, jej ojciec, jest głównym wykonawcą i koordynatorem prac przy budowie katedry — mruknęła Maureen do Scarlett. — Niechby tylko wspomniał, że prace mogą ulec opóźnieniu, a biskup gotów zgodzić się na wszystko. Gross boi się tylko MacMahona.

— Niech Colum z nim pomówi — zaproponowała Scarlett. Nie miała najmniejszej wątpliwości, że był on właściwym człowiekiem do tego rodzaju misji. Już sam jego wygląd, jego rozbrajający uśmiech były wystarczającą rękojmią jego siły.

Chór głosów potwierdził jej wybór: Colum to jedyny, zdolny uczynić to, co potrzeba.

Uśmiechnął się do wszystkich siedzących przy stole, ostatni uśmiech zarezerwował dla Scarlett.

— Wszyscy ci pomożemy, droga moja. Czyż to nie wspaniałe, mieć taką rodzinę, Scarlett O'Haro? A zwłaszcza wtedy, gdy może pomóc. Odzyskasz tę swoją Tarę, poczekaj tylko, trochę cierpliwości.

— Tara? A co to takiego? — stary Jakub domagał się wyjaśnień.

— Gerald nazwał w ten sposób swoją plantację, wuju.

Starzec wybuchnął śmiechem i śmiał się, dopóki nie chwycił go kaszel.

— Ten Gerald — wykrztusił, gdy odzyskał mowę — jak na takiego niepozornego człowieczka, zawsze miał o sobie wygórowaną opinię.

Scarlett zdrętwiała. Nikt nie miał prawa wyśmiewać się z Papy, nawet rodzony brat.

Colum nachylił się ku niej i szepnął:

— Daj spokój, Scarlett. Jakub nie mówił tego w złej wierze, później ci wyjaśnię.

I wywiązał się z tej obietnicy, gdy parę godzin później odprowadzał ją do domu.

— Dla wszystkich Irlandczyków „Tara" to magiczne słowo, nazwa legendarnego miejsca. Tam było centrum Irlandii, siedziba królów. Bowiem ną długo przedtem, zanim powstały Ateny i Rzym, dawno temu, gdy świat był jeszcze młody i pełen nadziei, Irlandią rządzili potężni królowie, świetlane istoty, wspaniałe niczym słońce. Stanowili prawa rzadkiej mądrości, udzielali schronienia i nadawali bogactwa poetom. Byli niczym dzielni giganci, karzący zło straszliwym gniewem, walczyli z wrogami prawdy, piękna i Irlandii krwią zbroczonymi mieczami i stalowymi sercami. Setki, tysiące lat rządzili ukochaną zieloną wyspą, a cały kraj tonął w słodkich dźwiękach muzyki. Pięć dróg prowadziło na wzgórze Tara, po jednej z każdego zakątka wyspy, a co trzydzieści lat schodzili się tam wszyscy jej mieszkańcy, by ucztować i słuchać śpiewów poetów. To, co opowiedziałem, nie jest bynajmniej legendą, lecz szczerą prawdą, o której wspominają także dzieje innych krajów, a smutne słowa o upadku odnotowują klasztorne annały. W roku pięćset pięćdziesiątym czwartym od przyjścia Pana Naszego, w Tarze odbyła się ostatnia biesiada.

Głos Columa załamał się, gdy wypowiadał ostatnie słowo, Scarlett poczuła, jak oczy jej wypełniają się łzami. Cała ta opowieść, brzmienie głosu Columa przykuły jej uwagę bez granic.

Przez dłuższą chwilę szli w milczeniu. Potem znowu odezwał się Colum:

— Było szlachetnym marzeniem twego ojca zbudować nową Tarę w Nowym Świecie. Tak, chyba naprawdę wspaniały był z niego człowiek.

— O, tak. Bardzo go kochałam.

— Kiedy następnym razem będę w Tarze, pomyślę o nim i o jego córce.

— Będziesz w Tarze? Czy to ma znaczyć, że Tara nadal istnieje? Że to prawdziwe miejsce?

— Równie prawdziwe jak ta ulica, którą idziemy. To wzgórze o łagodnych zboczach, na których wypasają się owce, wzgórze promieniujące szczególnym czarem... Gdy wejdziesz na szczyt i rozejrzysz się wokół, ujrzysz ten sam wspaniały krajobraz, który rozciągał się przed oczami królów. Tara leży niedaleko od wioski skąd pochodzę, gdzie się urodzili nasi ojcowie, małej osady w Powiecie Meath.

Scarlett czuła się jakby rażona piorunem. Zatem Papa także dotykał ziemi Tary, stał tam, gdzie stawiali swe stopy królowie. Łatwo mogła sobie wyobrazić, jak dumnie się pręży, jak sztywno wyrzuca nogi, stąpając uroczyście, jak zwykle wtedy, gdy był rad z samego siebie. Roześmiała się cichutko.

Gdy doszli do domu Robillardów, przystanęła niechętnie. Z największą przyjemnością jeszcze by sobie pospacerowała, wsłuchana w śpiewny głos Columa.

— Nie wiem, jak ci dziękować — szepnęła nieśmiało. — Teraz czuję się milion razy lepiej niż przed paroma godzinami. Jestem pewna, że uda ci się wpłynąć na biskupa, by zmienił swe postanowienie.

Uśmiechnął się.

— Wszystko w swoim czasie. Najpierw musimy dogadać się z tym nieznośnym MacMahonem. Poza tym nie wiem, kuzynko, jakie nosisz nazwisko. Po obrączce na palcu zgaduję, że biskup nie zna cię jako O'Harę.

— Oczywiście. Po mężu nazywam się Butler.

Uśmiech Columa zniknął na moment, ale zaraz powrócił.

— To możne nazwisko.

— Owszem, w Południowej Karolinie, ale nie tutaj. Mój mąż, Rett Butler, pochodzi z Charlestonu.

— Jestem zdumiony, że nie chce ci pomóc w tej sprawie.

Scarlett uśmiechnęła się.

— Pomógłby, gdyby mógł, ale musiał wyprawić się na Północ w interesach. Jest bardzo przedsiębiorczy.

— Rozumiem. Cóż... jestem szczęśliwy, że mogę ci pomóc. Uczynię wszystko, co w mojej mocy.

Miała wrażenie, że dokładnie w tej samej chwili bierze go w objęcia i ściska, tak jak czyniła to z ojcem, gdy dostała od niego to, czego chciała. Wydawało się jej jednak, że nie uchodzi ściskać osób duchownych, nawet kuzynów. Dlatego powiedziała zwyczajne „dobranoc" i odeszła.

Colum też ruszył w swoją stronę. Gwizdał *Ubrana w zieleń*.

* * *

— Gdzie znowu byłaś? — warknął Pierre Robillard. — Kolacja zupełnie nie nadawała się do jedzenia.

— Byłam u kuzyna Kuby. Każę, niech ci przyniosą drugą kolację.

— Znowu widziałaś się z tymi ludźmi? — staruszek zatrząsł się z oburzenia.

W Scarlett także wezbrała wściekłość. Była gotowa na gniew odpowiedzieć gniewem.

— Tak, widziałam się z nimi i zamierzam widywać się z nimi zawsze. Bo bardzo ich lubię.

Po czym wyszła z sypialni. Zanim jednak wróciła do siebie na górę, poleciła kuchni, by dziadkowi podano kolację po raz drugi.

— A co z pani kolacją, Miss Scarlett? — spytała Pansy. — Mam przynieść tutaj na tacy?

— Nie. Wystarczy, jeśli pomożesz mi się rozebrać. Nie mam ochoty na kolację.

Śmieszne. Chociaż wypiłam tylko filiżankę herbaty, wcale nie jestem głodna. Chce mi się tylko spać. To ten płacz tak mnie wyczerpał. Ledwo wspomniałam słówkiem o biskupie, zaraz się rozbeczałam. Teraz gotowa jestem spać choćby i tydzień, jeszcze nigdy w życiu nie czułam takiego zmęczenia.

Głowę miała lekką, całe ciało ciężkie, lecz odprężone. Opadła na miękkie łóżko i natychmiast zapadła w głęboki, pokrzepiający sen.

Dotychczas, zawsze, gdy nadchodziły kryzysy, sama musiała stawiać im czoło. Bywało, nie chciała przyznać przed samą sobą, że potrzebuje pomocy, lecz w większości wypadków po prostu nie miała do kogo się zwrócić. Tym razem było inaczej. Jej ciało wcześniej dostosowało się do nowej sytuacji, niż zdołał uczynić to umysł. Teraz miała u boku ludzi gotowych pospieszyć jej z pomocą. Rodzina ochoczo zdejmowała jej z ramion brzemiona. Nie była zdana na samą siebie. Mogła sobie pozwolić na odejście w sen.

*　　*　　*

Tej nocy Pierre Robillard spał niewiele. Drażniło go nieposłuszeństwo Scarlett. W ten sam, dokładnie ten sam sposób buntowała się przeciwko niemu jej matka, tak dawno temu, i na zawsze ją stracił. Serce mu pękło. Ellen kochał najbardziej, najbardziej bowiem z wszystkich córek podobna była do matki. Nie kochał Scarlett. Wszystkie uczucia, jakie posiadał, pogrzebał razem z żoną. Ale nie miał zamiaru pozwolić odejść Scarlett bez walki. Chciał dożyć kresu swych dni w miarę wygodnie, a Scarlett mogłaby się tym zająć. Siedział wyprostowany w łóżku, lampa naftowa w końcu zgasła, a on siedział, rozmyślając nad strategią, niczym generał spoglądający na twarze zwierzchników.

Tuż przed wschodem udało mu się zapaść w nierówny sen, a kiedy zbudził się po godzinie, decyzja została już podjęta. Gdy Hieronim przyniósł śniadanie, starzec właśnie podpisywał list. Złożył kartkę, zapieczętował, zanim jeszcze lokaj zdążył postawić przed nim tacę.

— Doręcz to — rzekł, podając mu sztywny biały prostokąt. — I poczekaj na odpowiedź.

*　　*　　*

Scarlett z trzaskiem otworzyła drzwi. Wetknęła przez szparę głowę.

— Chciałeś mnie widzieć, dziadku?

— Wejdź, Scarlett.

Widząc, że w pokoju jest ktoś jeszcze, nie mogła się powstrzymać od zdziwienia. Dziadek przecież nigdy nie przyjmował gości. Mężczyzna wygiął się w ukłonie. Schyliła główkę.

— Mój adwokat, Mr. Jones. Zadzwoń na Hieronima, Scarlett. Mój lokaj pokaże ci, którędy do salonu, Jones. Poczekasz tam, dopóki nie przyślę po ciebie.

Zaledwie pociągnęła za sznur, Hieronim otworzył drzwi.

— Przystaw bliżej to krzesło. Mam zamiar poruszyć sprawy niezmiernej wagi, nie chciałbym nadwerężać głosu.

Scarlett była zdumiona. Jeszcze trochę, a usłyszy z ust dziadka „proszę". Starszy pan mówił bardzo słabiutkim głosem. Boże, mam nadzieję, że nie wpadnie mu do głowy umrzeć na moich rękach. Nie chcę mieć do czynienia z Eulalią i Pauliną przy urządzaniu pogrzebu. Zbliżyła się z krzesłem do głów łóżka.

Pierre Robillard spoglądał na nią spod na wpół przymkniętych powiek.

— Scarlett — powiedział spokojnie, gdy już usiadła. — Mam prawie dzie-

82

więćdziesiąt cztery lata. Wziąwszy pod uwagę ten wiek, jestem w całkiem dobrym zdrowiu, ale nie wynika z tego wcale, że pożyję jeszcze dość długo, bo z tym nie jest tak, jak w arytmetyce. Dlatego, moja wnuczko, proszę cię, byś została przy mnie, dopóki nie odejdę.

Scarlett natychmiast zebrała się do odpowiedzi, lecz starzec uniósł wątłą rękę i nakazał jej milczenie.

— Jeszcze nie skończyłem. Nie odwołuję się do twego poczucia obowiązków wobec rodziny, choć dobrze wiem, że już od wielu lat zajmujesz się zaspokajaniem najpilniejszych potrzeb twych ciotek... Jestem gotów złożyć ci słuszną, a nawet wspaniałomyślną ofertę. Jeśli zostaniesz w tym domu jako gospodyni, jeśli zgodzisz się doglądać moich wygód i zaspokajać moje życzenia, gdy umrę, odziedziczysz wszystko, co posiadam, a nie jest to mało.

Scarlett oniemiała. Proponował jej fortunę! Przypomniały się jej czołobitności dyrektora banku i znowu zaczęła się zastanawiać, ileż to dziadek mógł być wart.

Pierre Robillard źle zinterpretował to milczenie Scarlett. Podczas gdy ona kalkulowała, on sądził, że została przytłoczona ciężarem jego wspaniałomyślności. W informacjach, które otrzymał, nie było raportu dyrektora banku w Savannah, nic więc nie wiedział o fortunie w złocie. Jego pobladłe oczy rozbłysły zadowoleniem.

— Nie wiem — podjął po chwili — ani nie chcę wiedzieć, co doprowadziło do rozkładu twe małżeństwo...

Jego głos i postura przybrały na pewności siebie, sądził bowiem, że już wygrał tę partię.

— Ale wyrzekniesz się wszelkiej myśli o rozwodzie...

— Czytałeś moją pocztę!

— Mam prawo wiedzieć o wszystkim, co dzieje się pod moim dachem.

Scarlett tak była oburzona, że nawet nie mogła znaleźć słów, by to wyrazić. Tymczasem dziadek ciągnął swoje — dokładnie i chłodno. Słowa, które wypowiadał, padały niczym kryształki lodu.

— Gardzę nieroztropnością i głupotą, a ty wykazałaś się jednym i drugim, bo opuściłaś męża nie zastanawiając się, w jaki sposób wpłynie to na twoją pozycję. Gdybyś miała dosyć oleju w głowie, by zasięgnąć porady prawnika, tak jak ja to zrobiłem, dowiedziałabyś się, że prawo Południowej Karoliny nie dopuszcza rozwodów, niezależnie od powodu. Pod tym względem jest to stan wyjątkowy w całych Stanach Zjednoczonych. Owszem, przeniosłaś się do Georgii, lecz twój mąż, w świetle prawa, jest obywatelem stanu Południowa Karolina. Rozwód zatem nie wchodzi w rachubę.

Ale Scarlett niewiele obchodziły prawnicze dywagacje dziadka. Myślami nadal krążyła wokół faktu grzebania w jej korespondencji. Co za brak godności! To pewnie ta żmija Hieronim. Kładzie swe tłuste łapy na wszystkich moich rzeczach, buszuje po biurku, a mój własny dziadek jeszcze go do tego zachęca. Nagle zerwała się z krzesła, pochyliła się nad łóżkiem podparłszy się pięściami zaciśniętymi tuż obok wychudłej ręki Pierre'a Robillarda.

— Jak śmiesz kazać temu człowiekowi, żeby przetrząsał moje rzeczy? — krzyknęła, tłukąc pięściami w grube listwy łoża.

Dziadek z szybkością atakującego węża poderwał ręce, ujął jej nadgarstki w twardy chwyt kościstych palców.

— Moja panno, nie podnoś głosu w tym pokoju. Nie znoszę hałasu. I zechciej prowadzić się jak przystoi mej wnuczce. Nie jestem jednym z tych irlandzkich wieśniaków.

Uwolniła ręce z uścisku, po czym zrobiła parę kroków do tyłu, aż za plecami poczuła krzesło. Wtedy przystanęła.

— Nic dziwnego — szepnęła — że matka opuściła ten dom, by nigdy tu nie wrócić.

Była wściekła na samą siebie za to, że głos jej tak drżał.

— Dziewczynko, dajmy spokój tym cikliwym scenom z marnego romansu. Męczy mnie to. Twoja matka opuściła ten dom, ponieważ była uparta i za młoda, by posłuchać głosu rozumu. Doznawszy miłosnego zawodu rzuciła się w objęcia pierwszemu lepszemu, który ją o to poprosił. Żyła z poczuciem żalu, ale przeszłości nie da się odwrócić. Ty, w przeciwieństwie do niej, nie jesteś już lekkomyślnym dziewczęciem i umiesz używać rozumu. Kontrakt już gotowy. Przyprowadź tu Jonesa, podpiszemy i będziemy się zachowywać jak gdyby nigdy nic.

Scarlett odwróciła się do niego plecami. Aż trudno uwierzyć. Nie sposób go dłużej słuchać. Wzięła krzesło i odstawiła je na miejsce, tam gdzie zawsze stało. Zrobiła to tak dokładnie, że nóżki znalazły się w zagłębieniach w dywanie, wyciśniętych przez wiele lat stania w tym samym miejscu. Teraz już ani nie bała się dziadka, ani nie było jej przykro z jego powodu, ani nawet nie była na niego zła. Był jej po prostu obcy. Nudny, stary człowieczek ze skłonnościami do tyranizowania słabszych od siebie, nieudolnie posługujący się resztkami przebiegłości, które mu pozostały z dawnych, zapewne lepszych czasów. Nie znała go. Wcale jej na nim nie zależało.

— Jeszcze nie wybito tyle pieniędzy, by skłonić mnie do pozostania w tym domu — odezwała się, jakby raczej głośno myśląc niż mówiąc do kogokolwiek. — Nawet góry złota nie ożywią złożonego do grobu.

Zwróciła się w stronę dziadka — oczy płonęły na tle śmiertelnie bladej twarzy szmaragdowymi ognikami.

— Twoje miejsce jest tutaj, w tym grobowcu. Umarłeś, tylko nie chcesz się do tego przyznać. Natychmiast się stąd wynoszę.

Szybkim krokiem podeszła do drzwi i pchnęła je z całej siły.

— Hieronimie, skoro i tak wszystko słyszałeś, nie krępuj się i i nie czekaj, aż pan cię wezwie. Możesz wejść.

43.

*N*ie bądź dziecinna, Pansy. Nie rycz. Przecież nic ci się nie stanie. Pociąg pojedzie prosto do Atlanty i tam się zatrzyma. Cała sztuka sprowadza się do tego, żeby wysiąść, jak stanie, a nie wcześniej. Zawinęłam ci trochę pieniędzy w chusteczkę do nosa, a chusteczkę przypięłam agrafką do kieszonki w palcie. Konduktor już dostał twój bilet, obiecał, że będzie cię pilnował. No, do licha! Tak biadoliłaś, aby czym prędzej wrócić do domu, więc masz, czego chciałaś. I proszę mi się tu nie mazać!

— Ale, Miss Scarlett, ja nigdy nie jechałam pociągiem samopas.

— Głupia, przecież nie pojedziesz sama. W pociągu będzie całe mnóstwo ludzi. Tylko wyglądaj sobie przez okno i wcinaj smakołyki, których pełen koszyk przygotowała ci dobra Mrs. O'Hara, a nim się spostrzeżesz, będziesz w domu. Wysłałam telegram. Ktoś wyjdzie po ciebie na dworzec.

— Ale Miss Scarlett, co ja bez pani pocznę? Jestem panną służącą. Kiedy pani wróci do domu?

— Kiedy wrócę, wtedy będę. To zależy. A teraz wskakuj do wagonu. Pociąg zaraz odjeżdża.

Wszystko zależy od Retta — pomyślała Scarlett. Który mógłby się nieco pospieszyć. Nie wiem, czy przyjmować tę gościnę u kuzynów, czy lepiej nie. Odwróciła się do żony Kuby.

— Nie wiem, jak ci dziękować, droga Maureen, że przygarnęłaś mnie pod swój dach. Na samą myśl o tym wzruszam się do głębi, ale i przerażam, że tyle będziesz mieć ze mną kłopotów.

Uśmiechnięta, szczebiotała salonowo, świeżym, dziewczęcym głosem.

Maureen wzięła ją pod ramię i poprowadziła byle dalej od wagonu, gdzie zza pokrytej grubą warstwą kurzu szyby, spoglądała beznadziejnie opuszczona Pansy.

— Wszystko układa się znakomicie — powiedziała, gdy już odeszły kilka kroków. — Daniel jest wprost zachwycony, że może oddać ci swój pokój, zresztą i tak razem z Brianem przeprowadza się do Patrycji. Od dawna na to czekał, tylko nie miał śmiałości się przyznać. A Kasia wręcz podfruwa z radości, że będzie twoją pokojówką. Od dawna o tym marzyła, a taką czcią cię otacza, iż gotowa całować ślady twoich stóp. Od chwili, gdy tu przybyła, nigdy jeszcze nie była szczęśliwa, dopiero teraz. Należysz do nas, nie do tego starego durnia. Też mi znalazł sobie dziewczynę na posyłki! Co za czelność oczekiwać, że będziesz mu za gosposię. My niczego od ciebie nie wymagamy. Chcemy być z tobą, bo cię kochamy.

Scarlett poczuła się znacznie lepiej. Nie mogła oprzeć się Maureen, ciepłu, emanującemu z jej słów. Ale szczerze mówiąc, miała nadzieję nie zabawić zbyt długo u O'Harów. Brrr... te bachory!

Niczym debiutantka przerażona publicznym występem — myślała Maureen, delikatnie ściskając dłoń Scarlett. Czuła, jak bardzo jest spięta. Najbardziej potrzeba jej kogoś, przed kim mogłaby otworzyć serce i wyryczeć się w starym, dobrym stylu. W przypadku kobiety jest rzeczą nienaturalną powstrzymywanie się od wszelkich bardziej osobistych wzmianek na swój temat, a Scarlett, co dziwniejsze, nie wspomniała nawet słówkiem o swoim mężu. Dziwna osoba... Maureen jednak nie zamierzała tracić czasu na zgadywanie. Gdy jeszcze jako młoda dziewczyna zmywała kieliszki w barze swego ojca zauważyła, że ci, którzy bywali tam często, prędzej czy później przed nią zwierzali się z kłopotów. Nie sądziła, by Scarlett była wyjątkiem.

*   *   *

Rodzina O'Harów zajmowała cztery wysokie kamieniczki z czerwonej cegły. Okna wychodziły na ulicę i z tyłu, od strony podwórza, ściany boczne były wspólne. Wewnętrzne dziedzińce były identyczne. Na każdym piętrze znajdowały się po dwa pokoje: na parterze kuchnia i jadalnia, na pierwszym piętrze dwupokojowe salony, na drugim po dwie sypialnie. Od strony ulicy domy obiegały ganeczki z wdzięcznymi schodkami, z tyłu — duże podwórko i wozownia.

Scarlett dostała sypialnię na drugim piętrze w domu Kuby. W pokoju stały dwa pojedyncze łóżka — do czasu przeprowadzki mieszkali tu Brian oraz Daniel — i prawie nic więcej. Umeblowanie było skromne, jak się godzi w sypialni dwóch młodych mężczyzn: szafa, biurko i krzesło. Nad łóżkiem wisiały jednak kolorowe kilimy, na wyfroterowanej do połysku podłodze biało-czerwony dywanik. Nad biurkiem Maureen zawiesiła lustro, na biurku położyła koronkową serwetę, tak że Scarlett miała teraz dla siebie gotowalnię. Kasia zaskakująco dobrze dawała sobie radę z upinaniem fryzury, chętnie się uczyła i zawsze była skora do usług. Ona, Maria Katarzyna oraz Helena spały w pokoju naprzeciwko.

Jedynym brzdącem w domu Kuby był czteroletni Janek, ale najczęściej przebywał gdzieś w sąsiedztwie, spędzając czas na zabawach z rówieśnikami.

W dzień, gdy mężczyźni byli w pracy, a starsze dzieci w szkole, cztery kamieniczki zamieniały się w świat kobiet. Scarlett sądziła, że nie jest w stanie tego polubić. Ale nie było wydarzenia w jej życiu, które przygotowałoby ją do obcowania w kobiecym świecie O'Harów.

Nie miały między sobą tajemnic, nie musiały się ćwiczyć w powściągliwości. Mówiły to, co miały na myśli, zawierzały sekrety, od wysłuchiwania których Scarlett oblewała się purpurą, kłóciły się, gdy nie mogły się pogodzić i padały sobie w ramiona z płaczem i pocałunkami, gdy konflikt był już zażegnany. Choć cztery były domy, zachowywały się tak, jakby był jeden, wpadały to do jednej, to do drugiej kuchni na filiżankę herbaty, jedna drugiej robiły zakupy, jedna drugą wyręczały w pieczeniu ciasta czy obrządzaniu zwierząt, które chowano w dawnych wozowniach zamienionych na chlewiki.

Przede wszystkim jednak cieszyły się samymi sobą, śmiechem, plotkami, tajemnicami i niegroźnymi intrygami przeciwko mężom. We wszystko wtajemniczyły Scarlett zaraz, gdy tylko przybyła, uznając, że jest jedną z nich. Z upływem czasu sama Scarlett miała się przekonać, że naprawdę była. Codziennie w towarzystwie Maureen lub Kasi udawała się na targ w poszukiwaniu najlepszego jadła po najniższej cenie, chichotała z Polly i Katarzyną nad sztuczkami, których mogą dokonać sprawne ręce dysponujące żelazkiem do włosów i paroma kokardami, przekopywała się przez zwały tkanin tapicerskich z czułą na punkcie urządzania mieszkania Patrycją, choć Maureen i Kasi już ręce opadły. Wypijała całe morze herbaty, wysłuchując opowieści o sukcesach i troskach, a chociaż sama nie zawierzyła żadnej z nich swoich sekretów, nikt jej do tego nie zmuszał ani nie zachowywał z tego powodu szczególnej powściągliwości.

— Nigdy nie przypuszczałam, że tak wiele ciekawych rzeczy przydarza się ludziom — wyznała Maureen, szczerze zaskoczona.

Wieczory mijały wedle innego rytuału. Mężczyźni pracowali ciężko i gdy wracali do domu, byli naprawdę wyczerpani. Chciało się im dobrze zjeść, wypalić fajkę i czegoś napić. Ich życzenia zawsze były zaspokajane w pierwszej kolejności, potem wieczór już sam się rozkręcał. Często cała rodzina przenosiła się do domu Mateusza, ponieważ musiał on dopilnować pięcioro małych dzieci śpiących piętro wyżej, podczas gdy Maureen i Kuba mogli powierzyć Janka oraz Helenę opiece Marii Katarzyny, zaś Patrycja mogła przynieść swoje dwu- i trzyletnie dzieci do Mateusza, bo i tak nic nie mogło wyrwać ich ze snu. Zanim zaczynało się dłużyć, dźwięki muzyki odpędzały nudę. Później, gdy już przybył Colum, on wszystkim dowodził.

Pewnego wieczoru Scarlett po raz pierwszy w życiu ujrzała *bodhran*. Początkowo myślała, że to taki duży tamburyn. Metalowa obręcz, na którą naciągnięto skórę, miała w średnicy ponad dwie stopy, lecz jak na tamburyn była cienka. Gerald trzymał ją jedną ręką. Gdy jednak usiadł, ułożył *bodhran* na kolanach i uderzył w napiętą skórę drewnianą pałeczką, podrzucając nią, tak że grał to jednym, to drugim końcem, Scarlett usłyszała dźwięk jak gdyby prawdziwego bębna.

No, może z tym bębnem to przesada — pomyślała. Sądziła tak jednak tylko do chwili, gdy do instrumentu przysiadł się Colum. Jego lewa dłoń musnęła napiętą skórę od spodu, jakby w pocałunku, nadgarstek jego prawej dłoni nabrał nagle płynności wody. Jego ramię błyskawicznie przemieszczało się od wierzchołka bębna do podstawy, od podstawy przepływało na sam środek, podczas gdy prawą ręką wyczyniał dziwne, pieszczotliwe ruchy, opadając na powierzchnię skóry stałym, ścinającym krew w żyłach rytmem. Barwa i natężenie bębnienia zmieniały się, lecz samo dudnienie — hipnotyczne, przykuwające uwagę — pozostało niezmienne, choć i skrzypce, i fujarka, i harmonia dały się w nim słyszeć. Maureen trzymała „kości" w bezwładnej dłoni, zbyt porwana przez warkot bębna, by o nich pamiętać.

Także i Scarlett poddała się działaniu tej dziwnej muzyki, przyprawiającej to o śmiech, to łzy wyciskającej z oczu, to znowu zapraszającej do tańca i to takiego, o jakim nigdy w życiu nie śniła. Stan ten trwał jednak tylko do chwili, gdy Colum odłożył bęben na podłogę i poprosił o coś do picia.

— Wybębniłem się na śmierć — oznajmił. — Umieram z pragnienia.

Potoczywszy wzrokiem dokoła Scarlett przekonała się, że wszyscy — tak jak ona — dali się porwać działaniu muzyki. Spojrzała na niskiego, uśmiechniętego mężczyznę z perkatym nosem. Przebiegł ją dreszcz grozy. Ten człowiek nie był taki jak inni.

*　　*　　*

— Scarlett, kochanie, lepiej się znasz na ostrygach niż ja — powiedziała Maureen przy samym wejściu na targ. — Wybierzesz coś dla nas? Chcę zrobić Columowi do herbaty wspaniały bulion z ostryg.

— Do herbaty? Bulion z ostryg nadaje się na obiad lub na kolację.

— Wiem, ale dziś wieczorem ma przemawiać na zebraniu, czyli że przedtem nie zje kolacji, bo musi się przygotować.

— Co to za zebranie? My też tam pójdziemy?

— U Jaspera Greensa spotykają się ochotnicy, Amerykanie pochodzenia irlandzkiego, którzy tworzą oddział wojskowy. Kobiety nie mają tam czego szukać.

— A czego szuka tam Colum?

— Colum?... Colum najpierw przypomni im, że niezależnie od tego, jak długo mieszkają w Ameryce, do grobowej deski pozostaną Irlandczykami, następnie przywiedzie ich do łez cklliwą opowieścią o miłości i tęsknocie za Starym Krajem, po czym, wzywając do ofiarności na rzecz biednej Irlandii, opróżni im kieszenie. Kuba twierdzi, że zawołany z niego mówca.

— Łatwo mi to sobie wyobrazić — szepnęła nieswoim głosem Scarlett. — Otacza go atmosfera jakiejś niesamowitości...

Maureen wybuchnęła śmiechem.

— No to wybierz specjalnie dla niego niesamowite ostrygi.

Scarlett także się roześmiała.

— Niestety, wątpię czy uda mi się znaleźć takie z perłami w środku — zawołała, naśladując irlandzką wymowę Maureen. — Ale idę o zakład, że przysporzę chwały twojej kuchni.

*   *   *

Colum spojrzał na pełną po brzegi, parującą miskę, po czym uniósł brwi zadziwiony.

— Przyznać muszę, droga Maureen, że podajesz bardzo zawiesistą herbatę.

— Dzisiaj na targu ostrygi były szczególnie okazałe — sapnęła Maureen z szelmowskim uśmiechem.

— Czy w Stanach Zjednoczonych Ameryki Północnej nie drukuje się kalendarzy?

— Sza, Colum, zjadaj zanim wystygnie.

— Mamy Post, Maureen. Dobrze wiesz, co to znaczy: jeden posiłek dziennie, a i to bezmięsny.

Ciotki mają rację! — Scarlett powoli opuściła łyżkę na stół. Spojrzała na Maureen ze współczuciem: tyle dobra zmarnować. Musi odprawić srogą pokutę, pewnie czuje się strasznie nieswojo... Dlaczego taki człowiek jak Colum musi być księdzem?

Tym bardziej była więc zdumiona widząc, jak Maureen się uśmiecha i zanurza łyżkę, by wyłowić co ładniejsze kawałki.

— Nie strasz mnie piekłem, Colum — mruknęła ze złośliwym zadowoleniem. — Mam dyspensę O'Harów. Ty też jesteś O'Hara, wcinaj więc te ostrygi i ciesz się, że smaczne.

Zdumienie Scarlett jeszcze bardziej urosło.

— O jakiej dyspensie ty mówisz?

Odpowiedział jej Colum, choć jemu, w przeciwieństwie do Maureen, humor wyraźnie nie dopisywał.

— Mniej więcej trzydzieści lat temu Irlandię dotknęła straszliwa klęska głodu — westchnął ciężko. — Minął rok, a po nim drugi, gdy rzesze ludzi umierały z braku jedzenia. Żywiono się trawą, lecz i ona wreszcie się skończyła. Działy się straszne, potworne rzeczy. Wielu powoli konało, zaś ci, którzy jeszcze żyli, nie mieli jak im pomóc. Tym, którzy przetrwali, kapłani w kilku parafiach udzielili dyspensy, uwalniającej od konieczności głodowania. Nasza rodzina mieszkała w jednej z tych parafii. Dlatego nie musimy pościć. Wystarczy, jeśli powstrzymamy się od spożywania mięsa.

Znowu spojrzał na wywar w misce, gęsto okraszony masłem.

Maureen podchwyciła spojrzenie Scarlett. Położyła paluszek na usta, a następnie, wymachując łyżką, dała jej do zrozumienia, że powinna się pospieszyć z jedzeniem.

Po dłuższej chwili także i Colum chwycił za łyżkę. Połykając soczyste ostrygi nie podnosił wzroku znad miski, a gdy skończył, podziękował półgębkiem. Szybko wstał od stołu i poszedł do domu Patrycji, gdzie mieszkał w jednym pokoju ze Stefanem.

Scarlett spojrzała na Maureen z ciekawością.

— Przeżyłaś ten głód?

Maureen kiwnęła głową.

— O, tak. Ojciec miał *pub*, więc nie było z nami aż tak źle, jak z innymi. Ludzie zawsze zdołali wysupłać pensa na wypitkę, a to, co się zarobiło, wystarczyło na chleb i mleko. Biednym rolnikom wiodło się najgorzej. Boże, to było straszne.

Skrzyżowała ramiona i wzdrygnęła się, w oczach zalśniły jej łzy, a gdy usiłowała wydobyć z gardła słowa, głos jej się załamywał.

— Ci, którzy dzierżawili ziemię, mieli dla siebie tylko kartofle, bowiem to, co zdołali zarobić na zbożu, mleku i maśle, zaledwie wystarczyło na opłacenie dzierżawy. Zostawało im tylko trochę masła, nieco chudego mleka, parę kur, tak że od czasu do czasu, głównie w niedzielę, mogli sobie pozwolić zjeść jajko. Ale kiedy wygniły kartofle, to już nic im nie pozostało.

Umilkła, kołysząc się to w przód, to w tył. Usta jej drżały. Zaniosła się chrapliwym płaczem człowieka udręczonego wspominaniem okrutnej przeszłości.

Scarlett podniosła się z krzesła, objęła Maureen ramionami.

Maureen wstrząsnęła kolejna fala płaczu.

— Nie wyobrażasz sobie, co to znaczy, gdy nie ma nic do jedzenia.

Scarlett spojrzała na żar, tlący się pod kuchnią.

— Wiem dobrze — szepnęła. Mocniej przytuliła Maureen i opowiedziała jej, jak to wracała do domu z płonącej Atlanty. W jej oczach nie błyszczały łzy, głos jej nie zadrżał, gdy mówiła o rozmiarach spustoszenia, o długich miesiącach twardej walki z głodem, której niemal nie przegrała. Gdy jednak dotarła do tego punktu opowieści, kiedy trzeba było powiedzieć o przybyciu do Tary, śmierci matki i ojca, który popadł w stan bliski obłędu, głos jej się załamał.

Kiedy płakała, Maureen trzymała ją w ramionach.

44.

Zdało się, że wystarczyła jedna noc, by drzewa dereniowe stanęły w kwiatach. Nagle, pewnego ranka, gdy Scarlett i Maureen wyszły rano przed dom, ich oczom ukazała się ulica cała w obłokach kwiecia.

— Czyż to nie piękny widok? — westchnęła rozmarzona Maureen. — Blask porannego słońca prześwituje przez kruche płatki kwiatów barwiąc je na różowo… Nim nadejdzie południe wybieleją, niczym łabędzie pióra. Do prawdy, wspaniale mieszka się w tym mieście, które szczepi piękno ku zachwyceniu wszystkich!

Wzięła głęboki oddech.

— Urządzimy sobie w parku piknik. Pooddychamy unoszącą się w powietrzu zielenią wiosny. Chodź, Scarlett, pospiesz się, trzeba zrobić wielkie zakupy. Dziś po południu ruszę z wypiekami, a jutro po mszy pójdziemy całą gromadą do parku.

Co to, czyżby sobota? Umysł Scarlett gorączkowo pracował, obliczał i porównywał obrazy niedalekiej przeszłości. Pomyśleć, że to już miesiąc mija od kiedy przyjechała do Savannah. Coś ścisnęło jej serce. Dlaczego Rett ciągle nie przybywa? Gdzie on się podziewa? Interesy w Bostonie nie mogły zarzymać go na tak długo.

— ...Bostonu — dokończyła Maureen. Scarlett potknęła się. Chwyciła kuzynkę za ramię, odzyskała równowagę, zerknęła na nią podejrzliwie. Skąd ta Maureen wie, że Rett jest w Bostonie? Skąd Maureen wie cokolwiek na jego temat? Pilnie się przecież wystrzegała, by nie wspomnieć o nim choćby słowem.

— Co się stało, kochanie? Zwichnęłaś nogę?

— Co mówiłaś o Bostonie?

— O Bostonie?... Właśnie jedzie tam Stefan, dlatego nie będzie go z nami na pikniku. Na pewno drzewa jeszcze nie kwitną w Bostonie i Stefan wiele traci opuszczając Savannah o tej porze roku, ale za to zobaczy się z Tomaszem i jego rodziną, i przyniesie nam wieści od nich, co szczególnie ucieszy starego Jakuba. Pomyśl tylko... tylu braci rozsianych po całej Ameryce, a on ciągle o nich pamięta. Czyż to nie cudowne?

Scarlett szła w milczeniu. Było jej wstyd za samą siebie. Jak mogła dopuścić tę myśl? W Maureen miała oddaną przyjaciółkę, najbliższą spośród tych, jakie kiedykolwiek udało się jej pozyskać. Maureen w ogóle nie przyszłoby do głowy, by mnie szpiegować — myślała pełna skruchy. Maureen jest zbyt delikatna, by wtrącać się w moje życie. To chyba stąd się biorą te niedorzeczne myśli, że tak dużo czasu już minęło, a ja nawet nie zauważyłam tego. Chyba dlatego jestem taka nerwowa, chyba dlatego dręczą mnie złe myśli. Tak dużo czasu już minęło, a Retta ciągle nie ma w domu.

Mruknęła coś pod nosem — coś, co miało znaczyć, że w pełni podziela poglądy Maureen co do rodzaju prowiantu stosownego na piknik — podczas gdy jej umysł kulił się, zarzucany gradem pytań, niczym spłoszone ptaki zamknięte w klatce. Czyżby popełniła błąd nie wracając z ciotkami do Charlestonu? A może źle zrobiła opuszczając Charleston?

Te rozmyślania przywiodą mnie w końcu do szaleństwa. Muszę natychmiast przestać o tym myśleć, w przeciwnym razie zacznę wyć!

Ale pytania ciągle ją opadały, coraz to inne.

Może powinna porozmawiać o tym z Maureen? Nie dość, że umiała podnosić na duchu, to jeszcze w pewnych sprawach dawała dowody zadziwiającej mądrości. Powinna to zrozumieć. Może potrafi pomóc.

Nie, porozmawiam z Columem! Jutro na pikniku będziemy mieć dużo czasu. Powiem mu, że chcę z nim mówić na osobności i zaproszę go na spacer. Colum na pewno będzie wiedział, co trzeba robić. W pewnym sensie jest podobny do Retta. Jak on jest sam w sobie obrazem skończonej doskonałości, a ktokolwiek stanąłby obok niego, zda się prawie zupełnie bez znaczenia. To tak, jak z mężczyznami w ogóle: pod pewnym względem nigdy nie wyrastają z chłopięctwa. Tak samo z Rettem — otoczony tłumem, zda się jedynym człowiekiem w pokoju. Colum sprawia, że rzeczy stają się, tak jak Rett. A gdy stanie się to, co miało się stać, wybucha śmiechem — jak Rett.

Scarlett uśmiechnęła się do własnych wspomnień o Columie, opowiadającym o ojcu Polly. „O tak, możny i śmiały z niego pan, wielki budowniczy MacMahon. Łapy niczym młoty kowalskie, omal nie rozerwą w szwach cennego płaszcza, niewątpliwie kupionego przez Mrs. MacMahon, by harmonizował z obiciami mebli w salonie, bo inaczej po cóż by fundować sobie coś tak

pluszowego? Pobożny też z niego człowiek, a jakże, ze szczególnym upodobaniem w radości, która ozłaca duszę jego, gdy pomyśli, że wznosi Panu Bogu
dom, tu, w Savannah, w Ameryce. Owszem, ja, niegodny sługa Pański pobło-
gosławiłem go i rzekłem: »Na Boga, MacMahon, masz gębę dobrego katolika.
Założę się, że nie ciągniesz z parafii więcej niż czterdzieści procent dochodów«.
A wtedy oczy jego rozbłysły, a mięśnie zadrżały mu, a szyte jedwabiem
rękawy pluszowego płaszcza zaczęły lekko trzeszczeć. »Jasne, wszyscy inni,
widząc, że biskup nie jest Irlandczykiem, wzięliby i pięćdziesiąt procent«. Po
czym nasz dobry i wielki Budowniczy całemu światu udowodnił, jak bardzo
jest zaangażowany w to, co robi »Gross!« — ryknął, omal szyby nie wyleciały
z okiem. »Czy to katolickie nazwisko?« Po czym opowiedział mi co nieco o
niegodziwościach biskupa, lecz sutanna wzbrania mi wierzyć w te herezje.
Wszak podzieliłem z nim jego smutek i wypiłem szklaneczkę, może dwie, a
następnie zwierzyłem się mu z kłopotów, które dręczą moją biedną kuzyneczkę. Poczciwa dusza, szczerym gniewem zapałała, powiadam wam. Robiłem
co mogłem, by powstrzymać go od zgruchotania wież jego własnymi rękoma.
Sądzę, że nie ogłosi strajku generalnego, ale nie jestem tego pewien. Natomiast, jak sam mi powiedział, przy pierwszej sposobności da do zrozumienia
biskupowi, co myśli na temat jego obojętności wobec sprawy Scarlett i to w
terminach, których ów znerwicowany człowieczek na pewno nie będzie w
stanie pojąć. Będzie jednak powtarzał to tak długo, aż przekona go co do
wagi problemu”.

— Dlaczego uśmiechasz się do kapusty? — podejrzliwie spytała Maureen.

Scarlett odwróciła twarz od straganu z kapustą i, dla odmiany, uśmiechnęła
się do przyjaciółki.

— Bo jestem szczęśliwa, że nadeszła wiosna i że pójdziemy na piknik.

I że wróci do Tary. Tego była pewna.

*　　*　　*

Scarlett nie miała jeszcze okazji obejrzeć Parku Forsytha. Co prawda
Hodgson Hall leżał przy tej samej ulicy, lecz gdy brała udział w pamiętnej
uroczystości zbyt było ciemno, by mogła cokolwiek dostrzec. Nieświadoma
zatem tego, co ujrzy, gdy znalazła się na miejscu, z zachwytu zabrakło jej
tchu w piersiach. Wejścia strzegły dwa kamienne sfinksy. Dzieci spojrzały z
ciekawością na bestie, lecz ponieważ wspinaczki były surowo wzbronione,
rzuciły się biegiem główną aleją, rozwijając pełną szybkość. Później zaczęły
biegać dookoła Scarlett, która zatrzymała się, spoglądając przed siebie.

Fontanna znajdowała się o dwie kwatery dalej, lecz tak była wielka, że
sprawiała wrażenie jakby stała tuż obok. Łuki i bicze wody to podnosiły się,
to opadały, kropelki, jak żywe diamenty tryskały ze wszystkich stron. Scarlett
stała oczarowana, niezdolna otworzyć usta — nigdy w życiu nie widziała czegoś
równie widowiskowego.

— Podejdź bliżej — zachęcał Kuba. — Z bliska wygląda jeszcze ładniej.

Rzeczywiście. Światło słoneczne rozszczepiało się w tańczących kropelkach
wody, siejąc tęczowe blaski. Wodne kryształki błyskały, znikały, by za chwilę

ponownie się ukazać. Pobielone wapnem pnie drzew dwoma szpalerami wiodące ku oślepiającej białości marmurowemu wodotryskowi, lśniły bielą w cętkowanym błyskami słońca cieniu listowia. Kiedy w końcu dotarła do metalowej barierki obiegającej podstawę fontanny, musiała tak głęboko odchylić głowę, by dostrzec nimfę na szczycie postumentu, że omal się nie przewróciła. Nimfa — był to posąg przewyższający wysokością człowieka, z rękoma uniesionymi do góry, w dłoni trzymała laskę, z której ku błękitnemu niebu bił słup wody.

— Chciałabym być trytonem — rzekła Maureen. — Wygląda mi na to, że dobrze się bawią.

Scarlett spojrzała w kierunku wskazanym przez kuzynkę. Brązowe trytony klęczały na podwiniętych w wężowych splotach, eleganckich ogonach, jedną rękę trzymając na biodrze, drugą przyciskając róg do ust.

Pod upatrzonym przez Maureen dębem mężczyźni rozciągnęli pledy, kobiety ustawiły kosze. Maria Katarzyna położyła najmłodszą dziewczykę Patrycji i chłopczyka Kasieńki na trawę, żeby sobie poraczkowały. Inne dzieci biegały i podskakiwały, bawiąc się wedle własnego upodobania.

— Wreszcie mogę dać nogom odpoczynek — westchnęła Patrycja. Bill pomógł jej usiąść. Oparła się plecami o drzewo.

— Idź już sobie — spojrzała na męża z ukosa. — Nie musisz spędzać całego dnia u boku żony.

Pocałował ją w policzek, rozpiął rzemienie harmonii, którą przydźwigał na plecach, odstawił instrument na ziemię.

— Zagram ci później coś miłego — zawołał, po czym ruszył spacerkiem w stronę grupy mężczyzn, grających w baseballa.

— Idź mu trochę podokuczać, Mateuszu — zaproponowała mężowi Kasieńka.

— Tak, idźcie sobie wszyscy — dodała Maureen. Wykonała przy tym taki ruch, jakby chciała przepłoszyć ptactwo. Kuba i jego wszyscy synowie rzucili się do biegu. Colum z Geraldem pomaszerowali za nimi.

— Kiedy wrócą, będą głodni jak wilki — mruknęła Maureen, nie bez przyjemności. — Dobrze, że wzięliśmy jedzenia jak dla armii.

Rzeczywiście, całe góry — początkowo zdziwiła się Scarlett. Zaraz jednak uświadomiła sobie, że te masy prowiantu znikną najpewniej w ciągu godziny. Tak to już bywa w dużych rodzinach. Spojrzała prawdziwie tkliwie na kuzynki, wiedziała, że z uczuciem nie mniejszym spojrzy na ich mężów, synów i braci, gdy powrócą z paltami na ramionach, kapeluszami w dłoni, z rozpiętymi kołnierzykami, podwinąwszy rękawy. Odłożyła na bok całą swą dumę — nawet nie zauważyła, jak ją zupełnie odbiegła. Już nie pamiętała nawet swego zażenowania, gdy dowiedziała się, że jej powinowaci byli w Irlandii parobkami w wielkich majątkach. Mateusz był cieślą, Gerald pracował u niego w warsztacie, reperując dziesiątki domów i mile ogrodzenia. Kasieńka była mleczarką, Patrycja pokojówką. I co z tego? Scarlett cieszyła się, będąc jedną z nich.

Uklękła obok Maureen, żeby jej pomóc.

— Mam nadzieję, że chłopcy nie zabawią długo — mruknęła. — Na świeżym powietrzu zdążyłam już zgłodnieć.

Gdy już zostały tylko dwa kawałki ciasta oraz jedno jabłko, Maureen zaczęła grzać wodę na maszynce spirytusowej. Billy Carmody wziął harmonię, kiwnął w stronę Patrycji.

— Co to ma być?... Przecież obiecałem ci zagrać melodię. Wybieraj.

— Sza, jeszcze nie teraz — szepnęła Kasieńka. — Maleństwa już prawie śpią.

Pięcioro najmniejszych dzieci leżało na derce w najbardziej zacienionym miejscu. Billy zaczął więc gwizdać cichutko, bardzo miękko, a po chwili podchwycił melodię na harmonii, zaledwie jednak markował grę. Patrycja spojrzała i uśmiechnęła się doń czule. Odgarnęła Tomaszkowi włosy z czoła, a potem zaczęła śpiewać kołysankę, tę, którą grał Billy.

Na skrzydłach wiatru nad ciemnymi morzami
Zbiegają aniołowie, by czuwać nad twym snem
Zbiegają aniołowie wziąć w opiekę cię.
Słuchaj więc wiatru, jak bije wśród fal
Słuchaj więc wiatru, co miłość niesie ci,
Ułóż już główkę, słysz, jak duje wiatr
Jak łódki gnają po błękicie.
Jak łódki gnają wzbudzając wśród fal
Srebrne rozbłyski, co jak rybie łuski
Jak srebro dla mnie, jak srebro dla ciebie
Słuchaj więc wiatru, co miłość niesie ci,
Ułóż już główkę, słysz, jak duje wiatr.

Skończyła. Przez moment trwała cisza. Potem Tomaszek otworzył oczy.

— Jeszcze raz — szepnął zaspanym głosem.

— O, tak, panienko. Prosimy jeszcze raz.

Wszyscy podnieśli głowy, a kiedy się rozejrzeli, dostrzegli młodego mężczyznę, który stał w pobliżu. W brudnych, prostackich rękach trzymał postrzępiony beret, na grzbiecie miał mocno połatany surdut. Po twarzy sądząc, dwudziestolatek, chociaż zarost miał ciemny i gęsty.

— Proszę o wybaczenie, panie i panowie — rzekł z najszczerszą powagą w głosie. — Wiem, że zbytniom śmiały pokazując się tak na waszym przyjęciu i tak dalej, ale tę samą kołysankę śpiewała mi matka... mi i mojej siostrze. Dlatego kiedy ją usłyszałem, serce pchnęło mnie tutaj.

— Siadaj, chwacie — ośmieliła go Maureen. — Mamy jeszcze ciasto, którego nikt nie kwapi się zjeść, a w koszyku jest jeszcze trochę chleba i wspaniały ser. Jak się nazywasz i skąd pochodzisz?

— Danny Murray, łaskawa pani.

Zarzucił czarne, pozlepiane włosy nad czoło, wytarł dłoń w rękaw i wyciągnął rękę po chleb, który Maureen właśnie wyjęła z koszyka.

— Mieszkam w Connemara, o ile akurat nie ma mnie gdzie indziej.

Ugryzł ogromny kęs chleba. Bill zaczął grać. Chłopak odjął chleb od ust.

— *Na skrzydłach wiatru...* — zanuciła Kasieńka. Chłopak, choć głodny, przełknął, co miał w ustach i połączył się z nią w śpiewie.

— *...słuchaj, jak wieje wiatr* — zakończyli, prześpiewawszy całą kołysankę równo trzy razy. Ciemne oczy chłopca lśniły niczym czarne klejnoty.

— A teraz jedz — rozkazała Maureen chrapliwym, nabrzmiałym uczuciem głosem. — Jedz, bo siły będą ci potrzebne. Zaraz zaparzę herbaty, później chciałabym jeszcze trochę posłuchać, jak śpiewasz. Masz głos jak anioł. To prawdziwy dar niebios.

I miała rację. Irlandzki tenor chłopca był tak czysty, jak brzmienie głosu Geralda.

Cała rodzina O'Harów zajęła się nalewaniem herbaty, tak że głodny Danny mógł jeść nieskrępowany.

— Myślę, że spodoba się wam nowa piosenka, którą poznałem — powiedział, gdy Maureen podała mu herbatę. — Jestem ze statku. Zanim przypłynęliśmy tutaj, mieliśmy postój w Filadelfii. Zaśpiewać?

— Jaki ma tytuł? — zapytał Billy. — Może i ja ją znam.

— *Zabiorę cię do domu.*

Billly potrząsnął głową.

— Chętnie się od ciebie nauczę.

Danny Murray uśmiechnął się łobuzersko.

— Chętnie udzielę ci lekcji.

Odgarnął z twarzy włosy, wziął głęboki oddech. Po czym otworzył usta i popłynęła melodia — jasna i mocna niczym srebrna nić.

> *Zabiorę cię do domu, Kasiu*
> *przez ocean szeroki i dziki*
> *Tam, gdzie zawsze biło twe serce*
> *Od dnia, gdy narzeczoną, miła ma, zostałaś.*
> *Róże policzki opuściły twe*
> *Patrzyłem — odpadają i giną.*
> *Głos twój smutny, gdy mówisz*
> *Łzy zaciemniają kochane oczy twe.*
> *I zabiorę cię z powrotem, Katarzyno,*
> *Tam, gdzie serce nie zna bólu.*
> *Gdzie pagórki świeże są zielenią*
> *I zabiorę cię do domu, Kasiu.*

Scarlett biła brawo równie entuzjastycznie, jak inni — piękna pieśń.

— To było tak wspaniałe, że aż zapomniałem, że mam się uczyć — stwierdził ponuro Billy. — Zaśpiewaj jeszcze raz, Danny, żebym podchwycił melodię.

— Nie! — Kasia O'Hara zerwała się na równe nogi. Nawet w cieniu widać było, że twarz ma mokrą od łez. — Nie mogę tego słuchać po raz drugi. Po prostu nie mogę!

Piąstkami otarła łzy.

– Przepraszam – rzekła stłumionym łkaniem głosem. – Przepraszam, lecz muszę odejść.

Ostrożnie przeszła między śpiącymi na ziemi dziećmi, po czym pobiegła gdzieś aleją.

– Strasznie mi przykro – zaniepokoił się chłopak.

– Szsz... – Colum położył palec na usta. – To nie twoja wina. A słuchać, jak śpiewasz, to prawdziwa rozkosz dla uszu. Ta biedna dziewczyna usychająca z tęsknoty za Irlandią jest przedstawiona bardzo wiernie w swym charakterze, a że przez przypadek też ma na imię Kasia... zdarza się. Powiedz, znasz może *Obóz pod Kildare*? To specjalność Billa... jego i tej harmonii. Rzadka byłaby to przyjemność móc słyszeć was razem.

Muzykowanie trwało aż do chwili, gdy słońce skryło się za drzewami i zaczął wiać chłodniejszy wiatr. Wtedy wrócili do domu. Danny Murray nie mógł przyjąć zaproszenia na kolację, choć Kuba bardzo nastawał. Przed zapadnięciem zmroku musiał zameldować się na pokładzie statku.

*   *   *

– Kuba, myślę, że wracając powinienem zabrać ze sobą Kasię – powiedział Colum. – Jest już w Ameryce wystarczająco długo, by ukoić tęsknotę za domem, a mimo to serce ciągle jej krwawi.

Scarlett omal nie wylała sobie wrzącej wody na rękę zamiast do dzbanka na herbatę.

– Gdzie się wybierasz, Colum?

– Wracam do Irlandii, kochanie. Jestem tu tylko z wizytą.

– Ale przecież biskup nie zmienił jeszcze decyzji co do Tary! No i jeszcze chciałabym o czymś z tobą porozmawiać.

– Dobrze. Nie odjeżdżam w tej chwili, moja droga. Na wszystko wystarczy nam czasu. A co podpowiada ci twoje kobiece serce? Powinna Kasia wrócić do Irlandii, czy raczej zostawić ją tutaj?

– Nie wiem, zapytaj Maureen. Ona się nią zajmuje.

Cóż to ma za znaczenie, co zrobi Kasia? Niech Colum się o nią martwi. Jak on może tak po prostu ruszyć w drogę, odpłynąć, podczas gdy ona ciągle potrzebuje jego pomocy? Och, dlaczego siedziałam tam wtedy z tym brudasem? Dlaczego podśpiewywałam, zamiast wziąć Columa rozmowę na osobności, na spacerek, jak planowałam?

Scarlett zaledwie skubnęła kanapkę z serem, zaledwie łyknęła łyżkę kartoflanki, które podano na kolację. Czuła się bliska płaczu.

– Uff – westchnęła Maureen, gdy doprowadzono kuchnię do ładu. – Dziś wieczorem wcześniej idę do łóżka. Trzeba dać odpocząć starym kościom. Od tego siedzenia na ziemi krzyże mi zesztywniały jakbym cały dzień była u oraczki. Wam też radzę zrobić to samo, Mario Katarzyno i Heleno. Jutro musicie iść do szkoły.

Scarlett też czuła jakąś sztywność stawów. Przeciągnęła się przed kuchnią.

– Dobranoc – westchnęła.

— Poczekaj chwilkę — zatrzymał ją Colum. — Dotrzymaj mi towarzystwa, aż skończę fajkę. Kuba tak strasznie ziewa, że chyba też zaraz wyjdzie i zostanę sam.

Scarlett zajęła miejsce przy stole, naprzeciwko.

Kuba, idąc w stronę schodów, pogładził ją po głowie.

Colum pykał fajeczkę. Dym miał smak słodko-kwaśny.

— Węgle żarzą się pod kuchnią — mruknął po chwili. — Trudno wymarzyć sobie lepszy nastrój do rozmowy... Powiedz, Scarlett, co ci leży na sercu? Co cię trapi?

Westchnęła ciężko.

— Nie wiem, jak się zachować wobec Retta. Obawiam się, że mogłabym wszystko zniszczyć.

W kuchni było ciepło, tylko czerwony blask węgli mdławo rozświetlał półmrok... tak, w tej scenerii mogła otworzyć swe serce. Colum, jako ksiądz, zachowa dla siebie wszystko, cokolwiek usłyszy — taką miała niejasną nadzieję. To tak jak spowiedź w ciasnym, pogrążonym w półmroku wnętrzu konfesjonału.

Zaczęła od początku, wyjawiając całą prawdę o tym małżeństwie.

— Nie kochałam go, a w każdym razie nie wiedziałam, czy go kocham. Byłam zakochana w kimś innym. A potem, gdy nabrałam pewności, że właśnie Retta kocham, on już nie kochał mnie. Tak on przynajmniej twierdzi. Ale nie wierzę, że mówi prawdę. To niemożliwe.

— Rzucił cię?

— Tak. Ale potem ja rzuciłam jego. Zastanawiam się, czy to nie było nieporozumienie.

— Mów wszystko po kolei...

Z cierpliwością — zda się — nieskończoną — Colum starał się rozwikłać zawiłe sploty opowieści Scarlett. Było grubo po północy, gdy wystukał dawno już wygasłą fajkę i schował ją do kieszeni.

— Zrobiłaś to, co do ciebie należało, moje dziecko — powiedział, gdy umilkła. — Ponieważ zapinamy kołnierzyki od tyłu, niektórym zdaje się, że księża nie są mężczyznami. Ci tkwią w błędzie. Dobrze rozumiem twojego męża. A nawet mam dla niego współczucie, głębokie współczucie. To, co go dręczy, dotyka go głębiej i przysparza mu większych cierpień niż tobie, droga Scarlett. Walczy z samym sobą, a dla mężczyzny takiego, jak on, to ogromny wysiłek. Kiedyś jednak zjawi się, by cię odnaleźć, zaś gdy przybędzie, musisz być dlań wyrozumiała, albowiem będzie osłabiony niczym żołnierz, który odniósł rany w bitwie.

— Ale kiedy to się stanie?

— Nie mogę ci tego powiedzieć, choć wiem. W każdym razie to on musi cię szukać, nie ty jego. Musi walczyć sam z sobą, samotnie, aż zrozumie, że jesteś mu potrzebna i uzna, że dobrze mu być z tobą.

— Jesteś pewny, że wróci?

— Tak. A teraz idę do łóżka. Co i tobie radzę.

*　　*　　*

Scarlett przyłożyła głowę do poduszki. Było jej wygodnie. Usiłowała walczyć z ociężałością powiek. Chciała rozciągnąć w czasie tę chwilę, chciała możliwie jak najdłużej cieszyć się radością, którą dała jej pewność Columa. Rett wróci — może nie tak prędko, jak sobie tego życzyła — ale dość ma cierpliwości, by czekać.

45.

*S*carlett nie była zachwycona, gdy Kasia obudziła ją z samego rana. Po długiej rozmowie z Columem chętnie zostałaby w łóżku jeszcze trochę.

— Przyniosłam herbatę — szepnęła Kasia. — Maureen pyta, czy pójdziesz z nią na targ.

Scarlett przycisnęła głowę do poduszki, zamknęła oczy.

— Nie. Chyba jeszcze sobie pośpię.

Czuła, że Kasia ma jej jeszcze coś do powiedzenia, ale się waha. Czemu ta głupia dziewczyna nie pójdzie sobie stąd i nie zostawi jej wreszcie w spokoju?

— Chcesz jeszcze czegoś, Kasiu?

— Wybacz, kuzynko Scarlett, że zapytam, czy nie zechciałabyś się ubrać? Jeśli nie idziesz z Maureen na targ, będę musiała cię zastąpić, a nie wiem, kiedy wrócę.

— Maria Katarzyna może mi pomóc przy toalecie — niewyraźnie mruknęła Scarlett z twarzą w poduszce.

— O, nie. To niemożliwe. Maria Katarzyna od dawna jest już w szkole. Na zegarze mamy prawie dziewiątą.

Scarlett z wysiłkiem podniosła powieki. Czuła się tak, jakby mogła przespać wieczność.

— Dobrze — westchnęła. — Wyjmij moje rzeczy. Założę czerwoną suknię i niebieski szal.

— Och, bardzo ci w tym do twarzy, kuzynko! — zawołała uszczęśliwiona Kasia. Powtarzała tę samą formułkę zupełnie niezależnie od tego, co postanowiła założyć na siebie Scarlett, albowiem w jej oczach była najelegantszą i najpiękniejszą kobietą na świecie.

Scarlett popijała herbatę, podczas gdy Kasia układała jej włosy w podwójny, podobny do ósemki kok upięty na karku. Wyglądam jak ofiara katastrofy — myślała, spoglądając na siebie w lustrze. Pod oczami sińce. Może lepiej założyć różową suknię, stosowniejszą do karnacji... no tak, ale wtedy Kasia będzie musiała po raz drugi wiązać sznurówkę, różowa jest węższa w talii, a drobiazgowość tej dziewczyny przyprawia mnie o szaleństwo.

— Tak dobrze — powiedziała, gdy Kasia wpięła we włosy ostatnią szpilkę. — Możesz odejść.

— Mam podać jeszcze jedną filiżankę herbaty?

— Nie, odejdź.

Tak naprawdę to mam ochotę napić się kawy — pomyślała Scarlett. Może jednak powinnam pójść na targ?... Nie, zbytnio jestem zmęczona, by chodzić od straganu do straganu, oglądając byle drobiazg. Zanim więc zeszła na dół do kuchni, by wygrzebać coś na śniadanie, przypudrowała cienie pod oczami i zrobiła do siebie minę.

— A to ci dopiero! — zawołała, gdy ujrzała, że w kuchni siedzi Colum i czyta gazetę. Myślała, że nikogo nie ma w domu.

— Przyszedłem prosić cię, byś wyświadczyła mi uprzejmość — powiedział.

Okazało się, że musi kupić prezenty dla krewnych w Irlandii, a wobec tego kobieca rada bardzo by mu się przydała.

— Z paniami i panami sam sobie poradzę, ale panny to dla mnie wielka niewiadoma. Pomyślałem sobie: bracie, kto jak kto, lecz Scarlett wie na pewno, jaki jest ostatni krzyk mody w Ameryce.

Roześmiała się, widząc zakłopotanie na jego twarzy.

— Chętnie ci pomogę, ale pod warunkiem, że odwdzięczysz mi się... filiżanką kawy i słodkim rogalikiem w cukierni przy Broughton Street.

Całe zmęczenie minęło jak ręką odjął.

*   *   *

— Nie mam pojęcia, po co prosiłeś mnie, bym ci towarzyszyła! Przecież nic z tego, co ci poleciłam, nie znalazło w twych oczach uznania.

Zirytowana Scarlett potoczyła spojrzeniem po stosach rękawiczek z koźlej skóry, obszywanych koronkami chusteczek, ozdobnych jedwabnych pończoch, obszywanych perełkami torebek, malowanych wachlarzy, kuponów jedwabiu, aksamitu i satyny. Subiekt najlepszego sklepu tekstylnego w całym Savannah rozłożył przed nimi wszystko, co miał najlepszego, a Colum ciągle potrząsał głową, że nie.

— Przepraszam, że sprawiłem panom tyle kłopotu — rzekł do subiektów, którzy stali z kwaśnymi uśmiechami na twarzach. Podał Scarlett ramię.

— Ciebie też przepraszam, droga kuzynko. Obawiam się, że nie dość jasno się wysłowiłem, czego oczekuję. Pójdźmy stąd. Najpierw spłacę dług, który zaciągnąłem wobec ciebie, a potem spróbujemy raz jeszcze. Filiżanka kawy istotnie przyda się nam obojgu.

O, filiżanka kawy to za mało, by zapomniała o tej idiotycznej wyprawie! Scarlett ostentacyjnie nie przyjęła ramienia. Dumnie wyprostowana, szybkim krokiem opuściła sklep.

Humor jej się poprawił, gdy Colum zaproponował, by wstąpić na kawę do *Hotelu Pułaskiego*. Ogromna budowla imponowała wytwornością, Scarlett nigdy jeszcze tu nie była. Gdy usiedli na obitej aksamitem kanapie w jednej z wielu sal zdobnych w marmurowe kolumny, potoczyła wzrokiem z zadowoleniem.

— Bardzo tu miło — rzekła, kiedy kelner w białych rękawiczkach postawił na marmurowym stoliku srebrną tacę zastawioną serwisem.

— Z całą swą elegancją wyglądasz tutaj jakbyś znalazła się we właściwym sobie świecie, wśród tych marmurów i palm — zauważył Colum, łagodnie uśmiechnięty. — Oto dlaczego nasze drogi zeszły się tutaj, a nie gdzie indziej.

Po czym wyjaśnił, że Irlandczycy żyją nad wyraz skromnie — skromniej, niż przypuszczała Scarlett. A nawet skromniej niż — być może — jest w stanie sobie wyobrazić. Żyją w większości na wsi, na farmach, z dala od miast, w osadach gdzie jest kościół, kowal i szynk — w tym ostatnim raz na parę dni zatrzymuje się dyliżans pocztowy. Jedyny sklep mieści się na ogół gdzieś kątem w oberży, gdzie możesz wysłać listy, kupić tytoń i parę najprostszych artykułów żywnościowych. Co jakiś czas zdarza się, że przyjadą wędrowni kupcy sprzedający wstążki, świecidełka i żurnale mód. Jedyną rozrywką jest pójść w gości do sąsiadów.

— To tak jak na plantacji — ucieszyła się Scarlett. — Cóż, Tara leży o pięć mil drogi od Jonesboro, ale jak już się wybierzesz do miasteczka, to i tak nie znajdziesz tam niczego więcej prócz dworca i marnego sklepiku z jedzeniem.

— O, nie, Scarlett — żywo zaprzeczył Colum. — Na plantacjach można spotkać całkiem wystawne, murowane domy, małe pałace. W Irlandii farmerzy mieszkają w zwykłych, pobielonych wapnem chatach.

— Nie wiesz, co mówisz, Columie O'Haro! Dwanaście Dębów Wilkesów był w swoim czasie jedynym dworem w całym Powiecie Clayton. Ludzie w większości zaczynali od kuchni i paru pokoików. Dopiero potem dom się rozrastał w miarę potrzeb.

Colum uśmiechnął się, przyznał jej rację. Niemniej jednak — powiedział — podarunki dla rodziny nie mogą być zbyt wielkomiejskie w charakterze. Dziewczynkom lepiej kupić kupon bawełny niż aksamitu, a gdyby im zawiózł ręcznie malowany wachlarz, nie miałyby pojęcia, co z tym zrobić.

Scarlett zdecydowanym ruchem odstawiła filiżankę na spodek. Szczęknęła porcelana.

— Perkal! — zawołała. — Założę się, że perkal przypadnie im do gustu.

Pięknie drukowany, kolorowy, nadaje się na śliczne sukienki. U nas w domu nosiło się na co dzień rzeczy z perkalu.

— I buty — dodał Colum. Po czym wyjął z kieszeni plik kartek i rozłożył je. — Mam tu imiona i rozmiary.

Scarlett, widząc wielkość tej listy, roześmiała się.

— Już one wiedziały, co robią, wysyłając cię do Ameryki — mruknęła pod nosem.

— Coś mówiłaś?

— Nic ważnego. Takie amerykańskie powiedzonko przyszło mi na myśl.

Cały Powiat Meath, każde dziecko i wszystkie kobiety wpisały się na tę listę — pomyślała. To dokładnie tak samo jak z ciotką Eulalią i jej wiecznym: „Kochanie, skoro już idziesz na zakupy, może weźmiesz przy okazji także coś dla mnie?" Przy czym później okazywało się, że w nawale spraw ciotka zawsze zapominała zapłacić. Scarlett była przekonana, że irlandzcy przyjaciele Columa mają równie krótką pamięć.

— Powiedz mi coś jeszcze o Irlandii — poprosiła. W dzbanku zostało dużo kawy.

— Cóż... to wyspa wyjątkowej urody — zaczął miękkim głosem Colum. Po czym ciągnął opowieść o zielonych wzgórzach zwieńczonych białymi zębami zamków, o szemrzących strumieniach pełnych ryb, obrośniętych kwiatami, o wędrówkach wśród wonnych krzewów w czas dżdżu i mgły, o muzyce, którą słychać wokół, o niebie wysokim i rozległym — wyższym i rozleglejszym niż gdziekolwiek indziej — o słońcu łagodnym i ciepłym jak pocałunek matki...

— Mówisz tak, jakbyś tęsknił za krajem nie mniej niż Kasia.

Colum roześmiał się.

— Racja, nie zapłaczę, gdy statek odbije od amerykańskiego brzegu. Trudno byłoby znaleźć kogoś, kto bardziej ode mnie podziwiałby Amerykę, zawsze się cieszę na każdą wizytę tutaj, ale nie uronię łzy, gdy statek skieruje się ku Irlandii.

— Za to ja chyba tak. Nie wiem, co pocznę bez Kasi.

— Nie musicie się rozstawać. Możesz popłynąć z nami, obejrzeć ziemię ojców...

— Nie mogę.

— Pomyśl, to mogłaby być wielka przygoda. Irlandia jest piękna o każdej porze roku, ale na wiosnę uroki tej ziemi każdemu kruszą serce.

— Tylko nie to. Nie chcę kruszyć sobie serca. Za to potrzeba mi pokojówki.

— Poślę ci Brygidkę, już od dawna tęskni za Ameryką. Moim zdaniem to ona, nie Kasia, powinna była tu przypłynąć, lecz koniecznie chcieliśmy wyprawić Kasię.

Scarlett zwietrzyła plotkę.

— Dlaczego chcieliście się pozbyć tego słodkiego dziecka?

Colum uśmiechnął się przebiegle.

— Kobiety i ich pytania — westchnął. — Jesteście jak brzegi oceanu. Ale gdy chodzi o Kasię: nie podobał się nam człowiek, który pragnął zaręczyć się z nią. Żołnierz, a w dodatku poganin.

— Protestant, chciałeś powiedzieć. Kochała go?

— Mundur zawrócił jej w głowie, ot i wszystko.

— Biedaczka. Mam nadzieję, że zakochany będzie na nią czekał.

— Dzięki Bogu, jego oddział wrócił do Anglii. Już nie będzie jej dłużej dręczyć.

Colum spochmurniał, rysy jego twarzy nabrały granitowej twardości. Scarlett ugryzła się w język.

— I co tam z listą sprawunków? — zapytała, choć nie to chciała wiedzieć.

— Lepiej wracajmy do zakupów. Wiesz co, Kuba ma w swoim sklepie wszystko, czego ci potrzeba. Dlaczego nie pójdziemy do niego?

— Nie chciałbym nadużywać jego dobroci. Gdybym tam się pojawił, czułby się w obowiązku opuścić ceny.

— Wiesz co, Colum, do interesów to ty masz pchli móżdżek. Nawet jeśli specjalnie dla ciebie obniży ceny, jego obroty wzrosną tak, że następnym razem dostanie u hurtowników większe upusty.

Roześmiała się, widząc zdumienie na jego twarzy.

— Wiem, co mówię. Sama prowadzę sklep. Pozwól, że ci wyjaśnię...

Całą drogę mówiła jak najęta. Colum był zafascynowany, pozostawał pod silnym wrażeniem tego, co słyszy, stawiał pytanie za pytaniem.

— Colum! — zagrzmiał Kuba, zaledwie otworzyli drzwi. — Właśnie mówiliśmy, że dobrze by było, gdybyś się tu pojawił. Wuju, właśnie przyszedł.

Stary Jakub wyszedł z magazynu z naręczem tkanin.

— Jakby niebo cię nam zesłało — westchnął. — Który z kolorów jest najlepszy?

Rzucił kupony na ladę. Wszystkie próbki tkanin były zielone, lecz cztery w ciemniejszej tonacji.

— Ten jest najładniejszy — powiedziała Scarlett.

Kuba i wuj poprosili Columa, by zechciał dokonać wyboru.

Scarlett poczuła się urażona. Czyż nie powiedziała przed chwilą, który z kuponów wygląda najlepiej? Co tam się na tym znają jacyś mężczyźni, nawet Colum?

— Gdzie chcesz to powiesić? — pytał właśnie Colum.

— Nad oknem na zewnątrz i w środku.

— W takim razie zobaczymy, jak to wygląda w świetle dziennym.

Ma taką poważną minę, jakby wybierał kolor banknotów zanim je zacznie drukować — pomyślała ze złością Scarlett. Po co w ogóle cały ten kram?

Kuba dostrzegł jej kwaśną minę.

— Scarlett, kochanie, to wszystko na dekorację na dzień świętego Patryka. Colum jest tutaj jedynym człowiekiem, zdolnym określić, który z tych odcieni zieleni najbardziej przypomina zieleń koniczyny. Wuj Jakub i ja już zdążyliśmy o tym zapomnieć.

Cała rodzina opowiadała o dniu świętego Patryka, i to od chwili, gdy spotkała ich po raz pierwszy.

— Kiedy to wypada? — spytała raczej z uprzejmości niż zainteresowania.

Trzech mężczyzn umilkło. Wbili w nią wzrok.

— Jak to, nie wiesz? — zapytał z niedowierzaniem Jakub.

— Gdybym wiedziała, po co miałabym pytać?

— To jutro! — zawołał Kuba. — Jutro! I powiadam ci, Scarlett kochanie, że zbliżają się najświetniejsze chwile twego życia.

* * *

Irlandzka kolonia w Savannah — jak Irlandczycy na całym świecie — zawsze uroczyście obchodzili siedemnasty marca. Był to dzień świętego patrona Irlandii, dzień uroczysty tak wedle kościelnego kalendarza, jak świeckiego. Choć był to Post, w dzień świętego Patryka jeść można było do woli — jeść, pić, grać i tańczyć. Szkoły katolickie zamykano, ustawał ruch w katolickich sklepach, bankach i warsztatach, tak że jedynie bary pozostawały otwarte, oczekując w tym dniu największego obrotu.

Od najdawniejszych czasów w Savannah mieszkali Irlandczycy. Jasper Greens I walczył jeszcze w rewolucji amerykańskiej. Dzień świętego Patryka obchodzono z wielką podniosłością rokrocznie. Ale od czasu, gdy niebieskie kurtki zwyciężyły Południe, całe miasto włączało się do obchodów, święcąc siedemnastego marca Festiwal Wiosny. Tego dnia na krótki czas wszyscy w Savannah czuli się Irlandczykami.

Na każdym placu stały udekorowane stragany, gdzie sprzedawano jedzenie, lemoniadę, wino, kawę i piwo. Żonglerzy i właściciele tresowanych psów gromadzili na rogach ulic tłumy ciekawskich. Na stopniach ratusza grali skrzypkowie, całe miasto pękało z dumy. Zielone wstążki powiewały na gałęziach kwitnących drzew, przedsiębiorczy ludzie sprzedawali z obnośnych pudeł listki koniczyny wykonane z papieru lub jedwabiu, kobiety i dzieci przechodziły od placu do placu. Broughton Street była wprost zawieszona zielonymi tkaninami powiewającymi w oknach sklepowych, od latarni do latarni ciągnęły się girlandy żywej zieleni, wyznaczając marszrutę uroczystej parady.

— Parada!? — wykrzyknęła Scarlett, kiedy się o tym dowiedziała. Dotknęła rozety z zielonych jedwabnych wstążek, którą Kasia upięła jej we włosach. — Skończone? Dobrze wyglądam? Trzeba już iść?

Tak, trzeba było wychodzić. Najpierw na wczesną mszę, potem na zabawy i obchody, którym końca nie było od rana do późnej nocy.

— Kuba powiedział mi, że wieczorem będą puszczać nad parkiem fajerwerki — oczy i cała twarz Kasi lśniły z podniecenia. — Mówił, że aż w głowie ci się zakręci od patrzenia na wszystkie te wspaniałości.

Błyszczące oczy Scarlett nagle pociemniały. W jej spojrzeniu było jakieś wyrachowanie.

— Gdy wrócisz do Irlandii, nie będziesz mogła oglądać w swojej wiosce ani parad, ani fajerwerków. Będzie ci przykro, że nie zostałaś w Savannah.

Dziewczyna rozbłysła promiennym uśmiechem.

— Zapamiętam to na zawsze i opowiem po wszystkich domach, co tu widziałam. Dopiero w domu przekonam się, jakie wspaniałe chwile przeżyłam w Ameryce. Dopiero w domu...

Scarlett zrezygnowała z dalszych prób. Do niczego nie dojdzie z tą upartą głuptaską.

Wzdłuż Broughton Street ciągnęły się szpalery ludzi — wszyscy mieli na sobie coś zielonego. Scarlett aż roześmiała się w głos ujrzawszy rodzinę: podrastające dzieci miały zielone kokardy, szelki lub piórka w kapeluszach, podobnie jak cała rodzina O'Harów. Z jednym tylko wyjątkiem — tu wszyscy ubrani byli na czarno.

— Czyż nie mówiłem ci, że dzisiaj wszyscy czują się Irlandczykami? — wyszczerzył zęby Kuba.

Maureen trąciła ją łokciem.

— Zobacz, nawet starzy durnie ubrali się na zielono — szepnęła, zerkając w stronę człowieka,w którym Scarlett poznała adwokata dziadka. Stał z jakimś chłopcem — chyba synem — napuszony i sztywny. Obaj mieli zielone krawaty. Spojrzała to w jedną, to w drugą stronę, szukając wśród roześmianych, radosnych ludzi znajomych twarzy. Tak, oto i Maria Telfair w otoczeniu stadka dam — wszystkie z zielonymi wstążkami na kapeluszach. Wielki Boże, a to Hieronim! Najświętsza Panienko, skąd on wytrzasnął ten zielony paltocik? Ale dziadka na pewno tu nie ma. Boże, spraw, aby go nie było. Jeszcze gotów sprawić, że zgaśnie słońce. Nie. Hieronim był sam, to znaczy tylko z tą Murzynką, która dzisiaj założyła zieloną szarfę. Też mi, pomarszczona jak suszona śliwka twarz, a to ci sprawił sobie przyjaciółkę... dobre dwadzieścia lat młodszą!

Uliczny przekupień podawał właśnie lemoniadę i makaroniki każdemu z O'Harów. Zaczął od dzieci, jak zwykle najbardziej łakomych. Gdy podszedł do niej, wzięła ciastko i ugryzła kawałek. Jeść na ulicy! Dama nie ośmieliłaby się jeść na ulicy, nawet gdyby przymierała głodem. A masz, dziaduniu — pomyślała, znajdując przyjemność w złym zachowaniu, i to w miejscu publicznym. Makaronik był świeży, wilgotny, słodki. Bardzo jej smakował, choć cała ta prowokacja straciła na uroku, gdy Scarlett spostrzegła, że i Miss Telfair, dumna ze swych rękawiczek z koźlej skóry, trzyma coś między palcami.

*   *   *

— A ja nadal twierdzę, że to ten kwoboj w zieleni był najlepszy — upierała się Maria Katarzyna. — Wyczyniał niesamowite rzeczy tym swoim lassem, poza tym był bardzo przystojny.

— Mówisz tak tylko dlatego, że się do nas uśmiechnął — Helena pogardliwie wydęła wargi. Jako dziewczyna zaledwie dziesięcioletnia była za młoda, by rozumieć coś z romantycznych marzeń piętnastolatki. — Najpiękniejszy był wóz, a na nim tańczące skrzaty.

— Głupia, to nie skrzaty. W Ameryce nie ma skrzatów.

— Tańczyły wokół worka pełnego złota. Tylko skrzaty mogą mieć wór pełen złota.

— Heleno, ale z ciebie dziecko. To byli przecież przebrani chłopcy. Nie zauważyłaś, że te wielkie uszy były z papieru? Jednemu nawet odpadło...

Maureen zdecydowała się interweniować, nim obie dziewczynki sięgną po argumenty grubszego kalibru.

— Co by nie mówił, parada wyglądała wspaniale. Dzieci, idziemy. Trzymajcie Janka za rączki.

* * *

Obcy sobie w przededniu uroczystości, obcy sobie nazajutrz, w sam dzień świętego Patryka mieszkańcy Savannah podawali jeden drugiemu ręce, tańczyli, łącząc głosy śpiewali piosenki. Słońce, powietrze, muzyka i ulice — tego dnia wszystko należało do wszystkich.

— To cudowne — westchnęła Scarlett, wgryzając się w kurze udko kupione w jednym ze straganów z jedzeniem. — To cudowne — powiedziała także, gdy ujrzała wymalowane zieloną kredą listki koniczyny na wysypanych cegłą alejkach Chatham Square. — To cudowne — zawołała, widząc wielką zieloną kokardę zawiązaną na szyi granitowego orła przy pomniku Pułaskiego.

— Jakiż to wspaniały, cudowny dzień! — wołała, podskakując dokoła na jednej nodze, zanim w końcu nie opadła na zwolnioną przed chwilą ławkę. Wylądowała tuż obok Columa.

— Spójrz, Colum, zdarłam zelówkę. Zawsze słyszę od wszystkich, że najlepsze przyjęcia są te, na których od tańca zdziera się buty. A to nie są przecież baletki, tylko prawdziwe, solidne buty. Wobec tego dzień świętego Patryka trzeba by uznać za najlepszy bal, na jakim kiedykolwiek byłam.

— Wspaniałe święto, to pewne — pokiwał głową Colum. — A przecież mamy jeszcze wieczór z ogniami sztucznymi i parę innych atrakcji. Nie tylko buty zedrzesz, moja droga, ale i zdrowie, jeśli nie dasz sobie choćby chwili odpoczynku. Już prawie czwarta. Wstąpmy na moment do domu.

— Nie chcę. Mam ochotę potańczyć jeszcze trochę, zjeść pieczeni prosięcej, skosztować tych zielonych lodów i spróbować tego okropnego zielonego piwa, które pija teraz Mateusz i Kuba.

— Do wieczora zdążysz. Chyba zauważyłaś, że nawet Mateusz i Kuba godzinę temu, czy nawet wcześniej, zwolnili nieco tempo?

— Baby z nich! — oznajmiła Scarlett. — Lecz ciebie to nie dotyczy. Jesteś najlepszym z O'Harów. Kuba tak mawia i ma rację.

Colum uśmiechnął się, spoglądając na jej zaróżowione policzki i błyszczące oczy.

— Kuba rzeczywiście tak mawia, zapomniałaś jednak dodać, że opatruje to zastrzeżeniem: „poza mną, który jestem jeszcze lepszy". Tak... — westchnął przeciągle. — A teraz zdejmę ci ten dziurawy but. Podnieś nogę.

Rozsznurował czarny pantofelek z cielęcej skóry, zdjął go, wysypał piasek i usunął podarte kawałki wkładki. Po czym podniósł z ziemi tekturowy rożek — opakowanie po lodach — złożył papier i umieścił wewnątrz buta.

— Mam nadzieję, że dzięki temu zdołasz jakoś dojść do domu. Prawdopodobnie nie była to twoja ostatnia para butów.

— Oczywiście! — zawołała Scarlett. — Och, teraz czuję się znacznie lepiej. Dziękuję, Colum. Ze wszystkim umiesz sobie dać radę. Zawsze wiesz, co robić.

— W tej chwili wiem tylko tyle, że powinniśmy pójść do domu, wypić filiżankę herbaty i odpocząć.

Scarlett nie była skłonna przyznać — nawet wobec samej siebie — że jednak jest zmęczona. A była. Powoli, powłócząc nogami u boku Columa minęła Drayton Street, oddając uśmiechy ludziom, którzy uśmiechali się do niej.

— Dlaczego święty Patryk jest patronem Irlandii? — zainteresowała się nagle. — Czy gdzie indziej też go czczą jako świętego?

Colum rzucił jej zdziwione spojrzenie — niewiedza Scarlett w tym, co się tyczy religii, mogła zdumiewać.

— Święci — zaczął poważnie — doznają czci na całym świecie i u wszystkich ludzi. A święty Patryk dlatego cieszy się szczególnym nabożeństwem u Irlandczyków, bo przyniósł nam chrześcijaństwo gdyśmy ciągle jeszcze dawali się zwodzić druidom. I wygnał z Irlandii wszystkie węże, by nasza ziemia stała się jak ogród Edenu przed grzechem.

Scarlett roześmiała się.

— To już zmyśliłeś.

— Jako żywo, nie. Jak Irlandia długa i szeroka, nie znajdziesz ani jednego węża.

— Znakomicie. Nie znoszę węży.

— Powinnaś wrócić ze mną do Starego Kraju, Scarlett. Na pewno byś go pokochała. Rejs do Galway trwa tylko dwa tygodnie i jeden dzień.

— Bardzo szybko.

— A widzisz. Wiatry wieją w kierunku Irlandii, niosąc stęsknionych podróżników tak szybko, jak chmury płynące po niebie. Wspaniały to widok: wszystkie żagle wciągnięte na maszt, statek wdzięcznie pląsa po oceanie, białe mewy odprowadzają nas aż do chwili, gdy ląd prawie już znika z oczu, potem kołują, raz odfruwają, raz wracają krzycząc, że dalej już nie pofruną. Potem eskortę przejmują delfiny, niekiedy wieloryb, wypuszczający niczym fontanna strugę wody ze zdziwienia, że ma za towarzysza białoskrzydłego pływaka. Żeglować... to cudowne. Czujesz się taka swobodna, że masz wrażenie, jakbyś mogła zerwać się do lotu.

— Wiem — odpowiedziała Scarlett. — To właśnie tak.

46.

Scarlett zdumiała Kasię zakładając na wieczorne parady w Parku Forsytha zieloną suknię z jedwabiu, przeraziła jednak dziewczynę upierając się, że na nogi założy baletki z zielonego marokinu.

— Ależ tyle tam kurzu, ścieżki wysypane gruzem, zedrzesz zelówki, kuzynko Scarlett!

— I dobrze. Chcę, przynajmniej raz w życiu, zedrzeć buty na tańcach. A teraz, Kasiu, ułóż mi włosy i ściągnij je zieloną aksamitną kokardą. Gdy będę tańczyć, chcę czuć, jak swobodnie wirują razem ze mną.

Przespała się dwadzieścia minut i teraz miała wrażenie, że może tańczyć do białego rana. Tańczono wokół fontanny, na granitowych płytach, którymi wyłożono sporych rozmiarów okrągły placyk. Kropelki wody lśniły niczym klejnoty, szeptały w cudowny, porywający rytm *reela* i dostojny takt ballad. Jednego *reela* przetańczyła z Danielem — eleganckie baletki błyskały niczym zielone płomyki poddane zawrotnemu tempu tańca.

— Jesteś zdumiewająca! — zawołał, objąwszy ją wokół talii. Podniósł ją wysoko i wirował, wirował, wirował, stopami wystukując rytm wybijany przez *bodhran*. Scarlett rozłożyła ręce, zwróciła twarz ku księżycowi i dała się unosić otulona srebrnym woalem wodnego pyłu.

– Oto, co czuję dzisiejszej nocy – powiedziała kuzynom, gdy na niebie w migotliwej jasności rozbłysły pierwsze fajerwerki, przy których nawet księżyc zbladł.

* * *

Kiedy obudziła się w środę rano i wstała z łóżka, kulała na obie nogi. Stopy jej obrzmiały, całe były w sińcach.

– Nie bądź głupia! – mruknęła, gdy Kasia zaczęła coś wykrzykiwać o stanie jej stóp. – Wspaniale się bawiłam.

Odprawiła dziewczynę, gdy tylko pomogła jej zawiązać sznurówkę. Z nikim nie chciała jeszcze rozmawiać o przyjemnościach, których wczoraj doznała. Wolała w ciszy i spokoju odświeżyć miłe wspomnienia, powoli, krok po kroku, obraz po obrazie. Doprawdy, nie stanie się nic strasznego, gdy przyjdzie na śniadanie parę chwil później. I tak nie jest w stanie iść na rynek. Zrezygnowała z zakładania pończoch – domowe pantofle powinny wystarczyć.

Z drugiego piętra do kuchni trzeba było zejść po schodach – Scarlett nigdy jakoś nie miała czasu policzyć stopnie. Teraz każdy schodek równał się porcji bólu, o ile tylko nie będzie schodzić ostrożnie. Ale nieważne. Warto było pocierpieć – dzień, nawet dwa – za to wytańczyć się do upadłego. Może by tak poprosić Kasię, żeby zagnała krowę do obory. Krowy zawsze wzbudzały w niej lęk, całe życie. Gdyby Kasia zamknęła krowę, mogłaby sobie usiąść na podwórzu. Przez otwarte okna wiosna wpadała morzem zapachów tak rześkich, tak balsamicznych, że Scarlett cknilo się za wyjściem na dwór.

Tak... salon. To już pierwsze piętro. Ponad pół drogi zrobione. Gdyby tak jeszcze można było iść szybciej. Jestem głodna.

Gdy Scarlett, pełna werwy, postawiła pierwszy krok na odcinku schodów wiodących do kuchni, w nozdrza uderzył ją zapach smażonej ryby. Do diabła – sarknęła w duchu. Znowu ten Post. Gruby kawałek pięknego bekonu – na to mam teraz ochotę.

Nagle, zupełnie bez ostrzeżenia, żołądek podszedł jej do gardła. Przerażona wykonała raptowne w tył zwrot i doskoczyła do okna. Obiema dłońmi gorączkowo ściskając portierę wychyliła się za parapet i zwymiotowała na młode drzewko magnolii, zasadzone przed domem. A potem jeszcze raz i jeszcze raz, aż zupełnie opadła z sił, aż jej twarz stała się mokra od łez i kropli gęstego potu. Wtedy opadła jak kłoda na podłogę.

Otarła usta grzbietem dłoni, lecz nie pozbyła się w ten sposób z ust przykrej goryczy. Gdyby choć łyczek wody... W odpowiedzi żołądek podjechał jej pod gardło. Kolejny skurcz.

Scarlett położyła dłonie na brzuchu i zapłakała. W tej wczorajszej gorączce musiałam się czymś zatruć. A teraz umieram tutaj, niczym pies. Wzięła krótki, płytki oddech. Gdyby tak poluzować gorset... uciskał żołądek, nie dopuszczał powietrza. W sztywnych fiszbinach czuła się jak zamknięta w żelaznej klatce.

Nigdy jeszcze nie czuła się tak podle.

Z dołu dobiegły ją głosy rodziny. Maureen pytała, co się z nią dzieje, Kasia odpowiadała, że lada chwila powinna się pojawić. Potem trzasnęły drzwi. Usłyszała Columa. On także pytał, co się z nią dzieje.

Zacisnęła zęby. Musi wstać. Musi zejść na dół. Nie mogą jej tutaj zastać, gdy tak leży, płacząc jak dziecko, które brzuszek rozbolał z przejedzenia. Skrajem sukni otarła łzy. Dźwignęła się na nogi.

— Nareszcie! — zawołał Colum, kiedy Scarlett stanęła w drzwiach. Gdy jednak spojrzał na nią uważniej, zerwał się i podbiegł ku niej.

— Nasza biedna Scarlett... Kochanie, wyglądasz jakby kazano ci chodzić po rozbitym szkle. Tu, moja droga, pozwól, że pomogę ci usiąść.

Ujął ją wpół, zanim zdążyła cokolwiek powiedzieć, po czym zaprowadził ją do krzesła, które Maureen pospiesznie ustawiła przy kuchni.

O śniadaniu zapomniano. Wszyscy zaczęli krzątać się wokół Scarlett, która w ciągu paru sekund została usadzona z poduszką pod nogami i filiżanką herbaty w dłoniach. W jej oczach migotały łzy — łzy słabości i szczęścia. Miło było być przedmiotem powszechnej troski, miło było doświadczać miłości. Teraz czuła się tysiąc razy lepiej. Ostrożnie pociągnęła łyczek herbaty. Herbata była dobra.

Po pierwszej filiżance przyszła kolej na drugą, potem na trzecią. Potem dostała grzankę. Nie mogła jednak patrzeć na talerz z kartoflami i smażoną rybą. Zdało się, nikt tego nie zauważył, wszczęło się bowiem zamieszanie z wyprawieniem dzieci do szkoły — trzeba było zadbać o to, by każde dostało właściwą książkę i torebkę z drugim śniadaniem.

Gdy za dzieciarnią zamknęły się drzwi, Kuba pocałował Maureen w usta, Scarlett w czubek głowy, Kasię w policzek.

— Lecę do sklepu — powiedział. —Trzeba zdjąć dekoracje i wyłożyć na lady proszek od bólu głowy, żeby wszyscy cierpiący nie musieli długo szukać. Miło jest świętować, lecz dzień później trzeba się liczyć z totalną klapą.

Scarlett schyliła głowę, by ukryć rumieńce wypływające jej na policzki.

— Zostań tu, gdzie jesteś — poleciła jej Maureen. — Z Kasią sprzątanie kuchni pójdzie mi błyskawicznie. Później idziemy na rynek, a ty możesz tu sobie odpocząć. Columie O'Hara, ty także zostań na swoim miejscu. Nie chciałabym, aby twe wielkie buciska zostawiły ślady na mojej podłodze. Poza tym muszę cię mieć na oku, bo niedługo znikniesz mi z widoku. Gdybyś nie spieszył się na urodziny sędziwej Kasi Scarlett, prosiłabym cię, byś odwlókł nieco ten wyjazd.

— Kasia Scarlett?

Maureen rzuciła na podłogę namoczoną w mydlinach szmatę.

— Czyż nikt ci nie powiedział? — zdziwiła się Maureen. — W przyszłym miesiącu twoja babka, ta, po której odziedziczyłaś imiona, obchodzi setne urodziny.

— Ale języczek to ma ostry jak wtedy, gdy jeszcze była dzierlatką — zachichotał Colum. — Jeden z powodów do słusznej dumy całej rodzinki.

— Zdążę na przyjęcie! — ucieszyła się Kasia. Widać było, że jest szczęśliwa.

— Sama bym chciała się tam znaleźć — westchnęła Scarlett. — Papa tyle mi opowiadał o babce.

— Nic nie stoi na przeszkodzie — powiedział Colum. — Pomyśl tylko, ile radości sprawisz staruszce.

Kasia i Maureen w jednej chwili przyskoczyły do Scarlett, ponaglając, dodając odwagi, przekonując, że Scarlett omal nie wybuchnęła śmiechem. Czemu nie? — spytała się w duchu.

Gdy Rett po nią przybędzie, wróci do Charlestonu. Dlaczego by nie przedłużyć tej chwilki wolności? Nienawidziła Charlestonu: ponure suknie, nie kończące się wizyty i posiedzenia komitetów, mur grzecznej obojętności, którego przebić w żaden sposób nie mogła, porosłe liszajem mury domów i poszczerbione mury ogrodów, w których czuła się zamknięta bez możliwości wyjścia. Nienawidziła języka charlestończyków — płaskiej, przeciąganej wymowy samogłosek, szczególnego sposobu wysławiania się kuzynów i innych powinowatych, słów i zdań po łacinie, francusku i Bóg jeden wie w jakich jeszcze językach, nie znosiła tego, w jaki sposób opowiadali o miejscach, gdzie nigdy nie była, o ludziach, o których nigdy nie słyszała, o książkach, których nigdy nie czytała. Nie cierpiała całej socjety — kajecików, gdzie zapisywano, kto z kim i kiedy ma tańczyć, kolejek ustawiających się do powitania, wszystkich tych nie pisanych reguł, które rzekomo znać powinna, niemoralnego prowadzenia się, które dopuszczano i hipokryzji potępiającej grzechy, których nigdy nie popełniła.

Nie chcę zakładać tych bezbarwnych sukni i szeptać „tak, proszę pani" do tych starych klemp, których dziadek ze strony matki był w Charlestonie jakimś sławnym bohaterem czy kimś w tym rodzaju. Nie chcę spędzać każdego niedzielnego poranka słuchając, jak ciotki prawią sobie złośliwości. Nie chcę być zmuszona do uwierzenia w to, że bal świętej Cecylii jest samą istotą życia. Wolę już dzień świętego Patryka.

Roześmiała się.

— Dobrze, popłynę!

Nagle poczuła się cudownie, nawet w żołądku zrobiło się jej lekko. Zerwała się, by ucałować Maureen — ból nóg był ledwo odczuwalny.

Charleston może poczekać aż wrócę z Irlandii. Rett też może poczekać. Bóg świadkiem, że czekała nań wystarczająco długo. Dlaczego miałaby nie odwiedzić irlandzkich powinowatych? Do tej drugiej Tary płynęło się wielkim żaglowcem zaledwie dwa tygodnie i jeden dzień. Zasłużyła na to, by przez chwilę poczuć się szczęśliwą Irlandką zanim na zawsze podporządkuje się sztywnym rygorom życia w Charlestonie.

Piekące, poranione stopy wystukiwały rytm *reela*.

*   *   *

Minęły zaledwie dwa dni, a już była w stanie tańczyć na przyjęciu wydanym dla uczczenia powrotu Stefana z Bostonu. Niedługo potem, z Columem i Kasią jechała otwartym powozem w stronę doków na brzegu rzeki.

Nie miała kłopotów z przygotowaniem się do podróży. Amerykanie nie musieli wyrabiać paszportów, by uzyskać prawo wstępu na Wyspy Brytyjskie. Nie potrzebowali nawet kart kredytowych, lecz Colum nastawał, by tak „na wszelki wypadek" postarała się o nie u bankiera. Nie zdradził jej, co miał na myśli, a i Scarlett niewiele się tym przejmowała. Nadzieja wielkiej przygody zawładnęła nią bez reszty.

— Jesteś pewny, że nie spóźnimy się na statek? — denerwowała się Kasia.

— Późno po nas przyjechałeś. Kuba i pozostali mówili, że droga zajmie nam dobrą godzinę.

— Jestem, jestem — westchnął Colum. Mrugnął do Scarlett. — A jeśli nawet trochę się spóźniłem, nie moja to wina. Cóż miałem robić widząc, że wielki Tomasz MacMahon ma ogromną ochotę scementować swą obietnicę przyciśnięcia biskupa szklaneczką czegoś mocniejszego... a może nawet i dwiema szklaneczkami? Przecież nie mogłem go obrazić.

— Jeśli spóźnimy się na statek, umrę — jęknęła Kasia.

— Sza, przestań krakać, kochanie. Kapitan nie podniesie kotwicy bez nas. Seamus O'Brien to mój dobry kumpel. Ale nie masz co liczyć na jego przyjaźń, jeśli nie przestaniesz nazywać *Briana Boru* „statkiem". To nie statek, to żaglowiec, zresztą wspaniały. Wkrótce sama się o tym przekonasz.

W tej samej chwili powóz skręcił pod jakimś łukiem, pasażerowie podskoczyli, zsunęli się, uderzyli jeden o drugiego, zaś wóz wtoczył się na ciemną, śliską, wybrukowaną kocimi łbami rampę. Kasia krzyknęła, Colum wybuchł śmiechem, Scarlett nie mogła złapać oddechu.

Znajdowali się nad rzeką. Gwar, barwy i zamieszanie były tu jeszcze bardziej podniecające niż zaskakujący finisz. Zakotwiczone przy drewnianych filarach stały statki wszystkich rodzajów, każdej wielkości — więcej, niż zdarzyło się jej widzieć w Charlestonie. Szeroką brukowaną ulicą w równym rytmie posuwały się wyładowane po brzegi wozy, poskrzypując drewnianymi lub metalowymi kołami. Głośno było od krzyków mężczyzn. Na drewniane pokłady z głuchym łoskotem toczyły się po pochylniach drewniane beczki. Powietrze przeszywał przenikliwy gwizd parowca. Inny statek wtórował mu biciem dzwonu. Szereg bosonogich ładowaczy przesuwał się po trapie z belami bawełny i ze śpiewem na ustach. Bandery o jaskrawych barwach i proporce gali masztowej radośnie powiewały na wietrze. Mewy piszcząc skrzekliwie, pruły powietrze.

Dorożkarz wstał i trzasnął z bata. Wóz potoczył się naprzód, roztrącając tłum przechodniów. Scarlett roześmiała się, wystawiając twarz na podmuchy porywczego wiatru. Bryczka okrążyła piramidę beczek oczekujących na załadunek, podjechała kawałek za wolno toczącą się dwukółką i potrząsnąwszy pasażerami, przystanęła.

— Mam nadzieję, że nie żądasz dodatkowej zapłaty za siwe włosy, o które mnie przyprawiłeś tą jazdą — rzekł Colum do woźnicy. Zeskoczył na ziemię i podał rękę Kasi.

— Nie zapomniałeś o moim kuferku, Colum?

— Wszystkie manatki przyjechały tu przed nami, kochanie. Lepiej idź teraz pożegnać się z kuzynami.

Wskazał miejsce, gdzie widać było Maureen.

— Nie możesz nie zauważyć tych rudych włosów błyszczących jak bekon.

Kiedy Kasia pobiegła, zwrócił się do Scarlett.

— Chyba nie zapomniałaś, co ci mówiłem o nazwisku?

— Nie zapomniałam i nie zapomnę — uśmiechnęła się, szczęśliwa z tej niewinnej konspiracji.

— Zatem powtarzam raz jeszcze: w Irlandii nazywasz się Scarlett O'Hara i nie inaczej — mrugnął porozumiewawczo. — Co prawda nic nie ma to wspólnego ani z tobą, ani z twoją rodziną, lecz Butler to nazwisko dobrze znane na wyspie, niestety, wsławione w bardzo haniebny sposób.

Scarlett w ogóle nie zwracała na to uwagi. Miała zamiar cieszyć się swoją nowo-starą tożsamością tak długo, jak to tylko będzie możliwe.

*   *   *

Jak mówił Colum, *Brian Boru* był wspaniałym, błyszczącym bielą żaglowcem. Dziób aż raził oczy złoceniami. Złotem lśniła także pomalowano we wszystkie barwy tęczy osłona kół łopatkowych, od złota błyszczała nazwa statku wypisana na burcie literami wysokości dwóch stóp. *Union Jack* powiewał na drzewcu flagowym, lecz na maszcie kołysała się bandera z zielonego jedwabiu, a na niej wyszyta złota harfa. *Brian Boru* był luksusowym statkiem pasażerskim, zaspokajającym gusta bogatych Amerykanów, którzy powodowani sentymentem decydowali się odwiedzić Zieloną Wyspę: zobaczyć wioski, gdzie urodzili się ich dziadowie lub — gwoli teatralnego efektu — nawiedzić miejsca, gdzie sami kiedyś przyszli na świat. Tak kajuty, jak pomieszczenia użytku publicznego były przesadnie wielkie i przeładowane ozdobami. Załoga była nauczona zaspokajać pragnienia każdego pasażera. Ładownie na statku też były przesadnie wielkie, ponieważ podróżni płynęli do Irlandii objuczeni masą podarków i wracali z nie mniejszą ilością pamiątek ze Starego Kraju. Bagażowi obnosili się z każdą walizą, z każdą paką jakby pełne były szkła. Często naprawdę szkło przeważało. Żony Amerykanów pochodzenia irlandzkiego, dorobiwszy się czegoś w trzecim — czwartym pokoleniu, miały zwyczaj zdobić każde pomieszczenie swych nowo wybudowanych domów kryształowymi świecznikami Waterforda.

Na rufie, nad kołem łopatkowym znajdowała się szeroka platforma ogrodzona mocnymi balaskami. Teraz stała tam Scarlett, Colum i cała grupa żądnych wrażeń pasażerów, wymachujących rękoma w geście ostatniego pożegnania. Trzeba było się spieszyć. *Brian Boru* musiał wykorzystać falę odpływu. Scarlett posyłała wszystkim O'Harom gorące całusy. Dziś rano dzieci nie poszły do szkoły, a Kuba nawet zamknął sklep, tak aby i Daniel mógł przyjechać do portu i wziąć udział w pożegnaniu.

Nieco z tyłu, jakby na uboczu, cichutko stał Stefan. Podniósł do góry rękę — znak dla Columa.

W ten sposób dawał mu znać, że kufry Scarlett po drodze na statek zostały otworzone, a ich zawartość nieco się zmieniła. Wśród przełożonych bibułką sukien, wachlarzy i bonżurek ukryto naoliwione karabiny oraz skrzynie z amunicją, które Stefan przywiózł z Bostonu.

Jak ich ojcowie, ojcowie ich ojców i wcześniejsze pokolenia, Stefan, Kuba, Mateusz, Colum i wuj Jakub z bronią w ręku sprzeciwiali się angielskim rządom na Zielonej Wyspie. Przez ponad dwieście lat liczni z rodu O'Harów ryzykowali życiem dla walki, a niekiedy nawet udawało się im zabić paru wrogów w małych, zaczepnych akcjach. Wszakże dopiero w ostatnim dziesięcioleciu organizacja zaczęła się powiększać. Zdyscyplinowani, niebezpieczni, finansowani z Ameryki, Fenianowie*: zyskali sławę w całym kraju. Dla wieśniaków byli ucieleśnieniem bohaterstwa, dla angielskich ziemian prawdziwą plagą, dla angielskich żołnierzy rewolucjonistami gotowymi zwyciężyć albo zginąć.

Colum O'Hara był jednym z najbardziej obrotnych skarbników organizacji i jednym z jej głównych przywódców.

* *Fenian* — potoczna nazwa członka zakonspirowanej organizacji (Fenian Society) walczącej o niedpodległość Irlandii. (Przyp. tłum.).

47.

B_rian Boru_ ociężale sunął między brzegami Savannah River ciągnięty przez dwa parowe holowniki. Gdy wreszcie stanął na progu Atlantyku, głębokim gwizdem syreny pożegnał odpływające parowce. Wciągnięto żagle na maszt. Pasażerowie zaczęli pokrzykiwać na wiwat, gdy dziób statku przeciął pierwsze pasma zielonkawych wód oceanu i gdy pod łopatkami kół zapieniła się topiel.

Scarlett i Kasia stały obok siebie spoglądając, jak płaska linia brzegowa najpierw traci na wyrazistości, zredukowana do plamy bladej zieleni, potem — znika.

Co ja najlepszego zrobiłam? — zawołała w duchu Scarlett, kurczowo ściskając obiegającą pokład barierkę. Zaraz jednak potoczyła wzrokiem po bezgranicznych przestworach migocącego plamami słońca oceanu i serce zabiło jej szybciej. Przeszedł ją dreszcz przygody.

— Och! — krzyknęła Kasia. Zaraz potem przeciągle jęknęła:
— Ooo...
— Co się stało?
— Ooo... Zapomniałam o chorobie morskiej —wydyszała dziewczyna.

Scarlett z trudem powstrzymała się od śmiechu. Objęła Kasię ramieniem i zaprowadziła do kabiny. Tego dnia krzesło Kasi przy kapitańskim stole pozostało puste. Za to Scarlett i Colum w pełni uczynili zadość gargantuicznym apetytom. Scarlett nie zapomniała jednak o kuzynce — po kolacji wzięła talerz rosołu i łyżeczką nakarmiła dziewczynę.

— Za dzień lub dwa wszystko będzie w porządku — zapewniała słabym głosem złożona chorobą morską kuzynka. — Nie trzeba będzie mnie karmić aż do domu.

— Cicho. Jeszcze łyżeczka — uspokoiła ją Scarlett, która sama wdzięczna była niebom, że jej żołądek nie wierzgał. Nawet po zatruciu w dzień świętego Patryka nie pozostało już ani śladu. Jakżeby inaczej była w stanie delektować się obfitym posiłkiem?

*   *   *

Obudziła się, gdy pierwsze smugi czerwieni kładły się na wschodnim horyzoncie. Zerwała się z łóżka. Pobiegła do małej zdobnej w chińskie kafelki, wyłożonej mahoniem wygódki. Uklękła i zwymiotowała.

Niemożliwe, by zapadła na morską chorobę. Jej nie mogło się to zdarzyć. Tak przecież lubiła żeglować. No, bo przecież i w Charlestonie, gdy ten maleńki jednomasztowiec wspinał się na fale w czas sztormu — nawet wtedy nie miała mdłości, także w momentach, gdy łódeczka spadała ze szczytu fali w dół. Tymczasem *Brian Boru* był stateczny niczym skała. Wprost trudno zgadnąć, co to się dzieje...

...powolutku, powolutku, złożona mdłościami Scarlett zaczęła unosić głowę. Otworzyła usta, źrenice się jej rozszerzyły, tak niesłychane było to odkrycie. Dreszczyk emocji, fala ciepła, poczucie siły przebiegło ją od stóp do głów. Roześmiała się z całego serca.

Jestem w ciąży! Jestem w ciąży! Pamiętam, to było dokładnie tak samo.

Oparła się o ścianę, przeciągnęła się rozkosznie, szeroko rozłożywszy ramiona. Cudowne uczucie. Co tam żołądek, dość że ja czuję się wspaniale. Zdobyłam Retta. Jest już mój. Nie mogę się wprost doczekać, kiedy będę mogła mu to powiedzieć.

Łzy szczęścia popłynęły jej po policzkach, rękoma osłoniła brzuch, jakby chciała obronić nowe życie, dojrzewające w jej łonie. Bardzo pragnęła tego dziecka. Pragnęła dziecka Retta. Pragnęła ich dziecka. Będzie silna — tego była pewna, już teraz czuła, jak wzbierają jej siły. Śmiała, nieustraszona, niczym Bonnie.

Jej umysł wypełniły obrazy wspomnień: główka Bonnie mieściła się na jej dłoni, nieco tylko większa od kociego łebka. W rękach Retta przypominała lalkę. Jakże ją kochał. Jego szerokie plecy pochylające się nad szkrabem, jego głęboki głos i bajdurzenie, którym raczył córeczkę — nigdy jeszcze mężczyzna nie przejmował się dzieckiem do tego stopnia... Kiedy mu powie, powinien podskoczyć ze szczęścia. W wyobraźni widziała jego ciemne oczy rozbłyskujące radością, błysk białych zębów rozjaśniający po piracku chmurną twarz. Na samą myśl o tym uśmiechnęła się. Też jestem szczęśliwa — pomyśłała. Tak to już jest, gdy ma się mieć dziecko: trzeba być szczęśliwą — zwykła mawiać Melania.

— Boże — szepnęła na głos. Mela umarła, bo chciała mieć dziecko, a doktor Meade, gdy poroniłam, powiedział że mam całkiem popsute wnętrzności. Dlatego nawet nie zauważyłam w porę, że jestem w ciąży, nie zauważyłam nawet, że nie mam miesiączki, bo i tak od dawna jest nieregularna. A jeśli to dziecko mnie zabije? Boże wielki, nie pozwól, bym umarła i to wtedy, gdy wreszcie mam to, czego do szczęścia mi potrzeba. Żegnała się raz za razem w zmieszaniu pełnym błagania, w pokorze, w zabobonnej wierze w moc rytuału.

Wtem gniewnie potrząsnęła głową. Co ona właściwie robi? Siedzi w głupiej bezczynności. Przecież jest silna i zdrowa. W niczym nie przypomina Meli. A Mammy powiadała nawet, że z bezwstydną wręcz łatwością wydała na świat dziecko, że nie wszczynała wokół porodu większego zamieszania niż dzika kocica. Ot, tak, po prostu. Teraz też jej się uda, a dziecko będzie w znakomitej kondycji. I życie wreszcie wróci do normalności, i Rett znowu obdarzy ją miłością — ją oraz ich dziecko. Będą najszczęśliwszą, najbardziej kochającą się rodziną na całym świecie. Wielkie nieba, że też nawet nie pomyślała o Miss Eleonorze. Te rozmowy o miłości do dzieci! Miss Eleonora pewnie pęknie z dumy. Już ją widzę, jak rozgłasza tę wieść po całym targu, jak mówi o tym każdemu, nawet zgarbionemu starcowi wymiatającemu śmieci. To dziecko, jeszcze zanim zacznie oddychać, znajdzie się na ustach całego Charlestonu.

...Charleston. To tam powinna była teraz pojechać, nie płynąć do Irlandii. Chcę spotkać się z Rettem. Chcę mu powiedzieć.

Może *Brian Boru* mógłby zawinąć do Charlestonu. Kapitan to dobry przyjaciel Columa — ten byłby w stanie go przekonać. Oczy jej rozbłysły. Zerwała się, umyła twarz, przepłukała usta. Ponieważ pora była zbyt wczesna na budzenie Columa, wróciła do łóżka, usiadła wsparta o poduszki, zaczęła snuć plany.

Kiedy Kasia wstała, Scarlett już spała z zadowolonym uśmiechem na ustach. Cóż, dlaczego by nie mieć wszystkiego? Nie będzie rozmawiać z kapitanem. Chce spotkać babkę i irlandzką gałąź rodziny. Chce przeżyć przygodę, chce przepłynąć przez ocean. Rett kazał jej czekać w Savannah. Dobrze — teraz to on może sobie poczekać na wiadomość o dziecku. Do porodu ma jeszcze parę dobrych miesięcy. Zanim osiądzie w Charlestonie, ma chyba prawo trochę się rozerwać. Oczywiście, w Charlestonie nie będzie mogła pozwolić sobie na tyle, na ile pozwalała sobie w Savannah. Damom w stanie błogosławionym wycinanie hołubców wszak nie przystoi — nic, tylko siedzieć w domu i nie wychylać nosa za drzwi.

Dlatego tym bardziej podobała się jej myśl o wizycie w Irlandii. Po raz drugi podobna szansa może jej się nie trafić.

Rejs na *Brianie Boru* także bardzo przypadł jej do gustu. Gdy była w ciąży z poprzednimi dziećmi, poranna słabość pojawiała się nie dłużej niż przez tydzień, po czym ją opuściła. Teraz także chyba nie będzie trwała dłużej. Za dzień lub dwa wyzdrowieje, jak Kasia.

* * *

Rejs luksusowym żaglowcem był jak sobotni wieczór u O'Harów – tyle, że trwał dłużej. I – jak wieczorynki u kuzynów – od razu spodobał się Scarlett. Na pokładzie był komplet pasażerów, którzy zaokrętowali się w Bostonie i Nowym Jorku, lecz nie sprawiali wrażenia Jankesów. Byli Irlandczykami, co było widać już na pierwszy rzut oka, podobnie jak to, że są z tego dumni. Mieli w sobie tyle żywotności – tej samej, która tak bardzo rzucała się w oczy u O'Harów. Korzystali ze wszystkiego, co im ofiarowano na statku. A było tu co robić od świtu do nocy: turnieje gry w warcaby, ekscytujące zawody w rzucaniu monetami do oznakowanej tarczy, zakłady w rodzaju ile mil pokona żaglowiec następnego dnia. Wieczorami śpiewało się przy akompaniamencie prawdziwej orkiestry i tańczyło na równi ochoczo irlandzkie *reele* i wiedeńskie walce.

Lecz nawet wtedy, gdy na tańce nie starczało już sił, zabawa trwała. W salonie do gry w karty dla pań zawsze można było rozegrać partyjkę wista, a Scarlett była wręcz rozchwytywana jako partnerka. W przeciwieństwie do charlestońskiego grywania o kawę, tutaj grało się o pieniądze – stawki były wysokie – tak wysokie, że każde odkrycie karty wzbudzało emocje. Podobnie jak wygrane Scarlett. Pasażerowie *Briana Boru* żyli w przekonaniu, że Ameryka to kraj nieograniczonych możliwości, nie przejmowali się zatem tracąc zdobyte bogactwo.

Także i Colum prosperował dzięki otwartym sakiewkom bogatych współpasażerów. Kiedy panie grały w karty, mężczyźni z reguły spędzali czas w barku przy whisky i cygarach. Tutaj Colum miał aż nazbyt wiele okazji, by wycisnąć z oczu – zazwyczaj przebiegłych i suchych – potoki łez. Opowiadał o nieszczęściach Irlandii gnębionej angielskimi rządami, wspominał męczenników sprawy wolności i przyjmował hojne datki na Bractwo Fenian.

Rejs na *Brianie Boru* zawsze był dochodowym przedsięwzięciem, tak że Colum odbywał go dwa razy w roku, choć ostentacyjne luksusy statku i olbrzymie ilości podawanego jadła przyprawiały go o mdłości, gdy pomyślał o nędzy i potrzebach Irlandczyków żyjących w ojczyźnie.

Nie minął pierwszy tydzień żeglugi, gdy Scarlett także zaczęła spoglądać niechętnym okiem na współpasażerów. I kobiety, i mężczyźni przebierali się po cztery razy dziennie, byleby tylko w pełni zaprezentować bogactwo kosztownej garderoby. Jak żyła, nigdy jeszcze nie widziała takiej ilości biżuterii. Wmawiała sobie, że dobrze zrobiła zostawiając wszystkie swe klejnoty w sejfie banku w Savannah, zbladłyby bowiem w porównaniu z wspaniałościami, które można było podziwiać co wieczór w jadalni. Ale w gruncie rzeczy wcale się z tego powodu nie cieszyła. Wyrosła bowiem w przekonaniu, że posiada więcej niż wszyscy, którzy ją otaczają – większy dom, więcej służby, większy luksus, więcej rzeczy, więcej pieniędzy. Teraz, widząc jak niepozornie wygląda na tle bogactwa innych, musiała spuścić nos na kwintę. W Savannah Kasia, Maria Katarzyna i Helena nie kryły swej zazdrości, zaś cała rodzina O'Harów dostarczała pożywki dla jej potrzeby bycia podziwianą. Tymczasem ci, z którymi przyszło jej odbywć ten rejs, nie tylko jej nie zazdrościli, ale nawet specjalnie nie podziwiali. W ich towarzystwie Scarlett nie czuła się dobrze. Jeśli wszyscy Irlandczycy są tacy, jak oni, trudno jej będzie znieść pobyt w kraju, który zamieszkują. Niech tylko jeszcze raz usłyszy *Ubraną w zieleń*, to chyba zacznie krzyczeć.

— Po prostu, moja droga, nie zwykłaś przestawać z amerykańskim nowobogactwem — westchnął Colum, gdy zwierzyła się mu z tego, co ją trapi. — Jesteś wielką damą.

Nie mógł wyrazić się lepiej. Wielka dama — miała nią zostać, gdy wakacje w Irlandii dobiegną końca. Gdy już po raz ostatni zachłyśnie się wolnością, pojedzie do Charlestonu, założy bezbarwne suknie, da się skuć w gorset obyczajów towarzyskich i pozostanie damą — dożywotnio.

Nareszcie nie będzie się czuła wyrzucona za nawias, gdy Miss Eleonora — czy ktokolwiek z charlestońskiego światka — będą opowiadać o swych wojażach do Europy, o tych podróżach odbytych przed laty, jeszcze przed Wojną. O, nie powie, że nie znajduje w tym niczego, co budziłoby jej zachwyt. Damy nie mówiły podobnych rzeczy. Scarlett westchnęła nie zdając sobie z tego sprawy.

— Och, nie wzdychaj, kochanie — powiedział Colum. — Nie będzie aż tak źle. Zechciej tylko dostrzec w tym jaśniejsze strony. Przy karcianym stoliku wręcz czyścisz im sakiewki.

Roześmiała się. Colum miał rację. Rzeczywiście, wygrywała fortuny. Były wieczory, że zgarniała nawet i po trzydzieści dolarów. Niech no tylko Rett o tym się dowie! A to będzie się śmiał. W końcu on też grywał w karty przez czas jakiś — wtedy, gdy pływał barkami po Missisipi. Skoro już o tym mowa, dobrze się składa, że ma przed sobą jeszcze tydzień żeglugi. W ten sposób nie będzie musiała sięgać po pieniądze Retta. Nie uszczknie z tego, co jej zostawił, ani pensa.

Jej stosunek wobec pieniędzy był niejednoznaczny — prawdziwa mieszanina skąpstwa i szlachetności. Pieniądze przez lata całe były dla Scarlett miernikiem jej osobistego bezpieczeństwa, tak że podejrzliwie spoglądała na każdego, kto wyciągał rękę po drobną choćby część w pocie czoła zdobytej fortuny. A przecież — bez chwili wahania — wzięła na swoje barki obowiązek wspierania ciotek i rodziny Melanii. Wspierała ich, nawet wtedy gdy sama nie bardzo wiedziała, skąd weźmie środki na pokrycie własnych potrzeb. Także i wtedy, gdyby spadło na nią jakieś trudne do przewidzenia nieszczęście, także wtedy była zdecydowana ich wspierać, choćby miała zamorzyć się głodem. Nie zastanawiała się nad tym. Po prostu tak było trzeba.

Co do pieniędzy Retta, miotały nią sprzeczne uczucia. Jako jego żona nie żałowała pieniędzy na dom przy Brzoskwiniowej, na wszystkie — niemałe — koszty związane z jego utrzymaniem, na stroje i inne luksusy. Ale z tym pół miliona, które odeń otrzymała, sprawa wyglądała inaczej. Nie mogła tknąć ani pensa z tej sumy. Miała zamiar oddać mu te pieniądze, gdy już połączą się w prawdziwym małżeństwie, jako mąż i żona. Podarował jej te krocie jako cenę za separację. Nie mogła ich przyjąć, ponieważ na separację żadną miarą się nie godziła.

Dręczyło ją, że uszczknęła nieco z tej kwoty, by pokryć koszty podróży. Ale też wszystko stało się tak szybko, że nie miała czasu dokonać odpowiedniego przelewu z Atlanty do Savannah. Wystawiła jednak weksel na odpowiednią sumę i złożyła go do sejfu w banku wraz ze złotem, którego nie chciała brać w tę podróż. Była też zdecydowana wydawać tylko tyle, ile musi. Trzymała się więc prosto, schudła w talii, a tam, gdzie stalowe pręty gorsetu dawniej wrzynały się jej w ciało, teraz powstała próżnia. Lepiej już wygrywać w wista i mieć własne pieniądze do wydawania. Cóż, jeszcze tydzień, a sakiewka powiększy się o następnych sto pięćdziesiąt dolarów.

Mimo dobrej passy w kartach, na samą myśl o tym, że ten rejs już wkrótce dobiegnie końca, poczuła przyjemną ulgę. Chociaż wiatr dął we wszystkie żagle, *Brian Boru* był zbyt wielką korwetą, by mogła odświeżyć to podniecające uczucie przygody – to, które pamiętała z owego rejsu, gdy na malutkim jednomasztowcu wraz z Rettem uciekała przed burzą. Na domiar złego – mimo romantycznych obietnic Columa – nie widziała dotychczas ani jednego delfina.

*   *   *

– Tutaj są, tutaj! – spokojny zazwyczaj, melodyjny głos Columa drżał z podekscytowania. Pociągnął Scarlett z rękę i podprowadził do barierki. – Już mamy eskortę. Zaraz ujrzymy ląd.

Nad masztami krążyły mewy. Scarlett w pierwszym impulsie pocałowała Columa w policzek. A potem po raz drugi, gdy wskazał jej srebrzyste punkciki na wodzie. Delfiny. Wreszcie.

Już znacznie później, ubrana w ulubiony kapelusz, stała między Columem a Kasią, usiłując uchronić nakrycie głowy przed atakami porywistego wiatru. Wpływali do portu. Ze zdumieniem spoglądała Scarlett na skaliste nabrzeże. Zdało się jej zupełnie niemożliwe by cokolwiek – nawet falochron ze skał – mogło się ostać przeciwko wściekłym uderzeniom fal, robijących się o głazy i powracających w pióropuszach piany. Scarlett była przyzwyczajona do krajobrazu Powiatu Clayton – przysadzistych, leniwie toczących się niskich wzgórz i pagórków. Stromo wznosząca się skała była najbardziej egzotycznym widokiem, jaki kiedykolwiek zdołały ujrzeć jej oczy.

– Ale chyba nikt tutaj nie mieszka? – chciała się upewnić Scarlett.

– W Irlandii nie marnuje się ani piędzi ziemi – odparł Colum. – Trudno jednak powiedzieć, by Inishmorowie czuli się tutaj jak w domu.

– Inishmorowie – powtórzyła Scarlett, zachwycając się pięknem obcego, melodyjnego brzmienia. Nigdy przedtem nie słyszała podobnie brzmiącego nazwiska.

Potem umilkła, jak Colum i Kasia. Spoglądali na błękitne, skrzące się wody Zatoki Galway, każde pogrążone we własnych myślach.

Spoglądając na otwierającą się przed nimi Irlandię, Colum czuł, jak serce mu wzbiera miłością i bólem. Odnawiał – jak nieraz w ciągu dnia – przysięgę, że zgniecie ciemiężców swego kraju i podniesie go z gruzów ku pożytkowi

Irlandczyków. Nie denerował się z powodu broni ukrytej w bagażach Scarlett. Celnicy w Galway interesowali się głównie statkami handlowymi, pilnując, by cła należne rządowi brytyjskiemu były spłacone co do pensa. Na *Briana Boru* spoglądali z szyderstwem. Jak zawsze. Widok Amerykanów irlandzkiego pochodzenia powracających do Starego Kraju utwierdzał ich tylko w przekonaniu o dominacji tak nad Irlandią, jak nad Ameryką. W każdym razie — myślał Colum — dobrze się składa, że przekonałem Scarlett do tej podróży. Jej wachlarze znacznie lepiej skrywają broń niż te tuziny amerykańskich butów i zwoje perkalu. Może nawet — myślał sobie dalej — Scarlett zechce poluzować nieco rzemyka u sakiewki, gdy ujrzy nędzę, w jakiej żyje jej naród. O, nie, nie czynił sobie złudnych nadziei. Colum był realistą, od razu, przy pierwszym spotkaniu poznał się na Scarlett. Ale nawet wiedza o tym, że jest tak niepoprawną egocentryczką nie pomniejszyła sympatii, którą dla niej żywił. Jako ksiądz wiele już widział — wiedział, że dla ludzkich słabości potrzebna jest wyrozumiałość. O ile tylko słabości nie dopuszczały się istoty ludzkie narodowości angielskiej. Niemniej jednak, nawet jeśli pozwolił sobie manipulować Scarlett, kochał ją, tak jak kochał wszystkich z rodu O'Harów.

Kasia mocniej ścisnęła barierkę. Jeśli nie uczepię się czegoś, przeskoczę i popłynę — myślała gorączkowo, wypatrując znajomych kształtów. Z tego szczęścia, że znowu jestem w domu, pewnie prześcignęłabym statek. Znowu w domu...

Scarlett zachłysnęła się powietrzem z zachwytu. Na małej, jakby przycupniętej do morza wysepce wznosił się zamek. Zamek. Tak, zwieńczone jakby zębami mury na pewno należały do zamku. Nieważne, że budowla znajdowała się w stanie rozpadu —nie pomniejszało to wagi faktu, iż miała przed sobą prawdziwy zamek, taki jak na obrazkach w książeczkach dla dzieci. Z największą niecierpliwością czekała na następne odkrycia.

Gdy Colum sprowadził ją po trapie, wtedy pojęła, że oto wchodzi do zupełnie innego świata, jakże różnego od tego, który znała. W porcie kłębiło się od statków — jak w Savannah — przewijały się tłumy ludzi, wszędzie unosił się gwar, wozy pędziły przed siebie z groźną prędkością, jak mrówki roili się tragarze ładując lub rozładowując beczki, paki i bele. Ale pracowali tu wyłącznie biali mężczyźni, a ich pokrzykiwania były dla niej zupełnie niezrozumiałe — posługiwali się językiem, którego nie znała.

— To celtycki — wyjaśnił Colum. — Pradawny język Irlandii. Nie obawiaj się jednak, że trafiłaś wśród cudzoziemców. Rzadko kto zna ten język z wyjątkiem mieszkańców zachodniego wybrzeża. Wszyscy mówią tu po angielsku.

Jakby dla zadania kłamu jego słowom, przemówił doń jakiś mężczyzna, lecz wysławiał się z takim akcentem, że Scarlett początkowo nie poznała, iż mówi po angielsku.

Gdy mu się przyznała do tego, Colum wybuchnął śmiechem.

— Owszem — pokiwał głową. — Pokrętna to wymowa, lecz człowiek ten na pewno mówił po angielsku, wierz mi na słowo. Anglicy wymawiają głoski bardzo nosowo, jakby się krztusili. Ten, z którym miałem do czynienia, to sierżant wojsk Jej Królewskiej Mości.

Scarlett zachichotała.

— A myślałam, że to sprzedawca guzików.

Kurtkę, obcisłą kurtkę mundurową sierżanta zdobiło kilkanaście grubych, złotych galonów ujętych między rzędami wypolerowwanych na wysoki połysk mosiężnych guzików. Na Scarlett sprawiało to wrażenie stroju przebierańca. Wsunęła Columowi rękę pod ramię.

— Strasznie się cieszę, że tu jestem — westchnęła.

Mówiła prawdę. Wszystko było takie inne, takie nowe. Nic dziwnego, że ludzie tak lubią podróże.

* * *

— Bagaże zawiozą nam do hotelu — oznajmił Colum, wracając do ławki, na której zostawił Scarlett i Kasię. — Załatwione. Jutro wyjeżdżamy do Mullingar.

— Dlaczego nie zaraz? — zdziwiła się Scarlett. — Jest jeszcze wcześnie. Dopiero południe.

— Pociąg odjechał o ósmej. Zamówiłem porządny hotel z dobrą kuchnią. Ten sam, co zwykle.

— Tak, pamiętam — rozmarzyła się Kasia. — Tym razem nie popuszczę i opcham się słodyczy.

Promieniała szczęściem, wprost trudno w niej było poznać dziewczynę z Savannah.

— Kiedy opuszczałam Irlandię, zbyt byłam smutna, by zadbać o żołądek. Och, Scarlett, nie zdajesz sobie sprawy, co dla mnie znaczy mieć znowu irlandzką ziemię pod stopami. Jeszcze trochę, a rzucę się na kolana i zacznę ją całować.

— No, pora na nas — ponaglał Colum. — Będą problemy z dorożką. W sobotę jest tutaj dzień targowy.

— Dzień targowy? — powtórzyła jak echo Scarlett.

Kasia klasnęła w dłonie.

— Dzień targowy, i to w takim wielkim mieście jak Galway. Och, Colum, to chyba coś wspaniałego!

Ponad wszelkie wyobrażenie było to „wspaniałe", ekscytujące i — dla Scarlett — bardzo egzotyczne. Cały rozległy trawnik przed *Hotelem Kolejowym* tętnił życiem i kolorami. Gdy dorożkarz wysadził ich przed wejściem do hotelu, błagała Columa, by obejrzeli to wszystko, co tak bardzo kusiło oko powiewem nieznanego świata, mniejsza o to, jak wyglądają pokoje, mniejsza o obiad. Kasia przyłączyła się do próśb kuzynki.

— Jedzenia dość jest na straganach, ja zaś muszę kupić jeszcze jakieś prezenty dla dziewczynek. W Ameryce nie znajdziesz podobnych tym wspaniałości, w przeciwnym razie przywiozłabym je stamtąd. Brygidka dość już się za mną wytęskniła, by móc spodziewać się, że coś jej podaruję.

Colum uśmiechnął się.

— Nie byłbym zdziwiony, gdyby jej tęsknota dorównywała twojej. Dobrze.

Ja obejrzę pokoje, a ty będziesz dawać baczenie na kuzynkę Scarlett, żeby nam się nie zgubiła. Masz pieniądze?

— Pełną garść. Kuba mi podarował.

— To są amerykańskie pieniądze, Kasiu. W Irlandii niczego za nie nie kupisz.

Przestraszona Scarlett chwyciła Columa za łokieć. Co to ma znaczyć? Czy jej pieniądze naprawdę nic tu nie znaczą?

— Nie — uśmiechnął się Colum, jakby czytając jej w myślach. — Po prostu inna waluta. Przekonasz się, angielskie pieniądze są dość zabawne. Dokonam wymiany dla nas wszystkich. Co pani sobie życzy, *madame*?

— Mam tutaj wszytko, co wygrałam w wista. W zielonych.

Wypowiedziała te słowa pogardliwie i nie bez złości. Wszyscy wiedzieli, że zielone banknoty wcale nie są warte nominału, jaki na nich wypisywano. Świadoma tego powinna była zmusić wierzycieli, by płacili jej w srebrze lub w złocie. Otworzyła sakiewkę, wysupłała zwitek dziesięcio-, pięcio- i jednodolarówek.

— Wymień, jeśli ci się uda — rzekła, wciskając zwitek Columowi w garść.

Uniósł brwi.

— Aż tyle? Dzięki Bogu, że nie prosiłem cię o partyjkę. To chyba prawie dwieście dolarów.

— Dwieście czterdzieści dwa.

— Spójrz na to, Kasiu. Nigdy nie będzie ci dane ujrzeć takiej fortuny w jednym miejscu. Może chcesz potrzymać?

— Och, nie śmiałabym.

Cofnęła się, ręce wstydliwie schowała za plecami, wzrok utkwiła w Scarlett.

Chyba sobie myślisz, że to ja jestem zielona, a nie te pieniądze — pomyślała zaniepokojona Scarlett. Ostatecznie dwieście dolarów to przecież nie fortuna. Tyle płaci się za futro. Kuba na pewno zarabia przynajmniej dwieście na miesiąc, i to na czysto. Nie ma powodu, by zawracać tym Kasi głowę.

— Proszę — Colum wyciągnął rękę. — Macie tu po parę szylingów. Zajmijcie się przez moment zakupami, ja uwinę się szybciutko w banku i zaraz wracam. Spotkamy się tutaj, przy tym straganie.

Wskazał na żółtą flagę łopocącą pośrodku pełnego ludzi placu.

Scarlett spojrzała we wskazanym kierunku. Serce jej zamarło: po ulicy między hotelem a placykiem wolno sunął strumień bydła. Za nic w świecie nie przejdzie tędy!

— Już ja to zrobię za nas obie — rzekła Kasia, podążając wzrokiem za spojrzeniem Scarlett. — Proszę, Colum. Oto moje dolary. A teraz, kuzynko, podaj mi rękę.

Nic już nie pozostało ze wstydliwego dziewczęcia, jakim Scarlett znała Kasię z Savannah. W tej chwili dziewczyna czuła się u siebie w domu. Jej policzki pałały. Oczy płonęły. Jej uśmiech był jasny jak słońce na niebie.

Scarlett usiłowała znaleźć jakąś wymówkę, zaprotestować, lecz do Kasi nie docierało ni jedno, ni drugie. Przeciskała się przez stado krów, wlokąc za sobą Scarlett. W ciągu paru sekund znalazły się na placyku. Scarlett nie miała czasu, by krzyczeć ze strachu czy z gniewu na Kasię. A kiedy w końcu znalazły się tam, gdzie rozłożył się targ, zbyt była przejęta, by pamiętać o strachu lub gniewie. Lubiła chodzić na targ w Charlestonie, lubiła chodzić na targ w Savannah, lubiła targ za jego ruchliwość, barwność i nagromadzenie wszystkiego. Nic jednak, co dotychczas widziała, nie wytrzymywało porównania z dniem targowym w Galway.

Gdzie tylko skierowała wzrok, wszędzie coś się działo. Mężczyźni i kobiety targowali się, kupowali, sprzedawali, spierali się, śmiali, chwalili, krytykowali, rozprawiali o czymś z ożywieniem — zaś przedmiotem wszystkich tych zabiegów były owce, jagnięta, kurczaki, koguty, jaja, krowy, świnie, masło, śmietana, kozy i osły.

— Jakie milutkie — westchnęła Scarlett, widząc smukłonogie jagnięta... potem ujrzała różowe świnki w koszyku.... potem osiołki o aksamitnym futrze i długich, różowych uszach... a także — coraz to nowe i nowe — barwne spódnice młodych kobiet i dziewcząt. Gdy ujrzała pierwszy okaz tutejszej mody, myślała że to przebierańce. Ale kiedy za pierwszą dziewczyną pojawiły się podobnie ubrane następne, zrozumiała, iż chyba wszystkie ubierają się tu tak samo. Nic dziwnego, że Kasia tyle mówiła o pończochach! Wszędzie, gdzie tylko wzrokiem sięgnąć, Scarlett widziała kostki i nogi w jasnych kolorach błękitu i żółci, czerwieni i bieli, to znowu żółci i czerwieni czy bieli z błękitem. Dziewczęta z Galway nosiły skórzane buciki na niskim obcasie, z króciutką cholewką, spódnice sięgały im od czterech do sześciu cali nad kostkę. Ale co to za spódnice! Obfite fałdy materiału wirowały wokół bioder przy każdym kroku, nasycone czerwienie, błękity, zielenie czy żółcie — wesołe i jasne — harmonizowały z jasnymi pończochami. Staniki utrzymane w ciemniejszych tonacjach były jednak równie barwne, rękawy zapinały się na długie rzędy guzików, czyste, nakrochmalone białe chusteczki marszczyły się, spięte na szyi z przodu.

— Ja też chcę takie pończochy, Kasiu! I spódnicę. I stanik z chusteczką. Muszę je mieć. Są urocze!

Kasia uśmiechnęła się zadowolona.

— Widzę, kuzynko Scarlett, że podobają się ci irlandzkie stroje. Miło mi. Twoje ubrania są tak eleganckie.... obawiałam się, że nasze po prostu wyśmiejesz.

— Pragnęłabym móc ubierać się w takie spódnice dzień w dzień. Czy kiedy jesteś w domu też nosisz coś takiego? Szczęśliwa, nie dziw, że chciałaś szybko wrócić do kraju.

— Te tutaj to stroje odświętne, które zakłada się na rynek albo żeby wpaść w oko chłopcu. Pokażę ci, jak ubieramy się na co dzień. Zechciej pójść za mną.

Kasia chwyciła ją za nadgarstek i pociągnęła przez tłum ludzi dokładnie tak samo jak wcześniej przeprowadziła ją przez stado krów. Na środku placyku rozstawiono na kozłach stoły, na nich rozłożono wszystko, o czym tylko może marzyć kobieta. Scarlett spoglądała w zdumieniu — najchętniej wykupiłaby wszystko od razu. Co za pończochy... jakie szale, jak miękkie w dotyku... wielkie nieba, jakie koronki! Hm... krawcowa z Atlanty duszę zaprzedałaby diabłu byleby tylko móc potrzymać tę bogatą, ciężką koronkę. O, nareszcie, oto i spódnice! Boże drogi, ale by też wyglądała w tej ciemnoczerwonej... w tej błękitnej też nie najgorzej. Zaraz, zaraz... na sąsiednim stole także leży błękitna, tylko ciemniejsza. Która lepsza? O, a tutaj jasnoczerwona. Ta różnorodność mogła przyprawić o zawrót głowy. Trzeba by dotknąć każdą z nich − taka mięciutka wełna... taka gruba... choć dłoń miała obciśniętą rękawiczką, czuła ciepło barw. Scarlett bez zastanowienia jednym ruchem ściągnęła rękawiczkę. Teraz wyraźniej czuła sploty wełnianej przędzy. Nie, w niczym nie przypominało to tkanin, które dotychczas miała w ręku...

− Przepuściłem drugie danie, lecz czekałem, chociaż dostałem ślinotoku − zawołał Colum, kładąc dłoń na ramieniu Scarlett. − Nie martw się, wrócisz tu jeszcze.

Uniósł kapelusz i ukłonił się rezydującej za stołami kobiecie w czerni. − Słońce niech zawsze będzie ci łaskawe − westchnął. − Przepraszam, ale jestem zmuszony porwać stąd na chwilę moją kuzynkę. Przybyła tutaj prosto z Ameryki i z zachwytu odebrało jej mowę. Chciałbym ją teraz nakarmić nieco, a wtedy może, za wstawiennictwem świętej Brygidy, przypomni sobie, jaki się robi pożytek z języka i będzie w stanie do ciebie przemówić.

Kobieta uśmiechnęła się do Columa, rzuciła ukradkowe spojrzenie na Scarlett, a kiedy pociągnął za sobą kuzynkę, zawołała:

− Dziękuję, ojcze.

− Kasia mówiła mi, że od tego patrzenia dostałaś hysia − zachichotał. − Mówiła, że z dziesięć razy ciągnęła cię za rękaw, ale diabli bierz to spojrzenie, które jej rzucałaś. Przybiegła po mnie przerażona.

− To prawda − przyznała Scarlett. − Całkiem o niej zapomniałam. Nigdy jeszcze nie widziałam w jednym miejscu tylu wspaniałych rzeczy. Myślałam, że kupię spódnicę na przyjęcie, lecz teraz nie wiem, czy starczy mi cierpliwości, żeby tak długo czekać. Powiedz, Colum, czy wypada mi ubierać się tutaj tak, jak irlandzkie dziewczyny?

− Nie godzi się inaczej, kochanie.

− Wspaniale! Cudowne wakacje. Jakże się cieszę, że tu przybyłam.

− My także, kuzynko Scarlett.

*　　*　　*

Zupełnie nie mogła zrozumieć, na czym polega płacenie angielskimi pieniędzmi. Funt był banknotem i ważył tyle, co skrawek papieru zużyty na wyprodukowanie go. Jednopensówka była monetą, wielką jak srebrna jednodolarówka. Za to *tuppence* − czyli dwupensówka − mniejsza była od jednopensówki, choć miała jej dwukrotną wartość. Były też monety wartości pół pensa, szylingi.... Doprawdy, bardzo było to wszystko skomplikowane. W głowie mogło się zakręcić. Poza tym wszystko tu było jak za darmo, bowiem pieniądze, które Scarlett miała zamiar wydać, pochodziły z wygranych w wista. Jedyne, na co zwracała uwagę, to ceny: spódnice kosztowały szylinga lub dwa, buty tylko szylinga. Za to pończochy − pensa. Scarlett oddała Kasi zawiązaną rzemieniem sakiewkę.

− Powstrzymaj mnie, nim wszystko wydam − szepnęła i rzuciła się robić zakupy.

Kiedy wracali do hotelu, cała trójka uginała się pod tobołami. Scarlett nakupiła spódnic we wszystkich kolorach, każdej wielkości. Kasia podpowiedziała jej, że te z cieńszego materiału można było zakładać zamiast halki — dobrze, kupiła i te. Kupiła także tuziny pończoch: dla siebie, dla Kasi, dla Brygidki, dla wszystkich kuzynek, które miała spotkać. Bluzeczki też kupiła, jak również całe jardy koronek: szerokich i wąskich, koronkowych kołnierzy, chusteczek oraz uroczych czepeczków. Kupiła także niebieską pelerynę z kapturem, kupiła też i czerwoną, ponieważ żadną miarą nie potrafiła pogodzić się z myślą, że jej nie kupi. Kupiła także czarną pelerynę, usłyszała bowiem od Kasi, że większość kobiet nosi się na czarno niezależnie od pory dnia. Z tego samego powodu sprawiła sobie czarną spódnicę — ale mogła pod nią nosić kolorowe halki. Poza tym lniane chusteczki, takież staniki, halki z płótna — jakiego nigdy jeszcze nie widziała — oraz sześć tuzinów chusteczek. Ile kupiła szali, trudno rzec. Przy szalach straciła rachubę.

— Teraz to już chyba wydałam wszystko, zawołała zupełnie bez żalu, padłszy ciężko na pluszową kanapę w salonie apartamentu, który wynajął Colum. Kasia wysypała całą zawartość sakiewki. Zostało więcej niż połowę.

— Coś takiego! — zdumiała się Scarlett. — Teraz to naprawdę zaczynam kochać Irlandię.

48.

*S*carlett była zauroczona nowymi „ubiorami". Usiło-
wała wciągnąć w szaleństwo „sprawunków" Kasię – nalegała, by wróciła z
nią na placyk przed hotelem i dokończyła zakupów, ale dziewczyna grzecznie,
lecz stanowczo odmówiła.

– W angielskich hotelach mają zwyczaj jadać obiad bardzo późno, kuzynko
Scarlett, a jutro z samego rana musimy zbierać się do drogi. W Irlandii wiele
dni to dnie targowe, zaś w miasteczku niedaleko wioski też mamy rynek. Co
tydzień.

– Sama jednak mówiłaś, że nic nie może równać się z Galway – przypomniała jej Scarlett, w której niechęć Kasi zasiała podejrzliwość. Owszem,
przyznała dziewczyna, targ w Trim nie jest tak okazały, niemniej nie ma
ochoty wychodzić z hotelu. Scarlett niechętnie poniechała namów.

Hotel Kolejowy znany był z wyśmienitego jadła i znakomitej obsługi. Dwaj
kelnerzy w liberii usadowili obie panie przy ogromnym stole obok wysokiego,
zawieszonego ciężkimi portierami okna, po czym stanęli wyprostowani z tyłu,
za krzesłami, gotowi na każde skinienie. Zamówiono obiad z sześciu dań.
Scarlett właśnie delektowała się kotletem z łososia (który to gatunek ryb

łowionych w tutejszej zatoce znany był z dobroci nie tylko w Galway), gdy dobiegły ją zza okna dźwięki muzyki. Odsunęła ciężką od złotych chwościków portierę, jedwabną zasłonę i firankę.

— A nie mówiłam! — wykrzyknęła tyleż z triumfem, co ze smutkiem. — A nie mówiłam, że powinniśmy byli tam wrócić! Właśnie zaczęły się tańce. Idziemy, i to zaraz.

— Kuzynko Scarlett, obiad zaledwie się zaczął — przypomniał Colum.

— Bzdura! Przez dwa tygodnie zapychaliśmy się omal do nieprzytomności. Chcę przebrać się w nową suknię i zatańczyć.

Nic nie mogłoby jej powstrzymać.

* * *

— Nie rozumiem cię, Colum — westchnęła Kasia. Siedzieli we dwoje na ławeczce przy placyku. Scarlett tańczyła. Nie chcieli jej spuszczać z oczu na wypadek, gdyby popadła w tarapaty. Ubrana w błękitną spódnicę i żółte halki tańczyła *reela* jakby została do tego stworzona.

— Czego nie rozumiesz?

— Dlaczego zatrzymaliśmy się w tym luksusowym angielskim hotelu, niby jaka rodzina królewska? Ale skoro już mamy tu przenocować, to dlaczego nie możemy dokończyć tego wyśmienitego obiadu? Wiem, po raz ostatni mam okazję jeść równie dobrze. Nie mogłeś powiedzieć Scarlett „nie, nie pójdziemy na tańce", tak jak ja, gdy odmówiłam jej dotrzymywania towarzystwa w dalszym robieniu zakupów?

Colum ujął ją za rękę.

— Rzecz cała polega na tym, moja ty mała siostrzyczko, że Scarlett nie jest jeszcze gotowa stanąć twarzą w twarz ani z prawdziwą Irlandią, ani z irlandzką rodziną O'Harów. Mam nadzieję, że te drobne radości pomogą jej przyjąć pełną prawdę. Chyba lepiej będzie, gdy rozerwie się nieco zakładając irlandzkie spódnice, niż ma płakać widząc, jak jej jedwabie walają się w gnoju. Tańcząc *reela* poznaje Irlandczyków i te spotkania są dla niej źródłem radości, choć jej nowi znajomi ubrani są siermiężnie i mają brudne ręce. Tak, to wspaniałe wydarzenie, choć przyznam, że wolałbym już pójść spać.

— Ale jutro będziemy w domu? — w głosie Kasi słychać było tęsknotę.

Colum ścisnął jej dłoń.

— Tak, obiecuję, jutro będziemy w domu. Pojedziemy wagonem pierwszej klasy i raczej nie powinnaś o tym wspominać. Proszę cię, byś zachowała milczenie także wtedy, gdy zaprowadzę Scarlett w gościnę do Molly i Roberta.

Kasia splunęła na ziemię.

— To za Molly i za Roberta. Dopóki jednak Scarlett będzie mieszkać z nimi, nie ze mną, nie pisnę ani słowa.

Colum zmarszczył brwi, lecz nie słowa siostry były tego przyczyną. Właśnie mężczyzna, z którym Scarlett teraz tańczyła, usiłował ukraść jej pocałunek. Colum nie wiedział, że Scarlett już od piętnastego roku życia była prawdziwą mistrzynią w doprowadzaniu męskiej krwi do stanu wrzenia tylko po to, by zaraz potem zręcznie umknąć. Colum zerwał się zatem z ławki i ruszył w stronę tancerzy. Zanim jednak do nich doszedł, Scarlett udało się uciec natarczywemu partnerowi. Podbiegła, widząc że nadchodzi.

— Może wreszcie zatańczysz ze mną! — zawołała. — Po to przyszedłeś?

Ujął jej wyciągnięte ramiona.

— Przychodzę, żeby cię stąd zabrać. Czas do łóżka.

Westchnęła. W świetle lampionu, który wisiał nad jej głową, twarz Scarlett pałała żywą czerwienią. Lampiony rozwieszono na całym skwerze na rozłożystych konarach wysokich drzew. Wśród dźwięku skrzypiec, wśród głośnych śmiechów i nawoływań tańczącego tłumu nie mogła usłyszeć odpowiedzi Columa, lecz wyraz jego twarzy mówił za wszystko.

Wiedziała, ma rację, lecz nie chciała stąd odejść. Nawet szaleństwa dnia świętego Patryka nie przysporzyły jej tyle radości, co tańce w Galway. Irlandzka spódnica nie była przystosowana do fiszbinów, toteż Kasia zasznurowała gorset jedynie na tyle, by nie zsunął się jej w tańcu na kolana. Dzięki temu Scarlett miała wrażenie, że może tańczyć przez wieczność, a mimo to nigdy nie zbraknie jej oddechu. Czuła się tak, jak gdyby nic jej nie powstrzymywało, w żaden sposób.

Colum wyglądał na zmęczonego, co podkreślało różowe światło lampionu. Scarlett spojrzała na zmęczoną twarz, uśmiechnęła się, kiwnęła głową. Jeszcze nieraz nadarzy się okazja do tańca. Zamierzała pobyć w Irlandii do przyjęcia urodzinowego babki, tej pierwszej Katarzyny Scarlett, po której otrzymała imiona. Za nic w świecie nie przepuściłaby podobnej okazji.

*   *   *

Zdecydowanie bardziej mi się to podoba niż jazda pociągiem w Ameryce — pomyślała Scarlett, zaglądając przez otwarte drzwi przedziału. Jakże miłe wrażenie sprawiało to wydzielone z wagonu pomieszczenie — o wiele lepsze niż ogromne przedziały, w których trzeba było siedzieć wśród tłumu zupełnie obcych ludzi. Ani nie trzeba było przepychać się nieskończenie długim korytarzem, ani torować sobie drogi przez ciżbę podróżnych, ani nie groziło niebezpieczeństwo, że ktoś przechodząc obok ciebie zwali się ci znienacka na kolana. Scarlett, uszczęśliwiona, uśmiechnęła się do Columa i Kasi.

— Kocham te irlandzkie pociągi. Kocham wszystko, co irlandzkie.

Usadowiła się wygodnie w głębokim fotelu. Nie mogła się doczekać, kiedy pociąg wreszcie opuści stację, tak bardzo pragnęła ujrzeć irlandzki krajobraz. Na pewno był inny niż amerykański.

Irlandia nie rozczarowała jej.

— Wielkie nieba, Colum — zawołała, gdy już dobrą godzinę byli w drodze. — Przecież ten kraj jest dosłownie obsiany zamkami! Co wzgórze, to zamek. Na równinach też ich nie brak. Tylko dlaczego wszystkie się rozpadają? Dlaczego nie mieszkają tam ludzie?

— Te zamki są w większości bardzo stare, kochanie. Mają po czterysta lat, może więcej. Ludzie znajdują sobie wygodniejsze mieszkania.

Kiwnęła z uznaniem głową. Tak, to brzmi całkiem sensownie. W tych wielkich wieżach pewnie było potwornie dużo schodów. Najświętsza Panienko, co to za bieganina! Tak, zamki są bardzo niewygodne do zamieszkania. Ale jak romantyczne są te zamki! Znowu przycisnęła nosek do szyby.

— Och! — westchnęła — Też mi... Koniec oglądania zamków. Pada deszcz.

— Przestanie — rzekł Colum tonem obietnicy.

I rzeczywiście — przestało, nim dojechali do następnej stacji.

— Ballinasloe — odczytała Scarlett na głos. — Ależ te wasze miasta pięknie się nazywają. A gdzie mieszkają O'Harowie?

— W Adamstown — odparł Colum. Roześmiał się, widząc minę Scarlett. — Tak, oczywiście, nazwa niezbyt irlandzka. Zmieniłbym ją specjalnie dla ciebie, zmieniłbym ją przez wzgląd na nas wszystkich, gdybym tylko mógł. Niestety, właściciel jest Anglikiem. Na pewno by mu się to nie podobało.

— Ktoś posiada na własność całe miasto?

— To nie jest miasto. Zwykła angielska chełpliwość podyktowała tę nazwę. Trudno byłoby nazwać to nawet wsią. Osada, bo tak należałoby określić Adamstown, została nazwana po synu Anglika, który ją założył. Cały majątek miał być prezentem dla niego, takim małym podarunkiem. Od owej chwili posiadłość przechodziła z ojca na syna, wnuka, prawnuka i tak dalej. Ten, którego własnością jest obecnie, nawet jej nigdy nie widział, mieszka bowiem głównie w Londynie. Jego rządca sprawuje dozór nad wszystkim.

W słowach Columa pobrzmiewała nuta goryczy. Scarlett postanowiła o nic więcej nie pytać. Zajęła się sobą, oglądając przez okno zamki.

Właśnie pociąg zaczął zwalniać przed następną stacją, gdy zauważyła coś niezwykłego: zamek bez najmniejszej nawet rysy w murach. Na pewno ktoś tutaj mieszkał! Może rycerz? Książę?... Ani jeden, ani drugi — odparł zapytany Colum. Budowla, która tak zaintrygowała Scarlett, okazała się być koszarami regimentu Jej Królewskiej Mości.

Oho, tym razem to już na pewno zachowałam się jak słoń w składzie porcelany — pomyślała z przykrością Scarlett. Spojrzała na Kasię — policzki dziewczyny płonęły żywą purpurą.

— Proszę o herbatę — oznajmił Colum, gdy pociąg się zatrzymał. Opuścił okno i wychylił się na zewnątrz. Kasia wbiła wzrok w podłogę. Scarlett wstała, podeszła do Columa. Dobrze było rozprostować kości.

— Usiądź, Scarlett — powiedział Colum, cedząc słowa.

Usiadła. Lecz nawet ze swego miejsca mogła dostrzec grupkę mężczyzn w paradnych mundurach. Stali na peronie. Scarlett widziała, jak Colum, zapytany o to, czy są w przedziale wolne miejsca, potrząsnął przecząco głową. Ale też cerber z niego. I jaki zapobiegliwy. Szerokie bary zupełnie przesłaniały okno. Nikt nie mógł spostrzec, że w przedziale są jeszcze trzy wolne fotele i aż się proszą, by ktoś na nich usiadł. Scarlett postanowiła, że musi zapamiętać tę sztuczkę, bardzo przydatną, gdy następnym razem będzie jechać irlandzkim pociągiem, a Colum nie będzie mógł jej towarzyszyć.

Właśnie pociąg zaczynał odjeżdżać, gdy przez okno podano trzy kubeczki herbaty i niedbale zwinięty obrus.

— Spróbuj — rzekł, teraz już uśmiechnięty. — To irlandzka specjalność.

W zwojach grubego płótna znajdowały się racuszki z owocami. Smakowały znakomicie. Scarlett i Kasia zjadły wszystko co do okruszynki, po czym Scarlett

131

spytała, czy gdy zatrzymają się na następnej stacji nie mogłaby otrzymać dokładki.

— Może jesteś w stanie przeżyć jeszcze pół godziny o pustym żołądku? — zapytał Colum. — Za pół godziny wysiadamy, a wtedy będzie czas na solidny posiłek.

Zgodziła się z radością. Już ani jazda irlandzkim pociągiem nie miała w sobie smaku czegoś zupełnie nowego, ani usiany zamkami krajobraz za oknem nie tchnął taką świeżością. Scarlett była gotowa zrobić to, co jej każą.

Ale napis na budynku stacji nie brzmiał „Adamstown", lecz „Mullingar". Biedaczka — rozczulił się Colum. Czyż nikt jej nie mówił, że tylko część drogi mogą odbyć pociągiem? Po obiedzie ruszą w dalszą podróż, drogą. To tylko dwadzieścia mil. Zanim zrobi się ciemno, będą w domu.

Dwadzieścia mil! Hm... to tyle, co z Jonesboro do Atlanty. Ta jazda trwać będzie wieki. I tak siedzieli w pociągu sześć godzin. Zniechęcona, musiała zebrać wszystkie siły by zdobyć się na uśmiech, gdy Colum przedstawiał ją Jimowi Daly. Ten jego przyjaciel nie sprawiał najlepszego wrażenia. Za to jego wóz — i owszem. Miał wysokie, pomalowane na czerwono koła, niebieskie, błyszczące burty z wyraźnym napisem J. DALY. Czegokolwiek by się ten człowiek nie imał — pomyślała Scarlett — na pewno robi to dobrze.

Jim Daly miał *pub* i browar. Scarlett, choć posiadała prawdziwy *saloon*, sama nigdy w nim nie bywała, z przyjemnością zatem, ale nie bez poczucia winy weszła do pachnącego słodem dużego pomieszczenia, z ciekawością spojrzała na długi, dębowy, lśniący czystością bar. Nie miała jednak czasu, by zanotować więcej szczegółów, ponieważ Daly otworzył drugie drzwi i wprowadził ją do jakiejś sieni. Mieli zjeść obiad z nim oraz jego rodziną w prywatnej części domu, nad gospodą.

Obiad był dobry, przy stole czuła się tak, jakby w ogóle nie wyjeżdżała z Savannah. Udo jagnięce w sosie miętowym i *purée* z kartofli smakowały jak powinny. Cała rozmowa krążyła także wokół O'Harów z Savannah — tego, jak się mają, co robią i tak dalej. Przy okazji wydało się, że matka Jima Daly również była kuzynką O'Harów. W rezultacie Scarlett wcale nie miała wrażenia, że oto przebywa w Irlandii, w dodatku u oberżysty, w jego mieszkaniu nad irlandzkim *pubem*. Nikt z gospodarzy nie interesował się jej opinią o czymkolwiek. Zbyt byli zajęci rozmową między sobą.

Za to po obiedzie sytuacja uległa radykalnej poprawie. Jim Daly uparł się, że weźmie ją pod rękę i oprowadzi po Mullingar. Colum i Kasia ruszyli za nimi. Scarlett zgodziła się na spacer. Nie żeby było co oglądać — zastrzegła w myśli. Miasteczko małe, nędzne, wszystkiego jedna ulica, oberż z pięć razy więcej niż sklepów — nie, nie było tu czego oglądać. Zawsze jednak nie szkodzi rozprostować kości. Placyk w centrum miasta wielkości nie dorównywał nawet w połowie placowi w Galway i był pogrążony w zupełnym bezruchu. Jakaś młoda kobieta w czarnym szalu na głowie podeszła do nich, wyciągając rękę.

— Bóg niech was błogosławi, ciebie, panie, i ciebie, piękna pani! — zawołała jękliwie.

Jim włożył w nadstawioną dłoń parę monet, a żebraczka, zginając się w ukłonie, powtórzyła słowa błogosławieństwa. I pomyśleć, żeby taka jedna żebrała, bezczelna! Scarlett nie dałaby jej złamanego szeląga. Zdrowa była, mogłaby sama zarobić na siebie, nie istniały żadne powody na usprawiedliwienie ohydnego procederu.

Z tyłu gruchnęła salwa śmiechu. Scarlett obejrzała się, chcąc poznać przyczynę. Z bocznej uliczki na plac wyszła grupa żołnierzy. Jeden z nich naigrywał się z żebraczki, wyciągając dłoń z monetą wyżej, niż była w stanie sięgnąć. Bestia! Ale czego się ta dziewczyna spodziewa, skoro żebrząc na ulicy z własnej woli wystawia się na pośmiewisko? W dodatku od żołnierzy? Wszystkim wiadomo, że są prymitywni i nieokrzesani... Chociaż — musiała przyznać w duchu — ci tutaj raczej nie wyglądają na żołdaków. W tych swoich strojnych mundurach przywodzili na myśl wielkich ołowianych żołnierzyków. Wojaczka ograniczała się dla nich do maszerowania na paradach, to pewne. Dzięki Bogu w Irlandii nie ma prawdziwych żołnierzy, nie ma Jankesów. Nie ma węży i nie ma Jankesów. Żołnierz cisnął monetę do ohydnej, pokrytej szumowinami kałuży. I on, i jego towarzysze znowu wybuchnęli śmiechem. Scarlett widziała, jak Kasia obiema dłońmi z całych sił ściska Columa za ramię... Po chwili uwolnił się z jej uścisku i podszedł w stronę grupki. Boże, czy on zamierza wygłosić im kazanie o tym, jakie są obowiązki dobrych chrześcijan? Colum zakasał rękawy. Scarlett wstrzymała oddech. Boże, jak on jest podobny do Papy! Może chce wszcząć bijatykę? Colum tymczasem przyklęknął przy kałuży i z cuchnących szumowin wyłowił pieniążek. Scarlett wypuściła powietrze z westchnieniem ulgi. Gdyby kuzynek zamierzał się z pięściami na jednego żołnierzyka, niewiele by się martwiła, lecz pięciu wojaków to już za dużo, nawet na O'Harę. Ale po co ta wrzawa o jedną żebraczkę?

Wstał, plecami obrócony do żołnierzy, wyraźnie niezadowolonych, że ich żarty przybrały taki obrót. Gdy jednak Colum wziął kobietę za rękę i odprowadził na bok, zawrócili w przeciwną stronę, i to szybko.

Mogło być gorzej, ale na szczęście nic się nie stało — pomyślała Scarlett. Tylko bryczesy Columa jakby nie pierwszej świeżości, zwłaszcza na kolanach. Chyba jednak ubrań to tu nie braknie. Dla księdza nie powinni żałować. Śmieszne. Prawie już zapomniałam, że Colum jest księdzem. Gdyby Kasia skoro świt nie zgoniła mnie z łóżka, nawet bym zapomniała, że przed odjazdem pociągu trzeba iść na mszę.

Spacer po miasteczku wkrótce się skończył. Na Kanale Królewskim nie było widać ani jednej łodzi, zaś Scarlett w najmniejszm nawet stopniu nie interesowały pałające entuzjazmem wynurzenia Jima Daly o tym, że podróż do Dublina szlakiem wodnym jest wygodniejsza od jazdy pociągiem. Niby dlaczego miałaby się interesować podróżą do Dublina? Scarlett pragnęła być w drodze do Adamstown.

Nie minęło wiele czasu, a jej pragnienie zostało spełnione. Kiedy wrócili, przed oberżą stał mały, bardzo sfatygowany powozik. Jakiś człowiek w fartuchu i zarękawkach ładował bagaże na dach, bowiem z tyłu spięte rzemieniami tobołki zajęły już całe miejsce. Jeśli nawet kuferek Scarlett ważył teraz znacznie mniej niż na dworcu, gdy obaj — Jim Daly i Colum — musieli znosić go z wagonu do wozu, nikt o tym nie pisnął ani słowa. Gdy już uporano się z bagażami, człowiek w zarękawkach zniknął w *pubie*, by po chwili pojawić się w pelerynie woźnicy i w cylindrze.

— Jim mi na imię — mruknął krótko. — Jedźmy już.

Scarlett wsiadła do środka, zajęła miejsce na siedzeniu z tyłu. Kasia usiadła obok niej, Colum naprzeciwko.

— Bóg niech was prowadzi! — zawołała rodzina oberżysty. — Wszyscy wyszli przed budynek. Scarlett i Kasia pomachały przez okno chusteczkami. Colum rozpiął płaszcz i zdjął kapelusz.

— Nie chciałbym tu przemawiać za kogokolwiek prócz siebie samego, ale gdy o mnie mowa, to zamierzam się zdrzemnąć — ziewnął szeroko. — Mam nadzieję, że panie wybaczą moim nogom.

Co rzekłszy, zdjął buty i położył nogi na przeciwległym siedzeniu, między Scarlett a Kasią.

W milczeniu spojrzały jedna na drugą, po czym bez słowa zaczęły rozsznurowywać buty. Po minucie, bez butów, bez kapeluszy, z nogami wyciągniętymi obok Columa, z głowami wciśniętymi w dwa kąty obie dały się kołysać równomiernemu podskakiwaniu powozu. Och, gdybym tak mogła się ubrać w tę irlandzką spódnicę, byłoby mi jak u Pana Boga za piecem — pomyślała Scarlett. Wypchany złotem gorset nieprzyjemnie uwierał żebra, niezależnie od jej prób zajęcia możliwie najwygodniejszej pozycji. Mimo tej niewygody, zasnęła łatwo i szybko.

Obudziła się, gdy deszcz zaczął stukać w okno, wkrótce jednak łagodny szum ulewy jak kołysanka ponownie uniósł ją w sen. Gdy obudziła się po raz drugi, świeciło słońce.

— Gdzie jesteśmy? — spytała sennie.

— Jeszcze mamy kawałek drogi do zrobienia — odparł Colum.

Scarlett wyjrzała przez okno. Zachwycona tym, co zobaczyła, aż klasnęła w ręce.

— Och, spójrzcie na te kwiaty. Wystarczy wyciągnąć rękę i zerwać. Colum, proszę, otwórz okno. Chciałabym zrobić bukiet.

— Otworzę, jak staniemy. Zbytnio się kurzy spod kół.

— Ale ja chcę nazrywać sobie kwiatów.

— To przecież tylko żywopłot, kochanie. Gdy przyjedziemy do domu, będziesz mieć tego w bród.

— Spójrz, z tej strony to samo — powiedziała Kasia.

Scarlett spojrzała. Rzeczywiście. Dziwny gatunek bluszczu z różowymi kwiatkami był zaledwie na wyciągnięcie ręki. Jakaż to cudowna podróż, wśród ścian z kwiatów, i to po obu stronach drogi. Gdy Colum zamknął oczy, ostrożnie opuściła szybę.

49.

Wkrótce Ratharney — powiedział Colum. — Stamtąd do Powiatu Meath już tylko parę mil.

Kasia westchnęła radośnie. Scarlett rozbłysły oczy. Powiat Meath. Papa zawsze mówił o tym jak o prawdziwym raju. Mam nadzieję, że wkrótce się przekonam, dlaczego. Przez otwarte okno wdychała słodkie wonie popołudnia, łagodny zapach różowego kwiecia i bogatą w odcienie mocną woń nagrzanej słońcem trawy z łąk ukrytych za grubym żywopłotem — wreszcie — ostrą ziołową gorycz z samego żywopłotu. Gdyby tak jeszcze Papa mógł być ze mną w tej chwili, do pełni szczęścia niczego by mi nie brakowało... ale tak będę się cieszyć w dwójnasób — za siebie i za niego. Wzięła głęboki oddech — jej nozdrza odnotowały świeżość deszczu w powietrzu.

— Chyba będzie padać...

— Ale nie długo — obiecał Colum. — A kiedy deszcz minie, wszystko będzie pachnieć jeszcze piękniej.

Przez Ratharney przemknęli takim pędem, że Scarlett ledwo co widziała. Żywopłot nagle zniknął, pojawiła się ściana, otwarte okno tej samej wielkości, co okno powozu, w nim czyjaś twarz. Czyjeś oczy spojrzały na Scarlett. Chociaż rząd domów dawno już zniknął, a na ich miejscu pojawił się żywopłot,

Scarlett ciągle usiłowała otrząsnąć się z szoku, o jaki przyprawiło ją spojrzenie nieznajomych oczu, pojawiających się znikąd i znikających w nicości. W swym pędzie powóz nawet w miasteczku nie zwolnił.

Wkrótce jednak zaczął wytracać szybkość. Droga nie była już taka prosta jak dotychczas, wyginała się w ostre i krótkie zakręty. Scarlett wystawiła głowę przez okno, usiłując dojrzeć, co z przodu.

— Czy już jesteśmy w Powiecie Meath?

— Wkrótce będziemy — odpowiedział Colum.

Przejeżdżali obok malutkiej chaty z szybkością niewiele większą od tempa niespiesznego spaceru, tak że Scarlett miała możliwość dokładnego przyjrzenia się wszystkiemu. Uśmiechnęła się i pomachała ręką do rudowłosej dziewczynki stojącej w drzwiach. Dziewczynka odwzajemniła uśmiech. Mleczne zęby z przodu właśnie jej wypadły, a ogromna szczerba przydawała uśmiechowi specyficznego uroku. Zresztą wszystko w tym domku zdało się Scarlett urocze: kamienne mury były jasne, framugi małych, prostokątnych okien pomalowane na czerwono. Drzwi też były czerwone, dwuskrzydłowe, jedno skrzydło było wpół uchylone, tak że Scarlett mogła dostrzec skryte w półmroku pomieszczenie rozświetlone czerwonym blaskiem ognia. Najpiękniejsza z całej chaty była jednak słomiana strzecha — niczym obrazek z bajki. Scarlett odwróciła się z uśmiechem do Columa.

— Gdyby jeszcze to dziecko miało jasne włosy, teraz w każdej chwili oczekiwałabym na trzy niedźwiedzie.

Z wyrazu twarzy kuzyna mogła wnosić, że nie wie, do czego zmierza.

— Baśń o Złotowłosym Dziecku, głuptasku!

Potrząsnął głową.

— Wielki Boże, Colum, przecież to baśń. Nie znacie w Irlandii baśni?

Kasia wybuchła śmiechem.

Colum także wykrzywił usta w uśmiechu.

— Scarlett, kochanie — zaczął powoli. — Nic mi nie wiadomo o żadnych baśniach ani niedźwiedziach, jeśli jednak spodziewasz się spotkać czary, to trafiłaś na właściwe miejsce. W Irlandii roi się od czarów.

— Colum, zachowaj powagę.

— Jestem śmiertelnie poważny. Ty zaś albo wysłuchasz opowieści o irlandzkiej magii, albo wpadniesz w kłopoty. Większość z naszych czarów to nic więcej niż tylko drobne niedogodności w życiu codziennym, ale są też takie, z którymi każdy chętnie by miał do czynienia, jak na przykład szewc-skrzat...

Powóz nagle zahamował. Colum wystawił głowę przez okno. Gdy po chwili spojrzał na dwie kobiety w powozie, nie był już uśmiechnięty. Sięgnął po rzemień i pociągnąwszy mocno, zamknął okno.

— Siedźcie tu spokojnie. Do nikogo się nie odzywajcie — jego głos brzmiał z lekka chrapliwie. — Pilnuj jej, Kasiu.

Szybko włożył nogi w buty, zręcznie zawiązał sznurowadła.

— Co się tu dzieje?... — zaczęła Scarlett.

— Bądź cicho — syknęła Kasia.

Colum otworzył drzwiczki, sięgnął po kapelusz, wysiadł z powozu, zamknął drzwi. Gdy wychodził, jego twarz była szara jak kamień.

— Kasiu?...

— Sza. To bardzo ważne, Scarlett. Bądź cicho.

Dało się słyszeć głuche, stłumione tąpnięcie. Skórzane ścianki powozu zadrżały. Choć okna były zamknięte, Scarlett i Kasia słyszały głośne, jakby wyszczekiwane słowa pochodzące od mężczyzny stojącego gdzieś z przodu.

— Ty! Do ciebie mówię, woźnico! Ruszaj. Nie masz tu się na co gapić. A ty, klecho, chwytaj za manele i już cię tu nie ma.

Dłoń Kasi zacisnęła się na ramieniu Scarlett.

Powóz zakołysał się na resorach, po czym wolno stoczył się na prawą stronę wąskiej drogi. Gałęzie i kolce żywopłotu kłuły w skórzane ścianki. Kasia odsunęła się od okna — gałęzie nieprzyjemnie zgrzytały pocierając o szyby — i przytuliła się do Scarlett. Znowu dał się słyszeć jakiś głuchy odgłos. Obie drgnęły. Scarlett dotknęła ramieniem Kasi. Co tu się dzieje?

Gdy powóz ruszył, po paru chwilach za oknami ukazała się chata — taka sama jak ta, o której Scarlett sądziła, że należy do Złotowłosego Dziecka. W otwartych drzwiach żołnierz w czarnym mundurze ze złotymi galonami ustawiał na stole dwa małe trójnogie stołeczki. Po lewej stronie na narowistym gniadoszu siedział umundurowany oficer, po prawej stronie stał Colum. Spokojnie mówił coś do niskiej, płaczącej kobiety w czarnym szalu, który zsunąwszy się z głowy odkrył jej rude włosy — rozsypały się na ramiona, poprzyklejały do mokrych od łez policzków. Kobieta trzymała w ramionach dziecko. Scarlett widziała, że ma błękitne oczy, na okrągłą główkę opadał strzęp samodziału. Druga dziewczynka — może siostrabliźniaczka stała w uchylonych drzwiach, szlochając matce w fartuch. I matka, i dziecko były na bosaka. Grupka żołnierzy stała na środku drogi obok ogromnego trójnogu z potężnych pniaków. Na górnej poprzeczce, przytrzymywany przez grube liny, wisiał czwarty pień.

— Ruszaj, kmiotku! — krzyknął oficer. Powóz zaskrzypiał i przejechał ocierając się o żywopłot. Scarlett czuła, jak Kasia cała drży. Tak, dzieje się tutaj coś strasznego. Ta biedna kobieta... wygląda jakby miała za chwilę zemdleć... albo popaść w szaleństwo. Cała nadzieja w tym, że Colum jest w stanie jej pomóc.

Kobieta upadła na kolana. Boże, przecież ona mdleje, upuści dziecko! Scarlett sięgnęła do klamki, lecz Kasia chwyciła ją za rękę.

— Zostaw...

— Cicho. Na miłość Boską, zachowuj się cicho.

Rozpaczliwie ponaglający szept Kasi sprawił, że porzuciła swój zamiar.

Coś podobnego! Scarlett spoglądała przez okno, nie wierząc własnym oczom. Płacząca matka chwyciła Columa za rękę i pocałowała go w dłoń. On zakreślił nad jej głową znak krzyża, po czym pomógł jej dźwignąć się na nogi. Dotknął główki dziecka, dotknął główki większej dziewczynki, położył dłonie na ramionach matki i odwrócił ją plecami od domku.

Powóz szarpnął. Powoli potoczył się wzdłuż drogi. Z tyłu znowu rozległo się głuche dudnienie. Odbili się od żywopłotu, zjechali z pobocza, powóz znalazł się na środku drogi.

— Stać! Woźnica, stać! — krzyknęła Scarlett, zanim Kasia zdołała ją powstrzymać. Colum z każdą chwilą z wolna znikał im z oczu. Nie mogła do tego dopuścić.

— Nie, Scarlett, nie! — błagała Kasia, lecz Scarlett otworzyła drzwi, nim jeszcze wóz wyhamował. Wygramoliła się na drogę i pobiegła w kierunku, skąd dochodził stłumiony łoskot, nie dbając o to, że tren pięknej sukni wala się w rzadkim błocie.

To, co ujrzała, całkowicie ją sparaliżowało. Stanęła jak wryta, usta otwarła w krzyku protestu. Lecz podczepiony na linach do masywnego trójnogu pień znowu się zakołysał, znowu uderzył w ścianę. Mur zachwiał się, runął do wewnątrz domu, szyby w oknach pękły, sypiąc chmurą szklanego pyłu. Chwilę później same framugi upadły w zwały gruzu, na nie zwaliły się czerwone drzwi. Huk był potworny — zgrzyty... trzaski... krzyk jakby żywej istoty.

Na chwilę zapanowała cisza, potem znowu jakiś dźwięk — łomot, który przeszedł w huk — zaraz potem rozszedł się swąd jakby smolnego dymu. Scarlett ujrzała pochodnie w rękach trzech żołnierzy. Płomienie łapczywie liznęły słomianą strzechę. W tej chwili Scarlett przypomniały się wszystkie wyczyny armii Shermana, pomyślała o osmalonych ścianach i kikutach kominów w Dwunastu Dębach, w Dunmore Landing,... Jęknęła, zdjęta żalem i trwogą. Gdzie Colum? Wielkie nieba, co się mu przytrafiło?

Ze smugi ciemnego dymu, rozciągającej się wzdłuż drogi, wyskoczył jakiś ciemno ubrany człowiek. To on.

— Uciekaj! — krzyknął do Scarlett. — Z powrotem do powozu.

Zanim zdołała otrząsnąć się z bliskiego hipnotycznemu uśpieniu przerażenia, Colum był już obok niej. Pociągnął ją za rękę.

— Szybko, Scarlett, nie zwlekaj! — zawołał, a choć pośpiech go naglił, ciągle nie tracił opanowania. — Musimy jechać do domu.

Powóz wyrwał naprzód z całą szybkością, jaką konie mogły dać z siebie na krętej drodze. Scarlett, wciśnięta między Kasię a zamknięte okno, kołysała się z boku na bok, lecz ledwo zdawała sobie z tego sprawę. To, co widziała jeszcze przed paroma chwilami, wstrząsnęło nią do tego stopnia, że ciągle pozostawała pod wrażeniem strasznego przeżycia. Dopiero gdy powóz zwolnił i spokojnie poturkotał po drodze, serce jej przestało walić jak młot. Teraz mogła złapać oddech.

— Co tam się dzieje? — spytała głosem, który zdał się jej obcy.

— Wyeksmitowali biedaczkę — wyjaśniła Kasia rwącym się z oburzenia głosem. — A Colum ją pocieszał. Nie powinnaś była wtrącać się w ten sposób. Mogłaś tylko nam wszystkim napytać biedy.

— Spokojnie, Kasiu, nie zrzędź — odezwał się Colum. — Przecież Scarlett nie mogła o tym wiedzieć. Przybywa prosto z Ameryki.

Scarlett chciała już zaprotestować, przypomnieć, że z o wiele straszniejszymi rzeczami miała do czynienia, lecz ugryzła się w język. Bardziej jej zależało na tym, by zrozumieć, o co tu właściwie chodzi.

— A dlaczego ją wyeksmitowali? — spytała niecierpliwie.

— Bo nie mieli z czego płacić komornego — wyjaśnił Colum. — Lecz najgorsze z tego wszystkiego jest to, że jej mąż usiłował się przeciwstawić, gdy milicja pojawiła się tutaj za pierwszym razem. Uderzył żołnierza, więc wsadzili go do więzienia, zostawiając żonę z dziećmi na łasce losu.

— Smutne. Wyglądała na bardzo nieszczęśliwą. Co ona teraz pocznie?

— Ma siostrę. Mieszkają w domu przy drodze, niedaleko. Posłałem ją do niej.

Scarlett nieco odetchnęła. Pożałowania godne. Ta biedna kobieta... wyglądała na bardzo strapioną. W końcu jednak nic jej się nie stało. Siostra mieszka pewnie w tym domku z bajki, to całkiem niedaleko. Poza tym, Bogiem a prawdą, komorne jednak trzeba płacić. Gdyby jej dzierżawca nie płacił dzierżawy za bar, natychmiast znalazłaby sobie kogoś innego na jego miejsce. Sprawą równie niewybaczalną była bójka między mężem tej kobiety a żołnierzem. Przecież ów człowiek musiał wiedzieć, że podnosząc rękę na żołnierza trafi do paki. Nim dopuścił się czegoś równie głupiego, powinien był jednak pomyśleć o żonie i dzieciach.

— Ale dlaczego zniszczyli dom?

— By uniemożliwić mieszkańcom powrót.

Scarlett nie zastanawiała się długo — powiedziała to, co jej przyszło do głowy.

— Co za głupota! Przecież właściciel mógł wynająć dom komuś innemu.

Colum, z miną człowieka zmęczonego, wzruszył ramionami.

— Ale rzecz w tym, że on wcale nie chce wynajmować tego domu. Do domu należy też kawałeczek gruntu, a właściciel dokonuje właśnie operacji, która tutaj nazywa się „scalaniem gruntów". To znaczy, że dołączy tę działkę do pastwiska, wypasie bydło i, utuczone, sprzeda na targu. To dlatego podniósł wszystkie czynsze, tak że nie sposób ich płacić. Dzierżawa ziemi już go nie interesuje. Mąż tej kobiety wiedział, na co się zanosi, wszyscy wiedzieli. Czekali dobre parę miesięcy, aż w końcu w domu nie zostało nic do sprzedania... nic, z czego mogliby opłacić komorne. Z upływem miesięcy w mężczyźnie wzrastał gniew, on to pchnął go do tego, by spróbował dochodzić swego prawem pięści... A kobiety, jak to kobiety... rozpacz wyciska im łzy z oczu gdy widzą, jak ich mężowie są bezsilni. Ta biedaczka z dzieckiem u piersi usiłowała wejść między taran a ścianę. Dom był ostatnią rzeczą, dzięki której jej mąż mógł się czuć mężczyzną.

Scarlett nic nie powiedziała, bo nic nie przychodziło jej na myśl. Nie zdawała sobie sprawy z tego, że coś podobnego w ogóle może się wydarzyć. Podłość, ostatnia podłość. Owszem, Jankesi dopuszczali się gorszego, ale to była wojna. Nie burzyli domów tylko dlatego, aby stado krów miało większe pastwisko. Biedna kobieta. Hm... przecież na jej miejscu równie dobrze mogła się znaleźć Maureen z Jankiem przy piersi, kiedy był jeszcze mały.

— Jesteś pewny, że ona uda się do siostry?

— Zgodziła się mnie posłuchać, a nie należy do tego rodzaju osób, które miałyby czelność okłamywać księdza.

— Ale nic jej nie będzie, prawda?

Colum uśmiechnął się.

— Nie trap się tym, kochanie. Na pewno jakoś da sobie radę.

— Dopóki nie zaczną „scalać gruntów" na farmie jej siostry — ponuro mruknęła Kasia.

Spadł deszcz. Zakurzone szyby najpierw pokryły się warstwą lepkiej mazi, potem przejaśniały. Woda pociekła z dachu do wnętrza powozu, kropla za kroplą spadały niemal na głowę Kasi — ostre gałęzie żywopłotu wydarły dziurę w skórzanym poszyciu.

— Colum, czy pożyczysz mi swoją wielką chustkę do nosa, żebym mogła zatrzymać ten potop? — spytała rozbawiona Kasia. — Mógłbyś też odmówić księżowską zdrowaśkę na intencję powrotu słońca.

Jak to możliwe, że po tym wszystkim, czego świadkami byli przed chwilą, z ogromną dziurą w dachu tuż nad głową, Kasia znalazła powód do śmiechu. Patrzcie! Colum śmieje się razem z nią.

Powóz toczył się teraz szybciej, znacznie szybciej niż przed paroma minutami. Woźnica chyba oszalał. Przez ścianę deszczu trudno było cokolwiek dostrzec, droga wąska i kręta. Jeszcze tak kilka chwil, a ze skórzanego poszycia zostaną strzępy.

— Scarlett, kochanie, czy nie sądzisz, że koniki naszego Jima opadła wielka ochota do jazdy? Pewnie sobie myślą, że są końmi wyścigowymi. Skoro jednak Jim pozwolił sobie na taką gonitwę, znak to niechybny, że dom już niedaleko. Wobec tego opowiem ci o naszych domowych duszkach, tak, byś spotkawszy przedstawicieli tego małego ludku wiedziała, z kim masz do czynienia.

Nagle przez zbryzgane wodą szyby przebiły się pierwsze promienie słońca, rozszczepiając się w kropelkach deszczu w tęczowe rozbłyski. Dziwne — pomyślała Scarlett. To przez chwilę pada deszcz, to słońce wychodzi zza chmur, by zaraz potem znowu spadła ulewa. Odwróciła wzrok od okna iskrzącego się wszystkimi kolorami tęczy i spojrzała na Columa.

— Widziałaś te irlandzkie skrzaty na paradzie w Savannah — zaczął Colum. — I widziałaś, jak sobie z nich kpiono. Bogu niech będą dzięki, że w Ameryce nie ma krasnali, bowiem natychmiast zawrzałyby gniewem i skrzyknęły się, by wywrzeć zemstę, a zemsta ich jest straszna. Wszakże w Irlandii, gdzie wszyscy darzymy je należytym respektem, nie szkodzą nikomu, o ile nikt nie wchodzi im w drogę. Znajdują sobie miłe miejsce na pomieszkanie i osiadają, by wykonywać swój fach łataczy butów. Ale nie w grupie. Skrzaty to samotniki z natury, każdy więc zajmuje miejsce dla siebie i tak, jeden za drugim, zaludniają całą okolicę. Jeśli wysłuchałaś dość opowieści o krasnalach, nie powinnaś mieć kłopotu ze znalezieniem ich nad każdym strumieniem, przy każdym kamieniu. Dowiesz się, gdzie są, wsłuchując się w *stuk-stuk* młotka, wyklepującego podeszwy i obcasy. A jeśli umiesz podpełzać cichutko niczym gąsienica, może ci się uda spostrzec skrzata, gdy nawet nie będzie zdawał sobie sprawy z twojej obecności, wtedy możesz go schwytać. Niektórzy mówią, że najlepiej łapać skrzaty za rękę lub kostkę, większość jednak zgodnie twierdzi, że wystarczy skupić na takim wzrok, a już go masz... Wtedy zacznie cię błagać, byś go puściła wolno, musisz jednak mieć twarde serce i odrzucać wszystkie prośby. Oczywiście zaraz zacznie ci obiecywać spełnienie najtajniejszych nawet pragnień, lecz nie wierz mu, bo to notoryczne kłamczuchy. Gdy zacznie grozić, nie masz się czym przejmować, nie może cię bowiem skrzywdzić, najlepiej wszystko zlekceważyć. W końcu poczuje się zmuszony okupić swą wolność jednym ze skarbów, których wiele zgromadził w bezpiecznej kryjówce gdzieś w pobliżu... Cenne to są skarby. Na przykład garniec złota, niewiele wart dla niewprawnego oka, dzięki skrzaciej przebiegłości może się okazać garncem bez dna, tak że do końca swych dni będziesz czerpać z niego cenny kruszec, a będzie go coraz to więcej... Odda ci wszystko, byleby tylko odzyskać wolność, skrzaty bowiem nie lubią towarzystwa. Samotniki z natury, za prawo do samotności zapłacą każdą cenę. Są jednak okropnie sprytne, tak że ten, kto je schwyta, strzec się musi, by nie umknęły mu, odwracając jego uwagę. Bo jeśli choć na chwilę zwolnisz chwyt lub bodaj na moment spuścisz ze skrzata wzrok, nijak się nie wzbogacisz, chyba że tylko o opowieść, którą będziesz mogła zabawiać znajomych.

— Gdy w grę wchodzą skarby, nie jest wielką sztuką trzymać mocno zaciśniętą dłoń lub patrzeć uważnie — odezwała się Scarlett. — To, co opowiedziałeś, nie brzmi rozsądnie.

Colum roześmiał się.

— Moja droga córuchno, praktyczna i z głową do interesów, najwidoczniej sama jesteś podobna do skrzaciego ludka i jak on znajdujesz przyjemność w zastawianiu pułapek. Skrzaty nie muszą się ciebie obawiać, mogą liczyć na to, że zostawisz ich w spokoju, ponieważ z zasady nie wierzysz w baśnie. Gdybyś szła dróżką i usłyszała postukiwanie skrzacich młoteczków, na pewno byś się nie zatrzymała i nie rozejrzała się w poszukiwaniu przyczyny.

— Zrobiłabym to, gdybym wierzyła w bzdury.

— A, tu cię mam. Skoro nie wierzysz, to się nie zatrzymasz.

— Trele morele! Zabawiasz mnie jakimiś opowiastkami o czymś zupełnie pozbawionym znaczenia i jeszcze mnie krytykujesz!

Powoli rosła w niej wściekłość. Zabawy w słówka oraz łamigłówki z rodzaju tych, które wszczął Colum, były nieuczciwością, a poza tym do niczego nie prowadziły.

Za to nie przyszło jej do głowy, że kierując rozmowę na temat irlandzkich skrzatów, Colum odwrócił jej uwagę od eksmisji.

— Czy już opowiedziałeś kuzynce Scarlett o Molly? — spytała Kasia. — Uważam, że należy ją przed nią ostrzec.

Scarlett zapomniała o skrzatach. Zwietrzyła plotki, a na to zawsze miała ochotę. Z lubością pociągnęła nosem.

— Kto to jest Molly?

— To pierwsza z rodu O'Harów, którą spotkasz w Adamstown — wyjaśnił Colum. — Siostra Kasi i moja.

— Przyrodnia siostra — poprawiła go Kasia. — Czyli jakby półsiostra. Zresztą o połowę za dużo.

— Mów! — zażądała Scarlett.

Opowieść trwała tak długo, że gdy dobiegła końca, podróż też prawie już się kończyła, lecz zasłuchana w rodzinnych historiach Scarlett ani nie zauważyła upływu czasu, ani drogi.

Colum i Kasia byli zatem przyrodnim rodzeństwem — tyle dowiedziała się już na początku. Ich ojciec Patryk O'Hara — jeden ze starszych braci Geralda — żenił się trzy razy. Owocem piewszego małżeństwa był Kuba —

ten, który wywędrował do Ameryki i osiedlił się w Savannah — oraz Molly
— kobieta, jeśli wierzyć Columowi — wielkiej urody...

W latach wczesnej młodości — jeśli wierzyć Kasi.

Patryk ożenił się po raz drugi, gdy pierwsza żona umarła. Z tego związku
urodziła się Kasia oraz Stefan.

Ten mruk — nie omieszkała dodać w myśli Scarlett.

W Adamstown mieszkało obecnie dziesięcioro kuzynów, z których wielu
miało dzieci, a paru nawet doczekało się wnuków. Patryk, Panie świeć jego
duszy, zmarł piętnaście lat temu, rocznica będzie jedenastego listopada.

Osobno wspomnieć wypada o wuju Danielu — jeszcze żyje — oraz jego
dzieciach i wnukach. Z nich Mateusz i Gerald przenieśli się do Savannah,
lecz sześcioro pozostało w Irlandii.

— Chyba nigdy nie dojdę z nimi wszystkimi do ładu — westchnęła Scarlett,
zaniepokojona liczebnością rodziny. Już w Savannah ciągle jej się myliły
imiona dzieci.

— Colum postanowił ułatwić ci początek — powiedziała Kasia. — W domu
Molly nie znajdziesz żadnego z O'Harów, poza nią jedną, ale i ona czyni
wszystko, by wyprzeć się własnego nazwiska.

Colum, z pomocą Kasi, opowiedział Scarlett koleje losu Molly. Wyszła z
mąż za Roberta Donahue, człowieka, by rzec potocznie, „nadzianego", właściciela wielkiego, kwitnącego gospodarstwa o powierzchni stu akrów z kawał-
kiem. Był, jak to się w Irlandii mówi, „panem na zagrodzie". Początkowo
Molly pracowała u niego jako kucharka, lecz gdy umarła pierwsza żona Roberta, po należytej żałobie zajęła jej miejsce. Tak oto została drugą żoną
Donahue'a i macochą dla jego czworga dzieci.

Molly nie była specjalnie lubianą przez krewnych — powiedział Colum
tonem dość neutralnym, na co Kasia chrząknęła znacząco. Niewykluczone
jednak— ciągnął — że niechęć owa brała się stąd, iż Robert Donahue był
właścicielem ziemi dzierżawionej przez O'Harów — podnajmował im niewielką farmę.

Po czym Colum przystąpił do wyliczania dzieci i wnuków Roberta, lecz
przytłoczona strumieniem imion i dat urodzenia Scarlett zupełnie się w tym
pogubiła, tak że przestała słuchać i pilnie nastawiła uszu dopiero w chwili,
gdy Colum wspomniał o jej babce.

— Twoja wiekowa imienniczka mieszka w domku, który zbudował jej
mąż, gdy się pobrali, a więc w 1789. Nic nie jest w stanie jej skłonić do
przeprowadzki. Mój i Kasi ojciec, po raz pierwszy ożeniony w 1815, zabrał
żonę do domu, gdzie nie było już jak wetknąć szpilki. Kiedy zaczęły na świat
przychodzić dzieci, obok dawnego domu postawił nowy, większy, z ogromnym
pokojem, gdzie przy kominku stało wielkie łoże, specjalnie ogrzewane ze
względu na sędziwy wiek jego matki. Ale staruszka nie dała się skusić. Tak
tedy Sean mieszka w jednej chacie z babką, a dziewczynki, Kasia także,
pomagają im w gospodarstwie.

— O ile nijak nie można się od tego wywinąć — uzupełniła Kasia. — Babcia
właściwie niczego nie potrzebuje, wystarczy przebiec miotłą po izbie, a potem
poprawić wilgotną ścierką, za to Sean znajdzie ślady błota nawet i na najczyst-

szej podłodze. A ileż roboty z cerowaniem przysparza ten człowiek! Potrafi przetrzeć nową koszulę, jeszcze zanim zdążysz przyszyć do niej guziki. Sean jest bratem Molly, czyli naszym przyrodnim. Żaden z niego mężczyzna, prawie takie zero, jak Tymoteusz, chociaż dwadzieścia lat od niego starszy, a może nawet dwadzieścia z okładem.

Scarlett była całkiem oszołomiona. Już nawet nie śmiała pytać, kim jest ten Tymoteusz, w obawie, że odpowiedź pociągnie za sobą następną lawinę imion.

Tak czy inaczej, na pytanie nie było już czasu. Colum otworzył okno i krzyknął do woźnicy:

— Zwolnij, Jim, jeśli łaska. Dosiądę się do ciebie na kozioł. Zaraz skręcamy w boczną drogę, tam z przodu. Muszę ci pokazać, gdzie.

Kasia chwyciła go za łokieć.

— Och, Colum, pozwól, że i ja z tobą wyjdę. Chcę pójść do domu na piechotę. Scarlett to i tak obojętne, czy ze mną pojedzie do Molly, czy sama, prawda?

Uśmiechnęła się do Scarlett z taką nadzieją w oczach, że Scarlett musiała się zgodzić, nawet jeśli wcale nie chciała tych paru minut dla siebie.

Ale i tak wcale nie miała zamiaru wchodzić do domu rodzinnej piękności — nieważne, jak już wyblakłej — nie zwilżywszy chusteczki i nie otarłszy kurzu z twarzy i z butów. Parę kropli wody toaletowej ze srebrnej flaszeczki w sakiewce i nieco pudru bardzo by się przydało. No i może jeszcze bardzo, bardzo cieniutka warstewka różu.

50.

Ścieżka do domu Molly biegła przez mały sad jabłkowy. W mrocznej poświacie zwiewne, koronkowe kwiaty zdały się fiołkowe na tle ciemnego, niskiego nieba. Gęste rabaty pierwiosnków okalały kanciastą bryłę domu. Wszystko było utrzymane we wzorowym porządku.

W środku dom wyglądał równie schludnie. Obite sztywną plecionką z końskiego włosia meble w salonie przykrywały białe, wykrochmalone pokrowce, każdy stół przykryty był wykończonym sztywną, białą koronką obrusem, w kominku lśnił doskonale wypolerowany mosiężny ruszt nie skażony choćby drobiną popiołu.

Także Molly była osobą nieskazitelnych manier i ubioru. Suknię w kolorze czerwonego wina zdobił rząd srebrnych, błyszczących guzików, ciemne, starannie utrzymane włosy o pięknym połysku zwijały się w zgrabne pukle pod misternej roboty mereżkowym czepeczkiem wykończonym fałdami koronek. Molly nadstawiła Scarlett do pocałunku prawy policzek, Columowi lewy i gdy jej przedstawiono kuzykę z Ameryki, wytrajkotała nieśmiertelne „serdecznie witamy".

I pomyśleć, nawet nie spodziewała się gości. Scarlett była mile zaskoczona niezaprzeczalną urodą Molly. Cery równie aksamitnej nigdy jeszcze nie widziała, jej jasnoniebieskich oczu nie szpeciły ni cienie, ni worki. Kurzych łapek też nie miała, jak również śladu zmarszczek, no, może poza niewielką bruzdą biegnącą od nosa do kącika ust, lecz nawet dziewczętom to się zdarza — podsumowała Scarlett pierwsze, powierzchowne wrażenia. Nie, Colum na pewno się pomylił — Molly nie mogła dźwigać szóstego krzyżyka.

— Taka szczęśliwa jestem, że cię widzę — wyszczebiotała Scarlett. — I taka wdzięczna za gościnę, że słów nie dość, by radość wyrazić. Co za cudowne uczucie, znaleźć się w takim pięknym domu.

No, no. Aż taki piękny to on znowu nie był. Pewnie, czysto tu i ściany świeżo pomalowane, ale salon wcale nie większy od najmniejszego pokoju w rezydencji przy Brzoskwiniowej.

* * *

— Wielki Boże, Colum, jak mogłeś wyjść i zostawić mnie samą? — poskarżyła się następnego dnia. — Ten Robert to największy nudziarz na świecie. Nic, tylko opowiada o swoich krowach i o tym... litości! ... ile która mleka daje. Myślałam, że nim obiad dobiegnie końca, nie wytrzymam i zacznę jęczeć. Obiad, nie kolacja. Powtarzali mi to z pięćdziesiąt osiem razy. A cóż to za różnica?

— W Irlandii Anglicy wieczorem jedzą obiad, Irlandczycy kolację.

— Ale oni nie są Anglikami.

— Za to mają takie ambicje. Robert wypił kiedyś we dworze szklaneczkę whisky z rządcą hrabiego, gdy płacił mu dzierżawę.

— Colum! Żartujesz.

— Śmieję się z tego, Scarlett, ale nie żartuję. W każdym razie nie masz co się tym przejmować. W tej chwili ważne jest tylko to, czy dostałaś wygodne łóżko.

— Tak przypuszczam. Mogłabym zasnąć i na sienniku z kukurydzy, taka byłam zmęczona. A teraz chętnie bym się gdzieś przeszła, tyle się wczoraj wyjeździłam. Daleko stąd do babci?

— Gościńcem będzie dobre ćwierć mili, nie więcej.

— „Gościńcem", dobre sobie. Cóż za wyszukane słowa. W Ameryce powiedzielibyśmy raczej „ścieżka". Tylko że w Ameryce nie rosną przy drogach takie piękne żywopłoty. Chyba wprowadzę w Tarze zwyczaj sadzenia żywopłotu zamiast budowania ogrodzeń. Długo trzeba czekać, aż urośnie?

— To zależy, jakiego rodzaju krzewy posadzisz. A co najlepiej rośnie w Powiecie Clayton, jakie krzaki? Może znasz jakiś gatunek drzewek, które można przycinać?

Jak na osobę duchowną, Colum jest zadziwiająco dobrze poinformowany w tym, co się tyczy sadzenia i pielęgnacji roślin — myślała Scarlett, podczas gdy on wyjaśniał jej, jak trzeba dbać o żywopłot. Zupełnie jednak nie umiał oceniać odległości. Droga do domu starszej Kasi Scarlett ciągnęła się znacznie ponad ćwierć mili.

Nagle żywopłot się skończył. Znaleźli się na otwartej przestrzeni. Ich oczom ukazała się kryta strzechą chata o pobielanych ścianach, małych, pomalowanych na niebiesko oknach, błyszczących czystością. Gruba smuga dymu z niskiego komina ciągnęła się bladą linią po jasnobłękitnym, opromienionym południowym słońcem niebie, w otwartym oknie, na niebieskim parapecie spał szarobury kot.

— Jaki wdzięczny widok! Jak to możliwe, żeby chaty lśniły taką nieskazitelną bielą? Czy to zasługa deszczu?

W nocy padało trzy razy, jeszcze zanim poszła spać, a błoto na drodze kazało Scarlett przypuszczać, że i później też były jakieś przelotne opady.

— O, niewątpliwie, jest w tym także trochę zasługi deszczu — odparł Colum z uśmiechem. Był mile zaskoczony, że mimo długiego spaceru nie usłyszał słowa skargi na błotnistą drogę, po której spacer w długiej sukni niekoniecznie mógł się zdać rzeczą przyjemną, co zresztą w równym stopniu dotyczyło butów.

— Ale w większej części należy przypisać zasługę temu, że odwiedzasz nas w stosownym czasie. My, Irlandczycy, bezwarunkowo robimy wielkie porządki dwa razy w roku: na Boże Narodzenie i na Wielkanoc. Wtedy to malujemy domy wewnątrz, a zewnątrz świeżo bielimy. Wejdziemy zobaczyć, czy babcia nie ucięła sobie drzemki?

— Jestem zdenerwowana — przyznała Scarlett. Nie powiedziała jednak, dlaczego. W rzeczy samej obawiała się ujrzeć osobę, która ma prawie sto lat. A jeśli na jej widok żołądek odmówi jej posłuszeństwa? Co wtedy?

— Nie zabawimy tu długo — powiedział Colum, jakby czytając w jej myślach. — Zostaliśmy zapowiedzeni na herbatkę, nic więcej.

Scarlett, idąc jego śladem, obeszła chatę do frontu. Górna połowa niebieskich drzwi była otwarta, lecz w półmroku niczego nie sposób spostrzec. Było jedynie czuć dziwny zapach, jakby ziemisty i gorzki. Scarlett zmarszczyła nosek: czy to tak śmierdzi starość?

— Czujesz dym z palonego torfu? — zapytał Colum. — Tak oto pachnie gorejące serce Irlandii. Molly pali węglem. Ciepło nie to, ale tak bardziej po angielsku. W Irlandii ogień z brykietów torfowych to jakby synonim domowego ogniska. Maureen mówiła mi, że śni o tym po nocach i budzi się pełna tęsknoty. Gdy będziemy wracać do Savannah, zawiozę jej w prezencie parę brykietów.

Scarlett pociągnęła nosem, ciekawa, co szczególnego czuć w tym zapachu. Śmieszne. Niby dym, a jednak nie tak zupełnie... Przez niskie drzwi weszła za Columem do chaty. Zamrugała, przyzwyczajając oczy do ciemności.

— Czy to wreszcie ty, Columie O'Haro? Hm... ciekawe, czy przyprowadziłeś tu Molly zamiast obiecanego przez Brygidkę prezentu w postaci córy mego Geralda? — odezwał się przykry, najwidoczniej zaprawiony do swarów głos, ani jednak nie drżący ze starości, ani nie słaby. Scarlett ulżyło. Zdenerwowanie ustąpiło miejsca ciekawości: oto wreszcie pozna matkę Papy, o której tylekroć jej opowiadał.

Przecisnęła się obok Columa, przyklękła przed siedzącą na fotelu tuż obok kominka staruszką.

— To ja, babciu, córka Geralda. Jestem Kasia Scarlett, Papa dał mi imiona po tobie.

Babka była osóbką szczupłą, brązowej karnacji — cera, sto lat prawie wystawiana na słońce i deszcz, i wiejskie świeże powietrze, pociemniała i nabrała barwy miodu. Twarz miała okrąglutką, jak jabłuszko, nieco przywiędłą, jak jabłuszko, za długo trzymane w spiżarni. Lecz spojrzenie jej bladoniebieskich oczu jasne było i przenikliwe. Plecy otuliła grubym jasnoniebieskim wełnianym szalem, spadającym z ramion na piersi, długimi frędzlami dotykającym podołka. Spod czerwonego włóczkowego czepeczka wykradały się pasemka rzadkich, siwych włosów.

— Niech no na ciebie spojrzę, dzieciątko —rzekła, ujmując Scarlett pod brodę.

— Na Świętych Pańskich, ten łobuz nie kłamał — przeżegnała się. — A nie wierzyłam mu, gdy w którymś z listów przeczytałam, że masz zielone kocie oczy. Niby po kim, pomyślałam sobie wtedy i doszłam do wniosku, że kiedy to pisał, musiał być zalany. Powiedz, dziecko, czy twa droga mateczka była wiedźmą?

Scarlett wybuchnęła śmiechem.

— Powiedzieć o niej, że święta, to za mało!

— Czy być może? I taka kobieta wyszła za mąż za mojego Geralda? A może zyskała laur męczeński dopiero gdy za niego wyszła? To bardziej prawdopodobne. Powiedz, dziecko, czy aż do końca swych dni pozostał pieniaczem, Panie świeć jego duszy?

— Obawiam się, że tak, babciu.

Kościstym palcem odepchnęła ją lekko do tyłu.

— „Obawiam się...”? I dzięki Bogu! Modliłam się, żeby Ameryka nie zepsuła tego chłopca. Colum, jako wotum ode mnie zapalisz przed ołtarzem świecę.

— Zapalę.

Znowu obiegła ją badawczym spojrzeniem.

— Nie poczytuję ci tego za złe, Kasiu Scarlett. I przebaczam.

Uśmiechnęła się — nareszcie. Małe ściągnięte usteczka rozpromieniły się serdeczną czułością, ukazując różowe, bezzębne dziąsła.

— Drugą świecę każę zapalić za łaskę ujrzenia cię, nim jeszcze zamknęłam oczy.

Oczy Scarlett rozbłysły łzami.

— Dziękuję, babciu.

— Proszę bardzo, proszę bardzo — wyszeptała staruszka. — A teraz, Colum, zabierz ją stąd. Czuję, że czas na drzemkę.

Zamknęła oczy. Broda opadła jej na piersi.

Colum dotknął Scarlett za ramię.

— Idziemy.

* * *

Z pobliskiego domu wybiegła Kasia, wprawiając kury w popłoch i wywołując pełne trwogi gdakanie.

— Witamy w domu! — krzyknęła radośnie. — Herbata paruje w dzbanku, znajdą się też świeże drożdżowe racuszki, specjalnie dla ciebie.

Scarlett była zdumiona zmianami, które zaszły w wyglądzie Kasi. Sprawiała wrażenie osoby niezmiernie szczęśliwej. Jakby sił jej przybyło. Ubrana była w coś, co — jak sądziła Scarlett — było spódnicą, brązowa, długą do kostek, na niebieskich i żółtych halkach. Z jednej strony podciągnięta, rąbkiem zaczepiona za domowy fartuszek, tym wyraźniej ujawniała barwne falbany. Tak foremnej spódnicy Scarlett nie posiadała, dziwiła się tylko, dlaczego Kasia nie założyła pończoch i butów — pończochy dopełniałyby efektu.

Zamierzała poprosić Kasię, żeby przeniosła się do Molly. Bo nawet jeśli serdecznie jej nie znosiła i nie kryła swej niechęci, przecież jednak mogłaby wytrzymać te cztery dni — bardzo jej była porzebna. Wprawdzie Molly miała pannę służącą, zdatną też jako pokojówka, ale włosy to układała beznadziejnie. Ale ta Kasia — szczęśliwa, że znajduje się wreszcie u siebie w domu, pewna własnego miejsca na ziemi — już nie była tym wystraszonym dziewczątkiem, szczęśliwym, że może skakać na czyjeś rozkazy, jak zapewne powiedziałaby Scarlett. Nawet w ruchach Kasi nie dostrzegłbyś śladu, że była pokojówką. Scarlett nie pozostawało nic innego, niż tylko układać włosy w niezgrabny kok lub ukrywać pod siateczką. Westchnęła ciężko i weszła do domu.

Dom był malutki. Większy wprawdzie od chaty, gdzie mieszkała babcia, lecz za mały na mieszkanie dla całej rodziny. Gdzie oni wszyscy śpią? Z dworu wchodziło się wprost do kuchni —pomieszczenia dwukrotnie większego od kuchni w chacie Kasi Scarlett, lecz mimo to o połowę mniejszego od sypialni Scarlett w Atlancie. Rzeczą przyciągającą uwagę był tutaj wielki kamienny kominek na środku ściany po prawej stronie. Z lewej strony komika niebezpiecznie strome schody prowadziły do jakiegoś otworu w ścianie. Drzwi z prawej strony prowadziły do pokoju.

— Weź krzesło przy ogniu — poprosiła Kasia.

Na kamiennej płycie paleniska płonął niski ogień podsycany kawałkami wysuszonego torfu. Ciepło płomienia ogrzewało kamienne płyty podłogi. Ogień był blady i niepozorny, a wszechobecny zapach mydła mieszał się z ostrą wonią dymu płonących brykietów.

Wielki Boże — pomyślała Scarlett. Ależ ta moja rodzina klepie biedę. Jak to możliwe, żeby Kasia wypłakiwała oczy z tęsknoty za tą nędzą? Zmusiła się do uśmiechu, zajęła miejce na krześle z wysokim oparciem, które Kasia przysunęła do kominka.

W ciągu następnych paru godzin Scarlett miała okazję przekonać się na własne oczy, dlaczego Kasia nad rozrzutne, względnie luksusowe życie w Savannah przekładała ubogi żywot w bielonej wapnem, krytej strzechą chacie w Powiecie Meath. O'Harowie w Savannah stworzyli sobie wysepkę szczęścia odtwarzając życie takim, jakim je zapamiętali z Irlandii. Tu był oryginał.

W otwartej górnej połowie drzwi co rusz ukazywały się jakieś głowy, co chwilę ktoś wykrzykiwał „Panie Boże, dopomóż", co moment Kasia wołała „A wejdźcie, usiądźcie u kominka" i wtedy w kuchni pojawiali się właściciele głów i głosów. Kobiety, dziewczęta, dzieci, chłopcy, mężczyźni wchodzili i wychodzili pojedynczo, parami, po troje. Dźwięczne irlandzkie głosy witały i pozdrawiały Scarlett, po czym witały i pozdrawiały Kasię, ciesząc się, że znowu jest w domu, a było w nich tyle ciepła i serdeczności, że zdało się, iż mógłbyś objąć je dłońmi, tak były namacalne. Ten świat tak różnił się od tego, gdzie przyjmowano i oddawano wizyty, jak dzień jest różny od nocy. Przybysze mówili Scarlett, że są z nią spokrewnieni, a następnie wyjaśniali rodzaj i stopień powinowactwa. Mężczyźni i kobiety mówili o jej ojcu — wspomnienia, które przekazali im rodzice, dziadkowie — a które teraz przywoływali z pamięci. Scarlett miała wrażenie, że widzi rysy twarzy Papy na twarzach wielu tu obecnych, że słyszy brzmienie jego głosu w ich głosach. To tak, jakby Gerald był tu we własnej osobie... Teraz już wiem jak wyglądał — myślała — kiedy był młodszy, gdy jeszcze nie opuścił Irlandii.

Goście opowiadali Kasi ostatnie plotki ze wsi i z miasta, tak że niewiele czasu minęło, a Scarlett wydawało się, jakby znała kowala i proboszcza, właściciela *pubu* i kobietę, której kura prawie codziennie znosiła jajko z podwójnym żółtkiem. Dlatego gdy w drzwiach ukazała się łysina ojca Danahera, zdało się to czymś najnaturalniejszym pod słońcem, a kiedy wszedł, wraz z innymi, niejako automatycznie, spojrzała na jego sutannę by upewnić się, czy zacerowano już dziurę wyrwaną przez ostry pręt w cmentarnej bramie.

Jak to w Powiecie — pomyślała, spoglądając po twarzach. Wszyscy znają wszystkich, nic się przed nikim nie ukryje. Ale tu jest jakby ściślej, bliżej, przytulniej. Słyszała i czuła — choć nie potrafiłaby tego nazwać słowami — że ten światek, gdzie się znalazła, jest jej życzliwszy niż jakikolwiek inny. Wiedziała jedynie tyle, że dobrze jej tu.

To najlepsze wakacje, jakie w ogóle można by sobie wyobrazić. Ależ będę miała Rettowi do opowiadania. Może kiedyś przyjedziemy tu razem... Paryż czy Londyn nigdy mu nie imponowały. Oczywiście nie będziemy wtedy żyć jak ci tutaj... to zbyt po... chłopsku. Ale też bardzo to oryginalny tryb życia,, uroczy i bardzo zabawny. Jutro trzeba by się ubrać w te spódnice, które kupiłam w Galway, o gorsecie mowy nie ma. Ciekawe... czy będzie mi lepiej w błękitnej spódnicy z żółtą halką, czy może w czerwonej...

Z daleka dobiegł głos dzwonu, a wtedy dziewczyna, która właśnie pokazywała Scarlett ząbkujące niemowlę, zerwała się ze stołka.

— Anioł Pański! I któżby uwierzył, że tak się zagadałam, że zapomiałam o Kevinie? Biedak, sam siedzi w domu, a ja nawet nie nastawiłam obiadu!

— To weź od nas królika w potrawce, Mario Heleno. Czyż Tomasz nie zasłużył na nią? Sam złapał te cztery tłuste sztuki! To miało być na powitanie — odezwała się Kasia.

Nie minęła minuta, a Maria Helena ruszyła do domu z dzieckiem w jednej ręce, z owiniętym w serwetkę garnkiem w drugiej.

— Colum, zechcesz pomóc mi w nakrywaniu do stołu? Zaraz przyjdą mężczyźni na obiad. Nie wiem, gdzie się podziała Brygidka.

Jeden za drugim mężczyźni wracali z pola. Scarlett poznała jednego z braci ojca — Daniela — wysokiego, pełnego życia, szczupłego i nieco kanciastej budowy ciała staruszka w wieku lat osiemdziesięciu oraz jego synów. Było ich czterech: najmłodszy miał dwadzieścia lat, najstarszy czterdzieści cztery. Mateusza i Geralda poznała już w Savannah. W domu chyba wszystko biegło utartą koleją, dokładnie tak, jak wtedy, gdy Papa był jeszcze młody. Wśród wysokich jak dęby mężczyzn Colum sprawiał wrażenie zaskakująco niskiego.

Brygidka wbiegła zdyszana właśnie w chwili, gdy Kasia nakładała potrawkę z królika do biało-niebieskich misek. Była cała mokra. Suknia przywarła jej do ramion, mokre włosy spadały na plecy. Scarlett zerknęła przez uchylone drzwi — na dworze dzień był słoneczny i suchy.

— A cóż to, wpadłaś do studni, Brygidko? —spytał najmłodszy z braci, Tymoteusz. Korzystał z okazji, by odwrócić uwagę od siebie, bowiem bracia kpili z jego słabości do niewymienionej z imienia dziewczyny, którą określali jako „złotowłosa".

— Myłam się w rzecze — odpowiedziała, po czym wzięła się do jedzenia, ignorując wrzawę wywołaną tym krótkim stwierdzeniem. Nawet Colum, nieskory do gniewu, podniósł głos i stuknął pięścią w stół.

— Spójrz na mnie, Brygido O'Haro, oderwij wzrok od królika. Czy nie wiesz, że Boyne co roku domaga się ofiary z ludzkiego życia, i to bez mała na każdej mili swej długości?

Boyne.

— Czy to ta sama Boyne, nad którą stoczono bitwę? — spytała Scarlett.

Zgiełk przy stole ucichł, jak nożem uciął.

— Papa opowiadał mi o niej setki razy. Wiem, że w wyniku tej bitwy nasza rodzina straciła całą ziemię.

W przykrej ciszy pracowicie szczękały noże i widelce.

— Tak, to ta rzeka — odparł Colum. — Ale chociaż straciliśmy przez nią ziemię, rzeka ma się dobrze i płynie, znacząc granicę tego kraju. Pokażę ci ją kiedyś, jeśli zechcesz ją zobaczyć, pod warunkiem jednak, że nie przyjdzie ci do głowy korzystać z niej jako cebrzyka do kąpieli. Brygidko, znałem cię jako całkiem rozsądną dziewczynę. Co cię dziś opętało?

— Kasia powiedziała, że przyjechała kuzynka Scarlett, a Eileen postraszyła mnie, że zanim pokojówka wielkiej damy dotknie jej sukni lub włosów, to przedtem musi dokładnie się wyszorować. No to poszłam i się wyszorowałam...

Podniosła głowę. Po raz pierwszy spojrzała na Scarlett.

— Chcę znaleźć uznanie w twoich oczach, kuzynko, bo chcę żebyś wzięła mnie ze sobą do Ameryki.

Jej błękitne oczy pełne były powagi, wysunęła podbródek, co oznaczało stanowczość i upór. Scarlett spodobała się na pierwszy rzut oka. Ta dziewczyna na pewno nie będzie wylewać łez z tęsknoty za domem. Cóż z tego — pożytku z niej tyle, co do końca podróży. Damy z Południa nie mogły mieć białych pokojówek. Zaczęła szukać w myśli właściwych słów, tak, by odmawiając, nie urazić dziewczyny.

Colum ją w tym wyręczył.

— Owszem, postanowiliśmy właśnie, że popłyniesz z nami do Ameryki, lecz ryzykując życiem...

— Hurra! — przerwała mu Brygidka. Zaraz jednak spiekła raka. — Jako pokojówka nie będę taka hałaśliwa — zapewniła Scarlett z najszczerszą powagą, a następnie zwróciła się do Columa:

— Kąpałam się przy brodziku, wody tam po kolana, a i to zaledwie. Nie jestem aż taka głupia.

— Już my się przekonamy, jakiego rodzaju głupota cię opadła — powiedział i uśmiechnął się. — Scarlett powie ci, jak trzeba chodzić koło wielkiej damy, ale nie wcześniej, nim wybierzemy się w rejs. Dwa tygodnie i jeden dzień podróży to dość czasu, by nauczyć się wszystkiego. Zanim jednak nie odpłyniemy, lepiej pozostań z Kasią w domu i czyń, co należy.

Brygidka westchnęła ciężko.

— Jak widać, być najmłodszą w domu to cała góra problemów.

Wszyscy zaczęli gwałtownie jej zaprzeczać. Wszyscy z wyjątkiem Daniela, który podczas całego obiadu nie odezwał się ani słowem. Gdy posiłek dobiegł końca, Daniel odsunął krzesło od stołu i wstał.

— Najlepiej osuszać rowy, kiedy jest sucho — powiedział. — Kończcie jeść i wracajcie do pracy.

Skłonił się ceremonialnie przed Scarlett.

— Droga Kasiu Scarlett O'Haro. Wielki to dla mnie zaszczyt, że mogę cię gościć pod mym dachem. Witaj! Ojciec twój wielce był tu przez wszystkich umiłowany. Jego nieobecność kładła się kamieniem na mym sercu przez lat pięćdziesiąt, a nawet dłużej.

Scarlett, zaskoczona, nie była w stanie wykrztusić ani słowa. Nim cokolwiek przyszło jej na myśl, Daniel zniknął gdzieś za stodołą w drodze na pole.

Colum odsunął swoje krzesło od stołu i przeniósł je bliżej kominka.

— Trudno ci może to docenić, kochanie — odezwał się do Scarlett — ale wywarłaś wielkie wrażenie w tym domu. Pierwszy raz w życiu słyszałem, żeby Daniel skorzystał z języka w innym celu niż do rozmowy o gospodarstwie. Lepiej pilnie uważaj na każdy krok, w przeciwnym razie wdowcy i starzy kawalerowie z okolicy zmówią się i rzucą na ciebie urok, żebyś została tu na zawsze. Daniel, jak wiesz, jest wdowcem i nowa żona bardzo by mu się przydała.

— Ależ to starzec!

— A czy jego matka nie dożyła setki? Ma jeszcze przed sobą szmat czasu. Dobrze byłoby mu przypomnieć, że jednak zostawiłaś w domu męża.

— Dobrze będzie przypomnieć memu mężowi, że nie jest jedynym mężczyzną na świecie. Powiem mu, że w Irlandii zyskał sobie rywala.

Na samą myśl o tym uśmiechnęła się. Rett zazdrosny o irlandzkiego chłopa! Właściwie dlaczegóżby nie? Któregoś dnia będzie mogła wspomnieć mu o tym, oczywiście nie mówiąc, że chodzi o jej wuja, starego jak irlandzkie wzgórza. Och, jakże wspaniale będzie, gdy wreszcie Rett znajdzie się tam, gdzie być powinien, gdzie od dawna oczekiwała, że będzie. Niespodziewana fala tęsknoty uderzyła w nią z taką siłą, że ból tym wywołany niemal równy był fizycznemu cierpieniu. Nie, wcale nie miała ochoty drażnić Retta opowiadaniem o miłości Daniela O'Hary ni kogokolwiek innego. Jedyne, czego pragnęła, to być razem z nim, kochać go, mieć dziecko, które mogliby razem kochać.

— Colum ma rację przynajmniej co do jednego — wtrąciła Kasia. — Daniel udzielił ci błogosławieństwa głowy domu. Dlatego kiedy już nie będziesz mogła wytrzymać z Molly ani chwili dłużej, zawsze znajdziesz tu dach nad głową, o ile tego zechcesz.

Scarlett dojrzała w tym pewną możliwość. Żerała ją jednak ciekawość.

— Gdzie ty upychasz tych wszystkich ludzi w takim maleńkim domu? — spytała bez ogródek.

— Mamy tutaj poddasze podzielone na dwie części: z jednej strony śpią chłopcy, z drugiej Brygidka i ja. A ponieważ babcia nie chce spać na łóżku przy kominku, zajął je Daniel.

Kasia podniosła siedzenie sofy stojącej przy ścianie pod schodami, a wtedy okazało się, że pod drewnianą pokrywą leży gruby materac, a na nim wełniany czerwony koc w kratkę.

— Powiedział, że przeniósł się tutaj, aby pokazać babci, ile traci, ja jednak zawsze byłam zdania, że czuł się samotnie w swoim pokoju od czasu śmierci ciotki Teresy.

— W swoim pokoju?

— Tak. To tutaj — Kasia wskazała drzwi. — Ponieważ nie było sensu zostawiać jednego pokoju bezużytecznym, urządziliśmy tam salon. Jeśli jednak zechcesz się do nas przenieść, łóżko już czeka.

Scarlett nie mogła sobie wyobrazić, by kiedykolwiek do tego doszło. Siedmioro ludzi w małej wiejskiej chacie to o pięcioro lub czworo za dużo jak na jej gust. Zwłaszcza gdy byli to ludzie tak wyrośnięci. Nic dziwnego, że wśród nich wszystkich Papa zyskał sobie miano karzełka... jak też trudno się dziwić temu, że zachowywał się tak, jakby był z dziesięć stóp wyższy.

Zanim Colum odprowadził ją do domu Molly, odwiedzili jeszcze starą Kasię Scarlett, lecz babka spała przy kominku.

— Myślisz, że dobrze się czuje? — szepnęła Scarlett.

Colum tylko kiwnął głową. Odezwał się dopiero, gdy wyszli z domu.

— Widziałem na stole garnek z potrawką, już prawie pusty. Przygotowała obiad dla Seana i dla siebie, zjadła, a teraz ucięła sobie drzemkę jak zawsze.

Wysoki żywopłot po obu stronach ścieżki słodko pachniał kwiatami głogu, na wyższych gałęziach roiło się od świergocących ptaków, cudownie było iść tak, czując, jak wilgotna ziemia lekko ugina się pod stopami.

— Czy tą ścieżką można dojść nad Boyne? Mówiłeś, że mnie tam zaprowadzisz.

— I zaprowadzę. Ale jutro, jeśli łaska — odpowiedział Colum. — Obiecałem Molly, że będziemy u niej na czas. Żeby cię uczcić, wydaje dzisiaj uroczystą herbatkę.

Herbatka! Na moją cześć! Doprawdy, pyszny był to pomysł odwiedzić irlandzkich krewnych przed charlestońskim wygnaniem.

51.

*N*ie ma co, na jedzenie narzekać nie można, ale to wszystko — myślała Scarlett, uśmiechając się promiennie i potrząsając dłonie zbierających się do wyjścia gości. Panienko Najświętsza! Czy te kobiety nie mają siły w rękach? Wszystkie ściskały ją tak mdławo, jakby za chwilę miały opaść bez ducha na ziemię. Na domiar złego mówią tak, jakby utkwiła im kość w gardle. Jak żyję, nigdy jeszcze nie widziałam równie bezkrwistych figur.

Przesadne wyrafinowanie prowincjonalnych form życia towarzyskiego było Scarlett obce. Wśród ziemian Powiatu Clayton panowała absolutna prostota obyczajów, a i prawdziwa charlestońska arystokracja oraz grono „przyjaciół Meli" w Atlancie gardziło wszystkim, co pretensjonalne. Dlatego uchylanie małych paluszków przy piciu herbaty oraz rzekoma wykwintność mikroskopijnej wielkości paluszków i kanapek zdały się Scarlett śmiechu warte — bo i tylko na to zasługiwały. Dlatego też jadła znakomite przysmaki z ogromnym apetytem i udawała, że nie rozumie aluzyjnych zachęt do ubolewania nad prostactwem biedaków, kalających sobie ręce brudną farmerską robotą.

— Kochanie — zwróciła się do Molly. — A jak sobie radzi z tym Robert? Pracuje w rękawiczkach?

Roześmiała się w duchu i doznała złośliwej satysfakcji widząc, że kiedy Molly marszczy brwi, doskonale gładziutka twarz pokrywa się siateczką zmarszczek.

Już ja widzę, że zaraz pobiegnie do Columa, aby na osobności zamienić z nim kilka słów o czarnej niewdzięczności amerykańskiej przybłędy, ale co tam! Dobrze jej tak! Niech ma za swoje, w końcu mówiła o mnie w ten sposób, jakbym nie była jedną z O'Harów, ona też zresztą. I skąd ten pomysł, że plantacja to jakby to samo, co – zaraz, jak ona się wyraziła? – angielski dwór. Sama powinnam zamienić na ten temat parę słów z Columem. Ale też zrobili miny, kiedy im powiedziałam, że cała służba i wszyscy najemni robotnicy byli w nas zawsze dobierani spośród czarnych. Nie sądzę, żeby zdarzyło się im słyszeć o ludziach innego koloru skóry, a cóż znowu widzieć... Dziwne miejsce. Wszystko tu dziwne.

– Jakie miłe przyjęcie, droga Molly – wytrajkotała, otrząsnąwszy się z własnych myśli. – Tak się objadłam, że chyba pęknę. Muszę trochę odpocząć.

– Oczywiście, masz pełną swobodę, kuzynko. Wprawdzie kazałam chłopcu zaprzęgać konie, bo myślałam, że dobrze byłoby zażyć przejażdżki, ale skoro wolisz się zdrzemnąć...

– Och, nie. Z przyjemnością wyjdę na świeże powietrze. Czy sądzisz, że przejażdżka nad rzekę byłaby możliwa?...

Najchętniej to uciekłaby byle dalej od Molly, szkoda byłoby jednak przegapić taką szansę. Nie dało się bowiem ukryć, że przejażdżka nad Boyne bardziej ją pociągała niż spacer. Teraz już za grosz nie wierzyła Columowi, kiedy mówił, że to niedaleko.

Jak się okazało, przeczucie miała dobre. Molly w żółtych rękawiczkach – kolorem dobranych do żółtych szprych – skierowała dwukółkę ku głównej drodze. Jechały przez wieś. Scarlett z ciekawością spoglądała na rząd przycupniętych do ziemi chat.

Dwukółka przetoczyła się przez jakąś bramę – największą, jaką Scarlett dotychczas zdarzyło się widzieć – żelazne monstrum zwieńczone pozłacanymi szpicami, z obu stron ozdobione ujętymi w złote esy-floresy płytami pomalowanymi w intrygujące wzory.

– Herb hrabiego – czule westchnęła Molly. – Pojedziemy do dworu i przyjrzymy się rzece z ogrodu. Nie obawiaj się, wszystko w porządku, hrabia właśnie wyjechał, zaś Robert otrzymał pozwolenie od Mr. Aldersona.

– Kto to?

– Pan rządca. Trzyma pieczę nad całym majątkiem hrabiego. Robert go zna.

Scarlett usiłowała przybrać minę osoby przejętej wagą zasłyszanej nowiny. Nie ulegało bowiem wątpliwości, że takiej reakcji po niej oczekiwano, choć trudno rzec, dlaczego. Rządca?... Dobrze, niech będzie rządca, cóż w nim takiego niezwykłego? Najemny pomocnik, ot i tyle.

Jeszcze teraz miała otrzymać odpowiedź na swe wątpliwości. Przedtem jednak musiała odbyć dłuższą podróż idealnie prostą, szeroką, wysypaną grysem drogą wśród rozległych połaci pięknie przystrzyżonych trawników, przypominających przez chwilę opadające ku jeziorom terrasy Dunmore Landing. Gdy jednak oczom Scarlett ukazały się piewsze zręby dworu, odsunęła na bok wszelkie myśli o podobieństwie obu posiadłości

To było olbrzymie. Nie sposób było nazwać tego budowlą — był to raczej zlepek zakończonych blankami dachów i wieżyczek, wyrastających z murów. Przypominało to całe miasteczko. Scarlett, która nigdy czegoś podobnego nie widziała, ani nawet nie znała ze słyszenia, ujrzawszy dwór natychmiast zrozumiała, dlaczego Molly tak wielkim szacunkiem darzyła rządcę. Sprawowanie pieczy nad czymś podobnym wymagało ogromnej pracy wielkiej rzeszy ludzi, większej niż na największej nawet plantacji. Zadarła głowę, podziwiając kamienne mury wykładane marmurem, wąskie gotyckie okna. Ów dom, który Rett kazał wzieść dla niej był — jak sądziła — największą i najznamienitszą redydencją w całej Atlancie, lecz przeniesiony do dworu zmieściłby się gdzieś w kąciku i nawet trudno byłoby go zauważyć. O, jakże chciałaby móc zajrzeć do środka...

Molly była przerażona samym pytaniem Scarlett.

— Otrzymałyśmy pozwolenie wejścia do ogrodu — odpowiedziała. — Przywiążę konia do słupa, potem zaś wejdziemy tędy, tą bramą... — wskazała na wyniośle sklepiony łuk. Żelazne skrzydło bramy było uchylone.

Z bramy wchodziło się na wyżwirowany taras. Po raz pierwszy w życiu Scarlett ujrzała żwir wysypany we wzory. Wprost bała się po tym chodzić. Ślady stóp na pewno zepsują doskonale symetryczne esy-floresy, które czyjeś pracowite dłonie wygrabiły na piasku. Bojaźliwie zerknęła na rozciągający się poniżej ogród: tak, ścieżki też były wyżwirowane. I wygrabione. Nie w esy-floresy, dzięki Bogu, ale i tak nie było widać śladów stóp. Ciekawe, jak oni to robią? Wzięła głęboki oddech i śmiało postawiła stopę na gładkiej powierzchni. Zachrzęścił żwir. Szybkim krokiem przeszła przez taras do marmurowych stopni wiodących do ogrodu. Chrzęszczenie żwiru pod stopami zdało się jej głośne niczym rewolwerowe wystrzały. Żałowała, że dała się namówić na tę wycieczkę.

Swoją drogą, co z Molly? Odwróciła się błyskawicznie, by ujrzeć, jak kuzynka ostrożnie stąpa za nią, krok w krok po odciskach jej stóp. Na ten widok jej samopoczucie znacznie się polepszyło — Molly była jeszcze bardziej onieśmielona od niej. Przystanęła, czekając, aż kuzynka do niej dojdzie, spojrzała na dom. Od strony ogrodu dwór wyglądał bardziej po ludzku. Na taras prowadziły oszklone drzwi, wprawdzie zamknięte i zasłonięte, lecz nie aż tak wielkie, by człowiek bał się dać krok przez próg, nie tak przytłaczające, jak drzwi od frontu. Patrząc na nie można było uwierzyć, że w tym domu mieszkają ludzie, nie giganty.

— Którędy do rzeki? — zawołała do kuzynki — w pustym ogrodzie przy opustoszałym domu nie było powodów, by zniżać głos do szeptu.

Nie miała zamiaru zwlekać. Odrzuciła sugestię Molly, by przed spacerem nad rzekę obeszły ogród.

— Interesuje mnie tylko rzeka. Ogrody śmiertelnie mnie nużą. Mąż mój, Rett, zbyt wiele uwagi im poświęca.

Ruszyły główną alejką w stronę drzew, znaczących krańce ogrodu. Scarlett uprzejmie lecz stanowczo odmówiła wszelkich dalszych wynurzeń na temat swego małżeństwa, choć widać było, że Molly zżera ciekawość.

Wtem, zupełnie znienacka, między drzewami tworzącymi w tym miejscu naturalny, lecz niezwykle interesująco ukształtowany prześwit, błysnęły złoto-brązowe łuski fal. Scarlett nigdy jeszcze czegoś takiego nie widziała. Blask słońca kładł się na lustrze wód niby strumień płynnego złota, obracany przez spirale wirów jak ciemne krople koniaku rozpuszczanego w wodzie.

– Piękne – westchnęła głosem dziwnie miękkim i łagodnym. Nie spodziewała się piękna.

Wnosząc z tego, co mówił Papa, wody Boyne powinny błyszczeć czerwienią przelanej tutaj krwi, dziko pędzić przed siebie w spienionym nurcie fal. Tymczasem rzeka płynęła leniwie, prawie niedostrzegalnie. Tyle się o niej nasłuchała, teraz zaś była tak blisko, że tylko się schylić i dotknąć. Obiegło ją uczucie dotychczas nie znane, czuła coś, czego nie sposób nazwać. Owszem, chciałaby to ująć w słowa, określić, zrozumieć: to ważne, gdybyż tylko przyszło jej na myśl...

– To ci dopiero! – powiedziała Molly tonem najwyższej sztuczności. – Najszykowniejsze posiadłości mają w perspektywie widok na rzekę.

Scarlett najchętniej zdzieliłaby ją po głowie. Nigdy nie znajdzie właściwego określenia tego uczucia, czymkolwiek by ono było. Podążyła spojrzeniem w kierunku wskazanym przez Molly i na drugim brzegu rzeki ujrzała wieżę. Wyglądem nie różniła się od tych, które widziała z okien pociągu, wzniesiona z kamienia, nadgryzionego zębem czasu. Fundamenty były mocno omszałe, w górze kołysały się pędy dzikiego wina. Wieża była znacznie większa, niż to zdawało się Scarlett, widziała ją bowiem z dużej odległości. Przypuszczała, że ma około trzydzieści stóp u podstawy i drugie tyle wysokości. Nie mogła nie zgodzić się z Molly, że widok to romantyczny.

– Wracajmy – powiedziała, gdy rzuciła dłuższe spojrzenie na rzekę. Nagle poczuła się bardzo zmęczona.

*　　*　　*

– Colum, ja chyba zabiję tę Molly. Gdybyś mógł słyszeć, co ten Robert wygadywał wczoraj wieczorem przy obiedzie... no, jaki to zaszczyt nas spotkał, że wolno nam było przespacerować się po ogrodzie hrabiego i musnąć parę kamyków z tych jego głupich ścieżek. A za każdym razem, gdy o tym wspomniał, Molly dobre dziesięć minut szczebiotała, cóż to był za horror... A dzisiaj rano, kiedy mnie zobaczyła ubraną w te kiecki z Galway, omal nie zemdlała. A jak się potem rozświergotała, damulka, jakie kazanie wygłosiła mi nad głową o tym, że ją skompromituję, że wpędzę Roberta w poważne kłopoty... Roberta! Przecież ten człowiek powinien czuć się zakłopotany za każdym razem, gdy widzi w lustrze swoją tłustą, nalaną gębę o głupawym spojrzeniu. Jak śmie Molly twierdzić, że ja moimi pięknymi spódnicami wstyd przynoszę podobnej kreaturze!?

Colum pogłaskał jej dłoń.

156

— W rzeczy samej, droga Scarlett, nie jest to najlepsze towarzystwo, jakiego mógłbym ci życzyć, ale nawet taka Molly ma swoje zalety. Obiecała, że pożyczy nam na jeden dzień dwukółkę, będziemy więc mogli wyruszyć na pyszną wycieczkę i żadna myśl o jej wstrętnym charakterze nie zaćmi nam uroków eskapady. Spójrz na kwiaty głogu w żywopołocie i na dzikie wiśnie, jak na podwórzu otwierają swe biało-różowe serca... Dzień jest zbyt piękny, by psuć go sobie na rozpamiętywaniu urazów. W tych prążkowanych pończochach i czerwonej halce wyglądasz jak milutka irlandzka dziewczyna.

Scarlett wysunęła nogę, spojrzała i wybuchnęła śmiechem. Colum ma rację — dlaczego pozwalać Molly zepsuć sobie dzień?

Pojechali do Trim — starego miasta o barwnej historii. Colum wiedział, że historyczne szczegóły nie zainteresują Scarlett, toteż miast o dawnych dziejach, opowiedział jej o targu, który odbywał się tutaj w każdą sobotę, choć w porównaniu z wielkim rynkiem w Galway, był znacznie skromniejszy. Można tu było jednak spotkać wróża — atrakcja w Galway nader rzadka — który za dwa pensy przepowiadał szczęście wręcz niesłychane, za jednego pensa wróżył umiarkowaną pomyślność, lecz gdy wysupłałeś z kieszeni zaledwie pół pensa, mogłeś się spodziewać opowieści o straszliwym fatum, które nad tobą zawisło.

Scarlett roześmiała się — opowieści Columa zawsze były jej do śmiechu — i dotknęła sakiewki kołyszącej się na piersiach, ukrytej pod bluzeczką i błękitnym stanikiem. Nikt nie zgadnie, że zamiast gorsetu dźwiga dwieście dolarów w złocie. Uwolniona od ucisku sznurówki czuła się aż nieprzyzwoicie swobodnie — od jedenastego roku życia nie przestąpiła progu domu, nie założywszy gorsetu.

Colum pokazał jej ruiny zamku — udała, że ją to interesuje. Potem pokazał jej sklep, gdzie przedtem pracował Kuba aż do czasu, gdy przeniósł się do Savannah, czyli od szesnastego do dwudziestego drugiego roku życia — to akurat zdołało wzbudzić zainteresowanie Scarlett. Pogawędzili z właścicielem. Oczywiście nie pozostawało im nic innego, niż pozwolić mu zamknąć sklep i zaprowadzić się na pięterko, do mieszkania. Żona kupca umarłaby z żalu, gdyby nie usłyszała ostatnich nowin z Savannah wprost z ust Columa, nie mówiąc już o tym, że nie podarowałaby sobie, gdyby nie poznała kuzynki irlandzkich O'Harów, o której urodzie i amerykańskim wdzięku krążyły po okolicy niesamowite opowieści.

Kiedy sąsiedzi się zwiedzieli, jaka to uroczysta okazja i kto przybył, tłumnie pospieszyli do domu kupca i kupcowej, aż Scarlett zaczęła podejrzewać, że ściany są z gumy.

— Mahoneyowie poczują się dotknięci, gdy dojdzie ich wieść, że byliśmy w Trim i nie wpadliśmy do nich —powiedział Colum, kiedy już w końcu udało się im wymknąć z mieszkania dawnego pracodawcy Kuby.

— Kto?

Okazało się, że była to rodzina Maureen, właściciele najwspanialszego *pubu* w całym miasteczku. Ciekawe, czy Scarlett choć próbowała, jak smakuje porter? Nie? No to trzeba spróbować.

Tym razem zbiegło się więcej gości. Co gorsza, z każdą minutą było ich coraz więcej. W końcu na stół wjechało jedzenie i rozległy się skoczne dźwięki skrzypiec. Ani się obejrzeli, kiedy minęło parę godzin. Już zmierzchało, gdy ruszyli w drogę powrotną do Adamstown. Pierwszy tego dnia deszczyk — zjawisko natury świetlistej raczej niż wodnej, jak powiedział Colum — sprawił, że kwiaty głogu na żywopłocie pachniały intensywniej niż zawsze. Scarlett postawiła kołnierz. Śpiewali całą drogę.

*   *   *

— Chciałbym wstąpić do *pubu* — powiedział Colum. Może są do mnie jakieś listy.

Obwiązał lejce wokół pompy. W tej samej chwili w uchylonych drzwiach i oknach ukazały się głowy ciekawskich.

— Kuzynko Scarlett! — zawołała Maria Helena. — Dzidziusiowi wyrzyna się już drugi ząbek. Daj się skusić na filiżankę herbaty. Wstąp i podziwiaj!

— Nie, Mario Heleno — zawołała Klara O'Gorman z domu O'Hara. — Kuzynka Scarlett przyjdzie do mnie, a ty, dzidziuś, twój mąż i wszyscy inni możecie się dołączyć. Mój biedny Jakub umiera z tęsknoty za nią. W końcu to moja kuzynka w pierwszej linii.

— I moja też! — krzyknęła Peggy Monaghan. — Mam już na kuchni racuchy drożdżowe, wiem bowiem, że nasza droga Scarlett je uwielbia.

Scarlett sama już nie wiedziała, co począć.

— Colum! — Krzyknęła co sił w płucach.

Okazało się, że to zupełnie proste. Wystarczy, jeśli obejdą po kolei wszystkie domy, poczynając od tych, gdzie mieszkają najbliżsi z przyjaciół. Kiedy cała wioska zbierze się w jednym z domów, zatrzymają się tam na chwilę.

— Oczywiście nie nazbyt długo, bo przecież musisz się przebrać na obiad u Molly. Owszem, ta kobieta nie jest wolna od wad, jak wszyscy śmiertelni, nie możesz jednak grać jej na nosie korzystając z gościny pod jej własnym dachem. I tak srodze została doświadczona widokiem tych halek, by teraz przysparzać jej dodatkowych cierpień, zasiadając w tym stroju do stołu.

Scarlett położyła dłoń na jego ramieniu.

— Jak sądzisz? — spytała. — Mogłabym przeprowadzić się do Daniela? Mieszkanie u Molly to coś ponad moje siły... Dlaczego się śmiejesz?

— Ponieważ zachodziłem w głowę, co by tu zrobić, by Molly pożyczyła nam dwukółki na jeszcze jeden dzień. Teraz jednak myślę, że odda nam ją do dyspozycji do końca twojej wizyty tutaj. Zatem idź teraz podziwiać nowy ząbek, a ja udam się odbyć krótką rozmowę z Molly. Nie bierz mi tego za złe, moja droga, jeśli ci powiem, że ta kobieta jest skłonna obiecać mi wszystko, bylebym tylko zabrał cię z jej domu. Nigdy ci nie zapomni tego, co powiedziałaś o eleganckich rękawiczkach do dojenia krów, tych, które ma zakładać Robert. Od Adamstown do Mullingar jest to w tej chwili najzabawniejsza anegdotka szeptana po wszystkich kuchniach.

Jeszcze przed kolacją Scarlett zainstalowała się w pokoju przy kuchni. Nawet wuj Daniel się uśmiechnął, gdy Colum powtórzył opowieść o rękawiczkach Roberta. Ten drobny szczegół dodawano później do anegdoty, dzięki czemu tym bardziej była smakowita dla kolejnych słuchaczy.

*   *   *

Scarlett z zadziwiającą łatwością przyzwyczaiła się do mieszkania w dwu-izbowej chacie Danielów. Mając własny pokój, wygodne łóżko, otoczona dyskretną lecz stałą opieką Kasi, ciągle zajętej przy kuchni lub porządkach, mogła się oddać zażywaniu odpoczynku. Co też czyniła.

52.

W następnym tygodniu Scarlett była bardziej zajęta — i szczęśliwsza — niż kiedykolwiek. Czuła wprost, jak ją rozpiera energia — jeszcze nigdy nie doświadczała tego uczucia. Nie uciskana wytwornie obcisłymi sukniami, wolna od klatki gorsetu, poruszała się tak szybko i oddychała tak głęboko jak za czasów dzieciństwa. Należała bowiem do tego rodzaju kobiet, w których ciąża wyzwalała dodatkowe zasoby witalności, jak gdyby w odpowiedzi na potrzeby nowego życia. Spała mocno i budziła się z pianiem koguta, czując potężny apetyt na śniadanie i na wszystko, co przyniesie dzień.

Nie brakowało jej coraz to nowych przyjemności życia na łonie rodziny, nie mogła uskarżać się na niedostatek nowych doświadczeń, tym bardziej pobudzających głód nowości. Colum chętnie zabierał ją na wyprawy „w poszukiwaniu przygód", jak zwykł był określać wycieczki łaskawie pożyczoną przez Molly dwukółką. Ale wyprawy pozbawiały ją radości przebywania wśród nowych przyjaciół. Stawali w progu domku Daniela z samego rana, zaraz po śniadaniu, a to żeby złożyć wizytę, a to żeby zaprosić kuzyneczkę z wizytą do siebie, a to żeby opowiedzieć o czymś, o czym jeszcze na pewno nie słyszała, albo znowu żeby pokazać list, który właśnie przyszedł z Ameryki i poprosić ją o wyjaśnienie pewnych słów lub całych zdań, bowiem nie zawsze wszystko rozumieli. W ogóle w tym, co się tyczy Ameryki, zyskała sobie sławę eksperta. Ciągle ktoś ją prosił, żeby opowiedziała, jak wygląda tam życie. A ponieważ była też Irlandką, biedaczka, na tym swoim amerykańskim wygnaniu zupełnie nie wiedziała, jak wygląda prawdziwe życie w kraju — następna okazja, by coś opowiedzieć, czegoś nauczyć, coś pokazać.

Irlandzkie kobiety były rozbrajająco szczere, jakby się wzięły z innego świata — tego, gdzie, jak wierzyły, mieszkają wszelkiego rodzaju wróżki — pełnego dziwów i czarów. Otwarcie się śmiała widząc, jak co wieczór Kasia stawia na progu spodeczek mleka oraz talerzyk z pokruszonym chlebem — tak na wszelki wypadek, gdyby „mały ludek" — przechodząc obok chaty — poczuł się głodny. A kiedy co rano spodeczek i talerzyk były puste, wyjaśniała, że to zapewne któryś z kotów przechodził i poczuł się głodny, lecz jej zdrowy sceptycyzm w niczym nie ranił Kasi. Ów cowieczorny poczęstunek dla „małego ludka" zapamiętała Scarlett jako najbardziej uroczy epizod z okresu, gdy mieszkała pod jednym dachem z Danielami.

Zupełnie inaczej wyglądały chwile, które spędzała z babką. Żylasta jak podeszwa — myślała spoglądając na staruszkę. W głębi ducha czuła się jednak dumna, że w jej żyłach płynie krew starej Kasi Scarlett. To dzięki temu zdołała jakoś pokonać ciężkie koleje życia. Często biegała do chaty babuni, a gdy staruszka akurat nie spała i miała ochotę na rozmowę, siadała na stołku i wypytywała ją o szczegóły z dzieciństwa Papy.

Dawała się też namówić Columowi. Oboje zajmowali miejsca w dwukółce, by wyruszyć na całodzienne wyprawy w poszukiwaniu przygód. Ubrana w wełniane spódnice, okutana w płaszcz, w kapeluszu na głowie potrzebowała zaledwie paru dni, by dać się przekonać, że ani zachodnie wiatry, ani kapuśniaczek nie są znowu aż takie groźne.

Właśnie siąpiło, gdy Colum postanowił pokazać jej „prawdziwą Tarę". Płaszcz wzdymał się na wietrze, kiedy po nierównych kamiennych stopniach wchodziła na szczyt niskiego wzgórza, skąd rządzili królowie Irlandii, gdzie grali, kochali i nienawidzili, gdzie świętowali, walczyli i — w końcu — polegli.

Nawet zamku tu nie było. Scarlett rozejrzała się wokół — wszędzie, jak okiem sięgnąć, nic poza pastwiskami, a na nich stada wypasających się owiec. Szare runo pod szarym niebem w szarości siąpiącego deszczu... Zadrżała i zdziwiła się samej sobie. Aha, gęsia skórka... To dziecinne wytłumaczenie przyczyny dziwnego dreszczu przywołało jej uśmiech na twarz.

— Podoba ci się? — spytał Colum.

— Tak, bardzo ładne.

— Nie kłam, moja droga. Nie doszukuj się w Tarze piękna, bo go nie znajdziesz. Chodź.

Podał jej rękę. Razem powędrowali wśród wysokich traw, mijając dziwne wybrzuszenia — jakby bryły ziemi. Colum minął kilka takich nierówności, po czym przystanął przy jednej z nich.

— Święty Patryk stał kiedyś tutaj, gdzie my teraz stoimy — powiedział. — Był człowiekiem, zwykłym misjonarzem, niewiele większym ode mnie. Świętość przyszła później. Wyrósł więc na giganta w umysłach ludzi, oni uczynili go niezwyciężonym, zbrojnym w Święte Słowo Boga. Lepiej jednak, jak sądzę, pamiętać, że przede wszystkim był człowiekiem. Pewnie się bał: sam jeden, w sandałach, w cienkiej opończy, twarzą w twarz wobec Króla i jego czarów. Patryk miał tylko swoją wiarę, posłannictwo i potrzebę, by mówić o tym, z czym przyszedł. Chyba wiał zimny wiatr. Ale wiara zżerała go niczym płomień. Właśnie złamał prawo Króla, rozpalając w nocy ognisko pod gołym niebem, podczas gdy prawo mówiło, że wszystkie ogniska mają być wygaszone. Mogli go za to zabić, wiedział o tym. Podjął jednak to ryzyko, by zwrócić na siebie uwagę Króla i przedstawić mu ogrom posłania, z którym przybył. Śmierci się nie bał. Obawiał się jedynie tego, że zawiedzie Boga. Ale nie zawiódł. Król Laoghaire z wysokości swego wysadzanego wiekowymi klejnotami tronu nadał śmiałemu misjonarzowi prawo głoszenia posłania, z którym przyszedł. W ten sposób Irlandia stała się chrześcijańska.

Było coś w spokojnym głosie Columa, co zmusiło Scarlett do posłuchu. Było to coś, co kazało jej podjąć próbę zrozumienia jego słów, a także czegoś więcej. Nigdy przedtem nie myślała o świętych jako ludziach, którzy byliby zdolni do strachu. Tak naprawdę to w ogóle nie myślała o świętych — istnieli dla niej jedynie jako imiona w kalendarzu. Lecz teraz, spoglądając na niewysoką, kościstą postać Columa, na jego zwykłą twarz, siwiejące włosy targane wiatrem — teraz mogła wyobrazić sobie twarz i sylwetkę innego zwykłego człowieka, także w tej samej postawie gotowości. Colum również nie obawiał się śmierci. Jak to możliwe, żeby człowiek nie bał się umrzeć? Jakie to uczucie? Poczuła ukłucie żądła zazdrości. Zazdrościła świętemu Patrykowi, wszystkim świętym, a nawet, w pewnym sensie, Columowi. Nie pojmuję, nigdy tego nie pojmę — pomyślała. Świadomość tego przypływała powoli, jakby ogromna fala. Poznała wielką, straszną i poruszającą prawdę — zbyt głęboką, wszechobejmującą i dlatego sprzeczną wewnętrznie, toteż niemożliwą do przełożenia na język dnia powszedniego. Scarlett poczuła się samotna, wystawiona na podmuchy zachodniego wiatru.

Colum poprowadził ją parę kroków dalej, po czym przystanął.

— Widzisz? — zapytał. — Ten rząd niskich kopczyków?

Scarlett kiwnęła głową.

— Powinnaś tu przyjść z muzyką i szklanką whisky, by odwrócić od siebie ten wiatr, ale ponieważ nie mogę ci dać ani jednego, ani drugiego, może stojąc bliżej ujrzysz wszystko dokładnie. Oto masz przed sobą resztki po wielkiej sali balowej na tysiąc świeczników. I O'Harowie tu bywali, i inne Scarlett, i wszyscy, których zdążyłaś poznać, a zatem rody Monaghanów, Mahoneyów, MacMahonów, O'Gormanów, O'Brienów, Danaherów, Danahue, Carmodych, a także inne, które jeszcze poznasz. Spotykali się tutaj wszyscy nasi dawni bohaterowie. Jedzenie było wspaniałe i obfite, także i picie. Cudowna muzyka podnosiła na duchu. Równo tysiąc gości mieścił się tutaj, w tej sali, opromienionej blaskiem świec z tysiąca świeczników. Widzisz to, Scarlett? Płomienie pałają dwudziesto-, trzydziestokrotnym blaskiem, odbijając się w złotych bransoletach na ich rękach, w złotych pucharach, wędrujących do ich warg, w krwistoczerwonych, szmaragdowych i błękitnych kamieniach szlachetnych, spinających purpurowe płaszcze opadające z ich ramion. A jakiż wspaniały apetyt mieli biesiadnicy... sarnina, dziczyzna, pieczone gęsi... miód i wódka... pod tym wszystkim stoły wprost się uginały. Nie mniejszy apetyt mieli na muzykę, walili więc pięściami w stoły, na których podskakiwały i szczękały złote talerze. Widzisz Papę? A Kubę? I tego gałgana, młodego Briana, zezującego na kobiety? Och, co za uczta! Widzisz to, Scarlett?

Roześmiała się razem z nim. Tak, Papa pewnie ryczał *Peggy na wozie* i żądał, by napełniono mu kielich raz jeszcze, bowiem od śpiewania człowiekowi dokucza pragnienie. Tak, jakże lubił Papa podobne okazje.

— Jeszcze powinny tu być konie — szepnęła poufale. — Papa zawsze musiał mieć konia.

— Silnego i pięknego jak fale, uderzające w morski brzeg.

— Oraz cierpliwego przyjaciela, który po wszystkim odprowadziłby go do łóżka.

Colum roześmiał się, objął ją ramionami, pocałował, po czym pozwolił odejść parę kroków dalej, samemu zdążając lekko z tyłu.

— Wiedziałem! — zawołał, a słowa jego dźwięczały dumą. — Wiedziałem, że ty też jesteś w stanie objąć uczuciem chwałę minionych wieków.

Scarlett uśmiechnęła się doń — oczy jej rozbłysły, niczym żywe szmaragdy.

Wiatr zdmuchnął jej kapelusz na ramiona, odkrytą głowę musnął ciepły powiew. Dreszcze już minęły. Spojrzała na obmyte deszczem, czyste, błękitne niebo: oślepiająco białe chmury płynęły, miotane mocnymi podmuchami wiatru, jakby w tanecznym korowodzie. Zdały się być tak blisko, irlandzkie niebo sprawiało wrażenie promieniującego ciepłem, ofiarującego schronienie.

A później opuściła wzrok i ujrzała przed sobą Irlandię — zieleń pól, świeżość młodych listków, pełne życia żywopłoty, porastające pobocza dróg. Daleko sięgało jej spojrzenie, aż po ginącą we mgle wygiętą linię horyzontu. Czuła, jak gdzieś w głębi niej poruszyło się coś dawnego, coś, czego pogańską naturę przeczuwała, coś, co rozlewało się po całym ciele niesione przez gorącą krew, a czego nieokiełznaną dzikość z trudem zdołała zatamować. Oto, co znaczy być królem, górować nad światem, być blisko nieba i słońca. Otwarła ramiona, chcąc zamknąć w objęciu wszystko, co żyje, całe to wzgórze, cały świat, który legł u jej stóp.

— Tara — szepnął Colum.

*   *   *

— Dziwnie się czuję, Colum, zupełnie jakbym nie była sobą — wspięła się po żółtych szprychach dwukółki i opadła na siedzenie.

— Bo przeżyłaś wieki — odparł, wchodząc za nią. — Przeszłość tu żyje swym własnym życiem, całą swą radością i smutkiem, ucztami i bitwami, całe życie przeszłości unosi się w powietrzu dokoła ciebie. To czas, lata sprzed naszej ery, które się kładą na naszej epoce ciężarem nieodczuwalnym, a jednak przeważającym. Nie możesz tego dostrzec, nie możesz tego powąchać, ni usłyszeć, ni dotknąć, lecz czujesz, jak muska cię tchnienie wieków, jak szepce, choć bezgłośnie. To czas, kochanie. Wielka tajemnica.

Chociaż świeciło słońce, Scarlett szczelnie otuliła się płaszczem.

— To było jak nad rzeką — szepnęła. — Gdy wstąpiłam w jej wody, dość osobliwie się poczułam. Już prawie znalazłam właściwe słowo, by nazwać to uczucie, już prawie je miałam, gdy nagle wymknęło mi się z rąk.

Opowiedziała mu o przeżyciach w ogrodzie hrabiego, o rzece, i o widoku wieży.

— Najznamienitsze rezydencje mają ogrody z widokiem na rzekę? — zapytał Colum drżącym z gniewu głosem. — Czy tak wyraziła się Molly?

Scarlett cała schowała się w fałdach ciepłego płaszcza. Cóż znowu za gafę strzeliła, że tak się rozeźlił? Jeszcze nigdy go takim nie widziała. W niczym nie przypominał samego siebie — tego, którego znała.

Nagle spojrzał na nią — uśmiechnięty — a wtedy pomyślała sobie, że tkwi w błędzie.

— Scarlett, kochanie, co byś zrobiła, by dodać mi odwagi w mej słabości? — spytał, znowu spokojny. — Dzisiaj otwierają wyścigi w Trim. Chętnie bym sobie obejrzał zawodników i wybrał tego, na którego postawiłbym skromny zakładzik. Właściwa gonitwa jest w niedzielę.

Ta słabość Columa znalazła w jej oczach pełne uznanie.

*　　*　　*

Do Trim było prawie dziesięć mil — zupełnie niedaleko, zdaniem Scarlett. Ale droga wiła się i zawracała, brała jeden zakręt za drugim i to zupełnie nie w tę stronę, gdzie — jak sądziła — powinna. Wiła się zatem i zawracała, lecz w końcu zawiodła ich tam, gdzie chcieli dojechać. Kiedy Colum zaproponował, by zatrzymali się na chwilę w jakiejś wiosce i napili się herbaty, Scarlett zgodziła się wręcz entuzjastycznie. Pokrzepili się, wrócili do dwukółki, dojechali do krzyżówki, skąd drogę mieli już szerszą i nie tak krętą. Colum smagnął kucyka batem — teraz można było pozwolić sobie na szybszą jazdę. Minęło parę minut — Colum smagnął kucyka po raz drugi, ale mocniej, toteż przemknęli przez dużą osadę tak szybko, że aż wózek huśtał się na wysokich kołach.

— Ta osada sprawiała wrażenie opustoszałej — zauważyła Scarlett, kiedy zwolnili. — Dlaczego?

— Bo nikt nie chce mieszkać w Ballyhara... to ponura opowieść.

— Wielka szkoda. Całkiem miła wioseczka.

— Byłaś już kiedyś na wyścigach konnych?

— Na prawdziwej gonitwie byłam tylko raz, w Charlestonie, ale w domu ciągle urządzaliśmy wyścigi. Papa był najgorszy. Sama jazda mu nie wystarczała, musiał jeszcze gderać coś do tego, kto jechał najbliżej niego. Kiedy jechałeś z nim konno, mogłeś być pewny, że co mila, to wyścig.

— Czemu nie?

Scarlett roześmiała się. Od czasu do czasu Colum bardzo jej przypominał Papę.

— Chyba zamknęli Trim — zawołała, widząc tłumy na torze wyścigowym. — Wszyscy są tutaj.

Ujrzała mnóstwo znajomych twarzy.

— Adamstown też chyba zamknęli — dodała, odpowiadając na uśmiechy i powitania chłopców z rodziny O'Harów. Niechby ich tu zobaczył stary Daniel... przecież jeszcze nie oczyścili rowów.

* * *

Owal miał trzy mile długości. Robotnicy właśnie kończyli przygotowania do ostatniej gonitwy — miał to być bieg z przeszkodami. Colum przywiązał kucyka do drzewa, po czym oboje zaczęli przepychać się przez tłum.

Wszyscy byli podekscytowani, wszyscy znali Columa i wszyscy chcieli poznać Scarlett, ową „kobitkę, która miała odwagę spytać Roberta Donahue o zwyczaj zakładania rękawiczek do pracy w oborze".

— Czuję się tutaj niczym ostatnia piękność na balu — szepnęła do Columa.

— Któż bardziej by się do tego nadawał?

Zatrzymując się co chwilę, zmierzali ku tej części toru, gdzie dżokeje lub trenerzy oprowadzali konie.

— Colum, one są znakomite — zawołała Scarlett, ujrzawszy zwierzęta. — Skąd tak świetne okazy wzięły się na takiej nędznej, malutkiej gonitwie?

Wyjaśnił jej, że gonitwa ani nie jest „mała", ani „nędzna". Zwycięzca otrzymywał nagrodę w wysokości pięćdziesięciu funtów — suma większa od rocznych dochodów niejednego sklepikarza czy farmera. Także bieg z przeszkodami był dla zawodników prawdziwym sprawdzianem umiejętności. Zwycięzca z Trim mógł stawać w szranki w bardziej znanych wyścigach w Punchestown, Galway czy nawet w samym Dublinie i mieć pewność, że dotrzyma pola.

— Albo zwyciężyć o dziesięć długości na dowolnej gonitwie w Ameryce — dodał Colum ze złośliwym uśmiechem. — Irlandzkie konie są najlepsze w świecie, wszyscy to wiedzą.

— Podobnie jak irlandzka whisky — dodała córka Geralda O'Hary. Od wczesnego dzieciństwa musiała słuchać podobnych przechwałek. W każdym razie ustawione na torze przeszkody wyglądały imponująco, może Colum ma rację. Wyścigi powinny być ekscytujące, ale jeszcze zanim się zaczęły, na brak wrażeń nikt nie mógł się uskarżać. Przecież właśnie był dzień targowy! Doprawdy, nikt nie mógłby sobie wymarzyć lepszych wakacji.

Przez tłum przebiegł pomruk. Wśród rozmów, śmiechów i krzyków coraz częściej dało się słyszeć słowo „Walka!". Colum wdrapał się na barierkę — a wtedy jego twarz przeciął szeroki uśmiech. Zaciśniętą w kułak prawą dłonią uderzył w otwartą dłoń lewej ręki.

— A może by tak niewinny zakładzik? — zagadnął go sąsiad.

— Chętnie. Pięć szylingów na O'Harów.

Scarlett omal nie przywiodła go do upadku, tak mocno pociągnęła go za kostkę.

— Co się dzieje?

Ludzie pobiegli od barierki okalającej tor w stronę, gdzie powstało jakieś zamieszanie. Colum zeskoczył z ogrodzenia, chwycił Scarlett za rękę i rzucił się wraz z tłumem.

Kilkudziesięciu mężczyzn, młodych i starych, kłębiło się w zwartej masie,

165

mrucząc i pokrzykując, migały puszczone w ruch pięści, buty i łokcie. Tłum otoczył ich nierównym kołem, krzykami zagrzewając do walki. Dwa zwały zrzuconych w pośpiechu płaszczy zdały się świadczyć, że bójka wybuchła nagle i niespodzianie. O pośpiechu przekonywało także i to, że rękawy pozostały wywrócone do wewnątrz, przynajmniej w niektórych. Wciągnięci do bójki mężczyźni mieli koszule zbroczone krwią — swoją lub przeciwnika. Walczono bez ładu i składu, chaotycznie. Każdy brał się za tego, kto był w zasięgu ręki, a kiedy pojedynek został rozstrzygnięty, rozglądał się za następnym. Pokonanych ciągnięto za fraki, ratując przed stratowaniem w ferworze walki.

Scarlett jeszcze nigdy nie widziała potyczki na pięści. Głuchy łomot ciosów, widok krwi tryskającej z ust i nosów — wszystko to ją przerażało. Czterej synowie Daniela dali się wciągnąć w wir walki. Kiedy ich ujrzała, prosiła Columa, by jakoś ich powstrzymał.

— I stracił moje pięć szylingów? — roześmiał się. — Nie bądź głupia, kobieto.

— Columie O'Haro, jesteś okropny! Po prostu okropny!

* * *

To samo powtórzyła później wobec synów Daniela oraz Michała i Józefa — braci Columa, których w Trim spotkała po raz pierwszy. Siedzieli w kuchni u Danielów. Kasia z Brygidką spokojnie obmywały im rany, nie zwracając uwagi na syki bólu i oskarżenia o brutalne traktowanie. Colum nalewał do szklanek whisky.

Nie widzę w tym nic zabawnego, czegokolwiek nie usiłowaliby mi wmówić — powiedziała sobie. Nie mieściło się jej w głowie, że podobne bijatyki stanowiły nieodłączną część każdego jarmarku, a dla O'Harów oraz ich przyjaciół były czymś w rodzaju publicznego występu. „To tylko dowód dobrej zabawy" — powtarzali jej winowajcy. Dobre sobie! A dziewczęta były jeszcze gorsze od chłopców, no bo proszę sobie wyobrazić: dręczyły Tymoteusza, że wyszedł z bójki zaledwie ze śliwką pod okiem!

53.

*N*astępnego dnia Colum zaskoczył ją z samego rana, jeszcze przed śniadaniem: przyjechał konno, prowadząc ze sobą drugiego konia.

— Mówiłaś, że lubisz konną jazdę — przypomniał jej. — Pożyczyłem więc dla nas parę koni, ale ponieważ muszę je odprowadzić do właściciela jeszcze zanim zadzwonią w południe na Anioł Pański, pakuj do torby, co zostało z wczorajszej kolacji i zwijaj się, nim przybędą pierwsi goście.

— Ale tu nie ma siodła...

— Do licha, to w końcu umiesz jeździć konno, czy nie? Bierz coś do jedzenia, a Brygidka podsadzi cię.

Nie jeździła na oklep od dzieciństwa. Zdążyła już zapomnieć, jak to się siedzi na końskim grzbiecie, zaledwie jednak zebrała lejce, przypomniała sobie o wszystkim, co powinien umieć jeździec, jakby przez całe życie nic innego nie robiła. Wystarczyło lekko stuknąć konia kolanami, a ruszył z kopyta.

— Dokąd jedziemy? — znajdowali się na ścieżce, której jeszcze nie zdążyła poznać.

— Nad Boyne. Muszę ci coś pokazać.

Zatem nad rzekę. Serce zabiło jej żwawiej. Było w rzece coś, co jednocześnie przyciągało ją i odpychało.

Zaczęło padać. Wdzięczna była Brygidce, że ją zmusiła do założenia szalu. Okryła głowę, po czym bez słowa podążyła za Columem, słuchając, jak krople deszczu szemrzą ściekając po liściach, słuchając niespiesznego stukotu końskich podków. Tak spokojnie. Nie czuła się zaskoczona, gdy deszcz nagle ustał. Teraz ukryte w gęstwinie żywopłotu ptaki mogły wyfrunąć i podjąć na nowo swe trele.

Ścieżka się skończyła. Stanęli nad rzeką. Brzegi były tak niskie, że woda omal nie podmywała końskich kopyt.

— To brodzik, gdzie Brygidka zrobiła sobie kąpiel — powiedział Colum. — Może i ty chciałabyś się popluskać?

Scarlett otrząsnęła się z najwyższą niechęcią.

— Nie mam na tyle odwagi. Woda jest pewnie lodowata.

— Możesz się o tym przekonać. Pobrodzimy przez chwilkę. Płytko tu, przejedziemy na drugi brzeg. Mocno trzymaj lejce.

Na drugim brzegu Colum zeskoczył z końskiego grzbietu.

— Zsiadaj, pora na śniadanie! — zakrzyknął raźnie. — Przywiążę konie.

Prawie na samym brzegu rosły trzy drzewa. W blasku prześwitującego przez listowie słońca twarz Columa wyglądała jakby pokryta złotymi cętkami. Scarlett zsunęła się na ziemię, podała mu lejce, następnie rozejrzała się w poszukiwaniu miejsca, gdzie najcieplej: tam usiadła oparta plecami o brunatny pień drzewa. Zamknęła oczy. Cała zamieniła się w słuch, chłonęła monotonny szmer rzeki, szelest trącanych wiatrem liści, ptasi świergot. Usłyszała, jak obok przysiadł Colum. Powoli podniosła powieki. Przełamał pół chleba na dwa nierówne kawałki — jej dał ten większy.

— Kiedy będziemy jedli, opowiem ci pewną historię — westchnął, żując pierwszy kęs. — Okolica, gdzie się znajdujemy, to Ballyhara. Dwieście lat temu, może parę lat mniej, może więcej, ta ziemia należała do twojej rodziny... naszej rodziny. To ziemia O'Harów.

Scarlett wyprostowała się, zaskoczona, tocząc wzrokiem to w tę, to w tamtą stronę.

— Spokojnie, lepiej nie przerywaj sobie jedzenia, to długawa opowieść — uśmiech Columa wyciszył pytania, które cisnęły się jej na usta. — A zatem dwa tysiące lat temu z okładem pierwszy z rodu O'Harów osiedlił się tutaj i wziął tę ziemię w posiadanie. Tysiąc lat temu... widzisz, coraz bardziej zbliżamy się do naszych czasów... wikingowie, czy Norwegowie, jak ich teraz zwiemy, odkryli zielone bogactwo Irlandii i podjęli próbę zawładnięcia tymi skarbami. Irlandczycy, a wśród nich ród O'Harów, strzegli więc rzek, na których w każdej chwili mogły się pojawić długie, smoczogłowe łodzie najeźdźców i budowali umocnienia wzdłuż brzegów.

Colum odłamał kawałek chleba, z namysłem włożył go do ust. Scarlett czekała niecierpliwie dalszego ciągu. Tyle czasu... nie mogła objąć umysłem tych wieków. Co będzie za tysiąc lat?

— Wikingowie odpłynęli — podjął po chwili opowieść — a O'Harowie uprawiali ziemię i hodowali bydło przez dwieście lat, nawet dłużej. Wybudowali potężną wieżę z mieszkaniami dla siebie i służby, ponieważ, jak wszyscy Irlandczycy, mieli długą pamięć. Tak, jak kiedyś wikingowie, w każdej chwili mógł ich napaść ktoś inny, co zresztą się stało. Tym razem jednak nie byli to wikingowie, lecz Anglicy, którzy przedtem byli Francuzami. Zdobyli więcej niż pół kraju, ale O'Harowie, ukryci za wytrzymałymi murami, zdołali się im oprzeć i tak oto mogli w spokoju uprawiać ziemię przez następne pięćset lat, aż do dnia bitwy nad Boyne, której historia jest ci znana. Po dwóch tysiącleciach sprawowania opieki nad tą ziemią przez naszą rodzinę, rozpanoszyli się tutaj Anglicy. Ci z naszych, którzy ocaleli, kobiety i dzieci, przeprawili się przez tę płyciznę na drugi brzeg. Jedno z tych dzieci, gdy wyrosło, wydzierżawiło od Anglika ziemię nad rzeką. Jego wnuk pracujący na tych samych polach, poślubił naszą babkę, Kasię Scarlett. Jako mały chłopak, siedząc na rękach u ojca, spoglądał na brunatne wody Boyne, widział, jak wieża O'Harów rozpada się w gruzy, widział, jak na tym miejscu buduje się angielski dom, lecz mimo tych wszytkich zmian, imię pozostało. To miejsce zwie się Ballyhara.

Papa też widział ten dom, wiedział, że ziemia ta jest własnością jego rodu... Scarlett uroniła łzę za ojca, teraz już dobrze rozumiała, skąd brały się gniew i smutek na jego twarzy, te same, które dały się słyszeć w jego głosie, gdy grzmiał o bitwie nad Boyne. Colum podszedł ku rzece, nachylił się, zaczerpnąwszy w dłonie wody napił się i umył twarz. Później raz jeszcze nabrał wody i przyniósł ją Scarlett. Gdy piła, on delikatnie ocierał jej z policzków łzy.

— Nie chciałem ci tego opowiadać...

Scarlett przerwała mu w pół słowa.

— Mam prawo wiedzieć o wszystkim.

— Też tak sądzę.

— A więc opowiedz mi do końca. Wiem, że to nie wszystko. Wystarczy na ciebie spojrzeć.

Colum był blady na twarzy, jak człowiek cierpiący ból nie do zniesienia.

— Tak — potwierdził. — To jeszcze nie koniec. Angielska Ballyhara została zbudowana dla pewnego młodego lorda. Jasne miał włosy i piękny był jak Apollo, sam zresztą sądził, że jest bogiem. Jego największym marzeniem było to, aby uczynić z Ballyhara najznakomitszą posiadłość w całej Irlandii. Jego wieś... albowiem Ballyhara należała do niego w całości, po najmniejszy kamień... miała być wspanialsza od wszystkiego, jak kraj długi i szeroki, bogactwem miała przyćmiewać nawet Dublin. Dopiął swego. Może wioska nie dorównywała Dublinowi we wszystkim, ale główna ulica była szerszą od najszerszej stołecznej. Stajnie wielkością przywodziły na myśl katedry, okna lśniły czystością niby diamenty, ogrody niczym miękkie dywany spływały aż po brzegi Boyne. Pawie rozkładały ogony jak kobierce z klejnotów na trawnikach, a piękne damy obsypane drogimi kamieniami zaszczycały przyjęcia młodego pana. Był prawdziwym dziedzicem na Ballyhara... Jego jedynym smutkiem było to, że miał tylko jednego syna, a i on sam był jedynym spadkobiercą swego rodu. Bardzo jednak pragnął ujrzeć wnuka zanim diabli go wezmą. Ale i wnuk, kiedy przyszedł na świat, pozostał sam jeden, bez braci ni sióstr. Jasne miał jednak włosy i był piękny, i stał się panem na Ballyhara, właścicielem stajen niczym katedry i wspaniałej posiadłości. A po nim jego syn... Pamiętam go, młodego dziedzica Ballyhara. Byłem jednak dzieckiem, dzieciom zaś wszystko wydaje się cudowne i piękne. Jeździł na smukłym dereszu, a kiedy myśliwi goniąc za lisem, stratowali nam zboże, zawsze rozrzucał między dzieciarnię monety. W swym różowym płaszczu, białych bryczesach, wysokich, wypolerowanych na ostatni połysk butach cudownie trzymał się na koniu, prosto i lekko. Nie rozumiałem, dlaczego ojciec zabierał nam te monety, łamał je i przeklinał młodego lorda za to, że nam je dawał.

Colum wstał, wolnym krokiem ruszył wzdłuż brzegu. Gdy zaczął dalszy ciąg opowieści, jego głos był napięty, tyle wysiłku musiał włożyć, by nie stracić kontroli nad sobą.

— I przyszły lata niedostatku, z nimi głód i śmierć. „Nie mogę wytrzymać patrząc na niedolę mych dzierżawców", rzekł pan na Ballyhara. „Zbuduję dwa mocne statki. Na ich pokładach wolno i bezpiecznie popłyną do Ameryki, gdzie jedzenia jest pod dostatkiem. Nie dbam, że krowy zaczną mi ryczeć, bo nie będzie komu je doić, nie dbam, że pola przestaną przynosić zysk, bo nie będzie komu je uprawiać. Bardziej leży mi na sercu dobro ludu z Ballyhara niż troska o hodowlę bydła czy uprawę roli"... Farmerzy i wieśniacy po rękach go całowali za jego łaskawość, wielu wszczęło przygotowania do drogi. Nie wszyscy jednak byli w stanie opuścić Irlandię, rozpacz rozstania była bowiem zbyt wielka. „Choćby nam przyszło pomrzeć z głodu, zostaniemy", powiedzieli niektórzy z mieszkańców wioski młodemu panu. Wtedy on dał znać wzdłuż i wszerz, że wystarczy poprosić, wolne koje na obu statkach będą rozdawane za darmo... I wówczas mój ojciec przeklął go po raz drugi. Zawrzał gniewem na Mateusza i Briana, gotowych przyjąć szatański upominek Anglika, lecz oni byli zdecydowani płynąć... I oni, i wszyscy inni, utonęli, gdy statki zmierzyły się z pierwszą falą. Z goryczą wspomina się o nich dzisiaj jako o „statkach-trumnach"... Pewnego dnia w stajniach Ballyhara zaczaił się mężczyzna, nie dbając, że były piękne jak katedra. A kiedy pojawił się młody pan by dosiąść wierzchowca, pojmał go i powiesił złotowłosego młodzieńca na wieży przy brzegu Boyne, w baszcie zbudowanej przez O'Harów dla obrony przed smoczogłowymi łodziami.

Scarlett zakryła usta dłońmi. Colum był blady, chodził tam i z powrotem, mówił nieswoim głosem. Wieża! Na pewno ta sama. Mocniej przycisnęła dłoń do ust. Nie, teraz nie powinna się odzywać.

— Nikt nie wie — podjął po chwili Colum — kim był ten mężczyzna. Niektórzy wymieniają to nazwisko, inni owo... Kiedy przybyli angielscy żołnierze, ci spośród mieszkańców Ballyhara, którzy pozostali, nie potrafili nikogo wskazać. Zatem Anglicy, w odwecie za śmierć młodego pana, powiesili ich wszystkich.

W złotawych blaskach prześwitującego przez listowie słońca twarz Columa była biała jak mleko. Z jego gardła dobył się stłumiony krzyk, nieartykułowany, nieludzki.

Odwrócił się do Scarlett. Aż się cofnęła na widok dzikiego spojrzenia jego oczu i umęczonej twarzy.

– WIDOK? – krzyknął głosem donośnym jak armatni wystrzał, po czym opadł na kolana wśród kępy żółtawych kwiatów i zgiął się w pół, by ukryć twarz. Jego ciałem wstrząsnęły dreszcze.

Scarlett już wyciągnęła ku niemu rękę, zaraz jednak cofnęła ramię. Dłoń bezwładnie opadła jej na kolana. Nie wiedziała, co by tu zrobić.

– Wybacz mi, moja droga – odezwał się Colum, głosem znowu znajomym. Uniósł głowę.

– Moja siostra Molly jest wprost stworzona do wygadywania podobnych bzdur. Zawsze umiała doprowadzać mnie do wściekłości.

Uśmiechnął się – prawie przekonywająco.

– Jeśli chcesz, mamy jeszcze dość czasu na obejrzenie Ballyhara. Choć już przed trzydziestu laty wioska wymarła, chuligani omijają ją z daleka. Nikt nie podchodzi bliżej, niż musi.

Wyciągnął ku niej rękę, a wtedy uśmiech, który pojawił się na jego spopielałej twarzy, był już zupełnie szczery.

– Chodź. Konie czekają.

Jego koń przecierał drogę przez jeżyny i wybujałe zarośla, a wkrótce Scarlett ujrzała kamienne mury ogromnej wieży. Colum uniósł rękę, by zwrócić jej uwagę, po czym ściągnął lejce. Złożył dłonie w tubę wokół ust.

– *Seachain!* – krzyknął. – *Seachain!*

Obco brzmiące sylaby odbiły się od kamiennych murów.

Odwrócił się – w jego oczach błyszczały iskierki radości, na policzki powróciły rumieńce.

– To celtycki. Tak mówiono w dawnej Irlandii. Gdzieś tu w pobliżu mieszka *cailleach*, znachorka. To wiedźma, stara jak Tara, powiadają jedni. Inni znowu twierdzą, że to żona Paddy'ego Flynna z Trimu, która uciekła od niego przed dwudziestu laty. Krzyczę tak, aby ją ostrzec, że nadjeżdżamy, aby nie czuła się zaskoczona. Co bynajmniej nie znaczy, bym wierzył w istnienie wiedźm, lecz ta odrobina szacunku nikomu nie zaszkodzi.

Wjechali na podbaszcie. Z bliska Scarlett mogła się przekonać, że kamienie nie były łączone zaprawą, a mimo to leżały jeden na drugim, z dokładnością co do cala. Ileż to miała lat, ta wieża? Tysiąc? Dwa tysiące? Nieważne. Gdyby tylko Colum nie opowiadał o tym w tak niezwykły sposób, jak jeszcze przed kilkoma minutami miała okazję słyszeć, niewiele by to ją obchodziło. W końcu wieża to tylko budowla, choć owszem, budowniczowie wykonali tu kawał dobrej roboty – nigdy jeszcze nie widziała czegoś równie starego w równie dobrym stanie. Czas w ogóle nie odcisnął na murach swych śladów. Aż się prosi, żeby dotknąć. Podjechała bliżej, przeciągnęła palcami po spojeniach.

– Jesteś bardzo odważna, moja droga – posłyszała z tyłu głos Columa. – Przecież ostrzegałem cię, że są tacy, którzy mówią, że wieżę nawiedza duch powieszonego tutaj człowieka.

– Bzdury. Nie ma duchów. Poza tym, gdyby nawet istniały, koń nie podszedłby tak blisko. Wszyscy wiedzą, że zwierzęta potrafią wyczuć podobne rzeczy.

Colum uśmiechnął się.

Scarlett położyła dłoń na kamień. Był zupełnie gładki, wygładzony przez stulecia i zmienną pogodę. Czuła, jak promieniuje słonecznym ciepłem, czuła w nim wilgoć deszczu i powiew wiatru. Niezwykła błogość przepełniła jej serce.

— Mówisz, że jest stara... — szepnęła, choć wiedziała, iż jej słowa nie wyrażają tego, co chciałaby powiedzieć, wiedziała jednak, że to bez znaczenia.

— Przetrwa — odparł Colum. — Jak potężne drzewo z korzeniami sięgającymi środka ziemi, jak drzewo dobrze zakorzenione.

„Dobrze zakorzenione"... gdzie to już kiedyś słyszała? Oczywiście. Rett powiedział tak o Charlestonie. Scarlett uśmiechnęła się, głaszcząc wiekowe kamienie. Ona też mogłaby mu powiedzieć to i owo o zapuszczaniu korzeni, o wrastaniu korzeniami głęboko w ziemię. Niech no tylko zacznie kiedyś się rozwodzić nad starodawną charlestońską tradycją.

Dwór w Ballyhara także został wzniesiony z kamienia, lecz obłożonego granitem — każdy blok przykrywała doskonale prostokątna płyta. Wyglądem świadczył, że wiele jest w stanie wytrzymać. Wybite szyby i obdrapane framugi okien wprowadzały dysharmonię w tym świecie, gdzie panował niezniszczalny kamień. Dom był ogromny, z bocznymi skrzydłami, z których każde przewyższało wielkością największe z budowli, jakie Scarlett miała okazję widzieć. Zbudowany, by trwał — szepnęła w duchu. Hańba, że nikt tu nie mieszka, co za marnotrawstwo!

— Czy ostatni pan na Ballyhara nie miał dzieci? — spytała Columa.

— Nie — odpowiedział, jak się zdawało, z mściwą satysfakcją. — Miał tylko żonę, ale po jego śmierci wróciła do rodziny. Albo poszła do przytułku. Niektórzy mówią, że oszalała.

Scarlett zrozumiała, że w obecności Columa lepiej nie wyrażać głośnych zachwytów nad domem.

— Rzućmy okiem na wioskę — powiedziała.

Było to raczej miasteczko, w każdym razie sądząc po wielkości. W ani jednym oknie nie zachowała się szyba, ani jedne drzwi nie uchowały się w całości. Na ten widok zupełnego opuszczenia i zaniedbania Scarlett poczuła, jak cierpnie jej skóra: nienawiść dokonała dzieła spustoszenia.

— Którędy najkrócej do domu?

54.

Jutro są urodziny babci – powiedział Colum, gdy odprowadził Scarlett do chaty Daniela. – Człowiek z odrobiną rozsądku w głowie powinien zadbać o to, by do tego czasu był nieuchwytny, ja zaś uważam się za rozsądnego człowieka. Powiedz rodzinie, że będę tu jutro rano.

Czego on tak się boi? – zachodziła w głowę Scarlett. Przecież w związku z urodzinami staruszki chyba nie będzie zbyt wiele do roboty. Owszem, tort, ale żeby coś ponadto? Sama postanowiła, że podaruje babce ten piękny koronkowy kołnierz, który kupiła w Galway. Gdy będzie wracała do domu, kupi sobie drugi. Wielkie nieba, przecież to już koniec tygodnia!

Zaledwie jednak przestąpiła próg, zorientowała się, że czeka na nią mnóstwo żmudnej roboty. Wszystko, cały dom starej Kasi Scarlett miał przejść gruntowne porządki, szorowanie i polerowanie na wysoki połysk, nawet jeśli coś było już czyste. To samo dotyczyło domu Daniela. Za czym wypleniono podwórze z chwastów i gruntownie zamieciono, tak żeby można było stawiać ławki, krzesła i stołki przeznaczone dla tych z gości, którzy nie zdołają wcisnąć się do chaty. A i stajnię wymyto, wyszorowano i natrzęsiono świeżego siana dla wszystkich, którzy mieli tu jutro nocować. Najwyraźniej szykowało się wielkie przyjęcie. W końcu nie każdemu jest dane obchodzić setne urodziny.

— Zjedzcie co rychlej i już was tu nie ma — powiedziała Kasia do mężczyzn, którzy przyszli na obiad. Postawiła na stole dzbanek z maślanką, maselniczkę, położyła cztery bochenki chleba. O dziwo, mężczyźni zachowywali się potulnie jak baranki i zjedli wszystko, co im podano i wyszli chyłkiem, nie pisnąwszy ani słowa.

— No, a teraz możemy zaczynać — oznajmiła Kasia, gdy ostatni z nich zniknął. — Scarlett, trzeba mi będzie dużo wody. Wiadra znajdziesz przy drzwiach.

Scarlett, podobnie jak mężczyźni, nie była skora do kłótni. Posłusznie chwyciła za wiadra.

Po kolacji ściągnęły do chaty kobiety z całej wsi. Z dziećmi na rękach przyszły, by pomóc w robocie. Wrzało jak w ulu, pot kapał dużymi kroplami, Scarlett nabawiła się odcisków na dłoniach. Ale za to znajdowała w tej pracy znakomitą zabawę — lepszą, niż mogłaby się spodziewać. Bosonoga, jak inne kobiety, rąbek długiej spódnicy zatknąwszy u pasa, w wielkim fartuchu wokół bioder, rękawy podkasawszy do łokci, czuła się niczym dziecko — owa mała Scarlett, która bawiąc się w kuchnię potrafiła doprowadzić Mamę do białej gorączki, nie dość bowiem, że cały fartuszek był powalany błotem, to jeszcze zdejmowała buty i pończoszki. I pomyśleć: musiała czekać prawie do trzydziestki, by znowu się zabawić, lecz nie sama, bo z towarzyszkami zabawy, które, jak ona, znajdowały w niej przyjemność, w przeciwieństwie do ryczącej z byle powodu Zueli oraz Kariny — w swoim czasie zbyt małej, by można ją było wciągnąć.

Ile to już czasu minęło... inaczej myśli się o tym niż o czymś równie starym jak wieża... korzenie głęboko zapuszczone w ziemię... Colum był dzisiaj straszny... ta potworna opowieść o statkach... utonęli także moi wujowie, bracia Papy. Bierz diabli tego angielskiego lorda. Chyba dobrze, że spotkał go stryczek?...

Nigdy jeszcze nie było przyjęcia dorównującego wspaniałością temu, które wydano z okazji setnych urodzin starej Kasi Scarlett. Z całego Powiatu zjechali się O'Harowie, na wózkach zaprzężonych w osły, w bryczkach, konno i na piechotę. Do Adamstown zwaliło się prawie pół Trim i, oczywiście, wszyscy mieszkańcy wioski. Każdy miał jakiś prezent, jakąś potrawę lub opowieść przygotowaną specjalnie na tę uroczystość, choć Scarlett sądziła, że gospodarze przygotowali jedzenia wystarczająco dużo, by wyżywić całą armię. Mahoneyowie przywieźli z Trim parę beczek irlandzkiego piwa, podobnie jak Jim Daly z Mullingar. Seamus — najstarszy syn Daniela — pojechał konno do Trim i wrócił ze skrzynką glinianych fajek, ulokowaną na mierzwinku z tyłu, niczym kanciasty garb, dwa worki tytoniu wisiały z boku niby ogromne torby z obrokiem. Zwyczaj kazał, by z okazji świąt tego rodzaju każdy mężczyzna, a także niejedna kobieta, otrzymywali nowe fajeczki.

Babka przyjmowała nieprzerwany potok gości i prezentów niczym królowa — siedziała w krześle o wysokim oparciu, ubrana w czarną suknię z dobrego jedwabiu, nowy koronkowy kołnierzyk, drzemiąc, gdy przyszła jej na to ochota i popijając herbatę mocno zakropioną whisky.

Kiedy zadzwoniono na wieczorny Anioł Pański, przęd chatą kłębiły się ze trzy setki gości.

Wiekową Kasię Scarlett wypytywano „jak to dawniej bywało", a naprzeciwko niej, na honorowym miejscu przy kominku zasiadł sędziwy mężczyzna. Stary, o długich sękatych palcach, miał przy sobie jakiś wysoki, podłużny przedmiot zasłonięty lnianym pokrowcem. Gdy odsłonił zwoje burej materii, trzysta —a może i więcej — głosów westchnęło w zachwycie: harfa. Mężczyzna nazywał się MacCormac i teraz, po śmierci wielkiego O'Carolana, był jedynym spadkobiercą muzycznej tradycji bardów. Odezwał się, a nawet w jego głosie słychać było melodyjny zaśpiew:

— Powiem wam, co kiedyś usłyszałem od mistrza Turlowgha O'Carolana. Otóż wielki ten muzyk rzekł mi kiedyś: „Szczęśliwie mija mi żywot w Irlandii, wielcem z niego rad, piję bowiem z mężczyznami o mocnych głowach, którzy oprócz skłonności do butelki żywią też wielką namiętność do muzyki". Do tych słów pragnąłbym teraz dorzucić moje własne. Powiadam zatem: piję z mężczyznami, którzy głowy mają mocne, ale i nie pogardzę szklaneczką whisky z kobietą, która jest w stanie dotrzymać mi towarzystwa, a nasza Kasia Scarlett O'Hara jest taką właśnie kobietą.

Tu skłonił się przed staruszką.

— Rzekę to, bowiem pora wypić.

Kilkanaście rąk jednocześnie napełniło kilkanaście szklaneczek — wybrał największą, uniósł lekko w stronę starej Kasi Scarlett, skłonił się raz jeszcze i wypił.

— A teraz zaśpiewam wam, jak to przybył Finn MacCool.

Jego mocne, pokrzywione palce dotknęły strun i czar muzyki wypełnił chatę.

Od tej chwili muzyka nie ustawała. Skrzypków było bez liku, kilkunastu fletnistów, harmoniści; towarzyszyły im twarde uderzenia „kości" i pobudzający, hipnotyzujący warkot *bodhranów*. Colum O'Hara pewną ręką prowadził tę grę.

Kobiety nakładały jedzenie na talerze, Daniel O'Hara urzędował przy baryłkach piwa, na podwórku trwały tańce i nikt nie miał ochoty spać, z jednym może wyjątkiem starej Kasi Scarlett, przysypiającej, gdy naszła ją ochota na drzemkę.

— Nie przypuszczałam, że w ogóle istnieją takie przyjęcia — wydyszała Scarlett, dosłownie porywana do tańca. Tancerze nie ustawali, dopóki na wschodnim horyzoncie nie pojawiły się pierwsze różowe smugi brzasku.

— Czy to znaczy, że nigdy nie obchodziłaś urodzin? — wyjąkali zdumieni jacyś kuzyni nie wiadomo skąd.

— Musisz zostać na pierwszą zabawę w maju — powiedział Tymoteusz O'Hara, poparty przez chór błagalnych głosów.

— Nie mogę. Muszę złapać statek.

— Czy nie ma innych statków do Ameryki?

Scarlett zerwała się z ławki. Dość już odpoczęła, a skrzypki właśnie zagrały pierwsze takty nowego *reela*. Kiedy tak znowu tańczyła aż do utraty tchu, wraz ze skoczną melodią pobrzmiewało w jej głosie pytanie: czy nie ma innych statków do Ameryki? Oczywiście na pewno jakieś są. Dlaczego by tak nie zostać na dłużej, czemu by nie pozwolić sobie na parę dni zabawy, a jakby tak potańczyć *reela* w kolorowych pończochach choćby do samego maja? Charleston nie ucieknie – w uszkodzonych odłamkami pocisków domach za wysokimi murami zawsze będą odbywać się wiecznie te same, nieśmiertelne herbatki.

Rett też poczeka. Niech się trochę poniecierpliwi. Ona także musiała długo czekać – wtedy, w Atlancie – ale teraz sprawy wyglądały zupełnie inaczej. Teraz nosiła w łonie jego dziecko. Teraz Rett mógł być jej w każdej chwili, gdy tego zapragnie.

Tak, przesądzone. Zostanie na pierwsze majowe tańce. Doskonale się bawi – czy można psuć sobie równie wspaniałe wakacje?

Zaraz następnego dnia spytała Columa, czy jest mu coś wiadome o innym terminie rejsu do Ameryki.

Owszem, był taki statek, który wypływał nieco później. Tyle że najpierw zawijał do Bostonu, ale to nawet dobrze się składa, bowiem Colum i tak musiałby tam pojechać. Ona oraz Brygidka mogą w tym czasie ruszyć w drogę do Savannah.

– Wypływa wieczorem o dziewiątej. – powiedział Colum. – Jeśli wybierzesz ten statek, musisz się liczyć z tym, że na zakupy w Galway zostanie ci zaledwie pół dnia.

O, to aż za dużo. Właśnie niedawno uświadomiła sobie, że przecież nikt w Charlestonie nie ośmieli się ubrać w pończochy z Galway, czy kolorowe halki. Były zbyt jaskrawe... i raziły oko pospolitością. Zatem nikomu nie mogła ich kupić w prezencie. Potrzebowała jedynie tyle, co dla siebie, a kilka z tych, które już kupiła, zupełnie jej wystarczy. Resztę odda Kasi i nowym przyjaciółkom z Adamstown. Dla nich będą to wspaniałe prezenty.

– Dziewiąty maja... to znacznie później, niż było zaplanowane.

– To zaledwie osiem dni po *May Day*. Cóż to znaczy w porównaniu z wiecznością?

Tak, Colum ma rację! Przecież nigdy więcej nie będzie jej dana podobna okazja. Poza tym, wybierając rejs dziewiątego maja, wyświadczy niemałą przysługę Columowi, który w przeciwnym razie musiałby jechać z Savannah do Bostonu i z powrotem. Winna jest mu tę drobną uprzejmość za wszystko, co dla niej zrobił...

*   *   *

Dwudziestego szóstego kwietnia *Brian Boru* wypłynął z Galway. Dwie kabiny zostały wolne.

Do portu w Galway zawinął dwa dni wcześniej, czyli dwudziestego czwartego kwietnia. Przywiózł pasażerów i pocztę. Listy posegregowano w sobotę. Niedziela jak to niedziela – dzień Pański, poczta nie pracuje, mała paczuszka do Mullingar została odłożona do poniedziałku. We wtorek dyliżans z Mullingar do Drogheda zostawił pakiet listów w Navan, a w środę kurier pocztowy wysłał lisy do pocztmistrza w Trim. W poczcie znajdowała się wielka gruba

176

koperta wysłana w Savannah, Georgia, adresowana do Columa O'Hary. Colum zawsze otrzymywał ogromną pocztę od wielkiej kochającej rodziny amerykańskich O'Harów, a ponieważ huczne przyjęcie urodzinowe wszyscy jeszcze mieli świeżo w pamięci, pocztylion zamiast wieźć przesyłkę do Trim, zostawił ją w *pubie* w Adamstown.

— Myślę sobie, nie ma sensu zwlekać cały dzień — powiedział do Mateusza O'Toole, który prowadził zajazd i mały sklepik przylepione do budynku poczty. — W Trim włożyliby to wszystko do właściwej przegródki i czekali do jutra, aż inny pocztylion przywiezie to do Adamstown.

Skwapliwie przyjął szklaneczkę porteru, którą właściciel *pubu* postawił mu na rachunek Columa. Chociaż bowiem sam lokal był niewielki i krzyczał o remont, szklanka była duża, a napój ciemny, jak należy.

Mateusz O'Toole zawołał żonę, która właśnie rozwieszała na podwórku pranie.

— Klara, rzuć no okiem na interes. Idę do Danielów odnieść pocztę.

Ojciec Mateusza był bratem Teresy, świętej pamięci żony Daniela O'Hary. Panie, świeć jej duszy.

*   *   *

— Colum, to cudownie! — w liście, który otrzymał Colum od Kuby była też kartka od Tomasza MacMahona, budowniczego katedry. Donosił, że biskup — odpowiednio „przygotowany" — zgodził się odstąpić Scarlett część Tary, którą Karina wniosła w posagu zakonowi. Tara. Moja Tara — westchnęła w duchu Scarlett. Ileż pracy mnie czeka. Ale Tara rozkwitnie.

Co? Niesłychane!

— Colum, widzisz to, co ja? Ten prałacki kutwa żąda pięć tysięcy dolarów za ustąpienie posagu Kariny! Wielkie nieba! Za taką fortunę można by kupić cały Powiat. O, nie! Będzie musiał opuścić.

Książę Kościoła nigdy się nie targuje — powiedział Colum. Jeśli więc chce odkupić posag, a ma pieniądze, powinna zapłacić i już. W ten sposób łoży przecież na dzieło religijne, co powinno jej pochlebiać.

— Nie, nie pochlebia mi płacenie takiego haraczu, sam wiesz najlepiej. Przepraszam, jeśli cię uraziłam, ale tak właśnie sprawy się mają. Tara, moje serce, jakże za tobą tęsknię. Co za idiotka ze mnie, że dałam ci się namówić i zostałam, przecież moglibyśmy już być w połowie drogi do Savannah!

Colum nie kwapił się prostować ewidentnej nieprawdy. Wyszedł. Zostawił Scarlett spoglądającą na kartkę papieru i pióro.

— Trzeba napisać do wuja Henryka Hamiltona — szepnęła, potarłszy skronie. — I to zaraz. Stary wszystko załatwi. Zanim wrócę do domu, Tara powinna być moja.

W czwartek Scarlett pojechała do Trim. Sama. W domu wszystko stało na głowie. Kasia i Brygidka były urobione po łokcie przy gospodarstwie, Colum zniknął bez słowa, nie mówiąc żywej duszy, ani dokąd się wybiera, ani kiedy wróci. Irytujące. Ostatecznie jednak nawet gdyby się zjawił, i tak by jej nie mógł pomóc. Tyle spraw pozostało do załatwienia. Chciała sobie kupić kilka ładnych garnków z rodzaju tych, jakich Kasia używała do gotowania, no i jeszcze masę koszyczków — każdego kształtu i rozmiaru, a wybór był wielki — i, oczywiście, stosy grubych lnianych serwet i serweteczek, bo w domu tego gatunku lnu nie uświadczysz. Chciała, by kuchnia w Tarze była ciepła i miła oku, taka, jak kuchnie w Irlandii. Bo w końcu czyż sama nazwa „Tara" nie była tak irlandzka, jak to tylko możliwe?

Co zaś się tyczy Willa i Zueli, zamierzała być wobec nich wielce wspaniałomyślna, zwłaszcza wobec Willa, bo na to zasłużył. W Powiecie dość było dobrej ziemi proszącej się dobrego gospodarza. Wade i Ella pojadą do Charlestonu, zamieszkają razem z nią i Rettem, który szczerze ich kochał. Znajdzie się jakąś dobrą szkołę, taką, gdzie wakacje są krótkie. Rett pewnie jak zwykle krzywym okiem będzie patrzył na jej metody wychowawcze, ale kiedy dzidziuś przyjdzie na świat, kiedy przekona się, jak wielką miłością go darzy, da spokój krytykanctwu, raz na zawsze. A w lecie pojadą do Tary, która odrodzi się i rozkwitnie jak za dawnych lat, i znowu będzie prawdziwym domem.

Scarlett zdawała sobie sprawę z tego, że buduje zamki w powietrzu. Może Rett w ogóle nie zechce opuszczać Charlestonu i wobec tego będzie musiała zadowolić się krótkimi wypadami do Tary?... Może. Ale czyż nie można pomarzyć w piękny wiosenny dzień jadąc zgrabną dwukółką, spoglądając na pończochy w czerwone i niebieskie pasy? Dlaczego nie?

Zachichotała, musnęła biczykiem kucyka po karku. No, słuchaj mnie! Mówię po irlandzku.

* * *

May Day — pierwszy dzień maja z tradycyjnymi zabawami — wyglądał dokładnie tak, jak zapowiadano. Na każdej ulicy w Trim tańczono, jedzenia było w bród, w murach zamkowych ruin ustawiono ogromne słupy umajone zielenią — naprawdę, strasznie wielkie. Scarlett wpięła we włosy czerwoną wstążkę, założyła wianuszek z kwiatów, a pewien angielski oficer zaprosił ją na spacer w dół rzeki, lecz ona odburknęła mu coś, czego do końca nie mógł zrozumieć.

O wschodzie słońca trzeba było zbierać się do domu. Scarlett zrobiła sobie czteromilowy spacerek z resztą rodziny, ponieważ nie chciała, by noc tak szybko dobiegła końca, nawet zastąpiona przez nowy dzień. A ponieważ prawie już zapomniała, kto jest jej kuzynem, kto obcym, szła czując się tak, jakby odprowadzała wszystkich przygodnych znajomych. Szła i czuła, jak ogarnia ją tęsknota za Tarą. Tak, dobrze byłoby już wrócić do domu, zająć się ustalaniem szczegółów, przystąpić do pracy... dobrze jednak, że została w Trim na *May Day*. Teraz ma już tylko tydzień do odjazdu. To wcale nie tak długo.

* * *

W środę Franek Kelly — pocztylion z Trim —zatrzymał się u Mateusza O'Toole na fajeczkę i pół kwaterki.

— Mam tutaj wypchaną kopertę dla Columa O'Hary — zawołał od progu.
— Jak sądzicie, co tam w środku może być?

Z przyjemnością popuścili wodze wyboraźni. W Ameryce wszystko przecież może się spełnić. Tym bardziej więc warto pospekulować. Ojciec O'Hara to miły człowiek, każdy się zgodzi, i doskonały mówca. Gdy jednak wszystko już zostanie powiedziane, nie doda marnego słowa.

Mateusz O'Toole tym razem nie pobiegł do Danielów. Nie było takiej potrzeby. Wiedział, że dziś po południu jego żona — Klara O'Gorman — wybiera się z wizytą do babki. Ona doręczy list, o ile przedtem sam Colum nie wpadnie do *pubu*. Mateusz zważył kopertę w ręku. Chyba zawiera niesłychane nowiny, skoro ktoś wydał tyle pieniędzy na opłacenie porto. Pewnie jakieś niesamowicie dobre wiadomości. Albo doniesienie o bardzo wielkim nieszczęściu.

*　　*　　*

— Jest do ciebie poczta, Scarlett. Colum położył na stole, obok herbaty. Miłą miałaś wizytę u Molly? — głos Kasi drżał z niecierpliwości.

Scarlett nie rozczarowała jej. Chichocząc, opowiedziała, jak wyglądały odwiedziny.

— Molly podejmowała właśnie panią doktorową herbatką. Kiedy stanęłam w drzwiach, omal nie wypuściła filiżanki z dłoni. Widać było, że nie wie, jak z tego wybrnąć. Mogła powiedzieć, że albo jestem nowo przyjętą pokojówką, albo udać, że mnie nie poznaje. Ale kiedy doktorowa zaszczebiotała cieniutkim głosikiem: „Ach, oto ta bardzo bogata kuzynka z Ameryki, co za zaszczyt" Molly ani nie mrugnęła okiem na mój strój, tylko zerwała się jak oparzona i dała mi dubeltowego całusa. Przysięgam ci Kasiu, łzy miała w oczach, gdy usłyszała, że przyszłam tylko, aby wyjąć z kufra mój kostium podróżny. Wprost błagała mnie, bym została na dłużej, mniejsza o ubranie. Kiedy zbierałam się do wyjścia, też zrobiłam jej buzi-buzi. I doktorowej, dla równowagi. Nie ma to, jak iść na całego.

Kasia aż zgięła się w pół ze śmiechu, robótkę, nad którą ślęczała, upuściła na podłogę. Obok upadł kostium podróżny Scarlett, przekonanej, że strój wymaga poszerzenia w talii. Gdyby nie dziecko, noszenie luźnych sukien i spożywanie tak sutych posiłków byłoby rzeczą naganną. Skoro jednak była przy nadziei, nie zamierzała spędzać długiego rejsu zasznurowana w gorsecie.

Usiadła przy stole, podniosła kopertę i odwróciła się, tak by światło od drzwi padało na adres. Pełno tu było adnotacji i stempli pocztowych. Doprawdy, dziadka miała najpodlejszego pod słońcem, chyba że to Hieronim był odpowiedzialny za tę długą zwłokę, co bardzo prawdopodobne. Z urzędowych zapisków wynikało bowiem, że list, przesłany do rezydencji starszego pana w Savannah, był tam przetrzymywany kilka tygodni, zanim w końcu został odesłany do Maureen, a potem do Irlandii. Niecierpliwie rozdarła kopertę. Nadawcą było biuro gubernatora w Atlancie, list został pierwotnie adresowany na Brzoskwiniową. Ojej, chyba nie zapomniała zapłacić jakichś rachunków!... Nie dość, że musiała płacić za utrzymanie domu w Atlancie, nie dość, że była winna biskupowi za Tarę, to jeszcze budowała osiedle domków... niedobrze, rezerwy topnieją, nie może wyrzucać pieniędzy na płacenie kar za zwłokę. A przecież odnowienie Tary pochłanie fortunę! No i jeszcze trzeba kupić ziemię dla Willa. Odruchowo pomacała sakiewkę. Nie, pieniądze Retta są nietykalne.

*   *   *

Dokument był datowany na dwudziesty szósty marca 1875 roku, a więc został wystawiony dnia, gdy na pokładzie *Briana Boru* odpłynęła z Savannah. Przebiegła wzrokiem kilka pierwszych linijek. Zatrzymała się. Nie, to brzmi zupełnie bez sensu. Wróciła zatem do pierwszego zdania, zaczęła czytać powoli. Krew odpłynęła jej z policzków.

— Kaśka, gdzie Colum?

Hm... zaczynam wyrażać się pospolicie. Ciekawe.

— Chyba u starej. Klara miała się tam z nim spotkać. Nie możesz chwileczkę poczekać? Właśnie kończę przeróbkę sukienki. Przeszyłam ją dla Brygidki na podróż, a wiem, że chciałaby się w nią ubrać i usłyszeć, jak ci się podoba.

— Nie mogę czekać.

Musi zobaczyć Columa. Stało się coś strasznego. Trzeba wyjeżdżać, jeszcze dzisiaj, zaraz, w tej chwili. Trzeba wracać do domu.

Colum był na podwórku.

— Nie pamiętam tak słonecznej wiosny — zawołał, kiedy ją zobaczył. — Kot i ja właśnie grzejemy sobie grzbiety.

Gdy go ujrzała, jej nienaturalny spokój prysnął jak bańka mydlana. Wybuchła płaczem.

— Colum, ja chcę do domu! — szlochała. — Diabli bierz ciebie, wszystkich O'Harów i całą tę Irlandię. Nie powinnam była tu przyjeżdżać.

Dłoń zacisnęła aż do bólu, paznokcie wryły się w skórę, oto bowiem wolny stan Georgia stwierdzał, że do archiwów stanowych wpłynął dekret o rozwodzie, którego udziela się Rettowi Kinnicut Butlerowi, z powodu ucieczki jego małżonki Scarlett O'Hary Butler. Dekret wydaje Zarząd Wojskowy Południowej Karoliny działający z upoważnienia Rządu Federalnego Stanów Zjednoczonych.

— Nie ma rozwodów w Południowej Karolinie — powtarzała Scarlett. — Dwaj prawnicy mi to powiedzieli.

Powtarzała te słowa raz za razem, aż ochrypła i nie była w stanie wydobyć z gardła żadnego dźwięku. Ale i wtedy układała usta jak gdyby wypowiadała to, co dyktował jej umysł. Słowo po słowie.

Colum wziął ją pod ramię i zaprowadził do ogródka. Tam usiedli oboje na ławce w cichym kąciku. Coś do niej mówił, ale ponieważ nie mógł zmusić jej do posłuchu, ujął jej zaciśnięte pięści w swoje dłonie, głaskał i razem z nią trwał w milczeniu. Zaczęło się ściemniać. Spadł ciepły deszczyk, a oni siedzieli. Deszcz ustąpił miejsca olśniewającej purpurze zachodu słońca, a oni nie podnosili się z ławki. Zrobiło się ciemno. Brygidka przyszła zawołać ich na kolację, lecz Colum kazał jej odejść.

— Scarlett nie posiada się z bólu — rzekł. — Powiedz wszystkim w domu, że nie ma powodu do zmartwienia, potrzebuje trochę czasu, by otrząsnąć się z szoku. Dostała list z Ameryki. Jej mąż jest poważnie chory. Nasza Scarlett obawia się, że umrze, nim go zobaczy.

Brygidka pobiegła podzielić się hiobową wieścią z resztą rodziny. Scarlett się modli — powiedziała. A więc rodzina też wzięła się do modlitwy. Nim wreszcie zasiedli za stołem, kolacja zdążyła wystygnąć.

— Powieś przed domem latarnię — powiedział Daniel do Tymoteusza.

Światło odbiło się od szklistych oczu Scarlett.

— Kasia posyła szal — szepnął Tymoteusz. Colum kiwnął głową, okrył ramiona Scarlett, pomachał dłonią, żeby Tymoteusz już sobie poszedł.

Minęła kolejna godzina. Na ciemnym, prawie bezksiężycowym niebie rozbłysły gwiazdy, jaśniejsze niż blask latarni. Z pobliskiego pola dobiegł jakiś krótki, zduszony krzyk. Załopotały skrzydła. Sowa dopadła swoją ofiarę.

— Co robić? — ochrypły głos Scarlett brzmiał niezwykle donośnie w nocnej ciszy. Colum westchnął z ulgą „Bogu niech będą dzięki". Najgorsze minęło.

— Wracamy do domu, jak ustaliliśmy — powiedział. — Jeszcze nie stało się nic, czego nie można by odwrócić.

Mówił spokojnym, zdradzającym pewność siebie, kojącym głosem.

— Rozwiedziona!

W tym krzyku słychać było alarmujący ton histerii. Colum żwawo rozcierał jej ręce.

— Nie jest prawdą, kochanie, że co się stało, to się nie odstanie. Zło zawsze można naprawić.

— Powinnam była siedzieć w domu. Nigdy sobie nie wybaczę tej lekkomyślności.

— Sza! Rozpamiętywanie przeszłości do niczego nie doprowadzi. Teraz trzeba pomyśleć o tym, co jest do zrobienia.

— On nigdy mnie nie przyjmie! Nigdy, skoro ma takie kamienne serce, że się ze mną rozwiódł. I pomyśleć, że cały ten czas czekałam, aż po mnie przybędzie. Colum, ja żyłam w przekonaniu, że lada dzień się zjawi, by mnie wziąć do siebie. Skąd ta naiwność? Ale jeszcze nie wiesz wszystkiego. Jestem w ciąży. Jakże mogę mieć dziecko, skoro nie mam męża?

— Cicho, cicho — uspokajał ją Colum. — Czyż to nie jest już wyjście? Wystarczy, że mu o tym powiesz.

Scarlett objęła dłońmi brzuch. Tak, oczywiście, idiotka ze mnie, że nie pomyślałam o tym wcześniej. Z gardła wyrwał się jej głośny, urwany śmiech. Kawałek papieru — nawet zapisanego — nie skłoni Retta Butlera, by wyrzekł się swego dziecka. Może przecież unieważnić rozwód, wyrwać akt rozwodowy z ksiąg notarialnych. Rett może wszystko. Właśnie przed chwilą otrzymała dowód jego wszechmocy. Bo nie ma rozwodów w Południowej Karolinie. A mimo to Rett się rozwiódł.

— Colum, ale ja naprawdę chciałabym natychmiast ruszyć w drogę. Przecież muszą być jakieś wcześniejsze rejsy. Oszaleję, siedząc tak tutaj i czekając.

— Wyjeżdżamy w piątek rano. Statek odpływa w sobotę. Jeśli wyruszymy w drogę jutro, i tak będziemy musieli czekać cały dzień. Czy, wobec tego, nie lepiej byłoby spędzić ten czas u rodziny?

— Och, nie. Muszę być w ruchu, muszę wiedzieć, że wyjeżdżam, nawet jeśli to tylko drobna część drogi. Muszę wrócić do Retta, i to zaraz. Wszystko jakoś nagle zaczęło zmierzać do końca... ja doprowadzę sprawy do szczęśliwego finału. Wszystko będzie dobrze... czy nie tak, Colum? Powiedz, że wszystko będzie dobrze.

— Bo będzie. Ale teraz zjedz coś, a przynajmniej wypij kubek mleka. Może byłoby dobrze wziąć kropelki? Musisz się wyspać. Musisz podtrzymywać siły... dla dobra dziecka.

— Och, tak. Oczywiście, że tak. Już ja o siebie zadbam. Najpierw jednak muszę zająć się kostiumem podróżnym, kufer też wymaga naprawy. Aha... powiedz, skąd tu wziąć powóz, który podwiózłby nas do pociągu?

Jej głos znowu brzmiał dźwięcznie. Colum wstał z ławeczki, pomógł Scarlett dźwignąć się na nogi.

— Już ja się wszystkim zajmę — uspokoił ją. — Dziewczęta pomogą mi przy kufrze... Ale wszystko to pod warunkiem, że coś zjesz.

— Tak, oczywiście.

Choć spokój jej powrócił, ciągle była zdenerwowana. Colum musiał dopilnować, by przybywszy do domu wypiła jednak kubek mleka i przełknęła parę kropelek whisky. Bidula! Gdybyż tylko lepiej się znał na kobietach i dzieciach, miałby większą swobodę osądu. Scarlett kilka nocy nie spała, za to tańczyła jak szalony derwisz. Czy to nie przyspieszy porodu? Gdyby teraz doszło do poronienia, nie był pewien, czy Scarlett nie postrada zmysłów.

55.

J ak wielu ludzi przed nim, Colum nie doceniał siły swojej kuzynki. Scarlett uparła się, by jeszcze tej nocy przywieźć od Molly jej rzeczy i kazała Brygidce zająć się pakowaniem, podczas gdy Kasia poszerzała kostium podróżny.

— Zobacz, jak trzeba obchodzić się ze sznurówką — powiedziała ostrym tonem do Brygidki, wyciągnąwszy z kufra gorset. — Będziesz musiała ją sznurować na statku, ale wtedy nie będę mogła oglądać się do tyłu i mówić ci, jak to się robi.

Gwałtowność zachowania i podniesiony głos Scarlett wpędziły Brygidkę w przerażenie. A kiedy jeszcze głośno rozpłakała się z bólu, gdy Kasia dociągała sznurówkę, Brygida też wybuchła płaczem.

Nieważne, że boli — przypomniała sobie Scarlett. Przecież zawsze bolało. Zawsze. Tylko już zapomniałam. Zakładam gorset po dłuższym okresie nienoszenia. Nie, to nie zaszkodzi dziecku. Zawsze nosiłam sznurówkę tak długo, jak się dało, tak, w ciąży. O, nosiłam w znacznie późniejszym stadium niż teraz. Przecież to jeszcze nawet nie dziesiąty tydzień. Muszę się ubrać we właściwe mi suknie, muszę znowu być sobą. Nawet gdybym miała od tego umrzeć, umrę w pociągu, w drodze do domu.

— Ściślej, Kasiu — syknęła zza zaciśniętych zębów. — Sciślej.

*　　*　　*

Colum udał się do Trim i zamówił powóz na dzień wcześniej. Potem obszedł całą rodzinę, wszystkim napomykając o straszliwym nieszczęściu, które dotknęło Scarlett. Gdy skończył, było już późno, ledwo stał na nogach. Ale teraz przynajmniej nikt nie będzie zdziwiony, dlaczego ta amerykańska kuzynka wymknęła się chyłkiem niczym złodziej, bez pożegnania.

Za to pożegnanie z Danielami minęło bardzo spokojnie. Straszliwy szok, który przeżyła dzień wcześniej, uzbroił ją jakby w pancerz odrętwienia. Załamała się jedynie przy pożegnaniu z babką.

— Bóg z tobą, drogie dziecko — rzekła stara. — Święci Pańscy niechaj strzegą twe kroki. Szczęśliwam, że byłaś na moich urodzinach... Szkoda, że nie będziesz czuwać przy mojej trumnie... No i czego płaczesz? Czyżbyś nie wiedziała, że żadne przyjęcie dla żywych nawet w połowie nie równa się wspaniałości stypy? Wstyd, że cię przy tym nie będzie.

W powozie do Mullingar i w pociągu do Galway Scarlett siedziała w milczeniu, nie odezwała się ani słowem. Brygidka też była zbyt zdenerwowana, by mówić, lecz błysk oczu i rozszerzone źrenice wyraźnie świadczyły o tym, że jest radośnie podniecona. Choć miała piętnaście lat, nigdy jeszcze nie była dalej od domu niż o dziesięć mil drogi.

Kiedy dotarli do hotelu, stanęła z rozdziawionymi ustami, zachwycona wspaniałością budowli.

— Odprowadzę was do pokoju — powiedział Colum. — Wrócę, żeby zaprowadzić was na obiad. Tymczasem idę do portu dopilnować załadunku bagażu. Muszę jeszcze obejrzeć kabiny. Jeśli nie dostaliśmy najlepszych, dzisiaj można je zmienić. Jutro będzie już za późno.

— Idę z tobą — powiedziała Scarlett. Odezwała się po raz pierwszy od chwili, gdy wyjechali z Adamstown.

— Nie trzeba.

— Muszę. Chcę zobaczyć ten statek. W przeciwnym razie nie uwierzę, że naprawdę wracam do domu.

Colum zgodził się, żeby poszła. Zaraz jednak Brygida zapytała, czy ona też może. Hotel przytłaczał ją wystawnością. Nie chciała zostać sama.

Wiatr znad morza niósł smak soli. Scarlett wzięła głęboki oddech. Tak, w Charlestonie powietrze też było słone. Nie zdawała sobie sprawy z tego, że po policzkach wolno spływają jej łzy. Gdybyż wreszcie mogli odpłynąć, choćby i zaraz, tego wieczoru. Ciekawe, czy kapitan by się zgodził?... Dotknęła wypchanej złotem sakiewki, ciężko kołyszącej się na piersi.

— Szukam *Gwiazdy Wieczornej* — zwrócił się do jednego z robotników portowych.

— Tam — pokazał palcem. — Właśnie przed godziną zawinęła do portu.

Colum ściągnął twarz, by ukryć zaskoczenie. Statek powinien był przypłynąć dobre trzydzieści godzin temu. Lepiej nie mówić Scarlett, że to opóźnienie może oznaczać pewne kłopoty...

Ekipy robotników powoli wchodziły na pokład *Gwiazdy Wieczornej*. Po drugim trapie ładowacze schodzili na ląd, objuczeni ciężarem ładunków. Dało się widzieć, jak na brzeg schodzą ostatni pasażerowie.

— Scarlett, moja droga, obawiam się, że w tej chwili kobiety nie mają tu nic do roboty — przemówił łagodnym tonem. — Wracajmy do hotelu. Przyjdę tu później.

Scarlett zacisnęła szczęki.

— Nie. Chcę rozmawiać z kapitanem.

— Na pewno jest zbyt zajęty i nie ma czasu na rozmowę z kimkolwiek, nawet z piękną kobietą.

Nie była w nastroju do przyjmowania komplementów.

— Znasz go, prawda, że znasz kapitana? — zwróciła się do Columa. Jej oczy błyszczały gorączkowo. — Zrób coś, bym mogła się z nim spotkać.

— Nie, moja droga. Nie znam go. Nigdy w życiu go nie widziałem. Skąd miałbym go znać? To Galway, kochanie, a nie Powiat Meath.

Właśnie na trapie pojawił się jakiś umundurowany mężczyzna. Na plecach dźwigał dwa wypchane worki z płótna żaglowego, lecz szedł lekko i szybko, co było dość niezwykłe, zważywszy jego wzrost i tuszę.

— Ojciec Colum O'Hara, niech mnie drzwi ścisną! — zagrzmiał, gdy zbliżył się do nich. — Co ty tu robisz, tak daleko od *pubu* Mateusza O'Toole?

Zrzucił jeden worek na ziemię, zerwał z głowy kapelusz i pochylił się przed Brygidą i Scarlett.

— Czyż nie twierdziłem zawsze, że każdy O'Hara ma cholerne szczęście do kobiet? — ryknął śmiechem, zadowolony z własnego dowcipu. — Powiedz no, bratku, czy ty chociaż im mówisz, żeś klecha?

Scarlett, przedstawiona Frankowi Mahoney, uśmiechnęła się blado i w ogóle nie zwracała uwagi na jego wywody, z których miało wynikać, jaki to stopień pokrewieństwa łączy go z rodziną Maureen. Chciała rozmawiać z kapitanem!

— Właśnie niosę pocztę z Ameryki — wyjaśnił, po chwili Mahoney. — Jutro będę sortować. Może zechcesz rzucić okiem, Colum, czy nie ma tam czego do ciebie? Chyba, że wolisz przeczytać te perfumowane liściki dopiero po powrocie do domu...

Znowu zagrzmiał śmiechem, zachwycony własnym poczuciem humoru.

— To bardzo miło z twojej strony — skwitował dowcip Colum, po czym rozwiązał leżący u jego stóp worek, przyciągnął go bliżej lampy gazowej, pochylił się i bez trudu znalazł kopertę z Savannah.

— Szczęście sprzyja mi dzisiaj — powiedział. — Brat zapowiadał w ostatnim liście, że następny wyśle już wkrótce, ale nie mogłem się go doczekać i nawet już straciłem nadzieję. A tu, proszę. Serdeczne dzięki, Franku. Pozwolisz, że postawię ci kufel? — sięgnął do kieszeni.

— Nie trzeba — powstrzymał go Mahoney. — Zrobiłem to dla czystej przyjemności łamania angielskich przepisów.

Zarzucił sobie worek na plecy.

— No, ale teraz to już muszę się zbierać. Mój wszechwładny kontroler na pewno spogląda na swój złoty zegarek, nie mogę się spóźnić. Dobranoc paniom.

*   *   *

W kopercie znajdowało się kilka liścików — Colum szybko przerzucił je, szukając wyraźnego charakteru pisma Stefana.

— O, tutaj jest coś dla ciebie — mruknął, podając Scarlett niebieską kopertę. Znalazł też w końcu list od Sefana. Właśnie rozerwał papier, wyjął parę złożonych kartek i zaczął czytać, gdy tuż obok rozległ się wysoki, długi krzyk... poczuł, jak czyjeś ciało zsuwa się na ziemię. Zanim zdążył otworzyć ramiona, Scarlett leżała u jego stóp. W jej bezwładnej dłoni spoczywała niebieska koperta i kilka cienkich karteczek, które porwane wiatrem, poszybowały nad brukowanym nabrzeżem. Gdy Colum uniósł Scarlett i palcem usiłował wyczuć puls na jej szyi, Brygidka pobiegła łapać kartki.

Dorożka, podskakując na kocich łbach, z wyścigową szybkością wiozła ich do hotelu. Głowa Scarlett ciężko kołysała się z boku na bok, choć Colum usiłował trzymać ją w ramionach. Powóz zatrzymał się przy podjeździe. Colum wyniósł Scarlett, szybkim krokiem wszedł do hotelowego hallu.

— Lekarza! — krzyknął w stronę tłoczących się przy wejściu lokajów w liberii. — I zejdźcie mi z drogi.

Wszedł do pokoju, położył Scarlett na łóżku.

— Szybko, pomóż mi ją rozebrać! — rzucił w stronę Brygidy.

Sięgnął do kieszeni płaszcza, wyciągnął nóż w skórzanej pochwie. Palce Brygdki zwinnie przebiegły po rzędzie guzików.

Teraz Colum mógł rozciąć sznurówki gorsetu.

— Pomóż mi podłożyć poduszkę pod głowę — polecił. — I przykryj ją czymś.

Sam żwawo zabrał się do rozcierania dłoni Scarlett, później delikatnie poklepał ją po policzkach.

— Masz jakieś sole trzeźwiące?

— Nie — jęknęła Brygidka. — O ile wiem, w bagażu kuzynki też ich nie ma.

— Lekarz na pewno przyniesie coś w tym rodzaju. Mam nadzieję, że to tylko zemdlenie.

*   *   *

— Zasłabła, to wszystko — powiedział doktor, gdy opuścił sypialnię. — Ale dość poważnie. Dałem jej coś na wzmocnienie. Gdy się ocknie, dziewczyna powinna jej podać. Ach, te damy... — westchnął ciężko. — Żeby zgrabnie wyglądać, gotowe są odciąć sobie krążenie. Cóż, ojcze, nie ma się co martwić. Wróci do siebie.

Colum podziękował, zapłacił, odprowadził go do drzwi. Gdy wrócił, rzucił się na krzesło przy stole i złapał się rękoma za głowę. Miał aż nadto powodów do zmartwienia. „Wróci do siebie"? — pytanie tylko, kiedy, o ile w ogóle „wróci". W łagodnym świetle lampy ujrzał przed sobą pomięte, pochlapane

brudną wodą kartki. List Scarlett! Przysunął bliżej plik zapisanego papieru
— między kartkami leżał wycinek z gazety. „Wczoraj wieczorem" — czytał
— „podczas skromnej ceremonii w Konfederackim Domu Wdów i Sierot Mr.
Rett Butler pojął za żonę Annę Hampton."

56.

*U*mysł Scarlett wznosił się w górę wirując po spirali,
płynął, zakręcał spiralne sploty, wyłaniał się z czerni ku świadomości, lecz
jakiś instynkt podpowiadał mu, by nie wracał, ściągał go w dół, tak że ten
co chwila ześlizgiwał się, zapadał w ciemności, byle dalej od nieznośnej cię-
żkości prawd, które przed nim leżały. To do góry, to w dół, zmagania z
dwiema przeciwstawnymi siłami tak ją wyczerpały, że leżała zmęczona bez
ruchu, blada, maleńka na wielkim łóżku, jakby bez ducha.

Śniła. Senne obrazy pełne były ruchu, narzucały się z nieodpartą siłą.
Śniła, że znajduje się w Dwunastu Dębach, w pełni rozkwitu, pięknych,
takich, jakimi były zanim liznęły je płomienie pochodni ciskanych rękoma
żołnierzy z armii Shermana. Piękne kręte schody wiły się, jakby zawieszone
w przestrzeni, a jej stopy, stąpały delikatnie, jakby nieważkie. Przed nią szedł
Ashley, piął się do szczytu schodów, nie zdając sobie sprawy z tego, że krzyczy
za nim, aby się zatrzymał.

— Ashleyu! — wołała. — Ashleyu, poczekaj na mnie!

Rzuciła się za nim biegiem.

Długie były te schody. Nie sądziła, że są aż tak długie, nie pamiętała ich takimi. Zdało się, że im dalej biegnie, im bardziej Ashley się oddala, tym bardziej rozciągają się schody, tym wyżej rosną. Musi do niego dobiec. Nie wiedziała, dlaczego, po prostu tak trzeba, musi. Biegła więc, biegła coraz szybciej, z każdą chwilą szybciej, aż serce waliło jej młotem.

— Ashleyu! — krzyczała. — Ashleyu!

Przystanął. A wtedy ona znalazła w sobie siły, których istnienia nawet nie podejrzewała. Rzuciła się przed siebie, biegła — choć trudno to sobie wyobrazić — jeszcze szybciej niż przedtem.

Gdy czubkami palców dotknęła jego łokcia, uczucie błogości opłynęło jej ciało i duszę. Lecz kiedy on odwrócił się ku niej, jej usta otworzyły się w bezgłośnym krzyku. Nie miał twarzy, tylko bladą, bezkształtną maskę.

I wtedy zaczęła spadać, jak liść wirowała w bezgranicznej przestrzeni ze wzrokiem utkwionym w postaci u szczytu schodów, z ustami otwartymi do krzyku. Ale jedynym dźwiękiem, jaki dało się słyszeć, był dobiegający z dołu straszliwy śmiech, otaczający ją niczym obłok, który szydził z jej niemocy.

Umieram — pomyślała. Straszliwy ból zgniecie mnie i umrę.

Nagle poczuła, jak obejmują ją czyjeś mocne ramiona. Już nie spadała. Znała te objęcia, wiedziała, czyje ręce układają jej głowę na poduszce. To Rett. Rett ją ocalił. W jego objęciach była bezpieczna. Odwróciła głowę, uniosła lekko, by spojrzeć w jego oczy. Lodowate przerażenie skuło jej całe ciało. I jego twarz była bezkształtna, jak mgła lub dym, jak twarz Ashleya. A wtedy z pustki, gdzie powinna być twarz Retta, huknęło śmiechem.

Umysł Scarlett, wstrząśnięty tym odkryciem, w ucieczce od strachu przebudził się w świadomości. Otworzyła oczy. Ciemność ją otaczała, ciemność niewiedzy. Na stole płonęła lampa. Na krześle siedziała Brygidka. Spała. Skulona w dalekim kącie ogromnego pokoju była prawie niewidoczna. Scarlett wyciągnęła ręce, badając przestrzeń wielkiego, obcego łóżka. Palcami dotknęła czegoś miękkiego. Prześcieradło — cóżby innego? Nie mogła dosięgnąć krańców materaca, za daleko. Miała wrażenie, jakby porzucono ją na dziwnie miękkim pustkowiu, nie była w stanie nazwać miejsca, gdzie się znajduje. Może nadal trwa zagubiona gdzieś w cichej ciemności — gardło ścisnął jej strach. Była sama, zagubiona w ciemności.

Dość tego! Umysł wzbraniał strachowi wstępu, obwarował się przed uczuciem lęku, żądał, by wzięła się w garść. Ostrożnie podciągnęła nogi, kucnęła. Jej ruchy były bardzo powolne, bezgłośne. Bo przecież coś mogło czatować w ciemności, wyczekując, aż się poruszy. Z największą przezornością podczołgała się do brzegu łóżka, dotknęła twardej drewnianej ramy.

Cóż za idiotka z ciebie, Scarlett O'Haro — westchnęła w duchu, kiedy łzy ulgi zaczęły jej spływać po policzkach. Jasne, i łóżko nie twoje, i sypialnia. Zemdlałaś, niczym głupawy podlotek, a Colum i Brygida zanieśli cię do hotelu. No, dość już tych straszliwych bzdur.

A wtedy, jakby za jednym ciosem, szturm przypuściła pamięć. Straciła Retta...porzucił ją... poślubił Annę Hampton. Nie mogła dopuścić do siebie tej myśli, ale musiała, bo taka była prawda.

Dlaczego, dlaczego mi to uczynił? Tak go kochała, pewna, że i on ją kocha. Nie mógł jej tego uczynić, to nie do wiary.

A jednak.

Nigdy go nie zdołałam poznać. Scarlett tak wyraźnie słyszała, jak słowa te rozbrzmiewają gdzieś w głębi niej, jak gdyby wypowiedziała je na głos. Wcale go nie znałam. Kim zatem był ten, którego kochałam? Czyjego dziecka jestem matką?

Co się ze mną stanie?

*   *   *

Tej nocy w przerażających ciemnościach prawie niewidzialnego pokoju hotelowego, tysiące mil od domu, Scarlett O'Hara uczyniła najodważniejszą rzecz w życiu: stawiła czoło klęsce.

To wszystko moja wina. Powinnam była wracać do Charlestonu zaraz, gdy dowiedziałam się, że jestem w ciąży. Zamiast tego wybrałam przyjemność. Te kilka tygodni beztrosko spędzonych w Irlandii kosztowało mnie wszystko, do czego naprawdę przywiązywałam znaczenie. Nawet nie zadałam sobie trudu i nie zastanowiłam się, co Rett sobie pomyśli, gdy dowie się, że odpłynęłam. Dzień mijał za dniem, a ja nic, tylko tańczyłam *reele* i w ogóle o niczym nie myślałam.

Nigdy nie myślałam.

W cichych ciemnościach nocy zdało się, że Scarlett obiegły wszystkie błędy, jakie zdarzyło się jej nieświadomie popełnić w życiu. Zmusiła się, by spojrzeć im w oczy. Karol Hamilton — poślubiła go chcąc dokuczyć Ashleyowi — tak naprawdę w ogóle jej nie interesował. Frank Kennedy — obeszła się z nim ohydnie, nakłamała mu o Zueli, tak że w końcu ożenił się z nią i dał jej pieniądze na ocalenie Tary. Rett... och, tutaj popełniła tyle błędów, że trudno zliczyć. Poślubiła go, kiedy go nie kochała, a potem nawet nie zadała sobie trudu, aby uczynić go szczęśliwym, co więcej — nic ją nie obchodziło to, że był nieszczęśliwy... dopóki nie było za późno.

Boże, wybacz mi, nigdy nie zastanawiałam się, ile krzywd im wyrządziłam, nigdy nie interesowało mnie, co oni czują. Potrafiłam tylko ból im przynosić — bo nie umiałam się zmusić do chwili zastanowienia.

Z Melanią nie inaczej — o, zwłaszcza wobec niej dopuściłam się niegodziwości. Na samo wspomnienie o tym, jaka byłam wobec niej podła, robi mi się niedobrze. Nawet nigdy nie czułam do niej wdzięczności za to, że mnie tak kocha i zawsze gotowa trzymać moją stronę. Nawet nie zdążyłam powiedzieć jej, że ją kocham, ponieważ do samego końca o tym nie pomyślałam, a gdy nadszedł, nie było już możliwości.

Czy, jak długo żyję, zwracałam uwagę na to, co robię? Czy bodaj raz w życiu pomyślałam o konsekwencjach moich czynów?

Rozpacz i wstyd ścisnęły jej serce. Jak mogła być aż tak głupia? Przecież gardziła głupcami.

Nagle zbiła dłonie w pięści, zacisnęła zęby, podniosła głowę. Nie, nie będzie się pławić w brudach przeszłości, nie będzie rozpamiętywać własnych win, nie będzie skomleć z żalu nad samą sobą, nad innymi także.

Suchymi oczyma zapatrzyła się w ciemność wokół niej. Nie będzie płakać

— nie teraz. Na łzy ma jeszcze dość czasu — może płakać do końca swych dni. Teraz trzeba się zastanowić — i to bardzo gruntownie — zanim podejmie decyzję, co dalej.

Trzeba pomyśleć o dziecku.

Na chwilę dała się owładnąć fali nienawiści: nienawidziła dziecka, nienawidziła sterczącego brzucha, tego niezgrabnego, ciężkiego cielska. Dziecko miało zwrócić jej Retta — a tymczasem go odebrało. O, tak, kobieta w jej sytuacji wcale nie była zupełnie bezradna — słyszała o takich, które umiały się pozbyć nie chcianego brzemienia...

... ale Rett nigdy by jej tego nie podarował. Hm... w końcu jakie to ma znaczenie? Przecież odszedł, na zawsze.

Chociaż wzbroniła sobie płaczu, chociaż całą siłą woli nakazywała sobie milczenie, z jej ust wyrwał się stłumiony szloch.

Stracony. Na zawsze go straciłam. Przegrałam. Rett zwyciężył.

Płomień gniewu przyżegł jej ból, tchnął w wyczerpane ciało i ducha nowe siły.

— Choć pokonana, potrafię dać radę nawet tobie, Recie Butler. Uderzę mocniej, bardziej dotkliwie.

Delikatnie złożyła dłonie na brzuchu. O, nie. Nie pozbędzie się dziecka. Przeciwnie — otoczy je taką opieką, jakiej jeszcze nie miało żadne dziecko na świecie.

Jej umysł wypełniły obrazy Retta i Bonnie. Zawsze kochał ją bardziej niż mnie. Oddałby wszystko — nawet życie — byleby tylko ją odzyskać. Teraz mam nową Bonnie — moją własną. A kiedy już urośnie — gdy mnie pokocha, mnie jedną, tylko mnie, bardziej niż kogokolwiek — wtedy pozwolę Rettowi ujrzeć ją, niech zobaczy, co stracił...

O czym znowu ja myślę? Chyba oszalałam. Jeszcze przed minutą trwałam w najgłębszym przekonaniu, że go zraniłam, nienawidziłam się za własną bezmyślność, a teraz nienawidzę jego i kuję plan zemsty, chcę zadać mu cios jeszcze bardziej dotkliwy. Nie mogę sobie na to pozwolić, nie powinnam dawać przystępu podobnym myślom, nie wolno...

Rett odszedł, tak, to prawda, przyznaję. Nie mogę popaść w rozpacz, nie mogę dać się porwać nienawiści, to przecież do niczego nie prowadzi. Muszę zacząć życie od nowa. Trzeba znaleźć jakąś nową ideę, coś ważnego, coś, dla czego warto żyć. Dokonam tej sztuki, niech no tylko zacznę o tym myśleć.

Przez resztę nocy jej myśli wędrowały różnymi szlakami, zgłębiając liczne możliwości, badając, która byłaby najkorzystniejsza. Wpadała w ślepe uliczki, napotykała liczne przeszkody — te pokonywała — odkrywała, zaskoczona, nie znane dotychczas zaułki pamięci, dziwne drogi wyobraźni, pokłady dojrzałości, których istnienia nie podejrzewała.

Wspominała młodość, Powiat, dni sprzed wybuchu Wojny. Wspomnienia były jakby nieco spłaszczone, nie wywoływały bólu, bo odległe w czasie i przestrzeni. Wtedy zrozumiała, że już nie jest tą samą Scarlett, że najlepiej zrobi, gdy pozwoli jej odejść, gdy da umrzeć przeszłości, a zmarłych gdy zostawi w spokoju.

Skoncentrowała się na przyszłości, na tym, co się dopiero stanie, na konsekwencjach. Najpierw zaczęło jej pulsować w skroniach, potem dzwonić, potem strasznie rozbolała ją głowa, nie przestawała jednak myśleć.

Dopiero gdy na ulicach wszczął się poranny ruch, wszystkie fragmenty myśli złożyły się w jedną całość w jej umyśle — wtedy już wiedziała, co począć. Ledwo przez zaciągnięte zasłony zaczęło mżyć światło dnia, podniosła się i zawołała:

— Brygidko?

Dziewczyna zerwała się z krzesła, mrużąc oczy.

— Dzięki Bogu, doszłaś do siebie, kuzynko Scarlett! — zawołała, choć sen nie zszedł jeszcze z jej powiek. — Doktor zostawił krople na wzmocnienie. Zaraz, tylko znajdę łyżeczkę, gdzieś tutaj leży na stole...

Scarlett potulnie otworzyła usta.

— Proszę bardzo — rzekła mocnym głosem, gotowa przełknąć gorzkie lekarstwo. — Już nie zamierzam dłużej chorować. Odsłoń okna, niech wejdzie dzień. A później śniadanie. Głowa mnie boli, muszę odzyskać siły.

Padało. Prawdziwy deszcz, nie mżawka, jak zazwyczaj w głębi lądu. Scarlett uśmiechnęła się z ponurą satysfakcją.

— Colum na pewno chciałby się dowiedzieć, że już ci lepiej. Czy mogłabym mu powiedzieć, żeby wszedł i przekonał się na własne oczy?

— Jeszcze nie teraz. Powiedz mu, że zechcę spotkać się z nim później. Musimy porozmawiać. Idź. Obudź go. I poproś, żeby ci powiedział, jak się tutaj zamawia śniadanie.

57.

S carlett zmusiła się do przełknięcia paru kęsów, choć nawet nie zdawała sobie sprawy z tego, co je. Ale, jak powiedziała Brygidce, musiała odzyskać siły.

Po śniadaniu odesłała dziewczynę z poleceniem, by wróciła za dwie godziny. Usiadła przy biurku w pobliżu okna, w skupieniu zmarszczyła brwi, po czym w szybkim tempie zapisała arkusz grubego, kremowego papieru, a po nim jeszcze jeden, i jeszcze jeden.

Gdy oba listy były już gotowe, zgięła kartki w pół, włożyła do kopert i zapieczętowała. Westchnęła ciężko, zapatrzyła się w czystą kartkę i trwała tak przez dłuższy czas ze wzrokiem utkwionym w biel papieru. Całą noc rozmyślała o tym, dobrze wiedziała, co ma napisać, nie mogła jednak zmusić się do tego, by ująć w palce pióro i postawić pierwszą literę. Całą sobą wzdragała się przed tym.

Drgnęła, oderwała spojrzenie od czystego, nie zapisanego arkusza. Pobiegła wzrokiem do ślicznego porcelanowego zegara, który stał na stole. Przestraszona, wstrzymała oddech: już tak późno! Brygidka wróci za niespełna trzy kwadranse.

Nie mogę zwlekać ani chwili dłużej, choćbym myślała nie wiadomo jak długo, i tak niczego to nie zmieni. Nie ma innego wyjścia. Muszę napisać do wuja Henryka, przeprosić go i zwrócić się o pomoc. Tylko jemu mogę zaufać.

Zacisnęła zęby, sięgnęła po pióro. Chociaż zwykła pisać starannie i równo, tym razem spod stalówki wychodziły słowa mało czytelne, jakby przenoszone na papier w ostatnim, rozpaczliwym wysiłku: resztką sił prosiła Henryka Hamiltona, by zechciał przejąć kontrolę nad jej interesami w Atlancie i zdeponowanym w banku złotem.

Było to tak, jakby ziemia gwałtownie usunęła się jej spod nóg. Źle się czuła, omal nie dostała zawrotów głowy. Nie, nie żywiła obaw, że stary wyga ją oszuka, wiedziała jednak, że nie będzie dbał o każdego centa tak jak ona. Bo powierzyć mu pieczę nad odprowadzaniem do banku dochodów ze sklepu i baru to jedno, ale oddać mu kontrolę nad inwestycjami, cenami i opłatami dzierżawnymi to coś zupełnie innego.

Kontrola. Pisząc ten list, wyrzekała się kontroli nad pieniędzmi, własnym bezpieczeństwem, nadzieją na sukces, i to właśnie w chwili, gdy osobisty nadzór z jej strony był potrzebny jak nigdy dotychczas. Wykupując dział Kariny w Tarze wyrwała wielką dziurę w zasobach, lecz sprawy poszły już za daleko, by można było odwołać tę transakcję z biskupem, zresztą gdyby nawet miała taką możliwość, i tak by z niej nie skorzystała. Wprawdzie marzenie o wakacjach z Rettem rozwiało się w jednej chwili, lecz Tara to Tara — była zdecydowana zdobyć ją na własność.

Budowa osiedla na peryferiach miasta pożerała znaczną część jej zasobów, ale nie mogła się z tego wycofać. Gdybyż tylko miała bodaj cień pewności, że wuj Henryk zgodzi się na wszystkie propozycje Colletona, nie pytając o koszty.

Co najgorsze, nie miała pojęcia, w którą stronę zmierzają sprawy. Wszystko może się wydarzyć. — Nie, nie zniosę tego! — jęknęła na głos, lecz nie przerywała pisania. Musi dokończyć ten list. Pisała zatem, że zamierza zrobić sobie dłuższe wakacje, wyjechać w podróż, że wobec tego będzie nieosiągalna, także listownie, nie zna bowiem miejsc, gdzie się zatrzyma, nie może podać adresów. Spojrzała na czerniejce na papierze słowa. Obraz zamazał się, łzy zamgliły ostrość widzenia. O, nie, tylko nie to — jęknęła w duchu. Musi zerwać wszystkie więzi, w przeciwnym razie Rett gotów ją wyśledzić. A przecież nie może dowiedzieć się o dziecku wcześniej, niż sama uzna to za stosowne.

Ale jak tu pogodzić się z myślą, że nie będzie wiedziała, co wuj Henryk robi z jej majątkiem? A jeśli panika przybierze na sile i zagrozi bezpieczeństwu jej oszczędności? A jeśli dom stanie w płomieniach? Albo, co gorsza, w sklepie wybuchnie pożar?

Nie ma wyjścia. Musi się z tym pogodzić. Pióro w pośpiechu przebiegało po papierze, kreśląc szczegółowe zalecenia i rady, do których wuj Henryk i tak się nie zastosuje.

Kiedy wróciła Brygidka, listy leżały na bibularzu, zapieczętowane i zaadresowane. Scarlett siedziała w fotelu, na kolanach trzymała rozpruty gorset.

— Och, na śmierć zapomniałam, kuzynko Scarlett — jęknęła od progu.

— Musieliśmy rozciąć sznurówkę, bo byłaś bliska utraty tchu. I co ja mam teraz zrobić? Może gdzieś jest tu w pobliżu jakiś sklep...

— Mniejsza z tym — powiedziała Scarlett. — Nieważne. Sfastryguje się z tyłu, założę płaszcz i nie będzie widać. No, do roboty. Już późno, a tyle mam spraw do załatwienia.

Brygidka wyjrzała przez okno. Przyzwyczajona do życia na wsi instynktownie czuła, że jeszcze nie było dziewiątej. Późno? Szybko jednak rzuciła się do pudełka z nićmi — podarunek od Kasi, szczerze pragnącej, by jak najlepiej wywiązała się z nowej roli pokojówki.

Pół godziny później Scarlett zapukała do drzwi pokoju Columa. Po bezsennej nocy dostała sińców pod oczami, była jednak nieskazitelnie ubrana i absolutnie spokojna. Wcale nie czuła zmęczenia. Najgorsze miała już za sobą. Teraz trzeba było przystąpić do działania. Siły jej wróciły.

Kiedy otworzył drzwi, uśmiechnęła się.

— Czy jeśli wejdę, koloratka osłoni twoją reputację? — przywitała kuzyna. — Chciałabym pomówić o ściśle prywatnych sprawach.

Colum ukłonił się i szerzej uchylił drzwi.

— Serdecznie witamy — mruknął szastając nogą. — Miło znowu widzieć cię uśmiechniętą.

— Mam nadzieję, że nie minie dużo czasu, nim będę zdolna uśmiechnąć się po raz drugi... Czy ten list z Ameryki... ten, który czytałam... zaginął?

— Nie. Ja go mam. Ściśle prywatnie. Rozumiem, co się stało.

— Czyżby? — uśmiechnęła się Scarlett. — W takim razie jesteś ode mnie tysiąckroć mądrzejszy... Bo ja, co prawda, wiem, co się stało, lecz nigdy chyba tego nie zrozumiem. Hm... ale to nie ma nic do rzeczy.

Rzuciła na stół listy, które napisała.

— Będę wyrażać się zwięźle. Zatem, po pierwsze, muszę ci powiedzieć, że nie płynę z tobą i Brygidką. Zamierzam zostać w Irlandii.

Podniosła dłoń, uprzedzając ewentualny protest.

— Nie, nic nie mów. Przemyślałam to bardzo dokładnie. W tej chwili nie mam czego szukać w Ameryce.

— O, nie, tylko nie to. Jesteś zbyt porywcza, droga Scarlett. Czyż nie powiedziałem ci, że nie ma takiego zła, którego nie dałoby się naprawić? Skoro twój mąż rozwiódł się z tobą, rozwiedzie się i ze swoją obecną żoną, gdy tylko się dowie, że nosisz jego dziecko.

Scarlett zacisnęła pięści.

— Mylisz się, Columie. Rett nigdy nie rozwiedzie się z Anną. To dziewczyna w jego typie, z jego sfery, to kobieta z Charlestonu. W dodatku podobna do Melanii... Tak, wiem, to imię nic dla ciebie nie znaczy, nie znałeś Meli, za to Rett ją poznał. Na długo przede mną zrozumiał, jaka to wyjątkowa istota. Szanował ją. Była jedyną kobietą, którą darzył szacunkiem, może za wyjątkiem swojej matki. Podziwiał ją tak, jak na to zasługiwała. Dziewczyna, którą teraz poślubił, jest warta dziesięć takich, jak ja, jest warta tyle, co Mela, a to bardzo dużo i Rett zdaje sobie z tego sprawę. Owszem, jest też warta dziesięciu takich mężczyzn, jak Rett, ale go kocha. Niechże więc dźwiga ten krzyż.

Tyle było goryczy w jej słowach!

— Cierpienie, znowu cierpienie — westchnął Colum, spoglądając na pobladłą Scarlett. Chyba jednak istnieje jakiś sposób, żeby ją od niego uwolnić.

— Posłuchaj mnie dobrze, Kasiu Scarlett — zaczął z ogromną cierpliwością w głosie. — Masz teraz całą Tarę dla siebie, tyle o tym marzyłaś, tyle snułaś planów. Czy zatem Tara nie zdoła cię pocieszyć, czy nie mogłabyś tam zamieszkać, dopóki serce nie ukoi się z bólu? Mogłabyś zacząć budować dom, ba! cały świat dla dziecka, które nosisz, mogłabyś zacząć odbudowywać tę plantację, w którą jego babka i matka włożyły już tyle wysiłku. Jeśli to będzie chłopiec, daj mu na imię Gerald.

Scarlett uśmiechnęła się blado.

— Nie myśl, Columie — powiedziała — że przyszło ci do głowy coś, o czym bym wcześniej nie pomyślała. Dziękuję za troskę, lecz jeśli ja nie potrafiłam znaleźć właściwej odpowiedzi, ty też jej nie znajdziesz, uwierz mi. Cóż z tego, że... być może... będę mieć syna, skoro nawet nie wiadomo, czy przysługuje mu prawo do dziedziczenia po ojcu? Ale mniejsza o syna, najważniejsze, że będę miała dziecko. I co dalej? Nie mogę wrócić do Tary, aby je tam urodzić. Nawet kiedy już przyjdzie na świat, nie będę mogła go tam zawieźć, bowiem ludzie nigdy by nie uwierzyli, że poczęłam je z moim prawowitym mężem. Niech no się tylko o nim dowiedzą, zawsze będą sobie myśleć, tak w Powiecie, jak w Atlancie, że jestem dokładnie taka, za jaką mnie uważali. Pamiętaj: opuściłam Charleston dzień po tym, gdy zostałam brzemienna.

Scarlett zbladła, ogarnięta bolesną tęsknotą.

— Co więcej — ciągnęła — nikt nigdy nie uwierzy, że to dziecko Retta. Od lat spaliśmy oddzielnie. Nazwą mnie dziwką, a dziecko bękartem. Z lubością będą powtarzać te słowa.

Jej usta wygięły się, bezgłośnie wymawiając obelgi.

— Och — żachnął się Colum. — Przesadzasz, wcale nie będzie aż tak źle. Twój mąż zna prawdę. Uzna dziecko.

W źrenicach Scarlett rozbłysły ognie.

— O, tak! — zawołała. — Uzna, żeby mi je odebrać. Nawet nie wyobrażasz sobie, Colum, jak szaleńczo Rett kocha dzieci, swoje dzieci. Niechby się tylko dowiedział, że został ojcem, zaraz by odebrał mi to swoje dziecko, najpiękniejsze, najukochańsze. Zabrałby je, ledwo zdołałoby ujrzeć świat, wziąć pierwszy oddech. Nie myśl, że nie byłby do tego zdolny. Sam mogłeś się przekonać, co potrafi: prawo nie uznaje rozwodów, a on jednak się rozwiódł. Jakkolwiek stanowiłoby prawo, on jest w stanie je obejść, albo uchwalić nowe. Nie ma takiej rzeczy pod słońcem, której by nie potrafiłby zdobyć, gdy jej zapragnie.

Mówiła chrapliwym szeptem, jakby czegoś się bała. Jej twarz ściął grymas dzikiego, instynktownego, przemieszanego z nienawiścią przerażenia.

Wtem, jakby za zrzuceniem maski, wyraz twarzy Scarlett uległ radykalnej zmianie. Łagodna, opanowana, była uosobieniem spokoju — tylko jej zielone oczy miotały błyskawice. Na usta wypłynął uśmiech, którego widok sprawił, że Colum O'Hara poczuł, jak chłód przenika go do szpiku kości.

— To moje dziecko...

Spokojny, niski głos Scarlett był niczym koci pomruk.

— To moje dziecko — powtórzyła. — Wyłącznie moje. Rett nie dowie się o nim wcześniej, niż tego zechcę, ale wtedy będzie dla niego za późno. Będę się modlić o dziewczynkę. Śliczną, błękitnooką dziewczynkę.

Colum przeżegnał się.

Scarlett wybuchnęła chrapliwym śmiechem.

— Biedaczysko! Na pewno widziałeś odrzuconą kobietę, nie rób takiej przerażonej miny. Nie obawiaj się, już więcej nie dam ci powodów do strachu.

Uśmiechnęła się, a wtedy gotów był prawie przysiąc, że to, co widział na jej twarzy chwilę wcześniej, było wytworem jego wyobraźni. Uśmiech Scarlett był szczery i tkliwy.

— Wiem, że usiłujesz mi pomóc — powiedziała. — I jestem ci za to bardzo wdzięczna, naprawdę. Byłeś dla mnie taki dobry, byłeś takim dobrym przyjacielem, chyba nawet najlepszym, jakiego miałam, poza Melą, rzecz jasna. Jesteś mi jak brat... zawsze chciałam mieć brata. Ufam, że zawsze będziesz taki.

Colum zapewnił ją, że nigdy się nie zmieni. W głębi serca zaś pomyślał, że nigdy jeszcze nie widział duszy, która tak rozpaczliwie potrzebowałaby pomocy.

— Chciałabym cię prosić — przerwała ciszę Scarlett — byś zabrał te listy do Ameryki. Ten jest dla mojej ciotki Pauliny, której donoszę, że otrzymałam jej list, tak że teraz do woli może sobie powiadać wszystkim znajomym „A nie mówiłam?". Ten jest adresowany do mojego prawnika w Atlancie, powierzam mu załatwienie pod moją nieobecność pewnych spraw. Oba powinny zostać wysłane w Bostonie. Nie chcę, żeby ktokolwiek się dowiedział, gdzie naprawdę przebywam. Trzeci list powinieneś doręczyć do rąk własnych adresata. Co prawda będzie to dla ciebie uciążliwe, bo związane z dodatkową podróżą, lecz sprawa, której ten list dotyczy, jest niezwykle ważna. To do banku w Savannah. Mam tam w sejfie górę złota i biżuterii. Liczę na to, że przywieziesz mi je tutaj. Czy Brygidka dała ci tę sakiewkę, którą miałam na szyi? Dobrze. Na początek powinno mi to wystarczyć. A teraz znajdź mi w Galway prawnika, któremu mogłabym zaufać, o ile w ogóle można ufać komukolwiek. Zamierzam korzystać z pieniędzy Retta Butlera, chcę kupić Ballyhara, gdzie ród O'Harów bierze początek. Moje dziecko otrzyma dziedzictwo, o jakim jego ojciec nie mógłby nawet marzyć. Już ja mu dam do myślenia o korzeniach sięgających głęboko pod ziemię.

— Scarlett, moja droga, zaklinam cię. Poczekaj chwileczkę. Przecież nie ma pośpiechu, możemy zatrzymać się na parę dni w Galway, Brygidka i ja będziemy się tobą opiekować, powinnaś wyjść z szoku, w którym tkwisz do tej pory. Zbyt wiele spraw tu się spiętrzyło, jedna na drugiej, wszystkie zwaliły się na twoją biedną głowę, w tym stanie nie można podejmować decyzji tak poważnych.

— Chyba myślisz, że zwariowałam. Możliwe. Tak to już ze mną bywa. Mimo wszystko dopnę swego. Z twoją pomocą lub bez. Nie ma powodów, byście ty i Brygidka zwlekali z odjazdem. Wracam do Danielów jutro, poproszę, bym mogła u nich zamieszkać, dopóki Ballyhara nie będzie moja. Jeśli, jak sądzisz, potrzebuję opieki, chyba możesz zaufać Kasi i pozostałym. A teraz daj już spokój i weź te listy. Wygrałam na argumenty.

Colum wyciągnął rękę, wziął trzy koperty.

Później towarzyszył jej w drodze do biura pewnego angielskiego prawnika, cieszącego się opinią, że jakiej sprawy się dotknie, zawsze wygrywa. W ten sposób wszczęto poszukiwania obecnego właściciela Ballyhara.

Następnego dnia z samego rana, zaledwie rozstawiono pierwsze stoły, Colum wybrał się na targ. Zrobił sprawunki, które zleciła mu Scarlett, po czym wrócił do hotelu.

— Bardzo proszę, Mrs. O'Hara — powiedział, rozkładając przed nią paczki z zakupami. —Czarne spódnice, czarne pończochy, czarny szal i czarne bluzeczki. Wszystko jak znalazł dla młodej, biednej wdowy. Powiedziałem Brygidce, że to wiadomość o śmierci Mr. Butlera tak tobą wstrząsnęła. Twój mąż umarł złożony straszliwą niemocą, zanim zdołałaś stanąć u jego boku. Tutaj zaś... proszę... oto prezencik ode mnie. Coś mi się wydaje, że gdy ciężka żałoba zupełnie osłabi ci ducha, świadomość, że możesz ubrać się w te szmatki, przywróci ci dawny wigor.

Co rzekłszy, położył jej na kolanach naręcze kolorowych halek.

Scarlett uśmiechnęła się. Oczy rozbłysły jej serdecznym uczuciem.

— Skąd wiesz, że biłam się z myślami, czy by nie oddać wszystkich irlandzkich spódnic moim kuzynkom w Adamstown?

Machnęła dłonią w stronę, gdzie w kącie stały walizy i kufer.

— Już nie będzie mi to potrzebne. Możesz je zabrać do Ameryki, niech Maureen rozdzieli to wszystko między rodzinę.

— Głupia ekstrawagancja i porywczość, których później będziesz żałować.

— Bzdury. Już wyrzuciłam buty i halki. Te suknie do niczego nie będą mi potrzebne. Nigdy też nie zamierzam dać się wcisnąć w gorset. Jestem Scarlett O'Harą, irlandzką dziewczyną, i stosownie do tego będę się ubierać w luźną, zwiewną spódnicę, a pod nią niewidoczną czerwoną halkę. Wolna, Colum! Zamierzam stworzyć dla siebie świat rządzony prawami, które sama ustalę, ja, i nikt inny. Nie bój się, nie ma powodów do strachu. Chcę się nauczyć, jak żyć szczęśliwie.

Colum odwrócił wzrok od wykrzywionej w grymasie rozpaczliwej jakiejś stanowczości, bladej twarzyczki Scarlett.

58.

*S*tatek miał odpłynąć z dwudniowym opóźnieniem, tak że Colum i Brygidka mogli odprowadzić Scarlett na dworzec kolejowy — odjeżdżała porannym pociągiem w niedzielę. Najpierw jednak poszli na mszę.

— Musisz z nią porozmawiać — szepnęła mu do ucha Brygidka, gdy tylko spotkali się w korytarzu. Potoczyła wzrokiem w stronę Scarlett.

Colum chrząknął, by ukryć uśmiech: Scarlett ubrała się jak owdowiała wieśniaczka, nawet płaszcza nie założyła, tylko długi czarny szal.

— Pójdziemy razem z nią — powiedział wyraźnie. — Scarlett ma prawo wyrażać swój żal w sposób, jaki uzna za stosowny.

— Ale Colum... — gorączkowała się Brygidka. — Przecież to wykwintny angielski hotel. Wszyscy będą się na nią gapić i szeptać po kątach.

— Bo i mają do tego prawo, chyba zgodzisz się ze mną? Niech sobie patrzą i plotkują do woli. Nas to nie obchodzi.

Mocno ścisnął Brygidkę za rękę, drugie ramię podał Scarlett, która przyjęła je z elegancją prawdziwej damy, właśnie wchodzącej do sali balowej.

Kiedy Scarlett usadowiła się w przedziale pierwszej klasy, Colum z rozbawieniem, Brygidka z prawdziwą trwogą patrzyli przez szybę, jak grupka angielskich podróżnych otworzyła drzwi do przedziału, lecz ujrzawszy kobietę w czerni szybko wycofała się na korytarz.

— Władze nie powinny pozwalać tym ludziom na kupowanie biletów do pierwszej klasy — powiedziała jakaś dama do swego męża.

Scarlett wyciągnęła rękę, zatrzymując przeszklone drzwiczki, które Anglik w pośpiechu starał się zasunąć.

— To ci pech! — krzyknęła. — Na śmierć zapomniałam o koszyku z gotowanymi kartoflami. Ojczulku, westchnij do Najświętszej Panienki, żeby pojawił się w pociągu jakiś przekupień z jedzeniem, dobrze?

Mówiła po irlandzku aż do przesady — nawet Colum miał trudności ze zrozumieniem słów, toteż w odpowiedzi tylko się roześmiał i śmiał się jeszcze wtedy, gdy zawiadowca stacji zatrzasnął drzwi i pociąg zaczął bieg. Grupka Anglików, co skonstatował z przyjemnością, straciła wszelką godność gramoląc się do następnego przedziału.

Scarlett pomachała ręką na pożegnanie, a po chwili jej wagon zniknął z zasięgu wzroku.

Gdy pociąg wytoczył się ze stacji, Scarlett wygodnie wyciągnęła się w fotelu, rozluźniła, na jej twarzy pojawił się wyraz uspokojenia, przymknęła oczy i pozwoliła sobie uronić jedną jedyną łezkę. Była śmiertelnie znużona, sama myśl o powrocie do Adamstown budziła w niej przerażenie. Dwuizbowa chata Danielów — przyjemna odmiana w porównaniu ze wszystkim, do czego przywykła w Ameryce — choć dobra na krótki wakacyjny pobyt, teraz zdała się jej ciasna i przepełniona. W tym domu bez żadnych wygód miała mieszkać Bóg wie, jak długo — miał to być jej dom, tylko tam mogła znaleźć schronienie. Ten angielski prawnik, choć przyrzekł szukać właściciela Ballyhara, może go nie znaleźć, a nawet gdyby do niego dotarł, może się okazać, że ten wcale nie zechce odsprzedać majątku. Poza tym cena może przewyższać sumę, którą otrzymała od Retta.

W całym tym planie, zdałoby się, tak drobiazgowo opracowanym, roiło się od niewiadomych. Nie mogła być pewna niczego.

Nie, teraz nie będę myśleć o tym, i tak na nic nie mam wpływu. Dobrze, że chociaż nikt nie wszedł do przedziału i nie wszczął podróżnej pogawędki. To byłoby nie do zniesienia.

Scarlett podniosła poręcze oddzielające trzy miękkie fotele, wyciągnęła się wygodnie na całej długości, westchnęła i zapadła w sen. Bilet rzuciła na podłogę, tak żeby konduktor mógł go widzieć nie budząc jej. Ukuła pewien plan. Była zdecydowana doprowadzić go do końca, o ile będzie to możliwe. Byłoby jednak dobrze, gdyby przy tej okazji nie zamęczyła się na śmierć.

*   *   *

Pierwszy etap planu udało się zrealizować bez komplikacji. W Mullingar kupiła dwukółkę i kucyka. Wózek nie był tak elegancki jak ten, który miała Molly, mocno był już sfatygowany, za to kucyk był młodszy, roślejszy i silniejszy. Poza tym zrobiła dobry początek.

Na jej widok cała rodzina oniemiała. Zaraz jednak wszyscy, jak mogli, pospieszyli z dowodami współczucia wobec losu, który ją spotkał. Ponieważ raz już zapewnili ją o swych do niej uczuciach, nie powtarzali czczych słów, nie mieli tego zwyczaju. Każdy natomiast pytał, w czym może być jej pomocny.

– Uczcie mnie – poprosiła Scarlett. – Chciałabym się dowiedzieć wszystkiego o irlandzkiej farmie.

Daniel i jego synowie wprowadzili ją w rytm codziennych zajęć. Zacisnęła zęby i zmusiła się do nauki, jak obrządzać bydło. Sztuka dojenia także nie została jej oszczędzona. Kiedy dowiedziała się wszystkiego o gospodarstwie Danielów, znalazła w sobie dość sił, by oczarować Molly i jej wstrętnego Roberta, bowiem prowadzili farmę pięć razy większą od tej, którą miał Daniel. Po nich przyszła kolej na samego Mr. Aldersona, rządcę całego majątku pana hrabiego. Nawet w owych dniach, kiedy w Powiecie Clayton podbiła serca wszystkich mężczyzn, nie była Scarlett osóbką tak czarującą jak teraz, w Powiecie Meath. Ani nie odnosiła tak wielu sukcesów. Nie miała czasu zawracać sobie głowy ubóstwem chaty, w której przyszło jej mieszkać. Po długim, długim letnim dniu, od świtu do zmierzchu pełnym coraz to nowszych zajęć, ważne było jedynie to, by lec na miękkim posłaniu – nic więcej.

Minął miesiąc. Teraz wiedziała o Adamstown równie dużo, co Alderson. Poznała także sześć sposobów ulepszenia tutejszej gospodarki. Wtedy to otrzymała list od swego prawnika z Galway.

Wdowa po zmarłym tragicznie ostatnim właścicielu Ballyhara wyszła powtórnie za mąż zaledwie rok po jego śmierci – donosił Anglik – i sama zmarła przed pięciu laty. Jej dziedzic, najstarszy syn, obecnie w wieku lat dwudziestu siedmiu, mieszka w Anglii, gdzie ma pierwszeństwo do objęcia spadku po swym żyjącym jeszcze ojcu. Człowiek ten kazał donieść, że rozważy poważnie każdą ofertę około piętnastu tysięcy funtów. Do listu została dołączona mapka całej posiadłości. Scarlett przyjrzała się uważnie.

Ballyhara była znacznie większa, niż przypuszczała. Usadowiona przy drodze do Trim, z jednej strony odgraniczona rzeką – zerknęła na drobne literki – Knightsbrook, z drugiej Boyne. Cóż za szykowna nazwa: Knightsbrook. Dwie rzeki. Będą moje. Ale... piętnaście tysięcy funtów!

Właśnie dowiedziała się od Aldersona, że dziesięć tysięcy funtów można zapłacić za majątek z ziemią pierwszej klasy, a i to była cena wygórowana. Osiem tysięcy to raczej suma bliższa rzeczywistości, zaś jeśli ktoś umiał się targować, mógł to samo kupić za siedem i pół. A przecież niemałą część obszaru Ballyhara stanowiły bagna, wprawdzie dostarczające paliwa torfowego w ilościach, które mogły wystarczyć na najbliższe stulecia, ale pod względem rolniczym zupełnie bezużyteczne. Poza tym okoliczne pola były zbyt zakwaszone, by można było myśleć o uprawie pszenicy. Warto też zwrócić uwagę, że przez ostatnie trzydzieści lat ziemia leżała odłogiem, wymagała gruntownego odchwaszczenia i karczunku. Nie, nie zapłaci więcej niż cztery, góra cztery i pół tysiąca. Za tysiąc dwieście czterdzieści akrów. Owszem, był też dom, duży, a nawet olbrzymi, lecz nie ma tu czym się wzruszać. Zabudowania w miasteczku były znacznie ważniejsze. W sumie czterdzieści sześć, plus dwa kościoły. Pięć domostw przedstawiało się nawet całkiem niczego, reszta to chaty.

Ale wszystkie wyludnione. Opustoszałe jak cała posiadłość, nikt nie miał ochoty się nimi zająć. Uwzględniwszy tę oraz inne okoliczności, dziesięć tysięcy funtów to całkiem godziwa zapłata. Obecny właściciel powinien się cieszyć, jeśli dostanie i tyle. Dziesięć tysięcy funtów... zaraz, zaraz... ależ to pięćdziesiąt tysięcy dolarów! Scarlett opadło przerażenie. Boże drogi, powinnam się przestawić na rachunki w funtach i szylingach, w przeciwnym razie lekką ręką pozbędę się całej fortuny. Dziesięć tysięcy — to brzmi całkiem niewinnie, ale pięćdziesiąt tysięcy to już zupełnie co innego. To fortuna! Choćbym przez dziesięć lat ciułała cent do centa, oszczędzała, harowała przy tartaku i w sklepie... włączając w to dochody ze sprzedaży tartaku... i należności z dzierżawy za bar... i choćbym nie wydała złamanego szeląga, i tak nie uzbierałabym więcej niż trzydzieści tysięcy dolarów. Ba! Nie miałabym i połowy tej sumy, gdyby przez ostatnie siedem lat Rett nie płacił wszystkich rachunków. Wuj Henryk powiada, że jestem bogata. Pewnie, ma rację. Domy, które buduję, nie będą kosztować mnie więcej niż może sto dolarów. Hm... co za skończonego głupca by trzeba, żeby zgodził się wyłożyć pięćdziesiąt tysięcy gotówką za widmowe miasteczko i kawał nieurodzajnej ziemi?

O, tak. Ludzie w rodzaju Retta Butlera — ci byli zdolni do czegoś podobnego. Dostałam od niego pięćset tysięcy dolarów. Skorzystam z tego, by odkupić ziemię ukradzioną mojej rodzinie. Ballyhara to nie zwykły kawałek nieużytków — to gniazdo rodowe O'Harów. Teraz, kiedy podjęła to postanowienie, w głowie jej się nie mieściło, że jeszcze przed chwilą targały nią wątpliwości: płacić czy nie płacić. Wzięła więc papier listowy i pióro, po czym napisała list, w którym składała wyraźną ofertę kupna Ballyhara za piętnaście tysięcy funtów — niech się teraz ten Anglik decyduje: tak, albo nie.

Kiedy już była z listem w ręku na poczcie, zadrżała od stóp do głów: a co zrobi, jeśli Colum nie przybędzie na czas ze złotem z Savannah? Trudno zgadnąć, ile czasu zajmą formalności, nie mogła też przewidzieć, kiedy powróci Colum. Zatem zaledwie oddała list Mateuszowi O'Toole, wypadła z *pubu* jakby bies ją gnał. Było jej bardzo spieszno.

Szła tak szybko, jak tylko było to możliwe ze względu na bardzo nierówną drogę. Modliła się o deszcz. Wąska steczka, z obu stron obrośnięta gęstym żywopłotem, trzymała czerwcowy skwar niczym szczelny piekarnik. Scarlett w pośpiechu zapomniała nałożyć kapelusza — i głowa, i odkryta twarz wystawione były na palące promienie słońca. Od kiedy przybyła do Irlandii, prawie zapomniała nosić kapelusz — ciągłe deszcze i zachmurzone niebo znakomicie go zastępowały. Co zaś się tyczy parasolek, te używano tu tylko dla ozdoby.

Kiedy dotarła do brodu, podkasała suknię, weszła do Boyne i stała tak dopóty, dopóki ciało nie ochłodło. Potem poszła do wieży.

Miesiąc już minął od dnia, gdy Scarlett wróciła do Adamstown i w tym czasie wieża nabrała dla niej szczególnego znaczenia. Zawsze tu przychodziła, gdy czymś była zmartwiona, gdy coś przysparzało jej trosk lub przyprawiało o smutek. W tych olbrzymich głazach kumulowało się i ciepło, i chłód. Gdy przyłożyła do nich dłoń, gdy przytuliła się policzkiem, znajdowała pocieszenie i ulgę emanujące z solidnych, wytrzymałych, starych murów. Niekiedy przemawiała do nich jakby do ojca. Niekiedy, choć rzadziej, obejmowała je ramionami i wypłakiwała się w powłokę szarego kamienia. Nigdy tu nie słyszała niczego poza swym własnym głosem, śpiewem ptaków czy szemraniem fal. Nigdy nie wyczuwała spojrzenia śledzących ją oczu.

* * *

Colum wrócił do Irlandii osiemnastego czerwca. Z Galway wysłał telegram. PRZYJEŻDŻAM DWUDZIESTEGO PIĄTEGO Z TYM, CO PRZYWIOZŁEM Z SAVANNAH. Cała wieś trwała w radosnym podnieceniu. Nigdy jeszcze nie widziano telegramu w Adamstown. Nigdy jeszcze kurier pocztowy nie wykazał tak małego zainteresowania porterem Mateusza O'Toole, nigdy jeszcze nie widziano konia równie bystrego.

Tymczasem dwie godziny później przez osadę przegalopował drugi jeździec na wierzchowcu jeszcze bardziej godnym uwagi, wprawiając mieszkańców w bezgraniczną już ekscytację. Scarlett otrzymała drugi telegram, też z Galway. OFERTA PRZYJĘTA STOP KONTRAKT WYSYŁAM.

Zanim mieszkańcy Adamstown zgodzili się, co w tym wypadku należałoby zrobić, wszczęła się krótka dyskusja, w końcu jednak i tak postanowiono uczynić to, co zdało się jedynie rozsądne. O'Toole zamknął pub, kowal zamknął kuźnię, doktor zamknął dom. Ojca Danahera mianowano rzecznikiem delegacji, która udała się do chaty Daniela O'Hary celem zasięgnięcia języka.

Dowiedzieli się, że Scarlett wyjechała wózkiem zaprzężonym w kucyka. Tylko tyle mogła powiedzieć im Kasia, sama bowiem nie była mądrzejsza od reszty. Wszyscy jednak mogli wziąć do rąk własnych i przeczytać telegramy. Scarlett zostawiła je na stole, tak aby cały świat mógł je zobaczyć.

* * *

Choć jazda do Tary przysparzała prawdziwych mąk, Scarlett jechała z sercem przepełnionym radością. Teraz mogła na serio zaczynać. Cały plan wyraźnie widniał jej przed oczyma, każdy etap całego przedsięwzięcia logicznie wynikał z poprzedniego. Wszystko to zaświtało jej w głowie, gdy tylko otrzymała drugi telegram, zrodzone bardziej z konieczności niż impulsu. W dzień tak wspaniale słoneczny, jak ten, zdało się jej nieodpartą koniecznością pojechać do Tary i spojrzeć ze wzgórza na szmaragdową zieleń krainy, która teraz była jej domem i ojczyzną z wyboru.

Dzisiaj więcej owiec wypasało się na łące, niż kiedy była tu po raz pierwszy. Spoglądając na szerokie grzbiety, pomyślała o wełnie. W Adamstown nikt nie prowadził hodowli owiec — zakładając owczarnię będzie musiała dowiedzieć się o problemach i zyskach z innego źródła.

Ściągnęła lejce. Po zielonych kurhanach, tam, gdzie kiedyś znajdowała się wielka sala biesiadna, spacerowali jacyś ludzie. Miała nadzieję znaleźć tu samotność. Do licha, to Anglicy, bierz diabli to ich natręctwo. Niechęć wobec wszystkiego, co angielskie, w pewnym stopniu stanowiła o charakterze każdego Irlandczyka — Scarlett wchłonęła ją jedząc irlandzki chleb, dała się jej przeniknąć porwana rytmem irlandzkiej muzyki. Ci miłośnicy pikniku nie mają prawa rozkładać tych swoich pledów i obrusów w miejscu, gdzie dawniej biesiadowali irlandzcy królowie, tak jak nie wolno im podnosić ich piskliwych głosów tu, gdzie kiedyś brzmiały dźwięki harf.

Drażniła ją obecność intruzów, tym bardziej że usadowili się dokładnie w miejscu, gdzie sama miała zamiar się zatrzymać, by w samotności podziwiać piękno swego kraju. Z największą niechęcią spojrzała zatem na wystrojonych mężczyzn w słomkowych kapeluszach i na kobiety, osłaniające się przed słońcem parasolkami z kwiecistego jedwabiu.

Nie pozwolę im zepsuć sobie dnia — pomyślała gniewnie. Odjadę tam, gdzie nie będą widoczni. Podeszła do obwiedzionego podwójnym murem kurhanu, tam, gdzie kiedyś znajdował się dom króla Cormaca — budowniczego sali biesiadnej. To tutaj był *Lia Fail* — kamień przeznaczenia. Scarlett oparła się o głaz. Gdy przyjechała tu po raz pierwszy i uczyniła to samo, Colum aż zaniemówił z wrażenia. *Lia Fail* był bowiem kamieniem probierczym królów dawnej Irlandii. Przed koronacją obrany królem mężczyzna musiał się oprzeć o skalny złom, a kiedy kamień krzyknął, był to znak, że człowiek ów może włożyć na skronie koronę.

Scarlett znajdowała się w nastroju tak podniosłym, że nic nie mogłoby jej zadziwić, nawet gdyby granitowy słup wykrzyknął jej imię. Choć, rzecz jasna, nie wykrzyknął. *Lia Fail* prawie dorównywał jej wysokością. Na szczycie znajdowało się miejsce odpowiednie do wypoczynku, a to ze względu na wklęśnięcie wielkości człowieka. Rozmarzonym wzrokiem spoglądała więc Scarlett na obłoki goniące po błękitnym niebie, czuła wiatr rozgarniający pukle włosów, podrywający je z czoła i ze skroni. Głosy Anglików dobiegały teraz z bardzo daleka, tworząc zaledwie tło dla łagodnie dźwięczących dzwoneczków na szyjach owiec. Tak spokojnie. Może to właśnie dlatego chciałam odwiedzić Tarę. Do tego stopnia byłam zajęta, że aż zapomniałam, co znaczy być szczęśliwą.

Tak, szczęśliwą, bo kiedy odzyskała wolność, szczęście zagościło w jej życiu. O ileż bardziej będę szczęśliwa — myślała sobie — gdy urzeczywistnię mój plan. W każdym razie najgorsze mam już za sobą. Teraz wszystko zależy już tylko ode mnie, inni ludzie nie mogą mi przeszkodzić. Zawsze tego chciałam. A ile jest jeszcze do zrobienia! Musnął ją ciepły powiew wiatru. Uśmiechnęła się.

Promienie słońca wyślizgiwały się zza chmur, wkradały się w pierzaste obłoki, bujna, wysoka trawa pachniała bogato, intensywnie. Scarlett ześlizgnęła się z kamienia na murawę. Może uda się jej znaleźć listek koniczyny, Colum mówił, że koniczyna rośnie jak Irlandia długa i szeroka. Wydeptała w trawie niejedną ścieżkę, lecz nie znalazła. Powodowana nagłym impulsem ściągnęła czarne pończochy. Jakie ma białe nogi. Uff! Zadarła spódnicę powyżej kolan, wystawiła na słońce stopy i nogi. Na widok żółtej i czerwonej halki uśmiechnęła się. Tak, Colum miał rację.

Poruszyła palcami.

Co to? Czujnie podniosła głowę.

Znowu poczuła w sobie lekkie drżenie życia.

— Och — szepnęła. — Och!

Delikatnie położyła dłonie na małej wypukłości, jeszcze z trudem wyczuwalnej pod spódnicą i halkami. Jedyne, co dało się wymacać, to grubo przędzona wełna. Nic dziwnego, że dzidziuś jeszcze nie dał się wyczuć. Wiedziała: musi minąć kilka tygodni, zanim za przyłożeniem palców będzie mogła stwierdzić, czy kopie.

Wstała, twarzą zwrócona w stronę wiatru, wypinając brzuch, który teraz był jak kołyska. Zielono-złote pola, drzewa o soczyście zielonym listowiu ciągnęły się długimi pasami jak wzrokiem sięgnąć.

— To wszystko twoje, malutkie Irlandziątko — szepnęła. — Mama da ci to w podarunku. Od siebie samej!

Pod stopami czuła chłodną, oziębioną ciągłym kołysaniem wiatru trawę, a pod nią wygrzaną letnim słońcem ziemię.

Potem uklękła i urwała pęczek trawy. Niezwykły miała wyraz twarzy, gdy paznokciami wryła się w ziemię, gdy sypała wilgotny, pachnący czarnoziem na brzuch, gdy powtarzała:

— Twoja jest zielona Tara.

*   *   *

W chacie Danielów ciągle rozmawiano o Scarlett. Nic w tym nowego — była głównym tematem rozmów mieszkańców Adamstown od dnia, gdy po raz pierwszy pokazała się w wiosce. Kasia nie czuła się tym dotknięta, niby dlaczego miałaby się obrażać? Także ona czuła się zafascynowana i zaabsorbowana jej niezwykłą osobowością. Nie miała problemów ze zrozumieniem jej decyzji pozostania w Irlandii.

— Czyż i mnie serce nie pękało z tęsknoty za mgłami i miękką ziemią, czyż nie dusiłam się w tym dusznym, zamkniętym w sobie mieście? — zawołała, gdy roztrząsano motywy nagłego powrotu Scarlett. — Także i ona ujrzawszy, co lepsze, nie chciała z tego zrezygnować.

— A czy nie jest prawdą, Kasiu, że mąż ją bijał i że uciekła, by uchronić dziecko?

— Ani trochę, Klaro O'Gorman, kto śmie rozpuszczać te straszne kłamstwa? — oburzyła się Peggy Monaghan. — Jest rzeczą powszechnie wiadomą, że gdy Scarlett odpływała z Ameryki, choroba, która w końcu zabrała jej męża, już się rozwijała, dlatego wysłał Scarlett do Irlandii, aby uchronić dzieciątko przed zarażeniem.

— Jakie to straszne — westchnęła Katarzyna O'Toole. — Być wdową z dzieckiem w drodze.

— Aż takie straszne to wcale znowu nie jest — odpowiedziała Kasia tonem osoby dobrze poinformowanej. — W każdym razie nie wtedy, gdy jesteś bogatsza od angielskiej królowej.

Wszyscy, jak na komendę, zaczęli się poprawiać na swych krzesłach przy kominku. Nareszcie poruszono sedno sprawy! Albowiem z wszystkich intrygujących dociekań na temat amerykańskiej kuzynki najwięcej przyjemności sprawiały rozważania o jej majątku.

Czyż to nie wielka rzecz widzieć, że taka fortuna spoczywa wreszcie w irlandzkich rękach, nie w angielskich?

Ale żadne z nich nie zdawało sobie jeszcze sprawy z tego, że dni najbardziej płodne w materiał do ploteczek dopiero nadchodziły.

* * *

Scarlett zacięła kucyka lejcami.
— No, ruszaj się — mruknęła. — Dzidziuś chce do domu.
Była w drodze do Ballyhara. Dopóki nie miała ostatecznej pewności, że transakcja dojdzie do skutku, nie wyprawiała się dalej niż do wieży. Teraz jednak mogła pozwolić sobie bliżej przyjrzeć się temu, co i tak miało do niej należeć.
— Moje domy w miasteczku... moje kościoły i *puby*, i moja poczta... moje bagna i moje pola, i moje dwie rzeki... ależ ja tego mam!
Była zdecydowana wydać dziecko na świat w domu, który będzie jego prawdziwym domem — w Dworze w Ballyhara. Co jednak wcale nie miało znaczyć, że wyrzekła się myśli o wszystkim innym. Pola, tak, pola były najważniejsze. No i kuźnia w miasteczku, bo trzeba nareperować zawiasy i wykuć lemiesze do pługów. Załatać dziury, powstawiać szyby w oknach, wstawić drzwi. Teraz, gdy to wszystko należało do niej, proces powolnego upadku zostanie natychmiast powstrzymany.
Tak, oczywiście, dziecko też było ważne, Scarlett skupiła całą uwagę w poszukiwaniu oznak budzącego się w niej życia, lecz niczego nie mogła wyczuć, ni śladu ruchu.
— Mądry brzdąc — mruknęła. — Dobrze robisz, dziecino. Śpij, póki możesz. Bo od tej chwili, od zaraz, będziemy mieli huk zajęć na głowie.
Do rozwiązania pozostawało około dwadzieścia tygodni — pięć miesięcy ciężkiej pracy. Nie było trudno ustalić tę datę: od czternastego lutego należało doliczyć dziewięć miesięcy i mamy... dzień świętego Walentego. Scarlett aż się skrzywiła. A to ci dopiero dowcip... Zresztą nie ma co myśleć o tym teraz... ani później. Trzeba się skoncentrować na czternastym listopada i na pracy, którą przedtem należało wykonać. Uśmiechnęła się i zaczęła śpiewać.

* * *

Gdy po raz pierwszy ujrzałem słodką Peggy
A było to w targowy dzień
Wozem jechała na stercie siana
Lecz gdyby siano kwieciem rozkwitło
Kwieciem pachnącej wiosny
Dziewczyna, o której śpiewam byłaby piękniejsza,
Dziewczyna na wozie.
Nawet stróż u rogatki
O pieniądze nie pyta
Tylko łysinę pociera
I za wozem spoziera
Za moją słodką Peggy.

Wspaniała to rzecz być szczęśliwą! Pełen radosnego niepokoju nastrój oczekiwania i całkiem niespodziewany przypływ fali dobrego humoru spotęgowały uczucie szczególnej błogości, które opadło Scarlett. Wtedy, w Galway, powiedziała, że zamierza być szczęśliwa. Teraz, w drodze do Ballyhara, była szczęśliwa.

— Jak dwa a dwa to cztery — mruknęła i roześmiała się do samej siebie.

59.

C olum był zaskoczony spotkawszy Scarlett oczekującą na pociąg, którym miał przybyć do Mullingar. Scarlett była zaskoczona, widząc, że Colum wychodzi z wagonu bagażowego. Tym większe było jej zaskoczenie, kiedy poznała jego towarzysza podróży.

— To Liam Ryan — przedstawił go Colum. — Brat Jima Ryana.

Liam był wysoki jak wszyscy z rodu O'Harów — z wyjątkiem Columa — i był ubrany w mundur Królewskiej Policji Irlandzkiej. A cóż to za nowe znajomości zawiera Colum? — pomyślała zdumiona. Paramilitarne formacje Policji były w Irlandii w jeszcze większej pogardzie niż sama milicja angielska, a to dlatego, że należący do niej Irlandczycy nadzorowali, aresztowali i karali swój własny naród, rzecz jasna na rozkazy swych angielskich mocodawców.

Przede wszystkim jednak Scarlett pragnęła się dowiedzieć, czy Colum przywiózł złoto. Przywiózł, a Liam Ryan, uzbrojony w karabin, został wynajęty do ochrony.

— Wiele i różnego rodzaju ładunków eskortowałem — przyznał Colum. — Ale jeszcze nigdy nie denerwowałem się tak bardzo, jak teraz.

— Wzięłam ludzi z banku, żeby pomogli nam przewieźć — powiedziała

Scarlett. — Wybrałam Mullingar ze względów bezpieczeństwa. To chyba tutaj jest największy garnizon w okolicy.

Nauczyła się nienawidzić żołnierzy, lecz jeśli w grę wchodziło bezpieczeństwo jej złota, spoglądała na nich bardzo łaskawym okiem. Bank w Trim wybrała do przechowywania mniejszych sum — dojazd był dogodniejszy.

* * *

Gdy tylko przekonała się, że złoto zostało złożone w bezpiecznym miejscu w sejfie, gdy podpisała kontrakt kupna Ballyhara, wzięła Columa pod rękę i szybkim krokiem wyszła z banku na ulicę.

— Mam wózek z kucykiem, możemy jechać choćby i zaraz — powiedziała tonem osoby, której bardzo się spieszy. — Tyle mam spraw do załatwienia... Muszę natychmiast znaleźć dobrego kowala, robota w kuźni nie może czekać ani chwili dłużej. O'Gorman nie nadaje się, jest za leniwy. Pomożesz mi znaleźć odpowiedniego człowieka? Zapłacę mu za samą gotowość przeprowadzki, a kiedy już przybędzie na miejsce, na brak pieniędzy nie będzie mógł się uskarżać. W Ballyhara jest tyle do zrobienia! Kupiłam kosy, siekiery i łopaty, ale trzeba to wszystko naostrzyć. Boże wielki, przecież potrzebuję jeszcze robotników do odchwaszczania pól, cieśli do naprawy domów, szklarzy, dekarzy i malarzy... wszystkiego mi potrzeba!

Policzki aż się jej zarumieniły z przejęcia, oczy rozbłysły. W swym wiejskim czarnym ubraniu wyglądała niewiarygodnie pięknie.

Colum uwolnił się z jej objęcia, po czym sam silnie wziął ją pod łokieć.

— Wszystko będzie zrobione, Scarlett, i to tak szybko, jak sobie życzysz, ale niczego nie zaczynaj z pustym żołądkiem. Teraz udamy się do Jima Ryana. Bracia rzadko się widują, toteż kiedy się zejdą, jest okazja do wspaniałej uczty. A niewiele kobiet gotuje tak wyśmienicie, jak Mrs. Ryan.

Scarlett niecierpliwie szarpnęła rękę, zaraz jednak zmusiła się do zachowania spokoju — powaga Columa nakazywała posłuch. Poza tym nie mogła zapominać, że powinna też jeść godziwie i pić dużo mleka ze względu na dziecko. Delikatne ruchy z dnia na dzień przybierały na wyrazistości, były coraz bardziej częste.

Ale gdy po obiedzie Colum oświadczył, że bynajmniej nie wybiera się z nią w drogę do Adamstown, nie potrafiła pohamować gniewu. Tyle miała mu do pokazania, tyle spraw trzeba było omówić, zaplanować, i to właśnie teraz, nie zwlekając ni chwili dłużej!

— Mam do załatwienia parę spraw w Mullingar — rzekł Colum stanowczym, niewzruszonym tonem. — Do domu wracam za trzy dni, daję ci słowo. Nawet mogę podać dokładny czas: o drugiej po południu spotkamy się u Danielów.

— Spotkamy się w Ballyhara — sprostowała Scarlett. — Właśnie się przeprowadziłam. Szukaj żółtego domu w połowie drogi.

Po czym odwróciła się do niego plecami i nerwowym krokiem pospieszyła tam, gdzie zostawiła dwukółkę.

* * *

Późnym wieczorem Jim Ryan zamknął *pub*, lecz wystarczyło nacisnąć klamkę, by drzwi się otwarły. Wiedzieli o tym mężczyźni, którzy jeden po drugim wślizgiwali się do środka i po cichutku skradali się do pokoju na piętrze. Gdy wszyscy się zgromadzili, Colum przystąpił do wyjaśniania szczegółów swego planu.

— Sam Bóg zesłał nam tę okazję — zaczął głosem drżącym z przejęcia. — Wystarczy zechcieć, a miasteczko będzie nasze. Wszyscy ludzie Fenian, wszystkie ich umiejętności skoncentrowane na jednym miejscu, gdzie Anglikom nawet na myśl nie przyjdzie zajrzeć. Cały świat uważa, że moja kuzynka na głowę upadła kupując tę posiadłość za taką cenę, zwłaszcza że korzyści z tych nieużytków prawie żadne, a jedyny pożytek z transakcji odniósł ten Anglik, oszczędzając pieniądze, które dotychczas wydawał na podatki. Pamiętajcie jednak, że Scarlett O'Hara to Amerykanka, a naród ten znany jest ze szczególnych umiejętności. Anglicy zbyt będą zajęci wyszydzaniem wszystkiego, czego Scarlett się podejmie, żeby cokolwiek podejrzewać. Oto nareszcie mamy kwaterę główną, od tak dawna poszukiwaną. Scarlett wprost błaga nas, byśmy przyjęli od niej ten prezent, chociaż nie zdaje sobie z tego sprawy.

* * *

Colum wjechał na porośniętą chwastami główną ulicę Ballyhara o drugiej trzydzieści po południu. Scarlett stała przed wejściem do swego domu wziąwszy się pod boki.

— Spóźniłeś się — zauważyła oskarżycielskim tonem.

— Ach, rzeczywiście — zawołał Colum. — Ale na pewno mi to wbaczysz, gdy powiem, że zaraz za mną jedzie twój kowal z wozem, na którym i kowadło, i miechy, i wszystko inne, czego kowalowi potrzeba.

* * *

Dom Scarlett był jakby żywym obrazem jej samej: najpierw praca, to, co najbardziej potrzebne, przyjemności i luksus na ostatku, o ile w ogóle. Colum spoglądał na wszystko starając się przybrać minę pobłażliwego lekceważenia. Wybite szyby w oknach salonu zastąpiły arkusze pociągniętego olejem papieru, rozpięte na framugach. W kącie leżały narzędzia rolnicze — nowiutkie, ze lśniącej stali. Podłoga była umyta, lecz nie wywoskowana. W kuchni stało proste, wąskie łóżko, na nim gruby siennik, lniane prześcieradło i wełniana derka. W wielkim kamiennym kominku płonął ogień z kilku brykietów. Z kuchennych naczyń dało się zauważyć jedynie żelazny kociołek i garnek. Na półce nad okapem stały słoiczki z herbatą, mąką owsianą, dwa kubki, spodeczki, łyżki i pudełko zapałek. Jedyne w całym pomieszczeniu krzesło stało przy stole pod oknem. Na stole leżała otwarta wielka księga rachunkowa, a w niej pierwsze zapiski w czystym, równym charakterze pisma Scarlett. Przy oknie, z tyłu, dwie duże lampy naftowe, kałamarz, piórnik, pudełko z bibułą i ryza papieru. Jeszcze większy stos kartek leżał z przodu, zaraz przy księdze

— arkusze poczernione kolumnami cyfr, kalkulacji, notatek, przyciśnięte wielkim, wymytym kamieniem. Na ścianie wisiał plan Ballyhara. Obok lusterko, wyżej półka, a na niej oprawne w srebro grzebienie i szczotki do włosów, srebrne szkatułki ze spinkami, pudrem, różem i kremem z gliceryny i wody różanej. Widząc to, Colum powściągnął uśmiech. Gdy jednak zaraz obok ujrzał pistolet, gniewnie odwrócił się ku Scarlett.

— Za posiadanie broni możesz trafić do więzienia — powiedział podniesionym tonem.

— Tere fere — zawołała. — Sam kapitan milicji dał mi go. — Powiedział, że samotna kobieta, o której wiadomo, że siedzi na złocie, nie powinna mieszkać zupełnie bez opieki. Gdybym mu pozwoliła, nawet postawiłby mi przed drzwiami jednego z tych swoich żołnierzyków.

Uniosła brwi, widząc, jak Colum krztusi się ze śmiechu. Nie wydawało się jej, żeby powiedziała coś śmiesznego.

Na półkach w spiżarni stała faska masła, dzban mleka, suszarka, na niej dwa talerze, z sufitu zwieszał się sznur z hakiem, a na nim kawał szynki, na ostatniej półce bochen czerstwego chleba. W kącie stało wiadro wody, puszka nafty i umywalka, na którą składały się: miednica, dzban, mydelniczka, w niej kawałek mydła, wieszak, a na nim jeden ręcznik. Na gwoździach wbitych w ścianę wisiała garderoba Scarlett.

— Jak widzę, nie używasz pomieszczeń na górze — zauważył Colum.

— Po co? — zdziwiła się. — Przecież mam tutaj wszystko, czego mi potrzeba.

* * *

— Dokonałeś prawdziwych cudów, jestem pod wrażeniem — Scarlett stała na środku sławnej z szerokości głównej ulicy Ballyhara, spoglądając, jak wzdłuż drogi wre praca. Prawie zewsząd dobiegało stukanie młotów, czuć było zapach świeżej farby, w kilkunastu domach lśniły nowe szyby w oknach, a tuż przed nią jakiś robotnik na drabinie przybijał właśnie złocony szyld nad drzwiami budynku, który Colum wskazał jako pierwszy do renowacji.

— Czy *pub* jest naprawdę najważniejszy? — spytała Scarlett po raz już nie wiadomo który od dnia, gdy ustalono, że tutaj najpierw skoncentrują się wysiłki ściągniętych przez Columa rzemieślników.

— Jeśli będzie tu miejsce, gdzie można napić się dobrego piwa, znajdziesz więcej robotników chętnych do pracy w Ballyhara — powtórzył po raz tysięczny.

— Mówisz tak, gdy tylko otworzysz usta, lecz ja ciągle nie mogę pojąć, dlaczego *pub* miałby akurat skłonić ich do pracy, nie zaś jeszcze bardziej rozleniwić. Gdybym nie pilnowała tych ludzi na każdym kroku, niczego nie zrobiliby w porę. Spójrz tylko na tych tutaj! — Scarlett wskazała kciukiem grupkę widzów, z zainteresowaniem rozglądających się po ulicy. — A niech już sobie wracają, skąd przyszli. Może tam wezmą się do roboty zamiast spoglądać, jak pracują inni.

— Moja droga — uśmiechnął się Colum. — Taki to już jest narodowy charakter Irlandczyków, że najpierw korzystają z przyjemności, które życie im niesie, a dopiero potem martwią się o wypełnienie swoich powinności. Na tym polega cały nasz urok. To daje nam poczucie szczęścia.

— Cóż, gdy o mnie chodzi, nie widzę w tym niczego czarującego i ani trochę mnie to nie uszczęśliwia. Mamy już prawie sierpień, a jeszcze żadne pole nie zostało do końca odchwaszczone. Jak ja mogę myśleć o siewach na wiosnę skoro na jesieni ani nie zaorzę, ani nie nawiozę gnojem?

— Przed tobą jeszcze kilka miesięcy. Spójrz tylko, co zrobiłaś w ciągu ostatnich tygodni.

Scarlett spojrzała. Mars zniknął z czoła, uśmiechnęła się.

— Rzeczywiście.

Colum także się uśmiechnął. Już wolał niczego nie mówić o tym, ile przekonywania, ile nacisków z jego strony trzeba było, żeby ci ludzie porzucili swe warsztaty i przyszli do Ballyhara. Nie byli zachwyceni, że trafili pod rozkazy kobiety, zwłaszcza tak wymagającej, jak Scarlett. Gdyby tajni kurierzy Bractwa Fenian nie zobowiązali ich do pracy przy odbudowie miasteczka, trudno byłoby przewidzieć, ilu by tu zostało, nawet jeśli Scarlett płaciła znacznie powyżej ogólnie przyjętych stawek.

On także spojrzał na wrzącą pracą ulicę. Pomyślał, że kiedy wszystko już będzie odnowione, ludzie ci otrzymają dobre warunki życia — ci oraz inni. Właśnie prosił dwóch oberżystów, żeby zechcieli zająć się świeżo odremontowanym *pubem* i właściciela sklepiku z towarami kolonialnymi, żeby zechciał przenieść się z Bective, gdzie mieszkał dotychczas, do Ballyhara. Tutejsze domy, nawet te najskromniejsze, były wprost luksusowe w porównaniu z chatami, w których w większości mieszkali sprowadzeni do pracy robotnicy. Równie ochoczo, jak Scarlett, brali się do łatania dachów i wstawiania szyb w okna, tak że bez żalu opuszczali farmerów, u których dotychczas pracowali i pełni zapału przywracali życie opuszczonemu miasteczku i zaniedbanym polom.

Scarlett zniknęła na chwilę w domu, a kiedy znowu się pokazała, miała na dłoniach rękawiczki, trzymała kankę na mleko.

— Mam nadzieję — spojrzała na Columa — że potrafisz dopilnować pracy i że nie w głowie ci wielki festyn z okazji otwarcia *pubu*. Jadę do Danielów po chleb i mleko.

Obiecał, że dopilnuje roboty i że nie w głowie mu święto. Nic już nie mówił, co myśli o jeździe na oklep na kucyku kobiety w prawie piątym miesiącu ciąży. Jeszcze by oberwał po głowie. A już na pewno usłyszałby coś w rodzaju:

— Na miłość Boską, Colum, piąty miesiąc dopiero minął. Właściwie trudno byłoby mówić o mnie, że jestem brzemienna.

* * *

Ale w głębi ducha Scarlett bardzo się niepokoiła — bardziej, niż dała to po sobie poznać. Jeszcze żadna ciąża nie przyprawiała jej o tyle zmartwienia. Ciągle łupało ją w krzyżu. Bywało też, że na bieliźnie lub na prześcieradle odkrywała plamy krwi, a wtedy serce jej drżało. Starała się je wywabić używając w tym celu szarego mydła, przeznaczonego do szorowania podłogi i mycia ścian, jakby wraz z plamami zdolna była usunąć przyczynę krwawienia. Po poronieniu doktor Meade wyraźnie ją ostrzegał, że w wyniku tego wypadku narządy wewnętrzne zostały poważnie uszkodzone oraz że okres rekonwalescencji będzie trwał niezwykle długo, lecz odsuwała od siebie każdą myśl o tym, że cokolwiek mogłoby jej zagrozić. Gdyby dziecko nie było w znakomitej kondycji, nie kopało by z taką siłą. Poza tym na hipochondryczne rozmyślania nie miała czasu.

W wyniku częstych podróży Scarlett z Ballyhara do brodu Boyne w chaszczach powstała ścieżka. Teraz już nie trzeba było pilnować kucyka, czy zmierza właściwą drogą — mogła popuścić wodze myślom. Wkrótce powinna kupić sobie prawdziwego konia, robiła się za ciężka na możliwości kucyka. Tak, to coś nowego. Nigdy jeszcze, ilekroć była w ciąży, nie przybierała tyle na wadze. A może ma bliźniaki! Przecież to się zdarza, prawda? No, wtedy to Rett by oniemiał. I tak już ma dwie rzeki przepływające przez jej majątek, podczas gdy przez plantację Retta płynęła tylko jedna. Teraz brakowałoby jej tylko bliźniąt, i to właśnie wtedy, gdy Anna zapewne urodzi jedno dziecko. Ale już na samą myśl o tym, że Anna da Rettowi potomka, Scarlett poczuła ukłucie bólu. Nie, samo wyobrażenie Anny Hampton jako matki Rettowych dzieci było nie do zniesienia. Tak więc skierowała spojrzenie i popłynęła myślami ku polom Ballyhara. Byleby tylko coś się zaczęło na nich dziać, byleby ruszyć z poważniejszą robotą, nie oglądając się na to, co powie Colum.

Jak zwykle, zanim pojechała nad brodzik, zatrzymała się przy wieży. Nie najgorsi byli budowniczowie z tych dawnych O'Harów, w dodatku jacy sprytni. Właśnie niedawno u Danielów wspomniała, jaka to szkoda, że po zewnętrznych schodach wieży nie zostało ani śladu, na co stary Daniel całą minutę poświęcił na przemowę o tym, że na zewnątrz wieży nigdy nie było schodów, tylko wewnątrz. Do drzwi znajdujących się na wysokości dwunastu stóp nad ziemią, prowadziła drabina. Kiedy nadciągało niebezpieczeństwo, ludzie chowali się w wieży, wciągali drabinę do środka i z wąskich, podłużnych okienek miotali strzały, rzucali kamieniami albo polewali nieprzyjaciela wrzącym olejem, sami bezpieczni.

Któregoś dnia muszę ściągnąć tę drabinę i zajrzeć do środka. Mam nadzieję, że nie roi się tam od nietoperzy. Dlaczego ten święty Patryk, uwalniając Irlandię do plagi węży, nie pomyślał o tych przebrzydłych czarnoskrzydłych stworzeniach?

*   *   *

Najpierw zajrzała do babki, lecz przekonawszy się, że śpi, stanęła w progu chaty Danielów.

— Scarlett? — zawołała Kasia. — Co za szczęście, że cię widzę. Wejdź, mów, jakie nowe cuda zdziałałaś w Ballyhara.

Sięgnęła po czajniczek z herbatą.

— Właśnie spodziewałam się, że przyjdziesz. Mamy ciepłe placuszki.

W kuchni siedziały trzy kobiety z Adamstown. Scarlett przyniosła sobie stołek i zajęła miejsce obok.

— Jak dzidziuś? — spytała Maria Helena.

— Dziękuję, doskonale.

Rozejrzała się po znajomej kuchni. Miła dla oka, wygodna, to niewątpliwie. Z trudem jednak mogła się doczekać chwili, gdy Kasia przeniesie się wreszcie do swojej nowej kuchni w jednym z największych domów w Ballyhara.

Scarlett już bowiem obmyśliła, jaki dom komu przydzieli. Dla najbliższej rodziny przeznaczyła te najpiękniejsze, najbardziej przestronne. Tylko Colum otrzymał maleńką stróżówkę zbudowaną w miejscu, gdzie majątek graniczy z miasteczkiem. Sam sobie wybrał ten domek, toteż nie było obawy, że będzie narzekał na brak miejsca, zresztą i tak przecież nigdy nie założy rodziny, bo jest księdzem, a dla jednej osoby powinno wystarczyć i tyle. W miasteczku było jednak kilka o wiele większych domów. Największy i najlepszy wybrała Scarlett dla Daniela, oczywiście ze względu na Kasię. Poza tym Danielowie zechcą pewnie wziąć do siebie babkę. Trzeba było także pomyśleć o dodatkowym pokoju dla rodziny Kasi, która kiedyś wyjdzie za mąż, a wziąwszy pod uwagę to, jak wielki posag Scarlett przeznaczyła dla niej, no i sam dom, nie powinna mieć kłopotów ze znalezieniem odpowiedniej partii. Każdy z synów Daniela i Patryka miał otrzymać oddzielną zagrodę, nawet ten upiorny Sean, który dotychczas dzielił mieszkanie z babką. I, oczywiście, ziemię — tyle, ile tylko zapragną, żeby nie mieli problemów ze znalezieniem żon. Zawsze była zdania, że to potworne, aby młodzi chłopcy i zgrabne dziewczęta musieli żyć w przymusowym celibacie, bowiem nie mieli ani ziemi, ani pieniędzy na jej kupno. Angielscy ziemianie byli doprawdy bezduszni — choćby nie wiem co, i tak nie zmusiłbyś żadnego, by zrzekł się na korzyść Irlandczyka bodaj piędzi irlandzkiej ziemi. A nie kto inny, lecz właśnie Irlandczycy doglądali pszenicy i owsa, wypasali bydło i owce, by potem sprzedać je Anglikom po angielskich cenach, dla Anglików, którzy potem odsprzedawali wszystko do Anglii, by inni Anglicy mieli okazję się wzbogacić. Po opłaceniu dzierżawnego, niewiele z zarobionych pieniędzy mogli sobie zatrzymać, a i to tylko pod warukiem, że powodowany kaprysem właściciel ziemi nie podniósł czynszu. Warunki dzierżawienia ziemi w Irlandii były dla Irlandczyków gorsze niż wówczas, gdy prawo gospodarowania trzeba było opłacać połową plonów w naturze, gorsze niż w Ameryce pod rządami Jankesów w czasie Wojny, gdy żołnierze armii Shermana mogli brać to, czego chcieli, by potem podnieść podatki tak niebotycznie, jak wysoko rozciągało się niebo nad Tarą. Nic dziwnego, że Irlandczycy nienawidzili wszystkiego, co angielskie. Tak, jak Scarlett miała nienawidzić Jankesów aż po kres swych dni.

Wkrótce jednak, przyrzekła sobie, rodzina O'Harów uwolni się od tego wszystkiego. Ale się zdziwią, gdy im o tym powie! Nie powinni czekać zbyt długo. Kiedy domy zostaną wyremontowane, kiedy pola będą gotowe do pierwszych siewów... co to, to nie — nie miała zamiaru wręczać prezentów tylo w połowie gotowych, pragnęła, by wszystko, co ofiaruje, było w doskonałym stanie. Bo przecież tacy byli dla niej dobrzy... Poza tym, to w końcu najbliższa rodzina.

Owe dary były jej skrycie hołubionym sekretem. Nikomu się z tym nie zdradziła, nawet Columowi. Sama pieściła się ze myślami o wspaniałościach, którymi obdarzy rodzinę — już od pierwszych chwil, gdy tamtej nocy w Galway ukuła swój plan, owe wyobrażenia nie dawały jej spokoju. Za każdym razem, gdy spoglądała na ulicę w Ballyhara, czuła tym większą radość wiedząc, który z domów do kogo będzie należał. Tyle tu było do rozdania, tyle kominków, przy których przysunąwszy stołek będzie można się ogrzać, tyle izb zamieszkanych przez kuzynów bliższych i dalszych, z którymi jej dziecko będzie się bawić, chodzić do szkoły i obchodzić święta we Dworze.

Oto miejsce dla niej i dla jej dziecka. Dwór. Ogromny, wielki wręcz niesłychanie, niezwykle wytworny Dwór. Większy od domu przy East Battery, większym niż dom w Dunmore Landing, większy nawet od tego, jaki był, nim Jankesi spalili go w dziewięciu dziesiątych. A Dwór otaczają pola — ziemia, która należała do O'Harów jeszcze w czasach, nim ktokolwiek słyszał o Dunmore Landing, Charlestonie, Południowej Karolinie czy Recie Butlerze. Jakby mu źrenice poogromniały, jakby mu serce zabiło, gdyby ujrzał swą cudowną córkę — Boże, niech to będzie córka — w jej wspaniałym domu. Ją, córkę Scarlett O'Hary — córkę samotnej matki.

Scarlett pieściła te marzenia na jawie, pielęgnowała myśl o słodkiej zemście. Cóż — to wszystko dopiero się stanie, to dopiero odległa perspektywa przyszłości. A tymczasem domy rodziny O'Harów będą gotowe już wkrótce, zaraz, gdy tylko skończy się remont.

60.

S ierpień miał się już ku końcowi, gdy pewnego dnia, kiedy niebo na wschodzie było zaróżowione świtem, Colum stanął u progu domu Scarlett, a za nim, w mgławej poświacie, dziesięciu krzepkich i milczących mężczyzn.

– Ludzie do odchwaszczenia pól – oznajmił, wskazując za siebie głową. – Jesteś zadowolona?

Scarlett aż pisnęła z zadowolenia.

– Wilgotno, pozwól, że założę szal – powiedziała. – Poczekaj, zaraz się ubiorę. Zaprowadź ich na pierwsze pole pod bramą.

Jeszcze nie dokończyła toalety, włosy miała w nieładzie, bose stopy. Chciała się pospieszyć, ale z wrażenia wszystko leciało jej z rąk. Tak długo czekała! Poza tym z każdym dniem miała coraz większe trudności przy zakładaniu butów. Coś takiego, wielkam jak kamienica. Pewnie mam trojaczki.

Bierz to diabli! Scarlett upięła potargane włosy w kok, wbiła w to kilka szpilek, w biegu chwyciła szal i na bosaka wybiegła na ulicę.

Mężczyźni o bardzo ponurym wejrzeniu zgromadzili się wokół Columa na zachwaszczonym podjeździe przed bramą.

– Nigdy czegoś podobnego nie widziałem... – dobiegły ją z daleka wzburzone głosy. — To raczej drzewa niż chwasty... moim zdaniem to nawet nie pokrzywy... można by tu siedzieć do końca życia, a i tak się nie skończy...

— Ładna z was banda — zawołała Scarlett głośno i wyraźnie. — Co, boicie się pobrudzić sobie rączki?

Spojrzeli na nią z niesmakiem. Dobiegły do nich wieści o tej kobiecie o manierach woźnicy, w której nie było ni krzty kobiecości.

— Dyskutowaliśmy, od czego byłoby najlepiej zacząć — wtrącił Colum pojednawczym tonem.

Ale Scarlett wcale nie była w pokojowo usposobiona.

— Nigdy nie zaczniecie, jeśli wdacie się w dyskusje. Pokażę wam, od czego zacząć.

Lewą ręką przytrzymała wydęty brzuch, po czym schyliła się i prawą ręką chwyciła garść pokrzyw, zaraz przy korzeniach. Z głośnym westchnieniem wyrwała je z ziemi.

— Oto one — rzekła z pogardą w głosie. — Oto wasz początek.

Po czym rzuciła parzące chwasty mężczyznom do stóp. Z małych ranek na jej ramieniu sączyła się krew. Scarlett splunęła w otwartą dłoń, otarła ją o czarną, żałobną spódnicę, a następnie, ciężko kołysząc się na bosych, bladych i jakby nieproporcjonalnie małych stopach odeszła.

Mężczyźni odprowadzili ją wzrokiem. Po czym jeden, drugi, a wreszcie wszyscy zdjęli kapelusze z głów.

Nie oni jedni nabrali respektu wobec Scarlett O'Hary. Malarze, na przykład, nie bez zdumienia stwierdzili, że ta kobieta potrafi wspinać się na najwyższe nawet drabiny, poruszając się niczym krab, by tym zwinniej przenieść ciężar ciała z jednej strony na drugą, a wszystko po to jedynie, by wskazać nie domalowane lub nierówno pokryte farbą fragmenty ścian. Cieśle, którzy bardzo by chcieli „zaoszczędzić" na gwoździach, pewnego dnia, gdy przyszli do pracy, znaleźli ją dobijającą niedokładnie przybite deski. Albo znowu zatrzasnęła ledwo co osadzone na zawiasach drzwi z hukiem, „który i umarłego mógłby obudzić" po to tylko, by sprawdzić solidność roboty. A kiedy zdun nareperował kominy, weszła do środka z zapalonym wiechciem słomy, aby przekonać się, czy dobrze ciągnie. Z kolei dekarze opowiadali ze zgrozą, że tylko „silne ramię ojca O'Hary powstrzymało ją od wejścia na dach i policzenia dachówek". Od wszystkich wymagała wiele, lecz od siebie najwięcej.

A kiedy wieczorami było już zbyt ciemno żeby pracować, w *pubie* wydawano za darmo po trzy kwaterki piwa każdemu, kto mimo zmroku nie przerywał pracy, ale nawet, gdy późno w nocy pili, przechwalali się i narzekali, przez kuchenne okno mogli widzieć Scarlett, jak przy świetle lampy pochylona nad papierami coś czyta i coś podlicza.

*   *   *

— Umyłaś ręce? — zapytał Colum wchodząc do kuchni.

— Tak, i natarłam balsamem. Popełniłam głupstwo. Ale czasami taka wściekłość mnie ogarnia, że wpadam w szał i nie wiem, co robię. Śniadanie gotowe. Chcesz jeść?

Colum pociągnął nosem.

— Owsianka bez soli? Wolałbym gotowane pokrzywy.

— To idź i sobie urwij — roześmiała się. — A zimna, nie posolona owsianka zastosowana w formie okładów na nogi powinna złagodzić tę straszną opuchliznę... chociaż wkrótce to i tak będzie bez znaczenia. Już w tej chwili sznurując buty robię to po omacku, a za tydzień lub dwa w ogóle nie będę mogła się schylić. Imaginuję sobie, że mam cały miot młodych, nie dziecko.

— „Imaginuję sobie", by tak rzec, to samo. Potrzeba ci kobiety do pomocy.

Spodziewał się, że za chwilę usłyszy głośne protesty, Scarlett bowiem automatycznie odrzucała każdą sugestię, z której miałoby wynikać, że nie jest w stanie sama podołać wszystkiemu. Tym razem jednak łatwo się zgodziła. Colum aż się uśmiechnął. Właśnie ma na oku kobietę poszukującą pracy — wyjaśnił — osobę, która umie poradzić sobie ze wszystkim, nawet może prowadzić rachunki, jeśli będzie potrzeba. Starsza niewiasta, lecz nie na tyle stara, by wzdragała się przyjąć rządy twardej ręki, które zaprowadziła Scarlett w Ballyhara, a jednocześnie osoba z kręgosłupem, gotowa bronić własnego zdania. Ma doświadczenie w kierowaniu pracą, zarządzaniem ludźmi i obchodzeniu się z pieniędzmi. Była gospodynią we dworze niedaleko Laracor, to z drugiej strony od Trim. Zna się na położnictwie, choć sama nie jest akuszerką z zawodu. Ma sześcioro dzieci. Może przystać do Scarlett już od zaraz, chętnie zajmie się nią i jej domem dopóty, dopóki Dwór nie zostanie wyremontowany. A potem, kiedy już nie będzie potrzebna, odejdzie, bowiem mnóstwo kobiet potrzebuje jej pomocy, ona zaś zawsze gotowa jest pomagać.

— Przekonasz się, droga Scarlett, że prowadzenie domu w Ameryce niczym nie przypomina gospodarowania w irlandzkim dworze. Tu trzeba pewnej, wprawionej ręki. Będziesz potrzebowała ochmistrza, który by zarządzał lokajami i służbą, stajennego, który by dowodził zgrają parobków, no i oczywiście kilkunastu ogrodników, a na ich czele...

— Przestań! — Scarlett wściekle potrząsnęła głową. — Nie zakładam tu królestwa. Owszem, potrzeba mi kobiety do pomocy, przyznaję, ale w tej piramidzie z kamienia zamierzam mieszkać zaledwie w paru pokojach. Dlatego zechciej zapytać tę swoją chodzącą doskonałość, czy jest gotowa spuścić z tonu. Szczerze mówiąc, to wątpię.

— Dobrze, zapytam.

Colum był pewny, że się zgodzi, nawet gdyby miała szorować podłogi. Rosaleen Mary Fitzpatrick była siostrą jednego z Bractwa Fenian. Jej brata powiesili Anglicy. Jej ojciec i dziadek mieszkali dawniej w Ballyhara — utonęli podczas sławetnej wyprawy do Ameryki. Rosaleen Mary Fitzpatrick należała do Bractwa Fenian — była jednym z najzagorzalszych, gotowych na największe poświęcenia powstańców, a zarazem członkinią najtajniejszych struktur Bractwa.

Scarlet wyjęła z garnka trzy jajka, wodę wlała do czajniczka z herbatą.

— Możesz otrzymać jajko lub dwa, jeśli duma nie pozwala ci jeść mojej owsianki... oczywiście bez soli.

Colum pokiwał głową.

– Boże, ale jestem głodny.

Nałożył na talerz owsianki, obrał jajka ze skorupek i położył obok białej, gęstej masy. Nie dogotowane żółtka rozlały się po talerzu. Colum sięgnął po łyżkę. Jadł patrząc w sufit.

Scarlett wcinała owsiankę z jajkiem szybko i z apetytem, co bynajmniej nie przerywało potoku słów, wyrzucanych między jedną łyżką a drugą. Właśnie postanowiła zdradzić się mu ze swym planem przeniesienia całej rodziny do umiarkowanych luksusów Ballyhara.

Colum poczekał, aż skończy jeść, po czym odezwał się:

– Wątpię, czy zgodzą się na twój plan. Uprawiają tę ziemię już prawie przez dwieście lat.

– Oczywiście, że się zgodzą. Każdy chce mieć lepiej, niż ma.

Potrząsnął głową.

– Zapewniam cię, że się mylisz. Zresztą natychmiast ich zapytam. Albo nie, inaczej to sobie planowałam. Dowiedzą się o tym dopiero gdy wszystko będzie gotowe.

– Scarlett, sprowadziłem ci farmerów. Dzisiaj z samego rana.

– Tych leniwców!

– Nie zdradzałaś się mi z planami. Wynająłem tych ludzi. Ich żony i dzieci wprowadzają się właśnie do chat na końcu ulicy. Wymówili swoim dotychczasowym pracodawcom.

Scarlett przygryzła wargę.

– Dobrze – powiedziała po chwili. – Niech i tak będzie. Zamierzam osiedlić rodzinę w domach, nie w chatach. Ci ludzie mogą pracować dla moich kuzynów.

Colum otworzył usta, jakby chciał coś powiedzieć, lecz zaraz zrezygnował. Nie było o co się spierać. Poza tym i tak był przekonany, że Danielowie nie ruszą się z Adamstown.

* * *

Colum zawołał Scarlett z drabiny, na którą właśnie się wspięła, by sprawdzić, czy dobrze położono świeży tynk.

– Chodź, pokażę ci, do czego zdolni są ci „leniwcy"!

Scarlett tak się ucieszyła, że aż łzy popłynęły jej z oczu. W gąszczu chwastów wycięto i wykarczowano ścieżkę, dość szeroką, by można było przejechać dwukółką tam, gdzie dotychczas zaledwie zmieścił się kucyk. Teraz znowu będzie mogła odwiedzać Kasię, przywozić mleko do herbaty i na owsiankę. Już od dobrego tygodnia czuła się nazbyt ociężale do jazdy na oklep.

– Natychmiast wyjeżdżam.

– Pozwól, że przynajmniej zawiążę ci buty.

– Nie, za bardzo uciskają mi stopy. Teraz, kiedy mam wózek i drogę, mogę jeździć na bosaka. Ale możesz zaprząc kucyka.

Colum z uczuciem ulgi spoglądał, jak Scarlett odjeżdża. Gdy dwukółka znikła mu z oczu, poszedł do stróżówki, gdzie mieszkał, do swych książek, fajki i szklaneczki dobrej whisky, której napił się z przekonaniem, że dobrze na to zasłużył. Spośród wielu ludzi, jakich zdarzyło się mu spotkać, niezależnie od płci, wieku i narodowości, Scarlett O'Hara przyprawiała go o największe zmęczenie.

Tylko dlaczego — zachodził w głowę — za każdym razem, gdy o niej myślę, coś podszeptuje mi, by do każdego sądu, jaki o niej wydaję, dodawać owo nieśmiertelne „bidula"?

*   *   *

Rzeczywiście zasługiwała na ten przydomek, gdy po zapadnięciu zmroku wpadła do stróżówki Columa. Rodzina — grzecznie, lecz zupełnie otwarcie — odrzuciła zaproszenie do Ballyhara i żadne wezwania na nic się tu nie zdały.

Colum zaczął już wierzyć, że Scarlett nie jest zdolna do łez. Nie płakała, gdy otrzymała akt rozwodowy, nie uroniła łzy nawet wówczas, kiedy się dowiedziała o ślubie Retta i Anny Hampton. Ale tej ciepłej deszczowej nocy sierpniowej chlipała dobrych parę godzin, aż w końcu usnęła na wygodnym tapczanie Columa — luksus nieznany w jej po spartańsku urządzonym domu. Przykrył ją cienkim kocem i poszedł do sypialni. Był zadowolony, że dała upust swemu żalowi, obawiał się jednak, że kiedy się obudzi, w jej oczach będzie to wyglądało zupełnie inaczej. Dlatego zostawił ją samą , pewnie przez najbliższe kilka dni nie będzie chciała widywać się z nim. Ludzie o silnym charakterze nie lubili mieć świadków swej słabości.

Ale był w błędzie. Nie po raz pierwszy — czego nie omieszkał zauważyć. Czy w ogóle można przejrzeć tę kobietę? Gdy rano wszedł do kuchni, Scarlett siedziała przy stole i jadła jajko — ostatnie, które miał.

— Wiesz, Colum, masz rację. Z solą smakują znacznie lepiej... A teraz możesz zacząć się rozglądać za dobrymi lokatorami do moich domów. Muszą być zamożni, ponieważ otrzymają luksusowo wyposażone mieszkania i wobec tego spodziewam się wysokich czynszów.

*   *   *

Scarlett czuła się do głębi urażona, chociaż ani nie okazywała tego po sobie, ani nikomu nie zwierzała się ze swych rozczarowań. Nadal jeździła wózkiem do Danielów parę razy w tygodniu, nadal pracowała przy odbudowie Ballyhara tak ciężko, jak dotychczas, choć ciąża powoli coraz bardziej dawała się we znaki. Ale z końcem września wszystko było gotowe. Zabudowania lśniły czystością, świeżo odmalowane wewnątrz i zewnątrz, zaopatrzone w mocne drzwi, dobre kominy i szczelne dachy. Ludności przybywało z dnia na dzień.

Przybyły także dwa *puby*, zakład szewski, gdzie można było nie tylko załatać buty ale i naprawić uprząż, sklep z towarami kolonialnymi, który przeniósł się z Bective. Przyjechał staruszek ksiądz do obsługi katolickiego kościółka, dwie nauczycielki do szkoły, w której miały się zacząć lekcje, gdy tylko nadejdzie pozwolenie od władz szkolnych w Dublinie, nerwowy młody prawnik z nadzieją otworzenia praktyki oraz jego jeszcze bardziej nerwowa żona lubiąca wystawać w oknie i podglądać ludzi zza firanek. Dzieci farmerów bawiły się na ulicy, żony siedziały na schodkach i plotkowały, z Trim co dzień przyjeżdżał pocztylion z listami i uczonym dżentelmenem, który w jednoizbowej przybudówce obok sklepu kolonialnego otworzył kramik z książkami, papierem i atramentem. Z Trim nadeszła też obietnica, że z początkiem nowego roku zostanie otworzony w Ballyhara urząd pocztowy. Największy dom wynajął doktor — w pierwszym tygodniu października miał rozpocząć praktykę.

Ta ostatnia wiadomość najbardziej ucieszyła Scarlett, bowiem jedyny szpital w całej okolicy znajdował się w Domu Pracy w Dunshauglin, czternaście mil drogi. Stanowczo wierzyła w pracę, nie w żebraninę, jednakowoż wcale nie miała ochoty spoglądać na nieszczęśników, którzy czekali tam końca swych dni. A już na pewno nie było to odpowiednie miejsce dla dzidziusia, który wkrótce miał pojawić się na świecie.

Własny lekarz. To już bardziej w jej stylu. Niech no tylko zaczną się tarapaty z krupem, wietrzną ospą i wszystkimi chorobami, przez które zwykle muszą przejść dzieci, doktor będzie jej prawą ręką. Teraz jeszcze trzeba było dać znać po okolicy, że w połowie listopada chętnie widziałaby w Ballyhara jakąś zręczną położną.

No i dokończyć dom.

— Gdzie ta twoja Mrs. Fitzpatrick? — spytała Columa. — Wydawało mi się, że miała tu być już miesiąc temu. Przecież się zgodziła.

— Owszem — pokiwał głową Colum. — Zgodziła się miesiąc temu i dała miesięczne wypowiedzenie, jak każda odpowiedzialna osoba. Będzie tu dopiero pierwszego października, czyli w przyszły czwartek. Zaproponowałem jej, żeby zamieszkała u mnie.

— Czyżby? A ja myślałam, że to moje gospodarstwo ma prowadzić. Dlaczego nie miałaby mieszkać u mnie?

— Ponieważ, moja droga, twój dom to jedyny budynek w miasteczku, który nie przeszedł gruntownego remontu.

Scarlett, zaskoczona, potoczyła wzrokiem po kuchni. Nigdy przedtem nie przywiązywała znaczenia do tego, jak mieszka, miała to być tylko prowizorka, wygodna, ze względu na konieczność doglądania roboty w miasteczku.

— Paskudna nora, prawda? — spojrzała na Columa. — Dobrze byłoby doprowadzić dom do ładu jeszcze gdy będę mogła się poruszać.

Uśmiechnęła się, choć z trudem.

— To nie żarty, Colum. Jestem już prawie bez sił. Dobrze byłoby skończyć to wszystko tak, żebym mogła jeszcze trochę odpocząć przed rozwiązaniem.

Dla siebie jednak zachowała wiadomość, że praca stała się tak nużąca dopiero wówczas, gdy kuzyni odrzucili jej propozycję. Skoro rodzina O'Harów nie chciała zamieszkać w Ballyhara i wziąć w uprawę ziemię swoich ojców i dziadów, cały wysiłek odbudowy przestał przynosić radość. Scarlett nie ustawała w dociekaniach, jakie były prawdziwe przyczyny tej odmowy. Jedyną sensowną odpowiedzią, która się jej nasuwała, była ta, że kuzyni nie chcieli łączyć się z nią, bo jej nie kochali, mimo całej uprzejmości i ciepła, którymi ją otaczali. Znowu czuła się sama, choć ciągle była razem z nimi, choć była z Columem. Sądziła, że może na niego liczyć jak na przyjaciela, ale to on pierwszy jej powiedział, iż nie skorzystają z jej oferty, znał ich, a więc był jednym z nich.

Ból pleców nie ustawał. Nogi też ją bolały, stopy i kostki tak były spuchnięte, że każdy krok przysparzał jej cierpienia. Już wolałaby nie mieć tego dziecka, ono uczyniło ją chorą, ono podsunęło jej pomysł kupna Ballyhara. Ale nie mogła pozbyć się go wcześniej niż za sześć — nie, sześć i pół — tygodnia.

Gdybym miała dość sił, zaczęłabym głośno kląć — pomyślała przybita. Skrzesała jednak w sobie tyle energii, by starczyło na jeden słaby uśmiech dla Columa.

Wygląda tak, jakby chciał coś powiedzieć, ale nie może znaleźć słów. Hm... już ja mu w tym nie pomogę. Zupełnie brak mi sił na dłuższą rozmowę.

Ktoś zapukał do frontowych drzwi.

— Ja otworzę — powiedział Colum. I dobrze. Hyca, jak królik.

Wrócił do kuchni z paczuszką w dłoni i z mało przekonującym uśmiechem na twarzy.

— Była Mrs. Flanagan ze sklepu. Przyniosła tytoń, który zamówiłaś dla babki. Zawiozę to jej od ciebie.

— Nie, dziękuję — Scarlett dźwignęła się na nogi. — Babka chciała, żebym jej przywiozła paczuszkę tytoniu... odkąd tu jestem, tylko ten jeden raz o coś mnie poprosiła. Zaprzęgnij kucyka i pomóż mi wsiąść na wózek. Sama jej to zawiozę.

— Pojadę z tobą.

— Colum, przecież miejsca ledwo wystarczy dla mnie, sam wiesz najlepiej. Zaprzęgnij więc kucyka i pomóż mi wsiąść, to zupełnie dosyć.

A jak zejdę z wózka, to już Bóg jeden wie.

*   *   *

„Upiorny Sean", jak zwała go Scarlett, siedział w domu wraz z babką. Pomógł jej zsiąść i ofiarował ramię.

— Nie trzeba — zawołała wesoło. — Sama dam sobie radę.

Sean zawsze przyprawiał ją o zdenerwowanie. Wszystko, co miało w sobie coś z nieudacznictwa, bardzo ją denerwowało, a Sean był największym nieudacznikiem wśród O'Harów. Był trzecim synem Patryka. Najstarszy umarł, Kuba w swoim czasie zamiast pracy na roli wybrał kupiectwo i przeniósł się do Trim, tak że kiedy w roku 1861 zmarł stary Patryk, Sean odziedziczył po ojcu gospodarstwo. Miał "zaledwie", trzydzieści dwa lata, a owo "zaledwie", jak sądził, powinno starczyć za wytłumaczenie wszystkich jego niepowodzeń. Przywiódł gospodarstwo do stanu tak podłego, że pojawiła się groźba, iż w końcu straci dzierżawę.

Daniel, jako najstarszy, traktował syna Patryka na równi z własnymi dziećmi. Ale chociaż miał już sześćdziesiąt siedem lat, bardziej pokładał wiarę w siebie i własne siły niż w Seana czy Seamusa, który też miał „zaledwie" trzydzieści dwa lata. Pracował równie ciężko, jak brat, całe swoje życie. Teraz, gdy Patryk umarł, nie zamierzał milczeć i patrzeć, jak dzieło jego życia popada w ruinę. Jeśli już, to wolał, żeby Seana spotkała zasłużona klęska.

Sean spokojnie przyjął cios. I odszedł. Ale niedaleko. Już od dwunastu lat mieszkał z babką, godząc się na jej opiekę. Konsekwentnie odmawiał wszelkiej pracy na farmie u Daniela. Na sam jego widok Scarlett czuła, jak świerzbią ją ręce. Dlatego wolała odejść byle dalej od niego i to tak szybko, jak tylko pozwalały na to jej bose, spuchnięte stopy.

— Dziewczyna Geralda — przywitała ją babka. — Miło cię widzieć, młoda Kasiu Scarlett.

Scarlett wierzyła, że jest jej miło. Zawsze wierzyła babce.

— Przyniosłam ci tytoń, starsza Kasiu Scarlett — powiedziała pogodnie.

— Wielka to rzecz. Wypalisz ze mną fajeczkę?

— Nie, dziękuję, babciu. Nie jestem jeszcze stuprocentową Irlandką.

— Och, co za szkoda. Cóż, ja jestem Irlandką do szpiku kości. Zechciej zatem nabić mi fajkę.

W maleńkiej chacie zapanowała zupełna cisza, przerywana jedynie łagodnymi odgłosami pykania fajki. Scarlett usiadła, nogi położyła na niskim stołeczku i zamknęła oczy. Cisza działała na nią kojąco, toteż gdy na dworze usłyszała jakieś krzyki, opadła ją wściekłość. Czyż nie dane jej było spędzić bodaj pół godziny w spokoju? Wybiegła na podwórze, gotowa zbesztać każdego, kto zakłócił ciszę.

Ale to, co ujrzała, było tak przerażające, że zapomniała o złości, łamaniu w krzyżu, bólu w stopach — zapomniała o wszystkim z wyjątkiem strachu. Bo na podwórzu u Danielów grasowali żołnierze i konstable, a dowodził nimi oficer na koniu z obnażoną szablą w ręku. Żołnierze właśnie składali trójnóg z klocem na linach. Pokuśtykała przez podwórko, by dołączyć do Kasi, która stała w drzwiach płacząc.

— O! — zawołał jeden z żołnierzy. — Mamy tu jeszcze jedną. Spójrzcie tylko na nią. Ci irlandzcy nędzarze mnożą się jak króliki. Tylko czemu nie mogą nauczyć się nosić butów?

— W łóżku nie trzeba mieć butów na nogach — odpowiedział mu drugi.

— W łóżku albo w krzakach.

Anglicy wybuchnęli śmiechem. Irlandzcy konstable wbili wzrok w ziemię.

— Ty! — krzyknęła Scarlett. — Ty tam, na koniu. Co robicie na tej farmie, ty i te nędzne kreatury?

— Zwracasz się do mnie, dziewczyno? — oficer spojrzał, celując w nią swym długim nosem.

Wysunęła podbródek i obrzuciła go chłodnym spojrzeniem zielonych oczu.

— Taka ze mnie dziewczyna, jak z ciebie dżentelmen, panie... nawet jeśli zdaje ci się, żeś oficer.

Zastygł w bezruchu otwarłszy usta, tak że nawet sam nos nie rzucał się w oczy. Tak — mściwie pomyślała sobie Scarlett. Zgaduję, że nos mu zniknął, bo ryby nie mają nosów, a on wygląda właśnie jak wyrzucona na piasek ryba. Porwana w wir walki poczuła, jak wracają jej siły.

— Nie jesteś tutejsza — mruknął po dłuższej chwili milczenia oficer. — Czy to nie ty jesteś tą Amerykanką?

— Kim ja jestem, to nie twoja sprawa. Za to bardzo mnie interesuje, co ty tu robisz. Wytłumacz się.

Dopiero teraz oficer przypomniał sobie, kim jest. Zamknął usta, usztywnił kark. Scarlett zauważyła, że wszyscy żołnierze jakby usztywnili postawę, spoglądając to na nią, to na swego dowódcę. Konstable zerkali tylko kącikiem oka.

– Zgodnie z rozkazem rządu Jej Królewskiej Mości eksmituję dzierżawców tej farmy za niepłacenie czynszu – pomachał zwojem papieru.

Scarlett serce podeszło do gardła. Jeszcze wyżej zadarła brodę. Za plecami żołnierzy dostrzegła Daniela z synami – biegli przez pole z widłami i pałkami, gotowi do walki.

– To na pewno jakieś nieporozumienie – zawołała. – Jakąż to sumę są rzekomo winni moi kuzyni?

Na miłość Boską, pospiesz się, ty nochalu, zanim będzie za późno. Jeśli którykolwiek z O'Harów uderzy któregoś z żołnierzy, pójdą do więzienia, albo i gorzej.

Tymczasem, jak na złość, wszystko zdało się dziać jakby w zwolnionym tempie. Wieczność chyba minęła, zanim oficer rozwinął zwój pergaminu. Daniel, Seamus, Tomasz, Patryk i Tymoteusz biegli jakby zanurzeni w wodzie. Scarlett zaczęła rozpinać koszulkę. Palce miała niczym serdelki, guziki wymykały się niby grudy tłuszczu.

– Trzydzieści jeden funtów osiem szylingów i dziewięć pensów – wyrecytował oficer, przeciągając każde słowo, tak że zanim je wypowiedział, zdało się, mija godzina.

A potem od pól dobiegły Scarlett złowrogie pokrzykiwania mężczyzn – biegli co sił w nogach, wygrażając pięściami i potrząsając tym, co każdemu udało się schwycić. Szybko sięgnęła do rzemienia na karku, gorączkowo chwyciła za wypchaną pieniędzmi sakiewkę, drżącymi palcami rozsupłując szczelnie obwiązany wylot mieszka.

Poczuła chłód monet, potem wymacała zwinięte w plik banknoty. Zbielałymi wargami wyszeptała słowa dziękczynienia. Szczęśliwie miała przy sobie pieniądze na wypłatę dla robotników pracujących w Ballyhara. Ponad pięćdziesiąt funtów. Gdy upewniła się, że jest w stanie opłacić dzierżawę, stała się zimna jak lód, gorączka ją opuściła, mogła sobie pozwolić na pewną flegmatyczność.

Zdjęła sakiewkę przez głowę, zadzwoniły monety.

– Proszę... a tu masz ekstra za fatygę, ty grubianinie.

Ramię miała silne, nie chybiła celu. Sakiewka uderzyła oficera prosto w usta. Szylingi i pensy brzęcząc posypały się po mundurze, po czym wylądowały na ziemi.

– Posprzątać ten bałagan! – zawołała Scarlett. – I zabrać mi te śmiecie, któreście przywlekli!

Odwróciła się plecami do żołnierzy.

– Na miłość Boską – szepnęła do Kasi. – Pędź na pole i zatrzymaj mężczyzn, bo naprawdę gotowi są napytać nam wszystkim biedy.

* * *

Minęło kilka minut, zanim Scarlett stanęła twarzą w twarz ze starym

Danielem. Była wściekła. A gdyby tak nie uparła się, że osobiście przywiezie babce ten tytoń? A gdyby zwlekała z przyjazdem? Posłała wujowi niedobre spojrzenie i wybuchła:

— Dlaczego nie powiedziałeś mi, że potrzebujesz pieniędzy? Z przyjemnością bym ci je dała.

— Rodzina O'Harów nie przyjmuje jałmużny.

— Jałmużna? A jakaż to jałmużna od najbliższej rodziny, wuju Danielu?

Daniel spojrzał na nią starymi, bardzo starymi oczami.

— To, czego nie zarobisz pracą własnych rąk, jest jałmużną — powiedział ponurym tonem. — Znamy twoją historię, młoda Kasiu Scarlett. Gdy Gerald popadł w obłęd, dlaczego nie zwróciłaś się do jego braci w Savannah? To przecież też rodzina.

Scarlett zadrżały wargi. Tak, stary ma rację. Nie prosiła o pomoc nikogo, bo od nikogo by jej nie przyjęła. Sama musiała dać sobie radę z własnymi kłopotami. Duma nie pozwoliłaby jej skamleć o wsparcie, duma nie pozwoliłaby jej okazać żadnej oznaki słabości.

— A w czasie głodu? — spytała, gwałtownie poszukując argumentów ku własnej obronie. — Papa posłał wam wszystko, co miał. Wuj Jakub i wuj Andrzej też wam pomagali.

— Źle zrobiliśmy, żeśmy się na to zgodzili, ale myśleliśmy, że to się szybko skończy. Gdy jednak zrozumieliśmy, o co tu chodzi, było już za późno na odesłanie tych pieniędzy.

Scarlett spojrzała na proste jak deska plecy wuja, na dumnie uniesioną głowę. I zrozumiała. Tak, na jego miejscu uczyniłaby to samo. Zrozumiała też, że popełniła gafę, usiłując ich namówić, by przyjęli od niej Ballyhara jako namiastkę tego, czemu poświęcili całe życie. Gdyby się zgodzili na przeprowadzkę, przyznaliby, że cała ich praca była bezwartościowa — praca Daniela, jego synów i braci jego ojca, i ojca jego ojca.

— Robert podniósł dzierżawne, prawda? — spytała, chcąc poznać przyczynę eksmisji. — A podniósł ją w odwecie za moją dowcipną uwagę na temat jego rękawiczek, mam rację? Chciał się zemścić na mnie uderzając w was.

— Robert to człowiek chciwy — mruknął Daniel. — Nie można powiedzieć, żeby to miało związek z twoim poczuciem humoru.

— Ale pozwolisz, że ci pomogę? — zawołała bez mała błagalnym tonem.

— Poczytywałabym to sobie za prawdziwy zaszczyt.

W oczach starego Daniela dostrzegła przyzwolenie. A potem przebłyski dowcipu.

— Mamy tu Michała, syna Patryka. Pracuje w dworskich stajniach. Chłopak świetnie się zna na hodowli koni i mógłby terminować w Curragh, gdyby tylko miał pieniądze na czesne...

— Dziękuję — sucho ucięła Scarlett.

— Czy ktoś ma ochotę na kolację, czy mam wszystko wyrzucić świniom? — wtrąciła się Kasia, udając, że gniewna.

— Z głodu chce mi się wyć — jęknęła Scarlett. — A do gotowania mam dwie lewe ręce, jak pewnie wiesz.

Jestem szczęśliwa — przemknęło jej przez myśl. Wszystko mnie boli, od stóp do głów, ale jestem szczęśliwa. Jeśli ten dzidziuś nie będzie dumny z nazwiska, które po mnie otrzyma, to chyba kark mu ukręcę.

61.

*T*rzeba nam będzie kucharza — powiedziała Mrs. Fitzpatrick. — Kiepsko gotuję.

— Ja też — przyznała Scarlett.

Mrs. Fitzpatrick obrzuciła ją bystrym spojrzeniem.

— Ja także nie gotuję najlepiej — dodała Scarlett pospiesznie.

Chyba nie polubię tej kobiety — westchnęła w duchu. I to niezależnie od wszystkich pochlebnych słów, którymi obdarza ją Colum. Już na samym początku, gdy spontanicznie spytała ją, jak się nazywa, usłyszała „Mrs. Fitzpatrick", choć obie dobrze wiedziały, że nie o nazwisko tu chodzi, lecz o imię. Nigdy nie zwracała się do służby per „Mrs.", „Mister" czy „Miss". Nigdy jednak nie miała białej służby. Kasia i Brygidka w roli pokojówek nie liczyły się jako służące, bo to rodzina. Dobrze, że ta Mrs. Fitzpatrick nie jest jakąś kuzynką.

Mrs. Fitzpatrick była kobietą wysoką, przynajmniej o pół głowy wyższą od Scarlett. Nie była szczupła, ale nie była tłusta. Dobrze zbudowana, wyglądem przywodziła na myśl rosłe drzewo. Nie sposób było stwierdzić, ile ma lat. Jak większość irlandzkich kobiet, mogła się poszczycić cerą bez zmarszczek

— skutek dobroczynnego działania lekko wilgotnego powietrza i stałej temperatury. Karnacja przypominała kremową barwę gęstej śmietany, z wyjątkiem dramatycznie czerwonych rumieńców na policzkach, te jednak głębią koloru przywodziły na myśl raczej ciemną purpurę róży niż chorobliwie ceglaste wypieki. Nos miała perkaty, wieśniaczy, lecz z wyraźnie zaznaczoną czubatą chrząstką, wargi jak dwie bladoczerwone kreski. Najbardziej jednak zwracały uwagę, najbardziej rzucały się w oczy ciemne, zaskakująco subtelne brwi, tworzące doskonale regularny łuk nad niebieskimi oczami, w mocnym kontraście do śnieżnobiałych włosów. Ubrana była w prostą szarą suknię ze śnieżnobiałym, niewyszukanym kołnierzem z lnu i takimiż mankietami. Silne, zwinne ręce trzymała złożone na podołku. Spoglądając na swe chropowate, zniszczone pracą dłonie, Scarlett czuła się jak prostaczka — dłonie Mrs. Fitzpatrick były wysmukłe, krótkie paznokcie starannie wypolerowane, skórki u nasady paznokci, równo przycięte, przywodziły na myśl białe półksiężyce.

Gdy mówiła, dało się wychwycić ślady angielskiego akcentu, wprawdzie łagodne, lecz odbierające wymowie muzyczną śpiewność, zwłaszcza ostatnim sylabom.

Wiem! — uświadomiła sobie Scarlett. Stara się sprawiać wrażenie osoby rzeczowej. Na samą myśl o tym od razu poczuła się lepiej. Z rzeczowymi kobietami umiała dać sobie radę, zupełnie niezależnie od tego, czy darzyła je sympatią, czy tylko tolerowała.

— Tuszę, że znajdzie mnie pani użyteczną, Mrs. O'Hara — rzekła Mrs. Fitzpatrick, nie pozostawiając cienia wątpliwości, że żyła w przeświadczeniu, iż czegokolwiek by się podjęła, cokolwiek by powiedziała, zawsze znajdowała to użytecznym. Scarlett aż podskoczyła zirytowana. Czy ta paniusia chce ją sprowokować? Czy ona naprawdę ma zamiar przejąć ster spraw w swoje ręce?

Mrs. Fitzpatrick nie przerywała potoku słów:

— Radam, że mogę wyrazić osobistą satysfakcję z poznania pani, jako też moją radość, która płynie z faktu, że dane mi jest pracować u pani, Mrs. O'Hara. Zaszczyt to dla mnie nie lada, że zostałam gospodynią w domu głowy rodu O'Harów, **Tej O'Hary**.

Co to ma znaczyć?

Ciemne brwi uniosły się jakby z niedowierzaniem.

— Jak to? To pani nie wie? Przecież wszyscy nie mówią o czym innym! — wąskie usteczka Mrs. Fitzpatrick rozchyliły się w olśniewającym uśmiechu. —Jak daleko sięga pamięć żyjących, żadnej kobiecie nie udało się tego dokonać, prawdopodobnie też na przestrzeni minionych wieków nie znajdzie się kobiety, która dokonałaby tej sztuki. W każdym razie otrzymała pani miano głowy rodu O'Harów, wszystkich jego gałęzi i rozwidleń. W czasach królów na czele każdej rodziny stał swego rodzaju przywódca, reprezentant, włodarz. Dalecy przodkowie szanownej pani uosabiali godność i dumę całego rodu. Dzisiaj przypomniano sobie o tym szczególnym wyróżnieniu i obdarzono nim panią, Mrs. O'Hara.

— Nie rozumiem — zmieszała się Scarlett. — To co ja mam robić?

— Wszystko, co było do zrobienia, już pani zrobiła — uśmiechnęła się Mrs. Fitzpatrick. — I zasłużyła pani na podziw, zaufanie oraz cześć. Tę godność zdobywa się, nie dziedziczy. Teraz wystarczy, jeśli pozostanie pani sobą, Mrs. O'Hara.

— Chyba muszę napić się herbaty — wykrztusiła cieniutkim głosikiem Scarlett. Nie miała pojęcia, o czym plecie ta Fitzpatrick. Żartuje sobie? Drwi? Nie. Ta osoba nie należała do rodzaju ludzi, którzy prawią bliźnim niewczesne żarty. Cóż zatem miało to wszystko znaczyć? **Ta O'Hara**? Scarlett spróbowała wymówić to po cichutku... **Ta O'Hara**... Jak bicie w bęben. Coś się w niej obudziło, coś ukrytego głęboko, coś zapomnianego, pierwotnego. **Ta O'Hara**. W jej bladych, zmęczonych oczach rozbłysło jakieś światełko, tak że zalśniły niczym ogniste szmaragdy. **Ta O'Hara**.

Jutro trzeba będzie o tym pomyśleć... jutro i każdego dnia, aż do końca życia. Och, jakże dziwnie się czuję, pełna mocy. „... Wystarczy, jeśli pozostanie pani sobą..." — powiedziała ta kobieta. Jak to rozumieć?

— Pani herbata, Mrs. O'Hara.

— Dziękuję, Mrs. Fitzpatrick.

Już jej nie irytowała ta onieśmielająca początkowo pewność siebie starszej pani, przeciwnie — zaczęła ją podziwiać. Wzięła filiżankę i spojrzała Mrs. Fitzpatrick w oczy.

— Proszę, niech pani też zrobi sobie herbatę. I proszę usiąść. Musimy porozmawiać o kuchni i wszystkim innym. Mamy przed sobą tylko sześć tygodni i huk rzeczy do załatwienia.

* * *

Scarlett nigdy jeszcze nie była w swoim Dworze. Mrs. Fitzpatrick starała się ukryć zdziwienie i ciekawość. Bywała gospodynią w domach znakomitych rodzin, prowadziła ogromne niekiedy gospodarstwa, lecz żadne z nich bodaj w przybliżeniu nie mogło się równać wspaniałości Dworu w Ballyhara. Pomogła Scarlett przekręcić wielki zmatowiały mosiężny klucz w ogromnym zardzewiałym zamku, po czym oparła się całym ciężarem ciała o ciężkie skrzydło.

— Pleśń — skrzywiła się, gdy drzwi ustąpiły i na zewnątrz uderzyła fala ciężkiego powietrza. — Będziemy potrzebowały całej armii kobiet ze szczotkami i cebrami wody. No, obejrzymy sobie najpierw kuchnię. Żadna porządna kucharka nie wejdzie do kuchni, jeśli nie będzie urządzona pierwsza klasa. Tę część domu można wyremontować później. Nie warto zawracać sobie głowy odpadającą tapetą i tymi zwierzątkami na podłodze. Kucharka nawet tutaj nie zajrzy.

Półkoliste kolumnady łączyły boczne skrzydła budowli z korpusem. Najpierw wybrały się do wschodniej części Dworu. Znalazły się w ogromnym pokoju narożnym. Otworzywszy drzwi wyszły na wewnętrzny korytarz prowadzący do kolejnych pomieszczeń — dalej, po schodach, wchodziło się do drugiej amfilady pokojów.

— Tutaj może pracować rządca — powiedziała Mrs. Fitzpatrick, gdy wróciły do pierwszego narożnego pokoju. — Tamte pokoje w skrzydle można oddać służbie i przeznaczyć na spiżarnie. Rządca nie powinien mieszkać w samym Dworze, proszę przeznaczyć dla niego któryś z domów w miasteczku, duży, jeśli to możliwe, jak na to zasługuje włodarz takiego majątku. Tu, oczywiście, będzie biuro rządcy.

Scarlett nie odezwała się ani słowem. Oczyma wyobraźni widziała inne biuro, skrzydło innego dworu, zajmowane zwykle przez „kawalerskich gości", jak mawiał Rett. Cóż, nie zamierzała przeznaczać kilkunastu pomieszczeń ani na „kawalerskich gości", ani na żadnych innych. Z pewnością jednak przyda się jej biuro, podobne do tego, jakie miał Rett. Poleci cieśli, żeby zrobił jej biurko, dwa razy takie, jak biurko Retta. Na ścianach powiesi plany majątku i będzie wyglądać z okna, tak jak Rett to zwykł czynić. Lecz w przeciwieństwie do niego, który miał widok na sterty wypalonych cegieł i chaszcze zdziczałych kwiatów, ona będzie spoglądać na równo przycięte kamienie budowli w Ballyhara i łany pszenicy.

— Ja będę zarządzać majątkiem, Mrs. Fitzpatrick. Nie mam zamiaru powierzać mojej własności w obce ręce.

— Proszę nie poczytać mi tego za brak szacunku — odezwała się Mrs. Fitzpatrick — ale pani nie wie, co pani mówi. Przecież to zajmie pani cały czas, od świtu do nocy. Bo nie tylko sklepami i dostawami towaru będzie się pani musiała zajmować, ale też wysłuchiwaniem skarg i rozstrzyganiem sporów między robotnikami, farmerami oraz mieszkańcami miasteczka.

— Chętnie. W hallu ustawimy ławki i w każdą pierwszą niedzielę miesiąca po sumie będę tym się zajmować.

Z wyrazu twarzy Scarlett można było odczytać, że dalsza dyskusja nie ma sensu.

— Aha... Mrs. Fitzpatrick. Żeby mi tu nie było żadnych spluwaczek, jasne?

Gospodyni kiwnęła głową, choć nie rozumiała znaczenia słowa „spluwaczka". W Irlandii nie było zwyczaju żucia tytoniu.

— Dobrze — westchnęła Scarlett. — A teraz zajrzyjmy do kuchni, o którą pani tak się martwiła. To chyba w drugim skrzydle.

— Czuje się pani na siłach?

— Siła wyższa — odpowiedziała Scarlett z rezygnacją.

To prawda, chodzenie było dla niej torturą, bolały ją stopy, darło w krzyżach, ale co z tego, skoro musiała obejrzeć kuchnię? Stan domu był przerażający. Trudno sobie wyobrazić, by w ciągu sześciu tygodni dało się tu przeprowadzić i ukończyć generalny remont. Ale — siła wyższa. Dziecko winno przyjść na świat we Dworze.

— Wspaniała — zawyrokowała Mrs. Fitzpatrick ujrzawszy kuchnię.

W rzeczy samej, pomieszczenie było otchłannie wielkie, wysokie na dwa piętra, ze świetlikami w dachu (szyby, oczywiście, wybite). Scarlett z wszelką pewnością nigdy w życiu nie zdarzyło się widzieć sali balowej choćby w połowie tak olbrzymiej. Ogromny kominek z ciosanego kamienia zajmował niemal całą ścianę po przeciwległej stronie kuchni, a było to bardzo daleko. Po lewo i po prawo znajdowały się wysokie drzwi: te od północy wiodły do wyłożonego marmurową kostką pomieszczenia przeznaczonego do zmywania naczyń, te od południa do pustego pokoju niewiadomego przeznaczenia.

— Tutaj może spać kucharka, zaś to — Mrs. Fitzpatrick zadarła głowę —

jest najbardziej pomysłowym wynalazkiem kuchennym, jaki w życiu widziałam.

Przez całą długość kuchni na wysokości pierwszego piętra biegła otwarta galeria.

– Pokoje nad sypialnią kucharki i nad zmywalnią należą do mnie. Ni kucharka, ni dziewki kuchenne nie będą znać dnia ani godziny, gdy zechcę z góry przyjrzeć się ich pracy. To powinno utrzymywać całą kuchnię w stanie gotowości. Galeria pewnie łączy się z innymi pokojami pierwszego piętra, tak że pani też będzie mogła przejść niepostrzeżenie i przyjrzeć się kuchennej robocie. Ale się będą zwijać!

– A dlaczego nie miałabym po prostu wejść do kuchni i rzucić okiem?

– Ponieważ z uprzejmości rzucą całą robotę i będą oczekiwać na nowe polecenia, gdy tymczasem wszystko w garnkach się przypali.

– Hm... – zasępiła się Scarlett. Ciągle pani mówi „oni" i „dziewki". A co z kucharką? Chyba powinnyśmy zatrudnić jakąś kobietę, i na tym koniec.

Mrs. Fitzpatrick potoczyła wzrokiem po bezmiernych przestrzeniach podłogi, oknach wielkości kościelnych, dwupiętrowej wysokości ścianach.

– Jedna kobieta nie da sobie z tym rady. Nikt odpowiedzialny nie podejmie się tego zadania. Chętnie bym jeszcze obejrzała spiżarnię i pralnię, chyba znajdują się w suterenie. Chce pani zejść ze mną na dół?

– Szczerze mówiąc, raczej nie. Wolałabym usiąść gdzieś na dworze, byle dalej od tego zaduchu.

Znalazła jakieś drzwi. Prowadziły do otoczonego murem, zarośniętego ogrodu. Scarlett wróciła do kuchni. Z drugich drzwi wychodziło się na korytarz w kolumnadzie. Przykucnęła na kamiennej podłodze, oparła się o kolumnę. Zmęczenie dawało o sobie znać. Nie przypuszczała wcześniej, że ten dom wymaga tyle pracy, z zewnątrz wyglądał bowiem jakby nietknięty zębem czasu.

Dzidziuś kopnął. Machinalnie przyłożyła dłoń do brzucha, usiłując wepchnąć nóżkę czy czymkolwiek by to nie było, na swoje miejsce.

– Ejże, dzidziuś – mruknęła. – A co ty sądzisz o tym? Nazwali ci matkę **Tą O'Harą**... Mam nadzieję, że jesteś pod wrażeniem. Jestem pewna, że jesteś.

Zamknęła oczy. Chciała przetrawić w sobie wydarzenia ostatnich dni.

W drzwiach stanęła Mrs. Fitzpatrick, omiatając się z pajęczyn.

– Ujdzie – zawyrokowała zwięźle. – Teraz zaś przydałoby się uciszyć żaby w żołądkach. Idziemy do *pubu*.

– Do *pubu*? – zdziwiła się Scarlett. – Damy nie mają wstępu do *pubu*, chyba że w towarzystwie mężów.

Mrs. Fitzpatrick uśmiechnęła się.

– Przecież ten *pub* należy do pani. Może tam pani wchodzić i wychodzić do woli. W gruncie rzeczy wszędzie może pani wchodzić, o każdej porze dnia i nocy. Jest pani **Tą O'Harą**.

Te słowa Scarlett dobrze zapamiętała. Tak, to przecież ani Charleston, ani Atlanta. Dlaczego miałaby stronić od *pubu*? Czyż nie własnoręcznie zbijała podłogę? I czyż każdy nie twierdził, że Mrs. Kennedy – żona oberżysty – zrobi dla niej pasztet palce lizać?

Pogoda zrobiła się deszczowa. To już nie kapuśniaczki czy mgliste dni, do których Scarlett zdążyła przywyknąć, lecz prawdziwe strugi deszczu, lejące się z nieba trzy, czasami cztery godziny bez przerwy. Farmerzy skarżyli się, że ziemia zbija się w grudę, gdy rozrzucają na świeżo odchwaszczone pola fury nawozu zakupionego przez Scarlett. Lecz ona, zmuszając się codziennie do pieszych wycieczek do Dworu — w celu doglądania postępu prac remontowych — błogosławiła błoto, mając bowiem spuchnięte nogi chodziła po nie wyżwirowanej drodze jak po puchowej poduszce. Zupełnie zrezygnowała z noszenia butów. Przed drzwiami stawiała cebrzyk wody, by mieć w czym umyć zabłocone nogi nim wejdzie do domu. Colum, kiedy to zobaczył, wybuchnął śmiechem.

— Z dnia na dzień rośnie z ciebie prawdziwa Irlandka. Skąd się tego nauczyłaś? Od Kasi?

— Podpatrzyłam to u powracających z pola kuzynów — odpowiedziała.

— Zawsze przed wejściem do domu obmywają nogi z błota... pewnie dlatego, że Kasia by się wściekła, gdyby ujrzała, jak depczą jej zawsze nieskazitelnie czystą podłogę.

— Nic podobnego — pokręcił głową. — Czynią tak dlatego, że wszyscy Irlandczycy, jak daleko sięgniesz pamięcią, zawsze tak czynili. A krzyknęłaś *seachain* zanim wylałaś wodę?

— Nie bądź głupi, oczywiście, że nie. Podobnie jak nie stawiam co wieczór na progu miseczki z mlekiem. Ani nie dam się omamić żadnym wróżkom, ani nie zamierzam ich karmić. To wszystko to dziecinny przesąd.

— Tak powiadasz?... Zobaczysz, pewnego dnia przyjdzie *pooka* i ukarze cię za twe zuchwalstwo...

Nerwowo zajrzał pod łóżko i pod poduszkę.

Scarlett znowu miała okazję do śmiechu.

— W porządku, Colum, obiecuję poprawę. Tylko co to takiego ten *pooka*? Przypuszczam, że kuzyn w drugiej linii skrzaciego ludku?

— Skrzaci ludek zatrząsłby się ze zgrozy słysząc, co wygadujesz. *Pooka* to stworzenie straszliwe, złowrogie i przebiegłe. W jednej chwili może sprawić, że śmietanka ci skwaśnieje albo pomotła ci włosy własnym grzebieniem.

— Albo sprawi, że nogi spuchną mi w kostkach — dodała zgryźliwie. — Tak, to ostatnie jest straszne jak nic, czego dotychczas dane mi było doświadczyć.

— Bidula. Jak długo jeszcze?

— Około trzech tygodni. Już kazałam Mrs. Fitzpatrick, żeby posprzątała dla mnie pokój i zamówiła łóżko.

— Myślisz, że jest ci pomocna?

Tak, Scarlett musiała przyznać, że wielce się jej przydała. Mrs. Fitzpatrick nie miała o sobie aż tak wygórowanego mniemania, by gardziła pracą fizyczną. Niejeden raz Scarlett widziała, jak szoruje kamienną podłogę i marmurowe zlewy, by pokazać dziewkom kuchennym, jak to się powinno robić.

— Ale z jednym zastrzeżeniem, drogi kuzynie — Scarlett uniosła do góry palec. — Ta kobieta wydaje pieniądze, jakby czerpała z worka bez dna. Musiałam nająć trzy dziewczyny i to tylko po to, by posprzątały kuchnię, tak żeby kucharka zechciała przyjąć u mnie posadę. Ponadto musiałam kupić kuchenkę, jakiej sama nigdy w życiu nie widziałam, z fajerkami wszystkich rozmiarów, piekarnikami i podgrzewaczami wody. W sumie kosztowało mnie to sto funtów i jeszcze dziesięć za przewiezienie ze stacji kolejowej tutaj. A teraz, jakby nie było nic innego do roboty, kowal kuje wszelkiego rodzaju windy do przesyłania potraw z parteru na piętro, rożny i pogrzebacze. To tak na ewentualność, gdyby kucharka nie uznawała pieczenia w piecykach i wolała pieczyste z rożna. Kucharki są bardziej rozpieszczone niż sama królowa.

— Oraz, prawdopodobnie, więcej z nich pożytku. Zobaczysz, będzie ci miło, gdy zasiądziesz do stołu we własnej jadalni i zjesz coś smacznego.

— To ty tak twierdzisz... Ja jestem zadowolona ze sztuki mięsa u Mrs. Kennedy. Wczoraj wieczorem zjadłam trzy porcje: jedną za siebie, dwie za tego słonia, który zaląkł się mi w brzuchu. Mój Boże, jaka ja będę szczęśliwa, kiedy to wszystko się skończy... Colum?

Colum odpłynął myślami gdzieś daleko. Teraz nie był taki przystępny jak dawniej, rozmowa z nim szła nieco opornie.

— Colum, słyszałeś coś o czymś, co tu nazywają **Ta O'Hara**?

Słyszał, był dumny i uważał, że na to zasłużyła.

— Nadzwyczajna z ciebie kobieta, Scarlett O'Haro. Nikt z tych, którzy cię znają, nie myśli inaczej. Przejechałaś przez nawał strzał, z których niejedna zdołałaby powalić kobietę większego formatu, mężczyznę zresztą też. I nigdy nie wydarł ci się z ust jęk, ni prośba o litość...

Uśmiechnął się po szelmowsku.

— I prawie dokonałaś cudu, zmusiwszy tych wszystkich Irlandczyków, by wzięli się za robotę tak, jak sobie tego życzysz. A jeszcze miałaś dość odwagi, by plunąć w twarz angielskiemu oficerowi... cóż, powiadają, że pocelowałaś z odległości stu kroków i pozbawiłaś go jednego oka.

— To nieprawda!

— A niby dlaczego wspaniała saga ma zmatowieć w roztworze prawdy? Stary Daniel pierwszy nazwał cię **Tą O'Harą**, a przecież tam był.

Stary Daniel? Scarlett aż uniosła się z dumy.

— Pilnie słuchając tego, co mówią, dochodzę do wniosku, że niedaleko jest już ten dzień, gdy ty i duch Finna MacCoola podacie sobie ręce w tej samej legendzie. Wzbogaciliśmy się, mając cię tutaj.

Jasna barwa głosu Columa jakby ściemniała.

— Na jedno tylko chciałbym ci zwrócić uwagę, droga Scarlett. Nie zadzieraj nosa na to, co mówi lud. W ten sposób obrażasz wszystkich.

— Przenigdy! — aż podskoczyła na krześle. — Chodzę na sumę co niedziela, choć ojciec Flynn wygląda tak, jakby za chwilę miał zasnąć przy ołtarzu.

— Nie mówię o kościele. Mam na myśli czary i *pooka*... ludzie między innymi sławią cię za to, że sprowadziłaś się na dawne ziemie O'Harów, podczas gdy każdy wie, iż ciągle straszy tu duch młodego lorda.

— Nie mówisz serio...

— Owszem, mówię. Tu nie możesz pozwolić sobie na wiarę lub niedowiarstwo. Irlandzki lud twierdzi, że tak się rzeczy mają. Jeśli kpisz z jego przekonań, plujesz mu prosto w oczy.

Teraz Scarlett wreszcie mogła zrozumieć, jak nieroztropnie się zachowywała.

— Dobrze — zasępiła się. — Powstrzymam język na wodzy i nie będę się śmiać, chyba że sam na sam z tobą. Ale nie będę krzyczeć, zanim wypróżnię wiadro.

— Nie musisz. Mówi się, że darzysz *pooka* szacunkiem tak wielkim, iż zaklęcie wypowiadasz szeptem.

Scarlett parsknęła śmiechem i śmiała się aż do chwili, gdy dzidziuś ją kopnął bardzo mocno.

— Zobacz, co zrobiłeś — zawołała oskarżycielskim tonem, spoglądając na Columa. — Wnętrzności mam pewnie całe w sińcach, ale co tam... Najważniejsze, że nie śmiałam się tak serdecznie od chwili, gdy wyprowadziłeś się do stróżówki. Zostań ze mną, dobrze?

— Chętnie. Będę jednym z pierwszych, którzy zobaczą to słoniowate dziecko. Mam nadzieję, że poprosisz mnie na chrzestnego ojca.

— Możesz zostać chrzestnym ojcem? Myślałam, że ochrzcisz ją... jego... je...

Uśmiech zniknął z twarzy Columa.

— Nie mogę go ochrzcić. Proś mnie o cokolwiek, tylko nie o gwiazdkę z nieba. Nie mogę udzielać sakramentów.

— Dlaczego? Przecież to twój zawód.

— Nie, Scarlett, to zawód księdza parafialnego, biskupa, arcybiskupa albo kogo tam jeszcze przy specjalnych okazjach. Ja jestem księdzem misyjnym, pracuję nad ulżeniem cierpienia nędzy. Nie sprawuję świętych sakramentów.

— Możesz zrobić wyjątek.

— Nie mogę, koniec kropka. Ale za to chętnie zostanę najwspanialszym ojcem chrzestnym, jakiego mogłabyś sobie wymarzyć, o ile tylko mnie poprosisz. Już ja dopilnuję, żeby wielebny Flynn nie upuścił dziecka na schody, ani na podłogę, a katechizmu nauczę je z wymową tak słodką, że będzie miało wrażenie, jakoby uczyło się na pamięć limeryku. Tylko mnie poproś na chrzestnego, droga Scarlett, i nie łam mi mego skamlącego serca.

— Oczywiście. Proszę cię, zostań ojcem chrzestnym.

— No, to i mam to, po co przyszedłem. A teraz pójdę, zajrzę do domów, gdzie do jedzenia dodają soli, może da się co wyżebrać.

— To idź. Ja sobie odpocznę, a kiedy deszcz przestanie padać, pójdę odwiedzić babkę i Kasię, o ile przejdę przez bród, bo woda już bardzo wysoka.

— Jeszcze jedna obietnica, a przestanę cię dręczyć. Zostań w domu w środę wieczorem, zamknij dobrze drzwi i zapuść zasłony. To wigilia Wszystkich Świętych. Irlandczycy wierzą, że wszystkie wróżki, jakie tylko istniały od zarania dziejów, pojawiają się tego wieczoru na świecie. I, oczywiście, chochliki, upiory i duchy z głowami pod pachą, i w ogóle wszystko, co tajemnicze i niezwykłe. Dostosuj się do zwyczaju, zamknij dom i uważaj, by żadne z nich nie nawinęło ci się na oczy. Tego dnia powinnaś zrezygnować ze sztuki mięsa u Mrs. Kennedy. Raczej zechciej się zadowolić jajkami na twardo. A jeśli chcesz się wprawić w prawdziwie irlandzki nastrój, zrób sobie kolację z whisky i popijaj piwem.

— Hm... teraz to już się nie dziwię, że po takiej wieczerzy Irlandczycy widzą zjawy. Lecz dobrze, uczynię tak, jak każesz. Tylko dlaczego nie chcesz zostać na noc?

— Z taką kuszącą dziewczyną jak ty? Musiałbym zdjąć koloratkę.

Scarlett pokazała mu język. Też mi coś, „kusząca dziewczyna". Kusząca, w rzeczy samej, chyba dla słonia.

* * *

Dwukółka niepokojąco kołysała się na boki, gdy przejeżdżała przez bród na Boyne. Kiedy przybyła do Adamstown i rozejrzała się po kątach, postanowiła nie zabawić tu dłużej: babka wyglądała na senną, tak że nawet nie usiadła przy kominku.

— Ach, dziękuję, babciu — zawołała, gdy staruszka wskazała jej stołek. — Wpadłam tylko na chwilkę, nie chcę pozbawiać cię drzemki.

— No to podejdź tu, młodsza Kasiu Scarlett, i pocałuj mnie na do widzenia. Miła z ciebie dziewczyna.

Scarlett nachyliła się nad babką, delikatnie objęła suche, starcze ciało i złożyła pocałunek na pergaminowym policzku. Prawie natychmiast potem broda babki obwisła na piersi.

— Kasiu, nie mogę zatrzymać się na dłużej, rzeka przybiera. Zanim wody opadną, wątpię, czy będę w stanie wdrapać się na wózek. Widziałaś kiedy dzidziusia tak gigantycznych rozmiarów?

— Tak, widziałam, ale na pewno nie zgodzisz się ze mną. Bo moim zdaniem, każda matka uznaje swoje dziecko za wyjątkowe, gdy tymczasem wiele jest takich. A może znajdziesz chwilkę na filiżankę herbaty i coś do tego?

— Nie powinnam ci ulec, ale chętnie. Mogę usiąść na krześle Daniela? Jest największe.

— Proszę bardzo. Stary Daniel żadnego z nas nie obdarzał takimi względami, jak ciebie.

Ta O'Hara — pomyślała Scarlett. Ta myśl rozgrzała ją bardziej niż filiżanka herbaty i wesoły ogień, trzaskający na kominku, napełniający całą izbę żywiczną wonią palonych szczap.

— Odwiedziłaś babkę? — Kasia przysunęła stołek z zastawą do herbaty i ciastem na talerzyku bliżej wielkiego krzesła Daniela.

— Poszłam tam najpierw. Teraz babka śpi.

— To wspaniale. Byłoby szkoda, gdyby odeszła bez pożegnania z tobą. Z kuferka, gdzie trzyma swe skarby, wyjęła całun. Niebawem umrze.

Scarlett spojrzała na twarz Kasi — niezmiennie pogodną. Jak ona może mówić o czyjejś śmierci takim samym tonem, jakby mówiła o pogodzie czy czymś równie banalnym. No i proszę, jeszcze przy tym popija herbatkę i zagryza ciastem.

— Mamy nadzieję, że jednak nie wcześniej, niż przestanie padać — ciągnęła

235

Kasia. — Drogi zrobiły się bardzo błotniste i ludzie będą mieć problemy z dojściem na stypę. Ale cóż, dziej się wola Boska.

Zauważyła przerażenie Scarlett, lecz nie odgadła jego prawdziwej przyczyny.

— Nam wszystkim będzie jej brakować, kochanie, lecz ludzie, którzy przeżyli taki kawał życia, zdają sobie sprawę z tego, kiedy wybija godzina odejścia. Pozwól, doleję ci herbaty, ta już chyba wystygła.

Ale Scarlett odstawiła filiżankę. Szczęknął spodeczek.

— Dziękuję, Kasiu, naprawdę nie mogę. Muszę jakoś przejechać przez bród.

— Cóż... w każdym razie dasz nam znać, gdy zaczną się bóle? Chętnie bym była przy tobie w czas porodu.

— Dam ci znać. I dziękuję za herbatę. Pomożesz mi wsiąść na wózek?

— A może weźmiesz ze sobą resztę ciasta? Migiem zapakuję...

— Nie, nie. Dziękuję. Boję się o poziom wody w rzece.

*   *   *

A jeszcze bardziej się boję, że oszaleję — myślała Scarlett, jadąc podmokłą drogą. Colum miał rację, wszyscy Irlandczycy mają bzika na punkcie upiorów. Ale kto by pomyślał, że Kasia też? W dodatku babka, choć żyje jeszcze i ma się dobrze, trzyma w kufrze gotowy całun. Bóg jeden wie, co oni wyprawiają w wigilię Wszystkich Świętych. O. pewnie, że zamknę drzwi, jeszcze zabiję gwoździami. Od tych opowieści aż ciarki przechodzą człowiekowi po plecach.

Przy przechodzeniu brodu kucyk stracił na chwilę równowagę... straszny, nieskończenie długi moment. A chociaż w końcu dał sobie radę i wyciągnął wózek na brzeg, Scarlett postanowiła nie odbywać żadnych podróży do Adamstown do czasu rozwiązania.

Dość już tych jazd — zadecydowała. I ja, i dzidziuś, mamy tego po dziurki w nosie. Szkoda, że nie dałam się namówić na to ciasto.

62.

Wdrzwiach pokoju, który Scarlett wybrała na sypialnię, stały trzy wiejskie dziewczyny. Ubrane w wielkie fartuchy i suto
marszczone czepeczki tylko strojem były do siebie podobne, poza tym wszystkim się różniły. Aneczka Doyle była niskiego wzrostu i okrąglutka jak prosiaczek, Marysia Moran, wysoka i niezgrabna jak strach na wróble, Peggy
Quinn milutka i ładniutka jak laleczka. Rączki trzymały wzorowo wyprosto-
wane, ale tłoczyły się jedna przez drugą.

— Już byśmy sobie poszły, Mrs. Fitzpatrick — zaczęła błagalnym tonem
Peggy. — Chciałybyśmy zdążyć przed deszczem.

Pozostałe żywo potakiwały.

— Dobrze — powiedziała Mrs. Fitzpatrick. — Ale macie mi tu być w
poniedziałek z samego rana i odrobić stracony czas.

— Tak jest, psze pani — zawołały chórem, dygając niezgrabnie.

Pognały po schodach stukając butami jakby grad dudnił.

— Przychodzą takie chwile, że człowieka ogarnia czarna rozpacz —
westchnęła Mrs. Fitzpatrick. — Ale nie z takiego materiału robiło się dobre
pokojówki. Te przynajmniej są robotne. Nawet deszcz nie przeszkadzałby im
w pracy, gdyby nie wigilia Wszystkich Świętych. Pewnie sobie myślą, że jak

niebo zaciąga się chmurami, to tak samo, jakby noc już zapadła.

Spojrzała na złoty zegarek wpięty w suknię na piersi.

— Parę minut po drugiej... No, dobrze. Na czym to stanęłyśmy, Mrs. O'Hara? Aha. Obawiam się, że ta deszczowa pogoda spowoduje znaczne opóźnienia w pracy. Przyznaję to z przykrością, ale nie mam zwyczaju kłamać. Zdarłyśmy stare tapety, umyły ściany i doprowadziły je do jako takiego porządku, ale tu i ówdzie trzeba będzie położyć nowy tynk, to zaś oznacza, że ściany muszą być suche. Później należy poczekać, aż tynk wyschnie, zanim położy się nowe tapety lub pomaluje na nowo. Dwa tygodnie nie wystarczą.

Scarlett zacisnęła szczęki.

— Mam zamiar urodzić w tym domu, Mrs. Fitzpatrick. Powtarzam to pani od początku.

Ale ta fala złego humoru spłynęła po gospodyni jak woda po kaczce.

— Mam pewnien pomysł...

— Proszę bardzo. Gotowam rozważyć wszystko, o ile nie opóźni to przeprowadzki.

— Całkiem przeciwnie — uśmiechnęła się Mrs. Fitzpatrick. — Przypuszczam, że gdy porządnie rozpali się na kominku, a w oknach powiesi się jakieś ładne, grube zasłony, nagie ściany wcale nie powinny razić oczu.

Scarlett ponurym wzrokiem obrzuciła szare plamy mokrego, popękanego tynku.

— Wygląda ohydnie.

— Kilim i meble na pewno poprawią efekt. Mam dla pani niespodziankę. Znalazłyśmy to na strychu. Proszę tylko popatrzeć.

Otworzyła drzwi do pokoju obok.

Scarlett ciężkim krokiem podeszła do progu, zajrzała i huknęła śmiechem.

— Wielki Boże, a co to?

— To się nazywa „pańskie łoże". Czyż nie cudowne?

Także Mrs. Fitzpatrick wybuchnęła śmiechem i teraz obie chichotały, spoglądając na niezwykły mebel zajmujący cały środek niemałego przecież pokoju. Łoże było ogromne, długie przynajmniej na dziesięć, szerokie na osiem stóp. Cztery grube dębowe kolumny wyrzeźbione w kształcie greckich bóstw podtrzymywały na uwieńczonych laurem głowach ciężki drewniany baldachim. U wezgłowia i w nogach znajdowały się drewniane płaskorzeźby, a na nich mężczyźni w togach w heroicznych pozach wynurzali się z gęstych splotów winorośli i bluszczu. Wysokie wezgłowie wieńczyła kula, na niej zaś korona ze złoconych listków.

— Co za wielkolud spał w tym łóżku? — zdziwiła się Scarlett.

— Wydaje mi się, że ten mebel sprowadzono tu specjalnie z okazji wizyty wicekróla.

— Kto to?

— W Irlandii na czele rządu stoi wicekról.

— Hm... całkiem jak znalazł dla gigantycznego dzidziusia — zamyśliła się Scarlett. — O ile doktor będzie w stanie sięgnąć.

— Wobec tego mogę zamówić materace? — ucieszyła się Mrs. Fitzpatrick.

— W Trim znam człowieka, który uwinie się z robotą w dwa dni.

— Tak, może pani zamówić. I odpowiednio duże prześcieradła, albo proszę zszyć parę mniejszych. Panienko Najświętsza, przecież można wylegiwać się w tym okrągły tydzień i ani razu nie zasnąć na tym samym miejscu.

— Z baldachimem i zasłonami to łóżko będzie jak oddzielny pokój...

— Pokój? — zawołała Scarlett. — Jak dom! Ma pani rację, kochana. Gdy się położę do łóżka, wcale nie będę widzieć tych paskudnych ścian. Prawdziwy z pani skarb, Mrs. Fitzpatrick, teraz potrafię to docenić lepiej niż parę miesięcy temu. Proszę sobie tylko wyobrazić, jak to łóżko podziała na dzidziusia, kiedy już przyjdzie na świat: wyrośnie mi przynajmniej na dziesięć stóp!

Ich przyjacielski śmiech ciągle rozbrzmiewał, gdy po świeżo wymytych granitowych schodach schodziły na parter.

Tak — myślała Scarlett. Schody trzeba będzie wyłożyć chodnikiem, i to zaraz. A może po prostu należałoby zamknąć piętro? Po co taki ogromny dom dla jednej kobiety? Oczywiście, o ile Mrs. Fitzpatrick i kucharka łaskawie wyrażą zgodę. Czemu nie? W końcu jaki pożytek być **Tą O'Harą** i nie móc mieszkać wedle własnego gustu?

Odsunęła się nieco, przepuszczając Mrs. Fitzpatrick, która miała otworzyć ciężkie drzwi frontowe.

Wyjrzały na dwór.

— Do diabła! — warknęła Scarlett.

— Rzeknę, to nie deszcz, to potop — zaszczebiotała gospodyni. — Ale długo tak nie popada. Może by się tak napić herbatki? W kuchni jest ciepło i sucho, kazałam palić dziś cały dzień pod piecem, żeby sprawdzić, czy dobrze ciągnie.

— Dobrze.

Zadumana, powoli ruszyła za gospodynią w stronę kuchennych drzwi.

— O, to coś nowego! — zawołała z podejrzliwością w głosie. Nie lubiła, gdy ktoś wydawał jej pieniądze nie zapytawszy ją o zdanie. A obite krzesła przy piecu wyglądały zbyt dobrze, by miały zasiąść na nich kucharki i dziewki kuchenne.

— Ile to kosztowało? — postukała w ciężki, drewniany stół.

— Tyle, co mydło zużyte na wymycie. Znalazłam go w spiżarni, okropnie brudny. Krzesła wzięłam z domu Columa. Sam zaproponował, by najpierw olśnić kucharkę luksusem, a potem dopiero pokazać resztę domu. Zrobiłam też spis mebli, które trzeba kupić do jej pokoju. Leży na stole. Zechce pani zatwierdzić?

Scarlett opadło poczucie winy. Zaraz jednak zrodziło się w niej podejrzenie, że Mrs. Fitzpatrick wie, że czuje się winna, i wtedy łupnęło ją w krzyżu.

— A co ze spisem, który zatwierdziłam w ubiegłym tygodniu? — spytała ostrym tonem. — Kiedy nadejdą te rzeczy?

— Większość już jest, w spiżarni. Mam zamiar trzymać je tam aż do przyszłego tygodnia. Rozpakujemy je razem z kucharką. Większość tych pań ma własne sposoby urządzania kuchni i ustawiania statków.

Scarlett znowu łupnęło w krzyżu. Ból w plecach dawał się we znaki bardziej niż kiedykolwiek. Roztarła dłońmi bolące miejsce. A wtedy kolejna fala bólu przebiegła jej przez bok i zatrzymała się w nodze, tak że ból w plecach zdał się teraz dziecinną igraszką. Chwyciła palcami za brzeg stołu, by nie osunąć się na podłogę i tępym wzrokiem spojrzała na lepką ciecz spływającą jej po nogach — na świeżo wyszorowanej posadzce utworzyła się sporych rozmiarów kałuża.

— Wody puściły — powiedziała w końcu. — Z krwią.

Spojrzała za okno — ciągle lało.

— Bardzo mi przykro, Mrs. Fitzpatrick — wysapała — ale będzie się pani musiała zamoczyć. Proszę mnie przenieść na stół i podsunąć jakąś miskę do zbierania wód... czy też krwi. Potem proszę pobiec do *pubu* lub do sklepu. Niech ktoś pędzi na łeb, na szyję po doktora. Właśnie zaczął się poród.

*   *   *

Przeszywający ból już się nie powtórzył. Z dużymi poduszkami pod głową, z mniejszymi poduszeczkami podłożonymi pod plecy, Scarlett było zupełnie wygodnie. Żeby tylko dostać szklankę wody... Wolała jednak nie schodzić ze stołu. Gdyby bóle wróciły, mogłaby się przewrócić i napytać sobie prawdziwej biedy.

Chyba nie powinnam była ponaglać Mrs. Fitzpatrick, a już na pewno nie trzeba było kazać popędzać ludzi w miasteczku. Miałam zaledwie trzy skurcze od chwili, gdy wybiegła, a i to niezbyt silne. Gdyby nie ta krew, czułabym się zupełnie dobrze. Ale za każdym razem, gdy dochodziło do skurczu lub kiedy dziecko kopało, miała upławy. Nigdy dotychczas z tym się nie spotkała. Kiedy wody puszczają, są czyste, nie krwawe.

Coś tu nie tak.

Gdzie doktor? Gdyby choć tydzień później, miałabym na podorędziu własnego lekarza. Ale tak, trzeba będzie sprowadzić jakiegoś obcego z Trim, jak zgaduję. Ładna historia, doktorku, kto by przypuszczał, że to się tak skończy, przecież miałam zamiar rodzić na łożu wicekróla, zwieńczonym złocistą koroną, a tu tymczasem zległam na stole wyciągniętym skądzieś z rupieciarni. Niezłe początki, jak na dzidziusia. Trzeba go będzie nazwać „Źrebię" „Skoczek" lub jakoś tak.

Znowu ta krew. To mi się wcale nie podoba. Dlaczego Mrs. Fitzpatrick jeszcze nie wraca? Na miłość Boską, wyschłam jak wiór, przydałoby się tak szklankę wody... Ej, dzidziuś, przestań wierzgać, nie masz prawa zachowywać się jak źrebię tylko dlatego, że leżymy na stole z rupieciarni. Przestań! Krew mi upuszczasz. Poczekaj z tym fikaniem — o, jak łaskocze — aż doktor przyjdzie. Wtedy to już możesz sobie wychodzić. Szczerze mówiąc, chętnie będę z tobą jeździć konno.

O, łatwiej było cię począć niż wydać na świat... Nie, nie powinnam myśleć o Recie, jeszcze mi tego brakowało. Oszaleję!

Dlaczego ten deszcz ciągle pada? Potop... nawet gorzej niż potop. Wiatr też sobie nie żałuje. Prawdziwa wichura. W sam raz odpowiednia pogoda na poród, na zejście wód... skąd ta krew? Wykrwawię się na śmierć leżąc tak na tym stole i — na miłość Boską — nikt mi nie poda bodaj filiżanki herbaty? O, kawa byłaby jeszcze lepsza. Czasami tak mi się chce kawy, że gotowa jestem wyć... płakać... Boże, znowu odpływ. Cóż, w każdym razie to nie boli. Prawie ustały skurcze... to zaledwie szarpnięcie, jakoś tak... tylko skąd tyle krwi? A co będzie, gdy ruszy łożysko? Dobry Boże, przecież trzeba się spodziewać rzeki krwi, zaleje całą posadzkę. Wszyscy będą musieli myć nogi. Ciekawe, czy Mrs. Fitzpatrick też trzyma cebrzyk wody do obmywania stóp. Ciekawe, czy zamawia zanim wyleje wodę? Ciekawe, gdzie, u diabła, podziewa się ta kobieta? Niech no tylko się to wszystko skończy, a przegonię ją, gdzie pieprz rośnie — żadnych referencji, ani słowa, ani skrawka papieru, niczego, co mogłaby komukolwiek pokazać. Też coś: wybiec z domu i zostawić mnie tak na stole, umierającą z pragnienia.

Tylko nie kop. Jakie tam z ciebie źrebię, raczej osioł. Ojej, znowu krew... Nie zamierzam wykończyć się przy tym porodzie, nic z tych rzeczy. **Ta O'Hara** nie zejdzie ze sceny w ten sposób. **Ta O'Hara**. Jestem podobna do... Co to? Doktor?

Weszła Mrs. Fitzpatrick.

— Wszystko w porządku?

— W jak najlepszym.

— Przyniosłam parę prześcieradeł, koce i miękkie poduszki. Mężczyźni przyniosą materace. Może w czymś pani pomóc?

— Wody.

— W tej chwili.

Scarlett uniosła się na łokciu i chciwie pociągnęła parę łyków.

— Kto pojechał po doktora?

— Colum. Chciał przejechać przez bród, żeby sprowadzić lekarza z Adamstown, lecz nie dał rady. Musiał zawrócić do Trim.

— Pewnie. Poproszę jeszcze szklankę wody i świeży podkład. Ten jest już całkiem mokry.

Mrs. Fitzaptrick usiłowała ukryć przerażenie, gdy ujrzała przesiąknięty ręcznik między nogami Scarlett. Szybko go wyjęła i podbiegła do zlewu, żeby wyżąć krew. Scarlett patrzyła, jak na posadzkę spadają jasnoczerwone krople. To część mnie — powtarzała w myśli, lecz nie mogła dać temu wiary. Niejeden raz była ranna, czy to podczas zabaw dziecięcych, czy w czasie zbioru bawełny, czy wreszcie całkiem niedawno, gdy rwała pokrzywę. Ale gdyby tak zebrać tę ilość krwi, która wtedy z niej uszła, nie byłoby tego nawet w połowie tyle, ile wyciekło z ręcznika. Znowu skurcz, i znowu świeża struga krwi na stole.

Głupia baba, przecież mówiłam jej, żeby mi dała suchy ręcznik.

*   *   *

— Która godzina u pani na zegarku, Mrs. Fitzpatrick?

— Piąta szesnaście.

— No tak, w taką nawałnicę nie da się pędzić co koń wyskoczy. Poproszę jeszcze jedną szklankę wody i suchy ręcznik. Albo nie. Poproszę herbaty z dużą ilością cukru.

Może jak ta kobieta czymś się zajmie, przestanie wystawać nade mną niczym kołek. Źle się czuję i nie mam już sił na grzeczną rozmowę i miłe,

241

dzielne uśmiechy. Obawiam się, żem już niespełna rozumu. Skurcze ani nie przybierają na sile, ani na częstotliwości. Nie, nigdzie nie dam się przenieść. Wprawdzie na materacach wygodniej niż na stole, ale jeśli przesiąkną krwią, co wtedy? Czy to ulewa przybrała na sile, czy tylko tak mi się zdaje?

* * *

Krople deszczu, miotane wściekłymi zrywami wiatru, tłukły w szyby. Colum O'Hara omal nie spadł z konia, potrącony przez gałąź, którą wiatr ułamał z drzewa w pobliżu domu. Przystanął, wdrapał się po konarze zwalonym w poprzek drogi, ruszył przed siebie, pochylony przeciwko huraganowi. Zaraz jednak rozmyślił się, zawrócił, pchnięty porywem wiatru na sosnę omal nie stracił równowagi, lecz kiedy już znalazł punkt oparcia w grząskim błocie, z całej siły nacisnął na konar tarasujący drogę i odsunął go na pobocze. Potem znowu ruszył przed siebie, schylony w pół.

— Która godzina? — spytała Scarlett.

— Już prawie siódma.

— Następny ręcznik, proszę.

* * *

— Bardzo z tobą niedobrze?

— Ach, to ty! — Scarlett dźwignęła się do półprzysiadu. — Przyjechał z tobą doktor? Najgorsze, że dzidziuś już nie kopie tak mocno, jak przedtem.

— W Dunshauglin znalazłem akuszerkę — odparł Colum. — Nie sposób przedostać się do Trim. Rzeka zalała drogę. No, połóż się, kochanie, jak dobra matka. Nie zadawaj sobie zbędnego trudu.

— Gdzie ta kobieta?

— W drodze. Mój koń był szybszy, ale niewiele ją wyprzedziłem. Przyjęła setki porodów, jesteś w dobrych rękach.

— Wiesz, Colum, to nie jest moje pierwsze dziecko... stąd wiem, że coś tu nie tak... przeczuwam coś złego.

— Już ona będzie wiedziała, jak temu zaradzić, moja ty bidulo.

* * *

Akuszerka wpadła do kuchni tuż po ósmej. Jej nakrochmalona suknia oklapła przemoknięta do suchej nitki, lecz już na pierwszy rzut oka sprawiała wrażenie osoby kompetentnej, pełnej energii, wcale nie utrudzonej długą i ciężką drogą.

— Mamy dzidziusia? — zwróciła się do Scarlett. — Proszę się odprężyć, paniusiu. Wiem wszystko, co trzeba, by pomóc wydostać się temu małemu stworzeniu i osiąść bezpiecznie na tym łez padole.

Zdjęła pelerynę, podała ją Columowi.

— Proszę powiesić to gdzieś w pobliżu ognia, żeby wyschło — rzekła głosem nawykłym do wydawania poleceń. — Wy zaś, dobra kobieto, podajcie mi mydło i miskę z ciepłą wodą, muszę umyć ręce. Aha, tutaj... — podbiegła do zlewu.

Na widok mokrych od krwi ręczników zatrzymała się w pół ruchu, po czym kiwnęła ręką na Mrs. Fitzpatrick. Obie nachyliły się i coś tam długo szeptały.

Scarlett nagle pociemniało w oczach. Czując, że lada chwila popłyną łzy, zacisnęła powieki.

— Zobaczmy, co my tutaj mamy — zaszczebiotała akuszerka z udaną słodyczą.

Uniosła spódnicę Scarlett, pomacała brzuch.

— No, no, silne, dobrze zbudowane dziecię. Na powitanie dało mi kopniaczka. Dobrze. A teraz niech sobie mamusia odpocznie, a my naradzimy się, jak przywitać bobaska.

Zwróciła się do Columa.

— Wy, panie, lepiej wyjdźcie i nie przeszkadzajcie nam w babskiej robocie. Zawołam was, gdy syn już się urodzi.

Scarlett zachichotała.

Colum rozpiął kołnierzyk kurtki. W świetle lampy naftowej błysnęła koloratka.

— Och! — jęknęła mamka. — Niech mi ojciec wybaczy.

— Bowiem zgrzeszyłam myślą, mową i uczynkiem — pisnęła Scarlett.

— Moja droga... — rzekł Colum.

Mamka pociągnęła go w stronę zlewu.

— Niech ksiądz tu stoi, bo chrzcić trzeba będzie szybko.

Mówiła za głośno. Scarlett dosłyszała ostatnie słowa.

— Och, Boże — jęknęła.

— Proszę mi pomóc — zwróciła się akuszerka do Mrs. Fitzpatrick. — Pokażę pani, jak trzeba jej trzymać nogi.

Scarlett zawyła, gdy kobieta sięgnęła dłonią do łona.

— Stop! — krzyknęła. — Boli!

Kiedy badanie dobiegło końca, pojękiwała z bólu. Krew zalała materace, uda miała Scarlett całe zakrwawione, suknia Mrs. Fitzpatrick była czerwona, biały fartuch akuszerki nosił z przodu wielkie czerwone plamy, posadzka w promieniu trzech stóp od stołu lepka była od krwi. Po chwili odpoczynku akuszerka podwinęła lewy rękaw. Prawe ramię już miała czerwone po łokieć.

— Muszę spróbować obiema rękami...

Scarlett jęknęła. Mrs. Fitzpatrick, która dotychczas trzymała się z tyłu, stanęła twarzą w twarz wobec akuszerki.

— Mam sześcioro dzieci — powiedziała. — Niech pani natychmiast opuści ten dom... Colum, proszę zabrać tę rzeźniczkę, nim zdąży zabić Mrs. O'Harę, bo wtedy ja ją zabiję, tak mi Panie Boże dopomóż.

Niebo nagle przeciął ogromny zygzak błyskawicy — krótki przebłysk oślepiającej jasności wypełnił na moment kuchnię. Zaraz potem o szyby zadudniła nowa fala deszczu.

— Nie wyjdę na taką burzę! — pisnęła nagle pobladła akuszerka. — Przecież jest całkiem ciemno.

— Colum, niech ojciec zabierze ją do innego pokoju, byleby tylko zaraz znikła mi z oczu — powiedziała przerażająco spokojnym tonem Mrs. Fitzpatrick. — A potem proszę pójść po kowala. Przyjmuje porody zwierząt. Kobieta niewiele się różni.

Colum ujął przestraszoną akuszerkę za ramię. Błyskawica po raz drugi rozdarła niebo. Akuszerka krzyknęła. Potrząsnął nią niczym workiem.

— Tylko spokojnie...

Po czym spojrzał na gospodynię ciemnymi oczami, w których nie było wiele nadziei.

— Kowal nie przyjdzie, Rosaleen. Nikt nie wyjdzie na te ciemności. Zapomniała pani, co za noc dzisiaj mamy?

Mrs. Fitzpatrick otarła skronie i policzki Scarlett mokrą ściereczką.

— Jeśli ojciec nie chce po niego pójść, to ja pójdę. W szufladzie biurka w domu ojca mam nóż i pistolet. Jeśli kowal boi się duchów, tym bardziej powinien się zlęknąć czegoś, co bardziej namacalne.

Colum skinął głową.

— Dobrze, zaraz wychodzę.

*   *   *

Kowal Józef O'Neil przeżegnał się naprędce. Ciemne włosy kleiły się mu do czoła, a chociaż szedł przez deszcz, kropelki potu były całkiem świeże.

— Owszem, raz odbierałem poród u kobyły, ale kobiecie nie mogę zadać takiego gwałtu...

Spojrzał na Scarlett, potrząsnął głową.

— To przeciwne naturze, nie mogę...

Na krawędziach zlewów paliły się poustawiane jedna przy drugiej lampy naftowe, przez okna wpadał co chwilę blady błysk błyskawicy, które teraz rozdzierały granatowe ciemności nocy jedna za drugą. W przepastnej wielkości kuchni jaśniej było niż w dzień, tylko w najdalszych kątach czaiły się cienie. Zdało się, że burza przypuszcza szturm na grube ściany Dworu.

— Człowieku, musisz to zrobić, w przeciwnym razie ta kobieta umrze.

— A umrze — pokiwał głową Józef. — Dziecko też umrze, o ile już nie umarło. Nie widać żadnych ruchów.

— No to na co czekacie, kowalu? Na miłość Boską, człowieku, przecież jesteście jedyną nadzieją — odezwał się Colum spokojnym, władczym głosem.

Scarlett rzuciła się na pokrwawionych materacach. Rosaleen Fitzpatrick zwilżyła jej spieczone wargi wodą, kilka kropli wycisnęła z sączka do ust. Scarlett zamrugała, otworzyła oczy, błyszczące od gorączki. Jęknęła żałośnie.

— Józefie, rozkazuję ci.

Kowal drgnął. Uniósł nad brzuchem Scarlett uzbrojone w nóż silne ramię. Na szerokim ostrzu odbiło się upiorne światło błyskawicy.

— Kto to? — spytała jakby nagle oprzytomniała Scarlett.

— Święty Patryku, miej mnie w opiece! — ryknął kowal.

— Columie, kim jest ta piękna pani w białej sukni?

Józef O'Neil upuścił nóż na posadzkę i uciekł, trzymając ręce wyciągnięte przed sobą, rozczapierzonymi palcami jakby broniąc się przed czymś, co przyprawiło go o śmiertelną trwogę.

Wiatr zawył. Silny wir powietrza pochwycił jakąś gałąź, zbił szybę i cisnął ją na posadzkę w pobliżu zlewu. Odłamki szkła ugodziły kowala w wyciągnięte ręce. Skulony, zdołał uniknąć ciosu grubego konara. Rzucił się na ziemię, krzycząc przeraźliwie, a wiatr, wpadający przez wybite okno, krzyczał razem z nim. Krzyki podniosły się wszędzie − na dworze, w każdym kącie kuchni, mieszały się z krzykiem kowala, łączyły się z wyciem wiatru, wpadały z rykiem wichury, podnosiły się gdzieś w dali za ścianą deszczu, za ścianą płaczącego wichru.

Płomienie lamp podskoczyły, zadrżały, kilka lamp zgasło. Nagle, gdy zdało się, że huragan całą siłą wpadnie do kuchni, drzwi wejściowe zaskrzypiały cichutko, otworzyły się i zamknęły. W drżącym blasku lamp ukazała się jakaś krępa, cała spowita w szeroki szal postać. Spokojnym krokiem przeszła obok skamieniałych ze strachu ludzi, zatrzymała się przy oknie. Teraz można było rozpoznać w niej kobietę o krągłej, pociętej siateczką zmarszczek twarzy. Sięgnęła do zlewu, wyjęła jeden z mokrych ręczników, wyżęła krew.

− Co to ma znaczyć? − Rosaleen Fitzpatrick przezwyciężyła strach i podskoczyła ku niczym nie zrażonej kobiecie. Lecz Colum wyciągnął rękę i zatrzymał ją w pół kroku − poznał w nieznajomej *cailleach* − wiedźmę, która mieszkała w pobliżu wieży.

Stara kobieta utykała krwią przesiąknięte ręczniki jeden za drugim, aż dziura w oknie została zatkana. Wtedy odwróciła się.

− Zapalcie resztę lamp − powiedziała zachrypniętym głosem, brzmiącym tak, jak gdyby miała rdzę w gardle.

Za czym zdjęła z głowy mokry od deszczu czarny szal, złożyła go równo i położyła na krześle. Okazało się, że pod czarnym miała jeszcze jeden − brązowy. Ten także zdjęła, złożyła i położyła. Po nim następny, granatowy, z dziurą na plecach. A po nim jeszcze jeden, czerwony, w którym było więcej dziur niż wełny.

− Nie zrobiłeś tego, co ci kazałam − zbeształa Columa.

Następnie podeszła do kowala i odepchnęła go pod ścianę.

− Tylko zawadzasz, kowalu. Wracaj do kowadła.

Znowu spojrzała na Columa, który właśnie zapalił jedną lampę, sięgnął po drugą i trzymał zapałkę przy knocie dopóty, dopóki nie zapłonął równym, jasnym płomieniem.

− Dziękuję, ojczulku − powiedziała grzecznie. − Odeślij Józefa do domu, nawałnica minęła. Potem przyjdź tutaj, do stołu, i poświeć mi dwiema lampami. A ty − zwróciła się do Mrs. Fitzpatrick − zrób to samo. Już ja się zajmę **Tą O'Harą**.

Na sznurku wokół bioder miała kilkanaście, może dwadzieścia mieszków ze skrawków kolorowego płótna. Sięgnęła do jednego z nich i wyciągnęła flaszeczkę z jakąś gęstą, ciemną cieczą. Wyjęła korek i lewą ręką uniósłszy głowę Scarlett, prawą wlała jej do ust zawartość buteleczki. Scarlett oblizała się. *Cailleach* roześmiała się, położyła głowę rodzącej na poduszkę.

Po chwili ochrypłym głosem zaczęła coś nucić − śpiew, a zarazem nieśpiew, melodię, która nie była melodią. Guzowate, sztywne palce dotknęły najpierw gardła Scarlett, potem czoła, potem uniosły i opuściły powieki. Stara kobieta wyjęła z ktoregoś z mieszeczków złożony liść i położyła go na wzdęty brzuch. Potem wyjęła z innej sakiewki cieniutką tabakierkę – tę położyła obok liścia. Colum oraz Mrs. Fitzpatrick stali trzymając wysoko w górze lampy nieruchomi niczym posągi, śledząc każdy ruch znachorki.

Po rozłożeniu liścia okazało się, że zawiera jakiś proszek. Stara rozsypała go po brzuchu. Z tabakierki zaczerpnęła jakiegoś mazidła, które wtarła wraz z proszkiem w napiętą skórę.

– A teraz przywiążę ją, żeby sama nie wyrządziła sobie jakiejś krzywdy – wyjaśniła kobieta, po czym sznurem, który zdjęła z bioder, przywiązała nogi i ręce Scarlett do masywnego blatu.

Jej małe czarne oczka zerknęły najpierw na Mrs. Fitzpatrick, potem na Columa.

– Będzie krzyczeć – powiedziała. – Ale nie będzie czuć bólu. Nie ruszajcie się. Światło jest bardzo potrzebne.

Zanim zdążyli cokolwiek powiedzieć, stara wyjęła ostry nóż, zwilżyła go płynem z jakiejś flaszeczki wyciągniętej z któregoś mieszka i przeciągnęła ostrzem wzdłuż brzucha. Scarlett krzyknęła jak potępiona dusza.

Nim straszny krzyk zdążył przebrzmieć, *cailleach* trzymała już w dłoniach skąpane we krwi dziecko. Kobieta splunęła czymś, co miała w ustach, na posadzkę, po czym dmuchnęła dziecku w twarz raz, drugi i trzeci. Niemowlę poruszyło rączkami, potem drgnęły nóżki.

Colum zaczął odmawiać szeptem *Ave Maria*.

Jednym cięciem noża znachorka przecięła pępowinę – teraz już można było położyć dziecko na prześcieradle. Pozostawiwszy niemowlę samemu sobie, *cailleach* przyskoczyła do Scarlett.

– Bliżej lampy.

Ręce i palce starej pracowały zwinnie, nóż błyskał od czasu do czasu, w końcu na posadzkę opadły pokrwawione strzępy błony płodowej. Teraz kobieta wlała między wargi Scarlett jeszcze trochę ciemnego likworu, po czym straszliwą ranę w brzuchu skropiła jakąś bezbarwną cieczą. Mocno napięta nić aż brzęczała, kiedy zszywała brzegi otworu.

– Otulcie ją w prześcieradło, potem w wełnianą derkę – poleciła, odstępując od stołu. – Ja tymczasem wykąpię dziecko.

Zanim odeszła, przecięła sznur krępujący Scarlett.

Kiedy wróciła, Colum i Mrs. Fitzpatrick już skończyli. Niemowlę było owinięte w miękki biały kocyk.

– Akuszerka zapomniała zabrać – roześmiała się gardłowym śmiechem *cailleach*. Dziewczynka odpowiedziała wydając równie gardłowy odgłos, po czym otworzyła oczy. Błękitne tęczówki wyglądały jak obwódki z bladego atramentu, otaczające wielkie, czarne źrenice. Niemowlę miało długie rzęsy, w miejscu brwi dwie cieniutkie kreseczki. Nie było czerwone i pomarszczone jak większość noworodków, ponieważ nie przeszło przez kanał rodny. Na tle białego kocyka oliwkowa karnacja dziewczynki sprawiała wrażenie wyjątkowo ciemnej.

63.

*S*carlett przebijała się ku głosom i światłu, które nieja-
sno odbierał jej oszołomiony umysł. Coś ją niepokoiło... coś ważnego... jakiś
problem... Czyjeś silne dłonie obejmowały jej głowę, czyjeś delikatne palce
rozchylały jej wargi, kojący, słodki płyn zwilżył jej język, spłynął do przełyku,
usnęła.

Kiedy następnym razem walczyła o powrót do przytomności, uświadomiła
sobie, jaki to problem nie dawał jej spokoju — kwestia niezwykłej wagi,
najważniejsza ze wszystkich. Dziecko. Czy umarło? Jej dłonie niezdarnie
dotknęły brzucha, piekący ból przeszył poruszone palcami miejsce. Zęby
zwarły się na wargach, ręce nacisnęły mocnej, by zaraz potem opaść bezwładnie. Nie czuła kopania. Nie wyczuwała twardej krągłości stopy. Dziecko
umarło. Z ust Scarlett wyrwał się słaby krzyk, niewiele głośniejszy od krzyku
mewy, a wtedy kojąca słodycz znowu rozlała się w ustach. A chociaż ponownie
zapadła w narkotyczną drzemkę, spod zamkniętych powiek wolno stoczyły
się dwie łzy.

Kiedy za trzecim razem była już półprzytomna, z wszystkich sił trzymała
się ciemności, chciała pozostać w uśpieniu, chciała odepchnąć świat, który

natrętnie drążył jej zmysły. Ale ból rósł, rozdzierał ją, zmuszał do ucieczki, tak że zdołała zebrać w sobie tyle sił, by zdobyć się na cichy, rozpaczliwy jęk. Mały flakonik znów powędrował ku jej wargom, krótkie doznanie kojącej słodyczy i znowu była wolna. Później, gdy po raz czwarty otarła się o brzeg świadomości, sama otwarła usta gotowa przyjąć napój bezsennej ciemności. Lecz miast znajomej już słodyczy poczuła chłód sączka i woda zwilżyła jej wargi, i posłyszała głos, którego brzmienia nie była w stanie sobie przypomnieć.

— Scarlett, kochanie... Katarzyno Scarlett O'Hara... otwórz oczy...

Szukała, wytężała pamięć z wszystkich sił, wspomnienia napływały i bladły... Colum. Tak, to Colum. Kuzyn. Przyjaciel. Skoro przyjaciel, to dlaczego nie da jej spać? Dlaczego nie poda lekarstwa, które złagodzi ból?

— Scarlett...

Lekko uniosła powieki, lecz zaraz potem zacisnęła, bo światło raziło ją w oczy.

— Grzeczna dziewczynka — odezwał się Colum przymilnym, ale i natarczywym tonem. — No, otwórz oczy, mam tu coś dla ciebie.

Scarlett ponownie uniosła powieki. Ktoś uniósł do góry lampę, półmrok ustąpił.

Colum, mój przyjaciel... Usiłowała uśmiechnąć się, lecz świadomość, zaatakowana falami pamięci, skurczyła się, a z jej ust wyrwał się dziecinny szloch.

— Dziecko... dziecko nie żyje. Pozwól mi zasnąć, proszę. Daj mi zapomnieć.

Mokra ściereczka otarła jej policzki, przebiegła po ustach.

— Nie, ależ nie, skądże znowu... żyje, mamy je tutaj.

Powoli uświadomiła sobie znaczenie tych słów. Nie umarło...

— Nie umarło?

Widziała twarz Columa, widziała, jak się uśmiecha.

— Nie, nie umarło, bidulo. Tutaj je mamy, spójrz tylko.

Scarlett przekręciła głowę w bok. Hm... dlaczego tak trudno przekręcić głowę? Spostrzegła w czyichś rękach blade zawiniątko.

— Masz córeczkę — powiedział Colum.

Rozsunął fałdy kocyka, ujrzała pogrążoną we śnie twarz.

— Och... — wyrwało się jej z piersi. Taka mała, taka piękna, taka bezbronna. Tylko spójrzcie na jej skórkę — niczym płatki róży, jak śmietanka... nie, bardziej kremowa, taki odcień różu mają tylko różane pączki. Wygląda jak opalona, jak... jak mały korsarz. Wygląda dokładnie jak Rett.

Rett! Dlaczego nie ma go tutaj, dlaczego nie przybył obejrzeć córeczki? Dlaczego nie przybył podziwiać tej ciemnej skórki?

Moja cudowna czarna córuchno, spójrz na mnie!

Nagle poczuła dziwną, przerażającą słabość, jakby przez jej ciało powoli przetoczyła się fala ognia, który grzejąc, nie przyprawiał o ból.

Dziecko otworzyło oczy. Spoglądało wprost na nią. I Scarlett poczuła, co to miłość. Miłość bezwarunkowa, nie stawiająca wymagań, nie pytająca o przyczynę, w ogóle nie pytająca, bezgraniczna, całkowita, nieegoistyczna.

— Hej, dzidziuś...

– Wypij lekarstwo – powiedział Colum.

Ciemna twarzyczka znikła.

– Nie! Oddajcie mi moją córeczkę. Gdzie się podziała?

– Kiedy następnym razem się obudzisz, znowu będziesz ją miała. A teraz otwórz usta.

Usiłowała zaprotestować, powiedzieć, że nie otworzy, ale ciemne kropelki w mgnieniu oka znalazły się na języku i za chwilę ciemność zamknęła się nad nią. Zasnęła uśmiechnięta – iskierka życia na tle śmiertelnie bladej twarzy.

Może dlatego się uśmiechała, że córeczka była podobna do Retta, może dlatego, że zawsze najbardziej ceniła to, o co najciężej walczyła, może dlatego, że tak dużo czasu spędziła wśród uwielbiających dzieci Irlandczyków. Ale najpewniej dlatego, że był to jeden z cudów, które sprawia samo życie bez żadnej zasługi człowieka. Mniejsza o przyczynę: czysta, doskonała miłość zamieszkała w sercu Scarlett po latach pustki, po latach błąkania się bez celu.

* * *

Odmawiała przyjmowania wszelkich środków przeciwbólowych. Długa czerwona blizna w poprzek brzucha piekła jakby pod dotknięciem rozżarzonego do białości żelaza, lecz ból ustępował tłumiony falą radości, ogarniającą Scarlett za każdym razem, gdy mogła dotknąć córeczki lub choćby na nią spojrzeć.

– Odesłać! – zawołała, gdy zobaczyła młodą, zdrową mamkę. – Po każdym porodzie musiałam obwiązywać piersi i znosić cierpienia, gdy zbierał się pokarm, a wszystko dlatego, że jako dama powinnam była dbać o figurę. Koniec z tym! Mam zamiar własną piersią wykarmić to dziecko, chcę mieć je przy sobie. Karmiąc, chcę widzieć, jak nabiera siły i rośnie.

Gdy niemowlę po raz pierwszy znalazło jej sutek i chciwie przysunęło usteczka, po czym zaczęło ssać marszcząc w skupieniu brwi, Scarlett uśmiechnęła się triumfalnie.

– Prawdziwa z ciebie córa swojej matki, głodna jak wilk i zmierzająca prosto do celu.

Ceremonii chrztu dopełniono w sypialni, ponieważ Scarlett nie czuła się na siłach chodzić. Ojciec Flynn stanął przy łożu wicekróla, gdzie na obszytych koronkami poduszkach wysoko spoczywała Scarlett z córeczką w ramionach aż do chwili, gdy zgodnie z rytuałem musiała oddać dziecko Columowi, który był ojcem chrzestnym. Kasia i Mrs. Fitzpatrick zostały matkami chrzestnymi. Dziecko było ubrane w lniany haftowany kaftanik, cienki od prania, bowiem z pokolenia na pokolenie zakładały go do chrztu setki niemowląt z rodu O'Harów. Córka Scarlett otrzymała imiona Kasia Colum. Wymachiwała rączkami i podrzucała do góry nóżki, gdy woda dotknęła jej główki, lecz nie płakała.

Kasia założyła swoją najlepszą niebieską suknię z koronkowym kołnierzykiem, chociaż właściwie to powinna być w żałobie, bo babka umarła. Wszyscy jednak zgodzili się, że nie trzeba o tym mówić Scarlett, przynajmniej dopóki nie wydobrzeje.

Rosaleen Fitzpatrick nie spuszczała jastrzębiego wzroku z ojca Flynna, gotowa złapać dziecko, gdyby stary potknął się po raz drugi. Kiedy Scarlett poprosiła ją, aby została chrzestną matką, na dłuższą chwilę zaniemówiła.

— Skąd pani wie, co ja czuję wobec tego dziecka? — spytała, gdy mowa jej powróciła.

— Nie wiem, co pani czuje — odparła Scarlett. — Ale wiem, że gdyby pani nie powstrzymała tej strasznej kobiety, nie miałabym córeczki. Cokolwiek jeszcze pamiętam.

Gdy ceremonia dobiegła końca, Colum wziął Kasię od ojca Flynna i podał ją w wyciągnięte ramiona Scarlett. Następnie nalał po kapeczce whisky duchownemu oraz rodzicom chrzestnym i wzniósł toast:

— Zdrowia i pomyślności dla matki i dziecka. Za **Tę O'Harę** i najmłodszą z rodu.

Po czym odprowadził trzęsącego się świątobliwego staruszka do *pubu* Kennedy'ego, gdzie zamówił parę kolejek by dodać splendoru skądinąd cichej ceremonii. Wbrew nadziei ufał, że w paru kropelkach czegoś mocniejszego utopią się niesłychane plotki, które obiegły cały Powiat Meath.

Józef O'Neil — kowal — przeczekał zaszywszy się w najciemniejszym kącie kuchni aż do świtu, po czym czmychnął do kuźni i upił się, by dodać sobie odwagi.

— Bądź co bądź, nawet sam święty Patryk potrzebowałby czegoś mocniejszego niż modlitwy, by ostać się sam jeden przeciwko diabelskim mocom tej strasznej nocy w Dworze — mówił do wszystkich, którzy dawali mu posłuch, a tych było niemało.

— Jużem był gotów ocalić życie pani, gdy wiedźma przeniknęła przez ścianę i z mocą wielką ciepnęła mnie na ziemię. A potem jeszcze mnie kopnęła, a zaś czułem w nodze, że to nie ludzka stopa w ciało mi się wraziła, ale kopyto. A potem rzuciła czary na O'Harę i wyrwała jej dziecię z łona. Całe krwawe było to dziecko, krew sikała na podłogę, ściany, krew była w powietrzu. Człek pośledniejszej odwagi zamknąłby oczy, żeby nie patrzeć na straszne widowisko, powiadam wam, ale nie Józef O'Neil. Dziecię więc ujrzałem pod krwi powłoką, a rzekę wam, chłopak to był, męskość miał na wierzchu... „Zmyję z bachora krew", powiedział demon, kiedy zaś wrócił, pokazał ojcu O'Harze wątłe, niemal bez życia stworzenie... płci niewieściej, brunatne, niczym ziemia na grobie. No i kto zgadnie teraz? Jak inaczej nazwać to, com widział owej straszliwej nocy, jeśli nie czarcią podmianą? Nic z tego dobrego nie wyniknie, ani dla **Tej O'Hary**, ani dla nikogo, na kim cień swój położy piekielny pomiot, który zajął miejsce wykradzionego chłopaka.

*   *   *

Opowieść z Dunshauglin dotarła do Ballyhara po upływie tygodnia. O'Hara umierała — mówiła akuszerka — i można było ją uratować jedynie z poświęceniem życia dziecka. Któż mógłby lepiej znać się na tych, jakże współczucia godnych sprawach niż akuszerka, która rozumie się na wszystkim, co jest do rozumienia przy porodzie? Wtem cierpiąca matka podniosła się na swym łożu boleści. „Widzę ją!" — jęknęła. „Widzę *banshee*! Smukła, cała w bieli, z czerwonym piętnem na twarzy"* A wtedy diabeł rzucił włócznią z samego serca piekieł, zbił szybę i *banshee* uciekła, by płaczem zwiastować śmierć. Opłakiwała tak duszę zmarłego dziecka, lecz piekło przywróciło je życiu, wykradając duszę poczciwej staruszce, która była babką **Tej O'Hary**. Diabelska to robota, a córeczka pani z Ballyhara niczem jest niż tylko upiorem.

* * *

— Chyba powinienem ostrzec Scarlett — powiedział Colum do Rosaleen Fitzpatrick. — Tylko co mam jej rzec? Że ludzie są przesądni? Że wigilia Wszystkich Świętych to niebezpieczna pora na odbywanie porodu? Nie wiem, jaką mógłbym dać jej radę. Nie ma sposobu, by uchronić Kasię przed ludzkim gadaniem.

— Ja znam taki sposób — odezwała się Mrs. Fitzpatrick. — Nikt nie będzie miał prawa wejść do tego domu bez mojej zgody. Ludzie z czasem zapomną te bujdy, wiesz dobrze, Colum, jak to jest. Znajdą sobie kogoś innego do obgadywania, poza tym przekonają się, że Kasia jest dziewczynką jak wszystkie inne.

* * *

Gdy tydzień później Mrs. Fitzpatrick zaniosła Scarlett tacę z kanapkami i herbatą, już w progu została zasypana gradem skarg i narzekań — tych samych, których cierpliwie wysłuchiwała od paru dni.

— Nie pojmuję, dlaczego mam tu tkwić niczym kłoda, chyba na zawsze. Czuję się na tyle dobrze, bym mogła wstać i pokrzątać się trochę po domu. Spójrz tylko, jak słoneczny mamy dzień dzisiaj! Najchętniej siadłabym z Kasią do wózka i gdzieś pojechała, ale jeśli to niemożliwe, chciałabym usiąść przy oknie i patrzeć, jak liście spadają. Jestem przekonana, że Kasia pilnie baczy na wszystko. O, spójrz tylko! Zobacz! Spójrz na jej oczka tu, w świetle... tęczówki wyraźnie zmieniają barwę z błękitnej. Tak sobie myślałam, że zmienią się na orzechowe, bo takie ma Rett, a Kasia i Rett to jak dwie krople wody. Ale widzę pierwsze plamki zieleni... najwyraźniej będzie miała oczy po mnie.

Scarlett potarła nosem szyjkę dziewczynki.

— Jesteś mamina, słyszysz, Kasiu O'Haro? Nie, nie Kasiu. Każda dziewczynka może tak się nazywać. Ja będę mówić do ciebie „Kicia", no bo, gdy spojrzeć na te zielone oczy...

Uroczyście podniosła dziewczynkę, żeby gospodyni mogła lepiej jej się przyjrzeć.

— Mrs. Fitzpatrick, chciałabym pani przedstawić Kicię O'Harę — uśmiechnęła się promiennie.

Rosaleen Fitzpatrick jeszcze nigdy w życiu nie była tak przerażona.

Banshee (ang.) — w Irlandii zjawa zwiastująca śmierć (Przyp. tłum.).

64.

Wymuszona bezczynność okresu połogu stworzyła Scarlett świetną okazję do przemyślenia wielu spraw, dziecko bowiem spędzało większą część dnia i nocy śpiąc, jak inne dzieci. Początkowo Scarlett usiłowała zabijać nudę czytaniem książek, ale ponieważ nigdy jej to nie interesowało, także teraz szybko przestała.

Zmianie uległy tylko jej myśli.

Przede wszystkim więc, wiele czasu poświęciła myślom o miłości do Kici. Wprawdzie nie odwzajemnianej, bowiem siedmiodniowe niemowlę było zbyt małe, by odwzajemniać jakiekolwiek uczucia, zdolne było jedynie zaspokajać głód, w czym ciepła pierś i mleko Scarlett okazywały się zupełnie wystarczające. Jednak nawet w tym zaspokajaniu najpierwotniejszych potrzeb tak było urocze, że potrafiło uczynić Scarlett szczęśliwą, choć sama zdawała sobie sprawę, że z miłością niewiele to ma wspólnego. Chętnie wyobrażam sobie, że Kicia mnie kocha – myślała. Ale w gruncie rzeczy nie mnie kocha, lecz kocha jeść.

Dowcipkując tak sama z siebie, zdołała nawet zdobyć się na uśmiech. Oto bowiem Scarlett O'Hara – ta, która dla sportu rozkochiwała w sobie mężczyzn

— była teraz dla osoby, którą pokochała jak nikogo innego, niczym więcej niż tylko źródłem pokarmu.

Tak, jej miłość do Ashleya była udawana, nie kochała go naprawdę, od dawna o tym wiedziała. Chciała mieć Ashleya, bowiem zawsze pragnęła zdobywać to, czego posiąść nie mogła, i nazwała to miłością.

Dziesięć lat życia zmarnowałam tkwiąc w złudzeniu, a kochając własne wyobrażenia, straciłam Retta — mężczyznę, którego naprawdę darzyłam miłością.

... albo?

Mimo bólu, jaki jej to sprawiało, dokładnie przeszukała wszystkie, najodleglejsze nawet zakątki pamięci. Tak, zawsze, gdy myślała o nim, bolało. Musiała znosić ból myśląc o tym, jak go straciła, o błędach, które zdarzyło się jej popełnić. Ból nieco zelżał, gdy przypomniała sobie, jak Rett ją potraktował — wtedy nienawiść wypaliła ognisko boleści. Rzadko jednak oddawała się podobnym rozmyślaniom. Najczęściej starała się nie dopuszczać do siebie wszelkiej o nim myśli. Tak było wygodniej.

Ale dni, spędzane na bezczynności, dłużyły się w nieskończoność. Myślami przebiegała całe świadome życie, odsłaniała wszystkie obrazy pamięci. Nie mogła uciec przed Rettem.

Czyżby go kochała?

Pewnie tak — odpowiadała sobie. Pewnie ciągle go kocham, w przeciwnym bowiem razie serce by mi nie krwawiło, gdy pamięć podsuwa mi jego obraz, gdy w uszach rozbrzmiewa mi jego głos.

No tak. Ale dokładnie w ten sam sposób, i to przez dziesięć lat, siłą wyobraźni wyczarowywała obraz Ashleya, przedstawiała sobie jego uśmiech, słyszała jego głos.

I także Retta najbardziej pragnęłam, gdy mnie opuścił — uświadomiła sobie gwoli uczciwości.

Strasznie to wszystko poplątane. Od tych rozmyślań rozbolała ją głowa, przyprawiając o ból bardziej dotkliwy niż serce. Lepiej już było myśleć o Kici, o tym, jakże była z nią szczęśliwa.

Myśleć o szczęściu?

*   *   *

Byłam szczęśliwa jeszcze nim pojawiała się Kicia. Byłam szczęśliwa już w owym dniu, gdy sprowadziłam się do Kuby. Oczywiście, nie byłam wtedy taka szczęśliwa jak teraz, gdy spoglądając na Kicię, trzymając ją w ramionach, karmiąc ją, nie umiem wyobrazić sobie nikogo, kto byłby szczęśliwszy ode mnie. Ale byłam szczęśliwa mimo wszystko, ponieważ rodzina O'Harów z Savannah przyjęła mnie taką, jaką byłam. Nigdy nie żądali ode mnie, bym w jakiś sposób upodobniła się do nich, nigdy nie dawali mi do zrozumienia, że powinnam była się zmienić, nigdy nie dali mi odczuć, że postępowałam niewłaściwie.

Chociaż właśnie tak postępowałam. Nie miałam bowiem prawa oczekiwać, że Kasia będzie układać mi włosy, cerować ubrania, słać łóżko. Wzięłam to sobie z powietrza. I to wśród ludzi, którzy nigdy nie budowali niczego na własnych rojeniach. Ale też nigdy nie powiedzieli mi: „Droga Scarlett, przestań żyć rojeniami". Nie. Po prostu pozwolili mi żyć tak, jak mi się podoba, tkwić we własnych urojeniach i tak dalej. Po prostu dali mi być sobą.

Potwornie się myliłam rojąc sobie, że Danielowie zechcą przeprowadzić się do Ballyhara. Usiłowałam uzależnić ich od siebie, wziąć ich na kredyt. Chciałam, by zamieszkali we wspaniałych domach i byli wielkimi farmerami bogatymi w ziemię uprawianą przez najemnych robotników. Chciałam ich zmienić, a nigdy nie zadałam sobie trudu by zastanowić się, czego właściwie oni chcą. Nie chciałam ich zaakceptować takimi, jakimi byli.

Och, wobec Kici nie powtórzę tego błędu. Nigdy nie będę się starała zmienić jej natury. Zawsze będę ją kochać tak, jak teraz — całym sercem — niezależnie od tego, co z niej wyrośnie.

*   *   *

Matka nigdy nie darzyła mnie taką miłością, jaką kocham Kicię. Ani Zueli, ani Kariny. Zawsze chciała, żebym była inna, niż byłam, zawsze chciała, żebym upodobniła się do niej. Tego żądała od nas trojga. I była w błędzie.

Scarlett wzdragała się przed wypowiedzeniem myśli, które kłębiły się jej w głowie. Zawsze bowiem sądziła, że matka była uosobieniem wszelkiej doskonałości. Było wprost nie do pomyślenia, by Ellen O'Hara mogła w czymś nie mieć racji.

Ale te myśli nie chciały odpłynąć. Powracały, nękały ją, nachodziły, choć nie była przygotowana, by głośno je wykrzyczeć. Powracały jednak w różnych przebraniach, upiększone na rozmaite sposoby, powracały nie dając jej spokoju.

Matka była w błędzie. Żyć będąc damą, tak jak ona, to nie jedyny bynajmniej sposób na życie. To nawet nie najlepszy sposób. A w każdym razie bardzo niedobry sposób na życie, jeśli czujesz, że nie jesteś szczęśliwa. Żyć tak, by być szczęśliwą — oto najlepsza droga życia, bowiem sama będąc szczęśliwa, potrafisz uszczęśliwiać także innych. To twoja własna droga.

Cóż to powiedział kiedyś dziadek? Że jego córka Ellen poślubiła Geralda O'Harę, by zapomnieć o zawodzie miłosnym. Czy to była główna przyczyna jej nieszczęścia? Czy żyła tęsknotą za kimś, kogo nie mogła posiąść, tak jak ja żyłam usychając z miłości do Ashleya? Tak, jak teraz wzdycham za Rettem i nic nie mogę na to poradzić?

Cóż to za marnotrawstwo! Jakie straszliwe, bezsensowne marnotrawstwo! Skoro szczęście tak jest cudowne, jakże można kurczowo trzymać się miłości, która unieszczęśliwia? Scarlett uroczyście sobie przyrzekła, że nigdy więcej nie popełni tego błędu. Wiedziała, co znaczy szczęście. Skoro już raz je posiadła, nie miała ochoty go stracić.

Wzięła w ramiona śpiącą córeczkę. Pocałowała ją w czółko. Kicia obudziła się i zamachała rączkami w bezradnym proteście.

— Och, Kiciu, jakże mi przykro. Ale czułam, że muszę cię pocałować.

Wszyscy się mylili! Ta myśl przyszła tak nagle, że wyrwała Scarlett z krzepkiego snu. Wszyscy tkwili w błędzie! Wszyscy — ci, którzy w Atlancie odwracali się do mnie plecami, ciotka Eulalia i ciotka Paulina oraz dokładnie wszyscy w Charlestonie. Chcieli, żebym się do nich upodobniła, a ponieważ byłam inna niż oni, potępiali mnie, dali mi odczuć, że coś jest ze mną nie w porządku, wmówili mi, że jestem zła, że zasługuję na pogardę.

A przecież niczego strasznego nie uczyniłam. Ukarali mnie za to, że nie przestrzegałam ich reguł. Pracowałam ciężej niż na roli — zarabiałam pieniądze, a to nie przystoi damie. Nieważne, że utrzymywałam Tarę, że za moją sprawą ciotki jakoś dawały sobie radę, że wspomagałam Ashleya i jego rodzinę, że prawie każdy kęs ze stołu ciotki Pitty był zapłacony z mojej kieszeni, nie mówiąc już o dachu i węglu na zimę. Mimo to wszyscy sądzili, że nie powinnam była czernić sobie rąk atramentem przy prowadzeniu rachunków sklepowych, ani uśmiechać się, gdy sprzedawałam tartak Jankesom. Wiele było rzeczy, które mi nie uchodziły, lecz zarabiane pieniądze były najcięższym kamieniem obrazy i za to najsrożej mnie potępiano. Chociaż nie, to jeszcze nie wszystko. Najgorsze z wszystkiego było to, że pracując ciężko, odnosiłam sukcesy.

Tak. Sukcesy w zarabianiu pieniędzy. Oraz to, oczywiście, że kiedy Ashley o mały włos stoczyłby się do grobu i skręcił sobie kark, odciągnęłam go w bezpieczne miejsce. Gdyby sytuacja się odwróciła i nie Ashleya uratowałabym od śmierci, lecz Melę, o! — wtedy wszystko byłoby w porządku. Hipokryci!

Jak to się dzieje, że ludzie, których całe życie, od kolebki po grób, to jedno wielkie kłamstwo, czują się w prawie być moimi sędziami? Co im daje to prawo? A cóż w tym złego, gdy harujesz aż pot ci spływa z czoła, czasami nawet ciężej? Cóż w tym strasznego, że rzucasz się, by powstrzymać od życiowej klęski jakiegoś człowieka, zwłaszcza gdy jest on przyjacielem?

Mylili się. Tu, w Ballyhara, pracowałam ile sił, zyskując za to podziw. Dzięki mnie wujek Daniel nie stracił farmy, zyskałam sobie miano **Tej O'Hary**.

Oto, dlaczego nazwana **Tą O'Harą** czuję się zarazem tak dziwnie i tak szczęśliwie. Uhonorowano mnie tą godnością za to wszystko, co — jak sądziłam od lat — było złe i godne potępienia. **Ta O'Hara** całymi latami prowadziła księgi sklepowe. **Ta O'Hara** powstrzymała Ashleya przed stoczeniem się do grobu.

Cóż to powiedziała Mrs. Fitzpatrick? „Nie musi pani niczego robić. Wystarczy być sobą". Jestem Scarlett O'Harą, jestem osobą, która czasami popełnia błędy, czasami zrobi coś dobrego, lecz nigdy nie ma pretensji być kimś innym niż tym, kim jest. **Ta O'Hara** — nigdy by mnie tak nie nazwano, gdybym naprawdę była taka zła, jaką mnie przedstawiano w Atlancie. Wcale nie jestem zła. Święta też nie jestem, Bóg o tym wie. Ale nie pragnę być inna — chcę być tym, kim jestem i nie zamierzam udawać, że jestem inna, niż jestem.

Ta O'Hara — jestem nią i jestem z tego dumna. To daje mi szczęście i poczucie harmonii z samą sobą.

Kicia wydała dźwięk podobny do bulgotania — znak że się obudziła i oczekuje karmienia. Scarlett wyjęła ją z wiklinowego kosza, gdzie spała, i położyła ją na łóżku. Jedną ręką uniosła małą, bezbronną główkę, drugą wskazała na pierś.

— Daję ci słowo honoru, córko, możesz sobie wyrosnąć na kogo chcesz i różnić się ode mnie tak, jak dzień różni się od nocy. Jeśli zechcesz być wielką damą, pokażę ci, jak się to robi, zupełnie niezależnie od tego, co sama o tym myślę. Bo w końcu znam wszystkie zasady, tyle że nie chce mi się żyć zgodnie z nimi.

65.

Wychodzę Wszelkie komentarze są zbyteczne — Scarlett spojrzała na Mrs. Fitzpatrick, a z miny jej można było wyczytać, że za nic w świecie nie zmieni postanowienia.

Ale gospodyni stała w drzwiach niewzruszona niczym góra.

— Nie. Nigdzie pani nie wyjdzie.

Scarlett postanowiła zmienić taktykę.

— Proszę, niech mnie pani przepuści — zaszczebiotała milutko, dobywając z całego arsenału uśmiechów najsłodszy, na jaki było ją stać. — Świeże powietrze może zdziałać prawdzwe cuda. Poza poprawą zdrowia zaostrza apetyt, a sama pani narzekała, że jem tyle, co kot napłakał.

— To się poprawi i bez powierza. Właśnie przyjechała kucharka.

Scarlett zapomniała o swoich sztuczkach.

— Czas najwyższy! Może zechciałaby się usprawiedliwić, dlaczego tak długo zwlekała?

Mrs. Fitzpatrick uśmiechnęła się.

— Wyjechała o czasie, ale hemoroidy tak jej dokuczały, że musiała robić postój co dziesięć mil i spędzać noce w zajazdach. Zdaje mi się, że nie będzie się wylegiwać w fotelu na biegunach, bowiem najbardziej jej służy praca na stojąco.

Scarlett usiłowała powstrzymać się od śmiechu, ale nie była w stanie. Zresztą nie potrafiłaby się gniewać na Mrs. Fitzpatrick, bo w ciągu tych paru miesięcy zbyt się zżyły. Starsza pani wprowadziła się do przeznaczonego dla siebie pokoju w dzień po urodzinach Kici, a podczas choroby Scarlett niezmiennie stała u jej boku, podtrzymując ją na duchu. Później, gdy Scarlett się polepszyło, ich zażyłość nie osłabła.

W ciągu długich tygodni ciężkiego połogu Scarlett przyjmowała wizyty wielu znajomych. Colum zaglądał do Dworu prawie codziennie, Kasia także, mężczyźni z klanu O'Harów wpadali co niedziela po sumie. Nawet Molly przychodziła w odwiedziny, i to znacznie częściej niżby Scarlett sobie tego życzyła. Ale Mrs. Fitzpatrick zawsze była u jej boku. Panie podejmowała ciastem i herbatą, mężczyzn ciastem i whisky, a gdy goście wychodzili, przysiadała w sypialni, by wysłuchać najświeższych nowin i dojeść to, czego nie zjedli. Sama też przynosiła wiadomości — o tym, co się wydarzyło w Ballyhara i w Trim — ploteczki zasłyszane w sklepach, jednym słowem, robiła wiele, by Scarlett nie czuła się samotna.

Scarlett poprosiła Mrs. Fitzpatrick, by zwracała się do niej po imieniu i zapytała, jak jej na imię.

Ale Mrs. Fitzpatrick nigdy jej tego nie zdradziła. Wyraźnie oświadczyła, że nie dopuści do zadzierzgnięcia jakichkolwiek nieformalnych związków, po czym wygłosiła dłuższy wykład o hierarchii obowiązującej w irlandzkim dworze. Jej pozycja jako gospodyni — wyjaśniła — niebezpiecznie by się zachwiała, gdyby należny jej respekt został naruszony przez jakąkolwiek poufałość ze strony domowników, wliczając w to samą panią. A może nawet zwłaszcza panią domu.

To było nazbyt subtelne dla Scarlett, lecz uprzejma nieustępliwość Mrs. Fitzpatrick unaoczniła jej, że tego rodzaju sprawy posiadają niemałe znaczenie. Dlatego poprzestała na formach, które zaproponowała jej gospodyni: Scarlett miała zwracać się do niej „Mrs. Fitz", gospodyni do niej per „Mrs. O.", ale tylko wtedy, gdy były same. W obecności innych ludzi miały się trzymać sztywnych form towarzyskich.

— A Colum? — spytała Scarlett.

Mrs. Fitz pomyślała i zawyrokowała, że w obecności Columa mogą sobie pozwolić na formy bardziej swobodne, ale tylko w tym jednym wyjątkowym wypadku.

Scarlett podjęła próbę zdyskontowania szczególnej zażyłości łączącej kuzyna z gospodynią.

— Chcę się przespacerować do Columa, nie dalej — przypuściła szturm na nieustępliwość Mrs. Fitz. — Nie widziałam go od wieków i bardzo za nim tęsknię.

— Colum wyjechał gdzieś we własnych interesach, a pani, Mrs. O., wie o tym równie dobrze, jak ja. Słyszałam, jak mówił pani, że go nie będzie.

— Bierz to diabli! — mruknęła Scarlett. — Wygrała pani.

Wróciła na krzesło przy oknie.

— Proszę, niech sobie pani wraca do Mrs. Hemo.

Mrs. Fitz wybuchnęła śmiechem.

— A tak zupełnie mimochodem — powiedziała, gdy już stała w progu — kucharka nazywa się Mrs. Keane. Ale może pani nazywać ją Mrs. Hemo. I tak pewnie nigdy jej pani nie zobaczy. Stosunki z kuchnią to wyłącznie moja dziedzina.

Scarlett poczekała, aż Mrs. Fitz odejdzie, po czym przygotowała się do wyjścia. I tak była zanadto potulna. Przyjęło się, że po porodzie położnica odbywała mniej więcej miesięczny okres połogu, większość tego czasu spędzając w łóżku, i na tyle Scarlett była gotowa przystać. Teraz już miesiąc minął. Nie mieściło się jej w głowie, dlaczego miałaby dokładać do przepisanego zwyczajem miesiąca jeszcze trzy dodatkowe tygodnie tylko dlatego, że Kicia przyszła na świat z pewnymi komplikacjami. Doktor z Ballyhara sprawiał na niej wrażenie poczciwego człeka, nawet troszeczkę przypominał doktora Meade, lecz sam przyznał, że nie zna się na porodach odbywanych metodą cesarskiego cięcia i nie wie, co w tym wypadku byłoby najsłuszniejsze. Dlaczego więc miałaby go słuchać? Zwłaszcza w sytuacji, gdy miała pewną sprawę do załatwienia.

Mrs. Fitz opowiedziała jej o starej kobiecie, która pojawiła się w Dworze jakby za sprawą czarów, by w samym środku upiornej nawałnicy pomóc przyjść na świat Kici. Colum powiedział jej, kim jest ta kobieta — *cailleach* z wieży. Scarlett zawdzięczała jej życie — swoje i Kici. Winna jej była podziękowanie.

*   *   *

Była zakoczona, że jest tak zimno. Październik był dość ciepły — pomyśleć, jeden miesiąc, a taka różnica temperatur. Tym szczelniej otuliła fałdami obszernego palta okutane w kocyki dziecko. Kicia nie spała, wielkimi oczami spoglądała na twarz matki.

— Śliczne maleństwo — zagruchała Scarlett. — Bądź tak miła i nie płacz, nigdy nie płacz. Dobrze?

Przecięła wysypane tłuczoną cegłą podwórko, po czym ruszyła drogą, którą tyle razy pokonywała jadąc dwukółką.

*   *   *

— Wiem, że gdzieś tutaj jesteś! — krzyknęła w gęste zarośla wśród drzew otaczających polankę, gdzie stała wieża. — Bądź tak miła i pokaż się, bo zmarznę na śmierć, nim się namyślisz. Dziecko też, o ile cię to obchodzi.

Czekała z nadzieją. Kobieta, która pomogła przyjść na świat Kici, na pewno nie dopuści, by przeziębiła się, wystawiona na wilgoć i zimno w cieniu wieży.

Kicia spuściła wzrok z twarzy Scarlett i błądziła spojrzeniem to w tę, to w tamtą stronę jakby czegoś szukając. Kilka minut później z prawej strony, w gęstwinie ostrokrzewu dał się słyszeć głośny trzask. Po chwili ukazała się znachorka.

— Tędy — rzekła, odstępując krok do tyłu.

Kiedy Scarlett podeszła bliżej, okazało się, że za krzakami znajduje się ścieżka. Nigdy by jej nie znalazła, gdyby stara kobieta nie odciągnęła na bok ostrych gałęzi, posługując się w tym celu jednym ze swoich szali. Scarlett szła aż do momentu, gdy drogę zagrodziły drzewa o gałęziach sięgających ziemi.

— Daję za wygraną — wysapała. — Którędy teraz?

Z tyłu rozległ się chrapliwy śmiech.

— Tędy — powiedziała stara kobieta. Obeszła Scarlett i pochyliła się, po czym przeszła pod gałęziami. Scarlett uczyniła to samo. Po kilku krokach mogła się wyprostować: znajdowała się na małej polance. Pośrodku stała lepianka z trzcinową strzechą. Z komina unosiła się cienka smuga dymu.

— Wejdź — powiedziała kobieta.

Otworzyła drzwi.

*   *   *

— Zdrowe dziecko — powiedziała, po dokładnym obejrzeniu Kici, od stóp do głów. — Jakie imię jej dałaś?

— Kasia Colum — odpowiedziała Scarlett. Podczas całej tej wizyty odezwała się dopiero po raz drugi. Za pierwszym razem, jeszcze w progu, zaczęła dziękować kobiecie, lecz ta natychmiast jej przerwała.

— Pozwól mi wziąć ją na ręce — rzekła, wyciągnąwszy ramiona. Scarlett bez wahania podała jej Kicię, po czym w milczeniu przyglądała się, jak znachorka bada córeczkę.

— Kasia Colum — mruknęła po dłuższej chwili ciszy. — Słabo i nazbyt łagodnie brzmią te imiona jak na dziecko tak silne. Ja mam na imię Grainne. Mocne imię.

Swym chrapliwym głosem wypowiedziała to celtyckie imię, jakby rzucała wyzwanie. Scarlett aż drgnęła na swoim stołeczku. Nie miała pojęcia, czy i jak powinna odpowiedzieć.

Kobieta zawinęła Kasię w pieluchę, po czym okręciła ją w kocyki. Następnie podniosła ją i zaczęła jej coś szeptać do uszka, lecz tak cicho, że Scarlett niczego nie dosłyszała, chociaż usiłowała wyłowić przynajmniej poszczególne słowa. Kicia złapała starą kobietę za włosy.

— Nawet gdybyś coś usłyszała, O'Haro — powiedziała znachorka — i tak niczego nie zrozumiesz. Mówiłam po celtycku. Wypowiedziałam słowa zaklęcia. Słyszałaś przecież, że znam się zarówno na ziołach, jak na czarach.

Scarlett przyznała, że słyszała co nieco.

— Może i rzeczywiście umiem rzucać czary — zamyśliła się wiedźma. — Posiadam znajomość dawnych słów i recept, choć nie nazwałabym tego czarami. Patrzę, słucham, wyciągam wnioski. Niektórym zda się cudem, gdy ślepiec przejrzy, a głuchy odzyska słuch. Wszystko jednak sprowadza się głównie do wiary i zaufania. Nie sądzę, bym mogła coś wyczarować dla ciebie.

— Przecież ja wcale nie twierdzę, że przyszłam tu po czary.

— To po co? Żeby podziękować, to wszystko?

— Tak. A skoro już ci podziękowałam, muszę wracać, nim w domu zauważą, że się wymknęłam.

— Proszę o wybaczenie — rzekła starucha. — Nieliczni żywią wobec mnie wdzięczność za to, że pojawiłam się w ich życiu. Dziwię się, że nie jesteś na mnie zła za to, co wyrządziłam twemu ciału.

— Ocaliłaś mi życie — zdziwiła się Scarlett. — Skąd to zdziwienie? Dzięki tobie żyję i ja, i to dziecko.

— Żeby ocalić życie temu dziecku, musiałam je odebrać innym. Doktor może umiałby je ocalić.

— Cóż, gdybym mogła wezwać doktora, na pewno bym to zrobiła! — krzyknęła Scarlett i zaraz powstrzymała niebaczny język. Przyszła żeby dziękować, nie po to, by prawić impertynencje. No dobrze, ale dlaczego ta kobieta mówi jak sfinks? Od tych słów zagadkowych wypowiadanych starczym, skrzypiącym głosem człowiek dostaje gęsiej skórki.

— Przepraszam, odezwałam się po grubiańsku — dodała po chwili. — Jestem przekonana, że doktor nie poradziłby sobie lepiej. Najprawdopodobniej nie dokonałby pewnie i tego. Nie wiem tylko, jak mam rozumieć twe słowa o innych dzieciach. Czy z tego, co powiedziałaś, należy wnioskować, że miałam dwojaczki i to drugie zmarło?

To całkiem możliwe — przemknęło jej przez myśl. Miała przecież tak wielki brzuch... ale Mrs. Fitz lub Colum powinni byli wspomnieć o tym bodaj słowem. Chociaż, z drugiej strony... o śmierci starszej Kasi Scarlett dowiedziała się dopiero po upływie dwóch tygodni.

Ogarnęło ją poczucie straty nie do naprawienia.

— Czy miałam jeszcze jedno dziecko? Musisz mi powiedzieć!

— Szsz... obudzisz małą Kasię Colum — szepnęła Grainne. — Nie, nie miałaś drugiego dziecka. Nie przypuszczałam, że nie jesteś w stanie zrozumieć tego, co do ciebie mówię... ta siwowłosa kobieta sprawiała wrażenie bardziej pojętnej, myślałam, że wszystkiego się domyśla i w odpowiednim czasie powie ci, co należy. Wyjęłam dziecko razem z łonem... a nie jestem na tyle biegła, by naprawić to, co zostało zniszczone. Nigdy więcej nie będziesz miała dzieci, O'Haro.

W jej słowach brzmiała jakaś straszliwa ostateczność — Scarlett zdawała sobie sprawę z tego, że Grainne mówi prawdę i że niczego nie da się odwrócić. A mimo to nie mogła się z tym pogodzić, a mimo to wiedziała, że nigdy nie przyjmie tego wyroku. Nigdy więcej dzieci? Teraz, gdy wreszcie odkryła całą radość matkowania, gdy pojęła — o, jakże późno — co znaczy miłość? To niemożliwe. Prawda jest zbyt okrutna.

Dotychczas nigdy nie mogła zrozumieć, jak to się stało, że Mela świadomie zaryzykowała własne życie, byleby tylko mieć drugie dziecko, ale teraz nie miała już z tym problemu. Na jej miejscu postąpiłaby tak samo. Zaryzykowałaby i ból, i strach, i krew, oddałaby wszystko za tę jedną chwilę, gdy po raz pierwszy widzi się twarz dziecka.

Kicia wydała dźwięk jakby krzyk mewy. Ostrzegła, że zaraz będzie głodna. Zaraz potem Scarlett poczuła, jak w piersi zaczyna wzbierać pokarm. Czego ja jeszcze chcę? Czyż nie mam najcudowniejszego dziecka na świecie? Nie dam zmarnować się pokarmowi snując fantazje o urojonych dzieciach, podczas gdy to jedno — to prawdziwe — domaga się jeść.

— Muszę już iść — powiedziała. —Zbliża się pora karmienia.

Wyciągnęła ręce po Kicię.

— Tylko słówko — rzekła Grainne. — Pozwól, że cię ostrzegę.

Scarlett przelękła się. Lepiej byłoby nie przynosić tu Kici. Dlaczego ta stara kobieta po prostu nie odda jej dziecka?

— Bacz pilnie na tę dziewczynkę, albowiem są ludzie, którzy powiadają, że skoro wiedźma przyniosła ją między ludzi, sama musi być wiedźmą.

Scarlett drgnęła.

Sztywne ze starości, sękate palce Grainne łagodnie rozluźniły kurczowy uścisk dziecięcej dłoni. Stara kobieta pogładziła niemowlę po główce i złożyła na czole pocałunek.

— Odejdź szczęśliwa, Daro.

Oddała dziecko Scarlett.

— Będę ją nazywała „Dara". Po celtycku znaczy to „dąb". Jestem ci wdzięczna, że pozwoliłaś mi ją ujrzeć, wdzięcznam ci też za słowa podziękowania. Ale nie przynoś tutaj dziewczynki po raz drugi. Nie byłoby rzeczą mądrą, gdyby miała ze mną cokolwiek wspólnego. A teraz idź. Ktoś tu się zbliża, nie powinien cię widzieć... Nie, ścieżka, którą chodzą inni, nie jest ścieżką dla ciebie. Wiedzie z północy i chętnie korzystają z niej szalone kobiety, pragnące kupić zielę miłości, eliksir piękna lub środek przeciwko tym, których nienawidzą. Idź. Strzeż dziecko przed ludźmi.

Scarlett z największą przyjemnością dała posłuch temu wezwaniu. Wytrwale przedzierała się przez szarą zasłonę zimnego deszczu — właśnie zaczęło padać. Sunęła nisko schylona, by osłonić niemowlę przed ciężkimi kroplami.

Pod osłoną obszernego palta Kicia głośno cmokała.

* * *

Mrs. Fitzpatrick oczywiście zauważyła mokre palto powieszone obok kominka, ale nie odezwała się ani słowem.

— Miss Hemo zda się mieć zwinne ręce do ciasta — oznajmiła, stawiając tacę na stole. — Przyniosłam placuszki do herbaty.

— Boże, ale zgłodniałam — westchnęła Scarlett. Nakarmiła Kicię, ucięła sobie krótką drzemkę, zaś kiedy się obudziła, znowu świeciło słońce. Teraz już na pewno wiedziała, że krótka przechadzka może zdziałać cuda. Kiedy następnym razem zechce wyjść na spacer, nie ma zamiaru zważać na czyjekolwiek protesty.

Ale Mrs. Fitz wcale nie miała ochoty jej powstrzymywać. Kiedy zrozumiała, że jej prośby trafiają w próżnię, po prostu przestała odwodzić Scarlett od myśli o przechadzce.

Gdy wrócił Colum, Scarlett poszła do niego na herbatę. I po radę.

— Chciałabym kupić mały kryty powóz, Columie. Za zimno już na jazdy wózkiem, a przecież ciągle mam coś do załatwienia. Może coś dla mnie wybierzesz?

Chętnie, odpowiedział Colum, lecz zaraz dodał, że jeśli chce, sama może sobie wybrać coś stosownego, bowiem rzemieślnicy, kiedy usłyszą, że pragnie dokonać zakupu, przyjadą ze swymi wyrobami do Ballyhara. Zresztą wszyscy inni kupcy też chętnie pofatygują się do niej. Była panią na Dworze.

— Hm... że też wcześniej o tym nie pomyślałam — westchnęła Scarlett.

Nie minął tydzień, a była właścicielką zgrabnego powozu, czarnego, z żółtymi pasami z boku, ciągniętego przez zgrabnego bułanka, który zgodnie z obietnicą kupca, ciągnął żwawo, rzadko potrzebując zachęty w postaci uderzenia biczyskiem.

Weszła też w posiadanie zestawu „mebli salonowych", dębowych, pociągniętych zieloną bejcą, na wysoki połysk, ponadto dziesięciu krzeseł, które zawsze można było ustawić półkolem naprzeciwko kominka oraz okrągłego stołu z marmurowym blatem, przy którym mogło zasiąść sześć osób. I stół, i krzesła ustawiono na puszystym dywanie w pokoju przylegającym do sypialni, niezależnie bowiem od przerażających opowieści Columa o francuskich damach, przyjmujących tłumy gości bez wstawania z łóżka, Scarlett chciała mieć godne miejsce do przyjmowania wizyt. I niezależnie od tego, co twierdziła Mrs. Fitz, Scarlett nie widziała powodów, dla których miałaby przenosić salon na parter, skoro na piętrze było mnóstwo nie wykorzystanych, za to bardziej poręcznych pokojów.

Mimo że meble salonowe stały już na swoim miejscu, wielkie biurko i krzesło nie były jeszcze gotowe — stolarz w Ballyhara dopiero je robił. Bo w końcu co z tego, że było się właścicielką miasteczka, jeśli nie pomyślało się odpowiednio wcześnie o wspieraniu osiadłych w nim rzemieślników? Tylko pod warunkiem, że dało się zarobić ludziom, można było mieć pewność, iż dzierżawne wpłynie w odpowiednim czasie.

Dokądkolwiek Scarlett wybierała się z wizytą, wymoszczony kocykami koszyk z Kicią zawsze stawiała obok siebie na siedzeniu. Obie gaworzyły po dziecinnemu, obie puszczały bańki, a Scarlett była przekonana, że w drodze stanowią zgrany duet. Pokazała Kici każdy sklep, każdy dom w Ballyhara. Kiedy ludzie widzieli ciemnoskóre niemowlę o zielonych oczach, wszyscy czynili naprędce znak krzyża, co niezwykle cieszyło Scarlett, przekonaną, że lud błogosławi jej dziecko.

Kiedy święta były już blisko, poczuła, jak opuszcza ją owo uniesienie, jakże cudownie pozwalające znosić areszt domowy nałożony na nią w okresie połogu.

— Choćby obdarowano mnie wszystką herbatą Chin, choćbym została zaproszona na wszystkie przyjęcia w Atlancie lub Charlestonie, z ich przebrzydłymi kajecikami do tańca i kolejkami gości, ustawiających się do powitania, za skarby nie chciałabym tam się znaleźć — powiedziała do Kici. — Ale chętnie pojechałabym gdzieś, gdzie nie jest tak wilgotno.

Scarlett sądziła, że miło jest mieszkać w chacie, jeśli położy się nowe tynki i pobieli ściany tak, jak to czyniła Kasia oraz kuzyni. Kazała więc pomalować chaty, także te w Adamstown i przy drodze. A kiedy dwudziestego drugiego grudnia jechała do *pubu* i ujrzała wszystkie sklepy i domy pociągnięte świeżą warstwą wapna i odnowione, kiedy ujrzała, jak wiele zrobiono na jesieni, podczas jej choroby, aż pokraśniała z zadowolenia. Radość, którą odczuwała widząc kwitnące miasteczko, pozwalała na chwilę zapomnieć o smutku opadającym ją zawsze wtedy, gdy wchodząc do *pubu* w poszukiwaniu towarzystwa odnosiła wrażenie, że wszystkie rozmowy nagle cichną.

* * *

— Musimy pomyśleć o przystrojeniu domu na Boże Narodzenie — oznajmiła Mrs. Fitz. — Jak to się robi w Irlandii?

Gałązki ostrokrzewu na okapach, nad drzwiami i w oknach. I wielka świeca, najczęściej czerwona, stawiana w jednym oknie dla oświetlenia drogi Bożemu Dzieciątku — powiedziała gospodyni.

Postawimy świece we wszystkich oknach — zarządziła Scarlett, lecz Mrs. Fitz była nieugięta. Jedno okno. Jeśli Mrs. O. ma takie życzenie, może sobie poustawiać tyle świec, ile dusza zapragnie — na stołach, na podłodze — wszędzie, gdzie tylko chce. Ale w oknie — w jednym oknie — może stać tylko jedna świeca. Którą zapala się na Wigilię, kiedy wieczorem dzwonią na Anioł Pański.

Mrs. Fitzpatrick osłodziła surowy ton miłym uśmiechem.

— Tradycja każe, by najmłodszy domownik, gdy tylko da się słyszeć dzwon na Anioł Pański, odpalił źdźbło sitowia od ognia na kominku i płonącym sitowiem zapalił świecę w oknie. Myślę, że będzie pani musiała trochę pomóc naszemu maleństwu.

* * *

Dzień Bożego Narodzenia Scarlett i Colum spędzili u Danielów. Kicia wzbudziła tyle zachwytów, że nawet wymagająca pod tym względem Scarlett była zadowolona. I tyle ludzi przewinęło się przez otwarte drzwi, że przypomniała sobie o tym, jak dawniej spędzano święta w Tarze, gdy po śniadaniu rodzina i cała służba wychodziła na dużą werandę w odpowiedzi na okrzyk „Kolęda". Wtedy to Gerald O'Hara dawał każdemu robotnikowi szklaneczkę whisky, prymkę tytoniu, czasem nowe buty i płaszcz. Wtedy też Ellen O'Hara, po odmówieniu krótkiej modlitwy za wszystkie kobiety i dzieci, obdarowywała je kuponami perkalu oraz flaneli, zaś dzieci otrzymywały pomarańcze i cukierki. Czasami tęsknota Scarlett za ciepłym gwarem niskich głosów i błyskiem białych zębów na czarnych twarzach stawała się prawie nie do zniesienia.

* * *

— Chce mi się do domu.

— Czyż nie jesteś u siebie w domu, w ziemi swoich dziadów, która za twoją sprawą znowu powróciła do O'Harów?

— Och, Colum, nie bądź taki irlandzki w rozmowie ze mną! Wiesz, co mam na myśli. Tęsknię za Południem, za głosami ludzi z Południa, za słońcem Południa i tamtejszym jedzeniem. Chce mi się chleba z mąki kukurydzianej, smażonych kurczaków i kaszy. W Irlandii ludzie nawet nie wiedzą, co to kukurydza. To samo dotyczy kaszy.

— Wiem, wiem, moja droga, i przykro mi, że cierpisz. Czemużby nie? Możemy się wybrać w podróż, niech no tylko powieją przychylne wiatry. Możesz zostawić Kicię. Mrs. Fitzpatrick i ja potrafimy o nią zadbać.

— Co? To niemożliwe. Nigdy nie rozstanę się z Kicią.

Nic więcej nie było do dodania. Ale od czasu do czasu myśl o przeprawie przez wielką wodę zaprzątała całą uwagę Scarlett: to tylko dwa tygodnie i jeden dzień rejsu. A u kresu podróży można ujrzeć delfiny pląsające wśród fal.

* * *

W dzień Nowego Roku Scarlett po raz pierwszy dane było zrozumieć, co tak naprawdę znaczy być **Tą O'Harą**. Mrs. Fitz osobiście podała jej poranną herbatę do łóżka, zamiast, jak zwykle, wysłać z tacą ze śniadaniem Peggy Quinn.

— Błogosławieństwo Świętych Pańskich niech spocznie na matce i córce, i niech towarzyszy im przez cały rok — rzekła jeszcze w progu. — Zanim podam śniadanie, muszę pouczyć panią o obowiązkach, które musi pani wypełnić.

— Szczęśliwego Nowego Roku, Mrs. Fitz — odpowiedziała Scarlett. — I, na miłość Boską, co znaczy ta sfinksowa mowa?

Tradycja, obyczaj, powinność — wyrecytowała jednym tchem gospodyni. Bez zadośćuczynienia starym zwyczajom szczęście nie zawita do Dworu w nowym roku. Zatem Scarlett, jeśli chce, może się napić herbaty, ale na więcej nie ma co liczyć. W pierwszy dzień Nowego Roku na śniadanie podaje się specjalne ciasto drożdżowe, z którego należy ugryźć trzy kęsy, a to na cześć i chwałę Trójcy Przenajświętszej.

— Zanim jednak napocznie pani ciasto, proszę przejść do pokoju, który specjalnie przygotowałam na tę okazję — powiedziała Mrs. Fitz. — Bowiem zaraz po spożyciu trzech kawałków ku czci Świętej Trójcy musi pani rzucić ciastem o ścianę, z całej siły, tak aby rozsypało się na części. I ścianę, i podłogę wymyłam jeszcze wczoraj.

— Nigdy w życiu nie słyszałam o czymś równie szalonym — obruszyła się Scarlett. — Po co miałabym rozbijać znakomity placek? A w ogóle czy ktoś słyszał, żeby jeść na śniadanie ciasto?

— Czy słyszał, czy nie, należy spełnić to, czego wymaga od nas tradycja. Proszę, O'Haro, niech pani uczyni to, co do pani należy, nim wszyscy domownicy umrą z głodu. Bowiem tradycja mówi, że w całym domu należy postrzymać się od jedzenia i czekać, aż ciasto zostanie rozbite.

Scarlett narzuciła na ramiona wełnianą podomkę i posłusznie podreptała do przygotowanego specjalnie na tę okazję pokoju. Upiła łyk herbaty, by zwilżyć usta, po czym ugryzła trzy kawałki ciasta, tak, jak kazała jej gospodyni — ciasto było wyborne, kucharka nie pożałowała bakalii. Następnie musiała oburącz podnieść placek z tacy, był bowiem tak wielki, że jedną ręką by go nie uniosła, później — z ciastem w dłoniach — odmówiła modlitwę „Panie, od głodu nas zachowaj", której Mrs. Fitzpatrick nauczyła ją parę dni temu, za czym obiema rękami, z całej siły, rzuciła kołaczem o ścianę. Kawałki ciasta rozsypały się po podłodze.

Scarlett parsknęła śmiechem.

– Ale naśmieciłam!

– Cieszę się, że irlandzkie zwyczaje przypadły pani do gustu – powiedziała gospodyni. – Ale to jeszcze nie wszystko. Przed panią pięć razy tyle rzeczy do zrobienia. Zwyczaj każe, by każdy mężczyzna, kobieta i dziecko, którzy mieszkają w Ballyhara, otrzymali po kawałeczku ciasta na szczęście. Całe miasteczko już czeka przed drzwiami. Zatem teraz pójdzie pani się ubrać, dziewczęta pozbierają kawałeczki na tacę, a potem możemy zaczynać.

– Mój Boże – westchnęła Scarlett. – Nie powinnam była nadgryzać tak wielkich kęsów.

* * *

Po śniadaniu przyszedł Colum, który towarzyszył jej w drodze do miasteczka, gdzie miała uczestniczyć w następnym obrzędzie. Było bowiem przyjęte, że gdy w Nowy Rok jako pierwsza do domu zawita osoba o ciemnych włosach, szczęście będzie sprzyjało wszystkim mieszkańcom. Tradycja jednak wymagała, by potem odprowadzić ją do następnego domu, następnie do domu sąsiadów i tak dalej.

– I niech do głowy ci nie przyjdzie wybuchnąć śmiechem – przestrzegał ją Colum. – Każda ciemnowłosa osoba jest dobra, ale ciemnowłosa głowa klanu przynosi szczęścia w dwójnasób.

Kiedy tradycji stało się zadość, Scarlett słaniała się na nogach.

– Bogu dzięki nie wszystkie domy w Ballyhara są zamieszkane – wydyszała ostatnim tchem. – Omal się nie utopiłam w morzu herbaty, a od ciasta aż brzuch mi pęka. Czy naprawdę musieliśmy jeść i pić w każdym domu?

– Moja droga – zmarszczył brwi Colum. – Chyba wiesz dobrze, że wizyta polega na ofiarowaniu i przyjmowaniu gościny. Gdybyś była mężczyzną, zamiast herbaty musiałabyś pić whisky.

Scarlett uśmiechnęła się.

– Kici na pewno bardzo to się podobało.

* * *

Pierwszy lutego otwierał w Irlandii rok pracy na roli. W towarzystwie wszystkich mieszkańców Ballyhara Scarlett udała się na pole, stanęła pośrodku otoczona kręgiem ludzi, a kiedy odmówiono modlitwę o urodzaj, wbiła w ziemię ostrze szpadla, podniosła i przerzuciła pierwszą grudę ziemi. Teraz można już było zaczynać pracę w polu. Oczywiście przedtem wszyscy wzięli udział w poczęstunku, składającym się z szarlotki i mleka, ponieważ pierwszy lutego był także dniem świętej Brygidy, która wspólnie ze świętym Patrykiem patronowała Irlandii, a przy okazji była też patronką mleczarzy.

Kiedy wszyscy po skończonej ceremonii wzięli się do jedzenia i picia,

Scarlett uklękła przy świeżo zruszonej ziemi i zaczerpnęła dłonią żyznego, tłustego iłu.

— To dla ciebie, Papo — szepnęła. — Spójrz na mnie: Kasia Scarlett nie zapomniała żadnego z twych słów, nie zapomniała o tym, że Powiat Meath ma najlepszą ziemię ze wszystkich, lepszą nawet od gleby w Georgii, a nawet w Tarze. Zrobię wszystko, co w mojej mocy, by uprawiać ją jak należy. Będę kochać tę ziemię tak, jak mnie tego uczyłeś. To ziemia O'Harów. Znowu należy do nas.

*   *   *

Stara jak świat, zawsze ta sama kolejność orki, bronowania, siewów i modlitwy miała w sobie jakąś prostą, z ciężkiej pracy płynącą godność. Ów już od wieków ustalony rytuał pracy na roli zyskał sobie podziw i szacunek Scarlett, którymi darzyła wszystkich rolników. Jeszcze gdy mieszkała u Danielów czuła, jak wzbierają w niej te uczucia — teraz żywiła je wobec wszystkich mieszkańców Ballyhara. Także wobec siebie je żywiła, bowiem — na swój sposób — była jedną z nich. Wprawdzie nie starczało jej sił na prowadzenie pługa, lecz dzięki niej pługi wyjechały na pole. Także ona postarała się o konie, które ciągnęły pługi. Ona też kupiła ziarno, które farmerzy rzucali w wyorane bruzdy.

W biurze majątku czuła się bardziej u siebie niż we Dworze. Obok biurka postawiła kołyskę dla Kici — taką samą, jak w sypialni, tak że pochylona nad księgami i rachunkami mogła kołysać ją nogą. Także dysputy z Mrs. Fitzpatrick nie nastręczały jej tyle kłopotów, co przedtem. W końcu była **Tą O'Harą** — jej słowo stanowiło tu prawo. Dotychczas musiała tyranizować ludzi, by w końcu zrobili to, czego chciała — teraz wystarczyło odezwać się spokojnie i po wszystkim. Pierwszej niedzieli miesiąca, kiedy w ogromnym hallu Dworu sprawowała sądy, zawsze wyczekiwała z radosnym zniecierpliwieniem. Z wolna zaczęła uświadamiać sobie, 'że także inni mają pewne poglądy, których warto wysłuchać. Farmerzy z wszelką pewnością znali się na rolnictwie lepiej niż ona, zawsze więc mogła się nauczyć czegoś nowego. Chciała się uczyć. Wiedza była jej potrzebna. Trzysta akrów ziemi należało do niej. Farmerzy obrabiali te grunty, a jako dzierżawne płacili jedynie połowę tego, co zwykle było przyjęte jako czynsz. Scarlett umiała radzić sobie z plantacją, gdzie pracowali najemni robotnicy, jak to było w zwyczaju na amerykańskim Południu — zarządzanie majątkiem ziemskim ciągle było dla niej czymś nowym. Uparła się jednak, że będzie najlepszą ziemianką w całej Irlandii.

— Ale farmerzy też się ode mnie uczą — zwierzała się Kici. — Dotychczas nigdy nie słyszeli o nawozach sztucznych, ujrzeli je dopiero wtedy, gdy wydałam im worki z fosfatami. Może w ten sposób zwrócę Rettowi parę groszy z tego, co mi zapłacił, oczywiście pod warunkiem, że plony się poprawią.

W obecności córeczki nigdy nie używała słowa „ojciec". Bo i kto zgadnie, ile z tego, co dociera do uszu małego dziecka, pozostaje w pamięci na całe życie? Zwłaszcza gdy ma się do czynienia z dzieckiem pod każdym względem doskonalszym od wszystkich dzieci świata.

W miarę, jak dnia przybywało, deszcze padały coraz rzadziej, wiały cieplejsze wiatry. Kicia O'Hara z każdym dniem stawała się stworzeniem coraz bardziej fascynującym. Wyrastała na prawdziwą indywidualność.

— Z pewnością nadałam ci właściwe imię — mówiła do niej Scarlett. — Jesteś najbardziej niezależną istotą pod słońcem.

Wielkie zielone oczy Kici uważnie spojrzały na monologującą Scarlett, lecz po chwili wróciły do równie uważnego studiowania paluszków. Dziewczynka nigdy nie grymasiła, posiadała natomiast niczym nie ograniczoną zdolność zabawiania samej siebie. Gdy Scarlett musiała zaprzestać karmienia piersią, ciężko to przeżywała, Kicia jednak zupełnie się tym nie przejęła. Znakomicie się bawiła badając paluszkami i usteczkami butelkę z kaszką. Można było odnieść wrażenie, że wszystko, co ją otacza, znajduje nader interesującym. Była krzepkim, zdrowym dzieckiem — szyję trzymała wyprostowaną, główkę wysoko uniesioną. Scarlett wprost uwielbiała córeczkę. Oraz w pewien sobie tylko właściwy sposób darzyła ją szacunkiem. Uwielbiała brać Kicię w ramiona, delikatnymi pocałunkami okrywać jej włosy i szyję, policzki, rączki i stópki, lubiła sadzać ją na kolanach i kołysać. Ale dziecko znosiło to przytulanie jedynie kilka minut, po czym nóżkami i piąstkami zaczynało walczyć o uwolnienie. A na ciemnej twarzyczce pojawiał się wówczas wyraz takiego niesmaku, że Scarlett nie mogła powstrzymać się od śmiechu, chociaż to właśnie ona była przedmiotem tak dobitnie wyrażanej niechęci.

Ale najszczęśliwsze chwile przeżywały zawsze pod koniec dnia, gdy Kicia odbywała kąpiel razem ze Scarlett. Biła rączkami wodę, śmiała się, gdy słyszała, jak pluska, Scarlett zaś przytrzymywała ją, podrzucała i śpiewała. Później nadchodziły równie urocze chwile, gdy trzeba było wytrzeć do sucha każdy paluszek z osobna, natrzeć pudrem jedwabistą skórkę, każdą najmniejszą nawet fałdkę.

Gdy Scarlett miała dwadzieścia jeden lat, wojna w ciągu jednej nocy zrabowała jej młodość. Wtedy to wyrobiła w sobie stalową wolę, wtedy nabrała żelaznej wytrzymałości, wtedy stwardniały jej rysy twarzy. Wiosną tysiąc osiemset siedemdziesiątego szóstego roku, gdy miała lat trzydzieści jeden, czuła, jak stopniowo wraca jej łagodna lekkość nadziei, delikatna wrażliwość. Ale przeczuwała to zaledwie, świadomie nie zdawała sobie z tego sprawy. Gospodarstwo i dziecko pochłonęło całą uwagę Scarlett, dotychczas skoncentrowaną wyłącznie na jej własnej próżności.

* * *

— Musi pani pomyśleć o nowych sukniach — powiedziała pewnego dnia Mrs. Fitz. — Słyszałam, że pewna krawcowa chętnie wynajęłaby dom, w którym pani mieszkała, ale pod warunkiem, że pomaluje się go od wewnątrz. To wdowa, ale na tyle posażna, że stać ją na płacenie godziwego czynszu. Kobiety z miasteczka na pewno się ucieszą, a i pani źle na tym nie wyjdzie, chyba że zamierza pani znaleźć jakąś krawcową w Trim.

— A cóż złego w moim wyglądzie? — zdumiała się Scarlett. — Ubieram się skromnie i na czarno, jak wdowie przystoi. Wprawdzie zakładam kolorowe halki, ale spod spódnicy wystaje zaledwie rąbek.

— Nic podobnego. To, co pani nosi, w żadnym wypadku nie zasługuje na miano „skromnej czerni". To powalane błotem wieśniacze suknie, na domiar złego z podwiniętymi rękawami. A przecież, Mrs. O., jest pani damą, panią na Dworze.

— Bzdury i jeszcze raz bzdury, Mrs. Fitz. Jakże inaczej mogłabym wyprawiać się konno żeby zobaczyć, czy tymotka już wzeszła? W sukniach wielkiej damy? Poza tym cenię sobie wygodę. A o plamy zacznę się martwić dopiero wtedy, gdy wrócę do mych kolorowych spódnic i staników. Zawsze nienawidziłam nosić się na czarno. Nie znoszę żałoby i dlatego nie będę dbać o świeży wygląd tych wstrętnych czarnych sukien. Zresztą cokolwiek by pani o tym sobie myślała, czarne to czarne.

— Zatem nie jest pani zainteresowana wynajęciem domu krawcowej?

— Oczywiście, że jestem. Zawsze to o jeden czynsz więcej. I już wkrótce sprawię sobie coś nowego. Niech tylko siewy się skończą. Jeszcze w tym tygodniu powinniśmy przygotować pola pod pszenicę.

— Skoro o czynszach mowa... — zaczęła ostrożnie Mrs. Fitzpatrick, bardziej niż kiedykolwiek zaskoczona uległością Scarlett. — Brendan Kennedy jest zdania, że mógłby obok *pubu* urządzić zajazd... przydałoby mu się w tym celu wynająć dom w sąsiedztwie.

— A któż, na miłość Boską, zechce tłuc się na koniec świata, żeby zamieszkać w zajeździe u Kennedy'ego? — zdziwiła się Scarlett. — To szalony pomysł. Poza tym, jeśli Brendan Kennedy chce wynająć ode mnie ten dom, niech weźmie kapelusz w rękę i pofatyguje się osobiście, zamiast korzystać z pani pośrednictwa.

— Och, ja tylko tak sobie — poczerwieniała Mrs. Fitz. — Kennedy wspomniał mi wprawdzie o swych planach, ale to nie zobowiązująco.

Gospodyni wręczyła Scarlett księgę rozchodów i postanowiła odłożyć rozmowę o zajeździe na bardziej stosowny moment. Chyba Colum powinien wziąć się za to — miał większy dar przekonywania.

— Służby mamy więcej niż sama angielska królowa — mruknęła Scarlett, jak zwykle przynajmniej raz w tygodniu.

— Jeśli chce pani trzymać krowy, trzeba też postarać się o ręce, które będą je doić... — cierpko odparła gospodyni.

Ale Scarlett nieraz słyszała tę odpowiedź, więc dokończyła sama:

— ... i zbierać z mleka śmietankę, z której potem robi się masło... Wiem, wiem, droga Mrs. Fitz. Poza tym masło robi się po to, żeby je sprzedać. Tak, zajmiemy się tym później. Szczerze nie znoszę krów. W tej chwili chciałabym zabrać Kicię na łąkę i pokazać jej, jak się wycina brykiety z torfu.

— Lepiej dokończmy to teraz. Kuchnia już nie ma pieniędzy, zaś jutro dziewczętom trzeba dać wypłatę.

— Panienko Najświętsza! No to muszę wycisnąć trochę gotówki z banku. Natychmiast jadę do Trim.

— Na miejscu bankiera nigdy nie dałabym złamanego grosza osobie ubranej tak, jak pani.

Scarlett roześmiała się.

– No, no... Proszę powiedzieć tej krawcowej, że każę odnowić dom od wewnątrz.

Ale o zajeździe ani słowa – zauważyła Mrs. Fitzpatrick. Trudno. Jeszcze dziś wieczorem pójdę do Columa.

* * *

Bractwo Fenian stale rosło w liczbą i siłę, jak Irlandia długa i szeroka. W postaci Ballyhara spiskowcy otrzymali to, czego najbardziej było im potrzeba: bezpieczne miejsce, gdzie przywódcy Bractwa z każdego Powiatu mogli się zbierać, kuć dalsze plany i obmyślać taktykę, a w razie potrzeby znaleźć bezpieczne schronienie przed milicją. Oczywiście, przybysze z zewnątrz nazbyt rzucali się w oczy w miasteczku niewiele większym od wsi, a chociaż patrole z Trim docierały do Ballyhara nader rzadko, bystre oko mogło wypatrzeć coś, czego ujrzeć nie powinno i zepsuć choćby najlepiej opracowane plany.

– Zajazd jest nam bardzo potrzebny – rzekła Rosaleen Fitzpatrick. – Nawet Anglicy są w stanie zrozumieć, że człowiek interesu, który ma coś do załatwienia w Trim, chętniej zatrzyma się na noc w Ballyhara, gdzie pokoje są tańsze iż w mieście.

– Masz oczywiście rację, Rosaleen – westchnął Colum. – Powiem Scarlett, co trzeba, ale nie zaraz. Zbyt bystra z niej osóbka, od razu by się domyśliła, że coś knujemy. Niech o tym zapomni. Za kilka tygodni nie będzie się dziwić.

– Ale my tracimy czas...

– Przez pośpiech możemy stracić jeszcze więcej. Powiedziałem: zrobię, co trzeba, ale dopiero gdy uznam, że nadszedł odpowiedni moment.

Mrs. Fitzpatrick musiała na to przystać – Colum odpowiadał za tę sprawę. Pocieszała się przynajmniej myślą, że zdołała ulokować w miasteczku Małgorzatę Scanlon. I nawet nie musiała uciekać się do żadnych wybiegów, bowiem Scarlett naprawdę potrzebowała nowej garderoby. Swoją drogą, hańba, jak ta kobieta żyje: ubiera się jak najgorsze pospólstwo, z dwudziestu pokojów, w których mogłaby zamieszkać, wybrała sobie dwa... Gdyby nie to, że znała Columa z prawdomówności, szczerze powątpiewałaby w jego opowieści o tym, jaką to szykowną damą była Scarlett jeszcze kilka miesięcy temu.

* * *

– ...A jeśli ten pierścionek w mosiądz się zamieni, mama kupi ci lusterko. – śpiewała Scarlett. Kicia żwawo pluskała rączkami w wodzie, ubijając z mydlin pianę.

– Mama kupi ci także piękne sukienki. I sobie też kupi. A potem popłyniemy wielkim statkiem.

Tak, nie ma sensu odkładać tego na później. Musi wracać do Ameryki. Jeśli wyjedzie zaraz po Wielkiejnocy, dość będzie mieć czasu na załatwienie wszystkiego i powrót do Irlandii zanim zaczną się żniwa.

Scarlett cofnęła się pamięcią do owego dnia, gdy na polu, gdzie przerzuciła pierwszy sztych ziemi, ujrzała delikatną mgiełkę zieleni. Ogarnięta nagłym przypływem wzruszenia i dumy chciała krzyczeć, krzyczeć w głos: „to moja ziemia, moje nasiona budzą się do życia". Oczyma wyobraźni spoglądała na ledwo jeszcze widoczne kiełkowanie zieleni, wyobraziła sobie, jak to wszystko rośnie, coraz wyżej i wyżej, jak roślinki krzepną, potem kwitną, przesycając powietrze aromatami, wonnymi pyłkami, tak ciężkimi, że przenoszące je na odwłokach pszczoły z trudem wznosiły się w powietrze. A potem zetną je srebrem mieniące się ostrza kos i ludzkie ręce ułożą je w wysokie snopy słodkiej złocistości. I tak, rok po roku — siew po siewie, żniwa po żniwach — powtarzać się będzie doroczny cud narodzin i dojrzewania. Trawa, która urośnie, zmieni się w siano. Pszenica, która dojrzeje, zamieni się w chleb. Z owsa zrobi się mąkę. Kicia też urośnie — najpierw będzie raczkować, potem chodzić, zacznie tworzyć pierwsze sylaby, potem mówić, jeść chleb i owsiankę i skakać będzie po stogu siana na strychu stodoły tak, jak skakała Scarlett dzieckiem będąc. Ballyhara to jej dom.

Scarlett spojrzała na słońce, na obłoki, które gnają przed siebie, pomyślała, że zaraz spadnie deszcz, lecz już wkrótce się przejaśni, a słońce znowu będzie ogrzewać pola, aż do następnego deszczu, a po nim znowu wyjrzy zza chmur.

Chcę poczuć spiekotę letnich upałów w Georgii... mam do tego prawo. Przychodzą chwile, gdy bardzo za tym tęsknię. Gdy jednak myślę o Tarze, to — co dziwne — zda mi się marzeniem bardziej niż wspomnieniem. Tara należy do przeszłości, podobnie jak ta Scarlett, którą kiedyś byłam. Tamto życie, ta Scarlett, którą byłam jeszcze kilka miesięcy temu, nie mają niczego wspólnego ze mną, taką, jaką jestem teraz. Dokonałam wyboru. Tara Kici znajduje się w Irlandii. Moja także. Jestem **Tą O'Harą**, panią na Ballyhara. Mój dział w amerykańskiej Tarze zachowam jako spadek dla Wade'a i Elli, ale sprzedam wszystko, co posiadam w Atlancie, przetnę ostatnie więzy. Teraz moim domem jest Ballyhara. Głęboko wrosły w tą ziemię korzenie O'Harów: Kici, moje i Papy. Kiedy popłynę do Ameryki, wezmę ze sobą garść ziemi stąd: niechaj się zmiesza z gliną Georgii, z ziemią na grobie Geralda.

Przebiegła pamięcią wszystkie sprawy, które domagały się załatwienia. Trudno, mogą poczekać. Przede wszystkim muszę się zastanowić, jak tu powiedzieć Wade'owi i Elli o ich wspaniałym nowym domu. Nie uwierzą, że naprawdę za nimi tęskni... niby dlaczego mieliby w to uwierzyć? Bogiem a prawdą, nigdy za nimi nie tęskniła. Dopóki nie zrozumiała, czym jest miłość matki do dziecka.

Ciężko będzie — powtarzała sobie po wielekroć. Ciężko, ale powinno się udać. Naprawię błędy przeszłości. Mam w sobie tyle miłości ... tryskam miłością. Chcę ofiarować coś z tego uczucia także Wade'owi i Elli. Może na początek Irlandia nie przypadnie im do gustu — tak tu inaczej niż w Ameryce — ale kiedy pójdziemy na targ, na wyścigi, gdy kupię im po kucyku... W irlandzkich spódnicach i kolorowych halkach Ella powinna wyglądać uroczo. Wszystkie dziewczynki w jej wieku kochają stroje... Miliony kuzynów, cały klan O'Harów, dzieci w miasteczku... ileż to towarzyszy zabaw. Na pewno im się spodoba.

66.

*N*ie możesz wyjechać wcześniej niż po Wielkiejnocy
— powiedział Colum. — W Wielki Piątek musi się odbyć ceremonia, której
tylko ty, moja droga, możesz przewodniczyć.

Scarlett nie oponowała. Jako głowa klanu miała do wypełnienia pewne
obowiązki — było to dla niej bardzo ważne, chociaż zdarzało się, że przyprawiało o irytację. Bo w końcu co za różnica, kto zasadzi pierwszego ziemniaka?
Irytował ją także Colum, który nie chciał jej towarzyszyć w podróży do
Ameryki, mimo że ostatnio bardzo często wyprawiał się nie wiadomo dokąd.

— W interesach — odpowiadał, kiedy go o to pytała. Hm... dlaczego nie
miałby udać się po kweście do Savannah? Czy to nie wszystko jedno, gdzie
zbiera się pieniądze?

W rzeczy samej wszystko ją irytowało. Kiedy już zdecydowała się na tę
podróż, najchętniej natychmiast wsiadłaby na statek i niechby to wreszcie
miała za sobą. No i wściekła była na Małgorzatę Scanlon — nową krawcową
— która strasznie guzdrała się z robotą. Nie od rzeczy byłoby tutaj dodać, że
ta Mrs. Scanlon była osobą wścibską — niechby kto widział, jaką minę zrobiła,
gdy Scarlett zamówiła u niej suknie z kolorowych jedwabi i lnu, równocześnie
każąc sobie uszyć pełną toaletę w żałobnej czerni.

— W Ameryce chciałabym się spotkać z siostrzyczką — rzekła tonem jak najbardziej niedbałym. — Te kolorowe to prezent dla niej.

Mam w nosie, czy w to uwierzysz, czy nie — pomyślała gniewnie. Nie jestem wdową, nie zamierzam wrócić do Ameryki zaniedbana, w sukniach koloru ziemi.

Nagle czarna spódnica, jakże wygodna, pończochy, staniczek i szal, z którymi nie rozstawała się od tylu miesięcy, nagle to wszystko zaczęło przyprawiać ją o przygnębienie. Wprost nie mogła doczekać się chwili, kiedy będzie mogła założyć suknię z zielonego lnu, zdobną w szerokie żaboty z kremowej koronki. Albo tę różową jedwabną, wykończoną haftami... O ile Małgorzata Scanlon wreszcie je uszyje.

— Będziesz zdumiona, kiedy ujrzysz, jak pięknie wygląda mamusia w nowych strojach — powiedziała do Kici. — Także dla ciebie zamówiłam kilka ślicznych sukieneczek.

Dziecko uśmiechnęło się, pokazując niewielki zbiór nowych ząbków.

— Na pewno spodoba się ci ten wielki statek — rzekła tonem obietnicy, bowiem na pokładzie *Briana Boru* zarezerwowała najlepszą, największą kajutę. Miały odpłynąć z Galway w piątek w oktawie Wielkiejnocy.

W Niedzielę Palmową zrobiło się zimno. Deszcz padał bez przerwy aż do Wielkiego Piątku. Gdy długa ceremonia na polu dobiegła końca, Scarlett była mokra i zziębnięta do szpiku kości.

Wróciła do Dworu w niesamowitym pośpiechu, marząc o gorącej kąpieli i filiżance herbaty. Okazało się jednak, że nie zdąży się rozebrać w suchą suknię — w domu czekała na nią Kasia.

— Wzywa cię stary Daniel — zawołała tonem nie cierpiącym zwłoki. — Położył się. Jest umierający.

*   *   *

Scarlett aż zachłysnęła się powietrzem, kiedy ujrzała starego Daniela. Kasia uczyniła znak krzyża.

— Śpi — szepnęła.

Zapadnięte oczy, zapadnięte policzki sprawiały wrażenie, że głowa starca to tylko czaszka obciągnięta pergaminowej cienkości skórą. Scarlett uklękła przy prostym posłaniu, ujęła starca za rękę — gorącą, suchą jak pergamin, omdlałą.

— Wuju Danielu, to ja.

Otworzył oczy. Na jaki wysiłek woli zdobyć się musiała Scarlett, by nie wybuchnąć płaczem.

— Chciałbym cię prosić o łaskę — powiedział Daniel, jego oddech był płytki i urywany.

— Czego tylko chcesz.

— Pochowaj mnie w ziemi O'Harów.

Co za gadanie, przeżyjesz nas wszystkich — miała już na końcu języka Scarlett, nie była jednak w stanie okłamywać starca.

— Pochowam — odpowiedziała zwięźle i krótko, stanowczo, irlandzkim zwyczajem.

Daniel zamknął oczy. Scarlett wybuchła szlochem. Kasia wzięła ją pod rękę i podprowadziła ku krzesłu przy kominku.

— Pomożesz mi przy herbacie? — spytała. — Zaraz wszyscy tu się zejdą.

Scarlett tylko skinęła głową, niezdolna wykrztusić bodaj słowa. Aż do tej chwili nie zdawała sobie sprawy z tego, jak ważną osobą w jej życiu był wuj Daniel.

Odzywał się rzadko, prawie nigdy z nim nie rozmawiała, ot, wystarczyło, że był, zasługujący na zaufanie, spokojny, stały, silny charakterem. Głowa domu. Scarlett myślała o Danielu jako **Tym O'Harze**.

Kasia odesłała Scarlett do domu nim zmierzch zapadł.

— Musisz zająć się dzieckiem. Tutaj w niczym nie możesz mi pomóc. Wróć jutro.

W sobotę wszystko było inaczej. Przez cały dzień w domu Danielów rojno było od ludzi, którzy przybywali by oddać cześć umierającemu. Scarlett z trudem nadążyła gotować herbatę, kroić ciasto, które goście przynosili ze sobą, smarować kromki chleba masłem.

W niedzielę, kiedy Kasia i kuzyni poszli na sumę, sama musiała czuwać przy wuju. Gdy wrócili, pojechała do Ballyhara, przystało jej bowiem święcić Wielkanoc w tamtejszym kościele. Zdało się, że ojciec Flynn nigdy nie skończy kazania, kiedy zaś wreszcie skończył, Scarlett nie mogła opędzić się od mieszkańców miasteczka, wypytujących o zdrowie Daniela, wyrażających nadzieję, że choroba nie potrwa długo. W końcu, kiedy już zasiadła przy obiedzie, mimo czterdziestu dni ścisłego postu — dla Ballyhara nie było dyspensy — wcale nie miała apetytu.

— Proszę zawieźć to wszystko do Danielów —zasugerowała Mrs. Fitzpatrick widząc, jak wodzi widelcem po talerzu. — Mężczyzn tam wielu, roboty przy gospodarstwie huk. Jeść wszyscy muszą, a biedna Kasia zajęta chorym Danielem.

Zanim wyjechała, uściskała i wycałowała Kicię, która drobnymi rączkami pogłaskała ją po mokrych od łez policzkach.

— To bardzo miło z twojej strony, córeczko — powiedziała, tuląc ją do piersi. — Dziękuję, skarbeńku. Mamusia już wkrótce odzyska humor, a wtedy znowu będziemy śpiewać i bawić się w kąpieli. A potem wybierzemy się w cudowny rejs na wielkim statku.

Scarlett gardziła sobą za tę myśl, miała jednak nadzieję, że nie będą musiały przesunąć daty wyjazdu.

Tego dnia po południu Daniel jakby poczuł się lepiej. Wrócił do przytomności, poznawał ludzi, zwracał się do wszystkich po imieniu.

— I dzięki Bogu — powiedziała Scarlett do Columa. Dziękowała Bogu także dlatego, że Colum wreszcie się zjawił. Czemu wyjeżdżał tak często, tak daleko? Zwłaszcza teraz, pod koniec tego tygodnia, gdy czas dłużył się tak niesłychanie, bardzo dotkliwie dawała się we znaki jego nieobecność.

To właśnie Colum przyszedł z samego rana w poniedziałek z wiadomością, że Daniel zmarł w nocy.

— Kiedy pogrzeb? — denerwowała się Scarlett. — Chciałabym odpłynąć w ten piątek.

Dobrze było mieć przyjaciela takiego, jak Colum. Mogła mu powiedzieć wszystko nie obawiając się, że źle ją zrozumie czy potępi.

Colum w odpowiedzi wolno potrząsnął głową.

— Chyba nic z tego, moja droga — rzekł, patrząc jej prosto w oczy. — Daniel był powszechnie znanym i szanowanym człowiekiem. Wielu przybędzie, by oddać mu ostatni hołd, wielu O'Harów wyprawi się do Adamstown, a drogi rozmokłe. Dlatego czuwanie przy zwłokach potrwa odpowiednio długo... trzy, może cztery dni. Dopiero potem pogrzeb.

— Och, tylko nie to. Nie chcę uczestniczyć w czterodniowej stypie, to zbyt ponure. Chyba tego nie zniosę.

— Ale musisz. Będę przy tobie.

*   *   *

Śpiewy i lamentacje dobiegały ją, jeszcze zanim dom Danielów pojawił się w polu widzenia. Scarlett rozpaczliwie spojrzała na Columa, lecz jego twarz zastygła w uroczystym skupieniu.

Przed niskimi drzwiami kłębiło się od ludzi. Żałobników zebrało się tylu, że już nie mieścili się w domu. Scarlett usłyszał poszeptywania — O, **Ta O'Hara** — a po chwili tłum rozstąpił się przed nią. Z całego serca życzyłaby sobie, aby ten honor został jej oszczędzony, lecz cóż było robić — przeszła ze spuszczoną głową, pragnęła bowiem, by Daniel został pochowany tąk, jak należy.

— Jest w salonie — powiedział Seamus.

Scarlett skamieniała na chwilę — z pokoju dobiegały dziwne zawodzenia. Zaraz jednak wzięła się w garść, weszła.

Na stołach, ustawionych u stóp i głów wielkiego łoża, płonęły grube gromnice. Daniel leżał na prześcieradle, cały w bieli i w czerni. Pomarszczone od pracy dłonie skrzyżowane na piersi oplatał różaniec.

Dlaczego nas opuściłeś? Ochón
Ochón, Ochón, Ullagón O!

Lamentująca kobieta kołysała się z boku na bok. Scarlett poznała kuzynkę Peggy — tę ze wsi. Uklękła przy łóżku, by odmówić modlitwę, lecz żałobne zawodzenie tak ją zmieszały, że nie mogła zebrać myśli.

Ochón, Ochón.

Żałosny, pierwotny lament ścisnął jej serce, przeraził ją do głębi duszy. Podniosła się, poszła do kuchni.

Z niedowierzaniem spojrzała na masę ludzi, tłoczących się w pomieszczeniu. Jedli, pili, rozmawiali, jak gdyby nie wydarzyło się nic szczególnego. Choć okna i drzwi były otwarte, w kuchni gęsto było od dymu z glinianych fajeczek. Scarlett podeszła do grupy skupionej wokół ojca Danahera.

— Tak, wrócił do przytomności, zwracał się do każdego po imieniu i oddał Panu duszę w jasności umysłu — mówił duchowny. — I odbył spowiedź z całego życia, wspaniałą, lepszej nigdy jeszcze nie słyszałem. Dobry był z niego człowiek, z tego Daniela. Podobnego już nie spotkamy za naszych dni...

Odeszła w inną stronę.

– A pamiętasz, Jim, jak Daniel i jego brat Patryk, Panie świeć jego duszy, zagnali angielską lochę medalistkę na bagna, żeby się oprosiła? Miała dwanaście młodych, wszystkie tak piszczały, zaś locha najgłośniej, jakby jaka dzika świnia. Rządca był przerażony, Anglicy klęli, na czym świat stoi, poza tym wszyscy mieli dobrą zabawę.

Jim O'Gorman wybuchnął śmiechem, klepnął opowiadającego mężczyznę, raczej mizernej budowy, wielką łapą kowala.

– Nie pamiętam, ani tym bardziej ty nie pamiętasz, bo nas obu nie było wtedy jeszcze na świecie, taka to prawda. Dobrze o tym wiesz. Słyszałeś tę opowieść od swego ojca, tak jak ja słyszałem ją od mojego.

– Ale czy nie byłoby wspaniale móc widzieć to na własne oczy? Twój kuzyn Daniel był wielkim człowiekiem, taka to prawda.

O, tak – westchnęła w duchu Scarlett. Krążyła po kuchni, to tu, to tam przysłuchując się anegdotom z życia Daniela. Wreszcie ktoś ją zauważył.

– Opowiedz nam, Kasiu Scarlett, jak twój wuj odmówił przyjęcia nowej farmy z setką sztuk bydła, chociaż mu ją ofiarowałaś ze szczerego serca.

Szybko przypomniała sobie, jak to z tym naprawdę było. W jednej chwili otoczyła ją grupka ciekawskich słuchaczy.

– Hm... – zaczęła.

Co by tu powiedzieć?

– Powiedziałam... powiedziałam mu: „Wuju Danielu, chcę ci dać prezent"...

Może tak będzie dobrze.

– I powiedziałam: „Mam farmę ... sto akrów ... strumień ... trochę moczarów ... i sto wołów, pięćdziesiąt mlecznych krów, trzysta gęsi, dwadzieścia pięć świń... i sześć zaprzęgów końskich...

Wszyscy aż westchnęli, oszołomieni wspaniałością daru.

– I powiedziałam: „Wuju Danielu, to wszystko należy do ciebie, a ponadto jeszcze wór złota". Lecz on huknął na mnie, aż się zatrzęsłam: „Kasiu Scarlett, nawet tego nie dotknę".

Colum wziął ją pod rękę i przepychając się przez tłum, wyciągnął na dwór, za stodołę. Dopiero gdy byli poza zasięgiem ludzkiego wzroku, prychnął śmiechem.

– Wiesz co, Scarlett, zawsze mnie zaskakujesz. Przed chwilą przedstawiłaś Daniela niczym giganta... choć sam nie wiem, czy był z niego gigantyczny głupiec, czy człek o gigantycznej wprost szlachetności, zbyt dobry, by wykorzystywać wspaniałomyślność szalonej kobiety.

Scarlett też wybuchnęła śmiechem.

– To był dopiero początek – powiedziała. – Nie powinieneś mi przerywać.

Nagle zakryła usta dłonią – jak mogła pozwolić sobie na śmiech, gdy w domu leżały zwłoki Daniela?

Colum ujął ją za nadgarstek, siłą opuścił rękę.

– W porządku – rzekł uspokajającym tonem. – Nic się nie stało. W

Irlandii czuwanie przy zmarłym ma na celu czcić go takim, jakim był za życia, przedstawiać, jak ważną osobą był dla wszystkich żałobników. Śmiech jest tu równie stosowny, jak lamentacje.

Pogrzeb Daniela O'Hary odbył się w czwartek. Była to uroczystość prawie tak okazała jak pochówek starej Kasi Scarlett. Kondukt prowadziła Scarlett. Grób wykopano na starym, otoczonym kamiennym murem cmentarzu w Ballyhara, znalezionym i oczyszczonym z chwastów przez nią i przez Columa.

Z grobu Daniela Scarlett zaczerpnęła ziemi do skórzanego mieszka — kiedy wysypie ją na grób Geralda będzie to tak, jakby bracia zostali pochowani obok siebie.

Kiedy uroczytości żałobne dobiegły końca, cała rodzina udała się do Dworu na stypę. Kucharka Scarlett była zachwycona — wreszcie miała okazję pokazać, co potrafi. W wielkim, nie używanym salonie i w bibliotece ustawiono na kozłach długie stoły, uginające się pod sztukami szynki, gęsiami, kurczakami, górami chleba i ciasta, baryłkami porteru i whisky, dzbanami z herbatą. Mimo że drogi były rozmokłe, na pogrzeb zwaliły się setki O'Harów.

Scarlett przyniosła Kicię — niech pozna rodzinę. Powszechne uwielbienie dla dziewczynki było równe temu, jakiego matka się spodziewała, a nawet jeszcze większe.

Colum wyciągnął skrzypce i bębenek, trzej inni kuzyni wydobyli z zanadrza flety, muzykowano parę bitych godzin. Kicia wymachiwała rączkami aż do zupełnego wyczerpania. Potem zasnęła matce na kolanach. Cieszę się, że nie zdążę na statek — pomyślała Scarlett. To wspaniałe. Gdyby nie ta śmierć Daniela...

Podeszli do niej dwaj kuzyni — wysocy jak dęby, kiedy zginali się w ukłonie sprawiali wrażenie, że się złamią. Pochylili się, by nie musieć krzyczeć.

— Potrzebowaliśmy głowy rodu — powiedział Tomasz, syn Daniela. — Dobrze, że mamy **Tę O'Harę**.

— Przyjdziesz jutro do nas, po śniadaniu? — spytał Joe, syn Patryka.

— Po co?

— Powiem ci jutro, jak będzie trochę spokojniej.

* * *

Trzeba było rozstrzygnąć kwestię: kto ma dziedziczyć gospodarstwo Daniela. W związku z długotrwałym kryzysem, który wywołała w rodzinie śmierć Patryka, teraz, po śmierci Daniela, dwaj kuzyni rościli sobie prawo do dziedziczenia. Daniel, podobnie jak Gerald, umarł nie sporządziwszy testamentu.

Scarlett przypominało to sytuację, w jakiej znalazła się po śmierci Papy. Wypisz, wymaluj to samo, co kiedyś z Tarą. Tym łatwiej przyszło jej podjąć decyzję. Syn Daniela Seamus pracował na gospodarce lat ponad trzydzieści, podczas gdy Sean, syn Patryka, mieszkał razem ze starą Kasią Scarlett i nie robił niczego. Wobec tego cała farma przypadła Seamusowi. Tak, jak kiedyś Tara powinna była przypaść w udziale Scarlett — cała Tara.

Decyzja **Tej O'Hary** była ostateczna. Scarlett ogarnął bardzo podniosły nastrój, była bowiem przekonana, że postąpiła wobec Seamusa sprawiedliwiej, niż ktokolwiek postąpił z nią.

Następnego dnia z samego rana niemłoda już kobieta zostawiła przy drzwiach Dworu kosz pełen jaj. Mrs. Fitz ustaliła, że była to narzeczona Seamusa. Biedaczka, musiała czekać prawie dwadzieścia lat, żeby w końcu oświadczył się jej. A oświadczył się, wczoraj, w godzinę potem, jak Scarlett przyznała mu farmę.

— To bardzo miło z jej strony — westchnęła Scarlett. — Ale mam nadzieję, że nie ogłoszą ślubu w przyszłym tygodniu. W ten sposób nigdy nie dotrę do Ameryki.

Już zamówiła miejsce w kabinie. Miała odpłynąć dwudziestego szóstego kwietnia — dokładnie w rocznicę dnia, kiedy to powinna była zakończyć swe krótkie „wakacje" w Irlandii.

Statek nie był tak luksusowy jak *Brian Boru* — ba, nawet nie był to statek pasażerski. Ale Scarlett nie mogła czekać, żywiła bowiem przesąd, że gdy będzie zwlekać z odjazdem dłużej niż do pierwszego maja, już na zawsze zostanie w Irlandii. Poza tym Colum znał i statek, i kapitana. Owszem, statek służył do przewozu ładunków, nie ludzi, ale zabierał jedynie bele najlepszego irlandzkiego lnu, żadnej drobnicy. Z kapitanem zawsze podróżowała jego żona, tak że Scarlett nie będzie mogła narzekać na brak damskiego towarzystwa, kapitanowa od biedy może zastąpić przyzwoitkę. A już najbardziej na korzyść statku przemawiało to, że nie był to parowiec. Całą drogę z Irlandii do Ameryki przebywał pod żaglami.

67.

Już ponad tydzień utrzymywała się piękna pogoda. Drogi wyschły, żywopłoty pokryły się kwiatami. Kicia od paru dni nie mogła w nocy zasnąć, gorączkowała, lecz wkrótce okazało się, że to tylko wyrzyna się jej nowy ząbek. Dzień przedtem Scarlett tanecznym krokiem pospieszyła do miasteczka, żeby odebrać od krawcowej ostatnie sukieneczki, które kazała uszyć dla córki. Czuła, że teraz, przy takiej pogodzie, wszystko pójdzie jak z płatka.

Kiedy Małgorzata Scanlon pakowała sukienki, Scarlett wyjrzała przez okno. Jak to w porze obiadowej, miasteczko było wyludnione, spostrzegła jednak, że po drugiej stronie szerokiej ulicy idzie Colum. Wyraźnie zmierzał w kierunku opuszczonego kościoła anglikańskiego.

O, nareszcie − pomyślała zadowolona. A już zdawało się, że nigdy nie posłucha głosu rozsądku. Jaki to sens, by co niedziela wszyscy mieszkańcy Ballyhara tłoczyli się na sumę w ciasnej kaplicy katolickiej, skoro parę kroków dalej świeci pustkami ogromny kościół. Fakt, że kiedyś zbudowali go protestanci nie jest wystarczającym powodem, dla którego teraz nie mieliby go przejąć katolicy. Trudno wprost pojąć, dlaczego Colum upierał się przy swoim tak długo, ale nie zamierzam go teraz za to besztać. Po prostu powiem mu, że jestem szczęśliwa widząc, iż w końcu zmienił zdanie.

– Zaraz wracam – powiedziała do Mrs. Scanlon, po czym wybiegła na wydeptaną wśród chwastów ścieżkę, wiodącą do bocznych drzwi. Zapukała, a następnie, nie czekając na odpowiedź, pchnęła drewniane skrzydło. Nagle rozległ się głośny huk, po nim drugi, coś ostrego uderzyło ją w łokieć, spod nóg brzynęły drobiny żwiru, w kościele zadudniło głuchym echem.

Smuga światła z uchylonych drzwi padała wprost na twarz nieznanego człowieka, wykrzywioną w dzikim grymasie. Jego ciemne, podkrążone sińcami oczy błyszczały niesamowicie, niczym ślepia rannego zwierza.

Stał w półrozkroku, uniesiony pistolet był wycelowny wprost w nią – broń trzymał w brudnych, nieruchomych jakby wykutych z kamienia rękach, postrzępione rękawy zwisały niczym u ostatniego obdartusa.

Strzelił do mnie – w jednej chwili cały umysł Scarlett skoncentrował się na tej jednej myśli. Zabił Columa, a teraz zabije mnie. Kicia! Nigdy już jej nie zobaczę. Fizycznie obezwładniona chwilowym szokiem odzyskała swobodę ruchów w momencie, gdy ogarnęła ją fala wściekłości. Podniosła zbitą w kułak pięść, dała krok naprzód i...

Grzmot drugiego wystrzału, który głośnym echem odbił się od kamiennego sklepienia świątyni, zdał się trwać nieskończenie długo. Scarlett, krzycząc, rzuciła się na posadzkę.

– Uprasza się zachować spokój – usłyszała głos Columa. Tak, to był on, zna przecież brzmienie jego głosu, chociaż... dało się w nim słyszeć coś obcego, stalowego, lodowatego.

Uniosła głowę. Ujrzała, jak Colum stoi przy nieznajomym, prawą ręką obejmując go za kark, lewą ściskając go za prawy nadgarstek. Zaciśnięty w skurczonych palcach pistolet wycelowany był w sufit.

Scarlett powoli dźwignęła się na równe nogi.

– Co się tu dzieje? – spytała, odzyskawszy pewność siebie, lecz ciągle ostrożna.

– Zamknij za sobą drzwi, jeśli łaska – powiedział Colum. – Dość światła pada z okien.

– Co... tu... się... dzieje...

Ale Colum nie kwapił się z odpowiedzią.

– Rzuć tę zabawkę, chłopaku Daveyów – powiedział do nieznajomego.

Pistolet z metalicznym szczękiem opadł na posadzkę. Teraz Colum powoli zwolnił chwyt wokół nadgarstka, po czym nagle, bardzo szybko, zdjął ramię z jego szyi, zacisnął dłoń w pięść i ogłuszył mężczyznę, który, nieprzytomny, zwalił się u jego stóp.

– Do diabła z nim – mruknął Colum. Szybkim krokiem podszedł do drzwi, zamknął je i zaryglował.

– Dobrze. A teraz możemy wyjść – powiedział, obejmując Scarlett za ramię.

Ale Scarlett odskoczyła i odwróciła się twarzą do niego.

– Jacy „my”? – zakrzyknęła. – Wyjdziemy, ale nie wcześniej, nim wyjaśnisz mi, o co tu właściwie chodzi.

Gdy się odezwał, jego głos brzmiał znowu ciepło, bez mała radośnie.

— To nieszczęśliwy zbieg okoliczności, moja droga....

— Tylko nie „moja droga" — przerwała mu w pół zdania. — Nie dam się oczarować. Ten człowiek usiłował mnie zabić. Kto to? Dlaczego się skradałeś na to spotkanie? Co tu się dzieje?

W półmroku twarz Columa wyglądała jak biała plama rozlana w ciemności. Koloratka upiornie błyszczała.

— Przejdźmy do światła — rzekł spokojnie. Pierwszy dał kilka kroków i stanął w miejscu, gdzie zza zabitych deskami okien sączyło się jasne światło dnia.

Scarlett nie wierzyła własnym oczom — Colum się uśmiechał.

— Och, co za szkoda — mruknął. — Gdybyśmy otworzyli zajazd, to pożałowania godne zdarzenie nigdy nie miałoby miejsca. Chciałem trzymać cię od tego z daleka, moja droga. Wiedza tego rodzaju nie czyni kobiety szczęśliwą.

Jakże on może się uśmiechać? Jak śmie? Spoglądała bez słowa, zbyt przerażona, by dobyć głos.

Colum opowiedział jej o Bractwie Fenian.

* * *

Kiedy skończył, odzyskała głos.

— Judaszu! — zawołała. — Ty podły, kłamliwy zdrajco. Ufałam ci. Myślałam, że mam w tobie przyjaciela.

— Mówiłem, że wiedza tego rodzaju nie uszczęśliwia kobiet.

Zbyt była przybita, by gniewać się na tę odpowiedź, spokojną, podaną z wesołością w głosie. Co jednak nie zmieniało faktu, że wszystko było zdradą, od początku do końca. Wykorzystywał ją, okłamywał od chwili, gdy się poznali. Wszyscy ją okłamywali — Kuba i Maureen, kuzyni w Savannah i w Irlandii, farmerzy i mieszkańcy Ballyhara. Nawet Mrs. Fitz. Jej szczęście było tylko ułudą. Wszystko było ułudą.

— Chcesz słuchać mnie dłużej?

Nie, nie chciała. Nienawidziła jego głosu, nienawidziła tej śpiewności, tego wdzięku, które z niego emanowały. Nie, nie będę dłużej go słuchać. Usiłowała zatkać uszy, lecz jego słowa wciskały się między palcami.

— Przypomnij sobie Południe — mówił Colum. — Przypomnij sobie ziemię deptaną buciorami najeźdźców, pomyśl o Irlandii, o jej pięknie, o bogactwie kraju, który cały krwawi w piekielnym uścisku nieprzyjaciela. Anglicy ukradli nam język... w tym kraju uczenie dzieci celtyckiego jest zbrodnią. Czy nie możesz tego zrozumieć, Scarlett? Wyobraź sobie, jakby to było, gdyby ci twoi Jankesi mówili słowami, których nie rozumiesz, których musisz się uczyć pod groźbą miecza. Język, twój własny język ma być zapomniany, złożony na samym dnie twej świadomości, a jeśli nie zgodzisz się zapomnieć, miecz spadnie na twą głowę. Wyobraź sobie, co byś czuła, gdyby twa córka uczyła się jankeskiej mowy i odzywała się do ciebie w języku, którego nie rozumiesz, i sama nie rozumiała słów miłości, którymi zwracasz się do niej, gdybyś nie była w stanie pojąć, czego pragnie, bo zwraca się do ciebie po jankesku i gdybyś nie mogła spełnić jej pragnień, bo nie potrafisz ich odgadnąć. Anglicy obrabowali nas z naszego języka, a wraz z nim zrabowali nam dzieci... Pozbawili nas ziemi, naszej matki. Kiedy zaś człowiek traci matkę i dzieci, nic mu nie pozostaje. Dlatego musimy walczyć o nasze dusze... Przypomnij sobie, Scarlett, co czułaś, gdy zabrano ci Tarę. Mówiłaś mi, że walczyłaś, by ją odzyskać, walczyłaś z wszystkich sił, z całego serca, zaangażowałaś cały swój spryt, wszystkie umiejętności. Gdy trzeba było kłamać, kłamałaś, gdy trzeba było uciec się do zdrady, zdradzałaś, gdyby trzeba było zamordować, i do tego byłabyś zdolna. Podobnie rzecz się ma z naszą walką o Irlandię... Wszakże szczęśliwsi jesteśmy niż ty w swoich zmaganiach, możemy bowiem korzystać z przyjemności życia. Mamy czas na muzykę, taniec i miłość. Wiesz, czym jest miłość, sama wiesz to najlepiej. Patrzyłem, jak spoglądasz na swoją córkę, jak śledzisz jej dojrzewanie i rozkwit. Czyż nie rozumiesz, że ta miłość karmi, nie wyczerpując się, że jest niczym pełen po brzegi puchar, z którego ludzie piją i nigdy nie ujrzą dna?... Tak też jest z naszą miłością do Irlandii. Kochamy cię, droga Scarlett, i ja, i wszyscy tutejsi, a chociaż kochamy także Irlandię, jedna miłość nie wyklucza drugiej. Czyż troszcząc się o dziecko, nie możesz przejmować się sprawami swych przyjaciół? Jedno nie wyklucza drugiego. Myślałaś, mówisz, żem twój przyjaciel, twój brat. I dobrze myślałaś, bom ci przyjacielem i bratem aż do końca mych dni. Cieszę się twoją radością, twój smutek jest moim smutkiem. A chociaż Irlandia jest dla mnie niczym dusza, w niczym, co czynię dla przywrócenia jej wolności, nie dopuszczam się zdrady. Irlandia nie wzbrania mi żywić miłości ku tobie... ona ją jeszcze potęguje.

Scarlett z własnej woli odsłoniła uszy, ręce opadły jej bezwładnie. Colum rozbroił ją, jak zwykle, gdy mówił do niej w ten sposób — może właśnie dlatego docierała do niej zaledwie połowa z tego, co słyszała. Czuła się tak, jakby spowiła ją pajęczyna dźwięków, ogrzewająca, lecz jednocześnie krępująca swobodę ruchów.

Nieprzytomny mężczyzna, leżący dotychczas na posadzce bez śladu życia, jęknął. Scarlett bojaźliwie spojrzała na Columa.

— On też należy do Bractwa?

— Tak — kiwnął głową. — Ucieka przed Anglikami. Zdradził go człowiek, którego miał za przyjaciela.

— To ty dałeś mu ten pistolet — rzekła tonem nie pozostawiającym cienia wątpliwości.

— Tak, ja. Widzisz, nie mam przed tobą żadnych tajemnic. Ukryłem broń w tym angielskim kościele. Jestem zbrojmistrzem Bractwa. Kiedy nadejdzie dzień, tysiące Irlandczyków chwycą za broń, o paradoksie, ukrytą w świątyni kościoła anglikańskiego. I wtedy rozpocznie się powstanie.

— Kiedy?

— Jeszcze nie ustalono. Musimy mieć więcej broni. Pięć transportów, może nawet sześć...

— To dlatego tak często bywasz w Ameryce.

— Tak. Z pomocą mych braci zbieram pieniądze, potem inni bracia zakupują broń, a ja przewożę ją do Irlandii.

— Na *Brianie Boru*.

— Nie tylko.

— I chcesz zabijać Anglików.

— Chcę. Ale my będziemy bardziej miłosierni niż oni. Bo oni zabijali kobiety i dzieci. My tylko żołnierzy. A śmierć to żołnierski los. Za to im płacą.

— Ale jesteś księdzem — zauważyła. — Nie wolno ci zabijać.

Colum nic nie odpowiedział. Mijała minuta za minutą, a on trwał w milczeniu. W smugach światła wokół jego zwieszonej głowy krążyły drobiny kurzu. Kiedy się wyprostował, Scarlett ujrzała, że oczy jego pociemniały od smutku.

— Gdy miałem osiem lat — zaczął — patrzyłem wtedy na wozy pszenicy i stada bydła ciągnące drogą z Adamstown do Dublinu, patrzyłem, jak stoły Anglików uginają się pod górami jedzenia. Widziałem też, jak moja siostra umiera z głodu, miała bowiem zaledwie dwa lata i nie starczyło jej sił, by wytrzymać bez jedzenia. Mój brat miał wtedy trzy lata, także jemu nie starczyło sił. Najmłodsi zawsze umierali najpierwsi. Płakali, bo byli głodni, zbyt młodzi, by zrozumieć, co to znaczy, że po prostu nie ma co jeść. Ja rozumiałem, bo miałem osiem lat i byłem mądrzejszy. I nie płakałem, bo wiedziałem, że płacz odbiera siły, których człowiek potrzebuje, by przetrwać bez jedzenia. Umarł także mój drugi brat siedmioletni, a potem sześcio- i pięcioletni, zaś ja, ku wiecznemu pohańbieniu, zapomniałem, jak mieli na imię. Potem umarła mi matka, chyba jednak nie z powodu pustego żołądka, a z bólu, bo serce jej pękło, gdy patrzyła, jak umierają jej dzieci, w każdym razie zawsze tak sądziłem... Z głodu nie umiera się od razu, droga Scarlett, umiera się powoli, kilka miesięcy, nie jest to szybka śmierć, nie jest to śmierć miłosierna. Ale przez wszystkie te miesiące wyładowane jedzeniem wozy ciągnęły przez wieś.

Głos Columa zamarł, ucichł, jakby z niego życie uciekło. Po chwili jednak znowu zaczął mówić.

— Byłem pojętnym chłopcem. Kiedy miałem lat dziesięć, gdy lata głodu minęły, gdy żołądek znowu był syty, wziąłem się za naukę, pochłaniałem wprost książki. Nasz proboszcz widział we mnie dobrze zapowiadającego się młodzieńca i pewnego razu powiedział ojcu, że być może, jeśli tak dalej będę przykładał się do pracy, zostanę przyjęty do seminarium. Ojciec dał mi wszystko, na co było go stać. Bracia harowali na farmie ciężej niż powinni, tak że ja nie musiałem wykonywać żadnej pracy, mogłem bez przeszkód ślęczeć nad moimi książkami. Nikt nie spoglądał na mnie z tego powodu krzywym okiem, albowiem wielki to honor dla wszystkich, gdy mają księdza w rodzinie. Brałem od nich wszystko, co mi dawali, byłem bowiem czystego serca, całą nadzieję pokładałem w dobroci Boskiej i mądrości Matki naszej Świętego Kościoła Rzymskiego, co, jak sądziłem, było dowodem, że mam powołanie, wezwanie do kapłaństwa.

Podniósł głos.

— Wreszcie poznam odpowiedź na wszystkie pytania... tak sobie wtedy myślałem. Bo w seminarium tyle jest ksiąg świętych i świętych mężów, i cała mądrość Kościoła też tam jest. Uczyłem się, modliłem się, poszukiwałem. Modlitwa dawała mi zapomnienie, nauka wiedzę. Ale nie wiedzy szukałem.

„Dlaczego", pytałem moich nauczycieli, „dlaczego dzieci muszą ginąć z głodu?" Ale na wszystkie me pytania otrzymywałem jedną i tę samą odpowiedź: „Zaufaj Bogu, zawierz Jego miłości".

Colum zakrył umęczoną twarz dłońmi, jego głos podniósł się do krzyku.

— Boże, mój Ojcze! — zawołał. — Czuję Twą obecność, doświadczam Twej wszechmocy, ale czemu nie mogę ujrzeć Twego oblicza? Dlaczego odwróciłeś się od ludu irlandzkiego?

Opuścił ręce.

— Na to pytanie nie ma odpowiedzi — rzekł rwącym się ze wzruszenia głosem. — I nigdy jej nie było. Ale miałem widzenie. Poszedłem jego tropem. W mojej wizji widziałem głodujące dzieci, a ich osłabienie, choć wielkie, mniejsze było od nieprzeliczonej ich rzeszy. Podnosiły się z ziemi, wznosiły wychudłe, patykowate ramiona i otaczały wozy uginające się pod jedzeniem, i nie umarły z głodu. W tym obrazie ujrzałem moje powołanie: zawrócić karawanę wozów, które wywożą z Irlandii płody jej ziemi, przegnać Anglików od stołów, dać Irlandczykom miłość i miłosierdzie, których Bóg im poskąpił.

Scarlett jęknęła, słysząc to bluźnierstwo.

— Pójdziesz do piekła!

— Już jestem w piekle! Kiedy żołnierze drwią z matki, żebrzącej o jedzenie dla swego dziecka, to przecież wizja piekieł. Kiedy widzę starca, spychanego z chodnika w błoto, żeby żołnierze mogli przejść nie brudząc butów, to przecież obraz z piekła rodem. Kiedy widzę eksmisję, chłosty, wyładowane zbożem wozy przejeżdżające obok rodzin, których od śmierci głodowej ratuje zagon kartofli, mówię sobie, że Irlandia to piekło. Chętnie umrę, chętnie zgodzę się na wieczne cierpienia, byleby tylko oszczędzić Irlandczykom bodaj godzinę ich piekielnej doli.

Jego gwałtowność wstrząsnęła Scarlett. Po omacku poszukiwała zrozumienia. Tak... bo i przypuśćmy, co by się stało, gdyby przypadkowo nie znalazła się u Danielów wtedy, gdy przybyli Anglicy z taranem? A gdyby tak straciła wszystkie pieniądze, a Kicia była głodna? Gdyby Anglicy zaczęli postępować po jankesku, ukradli jej bydło i spalili pola?

Wiedziała, co znaczy być bezradną w obliczu watahy żołdaków. Znała uczucie głodu. Były to wspomnienia, których nie mogła zasypać choćby i górą złota.

— Jak mogę ci pomóc? — spytała. Colum walczył za Irlandię — tu była jej ojcowizna, tu była ojczyzna jej córeczki.

68.

Żona kapitana statku — tęga kobieta o czerwonej, nalanej twarzy — tylko rzuciła spojrzenie na Kicię i zaraz wyciągnęła ramiona.

— Zechcesz przyjść do mnie?

Kicia w odpowiedzi wyciągnęła rączki.

Scarlett była przekonana, że Kicię najbardziej interesują okulary, wiszące na łańcuszku na szyi kapitanowej, zachowała to jednak dla siebie. Lubiła słuchać, jak ludzie zachwycają się córeczką, a kapitanowa właśnie to robiła.

— Jakie śliczne maleństwo... dziecko, okulary zakłada się na nos, nie wkłada do buzi... a jaka śliczna oliwkowa cereczka... Czy jej tatuś jest może Hiszpanem?

Scarlett szybko się zastanowiła.

— Nie — odpowiedziała z refleksem. — Babka.

— Też miło.

Kapitanowa wyjęła Kici z rączek okulary i w zamian obdarowała ją sucharkiem.

— Mam czworo wnuków — wyjaśniła, nie spuszczając spojrzenia z dziecka. — To najcudowniejsze uczucie pod słońcem. Zaczęłam wyprawiać się w rejsy z moim panem kapitanem, ponieważ nie mogłam znieść ciszy w pustym domu. Ale teraz mam niejaką pociechę właśnie z wnuków. Z Savannah płyniemy po ładunek do Filadelfii, gdzie mieszka moja córka z dwójką dzieciaków.

Nim wypłyniemy z Zatoki, zdąży zagadać mnie na śmierć — pomyślała Scarlett. I jak tu wytrzymać z taką dwa tygodnie.

Wkrótce jednak przekonała się, że jej obawy były bezpodstawne. Kapitanowa gadała wprawdzie jak najęta, ale ponieważ ciągle powtarzała to samo, wystarczyło, że Scarlett przytakiwała i co pewien czas powtarzała „Mój ty Boże" — nie musiała zwracać uwagi na wszystko, co do niej mówiono. Poza tym starsza pani cudownie bawiła się z dzieckiem. Scarlett mogła zajmować się swoimi sprawami na pokładzie, nie przejmując się, co tam z Kicią.

Zatem, wystawiając twarz na słone podmuchy wiatru, dawała spokojnie płynąć myślom. Przede wszystkim snuła plany. Tyle miała do zrobienia, tyle spraw do załatwienia. A więc: znaleźć kupca na sklep. Uregulować sprawy z domem na Brzoskwiniowej. Wprawdzie Rett płacił za utrzymanie, lecz było rzeczą śmieszną mieszkać w Irlandii i mieć pusty dom w Ameryce — dom, w którym już nigdy nie zamieszka...

Tak tedy: sprzedać sklep, dom i bar. Hm... pomysł sam w sobie nie najlepszy. Z baru miała znakomite dochody, samej nie troszcząc się o nic. Postanowiła jednak przeciąć wszystkie więzi łączące ją z Atlantą, to zaś oznaczało, że i baru trzeba się będzie pozbyć.

A co z kwartałem domów w budowie? Niczego nie wiedziała o tym projekcie. Trzeba więc sprawdzić, upewnić się, że ta budowa na przedmieściach Atlanty pomaga Ashleyowi związać koniec z końcem.

Kiedy już wszystko załatwi w Atlancie, wybierze się do Tary. Tarę zostawi sobie na sam koniec, bowiem, gdy Wade i Ella dowiedzą się, że mają razem z nią popłynąć do Irlandii, mogą się bardzo niecierpliwić. Trudno byłoby ich powstrzymać. Poza tym pożegnanie z Tarą nie przyjdzie jej łatwo. Lepiej byłoby zrobić to szybko — pośpiech oszczędzi bólu rozstania. Och, jakże pragnęła ujrzeć Tarę!

* * *

Te parę mil w górę Savannah River, z pełnego morza do portu, zdały się dłużyć w nieskończoność. Statek ciągnęły przez kanał holowniki. Scarlett niespokojnie przechadzała się po pokładzie, od burty do burty, z Kicią w ramionach, usiłując znaleźć przyjemność w śledzeniu reakcji dziecka na nagłe podrywanie się do lotu bagiennych ptaków. Ameryka pozostaje ciągle tak daleko? Scarlett pragnęła postawić wreszcie stopę na amerykańskiej ziemi, usłyszeć dźwięki znajomej mowy.

Wreszcie. Oto i miasto. Oto doki. Och, Kiciu, słuchaj... słuchaj, jak śpiewają. To murzyńskie pieśni, to Południe, czy czujesz to słońce? Spędzisz tu dobrych parę dni. Kochanie, tu mamusia spędziła całe swoje życie, tu jest jej dom.

* * *

W kuchni u Maureen nic się nie zmieniło, wszystko zostało po staremu. Rodzina jak zwykle. Uczucia te same. Ta sama rozwrzeszczana dzieciarnia. Patrycja urodziła syna, dobiegał już prawie roku. Kasieńka była w ciąży. Kicia w jednej chwili została wciągnięta w niezmienny rytm życia trzech sąsiadujących ścianami domów. Z ciekawością spoglądała na inne dzieci, ciągała je za włosy, godziła się z tym, że i ją ciągano, stała się jedną ze stadka.

Scarlett poczuła ukłucie żądła zazdrości. Kicia wcale nie będzie za mną tęsknić – myślała sobie. Za to ja nie zniosę tej rozłąki, ale cóż, muszę ją tu zostawić. Zbyt wielu ludzi w Atlancie zna Retta, mogą mu donieść. Prędzej bym go zabiła, niżbym zgodziła się na to, by mi ją zabrał. Nie mogę wziąć jej ze sobą, nie mam wyboru. Im szybciej wyjadę, tym wcześniej powrócę. W prezencie przywiozę jej braciszka i siostrzyczkę.

Na adres biura wuja Henryka Hamiltona wysłała telegram. Zadepeszowała też do Pansy, na Brzoskwiniową. Dwunastego maja wsiadła do pociągu do Atlanty. Była i wzruszona, i zdenerwowana. Tak długo trwała jej nieobecność – różne rzeczy mogły się zdarzyć. Ale co tam, lepiej nie martwić się na zapas, wkrótce i tak dowie się wszystkiego. Tymczasem lepiej po prostu rozkoszować się wiosennym słońcem Georgii, znajdować radość w tym, że oto znowu mogła się ubrać w to, co ma najlepszego. Na statku musiała nosić żałobę, teraz jednak założyła piękną, szmaragdowej zieleni suknię – zieloną, jak Irlandia.

Niestety, zapomniała, że pociągi w Ameryce są strasznie brudne. Spluwaczki, poustawiane na każdym końcu wagonu, gdy tylko pociąg ruszył pełne były cuchnącego soku tytoniowego. Przejścia między siedzeniami, jeszcze nim zdążyli ujechać dwadzieścia mil, zamieniły się w cuchnące śmietniki. Jakiś pijak słaniał się tuż za jej siedzeniem, i wtedy nagle przypomniała sobie, że przecież nie powinna była samotnie wypuszczać się w tę podróż. Panienko Najświętsza! – aż wzdrygnęła się ze strachu. Przecież byle hultaj może przestawić tę walizeczkę i usiąść tuż przy mnie! W Irlandii kolej mamy o wiele lepszą. Pierwsza klasa to pierwsza klasa. Żaden nicpoń nie śmie zająć miejsca w maleńkim przedziale! Otworzyła kupioną na dworcu w Savannah gazetę i płachtą papieru zasłoniła twarz niczym tarczą. Jej piękna zielona suknia była już zakurzona i pomięta.

*   *   *

Ruch i gwar atlanckiego dworca, śmiałe pokrzykiwania woźniców, nieprzerwany strumień pojazdów w Pięciu Znakach – wszystko to sprawiło, że serce Scarlett zabiło żywiej, że zapomniała o nieprzyjemnościach podróżowania w brudnym wagonie. Jaki tu ruch, jak żwawo płynie tu życie, jak wszystko się zmienia. Mijała budowle, których, gdy odjeżdżała, jeszcze nie było, patrzyła na nowe szyldy starych sklepów, rozkoszowała się hałasem, pośpiechem, ogólną krzątaniną.

Wyglądała z okna powozu na ulicę, oglądała domy na Brzoskwiniowej, półgłosem wymawiała nazwiska właścicieli, rejestrowała widoczne oznaki dobrobytu. U Merriwetherów był nowy dach, dom Meade'ów został pomalowany

287

na nowo. Oba niczym nie przypominały owych podupadłych, chylących się ku ruinie budowli, jakimi były półtora roku temu, w dniu jej wyjazdu.

O, a oto i jej dom! Coś takiego! Nie przypominam sobie, żebym miała tak liczne sąsiedztwo. Cała ulica zabudowana, że szpilki nie wetkniesz. Czy to nowe budowle, czy zawsze tak było? Na miłość Boską, chyba zgłupiałam przez ten czas. W końcu, co to za różnica? I tak to wszystko sprzedam. Klamka zapadła.

*　*　*

— To nie jest odpowiedni moment na wyprzedaż — powiedział wuj Henryk Hamilton. Gospodarka wcale nie wychodzi z depresji, interesy wszędzie idą jak po grudzie. Najcięższy cios ugodził w rynek nieruchomości, i to zwłaszcza tych wielkich, takich, jakie posiada Scarlett. Ludzie gorączkowo szukają najtańszego sposobu przeżycia, nie na odwrót.

Najlepiej sprzedają się teraz małe domy, takie, jak te, które kazała budować na peryferiach. Przeczucia ją nie myliły — zrobi na tym fortunę. Zresztą, dlaczego chce się pozbyć rezydencji na Brzoskwiniowej? Rett i tak pokrywa wszystkie koszty.

Henryk spogląda tak, jakby szedł ode mnie niemiły zapach — pomyślała Scarlett. Wini mnie za ten rozwód... Przez chwilę chciała zaprotestować, opowiedzieć, co naprawdę się stało. Wuj Henryk zawsze był jedynym, który trzymał moją stronę. Poza nim nie znalazłbyś w Atlancie żywej duszy, która by mną nie gardziła.

Zresztą, kto by się tym przejmował... — ta myśl rozgorzała w jej umyśle niczym fajerwerk. Henryk Hamilton myli się co do mnie, myli się, jak wszyscy w Atlancie. Nie jestem taka, jak oni, wcale nie chcę być do nich podobna. Jestem inna. Jestem **Tą O'Harą**.

— Jeśli nie chcesz zawracać sobie głowy likwidowaniem moich nieruchomości, nie zamierzam cię do tego zmuszać, Henryku — odezwała się po dłuższej chwili milczenia. — Po prostu powiedz mi, a dam ci spokój.

W jej słowach kryła się jakaś pełna godności prostota.

— Jestem już stary... Chyba byłoby lepiej, gdybyś zatrudniła do tego kogoś młodszego.

Scarlett podniosła się z krzesła, wyciągnęła rękę i uśmiechnęła się z prawdziwym uczuciem.

Zaledwie zamknęła za sobą drzwi, stary wyga mruknął pod nosem:

— Scarlett wydoroślała. Już nie nazywa mnie „wujem Henrykiem".

*　*　*

— Mrs. Butler w domu?

Scarlett natychmiast poznała brzmienie głosu Ashleya. Zerwała się i popędziła z salonu do hallu. Niecierpliwym machnięciem dłoni odprawiła pokojówkę, która otworzyła drzwi.

— Ashleyu, mój drogi, taka jestem szczęśliwa, że cię widzę.

Wyciągnęła ku niemu obie ręce.

Mocno uścisnął jej dłonie, spojrzał na nią i powiedział:

— Jeszcze nigdy nie wyglądałaś tak ślicznie, widać zamorski klimat dobrze ci służy. Powiedz mi, gdzie byłaś, co robiłaś. Od wuja Henryka wiem, że pojechałaś do Savannah, lecz potem wszelki ślad po tobie zaginął. Wszyscy zachodziliśmy w głowę, co też się z tobą dzieje.

Założę się, żeście zachodzili, a zwłaszcza twoja siostrunia o języku żmii — dopowiedziała w myśli, głośno zaś rzekła:

— Proszę, wejdź i zechciej spocząć. Umieram z ciekawości, co nowego.

Pokojówka wytknęła głowę zza drzwi. Widząc ją, Scarlett powiedziała w drodze do salonu:

— Podaj kawę i ciasto.

Zaprowadziła Ashleya do pokoju, sama usiadła w rogu kanapy i poklepała miejsce tuż obok:

— Proszę, zechciej usiąść tu przy mnie. Chcę cię dobrze widzieć.

Bogu dzięki, stracił ten wyraz twarzy szubienicznika, którym straszył dwa lata temu. Henryk Hamilton nie mylił się twierdząc, że Ashley przyjdzie do siebie. Sprzątając ze stołu przyglądała się mu kącikiem oka. Ashley Wilkes nadal był mężczyzną przystojnym. Z upływem czasu jego subtelne, arystokratyczne rysy twarzy jeszcze bardziej wyszlachetniały. Wyglądał jednak na starszego, niż był w istocie. Nie ma więcej niż czterdziestkę — myślała Scarlett — lecz jego włosy to już raczej srebro niż złoto. Pewnie spędza w tartaku znacznie więcej czasu aniżeli kiedyś, bo cerę ma teraz zdrowszą, nie taką szarą jak wtedy, gdy całymi dniami wysiadywał w biurze. Spojrzała nań z uśmiechem — dobrze znowu widzieć Ashleya. Zwłaszcza, gdy wyglądem zdradza, że wiedzie się mu nie najgorzej. Zobowiązanie, które kiedyś złożyła wobec Melanii, nie powinno przysparzać jej nazbyt wielu trosk.

— Co słychać u ciotki Pitty? Co z Beau? Chyba już wyrósł na prawdziwego mężczyznę!

U Pitty oraz Indii nic się nie zmieniło — odparł Ashley, lekko się krzywiąc. Wystarczy, by cień przemknął przez pokój, a Pitty dostaje waporów, co zaś się tyczy Indii, to jest bardzo zajęta pracą w komitecie moralnej naprawy Atlanty. Jak to zwykle niezamężne kobiety, rozpieszczają go do granic zepsucia, stając w zawody o to, która z nich jest lepszą matką. Usiłują też zepsuć Beau, lecz chłopak im się nie daje — tu szare oko Ashleya błysnęło iskierką dumy. Beau wyrósł na młodego mężczyznę. Wkrótce będzie już miał dwanaście lat, lecz z wyglądu można by go wziąć za piętnastolatka. Jest prezydentem czegoś w rodzaju klubu założonego przez chłopców z sąsiedztwa. Na podwórku u ciotki Pitty zbudowali sobie drewiany domek, jak się później okazało, z najlepszych tarcic, jakie znaleźli na składzie. Beau je wybrał. W tej chwili chłopak zna się na drewnie lepiej niż jego ojciec — rzekł Ashley tonem, w którym dźwięczały jednocześnie smutna rezygnacja i podziw. Ale — dodał z tym większą dumą — chłopak ma szanse wyrosnąć na uczonego. Właśnie zdobył szkolną nagrodę za najlepsze wypracowanie łacińskie, a poza tym czyta książki, po które chłopcy w jego wieku nawet nie sięgają i...

— Oj, chyba cię nudzę, Scarlett. Dumni ze swych dzieci ojcowie bywają monotematyczni.

— Ani trochę, Ashleyu — skłamała Scarlett. Oczywiście, że ją nudził. Nic, tylko te książki, książki i książki — oto przyczyna nieszczęść całej rodziny Wilkesów. Oni wszyscy żyli książkami, a prawdziwe życie płynęło sobie obok. Ale może z tym chłopcem wszystko potoczy się normalnie. Jeśli zna się na drewnie, jeszcze nie wszystko stracone. Teraz zaś, jeśli Ashley nie będzie taki uparty, może uda się jej spełnić jeszcze jedną z obietnic, które złożyła Meli.

Scarlett ujęła Ashleya za łokieć.

— Chciałabym cię prosić o pewną przysługę... o wielką łaskę — zaczęła, spoglądając nań błagalnym wzrokiem.

— Wszystko, czego tylko zapragniesz — Ashley złożył swą dłoń na jej dłoni.

— Chciałabym cię prosić, byś mi przyrzekł, że pozwolisz, bym posłała Beau na uniwersytet... a potem jeszcze w podróż, razem z Wadem. Bardzo wiele to dla mnie znaczy... bo w końcu, myślę o nim właściwie jak o własnym synu... Byłam przy jego narodzinach. A ponieważ w ostatnim czasie zarobiłam górę pieniędzy, nawet nie zauważę związanych z tym wydatków. Mam nadzieję, że nie będziesz na tyle okrutny, by mi odmówić.

— Scarlett... — wyjąkał Ashley.

Uśmiech zniknął mu z ust, wyglądał nader poważnie.

O, do licha, najwyraźniej nie obędzie się bez trudności. Dzięki Bogu, właśnie wchodzi ta ślamazarna dziewucha z kawą. W jej obecności Ashley nie piśnie ani słówka, gdy zaś dziewczyna wyjdzie, natychmiast na niego naskoczę tak, że nie będzie miał szansy powiedzieć „nie".

— Ile słodzisz, Ashleyu? Pozwolisz, że ci nasypię?...

Ashley przyjął od niej filiżankę kawy, postawił ją na stole.

— Poczekajmy z tą kawą chwileczkę — powiedział, ujmując ją za rękę. — Spójrz na mnie, kochanie.

Jego oczy pałały łagodnym blaskiem, a widząc to, Scarlett wpadła w oszołomienie. Panienko Najświętsza — westchnęła w duchu. Przecież to wypisz, wymaluj stary Ashley, on wygląda jak Ashley Wilkes z Dwunastu Dębów.

— Wiem, jak doszłaś do tych pieniędzy, wuj Henryk wspomniał o tym i o owym... Rozumiem, co teraz czujesz. Ale nie trzeba. On nie był ciebie wart. Dobrze, że się od niego uwolniłaś — mniejsza z tym, w jaki sposób. Daj temu spokój, zapomnij o tym, jak gdyby nic się nie stało.

Boże wielki, on chyba chce się oświadczyć!

— W każdym razie — podjął po chwili Ashley — jesteś teraz wolna. Powiedz, że wyjdziesz za mnie, a poświęcę me życie, by uczynić cię szczęśliwą, tak, jak na to zasługujesz.

Tak, tak... był taki czas, że duszę bym oddała, by móc usłyszeć te słowa... niedobrze, to niesprawiedliwe wobec Ashleya, że przysłuchuję się mu niczego przy tym nie czując. Och, dlaczego on to uczynił?

Zanim jednak pytanie zdążyło wyłonić się z chaosu myśli, Scarlet już znała odpowiedź. To wszystko z powodu plotki, nieważne, jak starej. Ashley był zdeterminowany oczyścić ją w oczach towarzystwa. Tak, to cały Ashley. Dżentelmen w każdym calu, nawet gdyby miał postawić na głowie całe swe dotychczasowe życie.

Nawiasem mówiąc, także moje — dodała sarkastycznie. Założę się, że nawet nie zadał sobie trudu, by rozważyć ten aspekt swej propozycji. Scarlett ugryzła się w język —jeszcze chwila, a gotowa była ciskać w Ashleya gromy gniewu. Biedaczek. Ale to przecież nie jego wina, że jest taki, jaki jest. Czy to nie Rett powiedział: Ashley należy do świata sprzed Wojny... W dzisiejszym świecie nie mógł znaleźć dla siebie miejsca. Nie powinnam gniewać się na niego, nie mogę czynić mu wymówek. Po cóż mi tracić kogoś, kto był częścią mojego świata, świata owych wspaniałych dni przeszłości? Wszystko, co mi po nim zostało, to wspomnienia i ludzie.

— Najdroższy Ashleyu — rzekła Scarlett. — Nie chcę wyjść za ciebie za mąż. To wszystko. Nie zamierzam grać z tobą w gry tyleż piękne, co złudne, nie chcę kłamać, patrząc, jak mnie łakniesz. Jestem już na to za stara i zbyt mi na tobie zależy. Jesteś dla mnie częścią mego życia, na zawsze nią pozostaniesz. Powiedz, że pozwolisz mi na to.

— Oczywiście, moja droga. Czuję się zaszczycony, że traktujesz to w ten sposób.

I uśmiechnął się. Teraz wyglądał młodo, tak młodo, jak ów Ashley z Dwunastu Dębów, który kiedyś zawrócił jej w głowie. Najdroższy Ashley. Pewnie nawet nie domyślał się, że wyraźnie słyszała ulgę w jego głosie. Zatem wszystko było w jak najlepszym porządku. A nawet lepiej niż w porządku. Teraz mogli być prawdziwymi przyjaciółmi. Pewien rozdział przeszłości został zamknięty. Z wdziękiem.

— Jakie masz plany, Scarlett? Chyba na dobre zjechałaś do domu, mam nadzieję?

Odpowiedź na to pytanie przygotowała, jeszcze nim statek odbił od nabrzeża portu w Galway. Musiała uzyskać pewność, że nikt, żaden człowiek w Atlancie nie będzie wiedział, gdzie jej szukać, w przeciwnym razie Rett zbyt łatwo mógłby ją znaleźć, a wtedy straciłaby Kicię.

— Pożegluję, drogi Ashleyu, nigdzie nie chcę osiąść na stałe, nawet na chwilkę. Najpierw byłam w Savannah, złożyłam wizytę rodzinie Papy w Irlandii, a potem podróżowałam.

Musiała być pewna tego, co mówi. Ashley wiele przebywał za granicą, w jednej minucie przyłapałby ją na kłamstwie, gdyby zaczęła opowiadać, że zwiedziła miejsca, których nigdy nie widziała.

— Co zaś się tyczy przyszłości — ciągnęła — jakoś nigdy nie mogłam pozbyć się myśli o zobaczeniu Londynu. Wyobrażam sobie, że mogłabym osiedlić się tam na czas jakiś... Pomóż mi, Ashleyu, i wyraź swoją opinię, czy Londyn to dobry pomysł?

Jeszcze od Melanii wiedziała, że Ashley uważa Londyn za najwspanialsze miasto pod słońcem. Zatem chciała mu dać okazję się wygadać. W ten sposób zapomni o innych pytaniach.

*　　*　　*

— Cudownie minęło to popołudnie, Ashleyu. Odwiedzisz mnie jeszcze, prawda? Pomieszkam tu trochę, muszę załatwić parę spraw.

— Będę cię odwiedzał tak często, jak tylko mogę. Rzadka to przyjemność, być razem z tobą.

Ashley wziął od pokojówki kapelusz i rękawiczki.

— Do zobaczenia zatem, mój drogi. Aha, Ashleyu... chyba przychylasz się do mojej prośby? Bardzo byłabym niepocieszona, gdybyś...

— Nie sądzę...

— Przysięgam, ci, Ashleyu Wilkesie, jeśli nie pozwolisz mi zebrać skromnego funduszu dla Beau, zacznę płakać, a wtedy będzie gorzej, niżby rzeka wystąpiła z brzegów. A wiesz równie dobrze, jak ja, że dżentelmen nigdy świadomie nie przyprawia damę o łzy.

Ashley skłonił się nad jej dłonią wyciągniętą do pocałunku.

— Myślałem, że bardzo się zmieniłaś, kochanie, lecz widzę, że tkwiłem w błędzie. Nadal umiesz owijać sobie mężczyzn wokół małego paluszka... byłbym złym ojcem, gdybym miał wzbraniać Beau przyjęcia twego prezentu.

— Ashleyu! — wykrzyknęła. — Kocham i będę kochać. Dzięki, dzięki najszczersze.

Po czym poleci do kuchni i zaraz wszystko rozpaple pomyślała Scarlett, patrząc, jak dziewczyna zamyka drzwi za Ashleyem. Ba, starym kociakom ploteczki zawsze dobrze służą. Poza tym, ja naprawdę kocham Ashleya i zawsze będę go kochać, tyle że w sposób, o jakim służba nie ma pojęcia.

*   *   *

Porządkowanie spraw w Atlancie zajęło więcej czasu, niż oczekiwała. Nie mogła wyjechać do Tary przed dziesiątym czerwca.

I pomyśleć, miesiąc z dala od Kici! Wprost trudno to sobie wyobrazić. Może wyrżnął się jej nowy ząbek, albo i dwa. Może była bardzo niespokojna, a nikt w Savannah nie wie, że najlepiej czuje się, gdy może popluskać się w wodzie. Poza tym, te upały! Mogła dostać potówek. Irlandzkie dziecko nie jest przyzwyczajone do żaru amerykańskiego Południa.

Podczas ostatniego tygodnia swego pobytu w Atlancie Scarlett miała nerwy tak napięte, że nocami nie spała. Dlaczego nie spadnie deszcz? Można było ciągle biegać po domu ze ściereczką, a czerwony pył pokrywał wszystko w pół godziny od zrobienia porządków.

Dopiero gdy wsiadła do pociągu do Jonesboro, mogła się odprężyć. Bo chociaż sprawy się przeciągały, załatwiła wszystko po własnej myśli, a już na pewno o wiele lepiej, niż przewidywali to Henryk Hamilton oraz ten nowy prawnik, którego zatrudniła.

Oczwiście, z barem poszło najłatwiej. Depresja wpłynęła na wzmożenie ruchu w interesie, podnosząc jego wartość. Za to sklep przysporzył jej niemało smutku. Sama działka była więcej warta niż budynek. Nowi właściciele zamierzali zburzyć budowlę, a na jej miejscu postawić ośmiopiętrową kamienicę. W końcu Pięć Znaków to zawsze Pięć Znaków. Te dwie transakcje nauczyły ją wystarczająco dużo, by w ostatniej chwili zdążyła kupić pięćdziesięcioakrową parcelę na przedmieściu, gdzie kazała zbudować kolejne sto domów. W ten sposób Ashley miał zapewniony zbyt na swoje drewno przez najbliższe kilka lat. Wreszcie sam budowniczy powiedział jej, że całe miasto kupuje drewno prawie wyłącznie od Ashleya, mogli mu bowiem ufać, iż sprzedaje towar wyłącznie w najlepszym gatunku, czego nie dało się powiedzieć o innych właścicielach tartaków. Wyglądało więc na to, że Ashley był skazany na sukces jakby wbrew samemu sobie.

Także Scarlett zarobiła na domkach prawdziwą fortunę. Henryk Hamilton mówił prawdę: tanie mieszkania na peryferiach sprzedawały się na pniu.

I przynosiły zysk. Wielki zysk. Było dla niej prawdziwym wstrząsem, gdy przekonała się, ile pieniędzy wpłynęło na jej konto w banku. Było to dość, by pokryć wszystkie wydatki związane z kupnem i odbudową Ballyhara, gdzie wydatki ciągle były ogromne, a przychody niewielkie. Teraz wyszła na czysto. To co uzyska ze sprzedaży plonów, przyniesie jej czysty dochód, z którego będzie mogła zakupić nasiona i ziarno siewne na rok następny. Z czynszów może pozwolić sobie na finansowanie bieżących inwestycji. Zanim wyjechała, jakiś bednarz pytał o możliwość wynajęcia jednej z pustych chat. A Colum zdążył ją poinformować, że pewien krawiec chętnie wynająłby drugą.

Nawet bez tych pieniędzy mogłaby sobie pozwolić na to wszystko, lecz skoro już je miała, życie stało się o wiele prostsze. Budowniczy został poinstruowany, by wszystkie przyszłe zyski wysłał do Stefana O'Hary w Savannah. W ten sposób nie zabraknie pieniędzy na wcielenie w życie planów Columa.

Śmieszna historia z tym domem na Brzoskwiniowej — myślała sobie Scarlett. Można by przypuszczać, że przy sprzedaży nie obędzie się bez przykrych przeżyć. W końcu spędziłam tam z Rettem parę niezłych lat, tam urodziłam Bonnie, tam dopełniło się jej króciutkie życie. Ale pozbywając się tego domiszcza czułam jedynie ulgę, nic więcej. Kiedy ta pensja dla dziewcząt złożyła mi ofertę, myślałam, że wycałuję dyrektorkę w oba policzki, pomarszczone i przywiędłe niczym suszona śliwka. Czułam się tak, jakby opadły mi z rąk kajdany. Teraz jestem wolna. Nie mam w Atlancie żadnych zobowiązań. Nic mnie nie łączy z tym miastem.

Uśmiechnęła się pod nosem. To tak, jak z gorsetem. Od owego pamiętnego dnia w Galway, gdy Colum i Kasia rozcięli jej sznurówkę, nigdy więcej jej nie założyła. Wprawdzie przybyło jej w talii parę cali, ale i tak była szczuplejsza od spotykanych na ulicy kobiet, które w swych gorsetach ledwo mogły oddychać. Różniła się od nich tym, że było jej wygodnie — na tyle wygodnie, na ile może się czuć kobieta w czerwcowy upał. Dodatkowe korzyści czerpała z faktu, że teraz mogła ubierać się sama, bez pomocy pokojówki. Włosy też układała sobie sama, zgrabny koczek nie wymagał wielu zabiegów. Rozkoszowała się świadomością, że teraz jest już zupełnie samowystarczalna. Wspaniałe to uczucie nie zaprzątać sobie głowy myślami o tym, co robią inni, albo czego nie robią, co aprobują, czego nie akceptują, wspaniałe to uczucie jechać w tym stanie ducha do Tary, żeby zabrać dzieci do drugiego domu. Równie wspaniałe, jak pewność, że już wkrótce zobaczy się z Kicią, że już niedługo wróci do tchnącej świeżością, obmywanej deszczami, uroczej pod każdym względem, lekko zamglonej Irlandii, do chłodu, w którym można oddychać. Scarlett dotknęła miękkiej skórki mieszka; tak, pierwszą rzeczą, jaką zrobi, to zaniesie na grób ojca ziemię z Ballyhara.

Papo, czy widzisz mnie stamtąd, gdzie teraz jesteś? Papo, czy wiesz? Powinieneś być dumny ze swojej Kasi Scarlett. Zostałam **Tą O'Harą**.

69.

Will Benteen oczekiwał jej na dworcu w Jonesboro. Scarlett spojrzała na jego pooraną wiatrem, ogorzałą od słońca twarz i pozornie wątłe ciało, po czym uśmiechnęła się od ucha do ucha. Will był chyba jedynym człowiekiem na tym świecie, który wyglądał tak, jakby Bóg wprost stworzył go do życia z drewnianą protezą zamiast nogi. Wyściskała go gorąco.

— Do licha, Scarlett, powinnaś była mnie ostrzec. Omal nie przetrąciłaś mi kulasa. Miło cię widzieć.

— I wzajemnie. Z wszystkich, z którymi dane było mi się spotkać, ciebie witam z największą radością.

To nie była czcza uprzejmość. W rzeczy samej Will był jej droższy nawet od O'Harów z Savannah. Może dlatego, że przetrwał razem z nią ciężkie czasy, może dlatego, że kochał Tarę prawie tak samo, jak ona. A może po prostu dlatego, że był dobrym, uczciwym człowiekiem.

— Gdzie twoja pokojówka?

— Och, już nie wygłupiam się wlokąc za sobą tabuny służby, Willu. W ogóle zerwałam z całą tą błazenadą, do jakiej przywykłam.

Will podniósł słomkę do kącika ust.

— Zauważyłem — skwitował lakonicznie. Scarlett roześmiała się. Nigdy przedtem nie myślała o tym, co czuje mężczyzna, gdy ni z tego, ni z owego jest wyściskany przez dziewczynę, która nie ma na sobie gorsetu.

— Tak! — zawołała. — Koniec z tymi klatkami.

Chciałaby móc mu powiedzieć, dlaczego jest taka szczęśliwa, chciałaby móc mu powiedzieć o Kici, o Ballyhara... gdyby miała przed sobą Willa, człowieka równie wolnego, jak ona, powiedziałaby mu o tym w jednej sekundzie. Ale Will był mężem Zueli. O ile jemu ufała całkowicie, do siostry nie miała żadnego zaufania, przynajmniej dopóty, dopóki była z nią związana, i to mocnym postronkiem. Will mógł czuć się w obowiązku poinformować żonę o wszystkim, toteż Scarlett musiała trzymać język na wodzy. Wdrapała się na kozła. Will nieodmiennie przyjeżdżał po nią wozem, nigdy nie używał kabrioletu, bowiem wyprawę do Jonesboru zawsze traktował jako okazję do zrobienia zakupów — także teraz z tyłu wozu piętrzyły się worki i skrzynie.

— Powiedz, co nowego? — spytała, gdy już wjechali na drogę. — Już od tak dawna nie miałam od was żadnych wiadomości.

— Hm... — chrząknął Will. — Przypuszczam, że w pierwszym rzędzie chcesz dowiedzieć się czegoś o dzieciach. Ella i Susie rozumieją się jak para złodziei. Ponieważ Susie jest młodsza, oddała inicjatywę w ręce Ellen i wyszło jej to na dobre. Gdy ujrzysz Wade'a, z trudem go poznasz. W strzelaniu zaprawia się dokładnie od dnia, gdy zaczął czternaście lat i chyba nigdy już nie przestanie. Chociaż wysoki i chudy jak tyczka od grochu, jest silny jak muł. Pracuje też jak muł. To dzięki niemu mamy w tym roku pod uprawą dwadzieścia akrów więcej.

Scarlett uśmiechnęła się. Będzie miała z niego pociechę w Ballyhara. Nowy dom powinien mu się spodobać. Urodzony rolnik... nigdy przedtem nie przyszłoby jej to do głowy. Pewnie ma to po Papie. Skórzany mieszek z ziemią, który trzymała na kolanach, zrobił się ciepły.

— Marta ma teraz siedem lat, Jane we wrześniu zaczęła drugi roczek. Zuela rok temu poroniła... miała być córeczka.

— Och, Willu, bardzo mi przykro.

— Tak... i postanowiliśmy już więcej nie próbować. Mamy przecież trzy zdrowe dziewuchy. To i tak więcej, niż większości ludzi do szczęścia potrzebne. Pewnie, chciałbym mieć chłopaka, każdy mężczyzna by chciał, ale ja się nie skarżę. Poza tym Wade zastępuje mi syna i to tak, że każdy mógłby mi go pozazdrościć. Dobry z niego chłopiec, Scarlett.

Szczęśliwa była, mogąc to słyszeć. I zaskoczona. Will miał rację — nie znała własnego syna. A w każdym razie nie znała go z tej strony, z jakiej Will go przedstawił. W jej pamięci pozostał tchórzliwym, wiecznie przestraszonym, bladym chłopczykiem.

— Chociaż z zasady nie wtykam nosa do nie swoich spraw — odezwał się Willy — tak pokochałem Wade'a, że chciałbym się za nim wstawić... Chłopak zawsze się ciebie bał, sama wiesz. A tymczasem ostatnio na wszelkie sposoby stara się dać mi do zrozumienia, że nauka mu obrzydła. Nie chce się uczyć. Właśnie w czerwcu skończył szkołę i nie ma takiej siły na ziemi, która zmusiłaby go do dalszego kształcenia.

Scarlett stanowczo potrząsnęła głową.

— Nie, Willu. Albo ty mu o tym powiesz, albo ja, w każdym razie jego ojciec studiował na uniwersytecie i on pójdzie w jego ślady. Nie obraź się, mój drogi, ale bez wykształcenia trudno dziś cokolwiek osiągnąć.

— Nie obrażam się. Nie mam powodu do obrazy. I nie obraź się, jeśli powiem, że tkwisz w błędzie. Wade umie czytać i pisać, zna rachunki na tyle, że może przeprowadzić wszystkie kalkulacje niezbędne w gospodarstwie. Tego mu potrzeba, niczego więcej. Jego powołaniem jest rolnictwo, gospodarowanie w Tarze. Powiada, że jego dziadek zbudował Tarę, choć odebrał wcale niewiele więcej nauk niż on, dlatego nie rozumie, czemu miałby wgryzać się w te książkowe mądrości bardziej niż Gerald. Dobrze mnie zrozum, Scarlett, ten chłopak w niczym nie jest do mnie podobny. Bo ja, u diabła, ledwo umiem się podpisać, gdy on cztery lata spędził w dobrej szkole w Atlancie i jeszcze trzy w tutejszej szkółce. Wie wszystko, czego wiejskiemu chłopakowi do szczęścia potrzeba. Bo on, droga Scarlett, jest wiejskim chłopakiem i to daje mu poczucie szczęścia. Nie chciałbym widzieć, jak rujnujesz mu życie.

Scarlett najeżyła się wewnętrznie. Kto natchnął Willa Benteena podobnymi myślami? Jako matka Wade'a sama wie najlepiej, co jest dla niego dobre.

— Nim złość ci minie — rzekł po chwili Will — chciałbym dokończyć to, co mam jeszcze do powiedzenia.

Mówił powoli, jakby cedząc słowa, zacinał się, najwyraźniej czymś wzruszony.

— Pokazali mi jakieś dokumenty z Sądu Powiatowego. Wygląda na to, że odkupiłaś dział Kariny. Nie wiem, co zamierzasz, i nawet nie mam zamiaru o to pytać, ale jedno ci powiem: jeśli ktoś zajdzie mi drogę, wymachując jakimś świstkiem papieru, z którego miałoby wynikać, że zabierają mi Tarę, zamierzam spotkać się z nim przy zakręcie z pistoletem w ręku.

— Will, przysięgam na Biblię... na sto Biblii... że nie mam żadnych planów wobec Tary.

Szczęśliwie się złożyło, że nie musiała kłamać. Miękka, nosowa wymowa Willa miała w sobie coś przerażającego — przyprawiała ją o strach większy, niż gdyby ktoś krzyknął jej nad uchem, jak mógł najgłośniej.

— Miło mi to słyszeć. Uważam, że Tara powinna należeć do Wade'a. To jedyny wnuk Geralda, a ziemia przechodzi do dziedziczenia w obrębie rodziny. Mam nadzieję, że pozwolisz mu zostać takim, jakim jest, niech będzie mi prawą ręką i synem, tak, jak teraz. Ale, rzecz jasna, uczynisz, co zechcesz. Jak zawsze. Ja mogłem tylko dać chłopakowi słowo, że pomówię z tobą o tym, co też się stało. Poprzestańmy na tym, jeśli nie masz nic przeciwko temu. Zrobiłem, co do mnie należało.

— Przemyślę to — obiecała Scarlett.

Wóz skrzypiąc toczył się po znajomej drodze. Wkrótce ujrzała rozległe pola Tary. Lecz ziemia, którą zachowała we wspomnieniach jako zadbane, troskliwie uprawione zagony teraz była porośnięta krzakami i zielskiem. Poczuła, jak smutek ściska ją za gardło. Will widział, że nagle się schyliła, widział, jak głowa obwisła jej na piersi.

— Co się z tobą działo przez ostatnie lata? Gdyby nie listy od Kariny, w ogóle niczego byśmy nie wiedzieli, potem jednak wszelki słuch po tobie zaginął.

Scarlett zmusiła się do uśmiechu.

— Miałam parę przygód, podróżowałam po całym świecie. Odwiedziłam rodzinę. Okazało się, że mam krewnych w Savannah, powiadam ci, najmilsi ludzie pod słońcem. Zatem zabawiłam u nich czas pewien, potem popłynęłam do Irlandii, gdzie spotkałam jeszcze więcej O'Harów. Nawet do głowy by ci nie przyszło, ilu ich jest.

Nie mogła mówić, łzy zatykały jej gardło. Podniosła mieszek z kolan.

— Willu, przywiozłam coś dla Papy. Bądź tak miły, wysadź mnie przy cmentarzu i poproś wszystkich, żeby zechcieli chwilkę zaczekać, dobrze?

— Z przyjemnością.

* * *

W pełnym słońcu Scarett uklękła przy grobie Geralda O'Hary. Czarna irlandzka ziemia żwawo przesypywała się jej między palcami, by połączyć się z wypaloną na czerwony pył glebą Georgii.

— Tatusiu — szepnęła, przydając swym słowom irlandzki akcent. — Wspaniały jest Powiat Meath, to pewne. Dobrze cię tam wspominają, Tatusiu, nalepiej spośród twych braci. A nie wiedziałam, Papo... przykro mi, ale nie zdawałam sobie z tego sprawy. Nie wiedziałam, że gdy umarłeś, trzeba było wyprawić po tobie porządną stypę i wspominki, z wszystkimi opowieściami o tym, jak to bywało, gdy byłeś jeszcze chłopcem.

Uniosła głowę, w blasku słońca zaślniły łzy na jej twarzy. Głos jej się załamywał, słowa przeszły w szlochanie, lecz śpiewnym lamentem zaniosła się jak mogła najtkliwiej, a żal jej był wielki:

Dlaczego mnie opuściłeś? Ochón!
Ochón, Ochón, Ullagón Ó!

* * *

Rada była, że nikomu z Savannah nie zdradziła swych planów zabrania Wade'a i Elli do Irlandii, teraz przynajmniej nie musiała się tłumaczyć, dlaczego ostatecznie zostawiła ich w Tarze. Prawda była dla niej zbyt upokarzająca: własne dzieci wyrzekły się jej, były jej obce, tak jak ona im była obca. Przed nikim, nawet przed samą sobą nie mogłaby przyznać, jakże głęboko czuła się tym zraniona, jak bardzo czuła się winna. Czuła się taka maleńka, taka podła, że z trudnością zachowywała wobec syna i córki pozory uprzejmości, choć oni, rzecz jasna, z obowiązku udawali, iż cieszą się na jej widok.

W ogóle stan rzeczy w Tarze przyprawiał ją o gorycz. Czuła się tu obco. Poza portretem babci Robillard wszystko w domu było inne. Zuela za pieniądze, które od niej otrzymywała, co miesiąc kupowała jakieś nowe meble i sprzęty domowe. Oczy Scarlett raziły niepokalanie błyszczące blaty stołów na wysoki połysk, nazbyt jaskrawe kolory obić i zasłon. Serdecznie nie znosiła czegoś podobnego. Ponadto upały bardzo dawały się jej we znaki. Tęskniła za irlandzkimi deszczami przez cały tydzień swego pobytu tutaj — bardzo nużący, nużący aż do bólu głowy tydzień.

Wizyta u Tonia i Sally Fontaine przysporzyła jej niemało radości, lecz kiedy ujrzała ich nowe dziecko, natychmiast zaczęła tęsknić za Kicią.

Jedynie u Tarletonów spędziła miłe chwile. W gospodarstwie wiodło się dobrze, zaś Mrs. Tarleton bez przerwy mówiła o klaczy, która się oźrebiła i o swych oczekiwaniach związanych z trzylatkiem.

Zwykłe, nie wymagające zaproszeń i rewizyt sąsiedzkie odwiedziny zawsze były najbardziej urokliwym elementem powiatowego trybu życia.

Ale wyjeżdżała z Tary z uczuciem ulgi, szczęśliwa, że opuszcza to miejsce, które teraz przysparzało jej tyle bólu. Gdyby nie zdawała sobie sprawy z tego, jak bardzo Wade pokochał Tarę, serce by jej pękło i nie mogłaby się doczekać dnia odjazdu. Ale wyjeżdżając wiedziała przynajmniej tyle, że syn zajmie jej miejsce. W Atlancie spotkała się ze swym nowym prawnikiem i notarialnie przekazała swoje dwie trzecie Tary Wade'owi. Sporządziła testament. W przeciwieństwie do Papy i wuja Daniela nie chciała zostawić po sobie bałaganu. A gdyby Will umarł pierwszy, nie zaufałaby Zueli ani na krztę. Złożyła na dokumencie zdobny w długi zawijas podpis, po czym odetchnęła. Teraz była wolna.

Mogła wracać do Kici. Wiedziała: już na sam widok córeczki wszystkie rany się zasklepią. Gdy ją ujrzała, twarz Kici momentalnie się rozjaśniła, wyciągnęła rączki w jej stronę i nawet zniosła kilkanaście pocałunków — chciała być obejmowana i ściskana.

— Taka opalona... wygląda zdrowo...

— Nic dziwnego — odpowiedziała Maureen. — Ledwo się odwrócisz, a już zrzuca czapeczkę. Jest jak mała Cyganka, cieszy się każdą godziną...

— Dnia i nocy — uroczyście dokończyła Scarlett, jeszcze mocniej przyciskając Kicię.

*   *   *

Stefan udzielił Scarlett kilka instrukcji na drogę powrotną. Nie bardzo się to jej spodobało. Szczerze mówiąc, sam Stefan nie bardzo się jej podobał. Ale Colum powiedział, że on odpowiada za całą akcję, tak więc ubrała się w żałobę, a narzekania zostawiła dla siebie.

Statek nazywał się *Złote Runo*, był świadectwem ostatnich dokonań sztuki szkutniczej, gdy chodzi o komfort i luksus. Scarlett nie mogła powiedzieć marnego słowa na standard i wielkość kabiny, ale w końcu nie to stanowi o istocie rejsu przez Atlantyk. Podróż miała trwać o tydzień dłużej niż zazwyczaj, Scarlett zaś z niecierpliwością wyglądała Ballyhara — żniwa się zaczęły.

Właśnie przechadzała się po pokładzie, gdy zobaczyła szczegółowy Rozkład Rejsu. Rzut oka wystarczył, by opadło ją przekonanie, że nie powinna była wyprawiać się w drogę na pokładzie tego statku, nieważne co mówił Stefan: *Złote Runo* zabierało pasażerów w Savannah, Charlestonie i Bostonie, zatrzymywało się w Liverpoolu i Galway.

Scarlett uległa panice do tego stopnia, że gotowa była zbiec po trapie z powrotem do portu. Przecież nie może płynąć do Charlestonu, to po prostu niemożliwe! Rett z pewnością się dowie, że przebywa na pokładzie statku — już on ma swoje sposoby i zawsze wie o wszystkim — a potem wedrze się do jej kajuty i porwie Kicię.

O, nie. Najpierw go zabiję. Strach ustąpił pod naporem wściekłości. Scarlett, już gotowa do zejścia, zawróciła na pokład. Rett Butler nie zmusi jej, by wzięła sromotny odwrót. Cały bagaż znajdował się już w luku, nie miała wątpliwości, że w jej walizach Stefan przemyca broń dla Columa. Polegali na niej. Zatem wróci do Ballyhara tak szybko, jak to tylko możliwe i nie pozwoli, by ktokolwiek wszedł jej w drogę.

Zanim wróciła do kajuty, jej wściekłość na Retta osiągnęła punkt kulminacyjny. To już ponad rok od dnia, gdy wziął rozwód i poślubił Annę Hampton. W tym czasie Scarlett tak była zajęta, tylu zmianom uległo jej życie, że nawet nie miała wolnej chwili, by dać upust bólowi, o jaki Rett ją przyprawił. Teraz jednak ból rozdzierał jej serce, a razem z bólem pojawił się głęboki strach przed niemożliwą do przewidzenia potęgą Retta. Ból i strach umiała przekuć na wściekłość. Wściekłość zawsze dodawała siły.

*   *   *

Z Savannah do Bostonu towarzyszyła Scarlett w rejsie Brygidka, dla której znaleziono w Bostonie posadę pokojówki. Dopóki Scarlett nie wiedziała, że *Złote Runo* zawija do portu w Charlestonie, dopóty była z tego zadowolona. Teraz jednak na samą myśl o krótkim pobycie w Charlestonie zrobiła się tak nerwowa, że nieustanne szczebiotanie kuzyneczki przyprawiało ją o białą gorączkę. Czemuż ta Brygidka nie zostawi jej w spokoju? Pod wprawnym okiem Patrycji kuzynka nauczyła się wszystkiego, co należy do obowiązków dobrze ułożonej dziewczyny w służbie wielkiej damy i teraz Brygidka usiłowała wypróbować wszystkie swe nowo nabyte umiejętności na Scarlett. Była więc srodze zawiedziona, gdy dowiedziała się, że Scarlett już nie zakłada gorsetu, tak jak o głębokie rozczarowanie przyprawił ją fakt, iż żadna z sukni Scarlett nie wymaga zacerowania. W końcu niewiele brakowało, by Scarlett pouczyła ją, że pierwszym obowiązkiem pokojówki jest mówić tylko wtedy, gdy ją zapytają, zmitygowała się jednak, bo podróż z Brygidką była dla niej — mimo wszystko — źródłem nieustannej radości, a przecież to nie wina dziewczyny, że statek zawija do Charlestonu. Zatem pilnie baczyła, by z twarzy nie schodził jej uśmiech i usiłowała zachowywać się jakby nigdy nic.

*   *   *

Statek popłynął wzdłuż wybrzeża nocą i o pierwszym świcie zawinął do charlestońskiego portu. Scarlett nie zmrużyła oka. O wschodzie słońca wyszła na pokład. Nad szerokimi wodami zatoki unosiła się różowawa mgiełka. Za nią, rozmazane i bezcielesne, rysowały się budowle miasta, jakby miasta ze snu. Biała iglica Świętego Michała zdała się być koloru najbledszego różu.

Scarlett dała się porwać złudzeniu, że wśród miarowego dudnienia turbin słyszy znajomą grę kurantów z kościelnej wieży. Przy targu rybacy pewnie rozładowują ciężkie od ryb barki ... chociaż nie, jeszcze za wcześnie, chyba dopiero dobijają do nabrzeża. Zmrużyła oczy, usiłując dostrzec coś we mgle, lecz jeśli nawet kutry rybackie cumowały przy brzegu, zasłona różu była zbyt gęsta, by je dostrzec.

Skupiła się na przywoływaniu z pamięci nazw różnych gatunków ryb, warzyw, imion kawiarek, nazwiska kiełbaśnika — błahych wydarzeń i nieistotnych faktów. Chciała czymś się zająć, chciała czymś zatrudnić umysł, byleby tylko zatrzymać z dala od siebie wspomnienia, do których nie śmiała się zbliżać.

Ale zaledwie słońce wspięło się nad linię horyzontu, różowa migełka podniosła się i Scarlett ujrzała z jednej strony poorane kulami mury Fort Sumter. *Złote Runo* wpłynęło na wody, gdzie w pamiętnym dniu żeglowała z Rettem, gdzie oboje śmieli się z delfinów i gdzie zaskoczyła ich burza.

Diabli nadali! Nienawidzę go... jego i tego przeklętego miasta... jego Charlestonu...

Przykazywała sobie, że powinna pójść do kajuty, ukryć się, zabarykadować się z Kicią, tkwiła jednak przy burcie jakby wrosła w pokład. Miasto z wolna przybierało na wielkości, budowle stawały się coraz to wyraźniejsze, w migotliwym powietrzu wczesnego ranka lśniły bielą, różem i zielenią, kładły się plamami pastelu. Teraz już naprawdę słyszała kuranty z wieży u Świętego Michała, czuła ciężką tropikalną słodycz rozkwitłych kwiatów, widziała palmy w ogrodach White Point, opalizujące błyski muszelek, którymi wysypane były ścieżki. Potem statek przepłynął wzdłuż promenady przy East Battery. Z wysokiego pokładu Scarlett mogła sięgnąć wzrokiem nad falochronem. Ujrzała wysokie jak drzewa kolumny domu Butlerów, ukryte w cieniu balkony, drzwi frontowe, okna salonu, okna sypialni, gdzie spała... okna! I teleskop w pokoiku karcianym. Zawinęła suknię i uciekła.

Śniadanie poleciła podać do kajuty, nastawała, by Brygidka została razem z nią i Kicią. Tylko tu były bezpieczne, za zamkniętymi drzwiami, ukryte przed spojrzeniem niepowołanych oczu. Tu, gdzie Kicia była poza zasięgiem wzroku Retta, który — nie wiedząc o niej — nie mógł jej porwać.

Steward zasłał stół w saloniku olśniewająco białym obrusem, po czym wjechał wózkiem, zastawionym dwiema warstwami srebrnych nakryć. Brygidka chichotała, gdy steward precyzyjnie ustawiał talerze wokół umieszczonego pośrodku stołu flakonu pełnego kwiatów, bez chwili przerwy rozwodząc się nad Charlestonem. W jego opowiadaniu było jednak tyle błędów, że Scarlett nawet nie chciało się prostować. Zresztą steward był Szkotem, statek też był szkocki, któż by więc mógł wymagać, by dokładnie znał Charleston.

— Odpływamy o piątej po południu — powiedział. — Gdy tylko weźmiemy ładunek i zabierzemy nowych pasażerów. W tym czasie szanowne panie mogą się wybrać na wycieczkę do miasta.

Zaczął ustawiać półmiski i podnosić pokrywki.

— W porcie znam dorożkarza. Ma dobry wóz i wie, co warte obejrzenia. Wszystko za jedyne pięćdziesiąt pensów, albo, jak kto woli, dwa dolary pięćdziesiąt centów. Zbiórka u zejścia z trapu. A jeśli wolą panie zaczerpnąć świeżego powietrza, przy południowym nabrzeżu czeka statek spacerowy, który płynie w górę rzeki. Jakieś dziesięć lat temu była w Ameryce wielka wojna domowa. Mogą panie obejrzeć sobie ruiny rezydencji spalonych przez walczące armie. Lecz jeśli mają panie na to ochotę, wskazany jest pośpiech. Statek odpływa za czterdzieści minut.

Scarlett próbowała zmusić się do przełknięcia kawałka grzanki, lecz stanął jej kością w gardle. Pozłacany zegar na biurku tykał, odmierzając minutę za minutą. Scarlett zdało się, że tyka zbyt głośno. Kiedy wreszcie minęło pół godziny, zerwała się z krzesła.

— Wychodzę — zawołała do Brygidki. — Ale niech ci nie przyjdzie do głowy przestąpić progu choćby o pół kroku. Otwórz luki, weź sobie wachlarz z liści palmowych, ale nie wychodź na pokład pod żadnym pozorem, choćby żar był niczym w piekarni. Każ sobie podać do kabiny jeść i pić, na cokolwiek będziesz miała ochotę.

— A ty dokąd idziesz, Scarlett?

— Nieważne. Wrócę na czas.

*　　*　　*

Łódź spacerowa okazała się małym stateczkiem o napędzie na koło łopatkowe, pomalowanym w jasne kolory: czerwony, biały i niebieski. Na burcie było wypisane złotymi literami ABRAHAM LINCOLN. Tak, Scarlett dobrze pamiętała ten widok. Wtedy, stojąc na brzegu Dunmore Landing, widziała ten sam statek.

Lipiec nie był miesiącem, gdy ludzie chętnie podróżowali po Południu, dlatego Scarlett była jednym z kilkunastu zaledwie pasażerów. Siedziała w cieniu markizy na górnym pokładzie, wachlując się i klnąc w duchu, bowiem suknia poranna z jej długimi rękawami i wysokim karczkiem w południowym upale potęgowała jeszcze efekt piekarnika.

Mężczyzna w wysokim kapeluszu pomalowanym w białe i czerwone pasy wygłaszał przez tubę jakieś komentarze. Gniew Scarlett rósł z minuty na minutę.

Spójrzcie tylko na tych Jankesów o nalanych tłuszczem gębach — myślała z wściekłością. Biorą wszystko za dobrą monetę. A ten tutaj plecie im o okrutnych właścicielach niewolników! Dobre sobie! Bajaj sobie ile chcesz, mój ty panie gadulo. Kochaliśmy naszych czarnych jak własną rodzinę, a wielu z nich posiadało nas nie w mniejszym stopniu niż my ich. *Chata wuja Toma.* Też mi coś! Nikt przyzwoity nie czyta tego plugastwa.

Już żałowała, że za porywem uczucia dała się skusić na tę przejażdżkę. Tylko stargała sobie nerwy. A przecież jeszcze nie wypłynęli z portu, jeszcze nie wpłynęli w koryto Ashley River.

Szczęśliwie, komentator szybko wyczerpał temat i przez dłuższą chwilę jedynym dźwiękiem, jaki dało się słyszeć, było dudnienie tłoków oraz pochlupywanie spadającej z łopatek wody. Bagienna trzcina słała się przed brzegami zielono-złotym dywanem, wzdłuż brzegów rosły dęby. Ważki przeszywały ciężkie upałem powietrze nad sitowiem, niekiedy srebrnołuska ryba zatoczyła łuk nad wodą i znikła w głębinach. Scarlett siedziała jak posąg, z dala od reszty pasażerów, w ciszy hołubiąc swój gniew. Plantacja Retta obrócona w perzynę, a on nic, tylko te kamelie! Kamelie! W Ballyhara, tam, gdzie przed rokiem zastała dzikie chaszcze, teraz ma setki akrów urodzajnej ziemi. Dźwignęła z ruin całe miasto... a on nic, tylko siedział i patrzył na wypalone kominy.

Oto i cała przyczyna, dla której zdecydowała się wsiąść na ten stateczek. Dobrze jej zrobi, kiedy naocznie się przekona, jak bardzo go wyprzedziła. Scarlett z napięciem spoglądała na brzeg za każdym razem, gdy rzeka brała zakręt, lecz gdy stwierdzała, że to jeszcze nie Dunmore Landing, oddychała z ulgą.

I pomyśleć, zapomniała o Gnieździe Ashleyów. Wielki, kanciasty dom Julii Ashley wyłonił się nagle na którymś zakręcie, posępny, wspaniale górujący nad gładką płaszczyzną trawnika.

— To jedyna plantacja, której nie zniszczyły dzielne wojska Unii — wrzasnął człowieczek w groteskowym kapeluszu. — Nadto czułe serce miał dowódca naszych dzielnych chłopaków, by znęcać się nad kruchą kobietą, właścicielką posesji, która wówczas chora leżała w domu. Słabowita stara panna.

Scarlett wybuchła śmiechem. Też mi... „Słabowita stara panna"! Niechbyś tylko zobaczył Miss Julię, gawędziarzu!

Pasażerowie zerknęli w jej stronę, lecz Scarlett nawet nie zauważyła ich ciekawskich spojrzeń. Już wkrótce Dunmore Landing...

Tak, oto i kopalnia. O, znacznie większa niż wtedy, gdy ją widziała po raz pierwszy! Właśnie ładowano fosforyt, u brzegu czekało zacumowanych pięć barek. Na nabrzeżu stał jakiś mężczyzna w kapeluszu o szerokim rondzie. Spojrzała, usiłując dostrzec twarz. Tak, to ten żołdak... jak mu tam, nie mogła przypomnieć sobie jego nazwiska... może Hawkins ... nieważne. Za tym zakrętem, za tym wielkim dębem...

Słup promieni słonecznych przebił się zza chmur, a w strudze światła wielkie trawiaste tarasy Dunmore Landing sprawiały wrażenie gigantycznych schodów obitych zielonym aksamitem, na których dwa jeziora w kształcie motylich skrzydeł wyglądały niczym cekiny. Mimowolny okrzyk zachwytu, który wyrwał się z piersi Scarlett, zginął wśród krzyków tłoczących się przy okalającej burtę barierce Jankesów. U szczytu tarasów opalone kominy sprawiały wrażenie smukłych wartowników, nad których głowami było już tylko niebo, jasnobłękitne aż do bólu. Na grobli między jeziorami wygrzewał się krokodyl. Dunmore Landing było jak jego właściciel: zadbane, zranione, niebezpieczne. I nieosiągalne. W oknach skrzydła ocalałego z pożaru, tego, gdzie Rett miał biuro i dom, widać było zamknięte okiennice.

Scarlett chciwie wodziła wzrokiem z miejsca na miejsce, porównując obrazy pamięci z tym, co widziała. Najbardziej rzucał się w oczy ogród, w większej części oczyszczony z chwastów — sprawiał wrażenie uprawianego. Za ruinami widać było jakąś nową budowlę. Scarlett dobiegł ostry zapach ciętych tarcic, z miejsca, gdzie stała, widziała szczyt dachu. Także tutaj widać było okiennice, mocno osadzone na zawiasach, może nawet nowe. Nie wisiały bezwładnie, jak kiedyś, lśniły zielenią farby. Tak, na jesieni i w zimie zrobił kawał dobrej roboty.

On... albo oni. Scarlett usiłowała oderwać wzrok od Dunmore Landing. Nie chciała oglądać wypielęgnowanego ogrodu. Anna kochała kwiaty nie mniej niż Rett. Nowe, mocne okiennice świadczyły o trwałości domu, gdzie oboje mieszkali. Ciekawe, czy Rett robił śniadanie dla żony?

— Nic pani nie jest? — usłyszała, przepychając się przez tłumek podróżnych.

— Ach, ten upał... — westchnęła mocno niepewnym głosem. — Muszę schronić się w cieniu.

Resztę podróży spędziła spoglądając jedynie na nierówno pomalowane deski pokładu. Dzień zdał się nie mieć końca.

70.

Wybiła piąta, gdy Scarlett zbiegła z trapu *Abrahama Lincolna*. W głowie miała zupełny chaos. Przeklęta łajba! Na nabrzeżu przystanęła dla złapania oddechu. Widziała, że na *Złotym Runie* jeszcze nie podniesiono trapu. W porządku, nic się nie stało. W każdym razie człowieka odpowiedzialnego za tę przejażdżkę należałoby rozwłóczyć końmi. Od czwartej odchodziła od zmysłów, przerażona, że *Złote Runo* odpłynie bez niej.

— Dziękuję, że zechciał pan na mnie poczekać — wydyszała do oficera pokładowego, kiedy już była u szczytu trapu.

— Och, nie pani jedna się spóźniła — odparł. W tej samej chwili Scarlett obróciła swój gniew na kapitana *Złotego Runa*. Jeśli mówił, że statek odpłynie o piątej, to znaczy, że o piątej i ani minuty później. Im wcześniej opuszczą Charleston, tym lepiej dla niej. Chyba nie ma takiego miejsca na powierzchni ziemi, gdzie żar z nieba dotkliwiej dawałby się we znaki. Przysłoniła oczy dłonią i zadarła głowę do góry. Ani chmurki. Ni deszczu, ni śladu wiatru. Tylko upał. Spojrzała na drzwi swojej kabiny. Biedna Kicia. Chyba się ugotowała. Gdy tylko wypłyną z portu, wyniesie ją na pokład. Chyba można mieć nadzieję na leciutki podmuch wiatru, w końcu statek będzie w ruchu.

Jej uwagę zwróciło stukotanie podków i kobiecy śmiech. Może to właśne ktoś, na kogo czekali. Spojrzała na nabrzeże, gdzie właśnie zatrzymał się otwarty powóz. Bajeczne kapelusze. Trzy. Nawet z tej odległości mogła stwierdzić, że bardzo drogie. Nigdy jeszcze takich nie widziała: szerokie ronda zdobne w pióra powiązane w pęki, ułożone w pióropusze spięte połyskującymi klejnotami, otoczone mgiełką zwiewnych tiuli. Z perspektywy Scarlett kapelusze wyglądały niczym cudowne parasole lub fantastyczne ozdoby na tortach, podanych na tacach wielkości młyńskich kół.

Ależ bym wyglądała w czymś takim na głowie! − westchnęła w duchu. Lekko wychyliła się przez barierkę, chciwa widoku twarzy ukrytych w cieniu. Choć upał okropny, kobiety były ubrane elegancko w bladą organdynę, woale przytrzymywane wstążkami − czyżby z jedwabiu? ... może to kryza? − na gorsach i − tu Scarlett zmrużyła oczy − ani śladu tiurniury, nawet bez trenu. Nigdy nie widziała czegoś podobnego, ni w Savannah, ni w Atlancie. Kim są te kobiety? Aż pożerała wzrokiem bladokremowe rękawiczki, złożone parasolki... to chyba z koronki − pomyślała , lecz nie była tego pewna. Kimkolwiek byłyby te osoby, niewątpliwie dobrze się bawiły: śmiały się i chociaż statek z ich powodu nie mógł odpłynąć nie było widać, żeby się spieszyły.

Wraz z nimi z pojazdu wysiadł mężczyzna w panamie. Lewą dłonią zdjął z głowy kapelusz, prawą rękę wyciągnął w stronę pierwszej z pań.

Scarlett zacisnęła palce wokół barierki. Jezus, Maria, to Rett. Muszę się ukryć w kabinie. Albo nie. Kiedy wejdzie na pokład, zabiorę Kicię, znajdę jakąś kryjówkę... albo jeszcze lepiej, wsiądę na inny statek. Tylko że to niemożliwe. Przecież mam w ładowni dwa kufry z plisowanymi spódnicami, między którymi Stefan poukładał broń dla Columa. Na miłość Boską, co tu począć? W głowie kłębiło się jej od pomysłów, jeden bardziej nieprawdopodobny od drugiego. Jak zahipnotyzowana spoglądała na grupę na nabrzeżu.

Do jej świadomości powoli docierał sens sceny rozgrywającej się u wejścia na trap: Rett kłaniał się, całował rączki pięknie ubranych pań, jedną po drugiej. Do Scarlett docierało powtarzane przez kobiety „do widzenia, dziękuję". Zatem to one odpływały, on tylko je odprowadzał. Kicia była bezpieczna.

Ale nie Scarlett. Fala wściekłości odpłynęła, razem z nią opuściła ją także przezorność. Głos serca wziął górę.

Nie widzi mnie. Mogę patrzeć sobie na niego do woli. Proszę, proszę, Rett, nie zakładaj kapelusza, nie zasłaniaj twarzy.

Jak dobrze wygląda. Opalony na brązowo, w olśniewającym uśmiechu ukazywał białe zęby − równie białe jak lniany garnitur. To chyba jedyny mężczyzna na świecie, który tak umie nosić lniane rzeczy, że zawsze wyglądają jak prosto spod żelazka. Aha... ten pukiel włosów, ten sam, który zawsze przyprawiał go o irytację, znowu opadł mu na czoło. Rett odgarnął go dwoma palcami, gestem jakże dobrze znanym Scarlett, wyzwalającym tyle obezwładniających wspomnień. Co on mówi? Coś nad wyraz czarującego, tego była pewna, lecz niczego nie mogła dosłyszeć, ponieważ mówił tym miękkim, aksamitnym głosem, cichutko, jak zwykle, gdy rozmawiał z kobietami. Bierz go diabli. Bierz diabli te kobiety. Chciałaby słyszeć, jak mówi szeptem do niej, wyłącznie do niej.

Kapitan statku zszedł po trapie, poprawiając w drodze błyszczący złotymi epoletami mundur. „Nie ponaglaj ich!" – chciała krzyknąć. Pozwól im porozmawiać trochę dłużej. Niech stoją, niech jeszcze trochę postoją. To moja ostatnia szansa. Nigdy go już nie zobaczę. Niechaj ten widok na zawsze odciśnie się w mej pamięci.

Chyba właśnie był u fryzjera, nad uszami ma cieniutką, bladą linię świeżo przystrzyżonych włosów. Siwe... czy bardziej siwe niż nad skroniami? Wygląda to bardzo nobliwie – srebrne niteczki na kruczoczarnym tle. Kiedy ich dotykałam, były zarazem sztywne i miękkie. I te mięśnie grzbietu i ramion, łagodnie drgające pod gładką powierzchnią skóry, napinającej się, gdy twardniały. Chcę...

Powietrze przeszył przenikliwy ryk syreny. Scarlett drgnęła. Usłyszała szybki tupot stóp, potem dudnienie wciąganego trapu. Nie spuszczała oczu z Retta. Uśmiechał się, spoglądał gdzieś na prawo od niej, spoglądał na górny pokład. Widziała jego czarne oczy, ostro zarysowane brwi i nieskazitelnie utrzymany wąs. Twarde, emanujące męskością, niezapomniane rysy twarzy pirata.

– Kochany – szepnęła. – Ma miłości.

Rett ukłonił się. Statek odpływał od nabrzeża. Rett założył kapelusz, pomachał dłonią, kciukiem przesunął panamę bardziej do tyłu.

Nie odchodź! – krzyczało jej serce.

Odwrócił się, zrobił parę kroków i nagle obejrzał się przez ramię, jakby posłyszał czyjś krzyk. Skrzyżowali się spojrzeniami, jego gibkie ciało jakby zamarło w pół ruchu. Przez długą, bezmiernie długą chwilę, spoglądali na siebie, podczas gdy odległość między nimi rosła z każdą sekundą. A potem Rett uniósł dwa palce do ronda kapelusza i wyraz łagodnej uprzejmości rozjaśnił mu twarz. Scarlett uniosła dłoń.

Ciągle tak stał na brzegu, nawet jeszcze wtedy, gdy statek skierował się w stronę kanału, skąd droga wiodła na otwarte morze. Gdy Scarlett straciła go z widoku, bezwładnie opadła na krzesło.

*　　*　　*

– Nie bądź głupia, Brygidko, steward usiądzie tuż przed drzwiami. Jeżeli Kicia będzie się wiercić, przyjdzie i nam powie. Nie rozumiem, dlaczego miałabyś nie pójść do salonu. Przecież trudno co wieczór jeść obiad w kajucie.

– Mam swoje powody, kuzynko Scarlett. Nie czuję się swobodnie wśród tych wytwornych dam i dżentelmenów, zwłaszcza gdy mam udawać, że jestem jedną z nich.

– Powiadam ci, moja droga, wcaleś od nich nie gorsza.

– Słyszę, kuzynko Scarlett, słyszę, tylko ty nie chcesz mnie wysłuchać. Wolę zjeść tutaj, w kabinie, z talerzy przykrytych srebrnymi pokrywami, tak, jak umiem. Już niedługo będę musiała iść tam, gdzie moja pani mi rozkaże i robić to, co każe mi zrobić. Jest więcej niż pewne, że niewiele będę miała okazji jadania na osobności, dlatego chcę się tym nacieszyć, póki czas.

Scarlett nie mogła nie uwzględnić tego rodzaju argumentacji. Sama jednak nie mogłaby znieść myśli o obiedzie w kabinie, w każdym razie nie teraz. Wiedziała, że jeśli w tłumie podróżnych nie znajdzie tych kobiet, które Rett odprowadzał na statek, to chyba oszaleje.

To są Angielki — przemknęło jej przez myśl, zaledwie przestąpiła próg okrętowego salonu. Angielska wymowa dominowała przy kapitańskim stole.

Poprosiła stewarda o zmianę miejsca. Wolała usiąść przy stoliku pod ścianą, skąd dobrze było widać stół kapitański.

Siedziało przy nim czternaście osób: dwunastu Anglików, kapitan i pierwszy oficer. Choć Scarlett miała czułe ucho i jej zdaniem wymowa pasażerów odbiegała nieco od akcentu, z jakim mówili oficerowie, uznała, że wszyscy są Anglikami, wobec czego każdy, w którego żyłach płynęła choć kropla irlandzkiej krwi, był w obowiązku mieć ich w głębokiej pogardzie.

Rozmawiano o Charlestonie. Szybko zorientowała się, że miasto na nikim nie wywarło wielkiego wrażenia.

— Boże drogi — westchnęła jedna z kobiet — nigdy w życiu nie widziałam czegoś równie ponurego. Jak to możliwe, by moja droga mama opowiadała mi, że jest to jedyne cywilizowane miejsce w całej Ameryce! Aż mi przykro, że nie zwróciłyśmy uwagi na tę jej chorobliwą obsesję.

— Ależ Saro — odezwał się mężczyzna z lewej. — Nie zapominaj, że całkiem niedawno temu trwała tu wojna. Uważam, że mężczyźni zachowują się tu nader przyzwoicie. Spłukani do ostatniego szylinga nawet słówkiem ci o tym nie wspomną. No i likier mają tu pierwszej klasy. Piwo słodowe w klubie też było znakomite.

— Geoffreyu, mój drogi, w twoich oczach to i Sahara zasługiwałaby na miano miejsca cywilizowanego, gdybyś tylko znalazł tam klub, gdzie podają zdatną do picia whisky. Bóg jeden wie, czy jest na ziemi miejsce, gdzie bywają większe upały niż tam. Okropny klimat.

Rozległy się zgodne potakiwania.

— Z drugiej jednak strony — wtrącił jakiś młody kobiecy głos — ten zabójczo atrakcyjny Butler twierdzi, że zimy w Charlestonie bywają urocze. Zapraszał nas do powtórnych odwiedzin.

— Jestem pewna, że zaproszenie wystosował zwłaszcza pod twoim adresem, Felicyto — powiedziała starszawa pani. — Zachowywałaś się haniebnie.

— Ależ Franciszko, co ja takiego zrobiłam? — zaprotestowała oskarżona. — Po prostu chciałam się dobrze zabawić, a była to pierwsza i jedyna okazja podczas tej okropnej podróży. Nie pojmuję, po co papa wysłał mnie do Ameryki. Obrzydliwy kraj.

Mężczyzna wybuchnął śmiechem.

— Wysłał cię, droga siostrzyczko, żebyś trzymała się z dala od szponów tego łowcy posagów.

— Ale on taki przystojny... Nie pojmuję, dlaczego miałbyś dawać kosza każdemu przystojnemu Anglikowi tylko dlatego, że nie jest dość bogaty.

— W ostateczności to nie on miałby dawać mu kosza, lecz ty, droga Felicyto — zauważyła któraś z dziewcząt. — Zresztą nic w tym trudnego. Pomyśl tylko o swoim biednym braciszku. Łowi bogate Amerykanki niczym muchy na miód i poślubia, by napełniać rodzinne szkatuły.

Roger jęknął. Wszyscy się roześmieli.

No, powiedzcie jeszcze coś o Recie — milcząco domagała się Scarlett.

— Dla uczciwej szlachty nie ma tu rynku — zauważył Roger. — Bogate Amerykanki domagają się od razu książęcych tiar. Niestety, papa nie może w to uwierzyć.

Starszawa dama o imieniu Franciszka oświadczyła, że są niewdzięczni wobec ojca i że nie może zrozumieć, czego właściwie chcą dzisiaj młodzi ludzie.

— Gdy byłam podlotkiem... — zaczęła.

Felicyta złośliwie zachichotała.

— Czcigodna Franciszko — przerwała jej w pół zdania. — Gdy byłaś podlotkiem, na świecie nie było jeszcze młodych ludzi. Twoje pokolenie rodziło się od razu z czterdziestką na karku i potępiało w czambuł wszystko jak leci.

— Felicyto, trudno mi dłużej tolerować twoje impertynencje. Porozmawiam na ten temat z twym ojcem.

Nagle zapadła cisza. Dlaczego ta Felicyta nie powie czegoś więcej na temat Retta?

Z pomocą pospieszył jej Roger. Butler — powiedział — zaprasza na jesieni na łowy. Na zarośniętych trawą polach ryżowych wprost roi się od kaczek, właściwie to pchają się pod lufę.

Do Scarlett docierały fragmenty rozmów, które usiłowała skleić w całość. Kto to płaci po dwa centy za kaczkę? Chyba inni Anglicy. O polowaniu rozprawiano przez większą część wieczoru. Scarlett już myślała, że chyba byłoby lepiej, gdyby została z Brygidką, gdy do jej uszu dotarły strzępy prowadzonej przyciszonym głosem rozmowy między Felicytą a jej siostrą, której na imię było Małgosia. Obie były zdania, że Rett to najbardziej intrygujący mężczyzna, jakiego zdarzyło się im spotkać. Scarlett słuchała tego z mieszanymi uczuciami, wśród których raz brała górę ciekawość, raz duma.

— Szkoda, że tak uwielbia swą żonę — rzekła Małgosia. Scarlett serce omdlało.

— Mdława istotka — dodała Felicyta. Scarlett od razu poczuła się trochę lepiej.

— Rozwodnik, jak słyszałam. Ożeniony po raz drugi. Mówił ci ktoś o tym? Był już żonaty, miał za żonę absolutną piękność, ale uciekła z jakimś innym i Rett został na lodzie. Nigdy nie mógł się z tego otrząsnąć.

— Na Boga, Małgosiu, to jak przystojny musiał być ten drugi, skoro rzuciła dla niego Butlera?

Scarlett uśmiechnęła się pod nosem. Była niezwykle szczęśliwa słysząc, jak wieść gminna głosi, że to ona porzuciła Retta, a nie odwrotnie.

Teraz czuła się o wiele lepiej. Mogła sobie nawet pozwolić na deser.

*   *   *

Następnego dnia angielskie towarzystwo odkryło istnienie Scarlett. Trójka młodych ludzi zgodziła się, że jest to osoba cudownie romantyczna, taka tajemnicza młoda wdowa.

— Piekielnie śliczniutka — dodał Roger. Na co siostry zawołały, że chyba oczy postradał. Blada karnacja, ciemne włosy, szmaragdowe oczy... nie dość, że „śliczniutka". Porywająco piękna! Gdyby tylko ubrała się w coś porządnego, wszystkim mężczyznom mogłaby zawrócić w głowie, dokądkolwiek by się udała. Postanowili, że „przyjmą ją do towarzystwa". Pierwszego zbliżenia dokonała Małgosia, głośno wyrażając swój zachwyt dla Kici, która na pokładzie zażywała wraz ze Scarlett świeżego powietrza.

Scarlett bardziej niż chętnie dała się „przyjąć". Chciała bowiem poznać wszystkie szczegóły ich pobytu w Charlestonie, prześledzić każdą godzinę. Nie przyszło jej z trudem wymyślić odpowiednio tragiczną historię swego małżeństwa i ciężkiej żałoby, czym zaspokoiła melodramatyczne gusta Anglików. Roger zakochał się w niej od pierwszego wejrzenia.

Matka uczyła Scarlett, że jedną z cnót prawdziwej damy jest dyskrecja we wszystkim, co się tyczy spraw rodzinnych. Nie bez przerażenia zatem przysłuchiwała się Felicycie i Małgosi Cowperthwaite'ównym, które już pierwszego dnia znajomości odsłoniły przed nią najskrytsze, zdałoby się, tajniki życia rodzinnego. Ich matka — jeśli im wierzyć — to kobieta piękna i na tyle sprytna, że udało się jej podstępem przywieść swego obecnego męża do małżeństwa. Udała bowiem, że została stratowana przez konia, którym wybrała się na przejażdżkę.

— Biedny Pa ma tak słaby wzrok — roześmiała się Małgosia — że od razu obiegły go najczarniejsze myśli i poczuł się mordercą. Mama miała bowiem rozerwaną suknię, było jej widać gołe piersi. Ale my obie jesteśmy przekonane, że sama ją sobie rozdarła, jeszcze nim wyszła z plebanii. Poślubiła go piorunem, jeszcze nim zdążył zrozumieć, co się właściwie stało.

Ku tym większemu zmieszaniu Scarlett, Felicyta i Małgosia były damami. Ale nie takimi zwykłymi „ladies" w opozycji do „kobiety". Przysługiwały im tytuły „Lady Felicyty" i „Lady Małgosi", były bowiem córkami Jego Lordowskiej Mości.

Także Franciszka Sturbridge — ich przyzwoitka — była „Lady", ale zaledwie Lady Sturbridge, nie Lady Franciszką, albowiem była żoną „zaledwie baroneta".

— Nawet gdybym wyszła za mąż za lokaja, a Małgosia zbiegłaby z domu z czyścibutem, i tak pozostałybyśmy Lady Felicytą i Lady Małgosią, choćby przyszło nam mieszkać w bristolskich kloakach, gdzie nasi mężowie, dla utrzymania rodziny, okradaliby puszki z ofiarami dla biednych.

Scarlett mogła odpowiedzieć jedynie perlistym śmiechem.

— Dla mnie to zbyt skomplikowane — przyznała.

— Ależ moja droga — zdumiała się Felicyta. — To i tak jeszcze pestka. Cóż znaczy nasza nudna rodzinka w porównaniu z wszystkimi gałęziami wielkiego rodu. Kiedy zaczniesz się zagłębiać w szczegóły w rodzaju kto jest wdową lub wdowcem po kim, gdy zaczniesz brać pod uwagę wszystkie wicehrabiątka i żony wnuków to tak, jakbyś weszła do labiryntu. Mama, nim wyda proszony obiad, zawsze musi zasięgać rady, gdzie kogo posadzić w przy stole, w przeciwnym razie popełni gafę i obraza murowana. Po prostu nie godzi się sadzać młodszego syna Jego Lordowskiej Mości, czyli na przykład Rogera, na gorszym miejscu niż taką Franciszkę. No tak. Słów brak na te bzdury.

Panny Cowperthwaite były bardziej niż trochę lekkomyślne i roztrzepane, zaś Roger odziedziczył po ojcu krótkowzroczność, stanowili jednak urocze i bardzo miłe trio i na pierwszy rzut oka Scarlett przypadła im do gustu. Zabawiali ją przez całą drogę, a gdy wysiedli w Liverpoolu, szczerze żałowała.

Do Galway miała jeszcze dwa dni rejsu. Teraz już nie mogła odkładać na potem myśli o spotkaniu z Rettem — spotkaniu, które właściwie wcale nie było spotkaniem.

Ciekawe, czy i on przeżył podobny wstrząs, gdy skrzyżowali się spojrzeniami? Scarlett czuła to tak, jakby cały świat poza nimi przestał istnieć, jak gdyby byli sami w tej przestrzeni i czasie, oddzieleni od wszystkiego i wszystkich. Wprost niemożliwe, by nie odwzajemniał tego samego przywiązania, które ona poczuła zaledwie go ujrzawszy. A może?...

Rozmyślała i martwiła się, a ukojenie przyszło dopiero w chwili, gdy dała się ponieść złudzeniu, że to wszystko był tylko sen lub fantazja.

Dopiero, gdy *Złote Runo* wpłynęło na wody Zatoki Galway, była w stanie dołączyć to wspomnienie do innych, jakże cennych wspomnień o życiu razem z Rettem. W ten sposób odsunęła je do głębokich pokładów pamięci — teraz czym innym musiała się zająć. Czekała Ballyhara, zbliżał się czas próby.

Najpierw jednak musiała zdobyć się na uśmiech i jakoś przemknąć obok celników z walizami pełnymi broni. Colum czekał.

Po miłych chwilach, które spędziła z Cowperthwaite'ami, trudno było przypomnieć sobie, że Anglicy to tacy źli ludzie.

71.

Colum czekał przy zejściu z trapu. Nie spodziewała się, że to on po nią wyjdzie, wiedziała jedynie tyle, iż ktoś ma na nią czekać, by po zejściu ze statku przejąć opiekę nad walizami. Widząc jego szczupłą sylwetkę w czarnej sutannie, widząc jego uśmiechniętą twarz, Scarlett na dobre poczuła, że jest w domu. Kontrola celna minęła bez przygód. Jedyne pytania, na które musiała odpowiedzieć, były w rodzaju „I co tam słychać w Ameryce?" oraz „Ile ma lat ta śliczna dziewczynka?" na co Scarlett odpowiedziała, że w Ameryce upał nie do wytrzymania, że Kicia za trzy miesiące skończy roczek i że właśnie próbuje stawiać pierwsze kroczki.

Bitą godzinę trwała jazda z portu na stację kolejową. Scarlett nigdy jeszcze nie widziała takiego ruchu, nawet w Pięciu Znakach nie zdarzały się podobne korki. Colum wyjaśnił, że to z powodu Wyścigu Galway. Zanim Scarlett zdołała sobie przypomnieć, co przeżyła w Galway rok temu, Colum zarzucił ją szczegółami: zatem co roku, w lipcu, przez pięć dni odbywały się zwykłe gonitwy i biegi z przeszkodami. Dzięki temu milicja i konstable zbyt byli zajęci w mieście, by zbijać bąki w porcie i okolicach. Oprócz tej dobrej, miał jeszcze złą wiadomość: podczas Wyścigu za żadną cenę nie można dostać miejsca w hotelu. Dlatego popołudniowym pociągiem pojadą do Ballinasloe, gdzie spędzą noc. Scarlett wolała pojechać prosto do Mullingar. Bardzo stęskniła się z domem.

— Jak tam pola, Colum? Pszenica dojrzała? Już po sianokosach? A ładne mieliście słońce? Co z brykietami? Starczyło? Dobrze wyschły? Dobrze się palą?

— Poczekaj, a przekonasz się na własne oczy, droga Scarlett. Jestem przekonany, że stan rzeczy w Ballyhara uznasz za zadowalający.

Scarlett była bardziej niż zadowolona. Mieszkańcy miasteczka wystawili bramy powitalne, umajone zielenią, przybrane złotymi wstążkami. Sami stali obok, powiewając chustkami do nosa, wymachując kapeluszami.

— Och, dziękuję, dziękuję, dziękuję — wykrzykiwała z powozu, oczy mając mokre od łez.

We Dworze Mrs. Fitzpatrick, trzy źle dobrane pokojówki, cztery mleczarki i stajenni stanęli w powitalnym szpalerze. Scarlett z trudem zdołała się pohamować, by nie wyściskać Mrs. Fitz, ale zgodnie z wszelkimi regułami potraktowała gospodynię jak należy, to znaczy z godnością. Za to Kicia nie musiała się trzymać żadnych reguł. Wyciągnęła rączki do Mrs. Fitz i natychmiast została porwana w czułe objęcia.

Nie minęła nawet godzina, gdy Scarlett, przebrana w swe wieśniacze suknie, z Kicią w ramionach wybiegła zobaczyć, co słychać na polach. Ruch na świeżym powietrzu dobrze jej służył, wreszcie mogła rozprostować kości. Zbyt wiele godzin, dni, tygodni spędziła siedząc, a to na statkach, a to w pociągach, w biurach i przy stołach u różnych ludzi. Teraz chciało się jej chodzić, schylać się, biegać, tańczyć. **Ta O'Hara** wróciła do domu. Zza postrzępionych obłoków wyglądało irlandzkie słońce, płoszone od czasu do czasu przez chłodzące, łagodne deszczyki.

Na łąkach stały pachnące stogi siana wysokie na siedem stóp. Scarlett wygrzebała w jednym z nich grotę i wczołgała się do środka wraz z Kicią — bawiły się „w dom". Kicia krzyczała radośnie, gdy zepchnęła na głowę mamy część „dachu". Potem, gdy od wirujących w powietrzu pyłków zaczęło kręcić ją w nosie, rozkichała się głośno. Wreszcie zachciało się jej spróbować, jak smakują wyschnięte źdźbła siana. Skrzywiła się z niesmakiem tak wielkim, wypluła je tak szybko, że aż Scarlett wybuchła gromkim śmiechem. Kicia zrobiła bardzo niezadowoloną minę. Scarlett roześmiała się tym głośniej.

— Dobrze zrobisz, Miss Kiciu, gdy przyzwyczaisz się, że się z ciebie śmieją — powiedziała. — Mała głupiutka dziewczynka uszczęśliwia mamusię, a kiedy ludzie są szczęśliwi, głośno się śmieją.

Kiedy Kicia zaczęła ziewać, Scarlett zabrała ją z powrotem do domu.

— Póki śpi, wyjmij jej z włosów źdźbła siana — poleciła Peggy Quinn. — Wrócę w samą porę, by zdążyć ją nakarmić i wykąpać.

Poszła do stajni, przerwała koniom pełne głębokiego spokoju przeżuwanie, siadła jednemu na grzbiet — na oklep, bez siodła — i wyjechała na drogę do Ballyhara.

Zmierzch już zapadał, leniwy i senny. Pola pszenicy ciągnęły się złotym pasem, choć wieczór kładł się błękitną poświatą. Ciężkie od ziarna kłosy zapowiadały dobry urodzaj. Scarlett objechała miasteczko i uprawy, a gdy obejrzała całą posiadłość, wróciła do domu zadowolona. Ballyhara prawdopodobnie nigdy nie przyniesie jej zysku tak wysokiego, jaki czerpała ze sprzedaży domów na peryferiach Atlanty, lecz w końcu nie tylko pieniądze dostarczają powodów do zadowolenia. Ziemia O'Harów znowu przynosiła owoce. Odzyskała własność swego rodu — wprawdzie na razie tylko częściowo, lecz w przyszłym roku pod uprawą znajdzie się parę akrów więcej, w następnym jeszcze parę i tak dalej.

*　　*　　*

— Dobrze jest wrócić w końcu na stare śmiecie — rzekła Scarlett do Kasi, do której wpadła zobaczyć, co słychać następnego dnia rano. Usiadła, zadowolona z samej siebie, tuż przy piecu, Kicia raczkowała po podłodze, poznając coraz to nowsze kąty. Wkrótce w półotwartych drzwiach zaczęły się pokazywć głowy mieszkańców Adamstown, ciekawych, co słychać w Ameryce, u Brygidki i wszystkich innych.
— Przywiozłam dobry milion wiadomości i pozdrowień dla każdego — oznajmiła Scarlett.
Nim w południe zadzwonili na Anioł Pański, kobiety rzuciły się steżką do osady, zaś na drodze z pola ukazali się mężczyźni, powracający na obiad. Do chaty Danielów przyszli wszyscy z wyjątkiem Seamusa i, oczywiście, Seana, który zawsze jadał w małym domku obok, tam, gdzie kiedyś mieszkała babka. Scarlett nawet nie zauważyła ich nieobecności, pochłonięta witaniem się z Tomaszem, Patrykiem i Tymoteuszem. Później jeszcze musiała przekonać Kicię, żeby jednak zrezygnowała z pomysłu jedzenia zupy wielką łyżką dla dorosłych.
Zaledwie jednak mężczyźni wstali od stołu, Kasia zaczęła opowiadać, jak wiele się zmieniło podczas jej nieobecności.
— Przepraszam, że to mówię, ale Seamus wziął ci za złe, że nie poczekałaś do jego ślubu.
— Sama tego żałuję — odpowiedziała Scarlett. — Ale nie mogłam dłużej zwlekać z podróżą, Seamus powinien o tym wiedzieć. Miałam w Ameryce wiele spraw do załatwienia.
— Mam wrażenie... — dodała Kasia — że to nie tyle Seamus, ile raczej jego Gochna nie może ci tego zapomnieć. Zauważyłaś, że nie było jej wśród odwiedzających?
Rzeczywiście, przyznała Scarlett, nawet nie zauważyła. No tak, ale tylko raz w życiu widziała się z Gochną, na dobrą sprawę wcale jej nie znała. Jaka jest ta żona Seamusa?
Kasia bardzo ważyła słowa. Gochna, to jest Maria Małgorzata, to kobieta bardzo obowiązkowa, dom utrzymuje we wzorowym porządku, gotuje wyśmienicie, a choć chatka, gdzie zamieszkała z mężem i Seanem, jest bardzo mała, dba o wszelkie wygody dla obu mężczyzn. Scarlett wyświadczyłaby im trojgu ogromną uprzejmość, gdyby pierwsza poszła złożyć wizytę, nie zapomniawszy wyrazić podziwu dla doskonałości gospodarstwa i pewnej ręki gospo-

dyni. Maria Małgorzata tak jest czuła na punkcie swej godności osobistej, że nim kogokolwiek odwiedzi, czeka, aż samemu przyjdzie się do niej z wizytą.

— Mój ty Boże — zdumiała się Scarlett. — To bardzo głupio z jej strony. Dobrze, pójdę do niej w gości, ale będę musiała obudzić Kicię.

— Zostaw ją u mnie, rzucę na nią okiem. Muszę pocerować ubrania. Lepiej będzie, gdy sama tam pójdziesz.

Oj, coś mi się wydaje, że Kasia nie kocha tej panny — pomyślała Scarlett. Ciekawe. W dodatku Gochna, choć mieszka o kilka kroków, prowadzi osobne gospodarstwo, a przecież wygodniej byłoby gotować w chacie Danielów, gdzie jest miejsce, żeby się swobodnie ruszać. W każdym razie mogłyby przynajmniej razem gotować obiad. Też mi coś, punkt honoru! Jaka to strata czasu i energii, gotować dwa obiady zamiast jednego. Przyszło jej do głowy, że chyba też nie polubi Gochny, ponieważ jednak nie chciała niczego z góry przesądzać, postanowiła być uprzedzająco miła. W końcu to wcale nie takie łatwe wejść do rodziny, w której wszyscy od lat już się zżyli, zaś sama aż nazbyt dobrze poznała na własnej skórze, jak się czuje człowiek uznany za intruza.

Trudno jednak było zachować sympatię dla Marii Małgorzaty. Żona Seamusa wszelkie oznaki dobrej woli ze strony Scarlett przyjmowała nader cierpko, z wyrazem twarzy jakby przed chwilą napiła się octu. Poczęstowała ją herbatą, lecz tak mocną, że właściwie nie nadawała się do picia. Aha, chce mi dać do zrozumienia, że przeze mnie musiała poczekać...

— Bardzo żałuję, że nie byłam na waszym ślubie — wypaliła prosto z mostu, wedle zasady, że najlepiej chwytać byka prosto za rogi. — Za to przywożę najlepsze życzenia od wszystkich amerykańskich O'Harów i dodaję je do moich własnych, równie serdecznych. Z całego serca życzę wam szczęścia.

Była zadowolona z siebie. Ładnie powiedziane.

Gochna sztywno kiwnęła głową.

— Przekażę Seamusowi — odparła półgębkiem. — A teraz zawołam go, bo ma słówko do ciebie. Kazałam mu czekać w pobliżu.

Dobrze, niech i tak będzie — westchnęła w duchu Scarlett. Znam domy, gdzie jestem witana z większym entuzjazmem. Tylko wcale nie była przekonana, czy ma ochotę na „słówko" z Seamusem. Od dnia, gdy po raz pierwszy stanęła na irlandzkiej ziemi, zamieniła z najstarszym synem Daniela może dziesięć słów wszystkiego, ale nie więcej.

Gdy wreszcie usłyszała, jakie to „słówko" ma do niej Seamus, nabrała całkowitej pewności, że jednak wolałaby go nie „zamieniać". Ni mniej, ni więcej, Seamus spodziewał się, że zapłaci za niego dzierżawne, bowiem po śmierci Daniela zajął jego miejsce, no a za Daniela przecież zapłaciła. Poza tym nie mieszkał w dużej chacie Danielów, lecz w chatynce, a przecież ma prawo do większego domu.

— Maria Małgorzata już się zgodziła gotować i prać dla mnie i braci. Kasia, jako siostra Seana, zadba o niego.

— Chętnie zapłacę — odparła Scarlett, chociaż wolałaby, żeby ją o to poproszono, nie rozkazywano. — Nie rozumiem jednak, dlaczego mówisz mi o tym w imieniu innych. Ty i Gochna... to znaczy, chciałam powiedzieć Maria Małgorzata... powinniście przedyskutować tę sprawę z Kasią oraz braćmi.

— Przecież jesteś **Tą O'Harą** — omal nie krzyknęła Gochna. — Do ciebie należy ostatnie słowo.

— I miała rację — odpowiedziała Kasia, gdy Scarlett tonem skargi zdała jej sprawę z wszystkiego, co zaszło. — Jesteś **Tą O'Harą**.

Po czym, nim Scarlett zdołała się odezwać, uśmiechnęła się i powiedziała, że jest jej właściwie wszystko jedno. Wkrótce pożegna się z chatą Daniela — ma chłopca w Dunsany i chce wyjść za mąż. W Trim, w dzień targowy, tydzień temu, prosił ją o rękę. Nie odmówiła.

— Jeśli nie rozgłosiłam tego wszem i wobec to tylko dlatego, że chciałam, byś dowiedziała się o tym pierwsza.

Scarlett wyściskała Kasię.

— To cudownie! Ale pozwolisz, żebym ci wyprawiła wesele? Urządzimy sobie wspaniałą ucztę.

— I w ten sposób zdołałam jakoś z tego wybrnąć — rzekła Scarlett do Mrs. Fitz, gdy opowiedziała jej o wszystkim, co zaszło. — Ale niewiele brakowało i dałabym się wciągnąć w niezłą kabałę. Podejrzewam, że być głową rodu nie jest dokładnie tym, czego się spodziewałam.

— A czego się pani spodziewała, Miss O.?

— Sama już nie wiem... Chyba sądziłam, że to będzie bardziej zabawne.

*   *   *

W sierpniu były wykopki. Kartofle obrodziły jak nigdy — tak w każdym razie twierdzili farmerzy. Potem zaczęła się zbiórka pszenicy. Scarlett uwielbiała przyglądać się żniwom. Sierpy błyskały w słońcu, a złote kłosy padały na ziemię ławą, niczym wstęga pomarszczonego jedwabiu. Niekiedy Scarlett stawała za żeńcem. Pożyczyła sobie długą laskę z zagiętym końcem zwaną powszechnie „podbieraczem" i zagarniała padające pod ostrzem sierpa kłosy w małe snopki. Wprawdzie nie udało się jej osiągnąć biegłości w przewiązywaniu snopa powrósłem, lecz z podbieraczem radziła sobie całkiem, całkiem.

Gdyby porównać tę pracę ze zbiorem bawełny — powiedziała Columowi — to pod względem trudności bije go na głowę. I chociaż pilnowała się, by nie myśleć o złotym słońcu Południa, niekiedy dawała się zaskoczyć przypływowi tęsknoty. Colum powiedział, że bardzo dobrze ją rozumie. Scarlett mogła być pewna, że nie kłamał. Tak, Colum był jej bratem i to dokładnie takim, jakiego zawsze pragnęła.

Sprawiał wrażenie czymś zatroskanego. Zapytany odparł, że nic go nie gnębi, tylko niecierpliwi się, bowiem żniwa wzięły pierwszeństwo przed pracami przy wykończeniu zajazdu, który Brandon Kennedy miał zamiar założyć w budynku sąsiadującym z *pubem*. A wtedy Scarlett przypomniała sobie przerażonego i gotowego na wszystko mężczyznę z kościoła, tego, o którym Colum powiedział, że „ucieka". Zaczęła się zastanawiać, czy wielu jemu podobnych ukrywa się w Ballyhara oraz jak Colum im pomaga. W końcu jednak zachowała te pytania dla siebie — lepiej o niczym nie wiedzieć.

Wolała myśleć o czymś pogodniejszym, na przykład o zamążpójściu Kasi. Kevin O'Conner nie był akurat tym mężczyzną, którego wybrałaby dla kuzynki, ale nie ulegało wątpliwości, że zakochany jest w niej bez pamięci, poza tym miał porządne gospodarstwo, łąki i dwadzieścia krów, zatem należało go uznać za „dobrą partię". Kasia miała całkiem pokaźny posag, składający się z pieniędzy zarobionych na sprzedaży masła i mleka oraz wszystkie sprzęty kuchenne, których dotychczas używała w kuchni u Danielów. Umiała docenić wartość prezentu otrzymanego od Scarlett, a mianowicie stu funtów gotówką, lecz konspiracyjnie mrugnąwszy okiem szepnęła, że nie jest rzeczą konieczną włączać tę sumę do wiana.

Niestety, ku ogromnemu rozczarowaniu Scarlett, uczta weselna nie mogła odbyć się we Dworze. Zgodnie z tradycją, wesele urządzano w domu, gdzie po ślubie mieli mieszkać państwo młodzi. Jedyne, co mogła zrobić, to ofiarować kilka gęsi oraz parę beczułek porteru, ale i to jedynie wtedy, gdy postawiła sprawę na ostrzu noża, przed czym ostrzegał ją Colum. Bowiem gospodarzami uczty byli krewni pana młodego.

— Trudno — odpowiedziała. — Jeśli już stawiam sprawy na ostrzu noża, to może wreszcie uda mi się przeciąć któryś z tych strasznych przesądów.

Po czym, tak na wszelki wypadek, ostrzegła Kasię:

— Myśl sobie, co chcesz, moja droga, ale zrzucam żałobę. Od tego ubierania się na czarno cała już jestem chora.

Na weselu nie opuściła żadnego *reela*, wirowała do utraty tchu ubrana w jasnoniebieską i czerwoną halkę, ciemnozieloną spódnicę oraz pończochy w żółte i zielone pasy.

A w drodze powrotnej do Ballyhara nie mogła powstrzymać się od płaczu.

— Bardzo będzie mi brakowało Kasi — chlipała wsparta na ramieniu Columa. — Bardzo mi będzie brakowało chaty Danielów i ludzi, którzy zawsze przychodzili pogawędzić... Nigdy już tam nie zajrzę, bo i do kogo: do tej podłej Gochny, żeby dostać wstrętnej zimnej herbaty?

— Dunsany nie leży na końcu świata — pocieszał ją, jak mógł. — To tylko dwanaście mil drogi z Ballyhara. Kup sobie dobrego konia i jeździj wierzchem, zamiast tłuc się w bryczce. Droga minie ci jak z bicza strzelił.

Scarlett uznała, że to całkiem rozsądny pomysł, chociaż dwanaście mil to mimo wszystko kawał drogi. Jeśli jednak zgodziła się zastanowić nad tym pomysłem, to następną propozycję uznała za szczyt niedorzeczności: Colum radził jej, by pomyślała o powtórnym zamążpójściu.

Czasami budziła się w nocy, a wtedy panująca w pokoju ciemność zdała się jej niczym mroczna tajemniczość oczu Retta, tych oczu, których spojrzenie żegnało ją, gdy odpływała z Charlestonu. Co też on wtedy czuł?

Samotna w ciemnościach nocy, samotna na wielkim ozdobnym łożu, sama jedna w nieprzeniknionej czerni niczym nie oświetlonej sypialni pozwalała płynąć myślom, marzyła o rzeczach niemożliwych, a niekiedy, przeniknięta bólem oczekiwania, uroniła łez parę.

*   *   *

— Kicia — powiedziała zupełnie wyraźnie, ujrzawszy w lustrze swe odbicie.

— Bogu niech będą dzięki! — zawołała Scarlett, która już się obawiała, że dziewczynka nigdy nie zacznie mówić. Kicia, w przeciwieństwie do większości dzieci, rzadko gaworzyła, a kiedy ktoś zaczął przemawiać do niej „po dziecinnemu", spoglądała nań z wyrazem niebotycznego zdumienia na twarzy. Chodzić zaczęła wcześnie, bo już w dziesiątym miesiącu życia, lecz jeszcze miesiąc później była właściwie niemową — co najwyżej można było usłyszeć, jak się śmieje.

— Powiedz ma-ma — błagała Scarlett. Bez rezultatu.

— Powiedz ma-ma — próbowała podejść ją po raz drugi, lecz Kicia wyrwała się jej z objęć i rzuciła się raczkować po podłodze. W chodzeniu bowiem wykazywała więcej entuzjazmu niż umiejętności.

— Ty zarozumiały potworze! — krzyknęła Scarlett. — Wszystkie dzieci jako pierwsze zawsze wypowiadają słowo „ma-ma", a nie swe własne imię.

Kicia obróciła się i zatrzymała. Spojrzała z uśmiechem, który Scarlett określiła potem jako „wprost diaboliczny", powiedziała po prostu — Mama — i słaniając się na niepewnych nogach ruszyła dalej przed siebie.

— Najpewniej mogła to powiedzieć już dawno temu, gdyby tylko chciała — przechwalała się Scarlett przed ojcem Flynn. — Po prostu rzuciła mi to jak kość psu.

Stary kapłan uśmiechnął się wyrozumiale. Już tylu dumnych z dzieci matek nasłuchał się w swym długim życiu.

— Wspaniały dzień — zaproponował tę formułę w nadziei, że wystarczy.

— Wspaniały dzień, pod każdym względem wspaniały, ojcze — krzyknął Tomaszek Doyle, najmłodszy z farmerów. — Takiego plonu nigdzie i nigdy nie zebrano, to pewne.

Napełnił swoją szklaneczkę, nalał też do pełna szklaneczkę ojca Flynn. W Dożynki każdy miał prawo odpocząć i odprężyć się.

Także Scarlett pozwoliła mu nalać sobie szklaneczkę porteru. Wkrótce miały się zacząć toasty i zła to by była wróżba, gdyby nie umoczyła choć warg. Po tym, jak rok pracy w Ballyhara minął szczęśliwie, nie chciała ryzykować ściąganiem pecha pod swój dach.

Spojrzała na długi rząd stołów na kozłach ustawionych wzdłuż całej długości szerokiej drogi — każdy udekorowany przewiązanym kokardą snopem złotej pszenicy. Każdy wyzłocony uśmiechami zadowolonych z siebie ludzi. Tak, dzisiaj cieszyła się, że jest O'Harą. Wszyscy pracowali, każdy tak, jak potrafił, teraz zaś byli razem, wszyscy mieszkańcy miasteczka, by cieszyć się z plonów swej pracy.

Było co jeść, było co pić, były słodycze i mała karuzela dla dzieci, a także podłoga do tańców, ułożona przed jeszcze nie wykończonym zajazdem. Powietrze drżało przesycone złotawym blaskiem popołudnia, na stole leżały złote kłosy pszenicy, złote uczucie szczęścia przepełniało każdego aż do przesytu. Czyli było tak właśnie, jak być powinno w Dożynki.

Dobiegający z oddali tętent końskich kopyt sprawił, że matki zaczęły się rozglądać za młodszymi dziećmi. Scarlett serce zamarło na chwilę — rozglądała się, lecz Kici nigdzie nie było widać. Wreszcie dostrzegła ją na kolanach u

Columa — daleko, przy drugim krańcu stołu. Colum rozmawiał z jakimś mężczyzną, Kicia słuchała poważnie i potakiwała główką, jakby rozumiała każde słowo. Scarlett uśmiechnęła się — los ją obdarzył córeczką z poczuciem humoru.

Na drodze ukazał się oddział milicji. Trzej żołnierze, trzej oficerowie, złote mosiężne guziki lśniły na mundurach bardziej niż złote kłosy. Ściągnęli lejce, konie zwolniły, a jednocześnie zamarł gwar rozmów przy stołach. Kilku mężczyzn zerwało się z ławek.

— Przynajmniej raz w życiu zachowali się przyzwoicie i nie przegalopowali wzdłuż drogi, wzbijając tumany kurzu — powiedziała Scarlett do ojca Flynna. Kiedy jednak żołnierze zatrzymali się przed nie używanym kościołem, ona także straciła ochotę do rozmów.

— Którędy do Dworu? — spytał jeden z oficerów. — Chcę mówić z właścicielką.

Scarlett wstała.

— Ja jestem właścicielką — oświadczyła, zadowolona, że mimo nagłej suchości w ustach mogła wykrztusić te parę słów.

Oficer spojrzał na jej związane w kok włosy i wieśniacze suknie. Wykrzywił usta w grymasie drwiny.

— Bardzo śmieszne, dziewczyno... Ale my nie jesteśmy tu dla zabawy.

Scarlett owładnęło uczucie, które z biegiem czasu stawało się dla niej coraz to bardziej obce: dziki, porywający gniew. Weszła na ławkę, gdzie siedziała, po czym wzięła się pod boki — wyglądała bardzo zuchwale, zdawała sobie z tego sprawę.

— Bo też i nikt cię tu nie zapraszał... żołnierzu... na zabawę ani też w innym celu. Mów, z czym przybywasz. Jestem Mrs. O'Hara.

Drugi oficer wysforował się na koniu kilka kroków do przodu. Zsiadł, podszedł do stołu, przy którym, na ławce, stała Scarlett. Stanął przed nią, o dwie — trzy głowy niższy.

— Mamy rozkaz dostarczyć pani ten dokument — rzekł, zdejmując kapelusz i jedną z białych rękawiczek. Podał Scarlett zwój pergaminu. — Ci żołnierze zostaną w Ballyhara. Będą stanowić garnizon ku ochronie miasteczka.

W Scarlett jakby uderzył grom z jasnego nieba. Rozwinęła dokument i powoli odczytała, najpierw raz, potem drugi. Czytając czuła, jak napięte mięśnie z wolna się odprężają, czuła przypływ ogromnej ulgi, tym większej, im jaśniej rozumiała znaczenie dokumentu. Podniosła głowę, uśmiechnęła się, tak, by każdy mógł widzieć jej uśmiech. Po czym przywoławszy na twarz całą głębię swego czaru, zwróciła się do oficera, który ciągle spoglądał na nią z zadartą głową.

— Niezwykle to miłe ze strony pana pułkownika, że tak dba o nasze bezpieczeństwo — zaczęła — ale nie jestem zainteresowana jego pomocą, a bez mojej zgody nie może założyć garnizonu w miasteczku. Zechce mu pan to przekazać? W Ballyhara życie biegnie nam zupełnie spokojnie.

Podała mu zwitek papieru.

— Wygląda pan na zdrożonego, może wypije pan kufel piwa?

Zachwycający wyraz jej twarzy czarował mężczyzn dokładnie takich, jak on, od dnia, gdy ukończyła piętnaście lat. Oficer spiekł raka.

— Dziękuję, łaskawa pani — zaczął się jąkać jak wielu przed nim, jeszcze w czasach, gdy Scarlett zdobywała serca mężczyzn Powiatu. — Dziękuję, lecz regulamin ... to znaczy, osobiście bardzo chętnie, ale pułkownik ... hm... na pewno by sobie pomyślał...

— Rozumiem — rozpromieniła się Scarlett. — Wobec tego może innym razem?

*   *   *

Pierwszy dożynkowy toast wzniesiono za **Tę O'Harę**. Stało się tak nie tylko dlatego, że zwyczaj kazał — toastowi towarzyszyła salwa gromkiego śmiechu.

72.

*N*a zimę Scarlett zrobiła się niespokojna. Nie miała nic do roboty — co najwyżej mogła jeździć konno — a przecież pracy potrzebowała jak powietrza. Odchwaszczono i wysiano nawóz na nowych polach jeszcze nim nastał środek listopada, no i co teraz? O czym by tu pomyśleć? W piewsze niedziele miesiąca też nie miała nic do roboty: ani skarg nie wnoszono zbyt wielu, ani nie zgłaszano się ze sprawami, które wymagałaby rozstrzygnięcia. Owszem, Kicia na tyle była już dorosła, że mogła przejść przez duży pokój i własnoręcznie zapalić świecę, którą zgodnie z tradycją stawiano w oknie na Boże Narodzenie, owszem, noworoczna ceremonia rzucania ciastem o ścianę i odwiedzanie wszystkich domów w miasteczku (bo ciemnowłosy gość w dzień Nowego Roku przynosi szczęście) były przyjemnym urozmaiceniem codziennej nudy, lecz mimo to dni zdały się jej zbyt długie. W *pubie* Kennedy'ych witano ją nad wyraz serdecznie jako protektorkę Bractwa, lecz szybko poczuła się zmęczona wysłuchiwaniem pieśni opiewających męczenników za wolność Irlandii, szybko poczuła się znudzona słuchaniem głośnych nawoływań by przegnać Anglików z kraju. Zatem do *pubu* chodziła jedynie wtedy, gdy głód towarzystwa szczególnie dawał się jej we znaki.

Ucieszyła się dopiero wtedy, gdy nastał pierwszy lutego — dzień świętej Brygidy — i kiedy zaczął się rok pracy na roli. Przerzuciła piewszą łopatę z entuzjazmem tak wielkim, że grudy ziemi rozsypały się szerokim kołem.

— No, to już wiemy, że ten rok będzie lepszy od minionego — zawołała zuchowato.

Wkrótce jednak okazało się, że powiększenie upraw przysporzyło farmerom pracy nad miarę. Nikt nie miał dość czasu by zrobić to, co należało. Scarlett zwróciła się do Columa, by sprowadził do miasteczka kilku dodatkowych robotników, ciągle bowiem wiele chat stało nie zamieszkanych. Ale Colum nie zgodził się na osiedlanie nieznajomych, zaś Scarlett nie nastawała, rozumiała bowiem, że Bractwo musi pracować w konspiracji. W końcu Colum znalazł kompromisowe wyjście: na okres lata można było wynająć kilku parobczaków. Obiecał Scarlett, że razem pojadą na targ w Drogheda, gdzie dokonywało się podobnych transakcji. Poza tym odbywał się tam także koński jarmark — dobra okazja, by kupić konie, które, jak sądziła, też by się przydały.

— Ejże, Columie O'Haro. Musiałam być ślepa i nie mieć oleju w głowie, gdy wydałam pieniądze na te konie, któreśmy kupili poprzednim razem. Przecież one nie jeżdżą szybciej niż żółw po kamienistej drodze. Tym razem nie dam się okpić.

Colum uśmiechnął się pod nosem. Scarlett to zadziwiająca kobieta, zaskakująco dobrze zna się na wielu rzeczach. Ale nie ma mowy, żeby mogła się mierzyć z irlandzkim koniarzem, tego był pewny.

Zaraz jednak przypomniał sobie, że bywały już sytuacje, kiedy był do czegoś przekonany, a potem okazywało się, że tkwi w błędzie. Zatem jarmark w Drogheda może być interesującym doświadczeniem.

* * *

— Scarlett, moja droga, wyglądasz jak wiejska dziewczyna, nie właścicielka ziemska. Nikt nie uwierzy, że stać cię na kupno karuzeli, nie mówiąc już o koniu.

Zmarszczywszy brwi usiłowała go przestraszyć i uciszyć. Nie zdawała sobie sprawy z tego, że naprawdę wyglądała jak wiejska dziewczyna ubrana na jarmark. Zielona spódnica podkreślała szafir jej oczu, niebieska bluzka przywodziła na myśl błękit wiosennego nieba.

— OJCZE O'Haro — zawołała, kładąc nacisk na pierwsze słowo. — Może zechce OJCIEC wyświadczyć mi tę uprzejmość i ruszyć wreszcie w drogę? Wiem, co robię. Jeśli będę wyglądać zbyt bogato, handlarz od razu pomyśli sobie, że może mnie spławić byle szkapą, starą i połamaną. W wiejskim stroju lepiej dam sobie radę. A teraz jedźmy już. Czekałam na ten dzień dobrych parę tygodni. Nie pojmuję, dlaczego ten jarmark, kiedy to można nająć sobie parobków, nie odbywa się na Świętą Brygidę, gdy roboty ruszają.

Colum uśmiechnął się.

— Niektórzy z parobczaków chodzą w tym czasie do szkoły — trzasnął lejcami. Powozik wytoczył się na drogę.

— Też mi pożytek mają z tego — wzruszyła ramionami. — Tylko psują sobie wzrok nad książkami, gdy tymczasem pracując w polu nie dość, że przebywają na świeżym powietrzu, to jeszcze nie za darmo.

Scarlett gotowała się z niecierpliwości.

Mila mijała za milą. Żywopłot wyglądał przepięknie — wszędzie pełno kwiatów tarniny. Kiedy wyjechali na właściwą drogę, Scarlett, miast się niecierpliwić, zaczęła przeżywać przyjemności podróży.

— Nigdy nie byłam w Drogheda. Spodoba mi się?

— Myślę, że tak. To naprawdę wielki jarmark, większy od tych, które zdarzyło ci się widzieć.

Od razu wiedział, że pytając o Drogheda Scarlett ma na myśli nie miasto, lecz jarmark. Lubiła jarmarczną wrzawę. Intrygujące możliwości, które stwarzały sklepy rozrzucone wzdłuż krętych uliczek starego miasta, zdały się jej czymś zgoła niezrozumiałym. Scarlett lubiła rzeczy proste i łatwe do zrozumienia. Ta szczególna jej cecha przyprawiała Columa o niepokój — wiedział bowiem, że Scarlett nie zdaje sobie sprawy z niebezpieczeństwa, na jakie naraziła się przystając na współpracę z Bractwem. Ta niewiedza mogła doprowadzić do katastrofy.

Dzisiaj jednak Colum oferował się na usługi Scarlett, nie odwrotnie. Chciał cieszyć się jarmarczną zabawą nie mniej niż kuzynka.

* * *

— Spójrz, Colum, to niesłychane! Ależ wielki ten jarmark...

— Obawiam się, że za duży. Chcesz najpierw nająć parobków czy kupić konie? Ludzi najmuje się na jednym końcu placu, konie kupuje się na drugim.

— Ojej! Pewnie najlepsze sztuki zwinięto mi sprzed nosa zaraz po otwarciu targowiska, jak zwykle. Dobrze. Posłuchaj, Colum, coś ci powiem. Najlepiej zrobimy, jeśli ty wybierzesz mi kilku parobków, a ja pójdę targować się o konie. Gdy skończysz, przyjdziesz do mnie. Jesteś przekonany, że ci chłopcy zechcą przyjść do Ballyhara na piechotę?

— Są tu do wynajęcia, a długie marsze to dla nich nie pierwszyzna. Niektórzy z nich przywędrowali tutaj na piechotę z odległości dobrych stu mil.

Scarlett uśmiechnęła się.

— To nim cokolwiek podpiszesz, dobrze obejrzyj im stopy. Ja będę oglądać zęby. Którędy powinnam pójść?

— Tam, do rogu, gdzie powiewają chorągwie. Na jarmarku w Drogheda masz okazję obejrzeć najlepsze konie irlandzkie. Słyszałem, że za niektóre okazy płacono po sto gwinei i więcej.

— Absurd. Co za bajarz z ciebie, mój drogi. Przekonasz się, że niżej tej sumy kupię ze trzy pary.

Na drugim końcu placu, w samym rogu, rozbito wielki brezentowy namiot jako prowizoryczne stajnie. Ba! — pomyślała Scarlett. Już ja nie będę taka głupia i nie kupię niczego, czego wpierw nie obejrzę w świetle dziennym. Wcisnęła się w rozkrzyczany tłum.

Boże wielki, nigdy w życiu nie widziałam tylu koni w jednym miejscu! Dobrze, że Colum mnie tu przywiózł. Mam z czego wybierać.

Pomagając sobie łokciami przesuwała się z jednego miejsca na drugie, dokładnie oglądała sztukę po sztuce.

— Jeszcze nie teraz — powiedziała kupcom.

Irlandzki system ubijania interesów nie znalazł w jej oczach uznania. W Irlandii nie mogłaś po prostu przechadzać się od kupca do kupca, pytając o cenę. Nie, to byłoby zbyt łatwe. Co minutę któryś z handlarzy przy jednym lub drugim końcu liny wykrzykiwał cenę, a potem już kupiec i kupujący musieli się trochę pomęczyć żeby dobić targu. Scarlett nie bez trudu poznała niektóre sztuczki nieuczciwych handlarzy. Na przykład mogli cię złapać za rękę i uderzyć dłonią o dłoń tak mocno, że aż bolało — na tym jednak nie koniec, bo nie dość, że wycierpiałeś ból, to jeszcze stawałeś się właścicielem konia, którego wcale nie chciałeś kupić.

Scarlett zachciało się dokładniej obejrzeć parę dereszów, zachwalanych jako trzylatki w znakomitej kondycji i to za jedyne siedemdziesiąt funtów. Najpierw założyła ręce do tyłu.

— Niech pan je wyprowadzi na światło, żebym mogła się przyjrzeć.

Właściciel, sprzedawca i stojący w pobliżu ludzie żywo zaprotestowali.

— Tylko bez popisowych numerów, panienko — powiedział niskiego wzrostu mężczyzna w bryczesach i swetrze.

Scarlett, acz łagodnie, upierała się przy swoim. Na łyżkę miodu złapiesz każdą muchę — powtarzała sobie dbając o słodziutki wyraz twarzy. Spojrzała na lśniącą sierść, pociągnęła ręką i zobaczyła warstwę pomady na palcach. Później wprawnym ruchem chwyciła konia za pysk i zajrzała mu w zęby. Wybuchła śmiechem. Trzylatki, też mi coś!

— Proszę je sobie zatrzymać — mrugnęła do handlarza. — To już mój dziadek jest młodszy od nich.

I była bardzo z siebie zadowolona.

Po godzinie znalazła zaledwie trzy konie, które odpowiadały jej zarówno jako zwierzęta, jak i z handlowego punktu widzenia. Za każdym razem, gdy chciała przekonać właściciela, by zechciał jej pokazać konie w pełnym świetle dnia, musiała uciekać się do miłych słówek i przymilnych minek. Z zazdrością spoglądała na ludzi, którzy chcieli kupić konie do polowania: ci bez przeszkód mogli popatrzeć, jak biegają po otwartym terenie, tak że dobrze wiedzieli, co kupują. Zresztą same zwierzęta były prześliczne. Na wygląd koni roboczych nikt nie zwraca uwagi. Ponieważ jednak musiała kupić jeszcze trzy, odwróciła wzrok od miejsca, gdzie biegała końska arystokracja. Przyzwyczajając oczy do panującego w namiocie półmroku, oparła się o słup — powoli ogarniało ją zmęczenie, a tu zaledwie połowa pracy wykonana.

— Gdzie jest twój Pegaz, Bart? — dobiegł ją nagle czyjś głos, jakby znajomy. — Nie widzę go na wybiegu...

Scarlett musiała chwycić dłonią za gruby pal, żeby nie upaść. Chyba odchodzę od zmysłów... — pomyślała, zaniepokojona. Przecież to głos Retta...

— Jeśli przywiodłeś mnie tu na darmo...

Tak, tak, to on. Nie mogę się mylić. Nikt nie mówi tak, jak Rett. Szybko odwróciła się, spojrzała na skąpany w blasku słońca placyk.

Tak, to jego plecy. A może?... Nie, to na pewno jego plecy. Gdyby jeszcze się odezwał, odwrócił głowę... Ale to nie może być Rett. Niby czego mógłby szukać Rett w Irlandii? W każdym razie nie mylę się, słyszałam jego głos.

Odwrócił się, by coś powiedzieć do szczupłego mężczyzny o jasnoblond włosach. Tak, to on. Kłykcie aż pobielały, tak mocno zacisnęła dłonie. Drżała.

Ten drugi coś odpowiedział, wskazał biczem na placyk, Rett pokiwał głową. Po czym jasnowłosy mężczyzna odszedł, zniknął z pola widzenia, zaś Rett pozostał sam. Scarlett stała w cieniu.

Nie ruszaj się! — krzyknęła bezgłośnie poruszając wargami, gdy Rett zrobił pierwszy krok. Ale nie usłuchał. Błyskawicznie wybiegła ze swej kryjówki, rzuciła się za nim.

— Rett!

Momentalnie przystanął, omal się nie potknął, on, który zawsze był taki zręczny. Odwrócił się. Jego twarz przybrała trudny do określenia wyraz, jego ciemne oczy, tym ciemniejsze, że skryte w cieniu rzucanym przez daszek czapki, nagle zapałały. A potem uśmiechnął się, jak dobrze znanym, drwiącym uśmiechem.

— Droga Scarlett — rzekł — że też zawsze pojawiasz się w najdziwniejszych miejscach.

Drwi sobie ze mnie, niech tam. Nie dbam o nic, dopóki zna moje imię i stoi obok mnie. Odniosła wrażenie, że słyszy, jak serce jej wali.

— Witaj, Rett — odpowiedziała. — Jak się masz.

Zdawała sobie sprawę z tego, że to, co mówi, jest głupie i wcale nie pasuje do sytuacji, lecz przecież musiała coś powiedzieć.

Rettowi zadrżały wargi.

— Zadziwiająco dobrze jak na nieboszczyka — wycedził słowo po słowie. — Bo chyba się nie mylę, wszak wdowę widziałem w charlestońskim porcie.

— O, tak. Muszę ci coś powiedzieć. Nie wyszłam za mąż, to znaczy nie miałam męża...

— Tylko nie próbuj niczego wyjaśniać, Scarlett. To nie jest twoja silna strona.

— Silna strona? A o czymże ty mówisz?

Co takiego miał Rett na myśli? Och, nie bądźże podły.

— Nieważne. Co cię sprowadza do Irlandii? Myślałem, że jesteś w Anglii.

— Co cię skłoniło ku temu przypuszczeniu?

A o czym my tutaj mówimy? Stoimy tak, plotąc od rzeczy. Dlaczego nie mogę pozbierać myśli? Dlaczego mówię same bzdury?

— Nie wysiadłaś w Bostonie.

Serce Scarlett gwałtowniej zabiło. Aha, więc jednak zadał sobie trudu żeby dowiedzieć się, gdzie przebywa, troszczył się o nią, nie chciał stracić jej z oczu. Oblała ją fala błogości.

— Czy z tego, że wystroiłaś się w tak urocze szatki mogę wnioskować, że już zrzuciłaś żałobę po mnie? — zapytał Rett. — Wstydź się, Scarlett, jeszcze nie ostygłem w grobie.

W przerażeniu spojrzała na swe wieśniacze spódnice, po czym na nieskazitelnie skrojony tweedowy surdut i doskonale zawiązany szeroki biały krawat.

Dlaczego on zawsze musi robić z niej idiotkę? I dlaczego ona nie czuła przypływu złości?

Ponieważ go kocha. Nieważne, czy on w to wierzy, czy nie. Taka jest prawda.

Nie myśląc o tym, jakie konsekwencje może to wywołać, Scarlett spojrzała na mężczyznę, z którym żyła przez lata kłamstw jako żona, i powiedziała:

— Kocham cię.

W jej słowach dała się słyszeć prosta godność.

— To bardzo nieszczęśliwie się dla ciebie składa, moja droga. Nie mogę oprzeć się wrażeniu, że zawsze zakochujesz się w mężach innych kobiet.

Uprzejmie uniósł daszek czapki.

— Wybacz, jeśli cię opuszczę, lecz wzywają mnie inne zatrudnienia. Żegnaj.

Odwrócił się i odszedł. Scarlett odprowadziła go wzrokiem. Czuła się tak, jakby przed chwilą ją spoliczkował.

Zresztą bez powodu. Przecież nie rościła sobie do niego żadnych praw, a był to dar największy z wszystkich, jakimi mogła go obdarzyć. On zaś wdeptał ją w błoto. Zrobił z niej idiotkę.

Nie, to ona zrobiła z siebie idiotkę.

Stała tak, drobna postać w jaskrawokolorowych szatkach, samotna pośród wrzawy i ruchu. Stała tak w samym centrum końskiego targu przez nieskończenie długie chwile. Potem nagle odzyskała ostrość widzenia, by ujrzeć Retta i jego przyjaciela w pobliżu namiotu, w gronie przejętych widzów. Ten drugi mężczyzna, także ubrany w tweed, trzymał za uzdę nieustannie przebierającego nogami gniadosza, a kupiec o nalanej czerwienią twarzy, w kamizelce w kratkę, uderzał otwartą dłonią w wyciągniętą dłoń — tradycyjny znak dobijania interesów na końskim targu. Scarlett zdało się, że słyszy klaśnięcie dłoni, głośne przekonywania przyjaciela Retta i kupca, jak zwykle poprzedzające transakcję.

Nogi niosły ją jakby same z siebie, pospiesznie pokonując przestrzeń dzielącą ją od Retta. Gdzieś na jej drodze stali jacyś ludzie, lecz ona nie zdawała sobie z tego sprawy, a oni, widząc, że nadchodzi, szybko usuwali się na boki.

Głos handlarza brzmiał niby pieśń rytualna, rytmiczny, hipnotyczny.

— ... sto dwadzieścia, sir. Wiecie przecież, panie, że piękna to cena, nawet za taką bestyjkę, jak ta... A wy, sir, by włączyć do stadniny zwierzę tak szlachetne, jak to, dalibyście nawet i sto dwadzieścia pięć... sto czterdzieści? Jasne, panie, choć przecieżście rozsądni, dżentelmenowi przystoi jednak popuścić wodze rozsądku i zrobić siup przez sto dwadzieścia pięć... no, to tylko jeden kroczek. Powiedzmy, że te sto czterdzieści to tyle, coście panie wytargowali ze stu czterdziestu dwóch, a wtedy dobijemy targu nim dzień się skończy... sto czterdzieści, taka jest moja cena, daj, panie, poznać swą szlachetną naturę, podbij stawkę, prawda, sir, że podbijesz? No to powiedzmy sto trzydzieści, sto trzydzieści zamiast stu dwadzieścia pięciu... Och, panie, tylko oddech dzieli was od stu trzydziestu, te pięć to niewiele więcej niż kufel piwa albo dwa...

Scarlett weszła do trójkąta, który tworzyli właściciel konia, sprzedawca i kupujący. Jej twarz była trupioblada, co jeszcze pokreślała zieleń spódnicy i zieleńsza od szmaragdowej zieleń jej oczu.

— Sto czterdzieści — powiedziała wyraźnie.

Kupiec spojrzał na nią zupełnie zmieszany, rytm licytacji wyraźnie się załamał. Scarlett plunęła w prawą dłoń, po czym głośno przybiła w półotwartą dłoń sprzedającego. Następnie splunęła powtórnie, spoglądając na właściciela. Ten podniósł rękę, splunął, przybił najpierw raz, potem drugi, jak nakazywała stara tradycja dobijania targów — sprzedawca mógł spluwać i przybijać jedynie za przyzwoleniem właściciela zwierzęcia.

Scarlett spojrzała na przyjaciela Retta.

— Mam nadzieję, że nie rozczarowałam pana zbytnio — powiedziała jak mogła najsłodziej.

— Nie, oczywiście, że nie, to znaczy...

Włączył się Rett.

— Bart, chciałbym ci przedstawić...

Urwał na chwilę.

Scarlett wcale na niego nie patrzyła.

— Jestem Mrs. O'Hara — powiedziała, wyciągając rękę w stronę zdumionego towarzysza Retta. — Wdowa.

— Jan Morland — odparł, ściskając jej mokrą od śliny, brudną dłoń. Pochylił się, pocałował, po czym spojrzał prosto w jej pałające oczy i uśmiechnął się smutno.

— Jest pani chyba z rodzaju kobiet, które od razu biorą każdą przeszkodę. Proszę więc nam powiedzieć, co zostawiła pani za sobą. Poluje pani gdzieś w okolicy?

— Hm... ja...

Na miłość Boską, co ona najlepszego zrobiła? Co ma odpowiedzieć temu człowiekowi? I wreszcie, po co jej ten koń czystej krwi w Ballyhara?

— Wstyd mi, Mr. Morland, lecz wyznaję, dałam się ponieść kobiecemu afektowi. Po prostu musiałam mieć tego konia.

— Właśnie odniosłem podobne wrażenie... ale, jak mi się zdaje, nie dość szybko — rzekł, wymawiając słowa starannie, jak na wykształconego Anglika przystało. — Byłbym zaszczycony, gdyby zechciała pani przyjechać kiedyś do mnie i zapolować. To w pobliżu Dunsany, o ile zna pani tę część Powiatu.

Scarlett uśmiechnęła się. Pewnie, że znała. Była tam całkiem niedawno temu na ślubie Kasi, nic więc dziwnego, że nazwisko Jana Morlanda nie było jej obce. Słyszała niejedno o „sir Janie Morlandzie" od męża Kasi. „To wspaniały człowiek, mimo że wielki z niego pan" — powtarzał Kevin O'Connor kilkanaście razy. „Sam mi powiedział, żebym opuścił sobie pięć funtów z czynszu jako podarunek ślubny".

Pięć funtów... doprawdy, bardzo wspaniałomyślnie. Zwłaszcza ze strony człowieka, który gotów był wydać na konia trzydzieści razy tyle.

— Znam Dunsany — powiedziała. — To niedaleko od domu przyjaciół, których niedawno odwiedzałam. Z największą ochotą wybrałabym się z panem na łowy. Proszę tylko podać dzień.

— Przyszła sobota?

Scarlett uśmiechnęła się figlarnie.

– Załatwione!

Jan Morland roześmiał się. On też splunął w dłoń i przybił najpierw raz, potem drugi.

– Załatwione. Strzemiennego o siódmej, potem śniadanie.

Dopiero teraz Scarlett zerknęła na Retta. Spoglądał na nią tak, jak wtedy, gdy po raz pierwszy ją zobaczył. W jego oczach tliły się ogniki rozbawienia, lecz dostrzegła w nich coś jeszcze – coś, czego nie umiała określić. Ha, można by pomyśleć, że nigdy w życiu mnie nie widział.

– Mr. Butler, miło mi spotkać pana – rzekła z całym wdziękiem, na jaki było ją stać. Eleganckim ruchem wciągnęła oplutą dłoń.

Rett uniósł urękawiczoną rękę w jej kierunku.

– Mrs. O'Hara – mruknął, schylając głowę do pocałunku.

Scarlett kiwnęła do sprzedawcy i byłego właściciela konia.

– Mój stajenny wkrótce się tu pojawi i załatwi resztę – zawołała beztrosko.

Zadarła spódnicę, zza podwiązki przytrzymującej pończochę w czerwone i zielone pasy wydobyła zwitek banknotów.

– Gwinee, czy nie tak?

Odliczyła pieniądze.

Odwróciła się i odeszła, tylko halki zawirowały.

– Osobliwa kobieta – szepnął Jan Morland.

Rett wygiął wargi w szerokim uśmiechu.

– Zadziwiająca – przyznał.

*   *   *

– Colum? A już myślałam, że się zgubiłeś.

– Nic podobnego. Za to jestem głodny. Jadłaś coś?

– Nie. Zapomniałam.

– Jesteś zadowolona z zakupów?

Spojrzała nań z wysokości żerdzi biegnącej wzdłuż wybiegu i zaczęła się śmiać.

– Chyba kupiłam słonia! Powiadam ci, nigdy nie widziałeś większego konia. Kupiłam, bo musiałam... tylko ciągle nie wiem, dlaczego.

Colum, w geście uspokojenia, położył dłoń na jej ramieniu. Śmiech Scarlett był histeryczny, a oczy aż poblakły jej od bólu.

73.

Kicia wyjdzie na spacer — zaszemrał dziecinny głosik.

— O nie, kochanie, nie dzisiaj. Już niedługo, ale nie dzisiaj.

Scarlett czuła się bardzo niepewnie. Jak mogła postępować tak niebacznie? Jakże mogła zignorować wiszące nad Kicią niebezpieczeństwo? Dunsany było niedaleko stąd, nie aż na tyle daleko, by mieć pewność, że ludzie stamtąd nie słyszeli o właścicielce Ballyhara i jej ciemnoskórej córeczce. Nie opuszczała Kici za dnia i w nocy, trzymała ją przy sobie na piętrze, w dwóch należących do niej pokojach. Prawie nie wychodziła na dwór, tylko, zatroskana, wyglądała przez okno na gościniec.

Mrs. Fitz załatwiała za nią sprawy, które domagały się załatwienia, które trzeba było załatwiać szybciej niż szybko. Krawcowa spieszyła z miasteczka do Dworu i z powrotem, byleby szybciej wykończyć dla Scarlett strój do konnej jazdy, szewc z iście skrzacią pilnością szył jej do późnej nocy buty, stajenny za pomocą unurzanych w oliwie gałganów usiłował przywrócić połysk popękanemu, wyschniętemu na wiór siodłu, które porzucono w wozowni dobre trzydzieści lat temu, zaś jeden z parobczaków najętych w Drogheda — ten, który miał zwinne dłonie i bardzo wytrzymałe siedzenie — starał się ujeździć wielkiego gniadosza. Kiedy w sobotę wstał świt, Scarlett miała wszystko dopięte na ostatni guzik, jakby zawsze jeździła na polowania.

* * *

Gniadosz był wytrzebiony i nazywał się Półksiężyc. Jak już mówiła Columowi, był naprawdę wielki, długi na prawie siedemnaście dłoni, miał nisko sklepioną klatkę piersiową, okazały zad i wspaniale umięśnione uda. Wielki koń dla rosłego mężczyzny. Scarlett, w porównaniu z nim, wyglądała szczególnie niepozornie i wątło, taka drobna kobietka. Obawiała się, że wygląda śmiesznie.

I była przekonana, że znowu z własnej winy wyjdzie na idiotkę. Nie znała ani temperamentu Półksiężyca, ani jego charakteru, zresztą nie miała szans ich poznać, ponieważ musiała jechać w damskim siodle, jak damie przystało. Dzieckiem będąc, uwielbiała taką jazdę, bo suknia się jej wydymała, podkreślając zgrabną talię, ale żeby teraz... Poza tym, w owych dniach rzadko jeździła szybciej niż stępa, bo takie tempo było najlepsze do uprawiania flircików z mężczyznami jadącymi z boku.

Teraz jednak damskie siodło było prawdziwym utrudnieniem, uniemożliwiało porozumiewanie się z koniem przez naciśnięcie kolanami, ponieważ jedną stopą wspierała się o kulę, drugą musiała trzymać sztywno, bowiem tylko naciskając stopą na jedno ze strzemion mogła zachować równowagę.

Pewnie spadnę nim jeszcze dojadę do Dunsany — obiegły ją najczarniejsze myśli. A jeśli przyjdzie mi skakać przez płot, niechybnie skręcę sobie kark. Jeszcze z opowiadań Papy pamiętała, że najbardziej mrożącym krew w żyłach elementem polowania było właśnie owo skakanie przez płoty, rowy, żywopłoty, przełazy i mury. Colum nie uspokoił jej opowiadaniem o tym, że panie nader rzadko na równi z mężczyznami brały aktywny udział we właściwym polowaniu. Śniadanie było częścią towarzyską imprezy, okazją do pokazania się i obejrzenia pięknych strojów myśliwskich, na ogół do tego ograniczała się rola płci pięknej. Damy jeździły w damskich siodłach, na czym poprzestawały, a nikt nie śmiał winić je za to, że są wrażliwe.

O, tak — pomyślała sobie Scarlett. Na pewno Rett chętnie by mnie ujrzał słabą i przestraszoną. Ale nie ujrzy. Lepiej już skręcić sobie kark niż dać mu tę satysfakcję. Scarlett smagnęła biczykiem kark Półksiężyca.

— Zacznijmy od truchtu. Ciekawe, czy zdołam utrzymać równowagę, siedząc na czymś równie głupio skonstruownym, jak to siodło.

* * *

Wprawdzie Colum opisał Scarlett, jak wygląda polowanie na lisa, jednak nie była przygotowana na pierwsze zetknięcie. Morland Hall było osobliwym połączeniem budowli, które narastały tu jedna na drugiej w ciągu ponad dwóch wieków, każda ze swymi skrzydłami, kominami, oknami i ścianami, bezładnie otaczającymi brukowany podwórzec — pozostałość z warownego zamku wzniesionego tu przez pierwszego baroneta Morland w 1615 roku.

Prostokątny dziedziniec pełen był konnych jeźdźców, rozbrzmiewał poszcze-
kiwaniem niespokojnych psów. Na ten widok Scarlett zapomniała o wszystkich
obawach. Colum nie wspomniał o tym, że mężczyźni będą ubrani w „pinki",
jak powszechnie i błędnie nazywano czerwone frakowe surduty. Nigdy w
życiu nie widziała równie pysznego stroju.

— Mrs. O'Hara! — sir Jan Morland podjechał do niej, ściskając w dłoni
błyszczący cylinder. — Witam panią. Szczerze mówiąc, nie sądziłem, że nas
pani zaszczyci.

Scarlett zmrużyła oczy.

— Czy może Rett tak twierdził?

— Rett?... Nie, wręcz przeciwnie. Od niego słyszałem, że dzikie konie
nie zdołają pani zniechęcić.

W głosie Morlanda nie dało się wyczuć ni krzty przebiegłości.

— Jak się pani podoba Półksiężyc? — baronet poklepał konia po lśniącym
karku. — Ależ to piękne zwierzę.

— Co?... Aha, rzeczywiście — Scarlett szybko obiegła wzrokiem myśli-
wych, w nadziei, że wypatrzy gdzieś Retta. Ależ tłum! Diabli bierz tę woalkę
na kapeluszu, przez nią wszystko wygląda nieostro. Ubrała się tak konserwa-
tywnie, jak to tylko możliwe: suknia z czarnej wełny, śmiertelnie nudna, niski
czarny cylinder przewiązany woalką, której oba końce zbiegały się na karku,
opadając na gruby kok.

Gorsze niż żałoba — pomyślała. Za to nobliwe. Dobre antidotum na
wspomnienie jaskrawych spódnic i pończoch w kolorowe paski. W swym
stroju Scarlett tylko pod jednym względem pozostała wierna buntowniczym
ideałom: nie założyła gorsetu. Damskie siodło było jej wystarczającą torturą.

Oho, Rett na nią patrzy. Gdy tylko wpadł jej w oko, natychmiast odwróciła
głowę w drugą stronę. Pewnie myśli, że wystawię się na pośmiewisko... Już
ja ci pokażę, Mister Butler. Dobrze, mogę połamać wszystkie kości, co do
jednej, lecz nikt nie śmie traktować mnie niepoważnie, a już zwłaszcza ty,
Mister.

„Przejedź się powolutku tam i z powrotem, zobacz, co robią inni" —
poradził jej Colum. Postanowiła skorzystać z jego rady. Czuła, jak ręce się
jej pocą, choć w rękawiczkach. Z przodu jeźdźcy ruszyli stępa, co widząc,
jakaś kobieta obok roześmiała się i uderzyła konia szpicrutką, wpadając od
razu w galop. Scarlett ogarnęła szeroką ławę czerwieni i czerni, spadającą w
dół zbocza, zobaczyła, jak piękne zwierzęta bez trudu przeskakują niski kamienny murek u podnóża pagórka.

No właśnie — westchnęła, rozgorączkowana. Już za późno, żeby się zastanawiać. Choć wcale nie wiedziała, że dokładnie tak powinna postąpić, instynktownie przeniosła ciężar ciała w bok, a wtedy poczuła, jak Półksiężyc porusza
się coraz szybciej i szybciej, jak stąpa pewnie — weteran setek torów. Ledwo
zdążyła zauważyć skok, murek był już za nią. Nic dziwnego, że Jan Morland
tak bardzo pragnął kupić tego gniadosza. Scarlett wybuchnęła głośnym śmiechem. No i co z tego, że nigdy w życiu nie brała udziału w polowaniu, i co
z tego, że nie siedziała w damskim siodle od ponad piętnastu lat. Dobrze się
czuła, nawet lepiej niż dobrze. Miała dobrą zabawę. Teraz już nie dziwiła

331

się, dlaczego Papa, jadąc konno, nigdy nie otwierał bramy. Bo i po co? Co się stanie, gdy zamiast wyjechać przez bramę przeskoczysz płot?

Upiory ojca i Bonnie, prześladujące ją już od kilku dni, gdzieś zniknęły. Strach też gdzieś zniknął. Jedyne, co pozostało, to uczucie podniecenia wywołanego pędem przez lekko zamglone powietrze, głaszczące ją po twarzy i siłę zwierzęcia, nad którym panowała.

A także gorące pragnienie, by przegnać i zostawić daleko z tyłu Retta Butlera.

*   *   *

Scarlett stała z kieliszkiem szampana w prawej ręce, w lewej ściskając zabłocony tren sukni. Lisi ogon, który zdobyła, zostanie przytwierdzony do srebrnej podstawy, jeśli łaskawie zezwoli — oświadczył Morland.

— Z największą przyjemnością, sir Janie.

— Proszę mówić do mnie Bart. Wszyscy przyjaciele tak się do mnie zwracają.

— Proszę mówić do mnie Scarlett. Wszyscy zwracają się do mnie po imieniu, przyjaciele i wrogowie.

Była w znakomitym nastroju, policzki pałały jej różem — to z radości wywołanej polowaniem, lecz także sukcesem, który udało się jej odnieść.

— Nigdy nie miałam lepszego dnia — zwróciła się do Barta. I prawie powiedziała prawdę. Pozostali myśliwi tłumnie spieszyli z gratulacjami: w oczach mężczyzn widziała niekłamane uwielbienie, a w oczach kobiet — zazdrość. Gdziekolwiek by spojrzała, wszędzie widziała przystojnych mężczyzn i piękne kobiety, srebrne tace z kieliszkami szampana, służących, bogactwo, ludzi, którzy świetnie się bawili i na dobrej zabawie zwykli spędzać życie od kolebki po grób. Było tu tak jak przed wybuchem Wojny, tyle że teraz była dorosła, mogła mówić, co chciała, mogła robić, na co jej przyszła ochota. Ona — Scarlett O'Hara, wiejska dziewczyna z Północnej Georgii — była podejmowana w hrabiowskim zamku na równi z wielkimi damami i wielmożnymi panami, a nawet z książętami. Takie historie zdarzają się właściwie tylko na kartach romansów. Z wrażenia aż kręciło się jej w głowie.

O mały włos, a zapomniałaby, że i Rett jest tuż obok, jeszcze trochę, a zapomniałaby o lekceważeniu i pogardzie.

O mały włos... ale nie zapomniała. Zaś jej perfidna pamięć zbierała wszystkie strzępy przelotnie zasłyszanych rozmów, gromadziła wszystkie obrazki, jakie kącikiem oka złowiła w drodze do zamku: Rett, zachowujący się zupełnie tak, jak gdyby nic się nie stało, jakby go nie pobiła na głowę... Rett dogadujący księżniczce, jakby była pierwszą lepszą... Rett, taki swobodny, odprężony, niczym nie przejęty... taki... taki... no, taki jak to on być potrafi. A bierz go licho.

— Gratulacje, moja droga — Rett jechał tuż obok, nawet nie zauważyła, jak się zbliża. Ręka Scarlett zadrżała, szampan wylał się jej na suknię.

— Do diabła, Rett, musisz zbliżać się do ludzi niczym wąż?

— Przepraszam — podał jej chusteczkę. — Jak również przepraszam za to, że na jarmarku zachowałem się wobec ciebie niczym ostatni gbur. Tylko jedno mnie tłumaczy: ujrzawszy cię, byłem do głębi wstrząśnięty.

Scarlett wzięła chusteczkę i pochyliła się, by zetrzeć plamę. Prawdę mówiąc, nie było po co, bo i tak cała suknia lepiła się od błota pozbieranego w dzikiej gonitwie po moczarach. Udając, że zajmuje się plamą, miała jednak okazję zebrać myśli i chociaż na moment ukryć twarz przed Rettem. Nie, nie pokaże mu, jak się tym przejęła — przysięgła w duchu. Nie dam mu do zrozumienia, jak bardzo mnie zranił.

Podniosła głowę — oczy jej błyszczały, wargi wyginały się w uśmiechu.

— Powiadasz, że byłeś wstrząśnięty! — zawołała. — No to wyobraź sobie, co ja czułam. Co robisz w Irlandii?

— Kupuję konie. Nieodwołalnie postanowiłem wygrać przyszłoroczne wyścigi. Stajnie Jana Morlanda mają znakomitą opinię ze względu na jego jednolatki. W przyszły wtorek wyjeżdżam do Paryża, żeby obejrzeć sobie jeszcze więcej. Powiedz, Scarlett, co cię napadło, by ubrać się na jarmark w Drogheda w tutejszy strój ludowy?

Scarlett roześmiała się.

— Och, Rett, sam przecież wiesz, że uwielbiam podobne stroje. Ten, który miałam na sobie wtedy, pożyczyłam od jednej ze służących znajomych.

Rozejrzała się z boku na bok w poszukiwaniu Jana Morlanda.

— No, muszę się pożegnać i w drogę — rzuciła przez ramię. — Przyjaciele ukręcą mi szyję, gdy się spóźnię.

Rzuciła przelotne spojrzenie w stronę Retta, po czym oddaliła się tak szybko, jak tylko mogła. Nie miała odwagi zostać z nim dłużej. Nie tak blisko. Nawet w jednym pokoju bałaby się być razem z nim... nawet w tym samym domu.

*   *   *

Gdy była w odległości nieco ponad pięciu mil od Ballyhara, zaczął padać deszcz. I dobrze. Teraz Scarlett miała przynajmniej wytłumaczenie, dlaczego ma takie mokre policzki.

*   *   *

W środę wzięła Kicię do Tary. Dawne kopce były dość wysokie, by Kicia mogła poczuć radość triumfu, kiedy wdrapywała się to na jeden, to na drugi. Scarlett spoglądała, jak brawurowo dziecko zbiega w dół zbocza i pilnowała się, by nie zrzędzić zwyczajem matek, przestrzegając przed konsekwencją upadku.

Później opowiedziała Kici o Tarze, o swej rodzinie, o wielkich ucztach, które dawniej wydawali tu irlandzcy królowie. Zanim ruszyły w drogę powrotną, wzięła dziewczynkę na ręce i uniosła tak wysoko, by mogła widzieć jak największe połacie kraju, gdzie się urodziła.

— Jesteś małą irlandzką Kicią ... głęboko zapuściłaś w tę ziemię swoje korzenie. Ale czy ty rozumiesz cokolwiek z tego, co ja ci mówię?

— Nie — odpowiedziała Kicia.

Scarlett z powrotem postawiła ją na ziemię, tak żeby mogła sobie pobiegać, bowiem mocne małe nóżęta ciągle były w biegu, nie wytrzymywały spacerowego kroku. Kicia często się przewracała — porośnięte wysoką trawą, choć niewidoczne, bieg utrudniały pozostałości dawnych budowli. Ale Kicia nigdy nie płakała. Dźwigała się i biegła dalej.

Spoglądanie na córeczkę było dla Scarlett swego rodzaju czynnością uzdrawiającą. Sycąc się tym widokiem, odnajdywała się w swej całkowitości.

*   *   *

— Colum, kim jest Parnell? Wszyscy o nim mówili przy śniadaniu, lecz ja zupełnie nie mogłam zrozumieć tej gadki.

To protestant — odparł Colum. — I Anglik. Osoba, której nie warto poświęcać szczególnej uwagi.

Scarlett już chciała pociągnąć Columa za język, lecz nauczona doświadczeniem wiedziała, że to zwykła strata czasu. Colum nigdy nie dawał się wciągać w rozmowy o Anglikach, zwłaszcza zaś o angielskim ziemiaństwie w Irlandii, o ludziach znanych jako Angloirowie. Nim Scarlett zdążyła się zorientować, Colum już zmienił przedmiot rozmowy. Raziło ją bardzo, że nie chciał nawet przyznać, iż co niektórzy Anglicy to mili ludzie. Scarlett polubiła dwie siostry, z którymi spędziła cały rejs z Ameryki do Europy, a i na polowaniu doznała od Anglików wcale niemało życzliwości. Nieprzejednana wrogość Columa wobec wszystkiego, co angielskie, boleśnie przypominała jej o dystansie, który ich dzieli. Gdyby choć jeszcze powiedział cokolwiek miast gniewnie potrząsać głową.

Mrs. Fitz zadała inne pytanie, równie zajmujące jej umysł jak kwestia tożsamości Mr. Parnella: kim, mianowicie, są ci irlandzcy Butlerowie, powszechnie znienawidzeni?

Gospodyni przyniosła mapę Irlandii.

— Widzi pani? — przebiegła ręką po całym powiecie, wielkim jak Meath. — To Kilkenny, ziemia Butlerów. Wprawdzie nazywają się Butlerowie, lecz pochodzą z domu książąt Ormonde. To prawdopodobnie najsilniejszy angielski ród w Irlandii.

Scarlett uważniej przyjrzała się mapie. Niedaleko od miasta Kilkenny ujrzała nazwę posiadłości „Dunmore Cave". A plantacja Retta nazywała się „Dumore Landing". Tu musi istnieć jakiś związek.

Po chwili zastanowienia wybuchła głośnym śmiechem. Tak, jeszcze przed paroma sekundami była przekonana o niewątpliwej wyższości rodu O'Harów, do którego należało tysiąc dwieście akrów ziemi, a tu okazuje się, że Butlerowie posiadają na własność cały powiat. Rett znowu wygrał, choć nawet nie kiwnął palcem. Bo Rett zawsze wygrywał. Jak można winić kobietę, że kocha mężczyznę takiego, jak on?

— Co tak panią rozbawiło, Mrs. O.?

— Z siebie się śmieję, Mrs. Fitz. Dzięki Bogu, nie zapomniałam, jak się to robi.

$$* \quad * \quad *$$

Marysia Moran wetknęła głowę przez uchylone drzwi nie zadając sobie trudu, by zapukać. Scarlett też nie zadawała sobie trudu, by napiętnować złe zachowanie. Jeśli ktokolwiek zwrócił jej uwagę, zahukana, nerwowa dziewczyna robiła się jeszcze bardziej trudna do wytrzymania, i to na całe tygodnie. Wiadomo, służba, nawet gdy ograniczysz ją do niezbędnego minimum, i tak nie uciekniesz od problemów.

— Co takiego, Maryś?

— Dżentelmen chce się z panią widzieć — wyciągnęła rękę, w której trzymała kartę wizytową. Jej oczy, i tak wielkie, teraz omal nie wyszły z orbit.

Sir Jan Morland, Bart

$$* \quad * \quad *$$

Scarlett zbiegła po schodach.

— Bart, co za niespodzianka! Wejdź, możemy usiąść na stopniach schodów. Jak widzisz, nie mam mebli.

Była szczerze zadowolona widząc go tutaj, ale nie mogła zaprosić go do salonu. W pokoju obok właśnie spała Kicia.

Bart Morland zajął miejsce na schodach z naturalnością człowieka, który przynajmniej raz dziennie jest gościem w domu bez mebli. Długo musiał błądzić, zanim ją tutaj znalazł — powiedział — w końcu jednak pojechał do pocztmistrza, urzędującego w *pubie*. Tylko tym może tłumaczyć, dlaczego przybył tak późno, by dostarczyć jej trofeum myśliwskie.

Scarlett spojrzała na srebrną tabliczkę, na której wygrawerowano jej nazwisko oraz datę łowów. Lisi ogon, doczepiony do srebrnej blaszki, nie był już zakrwawiony jak w dniu polowania, owszem, wyglądał tak sobie, trudno byłoby jednak rzec, że pięknie.

— Niesmaczne, prawda? — zapytał Bart miękkim, miło dla ucha brzmiącym głosem.

Scarlett roześmiała się. Niezależnie od tego, co głosił Colum, lubiła Jana Morlanda.

— Może chciałbyś przywitać się z Półksiężycem?

— Nigdy mi tego nie proponowałaś. Już kilka raz zastanawiałem się, jakby ci dać do zrozumienia, że bardzo chciałbym go zobaczyć. Co tam u niego?

Scarlett zrobiła minę.

— Obawiam się, że narzeka na brak ruchu. Moja wina. Niestety, mam zbyt dużo zajęć.

— A żniwa?

— Nie najgorzej. O ile nie zacznie padać.

Kolumnadą wyszli na dziedziniec, po czym skierowali się w stronę stajni. Scarlett już chciała przejść obok i wyjść na pastwisko, gdzie właśnie znajdował się Półksiężyc, lecz Bart ją zatrzymał. Co to, czyżby chciał wejść do środka? O, tak, jej stajnie były znane w okolicy, a on nigdy nie miał okazji ich obejrzeć. Choć zaskoczona, zgodziła się bez oporów. Wprawdzie wszystkie zwierzęta są w polu lub na pastwisku, nie ma niczego do oglądania prócz pustych kojców, lecz skoro tego pragnie...

Kojce były oddzielone granitowymi kolumienkami w porządku doryckim. Kolumny te podtrzymywały ażurowe łuki, z nich zaś wyrastało kamienne sklepienie, zdałoby się lekkie i nieważkie jak powietrze i niebo.

Jan Morland strzelił z palców, zaraz jednak przeprosił. Robił to bezmyślnie, zawsze wtedy, gdy był czymś wzruszony.

— Czyż to nie jest niezwykłe, mieć stajnię jak katedra? Na pani miejscu zainstalowałbym tutaj organy i grał koniom Bacha od świtu do nocy.

— Pewnie by im to przypominało byczenie gzów.

Morland zaniósł się śmiechem tak zaraźliwym, że i Scarlett się roześmiała. Nie sposób było się nie roześmiać, to brzmiało tak komicznie. Napełniła woreczek owsem, żeby jej przyjaciel miał czym nakarmić Półksiężyca.

Idąc z nim na pastwisko gorączkowo poszukiwała takiego tematu do rozmowy, który zmusiłby Jana, żeby wreszcie przestał się zachwycać stajniami i zaczął mówić o Recie.

Ale nie było potrzeby.

— Powiadam, szczęściarz ze mnie, że zyskałem przyjaciółkę w osobie, która zna Retta Butlera — oznajmił ni z tego, ni z owego Bart. — Gdyby nas nie przedstawił, nie mógłbym rzucić okiem na te wspaniałe stajnie.

— Bardzo byłam zaskoczona tym spotkaniem — szybko odpowiedziała Scarlett. — Jak pan go poznał?

W gruncie rzeczy, wcale go nie zna, rzekł Bart. Miesiąc temu paru jego dawnych przyjaciół przysłało mu list z informacją, że ma się u niego zjawić Rett Butler i obejrzeć konie. Potem przyjechał Rett zaopatrzony w list polecający.

— To człowiek godny uwagi — ciągnął swą opowieść sir Jan. — Naprawdę zna się na koniach, nie wspominając już o tym, że i na innych sprawach też zna się wcale dobrze. Chętnie zatrzymałbym go tu na dłużej. Dawno się znacie? Jakoś nigdy nie chce podjąć tego tematu...

I dzięki Bogu — pomyślała Scarlett.

— Mam rodzinę w Charlestonie. Poznałam go, gdy byłam tam z wizytą.

— W takim razie musi też pani znać mych dobrych przyjaciół Brewtonów! — zawołał Jan. — Gdy studiowałem w Cambridge, specjalnie wyprawiałem się do Londynu na święta, tylko w nadziei, że uda mi się spotkać Sally Brewton. Szalałem za nią, jak zresztą wszyscy.

— Sally Brewton? Ta małpiatka? — niewiele myśląc wykrzyknęła Scarlett.

Bart wyszczerzył zęby.

— Dokładnie ta. Czyż nie cudowna? Jaka z niej oryginalna istota.

Scarlett entuzjastycznie przytaknęła. Uśmiechnęła się. Lecz w głębi duszy nie potrafiła zrozumieć, jak to się dzieje, że mężczyźni szaleją z miłości do kogoś równie brzydkiego.

Jan Morland był przekonany, że wszyscy, którym zdarzyło się poznać Sally, muszą ją uwielbiać. Mówił o niej przez następne pół godziny oparłszy się o ogrodzenie, do którego usiłował zwabić Półksiężyca, by w końcu zjadł tę garstkę owsa, którą trzymał w wyciągniętej dłoni.

Scarlett, pogrążona we własnych myślach, słuchała jednym uchem, gdy nagle imię Retta z powrotem przykuło jej uwagę. Bart zachichotał. Właśnie opowiadał ploteczkę, którą Sally podała mu w ostatnim liście. Wprawdzie Rett to chłop nie w ciemię bity, lecz, jak się wydaje, wpadł w sidła, które kobiety zwykły zastawiać jak świat stary. Otóż, jakiś sierociniec wybrał się na wycieczkę do jego wiejskiej posiadłości, a kiedy przyszła pora powrotu, okazało się, że jedna sierotka gdzieś zginęła. Cóż było począć? Rett wybrał się z wychowawczynią na poszukiwania. Ostatecznie wszystko skończyło się szczęśliwie, dziecko znaleziono, ale dopiero gdy zmrok zapadł. Wychowawczyni, jako panna, została więc skompromitowana w oczach towarzystwa i Rett, by oszczędzić jej hańby, musiał ją poślubić.

Najlepsze zaś z tego wszystkiego było to, że kiedyś, przed laty, Rett uciekł z miasta, gdy przyszło mu dopełnić podobnego zobowiązania wobec innej dziewczyny, z którą także dopuścił się niedyskrecji.

— I pomyśleć, że ta pierwsza przygoda powinna go czegoś nauczyć! — zarechotał Bart. — Wbrew temu, co mogłoby się wydawać, ten człowiek niewiele przebywa myślami w rzeczywistości. Czyż to nie roztkliwiające, Scarlett? Scarlett?

Otrząsnęła się z zamyślenia.

— Jako kobieta uważam, że Mr. Butlerowi do twarzy z tym zagubieniem. Wygląda mi on na człowieka, który, gdyby twardo chodził po ziemi, przysporzyłby dziewczętom o wiele więcej kłopotów.

Jan Morland zaniósł się śmiechem. Ten dźwięk zwabił Półksiężyca, który ostrożnie podbiegł do ogrodzenia. Bart potrząsnął workiem z owsem.

Scarlett była w podniosłym nastroju — szczęśliwa, choć jednocześnie bliska płaczu. To dlatego Rett tak się pospieszył z rozwodem i ślubem. Cóż to za przebiegła żmija z tej Anny Hampton, wystrychnęła mnie na dudka. Albo i nie. Może to po prostu moje pieskie szczęście tak mnie urządziło, że sierotka się zgubiła i że poszukiwania trwały zbyt długo. No i pamiętać też trzeba, że ta Anna zawsze była szczególnie łaskawie traktowana przez Miss Eleonorę. Poza tym wygląda jak Melania.

Półksiężyc odstąpił od worka z owsem. Jan Morland sięgnął do kieszeni surduta i wyjął jabłko. Koń zarżał w oczekiwaniu pierwszego kęsa.

— Droga Scarlett — pwiedział Bart, przełamując jabłko. — Muszę teraz podnieść pewną... dość drażliwą kwestię.

Wyciągnął do Półksiężyca otwartą dłoń z ćwiartką jabłka.

„Drażliwa kwestia!" — też mi coś. Gdybyż on tylko wiedział, jak wysoce drażliwe sprawy poruszał przed chwilą.

— Wszystko mi jedno, czy karmisz to zwierzę zgniłymi owocami, czy dobrymi.

Na nieba, nie! Szare oczy Barta poogromniały ze zdumienia. Jak mogła jej przyjść do głowy podobna myśl?

O, tak — wyjaśnił — musi poruszyć pewną sprawę dość delikatnej materii. Otóż Alicja Harrington ... to ta zwalista blondynka, no, ta, która pod koniec polowania wylądowała w rowie... wydaje przyjęcie z okazji wiosennej równonocy. Bardzo by chciała zaprosić Scarlett, lecz nie starczyło jej nerwów. Wobec czego wysyła Barta, by jakoś dyplomatycznie załatwił sprawę.

Scarlett od razu przemknęła przez głowę setka pytań, które jednak dałyby się sprowadzić do trzech zasadniczych: kiedy, gdzie, w co się ubrać. Colum wpadnie we wściekłość, nie miała najmniejszych wątpliwości, ale nie zamierzała brać sobie tego do serca. Chciała się ubrać, pić szampana i pędzić konno niczym wiatr nad strumykami i płotami, za sobą mając sforę psów, przed sobą lisa.

74.

*D*om Harringtonów był wielką, zwalistą budowlą z
bloków portlandzkiego kamienia. Posiadłość nie leżała daleko od Ballyhara,
tuż za Pike Corner — maleńką osadą przy skrzyżowaniu dróg. Trudno było
znaleźć wjazd, bo ani bram nie było, ani stróżówki, jedynie dwie proste, nie
oznakowane kolumny. Wysypana żwirem droga biegła brzegiem rozległego
jeziora, po czym rozszerzała się, by przejść w wyżwirowany placyk tuż przed
samą rezydencją.

Słysząc turkot powozu, przed frontowe drzwi wyszedł lokaj. Pomógł zejść
Scarlett, po czym wprowadził ją na korytarz, gdzie przekazał ją pod opiekę
pokojówki.

— Nazywam się Wilson, Miss — szepnęła, dygnąwszy zręcznie. — Zechce
pani zażyć odpoczynku po podróży, czy raczej woli pani od razu dołączyć do
towarzystwa?

Scarlett wybrała to drugie, wobec czego lokaj poprowadził ją przez całą
długość korytarza do otwartych drzwi, skąd było wyjście na trawnik.

— Mrs. O'Hara! — wykrzyknęła Alicja Harrington. Scarlett przypomniała
ją sobie bez trudu. Ani sformułowanie, że to ta, która „wylądowała w rowie",

339

ani wzmianka o jej niezgrabnej, „klocowatej" figurze nie były konieczne, by przywołała z pamięci jej obraz. Wystarczyło, że jest tłusta i mówi strasznie głośno. Ale kiedy Alicja Harrington wyrwała się w kierunku Scarlett, pomykała zaskakująco lekkim krokiem, z daleka pokrzykując, jak jest szczęśliwa, mogąc ją tutaj widzieć.

— Mam nadzieję, że lubi pani grać w krykieta. Bo ja gram okropnie i moja drużyna z największą przyjemnością by się mnie pozbyła.

— Nigdy w życiu nie grałam w krykieta — powiedziała Scarlett.

— Tym lepiej! Będzie pani sprzyjać szczęście nowicjuszki.

Wyciągnęła w jej kierunku młotek.

— Zielone pończochy! Doskonale harmonizują z pani oczyma. Jakie niezwykłe. Proszę, pani pozwoli, że ją przedstawię reszcie towarzystwa. I zaczniemy wreszcie tę grę. Może dzięki pani moja drużyna będzie miała trochę więcej szczęścia.

Drużyna Alicji — teraz także Scarlett — składała się ze starszego pana w tweedach, przedstawionego jako „generał Smyth-Burns" oraz dwóch pannic w wieku lat dwudziestu, obu w okularach, przedstawionych jako Emma i Chizzie Fulwich. Generał przedstawił jej drużynę przeciwników: Karolinę Montague — wysoką, szczupłą kobietę o cudownie ułożonych siwych włosach, kuzyna Alicji Desmonda Grantleya — równie okrągłych kształtów jak ona — oraz elegancką parę Genowefę i Ronalda Bennetów.

— Uważaj na Ronalda — ostrzegła ją Emma Fulwich. — Oszukuje.

Zabawna gra — pomyślała Scarlett. A zapach świeżo skoszonej trawy przewyższa intensywnością woń kwiatów. Jej instynkt współzawodnictwa ujawnił się w pełni, jeszcze nim trzecia runda dobiegła końca. Zebrała od wszystkich gratulacje za „dobrą robotę", a kiedy wybiła piłkę Ronalda Benneta daleko za trawnik, sam generał poklepał ją po plecach.

Gdy gra dobiegła końca, gospodyni grzmiącym głosem zaprosiła wszystkich na herbatę. Stół ustawiono w cieniu wielkiego buka, co widząc, wszyscy westchnęli z radością, zaś najgłośniej Jan Morland, który grzecznie przysłuchiwał się jakiejś młodej kobiecie, lecz ujrzawszy Scarlett pomachał na powitanie. Na ławkach przy stole spotkało się całe towarzystwo: sir Franciszek Kinsman — typ przystojnego hulaki oraz jego żona. Był także mąż Alicji — Scarlett przekonywająco udała, że ależ tak, doskonale pamięta go z polowania u Barta.

Towarzyszka Jana Morlanda, ta gadatliwa kobieta, siedząca przy nim u stołu, najwyraźniej nie była zadowolona, gdy Alicja przerwała jej potok wymowy, by przedstawić Scarlett, niemniej stać ją było na lodowatą uprzejmość.

— Czcigodna Luiza Fernliff — rzekła Alicja jakoś tak rozpaczliwie słodko. Scarlett uśmiechnęła się, powiedziała — Miło mi, jak się pani miewa — i dała na tym spokój. Szczęśliwie w samą porę wpadło jej do głowy, że Czcigodna nie będzie zachwycona, gdy tak ni stąd, ni zowąd zacznie się do niej zwracać per „Luizo", no, a przecież trudno byłoby ją tytułować „Czcigodna pani". Zwłaszcza wówczas, gdy całym swym zachowaniem daje do zrozumienia, że byłaby zachwycona, gdyby Jan Morland złożył jej propozycję nieco bezczeszczącego całusa w krzakach za ławką.

Desmond Grantley przytrzymał Scarlett krzesło i zapytał, czy łaskawie pozwoli mu podać sobie tacę z kanapkami i ciastem. Scarlett wspaniałomyślnie pozwoliła. Potoczyła wzrokiem po zebranych, którzy, w myśl pogardliwego określenia Columa, tworzyli „światek" i pomyślała, że jednak kuzyn nie powinien tak obstawać przy swoich uprzedzeniach. Ci ludzie są przecież w gruncie rzeczy bardzo mili. Była przekonana, że będzie się dobrze bawić.

* * *

Po herbacie Alicja Harrington zaprowadziła Scarlett do sypialni. Była to długa droga. Najpierw przeszły przez raczej mało elegancki salon, potem po szerokich, wyścielanych chodnikiem schodach na górę, wreszcie minęły przestronny hall, gdzie w ogóle nie było dywanów. Sypialnia mogła imponować wielkością, ale umeblowana była skromnie, tapety na ścianach mocno poblakły.

— Sara już cię rozpakowała, moja droga. Pomoże ci przy kąpieli i toalecie. Chyba o siódmej nie będzie za późno? Obiad podajemy o ósmej.

Scarlett zapewniła, że wszystko jest w jak najlepszym porządku.

— Na biurku masz przybory do pisania, na stole parę książek, lecz jeśli wolałabyś coś innego...

— Wielkie nieba, Alicjo, niczego więcej mi nie trzeba. Nie zawracaj sobie mną głowy, masz przecież gości i jakieś ważniejsze sprawy...

Na chybił trafił wzięła ze stołu jakąś książkę.

— Wprost nie mogę się doczekać, kiedy zatopię się w lekturze. Nie czytałam od wieków.

Tak naprawdę, to już od wieków czekała, kiedy wreszcie Alicja uwolni ją od wysłuchiwania litanii cnót jej tłustego kuzyna Desmonda. Nic dziwnego, że tak się denerwowała i w końcu nie miała odwagi osobiście mnie tu zaprosić — pomyślała Scarlett. Chyba doskonale wie, że nic takiego nie ma w Desmondzie, co sprawiłoby, że serduszko dziewczyny zaczyna bić szybciej. Jak zgaduję, widząc we mnie bogatą wdowę, Alicja chce pomóc biednemu chłopcu, by jako pierwszy schwycił tłusty kąsek, nim dowie się o mnie ktokolwiek inny. Oj, Alicjo, nie masz najmniejszej szansy, choćbyś przez milion lat bawiła się w swatkę.

Ledwo Alicja wyszła, do drzwi zapukała dziewczyna przeznaczona Scarlett na pokojówkę. Zgrabnie dygnęła, uśmiechnęła się ochoczo.

— Mam zaszczyt ubierać **Tę O'Harę** — powiedziała. — Kiedy przywiozą kufry?

— Kufry? — zdumiała się Scarlett. — Jakie znowu kufry?

Dziewczyna jęknęła i zakryła usta dłonią.

— Lepiej usiądź — powiedziała Scarlett. — Bo coś mi się wydaje, że będę musiała zadać ci parę pytań.

Dziewczyna z przyjemnością spełniła to polecenie. W miarę, jak odpowiadała na pytania, serce Scarlett biło coraz ciężej — dowiedziała się rzeczy, o których dotychczas nie miała najmniejszego pojęcia.

Najgorsza wiadomość to ta, że tak naprawdę, nie brała udziału w żadnym polowaniu. Polowania odbywały się tylko w zimie i na jesieni. Jedynym wytłumaczeniem całej tej maskarady było pragnienie sir Jana Morlanda, by pokazać bogatemu gościowi z Ameryki wszystkie konie ze swojej stadniny.

Prawie równie zła jak ta była nowina, że panie musiały się specjalnie ubierać na śniadanie, lunch, herbatkę i na obiad, i nie miały prawa dwa razy założyć tej samej sukni. Scarlett miała dwie suknie dzienne, jedną toaletę wieczorową oraz strój do konnej jazdy. Ale nawet gdyby chciała posłać do Ballyhara, i tak nie było po co. Mrs. Scanlon, krawcowa, nie spała po nocach, byleby tylko wykończyć toalety, które ze sobą wzięła. Wszystkie suknie uszyte specjalnie na wizytę w Ameryce, okazały się beznadziejnie niemodne.

— Coś mi się wydaje, że pierwsze, co zrobię jutro z samego rana, to spakuję się i wyjadę.

— Och, tylko nie to — krzyknęła dziewczyna. — Nie powinna pani. W końcu kim są ci inni? To zwykli Anglicy.

Scarlett uśmiechnęła się.

— Aha, więc my przeciwko nim, to mi chciałaś powiedzieć, Saro, prawda? Skąd wiesz, że jestem **Tą O'Harą**?

— Wszyscy w Powiecie o tym wiedzą — dumnie rzekła dziewczyna. — Wszyscy Irlandczycy.

Scarlett znowu się uśmiechnęła. Od razu zrobiło się jej lepiej na duszy.

— Wobec tego — zaczęła — opowiedz mi o tych Anglikach.

Była przekonana, że w każdym domu cała służba wie wszystko o wszystkich. Zawsze tak było.

Sara jej nie rozczarowała. Toteż gdy Scarlett schodziła na obiad, była doskonale uzbrojona przeciwko wszelkiemu snobstwu, z którym mogła się spotkać. Wiedziała o innych gościach więcej niż ich matki rodzone.

A mimo to czuła się jak drwal w mateczniku. I była wściekła na Jana Morlanda. Bo chociaż wyraźnie go pytała, jaki strój obowiązuje, powiedział zaledwie coś o „lekkich sukniach na dzień i jakimś miłym dekolciku na wieczór". I proszę, oto rezultat: wszystkie kobiety były wystrojone, błyszczały obsypane klejnotami niczym królowe, podczas gdy jej perły i diamentowe kolczyki leżały w szkatułce w domu. Ponadto pewna była, że jej suknia krzyczy wniebogłosy, iż została uszyta przez wiejską partaczkę.

Zazgrzytała zębami. Trudno. I tak będzie się dobrze bawić. Tyle że po tym występie nikt nigdy jej nie zaprosi.

W rzeczy samej, wiele miała okazji do dobrej zabawy. Po krykiecie przyszła kolej na pływanie łódkami po jeziorze, później konkurs w strzelaniu z łuku do tarczy, następnie gra zwana „tenisem" — obie ostatni krzyk mody.

Po sobotnim obiedzie wszyscy rzucili się do szperania w wielkich pudłach, które wniesiono do salonu. Wygłupiano się, wybuchano nieskrępowanym śmiechem i do tego stopnia zapomniano o dobrych manierach, że aż Scarlett pozazdrościła tej swobody. Henryk Harrington ustroił Scarlett w jedwabną suknię z długim trenem błyszczącą świecidełkami, na głowę włożył jej koronę ze sztucznych klejnotów.

— O! — westchnął. — Dzisiaj wieczorem będzie pani jak prawdziwa Tytania.

Pozostali także nakładali na siebie stroje z pudeł, przebierali się, wykrzykiwali, kogo udają i biegali po ogromnym pokoju, bawiąc się w chowanego.

— Wiem, że to bardzo głupie — rzekł przepraszającym tonem Jan Morland ustrojony w wielką głowę lwa z *papier maché*. — Ale dziś mamy wiosenną równonoc, wszyscy możemy sobie pozwolić na odrobinę szaleństwa.

— Bardzo mnie pan rozgniewał, Bart — powiedziała Scarlett. — Nie podał pan damie pomocnej dłoni. Dlaczego mi pan nie powiedział, że powinnam tu przywieźć ze sobą przynajmniej tuzin sukni?

— Boże, naprawdę? Nigdy nie zwracam uwagi na to, w co nasze damy się stroją. W ogóle nie rozumiem, po co to całe zamieszanie.

Zanim wszyscy zmęczyli się zabawą, zapadł długi zmierzch, jak to w Irlandii.

— Już ciemno! — krzyknęła Alicja. — Wyjdźmy zobaczyć, jak zapalają pierwsze ogniska.

Scarlett poczuła się nagle winna. Powinna być teraz w Ballyhara. Wiosenna równonoc była nie mniej ważna niż dzień świętej Brygidy. Ognie świętego Jana płonęły, by wskazać punkt zwrotny w dorocznym cyklu upływu czasu: ta noc była najkrótsza w roku, dawała tajemniczą ochronę nowym plonom i bydłu.

Kiedy wszyscy przenieśli się na trawnik, spostrzegli, że gdzieś w ciemności zapala się mały punkcik ogniska, z dali dobiegły ich dźwięki irlandzkiego *reela*. Scarlett pomyślała, że to chyba z Ballyhara. Tak, ona, **Ta O'Hara**, powinna wziąć udział w tej ceremonii. I jeszcze jutro rano, o wschodzie słońca, gdy bydło będzie przeganiane po zgliszczach świętojańskich ogni. Czyż nie mówił jej Colum, że nie należało przyjmować zaproszenia na to angielskie przyjęcie? Mogła z nich drwić, mogła podchodzić do nich ze świętą powagą, lecz dawne zwyczaje były nader ważne dla Irlandczyków. Kłóciła się z Columem. Przesądy nie mogły rządzić jej życiem. Teraz jednak opadło ją podejrzenie, że się myliła.

— Dlaczego nie jest pani teraz w Ballyhara, przy ognisku? — spytał Bart.

— A pan? — gniewnie odbiła piłeczkę.

— Bo mnie tam nie chcą — odparł Jan Morland. W zapadającym mroku jego głos zabrzmiał szczególnie smutno. — Kiedyś brałem udział w tej ceremonii. I pomyślałem sobie, że w ludowych przesądach tkwi ziarno mądrości. Choćby w zwyczaju przeganiania bydła po popiołach. To bardzo dobrze robi na kopyta. Chciałem nawet zastosować tę metodę na koniach.

— Poskutkowało?

— Nigdy się nie dowiedziałem. Zaledwie się pojawiłem wśród ludzi, cały czar prysł.

— Chyba powinnam stąd odejść — wygadała się Scarlett.

— Absurd. Przecież jest pani tutaj jedynym człowiekiem, z krwi i kości. W dodatku Amerykanką. Jak egzotyczny kwiat wśród zagonu chwastów.

W ten sposób to jeszcze o sobie nie myślała, lecz dostrzegła w tym pewien sens. Dla gości z daleka gospodarze zawsze stają na głowie. Czuła się znakomicie aż do momentu, gdy usłyszała Czcigodną Luizę.

— Czyż nie mają w sobie żyłki przedsiębiorczości? — mówiła Czcigodna.

— Uwielbiam Irlandczyków, kiedy skrzeszają swe pogańskie, pierwotne obrzędy. Gdyby jeszcze nie byli tacy leniwi i głupi, to nawet bym się nie przejmowała tym, że mieszkam w Irlandii.

Scarlett poprzysięgła sobie w duchu, że gdy tylko wróci do domu, natychmiast przeprosi Columa. Nigdy, ale to nigdy nie powinna opuszczać domu i swego ludu.

*   *   *

— Czy inni ludzie są bez winy? Musisz się uczyć na własnych błędach, bo i jak tu inaczej? No, otrzyj teraz oczka i pojedź zobaczyć pola. Parobcy zaczęli układać stogi.

Scarlett pocałowała kuzyna w policzek. Nie, jednak nie usłyszała od Columa: „A nie mówiłem?".

*   *   *

W najbliższych tygodniach Scarlett dwukrotnie została zaproszona na przyjęcia do wiejskich rezydencji przez ludzi, których spotkała u Alicji Harrington. Na dwa zaproszenia odpowiedziała liścikami nader grzecznymi, lecz wyraźnie odmownymi. Gdy zwózka siana się skończyła, kazała parobczakom zająć się zrujnowanym trawnikiem za domem. Jeszcze nim nadejdzie następne lato, trawa powinna ładnie wyrosnąć, zaś Kicia powinna uwielbiać grę w krykieta. Ta część pobytu u Alicji Harrington bardzo przypadła Scarlett do gustu.

Pszenica już zażółciła się jak należy, prawie gotowa do żniw, gdy konny posłaniec przywiózł pilną wiadomość i sam zaprosił się do kuchni na filiżankę herbaty „lub coś bardziej męskiego", spodziewał się bowiem, że natychmiast dostanie odpowiedź, którą będzie mógł zawieźć.

Karolina Montague rada byłaby złożyć jej wizytę, o ile nie nastręczy to nazbyt wielu kłopotów.

Kimże, święty Boże, jest ta osoba? Scarlett niemal przez dziesięć minut musiała przetrząsać pamięć, nim wreszcie przypomniała sobie miłą, dyskretną starszą panią z przyjęcia u Harringtonów. Mrs. Montague — przypomniała sobie — nie biegała po trawniku w noc Sobótki niczym dziki Indianin. Znikła gdzieś zaraz po obiedzie. Co, oczywista, w niczym nie umniejszało faktu, że jest Angielką.

Ale czego ona może chcieć? Bilecik powiadał: „w sprawie interesującej nas obie".

Osobiście poszła do kuchni, by wręczyć posłańcowi Mrs. Montague liścik, w którym zapraszała ją na herbatę jeszcze dziś po południu. O, tak, weszła na terytorium Mrs. Fitz, która uparcie twierdziła, że kuchnię to sobie może oglądać z podobnej do mostu galeryjki, inaczej wstęp surowo wzbroniony. Ale to przecież w końcu jej kuchnia. Poza tym Kicia od niedawna spędzała tu dzień w dzień całe godziny.

*   *   *

344

Na herbatkę z Mrs. Montague Scarlett omal nie założyła różowej sukni, przewiewniejszej od tych, które kupiła w Galway, co tego popołudnia było nie bez znaczenia, bowiem żar lał się z nieba, było bardzo gorąco jak na Irlandię. Ostatecznie jednak powiesiła ją z powrotem do szafy. Nie, nie będzie udawać osoby, którą nie jest.

Zamówiła racuszki drożdżowe zamiast zwykłych placków, podawanych w Ballyhara do codziennej herbaty.

Karolina Montague ubrała się w szary płócienny żakiecik i suknię z koronkowym żabotem, tak cudnej roboty, że Scarlett aż palce świerzbiły, aby go dotknąć. Nigdy bowiem nie widziała koronki tak grubej i tak starannie wykonanej.

Nim starsza pani zajęła miejsce w pokrytym pluszem krześle przy stoliczku z herbatą, zdjęła szare rękawiczki i szary, zdobny w pióra kapelusz.

— Dziękuję, że mnie pani przyjęła, Mrs. O'Hara. Ponieważ, jak sądzę, nie zwykła pani tracić czasu na pogaduszki o pogodzie, będzie chyba lepiej, jeśli od razu wyłożę, z czym przyszłam, prawda?

— Umieram z ciekawości — powiedziała Scarlett, na której wstęp Karoliny zrobił dobre wrażenie.

— Otóż, dowiedziałam się, że jest pani kobietą interesu i że szczęście pani sprzyja, tak tutaj, jak w Ameryce... Nie, proszę się nie niepokoić. To, co wiem, zachowam dla siebie, dyskrecja to jeden z mych najcenniejszych nabytków. Te inne, jak sobie pani zapewne wyobraża, to umiejętności wykonywania pewnych działań, o których inni nie mają zielonego pojęcia. Ja też jestem kobietą interesu. Chętnie bym pani opowiedziała coś o tym, jeśli mogę.

Scarlett tylko niemo pokiwała głową. Cóż ta kobieta wie na jej temat? I w jaki sposób się dowiedziała?

By ująć to w najprostszy sposób — zaczęła Mrs. Montague — jej interesy polegają na tym, że aranżuje pewne sprawy. Urodziła się jako najmłodsza córka najmłodszego syna dobrej rodziny, wyszła z mąż za młodszego syna innej dobrej rodziny. Nim jej mąż zmarł w wyniku ran odniesionych na polowaniu, doszła do przekonania, że życie na marginesie wszystkiego, co ważne, jest bardzo męczące, że nudzi ją owo ciągłe baczenie, by zachować twarz, prowadzić się jak przystało dobrze urodzonym damom i dżentelmenom, zawsze potrzebującym pieniędzy. Gdy owdowiała, stwierdziła, że bieda zagląda jej do oczu. Z podobną sytuacją nie mogła się pogodzić.

Jej atuty w owym czasie to inteligencja, wykształcenie, dobry smak i koneksje z najlepszymi domami w Irlandii. Zatem zaczęła budować na tym, dodając do atutów, którymi dysponowała na początku, dyskrecję oraz informacje.

— Jestem... jak to się mówi... zawodowym przyjacielem domu. Wspaniałomyślnie udzielam rad w tym, co się tyczy ubrania, urządzania przyjęć, aranżacji wnętrz, małżeństw lub spadków. Modniarki i krawcowe, szewcy i jubilerzy, właściciele sklepów meblowych i sprzedawcy dywanów płacą mi niemały procent od każdej transakcji, którą dzięki mnie przeprowadzą. Jestem zdolna i taktowna, wątpliwe, by ktokolwiek podejrzewał, że od każdej wyświadczonej przysługi mam swój dział, a jeśli nawet w kimś zrodziły się jakieś podejrzenia, to tak był zadowolony ostatecznym rezultatem mego doradztwa, że wcale się tym nie przejął. Ostatecznie, nie on za to płacił.

Scarlett była tyleż wstrząśnięta, co zachwycona. Tylko dlaczego właśnie ją wybrała ta kobieta na swą spowiedniczkę?

— Opowiadam pani o tym, Mrs. O'Hara, ponieważ jestem przekonana, że nie jest pani głupia. Zdziwi się pani ... i zupełnie słusznie ... jeśli ofiaruję pani moją pomoc, jak to się mówi, nie z dobroci serca. Tak, nie przejęzyczyłam się. W moim sercu nie ma ni krzty dobroci, chyba że nagle jest mi ona potrzebna w interesach... o, tak, wtedy ją znajduję. Przyszłam do pani z propozycją transakcji: zasługuje pani na coś lepszego niż marne przyjęcia wydawane przez podupadłe arystokratki w rodzaju Alicji Harrington. Ma pani urodę, dobrze poukładane w głowie i pieniądze. Może pani zrobić karierę jako zjawisko nader oryginalne w tutejszym światku. Jeśli powierzy pani swoje sprawy w moje ręce, pod moją kuratelę, uczynię z pani najbardziej uwielbianą, najbardziej rozchwytywaną kobietę w całej Irlandii. Potrzebuję na to dwóch, może trzech lat. A wtedy cały świat stanie pani otworem, będzie sobie mogła z nim pani wyczyniać, co dusza zapragnie. Ja zaś będę mieć dość pieniędzy, by znowu móc sobie pozwolić na dostatnie życie.

Mrs. Montague uśmiechnęła się.

— Prawie dwadzieścia lat czekałam na taką okazję.

75.

Gdy tylko za Karoliną Montague zamknęły się drzwi, Scarlett wpadła na galeryjkę kuchenną i co sił w nogach pobiegła do pokoju Mrs. Fitzpatrick. Właściwie powinna była posłać po gospodynię, samej nie ruszając się z salonu, ale nie dbała o to — musiała z kimś porozmawiać.

Mrs. Fitzpatrick wyszła z gabinetu nim Scarlett zdążyła zapukać.

— Powinna była pani posłać po mnie, Mrs. O'Hara — powiedziała zduszonym głosem.

— Wiem, wiem, ale to trwałoby zbyt długo, a to, z czym do pani przychodzę, nie ścierpi ani chwili zwłoki.

Chłodne spojrzenie gospodyni momentalnie zbiło ją z tropu.

— Jednak będzie musiało — oznajmiła Mrs. Fitz. — Kuchenne usłyszą każde słówko i powtórzą całą historię, dodając co nieco od siebie. Proszę iść za mną, tylko powoli. Pani pozwoli, że poprowadzę.

Scarlett poczuła się jak skarcone dziecko. Uczyniła to, co jej kazano.

W połowie drogi przez galeryjkę Mrs. Fitzpatrick zatrzymała się. Scarlett także musiała stanąć i wysłuchać, jakie to ulepszenia zostały ostatnio wprowadzone w kuchni. Gotowała się z niecierpliwości, lecz Mrs. Fitz mówiła, mówiła i mówiła. Balustrada jest na tyle szeroka, że bez trudu można by sobie wygodnie usiąść – pomyślała Scarlett, którą nic a nic nie obchodziła opowieść gospodyni. Stała więc, wyprostowana tak jak ona, spoglądając obojętnie na wyjątkowo żwawo krzątające się kuchenne.

W końcu Mrs. Fitz ruszyła z miejsca, powoli, lecz postęp wyraźnie był widoczny. Gdy dotarły do zamieszkanej części skrzydła, Scarlett zaczęła mówić ledwo drzwi na galerię się zamknęły.

– Oczywiście, to śmieszne – podsumowała swą opowieść o wizycie Karoliny Montague. – I tak jej też odpowiedziałam. „Jestem Irlandką – rzekłam. – Wcale nie pragnę, by wzdychali za mną Anglicy".

Scarlett mówiła bardzo szybko, z wypiekami na twarzy.

– I bardzo dobrze jej pani odpowiedziała, Mrs. O. Sądząc po tym, co sama o sobie mówi, ta kobieta gorsza jest niż złodziej.

Powściągliwość Mrs. Fitzpatrick działała na Scarlett uspokajająco, i to do tego stopnia, że już nie zadała sobie trudu, by powtórzyć, co usłyszała w odpowiedzi od Mrs. Montague: „Ta pani irlandzkość – rzekła Karolina – to jedna z bardziej intrygujących cech pani osobowści. Pończochy w pasy i gotowane kartofle jednego dnia, jedwabie i kuropatwy dnia następnego. O, proszę się nie martwić, może pani zachować i jedno, i drugie. To tylko doda uroku do pani legendy. Kiedy się pani zdecyduje, Mrs. O'Hara, proszę do mnie napisać".

*   *   *

Sprawozdanie Rosaleen Fitzpatrick o wizycie Karoliny Montague wprawiło Columa w furię.

– Dlaczego Scarlett wpuściła ją do domu?

Rosaleen usiłowała go uspokoić.

– Bo jest samotna. Poza mną i tobą nie ma przyjaciół. Dziecko może wprawdzie zastąpić matce cały świat, lecz nie towarzystwo. Myślę, że jacyś mili ludzie mogliby na nią wywrzeć zbawienny wpływ... także i nam by się przydali. Zajazd Kennedy'ego już wkrótce będzie gotowy. Zaczną zjeżdżać tu najróżniejsi ludzie. Co nam szkodzi, gdy pojawi się ich paru więcej, zwłaszcza takich, których obecność zwiedzie Anglików? Na pierwszy rzut oka oceniłam tę Montague: to wyrachowana, zachłanna kobieta. Zapamiętaj moje słowa, pierwsze, co zrobi, to powie Scarlett, że Dwór trzeba umeblować i gruntownie odnowić. Ta Montague będzie wyprawiała najróżniejsze sztuczki z cenami i rachunkami, zaś Scarlett nie powie jej marnego słowa, bo może sobie na wiele pozwolić. Dlatego zaraz z Trim do Ballyhara zaczną ciągnąć pielgrzymki kupców z malowidłami, aksamitem i francuskim zepsuciem. W ten sposób będziemy bezpieczniejsi: nikt nie zwróci uwagi na jednego czy dwóch podróżnych więcej... Sam wiesz, wszyscy tutaj dziwią się tej młodej amerykańskiej wdowie. Wszyscy zachodzą w głowę, dlaczego nie szuka sobie męża. Moim zdaniem, lepiej już niech sobie jeździ po tych angielskich przyjęciach. W przeciwnym razie angielscy oficerowie zaczną nachodzić ją w domu.

Colum obiecał, że „rozważy tę sprawę". Wieczorem wyszedł z domu i zrobił sobie kilkumilowy spacer zastanawiając się, jak byłoby najlepiej dla Scarlett, co byłoby najlepsze dla Bractwa, jak pogodzić jedno z drugim.

Ostatnie nowiny tak go trapiły, że nie mógł zdobyć się na trzeźwe myślenie. Doszły go bowiem słuchy, iż co niektórzy z braci zrywali więzi z organizacją. Dwa lata pod rząd był urodzaj, ludzie czuli się bezpieczniej, niewielu chciało stawiać wszystko na jedną kartę. Doniesiono też, że informator, który zdołał się wślizgnąć w szeregi policji, słyszał o angielskim agencie w Bractwie. Podziemie żyło w nieustannym strachu przed zdrajcami. Już dwakroć w przeszłości zdarzyło się, że zdrada przesądziła o klęsce powstania, toteż obecnie wszystkie plany obmyślano co do najdrobniejszego szczegółu, powoli i metodycznie. Nie zaniechano żadnych środków ostrożności. Niczego nie pozostawiono przypadkowi. Nie mogło się nie udać. Byli tak blisko celu. Rada główna postanowiła dać sygnał do działania już najbliższej zimy, gdy trzy czwarte angielskiej milicji wychodzi z garnizonów, by wziąć udział w polowaniach na lisy. A teraz nagle ta wiadomość: odłożyć wszystko, dopóki zdrajca nie zostanie zidentyfikowany i unieszkodliwiony. To oczekiwanie żżerało mu nerwy.

O wschodzie słońca zawrócił i usłaną różową mgiełką drogą ruszył w stronę Dworu. Miał własny klucz od drzwi frontowych — otworzył sobie i od razu skierował się do pokoju Rosaleen.

— Chyba masz rację — powiedział prosto z progu. — Zasłużyłem na filiżankę herbaty?

Parę godzin później Mrs. Fitzpatrick udała się do Scarlett z przeprosinami. Przyznała, że wczoraj była zbyt popędliwa i niesprawiedliwie osądziła Karolinę Montague. Zatem teraz, by naprawić swój błąd, usilnie namawia Scarlett do skorzystania z pomocy Angielki. W końcu należy się jej trochę godziwej rozrywki.

— Uważam, że to głupi pomysł — odpowiedziała Scarlett. — I tak mam za mało czasu dla siebie.

Gdy późnym wieczorem Rosaleen opowiadała o tym Columowi, ten skwitował ją wybuchem śmiechu. Wyszła bez słowa z hukiem zamykając za sobą drzwi.

*　　*　　*

Nadeszły żniwa, po nich dożynki, później złota jesień. Z drzew zaczynały opadać złote liście. Scarlett cieszyła się dobrymi plonami, żałowała, że rok tak urodzajny dobiega końca. We wrześniu płacono dzierżawy za pierwsze półrocze. Wiedziała, że wszyscy mają z czego zapłacić i jeszcze im zostanie. Być **Tą O'Harą** — jakie to piękne.

Na drugie urodziny Kici wydała wielkie przyjęcie. Wszystkie dzieci z Ballyhara poniżej dziesięciu lat bawiły się na podłodze w kilku ogromnych i pustych pokojach, jadły — chyba po raz pierwszy w życiu — lody, racuszki nadziewane porzeczkami i rodzynkami. Każde wróciło do domu z lśniącą, nowiutką dwupensówką w kieszeni. Scarlett zadbała, by rozeszły się przed zapadnięciem zmroku, a to z powodu wszystkich przesądów związanych z wigilią Wszystkich Świętych, po czym wzięła Kicię na piętro, bo czas było spać.

— Podobały się ci urodziny, skarbie?

Kicia uśmiechnęła się sennie.

— Tak. Ale Kicia chce spać.

— Wiem, wiem, mój aniele. Już dawno powinnaś leżeć w łóżeczku. No, chodź... dzisiaj, w dzień urodzin, możesz spać w wielkim łożu mamusi.

Ale ledwo Scarlett ją położyła, natychmiast usiadła.

— A gdzie prezent Kici?

— Już, chwileczkę, kochanie.

Scarlett wyjęła z pudła dużą chińską lalę.

Kicia potrząsnęła głową.

— Nie tę. Chcę inną.

Na brzuszku ześlizgnęła się z wysokiego łóżka nie ściągając jednak z ramion puchowej kołderki. Bach! — wylądowała na podłodze, po czym zgrabnie wczołgała się pod łoże, a kiedy wyszła z powrotem, miała w ramionach burego kotka.

— Wielkie nieba, córeczko, a skąd ty to masz? Oddaj mamie natychmiast, zanim cię podrapie.

— Ale dostanę z powrotem?

— Oczywiście, skoro chcesz... Ale to kot podwórzowy, nie może ciągle przebywać w domu.

— Lubi mnie.

Scarlett ustąpiła. Kot nie wyrządził dziecku krzywdy, a Kicia była z nim bardzo szczęśliwa. W końcu, co szkodzi trzymać w domu kota? Oboje wzięła do łóżka. Skończy się pewnie na tym, że będę spać z setkami pcheł — pomyślała. Trudno. Urodziny to urodziny.

Kicia wymościła sobie gniazdko w poduszkach. Choć ciężkie od snu powieki już opadały, nagle otworzyła oczy.

— Kiedy Aneczka przyniesie dla mnie mleczko, niech je odda mojemu kotkowi — powiedziała.

Teraz powieki opadły już na dobre. Zasnęła.

Zapukała Aneczka. Przyniosła kubek ciepłego mleka. Kiedy wróciła do kuchni, opowiedziała służbie, jak to Mrs. O'Hara śmiała się i śmiała, nie wiedzieć, czemu. Coś tam mówiła o kotku i mleczku. Na co Marysia Moran, że jeśliby już ją kto pytał o zdanie, to uważa, że dziecko, Święci Pańscy niech je strzegą, powinno mieć przyzwoite, chrześcijańskie imię. Trzy kuchenne, z kucharką na czele, przeżegnały się po trzykroć.

Mrs. Fitzpatrick widziała i słyszała wszystko z galerii nad kuchnią. Sama też się przeżegnała, a odmówiwszy po cichu modlitwę, z niepokojem pomyślała, że już wkrótce Kicia będzie za duża, by ustrzec ją przed wszystkim. Ludzie bali się czarcich podrzutków, a tak już bywa, że czego ludzie się boją, to usiłują zniszczyć.

W Ballyhara, w miasteczku, matki szorowały dzieci w wodzie, w której przez cały dzień moczył się korzeń dzięgiela. Bo, jak wiadomo, dzięgiel jest doskonałym środkiem przeciwko wiedźmom i złym duchom.

* * *

To róg. Scarlett właśnie trenowała na Półksiężycu, gdy oboje usłyszeli dźwięk rogu i ujadanie psów. Gdzieś niedaleko odbywało się polowanie. Słyszała, że nawet Rett miał tam być. Półksiężyc pokonał właśnie trzy rowy i cztery żywopłoty, ale skoki przez przeszkody w Ballyhara to nie to samo, co prawdziwe Tory. Następnego dnia napisała do Karoliny Montague.

Dwa tygodnie później trzy ciężkie wozy z trudem pokonały zakręt. Właśnie przywieźli meble do apartamentów Mrs. Montague. Karolina przybyła zaraz potem w małym powozie, razem z pokojówką.

Wydała polecenia, jak ustawić meble w sypialni i saloniku zaraz obok pokoju Scarlett, po czym zostawiła dziewczynę, żeby doglądała rozładunku.

— Możemy zaczynać — rzekła do Scarlett.

*   *   *

— Równie dobrze mogłoby mnie tu nie być — narzekała Scarlett. — Jedyne, co pozwalają mi robić, to podpisywać czeki na jakieś bajońskie sumy.

Skarżyła się do Ocras — kota Kici. Imię to znaczyło po celtycku tyle, co „Głodomór" i wymyśliła je kucharka w chwili szczególnej irytacji. Ocras ignorował Scarlett, nie miała jednak innego partnera do rozmowy. Karolina Montague i Mrs. Fitzpatrick rzadko zasięgały jej opinii, obie bowiem dobrze wiedziały, jak powinien wyglądać Dwór. Scarlett nie wiedziała.

Ani specjalnie się tym nie interesowała. Przez większą część życia Scarlett, domy, w których mieszkała, po prostu były, to wszystko. Tara to Tara, dom ciotki Pittypat to dom ciotki Pittypat, chociaż w połowie był jej własnością. Osobiście Scarlett zajmowała się jedynie domem, który zbudował dla niej Rett. Kupowała najnowsze i najdroższe meble i ozdoby, cieszyła się, gdy każdy drobiazg świadczył o jej bogactwie. Dom jako taki nie dawał jej radości, ledwo go widziała. Podobnie z trudem zaledwie dostrzegała Dwór w Ballyhara. Osiemnasty wiek, naśladownictwo z Palladia — cmokała Karolina. I dobrze. Powiedzcie tylko, co z tego? Dla Scarlett liczyła się jedynie ziemia, bogactwa ziemi, plony, miasteczko, dzierżawne, wszystkie usługi, do których byli zobowiązani jego mieszkańcy. Miasteczko było też ważne dlatego, że nikt, kogo znała, nawet Rett, nie miał własnego miasteczka.

Jednak doskonale zdawała sobie sprawę z tego, że przyjmując zaproszenia, sama będzie musiała zaprosić tych, którzy ją gościli, a przecież nie mogła spraszać gości do domu, gdzie tylko dwa pokoje były umeblowane. Szczęśliwie się składa — tak sądziła — że Karolina Montague zechciała podjąć się zadania przeistoczenia Dworu specjalnie dla jej potrzeb. Może teraz uda się ciekawiej spożytkować czas.

Scarlett miała tylko dwa życzenia: Kicia powinna posiadać własny pokój przylegający tuż do jej apartamentów, a nie gdzieś tam w skrzydle, gdzie mieszkała niania. Dalej — Scarlett pozostawiono zatwierdzanie wszystkich rachunków, rządca nie miał tu nic do gadania. Poza tym Karolina i Mrs. Fitz mogły wyprawiać, co dusza zapragnie. Na widok rachunków Scarlett się krzywiła, zgodziła się jednak dać Karolinie wolną rękę, a skoro już roboty ruszyły, trudno było się wycofywać. Poza tym cel wart był kosztów, które poniosła.

Zatem Scarlett schroniła się w biurze, zaś robotnicy starali się doprowadzić do końca trwające już parę miesięcy dziwne, drogie, strasznie hałaśliwe i brzydko pachnące roboty. Przecież ktoś musiał prowadzić gospodarstwo, ktoś musiał wypełniać obowiązki głowy klanu. Wśród wielu zajęć znalazła czas na jeszcze jedno: kupowanie koni.

— Wiem o koniach niewiele lub tyle, co nic — powiedziała Karolina Montague. Scarlett aż uniosła brwi. Niewiele brakowało, a zaczęłaby sądzić, że Karolina zna się na wszystkim.

— Potrzebne pani przynajmniej cztery konie do jazdy, sześć na polowanie... choć osiem byłoby lepiej... ale w tym, co się tyczy wyboru i kupna musi pani zdać się na rady sir Jana Morlanda.

— Sześć na polowanie! Karolino, czy pani wie, o czym pani mówi? Przecież to wydatek rzędu pięciuset funtów! — krzyknęła Scarlett. — Pani jest szalona!

Zaraz jednak zmusiła się, by mówić normalnym tonem, gdyż z doświadczenia wiedziała, że podnoszenie głosu na Karolinę to zwykłe marnotrawstwo energii — nic nie mogło jej zbić z tropu.

— Dobrze — powiedziała z jadowitą słodyczą. — Skoro nie zna się pani na koniach, to dam pani lekcję. Otóż koń, droga Mrs. Montague, to takie zwierzę, na którym się jeździ. Jeździć można tylko na jednym koniu. Szóstkę można ewentualnie zaprząc do powozu lub pługa.

Karolina zbijała wszystkie jej argumenty, jeden po drugim. Nie kłóciłam się, bo chciałam mieć pretekst żeby spotkać się z Bartem — powiedziała do samej siebie. Jan Morland powinien wiedzieć, co z Rettem, dlatego pojechała do Dunsany już następnego dnia. Morland aż się ucieszył, gdy poprosiła go o pomoc. Oczywiście — powiedział — z największą przyjemnością pomoże jej kupić najlepsze konie myśliwskie, jakie tylko są do dostania w Irlandii...

— Ma pan jakieś wieści o swoim amerykańskim przyjacielu? — przerwała mu, mając nadzieję, że to pytanie wypadło jakby nigdy nic i że wystarczająco długo czekała, by je zadać. Musiała mu wejść w słowo. Jan Morland mógłby opowiadać o koniach dłużej niż Papa, a nawet Beatrice Tarleton.

— Ma pani na myśli Retta?

Scarlett aż podskoczyła na sam dźwięk tego imienia.

— Owszem, mam. W korespondencji jest znacznie bardziej obowiązkowy niż ja.

Jan wskazał na stertę listów i rachunków, zalegających biurko.

Czy ten człowiek wykrztusi wreszcie parę sensownych słów? Co z Rettem?

Bart wzruszył ramionami, odwrócił się plecami do biurka.

— Uparł się, że wejdzie z tą źrebicą, którą ode mnie kupił, na wyścigi w Charlestonie. Mówiłem mu, że jest trenowana do gonitw z przeszkodami, nie do zwykłych wyścigów, ale Rett jest przekonany, że jej szybkość zrekompensuje braki w technice. Byle się nie rozczarował. Może za trzy, cztery lata dopnie swego, gdy jednak wspomnieć, że jej matka...

Scarlett przestała słuchać. Wiedziała: Jan Morland zacznie rozwodzić się nad genealogią zwierzęcia i doprowadzi ją aż do czasów potopu! Dlaczego nie może zwyczajnie powiedzieć jej tego, czego chciałaby się dowiedzieć? Rett szczęśliwy?... Może choć z raz o niej wspomniał?...

Spojrzała na młodą, wyraźnie ożywioną twarz baroneta i przebaczyła mu. Chociaż dziwak, był jednak w całej swej ekscentryczności jednym z najbardziej czarujących mężczyzn, jakich spotkała.

Życie Jana Morlanda bez koni nie miałoby sensu. O, tak, sumiennie wypełniał wszystkie swe obowiązki, dbał o majątek, troszczył się o dzierżawców. Ale jego prawdziwą pasją była stadnina i szkółka koni wyścigowych. Zaraz następne miejsce zajmowały zimowe polowania na lisy, na które wyprawiał się na najlepszych koniach myśliwskich, trzymanych na własny użytek.

Może to zamiłowanie do koni miało zrekompensować romantyczną tragedię miłosną, którą przeżył? Scarlett słyszała, że niejaka Gracja niepodzielnie władała sercem Jana Morlanda już wówczas, gdy oboje byli jeszcze dziećmi. Ale Gracja bez mała dwadzieścia lat temu poślubiła Juliana Hastingsa i została panią Hastings. Jana i Scarlett łączył ten sam los nieszczęśliwych kochanków.

Karolina nie omieszkała podzielić się z nią tym, co „każdy w Irlandii" wiedział: sir Jan był względnie bezpieczny przed zakusami łowczyń mężów, ponieważ miał mało pieniędzy. Jego tytuł szlachecki i posiadłości były stare — niezwykle stare — nie miał jednak żadnych dochodów poza dzierżawnym, a wszystko, prawie co do szylinga, wydawał na konie. A jednak, jakby daleki rzeczywistości, był na swój sposób uroczy, wysoki, emanujący ciepłem, o interesujących szarych oczach i dech w piersi zatykającym anielsko słodkim uśmiechu, tak dobrze oddającym jego dobroduszny charakter. Jak na człowieka, który spędził swe czterdzieści kilka lat w światowych kręgach brytyjskiego „dobrego towarzystwa", był zadziwiająco niewinny. Zdarzało się niekiedy, że kobieta posiadająca własne pieniądze, jak na przykład Czcigodna Luiza, zakochiwała się w sir Janie i ścigała go po wszystkich kątach — niczego nie wskórała. Tylko Morland był zakłopotany, a wszyscy mieli wyśmienitą zabawę. W takich momentach jego oderwanie od rzeczywistości graniczyło z apatią, miał wówczas często źle pozapinane kamizelki, jego zaraźliwy śmiech wybuchał w niewłaściwych chwilach, a obrazy George'a Stubbsa, których niemały zbiór miał w domu, zmieniały miejsce tak często, że ściany były usiane dziurami.

Wspaniały portret Eclipse — bardzo sławnego konia — zakołysał się na stosie książek. Lada chwila, a spadnie — przemknęło Scarlett przez myśl, ale nic się tym nie przejęła. Teraz chciała dowiedzieć się czegoś na temat Retta. Nie ma co, trzeba prosto z mostu. Inaczej Bart w ogóle nie przypomni sobie, o co go pytałam.

— Czy Rett mówił coś na mój temat?

Morland zerknął. Oderwany od rozpamiętywania genealogii źrebicy początkowo nie był w stanie zrozumieć, o co jej chodzi. Dopiero po dłuższej chwili pytanie dotarło do niego.

— Ach, tak. Prosił mnie, żebym zapytał, czy nie zechce pani odsprzedać Półksiężyca. Zamierza wznowić w Dunmore polowania. Prosił mnie też, bym pilnie patrzył, czy nie ma gdzie podobnego konia.

— Jeśli jest, pewnie zechce wrócić do Irlandii i dokonać transakcji —

zasugerowała Scarlett, modląc się, by Bart potwierdził jej przypuszczenia. Ale odpowiedź pogrążyła ją w rozpaczy.

— Nie, zda się zupełnie na mnie. Otóż jego żona spodziewa się dziecka i nie chciałby jej opuszczać. Ponieważ jednak obiecałem, że pomogę pani zebrać samą śmietankę irlandzkich stadnin, nie będę mógł służyć pomocą Rettowi. Napiszę mu o tym, niech no tylko znajdę czas.

Scarlett tak się przejęła ostatnią nowiną, że Jan Morland musiał potrząsnąć ją za ramię, by zwrócić jej uwagę. A właśnie pytał, kiedy chce zacząć poszukiwania.

— Dzisiaj — odpowiedziała.

Przez całą zimę co sobotę jeździła z Janem Morlandem na polowania po całym Powiecie, wypróbowując konie, które były na sprzedaż. Niełatwo było znaleźć odpowiednie okazy, ponieważ domagała się, by zwierzęta nie znały, co to strach — tak, jak ona. Jeździła jakby piekła ją ścigały, bo w pędzie zdarzało się jej zapomnieć o tym, że Rett może być ojcem innego dziecka niż jej Kicia.

Kiedy przesiadywała w domu, starała się poświęcić dziewczynce jeszcze więcej uwagi i uczucia niż dotychczas. Jak zwykle, Kicia na wszelkie sposoby starała się uciec przed pieszczotami. Za to chętnie przysłuchiwała się opowieściom o koniach — słuchała dopóty, dopóki Scarlett nie zaschło w gardle.

W lutym, jak zwykle, Scarlett przerzuciła pierwszą łopatę ziemi — z tym samym, co od lat, uczuciem błogości. Niech no tylko Karolina i Mrs. Fitz skończą wreszcie to, co zaczęły, wtedy wyda przyjęcie. Tęskniła za Kasią oraz resztą rodziny. Niestety, obecność Gochny w domu Danielów sprawiała, że każda wizyta była prawdziwą udręką. Zatem Scarlett prawie nie widywała się z kuzynami.

Ale z tym mogła poczekać, nawet musiała. Zbliżały się siewy.

*　　*　　*

Pewien czerwcowy dzień był dla Scarlett szczególnie długi i bardzo wyczerpujący. Oto bowiem od rana do wieczora spędziła czas na mierzeniu. Mrs. Sims — krawcowa, którą Karolina Montague sprowadziła do Ballyhara specjalnie z Dublina — była niemiłosierna. Scarlett musiała podnosić ręce, rozkładać, wyciągać przed siebie, w bok, jedną podnieść, drugą opuścić, jedną unieść w przód, drugą w tył, następnie zaś musiała przyjmować najdziwniejsze pozycje. Nawet nie przypuszczała, że niektóre w ogóle istnieją. Zdało się, że godziny dłużą się w nieskończoność. Potem druga runda, na siedząco. Następnie figury taneczne, zatem kadryl, walc, kotylion.

— Wszystko może mi teraz uszyć — jęknęła Scarlett. — Tylko zapomniała o wzięciu miary na całun.

Karolina Montague wykrzywiła usteczka w bladym uśmiechu, co zdarzało się jej nader rzadko.

— Może i o całunie pomyślała, tylko pani nie zauważyła. Daisy Sims jest bardzo gruntowna.

— Nigdy w życiu nie uwierzę, że ta straszna kobieta ma na imię „Daisy".

— A Bóg panią broń przez zwracaniem się do niej w ten sposób. Chyba że sama panią o to poprosi. Tylko księżniczki mogą pozwolić sobie na podobne poufałości wobec Daisy. To najlepsza krawcowa. Nie znajdziesz kobiety, która śmie ją obrazić.

— Ale pani mówiła do niej po imieniu...

— Bo ja też jestem najlepsza w swoim fachu.

Scarlett roześmiała się. Lubiła i szanowała Karolinę Montague, chociaż nie przyszłoby jej do głowy zwracać się do niej po imieniu, jak do przyjaciółki.

Kiedy krawcowa uznała, że już wie o niej wszystko, ubrała się w swój wieśniaczy strój i zasiadła do kolacji, o której Karolina ciągle twierdziła, że to obiad i nigdy nie omieszkała jej o tym przypomnieć. Później poszła na wzgórze, niedaleko Knightsbrook River, by wziąć udział w paleniu świętojańskich ogni. Tańcząc przy dźwiękach jakże znanych melodii wygrywanych na skrzpcach, piszczałkach i *bodhranie* Columa myślała o tym, ile szczęścia dane jej było ostatnio doznać. Jeśli teraz spełni się obietnica Karoliny, będzie królową dwóch światów: irlandzkiego i angielskiego. Biedny Bart. We własnej posiadłości był źle widziany przy paleniu ogni w noc świętego Jana.

*　　*　　*

O tym, że los się do niej znowu uśmiechnął, myślała Scarlett ponownie, siedząc na honorowym miejscu przy stole na Dożynkach. Zebrała dobre plony — może nie tak dobre jak w ciągu ostatnich dwóch lat, lecz było to dość, by zabrzęczały sakiewki. Wszyscy w Ballyhara święcili dobry rok. Wszyscy, tylko nie Colum, który zdaniem Scarlett wyglądał tak, jakby nie spał od tygodnia. Chętnie spytałaby go, co się stało, lecz już od tygodni pozostawali w stanie kłótni. Zgodnie z tym, co mówiła Mrs. Fitz, Colum nigdy nie odwiedzał *pubu*, nie było więc okazji.

Cóż, nie pozwoli popsuć sobie dobrego humoru. Dożynki to przecież święto.

Poza tym wkrótce zaczną się polowania, zaś jej nowy strój do konnej jazdy wyglądał tak czarująco, jak jeszcze żaden z tych, które zdarzyło się jej widzieć. Mrs. Sims istotnie posiadała wszystkie zalety krawcowej najlepszej w swoim fachu, jak zachwalała ją Karolina.

*　　*　　*

— Jeśli jest pani gotowa, możemy zrobić sobie przechadzkę — powiedziała Karolina Montague. Scarlett odstawiła filiżankę z herbatą. Na tej przechadzce zależało jej bardziej, niż chciałaby przyznać.

— To niezwykle miłe z pani strony, Karolino, zwłaszcza gdy się pomyśli, że prawie przez rok wszystkie drzwi w tym domu były przede mną zamknięte, z wyjątkiem tych pokojów, gdzie mieszkałam — starała się, by w głosie jej wyraźnie dało się słyszeć niezadowolenie, chociaż podejrzewała, że Karolina zbyt jest przebiegła, by dać się na to nabrać. — Chwileczkę, tylko znajdę Kicię.

— Jak pani sobie życzy, moja kochana, ale dziewczynka widziała już wszystko, co jest do zobaczenia. Osobliwe dziecko. Wystarczy zostawić otwarte drzwi czy okno, a ona hyc, już jest. Malarze, znajdując ją na samej górze rusztowań, bardzo się denerwowali.

— Tylko niech mi pani o tym nie opowiada, bo dostanę apopleksji. Ta małpeczka wspina się na wszystko.

Scarlett zawołała na Kicię, lecz dziewczynka nie dała znaku życia. Niekiedy ta jej niezależność przyprawiała Scarlett o irytację, jak choćby teraz. Na ogół jednak była z niej dumna.

— Chyba i tak dojdzie do nas, gdy ta wycieczka wzbudzi jej ciekawość — rzekła po paru chwilach bezskutecznych nawoływań. — Idźmy już. Umieram z ciekawości.

Lepiej już się przyznać. I tak nikogo nie zmyli.

Karolina najpierw poprowadziła ją długim korytarzem — po obu stronach sypialnie dla gości — po czym schodami zeszły na dół, na piętro zwane tutaj „pierwszym", choć w Ameryce powiedzieliby, że jest to drugie piętro (ta piekielna kwestia przysparzała Scarlett wiecznych kłopotów). Karolina szła aż na sam koniec długiego skrzydła, z dala od zamieszkanych pokojów.

— Pani sypialnia, łazienka, buduar, gotowalnia. Pokój do zabaw dla Kici, jej sypialnia, pokój dziecinny.

Tylko trzaskały otwierane drzwi, gdy Karolina odsłaniała przed jej oczyma rezultaty swych prac. Scarlett była oczarowana subtelnym pięknem bladozielonych, pozłacanych mebelków w swoich pokojach i fryzem w postaci alfabetu przedstawianego przez powykrzywiane cudacznie figury zwierząt w pokoju do zabaw Kici. Na widok małych krzesełek i stolika wielkością dostosowanego do wzrostu dziecka aż klasnęła. Dlaczego sama o tym nie pomyślała? Na stole stał dziecinny serwis do herbaty, przy kominku fotelik.

— Pani prywatne apartamenty są w stylu francuskim — powiedziała Karolina. — Ludwik XVI, jeśli to panią interesuje. Jest to jak gdyby ukłon w stronę tej części osobowości, którą odziedziczyła pani po Robillardach. To, co przejęła pani w spadku po O'Harach, odcisnęło swe piętno na reprezentacyjnej części domu na parterze.

Jedyne pomieszczenie na parterze, jakie znała Scarlett, to hall z marmurową posadzką. Wygodnie było przechodzić przez hall, gdy miała w planie konną przejażdżkę; szerokie kamienne schody wiodły na wyższe piętra. Ale Karolina Montague przemknęła po schodach niczym burza. Wpadła do hallu i otworzyła wysokie podwójne drzwi. Jadalnia.

— Wielkie nieba! — westchnęła Scarlett. — Nie mam tylu znajomych, żeby wypełnić wszystkie miejsca przy tym ogromnym stole.

— Pozna pani wkrótce — lakonicznie stwierdziła Karolina. — A tutaj, proszę, pokój śniadaniowy i poranny. Przy mniejszej liczbie gości można podawać tu obiad.

Podeszła do następnych drzwi.

— Wielki salon i sala balowa — obwieściła. — Przyznaję, jestem bardzo zadowolona z ostatecznego efektu.

Długa ściana otrzymała lepsze proporcje za sprawą ślepych drzwi, między którymi wstawiono wysokie pozłacane lustra. Ściana naprzeciwko zyskała dominantę w postaci kominka, nad którym także wisiało zwierciadło w złotej oprawie. Wszyskie lustra były leciutko przechylone ku górze, tak że odbijały nie tylko pomieszczenie, lecz również wysoko sklepiony sufit, a na nim freski ze scenami z bohaterskiej przeszłości Irlandii. Choć trzeba przyznać, że domniemany dwór królewski na szczycie wzgórza wyglądał raczej jak rzymska świątynia. W każdym razie była to Tara. Scarlett od razu się spodobała.

— Całe wyposażenie na parterze jest wykonane wyłącznie z irlandzkich materiałów — wyjaśniła Mrs. Montague. — Obicia wełniane i lniane. Srebra, porcelana, szkło... prawie wszystko z Irlandii. To tutaj gospodarzyć będzie **Ta O'Hara**. Proszę za mną. Mamy jeszcze do obejrzenia bibliotekę.

Scarlett bardzo spodobały się obite skórą krzesła i skórzana kanapa. Przyznała też, że w skórę oprawne tomy wyglądają prześlicznie.

— Zrobiła pani kawał dobrej roboty, Karolino — przyznała z całą powagą.

— Tak. Ale nie było to takie trudne, jak obawiałam się początkowo. Dawniejsi właściciele skorzystali zapewne z metody Lancelota Browna w tym, co się tyczy urządzania ogrodów, toteż musieliśmy tylko poprzycinać drzewa i wyrwać chwasty. Z ogrodu warzywnego korzyść będzie już w przyszłym roku, ale rośliny pnące zaowocują dopiero za dwa lata. Trzeba je było przyciąć aż do pędu szczytowego.

Scarlett nie miała najmniejszego pojęcia, o czym mówi Karolina i wcale ją to nie obchodziło. Szkoda tylko, że Gerald O'Hara nie mógł zobaczyć malowideł w sali balowej, zaś Ellen O'Hara nie mogła ujrzeć mebli w buduarze.

Karolina otworzyła jakieś drzwi.

— No i znowu jesteśmy w hallu! — obwieściła radośnie. — Doskonały pomysł, dzięki temu na wielkich przyjęciach przechadzający się goście zawsze trafią do punktu wyjścia. Ci architekci z epoki króla Jerzego dobrze wiedzieli, co robią... A teraz proszę do drzwi wejściowych.

Zawiodła Scarlett do zewnętrznych schodów, prowadzących na wyżwirowany podjazd.

— Oto i pani personel, Mrs. O'Hara.

— Panienko Najświętsza! — słabo jęknęła Scarlett.

Przed nią, w dwóch szeregach, stała służba — wszyscy w stosownych ubiorach. Mrs. Fitzpatrick wysunęła się na czoło drużyny złożonej z kucharki, czterech kuchennych, dwóch pokojówek przeznaczonych do obsługiwania salonu, czterech pokojówek przeznaczonych do obsługiwania wyższych pięter, trzech mleczarek, głównej praczki i trzech pomocnic pralni.

Po lewej stronie ujrzała człowieka o hardym spojrzeniu, po którym od razu poznała, że to lokaj, ośmiu lokajczyków, dwóch nerwowo przestępujących z nogi na nogę chłopców, koniuszego, którego już znała, sześciu stajennych oraz pięciu mężczyzn, w których po uwalanych ziemią rękach odgadła ogrodników.

— Ale najpierw proszę się uśmiechnąć i powitać ich w Ballyhara — powiedziała Karolina. Ton, jakim to wyrzekła, wyraźnie zdradzał, że wszelki opór będzie daremny. Zatem Scarlett posłusznie uczyniła to, co jej kazano.

Z powrotem w domu — który teraz stał się rezydencją — Scarlett zaczęła chichotać.

— Ten tłum dziwolągów był lepiej ubrany niż ja — wykrztusiła, spoglądając na Karolinę. Twarz Mrs. Montague była jak zwykle bez wyrazu.

— Karolino, proszę mnie nie zwodzić tą kamienną maską, jeszcze chwila, a wybuchnie pani śmiechem. Pewnie planowała to pani z Mrs. Fitz już od paru miesięcy.

— Tak jakby — przyznała Mrs. Montague. I uśmiechnęła się. Ponieważ nie zdarzało się jej „wybuchać śmiechem", uśmiech był najbardziej zbliżony do owej czynności, której spodziewała się po niej Scarlett.

*   *   *

Scarlett zaprosiła wszystkich, od Ballyhara po Adamstown, by przyszli zobaczyć, jak odżył Dwór. Długi stół w jadalni uginał się pod jedzeniem, zaś Scarlett krążyła z pokoju do pokoju ponaglając wszystkich, by nie ociągali się, lecz pełną garścią czerpali z tego, co ofiarowano, nastając, by konieczne każdy obejrzał malowidło w sali balowej. Karolina Montague w milczeniu podpierała ścianę na wielkiej klatce schodowej, a choć nie powiedziała marnego słowa, całą swą postawą dawała do zrozumienia, że to wszystko bardzo się jej nie podoba. Scarlett udawała, że jej nie widzi. Usiłowała też udawać, że nie zauważa niepewności i zakłopotania kuzynów i mieszkańców miasteczka, nie minęło jednak pół godziny od ich przybycia, gdy była bliska płaczu.

— To wszystko podważa naszą tradycję — mruknęła Rosaleen Fitzpatrick.

— Ci ludzie nie mają z panią nic wspólnego. Jak świat światem, żaden farmer nie przestąpił progu irlandzkiego dworu. Rządzimy się starymi prawami i nie jesteśmy podatni na zmiany.

— A ja myślałam, że Bractwo chce wszystko zmienić.

Mrs. Fitz westchnęła ciężko.

— Bo i chce. Ale zmiana ma się dokonać poprzez powrót do praw jeszcze starszych niż te, które dzisiaj wzbraniają wieśniakom wstępu do dworów. Szkoda, że nie potrafię wyjaśnić tego prościej.

— Proszę się nie przejmować, Mrs. Fitz. Popełniłam błąd, to wszystko. Na przyszłość będę mądrzejsza.

— To z nadmiaru wielkoduszności, Mrs. O. Zaszczyt to pani przynosi.

Scarlett zmusiła się do uśmiechu, lecz była zakłopotana, a nerwy miała napięte do granic wytrzymałości. Bo i po co urządzać po irlandzku wszystkie te pokoje, skoro Irlandczycy źle się w nich czują? I dlaczego kuzyni traktowali ją jak intruza w jej własnym domu?

Kiedy goście już wyszli, zaś służba uprzątnęła wszelkie ślady po przyjęciu, Scarlett zaczęła wędrować z pokoju do pokoju, samotna.

Hm... nawet mi się to podoba. Nawet bardzo. Bo — pomyślała sobie — Dwór w Ballyhara wygląda o niebo lepiej niż Dunmore Landing, tak w przeszłości, jak w czasach, które nadejdą.

Stanęła pośrodku sali balowej, spojrzała na malowidło przedstawiające królów i Tarę — zwielokrotnione odbiciami zwierciadeł — wyobrażając sobie, że jest z nią Rett, pełen zazdrości i zachwytu. Popuszczając wodze fantazji przeniosła się w daleką przyszłość, w czasy, gdy Kicia będzie już dorosła. Nagle w sercu ją ukłuło. Jak to, zapomniała zajrzeć do Kici, zapomniała rzucić okiem, sprawdzić, jak córeczka wyrasta na piękną dziedziczkę domu O'Harów.

Rzuciła się do schodów, pobiegła na piętro, potem korytarzem do dziecinnego pokoju.

— Hello! — przywitała ją dziewczynka. Właśnie siedziała przy stoliku i ostrożnie nalewała mleko do spodeczka. Ocras nie spuszczał z niej czujnego wzroku, zająwszy strategiczną pozycję na samym środku pokoju.

— Usiądź sobie, mamusiu — zaprosiła ją Kicia. Scarlett usiadła na niskim krzesełku.

Gdyby tak jeszcze Rett mógł się do nich przyłączyć i wypić razem filiżankę herbaty. Ale Retta nie było we Dworze i nigdy go nie będzie. Gdyby nawet przyszedł, i tak by go nie przyjęła. Niech tam sobie pije herbatę z tym drugim dzieckiem — z tymi innymi dziećmi, które da mu Anna. Scarlett stłumiła w sobie pragnienie porwania Kici w ramiona.

— Dwa kawałki cukru, proszę — powiedziała. — Pani będzie taka dobra i osłodzi moją herbatę, Miss O'Hara.

*　　*　　*

Tej nocy Scarlett nie mogła zasnąć. Usiadła na swym wytwornym francuskim łóżku, narzuciła na ramiona obleczoną jedwabiem kołdrę, żeby było jej ciepło. Ale tego ciepła, tego uczucia przytulności, którego pragnęła, mogłaby doświadczyć jedynie wtedy, gdyby czuła, jak Rett trzyma ją w ramionach, gdyby słyszała go, jak drwi z nieudanego przyjęcia, aż sama by się roześmiała, uznając, że błędem było spraszać tu wszystkich tych ludzi.

Im większe było jej rozczarowanie, tym większe było pragnienie otuchy. Pragnęła być kochaną, żyć w poczuciu, że ktoś się o nią troszczy, że ktoś ją rozumie. Jej serce nauczyło się kochać, miłość wypełniała je po brzegi, a nie miała nikogo, komu mogłaby ofiarować uczucie.

Przeklęty Rett! Że też zawsze musi wejść w drogę! Dlaczego nie miałaby pokochać Barta Morlanda? Miły, pociągający, miło być razem z nim. Gdyby naprawdę go pragnęła, nie wątpiła ani minutę, że wybiłaby mu z głowy tę Grację Hastings.

Ale wcale go nie pragnęła. I w tym sęk. Nie pragnęła nikogo prócz Retta.

To niesprawiedliwe! — pomyślała, jak dziecko czując się skrzywdzona przez los. I, jak dziecko, rozpłakała się, a potem zasnęła.

Kiedy się obudziła, panowała nad sobą. I cóż z tego, że nikomu nie podobało się jej przyjęcie? I cóż z tego, że Colum zabawił nie dłużej niż dziesięć minut? Poza nim miała innych przyjaciół. Wkrótce zdobędzie ich jeszcze więcej. Teraz, gdy dom już wyglądał jak się patrzy, Karolina pracowicie niczym pająk tkała nić przyszłości. No i pogoda była w sam raz na polowanie, a ta nieoceniona Mrs. Sims uszyła jej bardzo udatny strój do konnej jazdy.

76.

*N*a polowanie do sir Jana, Scarlett zajechała w prawdziwie pańskim stylu. Siedziała w damskim siodle, a dwóch stajennych prowadziło Półksiężyca i Kometę. Fałdy nowej sukni do konnej jazdy elegancko trzepotały nad nowym siodłem, zaś z miny amazonki można było wnioskować, że jest bardzo zadowolona z siebie. Jak tygrysica walczyła z Mrs. Sims, ale wygrała: żadnych gorsetów. Karolina była zaskoczona. Jeszcze nikomu — powiedziała — nie udało się wygrać z Daisy Sims. Nikomu, prócz mnie — myślała Scarlett. I wygrała także z Karoliną.

Albowiem Mrs. Montague była zdania, że posiadłość Jana Morlanda to nieodpowiednie miejsce na premierę Scarlett w irlandzkim towarzystwie. Wprawdzie właściciel Dunsany był człowiekiem nieskazitelnym i gdyby nie ten brak pieniędzy, mógłby być jedną z najlepszych partii w okolicy, ale Bart nie prowadził domu na wysokiej stopie. Lokaje, którzy podawali do śniadania to w istocie stajenni przebrani na parę godzin w liberię. Zamiast więc wybierać się do dworu Morlanda, powinna Scarlett wybrać na swój towarzyski debiut w wielkim świecie miejsce bardziej stosowne — o, proszę — Karolina Montague nawet postarała się o zaproszenie. Tam znajdzie to, czego naprawdę jej potrzeba.

— Co to, to nie! — uparła się Scarlett. — Bart jest moim przyjacielem.

Powtarzała to tyle razy, aż Karolina dała jej spokój. Ale Scarlett, wysuwając swe argumenty na rzecz wzięcia udziału w tym polowaniu, nie powiedziała Mrs. Montague wszystkiego. Otóż najbardziej zależało jej na tym, by znaleźć się tam, gdzie czuła się dobrze, choćby tylko przez chwilę. Teraz, gdy widoki na wejście do stołecznego światka przybrały na wyrazistości, owa wspaniała perspektywa nie tyle wabiła Scarlett, co raczej przerażała. Stale miała w pamięci słowa, które wypowiedziała do niej Mammy: „Nadajesz się do towarzystwa jak wół do kieratu". Toteż gdy przywieziono inspirowaną paryską modą nową garderobę — prawdziwy majstersztyk Mrs. Sims — Scarlett coraz częściej wracała myślą do tych słów. Oczyma wyobraźni widziała setki szlachetnie urodzonych dam i kawalerów, księżniczek i książąt, nachylających się ku niej i szepczących owo zdanie właśnie wtedy, gdy szła na swoje pierwsze ważne przyjęcie.

*　　*　　*

— Bart, miło mi, że pana widzę.

— Mnie też, droga Scarlett. Półksiężyc rwie się do galopu. Chodź, wypijesz strzemiennego z moim specjalnym gościem, z którym polowałem na lwy i jestem z tego powodu pyszny jak sam Lucyfer.

Scarlett uśmiechnęła się wdzięcznie do młodego posła sejmiku powiatowego. Bardzo przystojny, przemknęło jej przez myśl, chociaż na ogół nie lubiła brodatych mężczyzn, nawet o tak dobrze przyciętej bródce jak ta Mr. Parnella. Nazwisko nie było jej obce, słyszała je kiedyś — o, tak, na śniadaniu u Barta. Teraz pamięta. Colum wprost go nie znosił. Tym baczniejszą uwagę zamierzała na niego zwracać, by później podzielić się z kuzynem własnymi spostrzeżeniami. Ale dopiero po polowaniu. Półksiężyc rwał się do galopu. Scarlett też.

*　　*　　*

— Do końca życia nie pojmę, skąd u ciebie ten upór! — pełne entuzjazmu opowiadanie Scarlett zamieniło się w wybuch wściekłości. — Na miłość Boską, przecież nigdy nawet nie zadałeś sobie trudu, ażeby wysłuchać tego człowieka. Ale ja go słuchałam. Wszyscy go słuchali, wszyscy wprost pili słowa płynące z jego ust. Mr. Parnell dąży do tego samego celu, co ty, Columie: chce Irlandii dla Irlandczyków, żąda zaprzestania eksmisji, nawet chce znieść dzierżawne i zlikwidować stan ziemiański. Czego tu jeszcze?

Cierpliwy dotychczas Colum wybuchł.

— Czy mógłbym cię prosić o mniej naiwności w ocenie ludzi? Czyż nie wiesz, że sam ten Mr. Parnell posiada majątek? Na domiar złego jest protestantem! I studiował w Oksfordzie, a to angielski uniwersytet, kochanie. Zależy mu na głosach wyborców, nie na sprawiedliwości. To politykier. Naczelną zasadą, którą się kieruje, jest uprzejmość. Dałaś się złapać na lep słodkich słówek, dobrych manier i miłej twarzy, gdy tymczasem człowiek ten jest marionetką w rękach Anglików i marchewką na pokuszenie biednych irlandzkich osłów.

— Wprost nie da się z tobą rozmawiać! A przecież on powiedział, że popiera Bractwo.

Colum chwycił ją za nadgarstek.

— Coś jeszcze?

Odskoczyła.

— Nie! Bierzesz mnie za głupca i wygłaszasz mi kazanie, jakbym była ostatnim prostaczkiem, ale ja nie jestem ni głupia, ni prostoduszna. I dobrze o tym wiem. Wiem też, że nie ma sensu chwytać za broń i rozpętywać wojnę, skoro możecie otrzymać wszystko, czego się domagacie, bez jednego wystrzału. Przeżyłam wojnę rozpętaną przez paru w gorącej wodzie kąpanych durniów, którym szło o jakieś napuszone zasady. I co osiągnęli? Zabili moich przyjaciół, obrócili kraj w perzynę. Ot, tak sobie, za nic. Powiadam ci, Columie O'Haro, jest taki sposób, żeby Irlandię oddać z powrotem w ręce Irlandczyków, bez mordowania ludzi, bez palenia domów, i za tym się opowiadam. Koniec z pieniędzmi dla Stefana, koniec z przemytem broni, koniec, słyszysz? Dość już ukrywania broni w moim mieście. Macie mi wynieść karabiny z kościoła. Niewiele mnie obchodzi, co z nimi zrobisz, najlepiej byłoby utopić to wszystko w bagnach. W każdym razie chcę uwolnić się od tego. I to natychmiast.

— I ode mnie też chcesz się uwolnić, jeśli dobrze rozumiem?

— Skoro nastajesz... — oczy Scarlett wypełniły się łzami. — Co ja właściwie mówię? Co ty mówisz, Columie? Och, nie dozwól, by to się stało. Jesteś mym najlepszym przyjacielem, jesteś mi prawie bratem, nie bądź więc, nie bądź taki uparty. Nie chcę walczyć.

Trysnęły łzy.

Colum ujął jej dłoń w swoje dłonie, trzymał bardzo mocno.

— Droga Scarlett, to irlandzki temperament przemawia przez nas, to nie my. Wielce boleję, że patrzymy na siebie krzywym okiem i mówimy podniesionym głosem. Przebacz mi, *aroon*.

— *Aroon*? Co to znaczy? — wykrztusiła między jednym szlochem a drugim.

— To znaczy „kochanie". Po celtycku jesteś dla mnie *aroon*, Scarlett.

— Miłe.

— Tym milsze jako imię dla ciebie.

— Colum, znowu zwodzisz mnie pięknymi słówkami, ale tym razem nie dam ci się oczarować. Obiecaj mi, że pozbędziesz się tej broni. Nie proszę cię, byś głosował na Karola Parnella, proszę cię, abyś mi obiecał, że nie będziesz wszczynał wojny.

— Obiecuję ci, Scarlett, *aroon*.

— Dziękuję. Czuję się o niebo lepiej. A teraz muszę już iść. Może odprowadzisz mnie do domu i zjesz ze mną obiad w moim ślicznym pokoju porannym, chociaż wieczór już zapadł?

— Nie mogę, Scarlett *aroon*, spodziewam się przyjaciela.

— To i jego przyprowadź. Skoro kucharka nadąży z gotowaniem dla tych dziewięciu milionów służby, jestem pewna, że poradzi sobie z nakarmieniem ciebie i twego przyjaciela.

– Chętnie, ale nie dzisiaj. Innym razem.

Scarlett nie nastawała. Uzyskała to, na czym najbardziej jej zależało. Zanim jednak wróciła do domu, przystanęła przy kaplicy i wyspowiadała się ojcu Flynn. Wśród grzechów, które wymieniła, znalazł się też grzech popędliwości, czego kłótnia z Columem była najlepszym dowodem. Nie to jednak najbardziej ciążyło jej na sumieniu. Chciała uzyskać rozgrzeszenie z winy, której samo wspomnienie mroziło jej krew w żyłach. Otóż, gdy Jan Morland powiedział jej, że pół roku temu Rett stracił dziecko, nie mogła się pohamować od dziękczynnego westchnienia.

*   *   *

Prawie zaraz potem do konfesjonału przystąpił Colum O'Hara. Okłamał Scarlett – grzech ciężki. Kiedy odprawił pokutę, poszedł do składu broni w kościele anglikańskim. Chciał się upewnić, czy w razie gdyby Scarlett zamierzała przeszukać arsenał, broń jest wystarczająco dobrze ukryta.

*   *   *

Karolina Montague i Scarlett, pani na Ballyhara, wyjechały w niedzielę rano. Najpierw jednak Scarlett wysłuchała pierwszej porannej mszy. Debiut towarzyski Mrs. O'Hary miał się odbyć w pewnej wiejskiej rezydencji, dokąd zaproszono ją na cały tydzień. Nie chciała aż tak długo pozostawać z dala od Kici, lecz przecież przyjęcie urodzinowe było całkiem niedawno – Mrs. Fitz ciągle jeszcze chodziła surowo zacisnąwszy usta, zdenerwowana z powodu szkód jakich doznał parkiet w sali balowej, niemiłosiernie stratowany przez czeredę rozwydrzonych dzieciaków – wyjeżdżała więc w przekonaniu, że Kicia nie będzie za nią tęsknić. Obarczona obowiązkiem sprawdzania stanu nowych mebli, śledzenia, jak się sprawują nowi służący, Kicia była bardzo zajętą dziewczynką.

Scarlett, Karolina i Evans – pokojówka Mrs. Montague – pojechały nowym, eleganckim powozem na stację kolejową w Trim. Powiat Monaghan był zbyt daleko, by ważyć się na podróż konno.

Scarlett była raczej podekscytowana niż zdenerwowana. Pomysł, by najpierw pojechać do Jana Morlanda okazał się wcale nie taki głupi. Za to Karolina denerwowała się za siebie i za nią, chociaż usiłowała tego po sobie nie okazywać. Cała przyszła kariera Scarlett w eleganckim świecie zależała od tego, jakie wrażenie zdoła wywrzeć w tym tygodniu. Od tego zależała także cała przyszłość Karoliny Montague. Co i rusz zatem spoglądała na swą pupilkę, by nabrać wiary w siebie. O, tak, pięknie wygląda w tym swoim zielonym kostiumiku podbitym merynosami. Te jej oczy to prawdziwy skarb dany od Boga – tak wyraziste, że aż nie do zapomnienia. A jej zgrabna, nie opięta gorsetem figura na pewno zdoła wywrzeć takie wrażenie, że wszystkie babskie języki pójdą w ruch, zaś męskie serca zabiją żwawiej. Wygląda dokładnie tak, jak opisywała ją kilku wybranym przyjaciołom: piękna, nie nazbyt młoda Amerykanka, wdowa, o świeżym wyglądzie i wdzięku typowym dla mieszkanek kolonii. Może brak jej ogłady, ale to tylko potęguje efekty świeżości. Romantyczna Irlandka, tak romantyczna, jak to tylko zdarza się cudzoziemkom. Bardzo, może nawet fenomenalnie bogata, w każdym razie na tyle, że może wieść życie istoty niezależnej. Dobrze urodzona z przymieszką krwi francuskiej arystokracji, lecz pełna wigoru, który zawdzięcza swemu amerykańskiemu pochodzeniu. Nieprzewidywalna w swych reakcjach, lecz obyta, naiwna, a zarazem doświadczona. Koniec końców intrygujący i zabawny nabytek do kółka ludzi znających się aż za dobrze i dlatego tęskniących do widoku kogoś, o kim mogliby rozmawiać.

— Może powinnam pani raz jeszcze powiedzieć, kogo należy oczekiwać...

— Proszę, Karolino, i tak znowu zapomnę. Poza tym najważniejsze pamiętam: książę jest ważniejszy od markiza, potem hrabia, wicehrabia, baron i baronet. Mogę się zwracać do wszystkich mężczyzn „sir", jak na Południu, zatem nie muszę pamiętać o wszystkich tych „milordach" i „waszych miłościach". W żaden sposób nie wolno mi zwracać się do dam „Pani", ponieważ jest to formuła zastrzeżona dla samej królowej Wiktorii, a jej tam z pewnością nie będzie. Tak. I kiedy mnie poproszą, żebym zwracała się po imieniu, mam się uśmiechać i za nic w świecie tego nie robić. Stary, brzydki „Mister" czy „Miss" nie są warci zachodu, chyba że są „czcigodni". Wydaje mi się to wszystko bardzo śmieszne. Dlaczego „czcigodni" a nie „szanowni" czy jakoś inaczej?

Karolina wzdrygnęła się wewnętrznie. Scarlett jest zbyt poufała, zbyt spontaniczna.

— Nie zwracała pani należytej uwagi, Scarlett. Pewne nazwiska, nie okraszone żadnym tytułem, nawet nie „czcigodne" są jednak równie ważne jak książęce. Herbertowie, Burke'owie, Clarke'owie, Lefroy'owie, Blennerhassettowie...

Scarlett roześmiała się jej prosto w nos. Karolina umilkła. Co ma być, to będzie.

*   *   *

Dom był w stylu gotyckim — tak wielki, że aż nie do ogarnięcia wzrokiem — z wszystkimi iglicami i wieżami, oknami strzelistymi jak katedralne, korytarzami, które ciągnęły się i po sto jardów. Nawet Scarlett straciła pewność siebie, gdy ujrzała to monstrum. „Jesteś O'Hara" — napominała się, po czym maszerowała po kamiennych schodach tak wysoko uniósłszy podbródek, że nikt nie śmiał jej wyzwać.

Lecz nim obiad dobiegł końca, Scarlett uśmiechała się do wszystkich — nawet do lokaja, który stał za jej krzesłem o bardzo wysokim oparciu. Jedzenie było doskonałe, bardzo obfite, wytwornie podane, ale Scarlett ledwo przełknęła parę kęsów. Za to chłonęła powszechny podziw, którego była przyczyną. Do stołu zasiadło czterdzieści sześć osób i wszyscy, jak jeden mąż, chcieli ją poznać.

— ... a na Nowy Rok muszę pukać do wszystkich drzwi w miasteczku, wchodzić i wychodzić, i znowu wchodzić, pić herbatę i znowu wychodzić, żeby ponownie wypić filiżankę herbaty. Publicznie oświadczam: nie pojmuję, dlaczego po wypiciu połowy rocznej produkcji herbaty w Chinach jeszcze nie zżółkłam na podobieństwo Chińczyka — zaszczebiotała do mężczyzny z lewej strony, który z zapartym tchem słuchał opowieści o obowiązkach głowy rodu O'Harów.

Kiedy „zmieniano stół", Scarlett oczarowała generała w stanie spoczynku, siedzącego po jej prawicy, sprawozdaniem z bitwy pod Atlantą, z wszystkimi szczegółami, dzień po dniu. Jej południowy akcent w niczym nie przypomina wymowy amerykańskiej — opowiadali sobie później słuchacze. No i jaka to inteligentna kobieta.

Była też kobietą „diabelnie atrakcyjną". Olbrzymi diament i szmaragd z pierścienia, które dostała od Retta, a który za radą Karoliny kazała przerobić na medalion, rzucały jasne błyski, mieniąc się kolorami na jej wydekoltowanej, acz bez przesady odkrytej piersi, zawieszone na złotym łańcuszku tak cienkim, że prawie niewidocznym.

Po obiedzie Scarlett zasiadła do wista. Szczęście i umiejętności nie zawiodły. Dobrze, że jej partner wygrał na poprzednich tego rodzaju przyjęciach trzykroć pod rząd, miał zatem z czego zapłacić. W ten sposób Scarlett stała się osobą, której towarzystwo było równie upragnione tak przez damy, jak przez dżentelmenów.

Nazajutrz z samego rana — i co rano przez pięć następnych dni — wszyscy pojechali na polowanie. A chociaż Scarlett dosiadła konia ze stajni gospodyni, był zwinny i nieustraszony, tak że sukcesu mogła być pewna. Niczego bowiem tak wysoko nie ceniła anglo-irlandzka arystokracja, jak dobrego trzymania się w siodle.

Karolina Montague musiała się pilnować, by nie wyglądać jak kocur, który właśnie wychłeptał pełną miskę tłustej śmietanki.

*   *   *

— Dobrze się pani bawiła? — spytała Scarlett w drodze powrotnej do Ballyhara.

— Znakomicie, Karolino, każda minuta była urocza! Wielkie dzięki za to zaproszenie. Wszystko było wspaniałe. Bardzo rozsądnie z pani strony, że zostawiała pani kanapki w sypialni. Kiedy wracałam późną nocą, zawsze byłam głodna... Chyba wszystkim kiszki marsza grały.

Karolina parsknęła śmiechem i śmiała się tak serdecznie, że aż łzy ciurkiem pociekły jej z oczu, co bardzo zirytowało Scarlett.

— Nie rozumiem, co w tym śmiesznego, że apetyt mi służy. Grając do późna w nocy w karty wracałam do łóżka dobrych parę godzin po obiedzie. W tym czasie każdy by zgłodniał.

Gdy Karolina odzyskała mowę, wyjaśniła, co ją tak rozbawiło. W co bardziej wyrafinowanych domach w damskich sypialniach zostawiało się tace z kanapkami, które w razie potrzeby można było wykorzystać jako sygnał dla amanta. Jeśli dama miała życzenie przyjąć nocnego gościa, wystawiała tacę na korytarz, na podłodze przed drzwiami.

Scarlett oblała się purpurą.

— Panienko Najświętsza, a ja zjadałam wszystko, co do okruszyny. Co też sobie myślą pokojówki!

— Nie tylko pokojówki — zachichotała Karolina. — Pewnie wszyscy goście łamią sobie głowę, kim jest ów szczęśliwy mężczyzna... albo mężczyźni. Oczywiście żaden dżentelmen publicznie nie zgłosi się po ów wawrzyn, w przeciwnym razie nie byłby dżentelmenem.

— Nie będę miała odwagi po raz drugi spotkać tych ludzi — jęknęła Scarlett. — To najbardziej skandaliczny zwyczaj, o jakim zdarzyło mi się słyszeć. A jakie to niesmaczne. I pomyśleć, sądziłam, że przebywam w tak miłym towarzystwie.

— Ależ drogie dziecko, właśnie ci są mili, którzy zachowują te sprawy do własnej wiadomości. Wszyscy znają reguły tej gry, nikt nie uczyni nawet najdrobniejszej aluzji. Radości tych ludzi pozostaną w tajemnicy, chyba że zdecydują się je ujawnić.

Scarlett już chciała powiedzieć, że tam, skąd pochodzi, ludzie są uczciwi i przyzwoici, gdy nagle przypomniała sobie, co usłyszała od Sally Brewton. Ona też wysławiała się w podobny sposób jak Karolina, mówiła o „dyskrecji" i „radościach", jak gdyby wiarołomstwo było czymś normalnym, powszechnie uznanym.

Karolina Montague uśmiechnęła się z zadowoleniem. Jeśli nawet legenda Scarlett O'Hary była niepełna, zabawne nieporozumienie z kanapkami powinno ją dopełnić. Teraz będzie znana nie tylko jako wnosząca ożywczy powiew przybyszka z kolonii, ale również jako kobieta uświadomiona w tym, co należy.

Karolina zaczęła przygotowywać wstępny plan odwrotu. Jeszcze tylko kilka miesięcy, a nie będzie się nudzić na żadnym przyjęciu w eleganckim świecie.

— Zadbam, żeby codziennie dostarczano do Ballyhara *Irish Times* — powiedziała do Scarlett. — Pani zadaniem będzie wczytywać się w każde słowo. Gdy pojedziemy do Dublina, wszyscy będą się spodziewać, że jest pani na bieżąco z ostatnimi nowinkami.

— Dublin? Nie mówiła mi pani, że pojedziemy do Dublina.

— Naprawdę? A byłam święcie przekonana, że mówiłam. Przepraszam, moja droga. Ale sama pani wie, że dla nas Dublin to pępek świata. Na pewno się pani spodoba. To prawdziwe miasto, nie jakaś zarośnięta chaszczami wieś w rodzaju Galway czy Drogheda. A Zamek wygląda tak wzruszająco, jak jeszcze nic, co zdarzyło się pani widzieć.

— Zamek? Prawdziwy, nie ruiny? To i królowa tam mieszka?

— Nie, dzięki Bogu, nie. Wprawdzie królowa jest dobrą władczynią, lecz jako kobieta jest śmiertelnie nudna. Nie. Zamkiem w Dublinie rządzi przedstawiciel Jej Wysokości, wicekról. Będzie mu pani przedstawiona... jemu i wicekrólowej... w sali tronowej...

Tu Mrs. Montague nakreśliła Scarlett obraz wspaniałości i splendoru ponad wszelkie pojęcie. Wspaniałość charlestońskiej sali świętej Cecylii zdała się być przy tym niczym. Słysząc tę opowieść, Scarlett z całego serca zapragnęła odnieść sukces towarzyski w stołecznym mieście. Może wreszcie w ten sposób zdoła osadzić Retta na właściwym miejscu, pozbawić go wszelkiego znaczenia.

Tak, teraz już można jej to powiedzieć bez obaw — pomyślała Karolina. Po tym sukcesie, jaki odniosła w ubiegłym tygodniu, zaproszenie na pewno nadejdzie. Dobrze zrobiłam, że jeszcze w ubiegłym roku, gdy tylko otrzymałam list od Scarlett, zamówiłam na karnawał apartament w *Shelbourne*. Na pewno nie stracę zadatku.

*   *   *

— Gdzież moja droga Kicia? — zawołała Scarlett, gdy tylko wbiegła do domu. — Mamusia wróciła, kochanie.

Po półgodzinnych poszukiwaniach znalazła Kicię w stajni — siedziała na Półksiężycu. W porównaniu z ogromnym gniadoszem zdała się okropnie mała. Scarlett, chociaż od zmysłów odchodziła z trwogi, tak ustawiła głos, by nie przestraszyć konia.

— Kochanie, chodź do mamusi, daj mamusi buziaka.

Serce biło jej młotem, gdy spoglądała, jak Kicia zeskakuje na wiązkę słomy, tuż obok ogromnych, podkutych żelazem kopyt. Po czym dziewczynka znikła z pola widzenia aż do momentu, gdy jej ciemna twarzyczka ukazała się nad górną połówką drzwiczek. Kicia wspięła się, nie weszła do stajni, bowiem drzwi były zamknięte. Scarlett przyklękła, by schwycić Kicię w objęcia.

— Aniołku ty mój, jaka jestem szczęśliwa, że cię widzę. Okropnie stęskniłam się za tobą. A ty?

— Też — powiedziała, wywijając się z objęć. Cóż — pomyślała Scarlett — przynajmniej usłyszałam, że za mną tęskni, nigdy dotychczas nie przyznawała się do tego. Gdy ciepła fala miłości przeszła w całkowite uwielbienie dla Kici — jak dobrze znane uczucie — Scarlett podniosła się z klęczek.

— Nie wiedziałam, że lubisz konie, Kiciu-Kociu.

— Lubię. Kicia lubi wszystkie zwierzęta.

Scarlett bardzo się starała, by to, co powie, brzmiało pogodnie.

— A może chcesz kucyka? To taki konik odpowiedniej wielkości dla dziewczynki.

Nie mogę dopuścić do siebie tych myśli o Bonnie — powtarzała w duchu. Nie mogę. Przecież obiecałam sobie, że nie będę pozbawiać Kici swobody, że nie będę otaczać jej szczelnym kokonem matczynej opieki jedynie dlatego, że straciłam Bonnie w wypadku. Obiecałam Kici, gdy tylko przyszła na świat, że pozwolę jej być taką, jaką jest, że dam jej wolność niezbędną do ukształtowania się niezależnego umysłu. Wprawdzie nie wiedziałam wówczas, że będzie to takie trudne, że będę musiała walczyć z własnym pragnieniem zapewnienia jej bezpieczeństwa, ale dotrzymam tej obietnicy, muszę jej dotrzymać. Tak będzie dobrze. Skoro chce kucyka, będzie go miała. Będzie uczyła się skakać, forsować przeszkody, a jeśli na ten widok serce mi zadrży, nie ją, lecz siebie będę musiała pilnować. Zbyt kocham Kicię, by zamykać ją w czterech ścianach.

Scarlett nie mogła wiedzieć, że gdy jej nie było, Kicia samotnie wyprawiła się do miasteczka. Teraz, w wieku trzech latek nagle zainteresowała się innymi dziećmi oraz ich zabawami, poszła więc z myślą, że znajdzie kompanów, których poznała na urodzinach. Na szerokiej ulicy bawiła się grupka czterech, może pięciu chłopców. Gdy Kicia podeszła w ich stronę, zerwali się i uciekli. Przystanęli jednak wystarczająco blisko, by mogły ją dosięgnąć kamienie, którymi zaczęli rzucać w jej kierunku.

— *Cailleach!* — krzyczeli — *Cailleach!*

Słowa tego nauczyły ich matki. Po celtycku znaczyło tyle, co „wiedźma". Kicia podniosła wzrok na matkę.

— Tak, chcę kucyka.

Chciała kucyka, bo kucyki nie rzucają w ludzi kamieniami. Zastanawiała się, czy powiedzieć matce o chłopakach z Ballyhara. Chciałaby ją zapytać, co znaczy to nieznane słowo, które wykrzykiwali. Kicia lubiła poznawać nowe słowa. Ale to nie podobało się jej. Dlatego nie zapytała. Powiedziała tylko:

— Chcę kucyka. Dzisiaj.

— Córeczko, mamusia nie może znaleźć kucyka jeszcze dzisiaj. Ale jutro zobaczymy, co się da zrobić. Obiecuję. A teraz idźmy do domu na herbatę.

— Z ciastkami?

— Tak, z ciastkami.

Gdy tylko Scarlett weszła do swojego pokoju, ogarnęło ją nieprzezwyciężone pragnienie, by jak najszybciej zdjąć z siebie ten bardzo piękny kostium podróżny. Czuła niejasną potrzebę ubrania się w spódnicę i bluzeczkę, może jeszcze kolorowe pończochy?

* * *

Jakoś w połowie grudnia Scarlett zaczęła się przechadzać ciężkim krokiem po długich korytarzach Dworu niczym zwierzę zamknięte w klatce. Już zdążyła zapomnieć, jak serdecznie nie znosi ciemnych, krótkich, wilgotnych zimowych dni. Nieraz przychodziło jej na myśl, czy aby może nie pójść do *pubu* Kennedy'ego, lecz od owego nieudanego przyjęcia dla mieszkańców miasteczka nie czuła się w ich obecności równie swobodnie, jak kiedyś. Troszkę jeździła konno. Nie było to konieczne, bowiem stajenni sami dbali, by zwierzęta się wybiegały, ale Scarlett czuła potrzebę wyjechania gdzieś dalej, poza Dwór, nawet w lodowaty deszcz. Gdy się zdarzyło parę słonecznych godzin, spoglądała, jak Kicia na swym szetlandzkim kucyku zakreśla wielkie ósemki po zamarzniętym trawniku. Scarlett zdawała sobie sprawę z tego, że w ten sposób dziewczynka niszczy trawę, lecz Kicia musiała gdzieś się wybiegać. Za to przynajmniej udało się ją przekonać, by nie wychodziła poza dworskie zabudowania, nawet jeśli miało to znaczyć, że będzie hasać po stajni lub przeszkadzać w kuchni.

W wigilijny wieczór Kicia zapaliła świecę w oknie, potem zaś świeczki na choince — do tej wysokości, do jakiej mogła dosięgnąć. Colum wziął ją na ręce, żeby sięgnęła wyżej.

Cudzoziemski zwyczaj rodem z Anglii — mruknął z niechęcią. — Zobaczysz, któregoś roku dom ci od tego spłonie.

Scarlett spojrzała na drzewko błyszczące od ozdób, jaśniejące płomykami świec.

— Myślę, że to bardzo piękny zwyczaj, nawet jeśli sama angielska królowa go zapoczątkowała — powiedziała zadziornie. — Poza tym nad oknami i drzwiami powiesiłam gałązki ostrokrzewu, tak że w całym Dworze jest po irlandzku, jedynie za wyjątkiem tego pokoju. Nie bądź więc taki zrzędliwy, mój kuzynie.

Colum wbuchnął śmiechem.

— Kiciu O'Haro, czy wiedziałaś, że twój ojciec chrzestny jest zrzędą?

— Dzisiaj tak.

Tym razem śmiech Columa nie był wymuszony.

— No to mam, czego chciałem! Sam sobie jestem winny. Pytałem i otrzymałem odpowiedź.

Gdy Kicia zasnęła, pomógł Scarlett wnieść do sypialni prezent: kucyka na biegunach, i to naturalnej wielkości kucyka!

W dzień Bożego Narodzenia, ledwo się przebudziła, dziewczynka spojrzała na niego z pogardą.

— To nie jest prawdziwe.

— Bo to zabawka, kochanie. Żebyś się nie nudziła, gdy w brzydką pogodę trzeba będzie zostać w domu.

Kicia wspięła się kucykowi na grzbiet. Wypróbowała, jak to jest z tym bujaniem. Przyznała, że jak na nieprawdziwego kucyka zabawa jest przednia.

Scarlett westchnęła z ulgą. Przynajmniej nie będzie ją dręczyć to straszne poczucie winy, gdy wyjedzie do Dublina. W dzień po Nowym Roku, po rzucaniu ciastem o ścianę i piciu herbaty, miała się spotkać z Karoliną w stolicy, w *Gresham Hotel*.

77.

*S*carlett nawet nie przypuszczała, że Dublin leży tak blisko. Zdało się, że ledwo wsiadła do pociągu w Trim, a tu konduktor już oznajmił Dublin. Na peronie spotkała Evans — pokojówkę Karoliny Montague. Przyszła razem z bagażowym, który zaraz zajął się walizami Scarlett.

— Proszę za mną, Mrs. O'Hara — rzekła Evans, gdy wstępne formalności zostały załatwione. I ruszyła przed siebie. Scarlett tylko z trudem dotrzymywała jej kroku, bowiem dworzec pełen był spieszących się ludzi. Dworzec dubliński zdał się Scarlett największą budowlą, jaką widziała w życiu. Nigdy też jeszcze nie trafiła w taki wir ludzki.

Zaraz jednak okazało się, że to jeszcze nic w porównaniu z ruchliwymi ulicami. Przejęta widokiem stołecznego życia, Scarlett, jadąc dorożką, nie mogła oderwać nosa od szyby. Karolina miała rację: pokocha Dublin.

Zaledwie dorożka przystanęła, Scarlett wyrwała się do drzwiczek. Przy wysiadaniu pomógł jej strojny w bogato złocony mundur portier. Od razu zapatrzyła się w konny tramwaj, który właśnie ciągnął ulicą.

— Tędy, proszę — dotknęła jej ramienia Evans.

Karolina oczekiwała przy stoliku z herbatą w salonie wynajętego apartamentu.

— Karolino! — zawołała od progu Scarlett. — Widziałam piętrowy tramwaj, po brzegi wypchany przez ludzi.

— Dzień dobry pani, droga Scarlett. Cieszę się, że Dublin przypadł pani do gustu. Proszę dać Evans wierzchnie okrycia i przyłączyć się do mnie na herbatkę. Mamy do załatwienia coś wielkiego.

Tego wieczoru do hotelu przybyła Mrs. Sims z trzema pomocnicami. Przywiozły muślinowe suknie. Scarlett stała lub poruszała się dokładnie tak, jak jej kazano, gdy tymczasem Mrs. Sims i Mrs. Montague omawiały każdy szczegół toalety. Jedna suknia była piękniejsza od drugiej. Gdy — co zdarzało się rzadko — Mrs. Sims akurat nie poszturchiwała jej i nie szczypała, Scarlett wdzięczyła się do własnego odbicia w wielkim lustrze.

Kiedy krawcowa i jej pomocnice wyszły, Scarlett nagle odkryła, że jest zupełnie wyczerpana. Z radością przystała na propozycję Karoliny, by obiad zjeść w pokoju, i rzuciła się na jedzenie z wilczym apetytem.

— Scarlett, proszę uważać, żeby nie przybrać w talii choć o milimetr — ostrzegła Karolina. — W przeciwnym razie trzeba będzie powtórzyć przymiarkę.

— Zrzucę wszystko podczas robienia zakupów — uspokoiła ją Scarlett, smarując masłem następną kromkę chleba. — W drodze ze stacji do hotelu widziałam przynajmniej osiem cudownych witryn.

Karolina uśmiechnęła się pobłażliwie. Otrzyma upragnioną prowizję od każdego sklepu, w którym Scarlett da się poznać jako stała klientka.

— Obiecuję, że kupi tu pani wszystko, czego dusza zapragnie. Ale zakupy dopiero po południu. Z rana będzie pani pozować do portretu.

— Nonsens. Po co mi portret? Już kiedyś kazałam sobie zrobić jeden i serdecznie go nie znoszę. Wyszłam na nim podle jak żmija.

— Tym razem nie wyjdzie pani podle jak żmija, daję słowo. *Monsieur* Hervé jest specjalistą od damskich portretów. A portret jest nader ważny. Musimy namalować portret.

— Dobrze, skoro pani tak mówi.... ale nie jestem zachwycona, Bóg mi świadkiem.

Następnego dnia Scarlett obudziły odgłosy ruchu ulicznego. Było jeszcze ciemno, lecz w świetle lamp ujrzała cztery rzędy wozów, wózków i powozów wszelkiego rodzaju, przeciągających tuż pod oknem jej sypialni. Nie dziw, że w Dublinie ulice są takie szerokie — pomyślała, szczęśliwa. Można tu spotkać prawie wszystko, co jeździ po Irlandii i ma koła. Dobiegł ją jakiś zapach. Pociągnęła nosem raz, potem drugi... chyba zmysły postradam. Przysięgłabym, że czuję kawę.

Ktoś delikatnie zapukał do drzwi.

— Śniadanie w salonie — zawołała Karolina. — Odprawiłam lokaja, wystarczy, jeśli otuli się pani w matinkę.

Scarlett tak gwałtownie otworzyła drzwi, że omal nie przewróciła Mrs. Montague.

— Kawa! Gdyby tak pani wiedziała, jak bardzo brakowało mi kawy! Karolino, dlaczego nie powiedziała mi pani, że w Dublinie pije się kawę? Przecież gotowa bym była dojeżdżać tu każdym porannym pociągiem, tylko żeby zjeść śniadanie z kawą!

Kawa pachniała rozkosznie, lecz smakowała jeszcze lepiej. Siłą rzeczy Karolina musiała poprzestać na herbacie, ponieważ cały dzbanek kawy wypiła Scarlett.

Posłusznie założyła jedwabne pończochy i kombinacje, które Karolina wyjęła z jakiegoś pudełka. Czuła się dość nikczemnie. Leciutka, prawie przezroczysta, śliska w dotyku bielizna bardzo różniła się od tej, którą całe życie nosiła, batystowej lub muślinowej. Tym dokładniej owinęła się w wełnianą matinkę. Za chwilę do pokoju weszła Evans, a za nią kobieta, której nigdy w życiu nie widziała.

— To Serafina — wyjaśniła Mrs. Montague. — Włoszka. Proszę się nie przejmować, jeśli zacznie mówić coś, czego nie da się zrozumieć. Przyszła, żeby ułożyć pani fryzurę. Wystarczy, jeśli będzie pani spokojnie siedzieć, a ona niech tam sobie plecie do woli.

Minęła prawie godzina. Serafina odbyła jednokierunkową konwersację chyba z każdym pojedynczym włoskiem na mojej głowie — jęknęła w duchu Scarlett. Kark jej zesztywniał, a że nie miała przed sobą lustra, nawet nie mogła sobie wyobrazić, co gadatliwa Włoszka wyprawia z jej głową, bowiem Karolina kazała jej usiąść przed oknem w salonie, gdzie wpadało najwięcej światła.

Mrs. Sims i jej pomocnica sprawiały wrażenie równie zniecierpliwionych jak Scarlett. Przybyły dwadzieścia minut temu.

— *Eccco!* — zawołała w końcu Serafina.

— *Benissimo!* — zawołała Mrs. Montague.

— Teraz my! — zerwała się Mrs. Sims.

Pomocnica krawcowej zdjęła z sukni, którą trzymała pryncypałka, muślinowy pokrowiec. Scarlett aż dech zaparło w piersi. W bladym świetle zimowego poranka błysnęła lśniąco-biała satyna, srebrne hafty rozbłysły jak żywe. To nie suknia, to marzenie! Scarlett wstała, wyciągnęła ręce, nie mogąc doczekać się chwili, gdy będzie mogła jej dotknąć.

— Najpierw rękawiczki! — władczym tonem zarządziła Mrs. Sims. — Inaczej będzie znać dotknięcie każdego palca.

Wtedy Scarlett spostrzegła, że krawcowa ma na dłoniach białe rękawiczki. Założyła więc staromodne długie po łokcie rękawiczki, które podała jej Karolina, już rozwinięte i napudrowane, by się nie rozciągnęły przy nakładaniu.

Gdy Scarlett wciągnęła rękawiczki, Karolina z niezwykłą wprawą zapięła srebrnym haczykiem malutkie guziczki, Serafina nakryła jej włosy jedwabną chusteczką, zdjęła wełnianą matinkę, a wtedy Scarlett podniosła ręce i Mrs. Sims przez głowę włożyła na nią suknię. Po czym krawcowa wzięła się za zapinanie guzików, zaś Włoszka, zgrabnie zdjąwszy chusteczkę, kilkoma delikatnymi dotknięciami poprawiła uczesanie Scarlett.

Ktoś zapukał do drzwi.

— W samą porę — zauważyła Mrs. Montague. — To na pewno Hervé. Mrs. Sims, pani O'Hara będzie nam potrzebna tutaj ... o, tutaj — zaprowadziła Scarlett na sam środek salonu.

Scarlett usłyszała, jak ktoś otworzył drzwi, potem dobiegł ją niski męski głos. Mr. Hervé pewnie mówi po francusku i ani chybi spodziewa się, że i ja mówię. Nie, Karolina powinna poznać mnie lepiej. Żebym tak jeszcze miała lusterko. Ciekawe, jak wyglądam w tej sukni.

Uniosła jedną nóżkę, potem drugą, zaś asystentka krawcowej włożyła jej na stopy pantofelki. Nawet nie mogła ich sobie obejrzeć, bowiem Mrs. Sims ciągle szturchała ją w łopatki i syczała, żeby trzymała się prosto. Pomocnica coś tam manipulowała z dołu sukni.

— Mrs. O'Hara — powiedziała Karolina Montague — pani pozwoli, że jej przedstawię... *monsieur* François Hervé.

Scarlett spojrzała na łysawego, okrągłego jegomościa, który wtoczył się do pokoju i zgiął w ukłonie.

— Dzień dobry — powiedziała. — Jak się pan miewa?

Czy powinna podać malarzowi rękę?

— *Fantastique* — odpowiedział tłustawy jegomość i strzelił palcami. Dwóch mężczyzn wniosło do pokoju ogromne zwierciadło i ustawiło je przy ścianie między oknami. Gdy odstąpili, Scarlett ujrzała siebie.

Suknia z białej satyny była bardziej *décolleté*, niż przypuszczała. Spojrzała na odważnie odsłonięte piersi i plecy. Później na całą postać kobiety, w której z trudem rozpoznała siebie. Włosy miała tak wysoko spiętrzone, w tak kunsztownej piramidzie loczków i kosmyków, że zdało się graniczyć z cudem, jak to wszystko może się utrzymać. Suknia z białej satyny opinała jej ciało długim wąskim pancerzem, srebrem haftowany biały satynowy tren opadał półkolem wokół białych satynowych baletek na srebrnych obcasikach.

W tym stroju bardziej przypominam babcię Robillard z portretu, aniżeli samą siebie.

Lata dziewczęcego życia jakby nagle odpłynęły. Teraz wyglądała jak kobieta, a nie jak skora do flircików powiatowa piękność. Osoba, którą pokazywało jej zwierciadło, bardzo jej się podobała. Łagodnie wygięte usta delikatnie drżały w kącikach, wyraziste oczy pałały głębszym, bardziej tajemniczym blaskiem niż zazwyczaj. Uniesiony podbródek zdradzał najwyższą pewność siebie, spoglądała sobie prosto w oczy z wyzwaniem i aprobatą.

— Otóż i ona — szepnęła Karolina Montague. — Kobieta, która przebojem zdobędzie Irlandię. A nawet cały świat, jeśli przyjdzie jej taka ochota.

— Sztalugi — mruknął artysta. — No, szybciej, głupcy. Portret, który teraz namaluję, uczyni mnie sławnym.

*   *   *

— Nie rozumiem — mówiła Scarlett do Karoliny po skończonym seansie. — Patrzyłam w lustro i czułam się tak, jakbym nigdy w życiu nie widziała tej osoby, ani nawet nie znała... Jestem bardzo zmieszana, Karolino.

— Drogie dziecko, zaczynasz mądrzeć.

*   *   *

— Karolino, zróbmy sobie przejażdżkę tramwajem — wzdychała Scarlett. — Chyba zasłużyłam na jakąś nagrodę po tylu godzinach stania niczym posąg.

O, tak, seans był długi — przyznała Mrs. Montague. Następny chyba będzie krótszy. Albo wcale się nie odbędzie. Kiedy pada, światło się psuje, a bez dobrego światła mistrz nie jest w stanie malować.

— A więc zgoda? — zawołała Scarlett. — Pojedziemy tramwajem?

Karolina twierdząco skinęła głową. Scarlett przez chwilę jakby chciała ją wycałować, ale zaraz uświadomiła sobie, że Karolina Montague nie jest osobą z rodzaju tych, które chętnie przyjmują objawy spontanicznych uczuć. Miała też niejasne podejrzenia, że i ona nie jest już tego rodzaju człowiekiem. Widok siebie samej — nie dziewczyny, lecz kobiety — zaniepokoił ją i zatrwożył. Trzeba będzie się przyzwyczaić.

Po krętych metalowych schodach weszły na piętro. Hulał tu wiatr i było bardzo zimno, ale też widok, jaki roztaczał się z górnej platformy, wspaniałością przekraczał wszelkie oczekiwania. Scarlett rozglądała się we wszystkie strony: patrzyła na szerokie, lecz zatłoczone ulice, na tłumy ludzi spieszących po szerokich chodnikach. Dublin był pierwszym miastem z prawdziwego zdarzenia, jakie ujrzała. Mieszkało tu prawie ćwierć miliona ludzi. W Atlancie, choć się rozrastała, dwadzieścia tysięcy.

Tramwaj pędził po szynach nieubłaganie wymuszając pierwszeństwo przejazdu. Kiedy się zbliżał, piesi i pojazdy w ostatniej chwili rozbiegali się na boki. Te ucieczki, gorączkowe i z towarzyszeniem głośnych wrzasków, bardzo się podobały Scarlett.

A potem ujrzała rzekę. Tramwaj zatrzymał się na moście, skąd rozciągał się widok na brzegi Liffey. Most następował po moście, jeden inny od drugiego, wszystkie pulsujące ruchem. Nabrzeża nęciły witrynami sklepów, tłumami przechodniów. W falach odbijało się słońce.

Wkrótce Liffey zostawili z tyłu za sobą. Tramwaj wtoczył się w mroczną ulicę, z obu stron zabudowaną wysokimi budynkami. Scarlett przeniknął chłód.

— Wysiadamy na następnym przystanku — powiedziała Karolina. — Potem skierujemy się w tę ulicę — wskazała ręką.

Kiedy przeszły przez rojne od ludzi i pojazdów skrzyżowanie, Mrs. Montague wskazała na skręcającą z przodu ulicę.

— Grafton Street — rzekła tonem osoby, która bierze się do wygłoszenia jakiegoś wstępu. — Z powrotem weźmiemy dorożkę, lecz jedyną metodą obejrzenia sklepów jest spacer na piechotę. Czy życzy sobie pani filiżankę kawy, nim zaczniemy? Powinna pani poznać magazyny Bewleya.

— Sama już nie wiem, Karolino. Chiałabym po prostu zajrzeć do pierwszego lepszego sklepu. Ten wachlarz na wystawie... niech pani spojrzy, tam w rogu, ten z różowych piór... jakie to wdzięczne. Och, i ten porcelanowy Chińczyk, początkowo go nie zauważyłam. I ten kunsztowny futerał na pachnidełka! Proszę tylko spojrzeć na haft na tych rękawiczkach. Widziała pani kiedyś coś podobnego? Panienko Najświętsza, ile tu wszystkiego!

Karolina skinęła na odźwiernego w liberii. Ten skłonił się i otworzył drzwi.

Mrs. Montague nie wspominała o tym, że na jednej tylko Grafton Street są przynajmniej cztery takie sklepy z setkami wachlarzów i rękawiczek. Była przekonana, że Scarlett na własnej skórze przekona się, iż najważniejszą cechą wielkiego miasta jest nieskończona ilość pokus, które roztacza.

Po dziesięciu dniach, które spędziła na pozowaniu do portretu, przymiarkach i zakupach, Scarlett wróciła do Ballyhara. Wiozła ze sobą tuziny prezentów dla Kici, parę podarków dla Mrs. Fitz oraz Columa, dziesięć funtów kawy i ekspres do parzenia kawy — to ostatnie specjalnie dla siebie. Zakochała się w Dublinie. Niecierpliwie czekała, kiedy będzie mogła tam powrócić.

W Ballyhara czekała na nią Kicia. Gdy tylko pociąg wytoczył się z miasta, Scarlett popadła w gorączkowe oczekiwanie — kiedy wreszcie będzie w domu? Tyle miała do opowiedzenia córeczce, tyle planów zdążyła już ułożyć, rozmyślając jak to będzie, gdy zabierze swą wychowaną na wsi małpeczkę do wielkiego miasta. W domu musiała odrobić swój comiesięczny dyżur, kiedy to zawsze w pierwszą niedzielę miesiąca, po sumie, przyjmowała interesantów. Właśnie tydzień temu wypadał termin. Zaniedbała się w obowiązkch. No i wkrótce już Świętej Brygidy. Na ten dzień zawsze czekała z największą radością, lubiła ów moment, gdy przerzuciwszy pierwszą łopatę ziemi mogła uznać, że rok naprawdę się zaczął. Tak, teraz była bardzo, bardzo szczęśliwa. Miała dla siebie wszystko — i miasto, i wieś. Była Tą O'Harą — głową rodu — a jednocześnie ową ciągle nie znaną kobietą, którą widziała w zwierciadle.

*　　*　　*

Scarlett zostawiła Kicię zauroczoną książką z obrazkami zwierząt. Inne prezenty leżały na podłodze, ciągle nie rozpakowane. Pobiegła alejką do stróżówki, gdzie mieszkał Colum, chciała podarować mu piękny kaszmirowy szal i podzielić się wrażeniami z wizyty w Dublinie.

— Och, bardzo przepraszam, że tak wpadam —wyjąkała, widząc, że kuzyn ma gościa. Nie znała tego mężczyzny.

— Nic nie szkodzi, nic nie szkodzi — powiedział Colum. — Pozwól, że ci przedstawię: Jan Devoy. Przybywa prosto z Ameryki.

Devoy był człowiekiem uprzejmym, dobrze ubranym, lecz najwyraźniej niezadowolonym jej nagłym wtargnięciem. Scarlett raz jeszcze wyjąkała słowa przeprosin, zostawiła Columowi prezent i uciekła do domu. Po drodze zastanawiała się, jakiż to Amerykanin przybywa specjalnie do zapomnianego przez Boga i ludzi zakątka w rodzaju Ballyhara, a widząc rodaczkę nawet nie stara się udawać, że to spotkanie sprawiło mu przyjemność? Oczywiście może to być tylko jeden z Bractwa, nie inaczej. A jego irytację należałoby przypisać odmowie Columa wzięcia udziału w tej zwariowanej rewolucji.

Ale prawda wyglądała dokładnie na odwrót. Jan Devoy poważnie wspierał wysiłki Parnella, co tym większe miało znaczenie, że będąc jednym z najbardziej wpływowych amerykańskich Fenian miał niemało do powiedzenia także w irlandzkich ogniwach Bractwa. Gdyby wycofał swe poparcie dla rewolucji, myśl o powstaniu umarłaby śmiercią naturalną. Był zwolennikiem autonomii Irlandii. Colum spierał się z nim zażarcie do późna w nocy.

— Ten człowiek chce władzy i nie zaniecha zdrady, byle ją dostać — rzekł O'Hara, mając na myśli Parnella.

— A co z tobą? — odparował Devoy. — Odnoszę wrażenie, że nie możesz znieść konkurencji, która zabiera ci pracę i wykonuje ją o wiele lepiej niż ty.

Colum nie był mu dłużny z odpowiedzią.

— Będzie wygadywał brednie w Londynie na każdym rogu ulicy, aż przymrozki go złapią, trafi do tytułów gazet, ale to w niczym nie zmieni faktu, że Irlandczycy nadal będą głodować pod angielskim obcasem. Naród irlandzki nie skorzysta na jego krasomówstwie. Zaś kiedy Irlandczycy znudzą się pokrzykiwaniem Mr. Parnella, zrobią rewolucję, tyle że nie zorganizowaną, bez żadnych widoków na zwycięstwo. Dlatego powiadam ci, Devoy: i tak już czekamy za długo. Parnell mówi, ty mówisz, ja mówię... wszyscy wylewamy strumienie słów, a Irlandczycy jak cierpieli, tak cierpią.

Gdy Devoy poszedł przenocować do zajazdu Kennedy'ego, Colum zaczął spacerować ciężkimi krokami z kąta w kąt, aż nafta wypaliła się w lampie. Wtedy usiadł na stołku przed kominkiem, spoglądając na dogasające drwa. Myślał o wybuchu gniewu Devoya. A może on ma rację? Czy to żądza władzy była motywem jego walki, nie miłość do Irlandii? Czy człowiek może poznać prawdę o własnej duszy?

*   *   *

Gdy Scarlett przerzuciła pierwszą łopatę ziemi w dzień świętej Brygidy, zza chmur błysnęły nieśmiałe, blade promienie słońca. Dobry znak. Dla godniejszego uczczenia uroczystości, zaprosiła wszystkich mieszkańców miasteczka do Kennedy'ego na szklaneczkę porteru i sztukę mięsa. Ten rok będzie najlepszy spośród tych, które tu przeżyła. Następnego dnia pojechała na sześć tygodni do Dublina, by spędzić tam Karnawał Zamkowy.

78.

*T*ym razem Karolina i Scarlett zamieszkały w apartamencie w *Shelbourne Hotel*, nie u *Greshama. Shelbourne* był bowiem tym właściwym miejscem, gdzie należało się zatrzymywać w Dublinie na czas karnawału.

— Musimy skorzystać z okazji i dać się poznać — powiedziała do Scarlett Karolina. Teraz, gdy ogarnęła wzrokiem ogromny hall zrozumiała, o czym myślała Mrs. Montague. Wszystko w *Shelbourne Hotel* było imponujące — przestrzeń, służba, goście, interesy, o których mówiło się szeptem. Scarlett uniosła główkę, wysunęła podbródek i ruszyła za portierem na pierwsze piętro — najlepsze z najlepszych — kroczkiem lekkim, posuwistym, jakby płynęła po schodach. Chociaż nie wiedziała o tym, wyglądała dokładnie tak, jak Karolina opisała ją odźwiernemu: „Od razu ją zauważysz. Jest bardzo piękna, a głowę trzyma jak cesarzowa".

Oprócz apartamentu dla Scarlett zarezerwowano salon — na jej wyłączny użytek. Zanim zeszły na dół na herbatę, Mrs. Montague oprowadziła ją po pokoju: ogromny, o ścianach wybitych zielonym brokatem. W kącie, na sztalugach z brązu, stał ukończony portret. Scarlett spojrzała na obraz zdziwiona.

Czy naprawdę tak wyglądała? Ta kobieta w sukni z białej satyny sprawiała wrażenie nieustraszonej, choć jednocześnie nerwowej niczym kocica. Oszołomiona, podążyła za Karoliną na dół.

Mrs. Montague wymieniała nazwiska ludzi siedzących przy stolikach we wspaniałym hallu.

— W swoim czasie i tak pozna pani ich wszystkich, Mrs. O'Hara. Kiedy zostanie pani przedstawiona, kawę i herbatę będą przynosić do salonu, gdzie będzie pani podejmować gości. Jedni będą przyprowadzać ze sobą drugich, w ten sposób pozna pani wszystkich.

Kogo? — chciała zapytać Scarlett. Kto będzie przyprowadzał kogo? Ostatecznie nie warto tym się zajmować. Karolina zawsze wiedziała, co robi. Jedyne, co do niej należało, to nie zaplątać się w tren sukni, kiedy cofała się po dopełnieniu prezentacji. Ale Karolina i Mrs. Sims zamierzały codziennie ćwiczyć ją w tej sztuce — dzień w dzień, aż do Wielkiego Debiutu.

*　　*　　*

Ciężką białą kopertę opatrzoną pieczęcią marszałka dworu dostarczono do hotelu w dzień po przyjeździe Scarlett. Karolina nie dała po sobie zauważyć, jak wielką ulgę poczuła na jej widok. Bo chociaż była pewna, że zaproszenie do dworu przybędzie, nawet najlepsze plany mogą nie wypalić. Pewną ręką złamała pieczęć.

— Pierwsza audiencja — przeczytała. — Tego się spodziewałam. Pojutrze.

*　　*　　*

Scarlett czekała w grupce na biało ubranych dziewcząt na schodach przed podwójnymi i jeszcze zamkniętymi drzwiami do sali tronowej. Miała wrażenie, że czeka tak już dobre sto lat. Do licha, na co ona przystała? Choć sama sobie postawiła to pytanie, odpowiedzi nie potrafiła znaleźć, bowiem cały problem był zbyt złożony. Jako Ta O'Hara chciała podbić Anglików. Jako mała amerykańska dziewczynka czuła się onieśmielona pełnym blaskiem Imperium Brytyjskiego. W gruncie rzeczy nigdy nie cofała się przed żadnym wyzwaniem.

Znowu wywołano czyjeś nazwisko. Znowu nie jej. Panienko Najświętsza, czy ma zostać przyjęta na szarym końcu? Karolina nie uprzedziła jej przed tą straszną ewentualnością. Karolina aż do ostatniej chwili nie uprzedziła jej, że cały czas będzie sama jak palec.

— Znajdę panią w jadalni, gdy audiencja dobiegnie końca.

Nieźle ją potraktowała, rzuciła samą między wilki. Rzuciła ukradkowe spojrzenie na toaletę. Była przerażona, że może się przewrócić i to właśnie w tej głęboko wciętej sukni. Tak, to naprawdę byłoby... zaraz, jak to powiedziała Karolina?..., „przeżycie godne zapamiętania".

— Pani Scarlett O'Hara.

Boże, to przecież ja. Powtórzyła litanię, którą Karolina Montague wbijała jej do głowy na korepetycjach z etykiety dworskiej: najpierw naprzód, stanąć przed drzwiami. Paź uniesie tren, który przedtem powinnaś przerzucić sobie przez lewe ramię i rozłożyć za sobą. Mistrz ceremonii otworzy drzwi. Poczekaj, aż cię zaanonsuje.

— Scarlett O'Hara, pani na Ballyhara.

Scarlett spojrzała na salę tronową. No i co, Tatusiu, co teraz sobie myślisz o twojej Kasi Scarlett? Za chwilę, po dłuższym spacerku czerwonym chodnikiem (długi chyba na pięćdziesiąt mil!), pocałuję wicekróla Irlandii, kuzyna królowej Anglii. Zerknęła na mistrza ceremonii w przepysznej liberii i wykonała coś, co można by nazwać porozumiewawczym perskim okiem.

Scarlett O'Hara niczym cesarzowa pomaszerowała, by stanąć przed obliczem Jego Wysokości rudobrodego wicekróla i, jak należało, nadstawić policzek do ceremonialnego pocałunku na przywitanie.

Teraz obrót do wicekrólowej. Znowu ukłon. Prosto trzymać plecy. Nie za nisko głowę. Wstać. Teraz do tyłu, jeszcze kroczek i jeszcze jeden, w sumie trzy kroki, w tren się nie zaplączesz, bo własnym ciężarem opada do tyłu. Teraz wyciągnij lewą rękę. Poczekaj. Daj paziowi trochę czasu, żeby zdążył ułożyć tren na ramieniu. Obrót. Wychodzimy.

Nogi zaczęły jej się trząść dopiero wtedy, gdy zasiadła przy stole do kolacji.

*   *   *

Karolina nawet nie usiłowała ukrywać, że jest zadowolona. Weszła do sypialni Scarlett, ściskając w dłoni sztywny wachlarz białych kart wizytowych.

— Moja Scarlett, odniosła pani olśniewający sukces. Zaproszenia posypały się jeszcze nim wstałam i zdążyłam się ubrać. Bal państwowy... to coś zupełnie specjalnego. Bal świętego Patryka... no, tego należało oczekiwać. Druga audiencja... o, tu będzie pani miała okazję zobaczyć, jak inni się męczą podczas ceremonii przedstawienia u dworu. Jest też zaproszenie na wieczorek tańcujący w sali tronowej. Trzech czwartych irlandzkich parów nigdy nie spotkał ten zaszczyt.

Scarlett roześmiała się. Strach minął, odniosła sukces!

— Teraz chyba już nie będę żałować, że wydałam pieniądze z ostatnich zbiorów na nowe suknie! — zawołała. — Pójdźmy dzisiaj na zakupy, a wydam wszystko, co dopiero zarobię w tym roku.

— O, to niemożliwe, droga Scarlett. Nie starczy pani czasu. Jedenastu dżentelmenów, a wśród nich mistrz ceremonii dworu królewskiego, przysłało bileciki z prośbą o możliwość złożenia pani uszanowania. Do tego czternaście dam z córkami. By przyjąć tylu gości, popołudniowe herbatki nie wystarczą. Trzeba będzie urządzać kawki i herbatki także rano. Pokojówki właśnie otwierają salon. Kazałam ustawić bukiety różowych kwiatów, zatem dobrze byłoby, gdyby pani założyła tę suknię z tafty w brązowo-różową kratę teraz, a po południu aksamitną zieloną z różowymi wyłogami. Gdy tylko pani wstanie, Evans zaraz ułoży pani fryzurę.

*   *   *

Scarlett była gwiazdą karnawału. Panowie tłumnie gromadzili się, by poznać ową amerykańską wdowę, która nie dość, że bogata, to jeszcze — *mirabile dictu* — była fantastycznie piękna.* Matki ciągnęły do salonu Scarlett ciągnąc za sobą tabuny córek, a to dlatego, by spotykały dżentelmenów, których nigdy tam nie brakowało. Po pierwszym dniu przyjęć Karolina już nigdy nie zamawiała kwiatów, bo wielbiciele przysyłali tyle bukietów, że nie było dość miejsca, by je ustawić. Do wielu bukietów dołączano skórzane *etui*, a w nich cudowne okazy sztuki jubilerskiej najlepszych dublińskich mistrzów, ale Scarlett, choć niechętnie, odsyłała wszystkie te brosze, bransolety, pierścionki i kolczyki.

— Nawet nie obeznana ze światowym życiem przeciętna Amerykanka z Powiatu Clayton w stanie Georgia doskonale wie, że obdarowujący oczekują rewanżu — powiedziała do Karoliny. — Nie chcę zaciągać zobowiązań wobec nikogo, a zwłaszcza w ten sposób.

Wszystko, cokolwiek zrobiła, opisywano wiernie, czasem zaś nawet dokładnie, w rubryce życia towarzyskiego w *Irish Times*. Właściciele sklepów wyciągali z szaf żakiety i osobiście pojawiali się w hotelu, by pokazywać jej wybór towarów, tak że Scarlett w końcu kupiła sobie kilka sztuk biżuterii — właśnie te, które odesłała ofiarodawcom. Wicekról dwa razy tańczył z nią na balu.

Wszyscy goście, licznie przybywający na kawki lub herbatki, podziwiali jej portret. Scarlett oglądała go codziennie rano i po południu, zanim w salonie zrobiło się tłoczno. Uczyła się siebie samej. Karolina Montague zauważyła, że z dnia na dzień robi się jakaś inna — z zainteresowaniem oglądała tę metamorfozę. Skłonności do flirciku znikły bez śladu zastąpione przez osobliwą łagodność, słodkie zadziwienie kobiety, która wystarczy, że zwróci swe zamglone zielone oczy na mężczyznę, niewiastę lub dziecko, by natychmiast — jakby za sprawą fluidów magnetycznych — przyciągnąć je do swego boku.

Harowałam jak muł, byleby tylko wydać się czarującą — myślała Scarlett. Teraz zaś nie robię niczego, a osiągam swój cel. Nie potrafiła zrozumieć, jak to się dzieje, przyjęła jednak ten dar z prostoty pełną wdzięcznością.

*   *   *

— Karolino, powiedziała pani "dwieście osób"? To się nazywa "wieczorkiem tańcującym"?

— Wszystko jest względne. Na balu państwowym i balu świętego Patryka jest zawsze sześciuset gości, zaś na każdą audiencję z przedstawieniem u Dworu przychodzi zwykle po tysiąc osób. Nie powinna się pani obawiać: połowę z tych, którzy tam będą, i tak już pani poznała, a może nawet więcej.

— Nadal jednak uważam, że źle się stało, iż pani nie zaprosili.

— Tak to już bywa. Nie obrażam się.

Karolina rzeczywiście nie czuła się obrażona — z radością oczekiwała tego wieczoru, gdy wreszcie będzie mogła zostać sama. Zamierzała sprawdzić ra

* *Mirabile dictu* — mówiąc oględnie (Przyp. tłum.)

380

chunki. Sukces Scarlett i jej skłonności do ekstrawagancji przerastały najśmielsze nawet oczekiwania Karoliny. Czuła się niczym nabab. Czas już najwyższy zerknąć na własne przychody. Za same zaproszenia na kawę zbierała żniwo w postaci "prezentów" watości około stu funtów tygodniowo. A przecież do końca karnawału zostało jeszcze dwa tygodnie. Z lekkim sercem odprowadzi Scarlett na ten wieczorek tańcujący, bo i sama nie będzie się nudzić.

*   *   *

Scarlett zatrzymała się w drzwiach sali tronowej, mrużąc oczy, olśniona wspaniałością widowiska.

— Wie pan, Jeffrey, nigdy nie przyzwyczaję się do tego miejsca — rzekła do mistrza cermonii. —Jestem jak Cinderella na balu.

— Nigdy by mi nie przyszło kojarzyć pani z Cinderellą — odparł pełnym uwielbienia głosem. Scarlett zdobyła sobie jego serce owym pamiętnym perskim okiem, gdy wchodziła do sali tronowej, by zostać przedstawiona u Dworu.

— To jeszcze będzie pan zaskoczony — odpowiedziała mu, nieobecna duchem kiwając na wszystkie strony główką w odpowiedzi na ukłony i uśmiechy znajomych twarzy. Urocze. Tak urocze, że aż chyba nierzeczywiste, nie chce się wierzyć, że znalazła się tutaj, pośród tych wspaniałości. Wszystko stało się tak szybko. Trzeba czasu, by mogła w sobie przetrawić to, co tak nagle stało się jej udziałem.

Ogromna sala rozpościerała się przed nią, cała w złotych błyskach. Złocone kolumny podtrzymywały sklepienie, złocone pilastry wypełniały przestrzeń między wysokimi oknami udrapowanymi w purpurowe story ze złotymi frędzlami. Złocone krzesła obite purpurą otaczały stoły pod ścianami — na środku każdego z nich złoty kandelabr. Złote też były ciężkie, masywne gazowe świeczniki i złoty był baldachim nad złotem i czerwienią przetykanymi tronami. Złote koronki zdobiły męskie stroje dworskie: surduty z brokatowego jedwabiu i białe satynowe bryczesy. Złote klamerki połyskiwały na pantoflach z białej satyny. Złote guziki, złote epolety, złote *pendent*, złote galony błyszczały na oficerskich mundurach i dworskich strojach królewskich notabli.

Wielu mężczyzn było przepasanych szarfami, na których lśniły wysadzane klejnotami ordery. Wicekról miał nad kolanem Order Podwiązki. W ogóle, męskie stroje zdały się przyćmiewać wspaniałością damskie toalety.

Prawie, lecz niezupełnie, albowiem panie nosiły klejnoty na piersiach, szyjach, w uszach i wokół nadgarstków. Wiele pań założyło diademy. Same suknie mogły zachwycać bogactwem materiałów — satyna, aksamit, brokat, jedwab — często przetykane nitkami złotymi lub srebrnymi, albo z połyskującego jedwabiu.

Od samego patrzenia można oślepnąć. Lepiej pójdę się przywitać — jak pomyślała, tak zrobiła. Właśnie złożyła ukłony przed królewskim gospodarzem i jego królewską małżonką, gdy zabrzmiały pierwsze takty muzyki.

— Czy mogę? — czyjaś ręka w czerwieni ze złotymi galonami zgięła się, uprzejmym gestem ofiarowując jej wsparcie. Scarlett uśmiechnęła się. Charles Ragland. Kiedyś spotkała go na przyjęciu, a gdy zamieszkała w Dublinie, nie było dnia, by nie złożył jej wizyty. Nie skrywał swego uwielbienia. Jego piękna twarz oblewała się purpurą za każdym razem, gdy się doń zwróciła. Był strasznie miły i bardzo, bardzo pociągający — choć przecież Anglik, w dodatku oficer. Ale Anglicy w niczym nie przypominali Jankesów, niezależnie od tego, co mówił Colum. W każdym razie przynajmniej jednym różnili się od "niebieskich kurtek": byli nieskończenie lepiej ubrani. Dłoń Scarlett lekko spoczęła na wyciągniętym ramieniu Raglanda, który wprowadził ją wśród tańczących kadryla.

— Jest pani dzisiaj bardzo piękna...

— Pan także, Charles. Właśnie pomyślałam sobie, że tutejsi mężczyźni są szykowniej ubrani niż damy.

— Nic, tylko Bogu dziękować za to, że dał nam mundury. Bryczesy są okropne. Mężczyźni w tych satynowych bucikach czują się jak ostatni głupcy.

— Mają za swoje. I tak zawsze przyglądają się damskim nóżkom, niech chociaż teraz przekonają się, jaka to przyjemność, gdy ktoś stara się dociec, co masz pod rąbkiem sukni.

— Scarlett, pani mnie szokuje.

Właśnie zmieniła się figura i Charles musiał odejść.

Chyba ma rację — pomyślała Scarlett. Czasem zda się niewinnością dorównywać uczniowi *primy*. Podniosła wzrok, by przekonać się, kim jest jej nowy partner.

— Boże wielki! — wyrwało się jej z piersi.

Przed sobą miała Retta.

— Pochlebiasz mi — powiedział, rozchylając usta w tym swoim półuśmiechu. Nikt nie uśmiechał się tak jak on. Scarlett czuła się przepełniona światłem, jasnością. Czuła, jakby płynęła nad błyszczącą od wosku podłogą, lekka od szczęścia.

I wtedy, nim zdążyła przemówić bodaj słowem, następna zmiana figur kadryla zabrała jej Retta. Machinalnie uśmiechnęła się do nowego partnera. Na widok jej oczu, płonących miłością, w pierwszej chwili aż stracił oddech. Tymczasem umysł Scarett, ogarnięty gorączkową gonitwą myśli, usilnie starał się odpowiedzieć na najważniejsze pytanie: czemu przypisać tę obecność Retta? Czy przybył tutaj — zastanawiała się Scarlett — bo mnie pożąda? Ponieważ zżera go pragnienie, by mnie ujrzeć, ponieważ nie może wytrzymać z dala ode mnie?

Kolejne figury kadryla rozwijały się statecznie, wprawiając Scarlett w stan gorączkowej niecierpliwości. Gdy taniec dobiegł końca, znowu stanęła twarzą w twarz z Charlesem Raglandem. Musiała zebrać wszystkie siły, by nie stracić panowania nad sobą i zdobyć się na wdzięczny uśmiech, zaraz jednak niewyraźnie mruknęła parę słów przeprosin i odwróciła się, by szukać Retta.

Spostrzegła go prawie natychmiast. Stał tuż obok, zaledwie na wyciągnięcie ręki.

Duma powstrzymała ją od wyciągnięcia ramienia. Wiedział, że będę go szukać — przemknęła jej gniewna myśl. A cóż on sobie myśli, że niby kim jest, by mógł tak sobie wpadać do mojego świata, przystawać obok i czekać, aż rzucę się mu w ramiona? Tylu jest mężczyzn w Dublinie — a nawet tutaj, w tej sali — którzy poświęcali mi uwagę, dosłownie wisieli na klamce u drzwi mego salonu, codziennie posyłali mi kwiaty, bileciki, nawet klejnoty. Co uprawnia Jego Wysokość Mister Retta Butlera do tej myśli, że wystarczy, gdy kiwnie palcem, a ja natychmiast do niego pobiegnę.

— O, jaka miła niespodzianka — powiedziała, mile zaskoczona chłodnym tonem swego głosu.

Rett wyciągnął rękę, a ona, bez zastanowienia, podała mu dłoń.

— Czy mogę liczyć na ten taniec, Mrs. ... hm... O'Hara?

Scarlett, przerażona, wstrzymała oddech.

— Rett, chyba mnie nie wydasz? Tu wszyscy myślą, że jestem wdową.

Uśmiechnął się, a gdy muzyka zaczęła grać, wziął ją w ramiona.

— Gdy o mnie chodzi, nic ci nie grozi.

Jego chrapliwy głos zdał się trzeć o jej policzki, czuła na twarzy ciepło jego oddechu. Omal nie zasłabła.

— Co, u diabła, tu robisz? — spytała, bowiem musiała znać odpowiedź.

Czuła ciepło jego dłoni, trzymającej ją w talii, czuła, jak silny jest, jak ją wspiera, jak ją prowadzi w kolejnych obrotach tańca. Nie zdając sobie z tego sprawy, upajała się jego siłą, lecz stawiała opór wobec jego władzy nad jej ciałem, choć przecież nie zapomniała jeszcze radości płynącej z podążania za nim w rozkosznych, wirujących figurach walca.

Rett roześmiał się cichutko.

— To wszystko dlatego, że nie mogłem się oprzeć ciekawości. Właśnie bawiłem w Londynie w interesach, gdy wszyscy nagle zaczęli mówić o Amerykance, która szturmem zdobyła dubliński Zamek. "Czy to możliwe, by była to Scarlett w pończochach w pasy?" Skoro już postawiłem pytanie, musiałem znaleźć odpowiedź. Bart Morland potwierdził me podejrzenia. Nie mogłem go powstrzymać: nic, tylko mówił o tobie i mówił... Nawet zmusił mnie na przejażdżkę po twym miasteczku, które rzekomo własnymi rękami dźwignęłaś z ruin.

Zmierzył ją wzrokiem od stóp do głów.

— Zmieniłaś się, Scarlett — wyrzucił z siebie nader szybko. — Z czarującej dziewczyny wyrosła nam elegancka, dojrzała kobieta. Podziwiam cię, naprawdę cię podziwiam.

Niekłamana szczerość tych słów, ciepło jego głosu sprawiły, że Scarlett zapomniała o urazach.

— Dziękuję, Rett.

— Jesteś szczęśliwa w Irlandii?

— Tak.

— To się cieszę.

W jego słowach pobrzmiewało coś więcej niż samo zadowolenie.

Po raz pierwszy od kiedy się poznali Scarlett rozumiała Retta, przynajmniej częściowo. Przybył tu, żeby mnie ujrzeć, myślał o mnie cały ten czas, niepokoił się, dokąd uciekłam i co się ze mną dzieje. Nigdy nie byłam mu obojętna, nieważne, co mówił. Zawsze mnie kochał, zawsze będzie mnie kochać, jak ja kochałam, kocham i będę go kochać.

Ta myśl rozlała się po niej falą błogości, delektowała się nią jak szampanem, sączyła, piła do ostatniej kropli, by w pełni poznać jej smak. Rett jest tu, obok, są sobie bliscy — bliżsi niż kiedykolwiek.

Gdy przebrzmiały ostatnie takty walca, do Scarlett zbliżył się *aide de camp*.*

— Jego Ekscelencja prosi o zaszczyt następnego tańca, Mrs. O'Hara.

Rett uniósł brwi w zabawnym grymasie drwiny, tak dobrze znanym Scarlett. Jej wargi wygięły się w uśmiechu przeznaczonym wyłącznie dla niego, a zwracając się do dworaka, rzekła:

— Proszę przekazać Jego Ekscelencji, że służę mu z największą przyjemnością.

Zanim jednak wsparła się na usłużnie podstawionym ramieniu, mruknęła do Retta:

— W Powiecie Clayton mówiło się w takich wypadkach, że mamy się ku sobie.

Jego śmiech towarzyszył jej przez całą ogromną salę.

Jestem w łaskach — westchnęła w głębi ducha i obejrzała się przez ramię, bo chciała ujrzeć, jak się śmieje. To naprawdę zbyt wiele — pomyślała. Tak dużo, że aż niesprawiedliwie. Nawet ładnie wygląda w tych idiotycznych satynowych bryczesach i pantoflach. Jej zielone oczy strzelały iskrami, gdy kłaniała się przed wicekrólem, nim taniec się zaczął.

Kiedy znowu zaczęła szukać go wzrokiem i nie znalazła, nie była zaskoczona. Jak długo go znała, zawsze pojawiał się i znikał bez słowa wyjaśnienia. Właściwie nawet wcale nie powinnam czuć się zaskoczona tym, że ujrzałam go dzisiaj. Skoro czułam się jak Cinderella, dlaczego miałby się tu nie zjawić jedyny Uroczy Książę, którego obecności mogłabym pragnąć? Ciągle jeszcze czuła dotyk jego ramion, jakby zostawił na niej znamię. Z drugiej strony, łatwo dałaby sobie wmówić, że wszystko to wyśniła: pozłacane komnaty, muzykę, Retta, nawet siebie.

*   *   *

Kiedy wróciła do apartamentu w hotelu, zapaliła wszystkie lampy gazowe i stanęła przed wysokim zwierciadłem, w pełnym blasku spoglądając na postać, którą widział Rett. Wyglądała cudownie, jak kobieta pewna samej siebie, jak ta kobieta na portrecie, jak babcia Robillard.

W sercu ją ukłuło. Dlaczego wyglądem nie przypominała babci z tego drugiego portretu? Tej o twarzy łagodnej, opromienionej miłością, przyjmowaną i udzielaną.

Albowiem w przepojonych troską słowach Retta, wiedziała, pobrzmiewał też smutek i ostateczne pożegnanie.

W środku nocy, w luksusowym pokoju na najlepszym piętrze najlepszego

---

* *Aide de camp* (franc.) — adiutant (Przyp.tłum.)

z dublińskich hoteli, Scarlett O'Hara obudziła się, wstrząsana konwulsyjnymi szlochami.

"Gdyby tylko..." huczała jej w głowie myśl powracająca raz za razem, niby uderzenia tarana.

79.

*N*ocne udręki nie zostawiły śladów na twarzy Scarlett. Następnego dnia rano jej oblicze promieniało tą samą łagodnością, co zwykle, słała urocze uśmiechy, jak zawsze, gdy nalewała kawę lub herbatę gościom licznie zebranym w salonie. Podczas tych długich nocnych godzin nadszedł moment odwagi: tak, ma w sobie dość siły, aby pozwolić Rettowi odejść.

Skoro go kocham – myślała sobie – nie powinnam go zatrzymywać. Muszę nauczyć się darzyć go wolnością, tak jak Kici dałam pełną wolność właśnie dlatego, że ją kocham.

Gdybym tak mogła powiedzieć Rettowi o niej, byłby z niej dumny.

Gdyby tak Karnawał Zamkowy dobiegł końca. Strasznie tęsknię za Kicią. Ciekawe, czy podrosła.

       *   *   **

Kicia biegła przez zarośla, a rozpacz dodawała jej sił. Poranne mgły ciągle snuły się nad ziemią, nie wiedziała, dokąd biegnie. Potknęła się i upadła, zaraz jednak dźwignęła się na nogi. Bowiem musiała biec, nawet jeśli z trudem łapała oddech. Instynktownie poczuła, że leci następny kamień – przywarła plecami do drzewa. Chłopcy, którzy ją ścigali, pokrzykiwali i kpili. Prawie ją dopadli, choć jeszcze nigdy przedtem nie zapuszczali się do lasku przy Dworze. Ale teraz mogli to robić bezkarnie. Wiedzieli, że **Ta O'Hara** bawi w Dublinie, w towarzystwie Anglików. Ich rodzice nie mówili o niczym innym.

– Jest tutaj! – wrzasnął jeden, drugi zaś podniósł dłoń z kamieniem, gotowym do uderzenia.

Ale osoba, która wyszła zza drzewa, to nie była Kicia. To była *cailleach* – wykrzywionym palcem wskazywała prosto na nich. Krzyknęli, przerażeni, i uciekli.

– Chodź ze mną – powiedziała Grainne. – Dostaniesz herbaty.

Kicia podała jej rączkę. Grainne wyszła zza krzaków, po czym ruszyła bardzo powoli ścieżką wśród drzew, tak by dziewczynka mogła za nią nadążyć.

– A będą ciastka? – spytała Kicia.

– Będą – odpowiedziała *cailleach*.

*　　*　　*

Choć tęsknota za domem rosła w niej z każdym dniem, Scarlett dotrzymała słowa danego Karolinie i pozostała w Dublinie do końca karnawału. Zimowy sezon w Dublinie niczym się nie różnił od tego, co widziałam w Charlestonie – myślała. Dziwię się, dlaczego eleganccy ludzie tak ciężko pracują by tak długo się bawić? Od jednego sukcesu wzniosła się do następnego, jeszcze większego. Mrs. Fitz chytrze wykrzystywała fakt, że rubryka towarzyska *Irish Times'a* opisywała publiczne występy Scarlett i co wieczór nosiła gazetę do Kennedy'ego, by pokazać mieszkańcom miasteczka, jaką sławą cieszy się ich pani. A chociaż początkowo utyskiwano, że **Ta O'Hara** tak chętnie przestaje z Anglikami, z czasem niechęć zamieniła się w dumę z tego, że większego doznaje uwielbienia niż jakakolwiek Angielka.

Colum nie zachwycał się sprytem Rosaleen Fitzpatrick. Był w zbyt posępnym nastroju, by widzieć w tym bodaj iskierkę dowcipu.

– Anglicy uwiodą ją dokładnie tak, jak przekabacili na swoją stronę Devoya.

Colum i miał rację, i nie miał. Bo nikt w Dublinie nie domagał się, by Scarlett wyrzekła się swej irlandzkości – w niej właśnie należałoby poszukiwać przyczyn jej atrakcyjności. **Ta O'Hara** na dworze angielskiego wicekróla to oryginalne zjawisko. Scarlett zdawała sobie z tego sprawę – odkryła jedną niezaprzeczalną prawdę. Otóż Angloirowie, których wiele mieszkało w Dublinie, uważali się za nie mniej irlandzkich niż rodzina O'Harów w Adamstown.

– Przecież oni mieszkali w Irlandii jeszcze nim Ameryka została zaludniona – powiedziała pewnego dnia Karolina Montague, gdy czymś ją zirytowała. – Jak pani może odmawiać im miana Irlandczyków?

Scarlett nie była w stanie rozsupłać wszystkich tych zawiłości, tak że nawet przestała próbować. Zresztą wcale nie musi łamać sobie tym głowy. Może mieć dla siebie dwa światy: Irlandię taką, jaka była w codziennym życiu Ballyhara oraz Irlandię dublińskiego Zamku. Kicia, gdy dorośnie, też będzie je posiadać. I tak będzie o wiele lepiej niż gdyby miała to tylko, co mogłabym jej podarować pozostając w Charlestonie — powiedziała sobie wyraźnie.

*   *   *

Gdy bal świętego Patryka zakończył się o czwartej nad ranem, Karanawał Zamkowy dobiegł końca. Następne wydarzenie miało mieć miejsce parę mil dalej w Powiecie Kildare — rzekła Karolina. Wszyscy wybierają się na wyścigi w Punchestown. I wszyscy oczekują, że i ona też tam będzie.

Scarlett pokręciła głową.

— Kocham wyścigi konne, Karolino, ale sposobię się w drogę powrotną do domu. I tak już opuściłam comiesięczne godziny przyjęć. Zapłacę hotel za ciebie.

Nie trzeba — odpowiedziała Karolina. Rezerwację w *Shelbourne Hotel* można odsprzedać z poczwórnym zyskiem. Jeśli zaś mowa o koniach, to wcale ją nie interesują.

— Pani, droga Scarlett, jest równie niezależna, dlatego nie potrzebuje mnie pani. Proszę słuchać dobrych rad Mrs. Sims i pozwolić jej się ubierać. W *Shelbourne* już zarezerwowano apartament dla pani na przyszłoroczny karnawał. Ma pani dom, w którym można pomieścić każdą ilość gości, zaś pani gospodyni to właściwa osoba na właściwym miejscu, jeszcze nigdy w życiu nie spotkałam na tym stanowisku równie fachowej kobiety. Ma pani miejsce w świecie. Reszta to już nie moja sprawa.

— Co z panią, Karolino?

— Pozwolę sobie na coś, o czym zawsze marzyłam: apartamencik w rzymskim *palazzo*. Dobre jedzenie, dobre wino, codziennie śródziemnomorskie słońce. Nie cierpię deszczu.

*   *   *

Nawet Karolina nie mogłaby narzekać na tę pogodę! — przemknęło Scarlett przez myśl. Słońce tej wiosny grzało tak cudownie, że nawet najstarsi ludzie nie pamiętali, by o tej porze roku było równie słonecznie. Trawy urosły wysoko i pachniały bogato, a posiana trzy tygodnie przed Święty Patryk pszenica właśnie okryła pola jasnozielonym puszkiem. Tegoroczne plony winny wyrównać rozczarowania ubiegłego roku, i to z nawiązką.

— Co słychać u Ree? — spytała Kicię. To bardzo do niej podobne nazwać małego szetlandzkiego kucyka "Król", w dodatku po celtycku — pobłażliwie pomyślała Scarlett. Kicia bardzo wysoko ceniła swą miłość. A jeśli ukochane osoby i zwierzęta obdarzała celtyckimi imionami, to chyba miło. Scarlett lubiła myśleć o Kici jak o prawdziwie irlandzkim dziecku. Nawet jeśli z wyglądu przypominała Cyganiątko. Jej czarne włosy niesfornie wymykały się zza wstążek, słońce jeszcze bardziej przybrązowiło jej twarz. Kicia zdejmowała buciki i kapelusik ledwo wychodziła poza granice Dworu.

— Ree nie lubi, kiedy zakładam mu siodło. Ja też nie lubię jeździć w siodle. Na oklep lepiej.

— Nie powinnaś jeździć na oklep, słoneczko. Powinnaś nauczyć się jeździć w siodle i Ree też powinien się przyzwyczaić. Dziękuj Bogu, córeczko, że nie musisz używać damskiego siodła.

— Tego, które zawsze zakładasz, gdy jedziesz na polowanie?

— Tak. Ty też spróbujesz jazdy w damskim siodle, ale na pewno nie prędko.

W październiku Kicia będzie obchodzić czwarte urodziny — niewiele młodsza od Bonnie, gdy spadła z kucyka. Damskie siodło może jeszcze poczekać. Gdybyż tak Bonnie mogła jeździć na oklep miast stale ćwiczyć jazdę bokiem ... nie, nie powinna o tym myśleć. Owo "gdybyż" boleśnie kłuło ją w serce.

— Pojedźmy do miasteczka, dobrze? Wpadniemy do Columa. Co na to powiesz, Kiciu?

Scarlett bardzo niepokoiła się o kuzyna — ostatnimi dniami był jakiś rozstrojony wewnętrznie, czego nie dało się nie zauważyć.

— Kicia nie chce jechać do miasteczka. Chce nad rzekę.

— Dobrze. To nawet niezły pomysł. Od dawna nie byłam nad rzeką.

— Mogę się wspiąć na wieżę?

— Nie możesz. Drzwi są za wysoko, a w środku pewnie roi się od nietoperzy.

— Pójdziemy odwiedzić Grainne?

Scarlett ścisnęła lejce.

— Skąd Kicia zna Grainne?

Stara kobieta kazała trzymać dziewczynkę z dala od tych stron, kazała dobrze strzec jej w domu. Kto zatem przyprowadził tutaj Kicię? I po co?

— Grainne dała Kici mleka.

Scarlett nie przejmowała się tym, że Kicia mówi w trzeciej osobie, bowiem zawsze tak mówiła, gdy była czymś zdenerwowana lub rozeźlona.

— Dlaczego nie chcesz opowiadać o Grainne, córeczko?

— Bo Grainne myśli, że Kicia to inna dziewczynka. Dara. Kicia powiedziała jej o tym, ale ona wcale nie chciała słuchać.

— Skarbeńku, Grainne bardzo dobrze wie, kim jesteś. "Dara" to takie wyjątkowe imię, które nadała ci, gdy jeszcze byłaś maleńka. To imię celtyckie, podobnie jak Ree czy Ocras. „Dara" to po celtycku „dąb", najlepsze, najmocniejsze drzewo.

— Głupie. Dziewczynka nie może być drzewem. Nie ma liści.

Scarlett westchnęła. Zawsze bardzo się cieszyła, gdy córeczka wykazywała ochotę do rozmowy, bo niepokojąco często pozostawała przez długi czas zamknięta sama w sobie, ale rozmowa z Kicią nie była łatwa. Kicia miała w większości kwestii ustalone poglądy, a kiedy usiłowano zbyć ją niczym, zawsze umiała się zorientować. Prawda, cała prawda i tylko prawda — moment zapomnienia, a Kicia posyłała ci spojrzenie jak dwa sztylety.

— Spójrz, Kiciu. To wieża. Opowiadałam ci kiedyś jej historię?

— Tak.

Scarlett miała ochotę wybuchnąć śmiechem. Nie byłoby prawdą stwierdzenie, że dziewczynka kłamie, ale niekiedy trudno byłoby się powstrzymać od zarzutu, że cygani.

— Lubię wieżę — powiedziała Kicia.

— Ja też, słoneczko.

Scarlett zaczęła się zastanawiać, dlaczego od tak dawna nie przychodziła tutaj. Już prawie zapomniała, jak dziwne uczucie budziło w niej dotknięcie pradawnych kamieni. Było w nich coś niesamowitego, a jednocześnie kojącego. Bo przecież w końcu to tutaj biło serce Ballyhara, od tego miejsca wszystko się zaczęło.

*　　*　　*

Głogi właśnie zakwitły, choć przecież kwiecień jeszcze nie minął. Co to za wiosna! Scarlett, jadąc bryczką, specjalnie zwolniła, by móc w pełni rozkoszować się cudownym zapachem. Nie ma po co się spieszyć. Suknie mogą poczekać. Była w drodze do Trim, gdzie miała odebrać paczkę z ubraniami na lato — dzieło pracowni krawieckiej Mrs. Sims. Na biurku leżało sześć zaproszeń do wiejskich rezydencji — wszystkie na czerwiec. Wprawdzie nie miała pewności, czy jest już gotowa rozpocząć sezon towarzyski, ale z przyjemnością spotkałaby się z dorosłymi osobami... O, tak! Kicia niepodzielnie królowała w jej sercu, ale... No i Mrs. Fitz tak była zajęta prowadzeniem wielkiego domu, że nawet nie miała chwili czasu, by przysiąść i wypić razem z nią filiżankę herbaty. Colum pojechał do Galway przywitać Stefana. Nie była pewna, jakie uczucia ją ogarną, gdy ujrzy go w Ballyhara. Mrukliwy Stefan. Może w Irlandii nie będzie taki mrukliwy. Może dlatego był w Savannah taki dziwny i mrukliwy, że został wplątany w całą tę sprawę przemytu broni. No, ale z tym już koniec! Miło było dostawać z Ameryki ekstra przychody ze sprzedaży domków. Chyba podarowała Bractwu fortunę! Którą, zamiast na strzelby, lepiej byłoby przeznaczyć na suknie. Bo suknie nikogo nie zranią.

Stefan przywiezie ostatnie nowiny z Savannah. Z utęsknieniem wyczekiwała wiadomości, co u kogo słychać. Maureen równie była nieskora do pisania listów, jak i ona. Już od miesięcy nie słyszała żadnych nowin z Savannah. Niczego: ani od O'Harów, ani od nikogo innego. Dobrze więc zrobiła sprzedając wszystko w Atlancie. Dobrze zrobiła podejmując decyzję przecięcia wszystkich więzów, które łączyły ją z Ameryką i nieoglądania się do tyłu.

Zawsze jednak miło byłoby usłyszeć, co tam nowego w Atlancie. Z wysokości dochodów ze sprzedaży domów mogła się domyślać, że Ashleyowi dobrze się powodzi. Ale co z ciotką Pittypat? Co z Indią? Czy już wyschła na proszek? Co z tymi wszystkimi, którzy przez wszystkie te lata byli dla niej tak ważni? Wolałabym osobiście pozostawać w kontakcie z charlestońskimi ciotkami, miast przesyłać im pieniądze za pośrednictwem tego prawnika z Atlanty. Owszem, dobrze zrobiłam nie zostawiając im mego adresu, bo w ten sposób uchroniłam Kicię od Retta, lecz może teraz wszystkie te środki ostrożności są zbyteczne. Wystarczy przypomnieć sobie, jak zachowywał się wtedy, na Zamku. Gdybym napisała do Eulalii, dowiedziałabym się, co nowego w Charlestonie. Usłyszałabym co nieco o Recie. Tylko czy zniosłabym wiadomość, że on i Anna żyją szczęśliwie jak to tylko możliwe, hodując konie wyścigowe i małe Butlerzątka? Chyba nie chciałabym usłyszeć czegoś podobnego. Lepiej więc zostawić ciotki samym sobie.

Najchętniej wzięłabym się za czytanie, ale kazania Mrs. Fitz zupełnie wypełniają tę wyrwę w edukacji. Może zresztą Mrs. Fitz ma rację zrzędząc, że to wstyd mieć taki dom, tyle służby i nie wydać ani jednego przyjęcia, pozostawiając wszystko i wszystkich w gnuśnej bezczynności. Ale co do Kici, to Mrs. Fitz się myli. Ani nie będę stroić dziecka angielską modłą, ani nie dopuszczę, by jakaś niańka wtrącała się do jej życia. Troszeczkę rozumiem własne dziecko. Widzę, jak chętnie spędza czas w stajniach, w kuchni, albo jak włóczy się po okolicy lub wspina na drzewa. Pomysł, by takie dziecko wysyłać do szkoły klasztornej to wprost niedorzeczność! Gdy podrośnie, szkółka w Ballyhara będzie dla Kici jak znalazł. Znajdzie tu sobie jakichś przyjaciół... Martwi mnie, że nigdy nie chce bawić się z innymi dziećmi... Co się dzieje? To przecież nie dzień targowy. Dlaczego na moście tyle ludzi?

Scarlett wychyliła się z bryczki. Chwyciła za ramię pędzącą obok kobietę.

— Co tu się dzieje?

Kobieta podniosła ku niej głowę. Oczy jej lśniły, widać było, że bardzo podniecona.

— Wymierzają chłostę. Pospiesz się, paniusiu, bo wszystko przegapisz.

Chłosta. Wcale nie miała ochoty przyglądać się, jak chłoszczą jakiegoś żołnierza — nieboraka. Sądziła bowiem, że chłostą karano żołnierzy. Chciała zawrócić, lecz tłum tak napierał, omal nie poturbował konia i nie przewrócił dorożki. Jedyne, co pozostawało, to zejść na dół, wziąć konia za uzdę i starać się uspokoić zwierzę poklepywaniem i łagodnymi słowami. Chcąc nie chcąc, musiała iść tam, gdzie popychał ją ludzki potok.

Gdy tłum się zatrzymał, mogła usłyszeć świst bicza i przeraźliwy plask rzemienia, spadającego na skórę. Chciała zakryć uszy, ale musiała przytrzymywać za uzdę nerwowego, przestraszonego konia. Zdało się jej, że te okropne odgłosy rozciągają się w nieskończoność.

— ...sto. To byłoby na tyle — usłyszała, po czym dobiegł ją jęk rozczarowania gawiedzi. Mocniej chwyciła za uzdę — rozchodzący się tłum cisnął i popychał jeszcze gorzej niż w drodze na widowisko.

Nie zamknęła oczu, a kiedy chciała zacisnąć powieki, było już za późno. Właśnie ujrzała okaleczone ciało i widok ten mocno wraził się jej w pamięć. Skazaniec był przywiązany do wielkiego, ustawionego pionowo koła: kostki i nadgarstki mocno ściskały rzemienie. Zatknięta za spodnie koszula z grubego samodziału czerwona była od krwi i odsłaniała coś, co kiedyś było plecami. Teraz jednak w tym miejscu ziała ogromna czerwona rana, z czerwonymi strzępami skóry i mięsa zwisającymi po brzegach.

Scarlett wtuliła twarz w końską grzywę. Czuła się słabo. Koń nerwowo podrzucił głowę, odepchnął ją. Pociągnęła nosem, w powietrzu unosił się dziwny, słodkomdławy zapach.

Słyszała, że ktoś obok wymiotuje. Czuła, że w żołądku robi się jej ciężko. Pochyliła się, tak by nie wypuszczać z dłoni uzdy, zwymiotowała na brukowaną końskimi łbami drogę.

— W porządku, chłopcze. To nie wstyd pozbyć się śniadania po obejrzeniu chłosty. Idź do *pubu* i każ sobie nalać szklanicę whisky. Marbury pomoże mi go odciąć.

Scarlett podniosła głowę. Brytyjski żołnierz w mundurze sierżanta Gwardii mówił do szeregowca o szarej jak popiół twarzy. Żołnierz, potykając się, ruszył w stronę zajazdu. Zastąpił go inny szeregowiec. Przy jego pomocy sierżant przeciął rzemienie. Ciało upadło w czerwone od krwi błoto.

Jeszcze tydzień temu była w tym miejscu zielona trawa – przypomniała sobie Scarlett. To niemożliwe. Tutaj powinna zielenić się trawa.

– Co z tą kobietą, sierżancie?

Dwóch żołnierzy przytrzymywało za ramiona spokojną, wyprostowaną kobietę w czarnym płaszczu z kapturem.

– Puście ją. Już po wszystkim. Niech sobie idzie. Później przyślą podwody, żeby go zabrać.

Kobieta pobiegła za grupą mężczyzn. Chwyciła sierżanta za obszywany złotymi galonami rękaw.

– Pański oficer obiecał, że będę mogła go pochować! – krzyknęła. – Dał mi słowo.

Sierżant odepchnął ją.

– Miałem rozkaz go wychłostać, reszta to nie moja sprawa. Kobieto, zostaw mnie w spokoju.

Postać w czerni samotnie stała na drodze spoglądając na żołnierzy, którzy właśnie wchodzili do *pubu*. Potem załkała – raz – jeden jedyny raz. Odwróciła się, pobiegła do koła, przy którym leżało pokrwawione ciało.

– Danny, mój drogi Danny...

Przykucnęła, po chwili przyklękła w krwawym błocie, usiłując podnieść do krwi poszarpane ramiona, utulić na podołku głowę. Z głowy opadł jej kaptur, ukazała się blada, subtelna twarz, upięte w kok złote włosy, błękitne oczy podkrążone żałobnymi obwódkami. Scarlett skamieniała, zamarła w miejscu. Zrobić choć jeden krok, zastukać obcasami po kamiennej nawierzchni, byłoby świętokradztwem, naruszeniem tragicznej wielkości tej sceny.

Przez placyk przebiegł brudny, bosonogi chłopczyk.

– Mógłbym dostać guzik albo coś takiego, paniusiu? Moja mama chciałaby mieć jakąś pamiątkę.

Potrząsnął kobietę za ramię.

Scarlett zerwała się z miejsca, jej kroki szybko zastukały po kamieniach, wbiegła na krwią zbroczoną trawę, zatrzymała się przy krwawym błocie. Chwyciła chłopca za rękę. Spojrzał na nią, zapatrzył się z szeroko otwartymi ustami. Scarlett z całej siły wymierzyła mu policzek. Rozległ się suchy trzask, jakby karabinowy wystrzał.

– Wynoś się, ty nikczemny brudasie! Wynoś się!

Chłopak pobiegł, głośno krzycząc ze strachu.

– Dziękuję – powiedziała żona na śmierć zakatowanego człowieka.

Scarlett zdawała sobie sprawę, że teraz także i ona otarła się o śmierć tego mężczyzny. Nie mogła zaniechać niczego, co dałoby się jeszcze zrobić, nawet jeśli niewiele pozostawało do zrobienia.

– Znam w Trim doktora – powiedziała. – Mogę go przywieźć.

– Doktora? – Z goryczą w głosie powtórzyła kobieta. – Może zechce mu krwi upuścić?

Mówiła z angielskim akcentem, jak panie, które Scarlett zdarzyło się słyszeć na dworskich balach.

— Przygotuje pani męża do pogrzebu — ze spokojem w głosie powiedziała Scarlett.

Kobieta podniosła zakrwawioną dłoń do rąbka spódnicy Scarlett, przycisnęła do niej wargi i ucałowała w akcie wdzięczności. Źrenice Scarlett zamgliły się łzami. Mój Boże — westchnęła. Przecież nie zasłużyłam na to. Gdybym mogła, zawróciłabym i odjechała.

— Proszę, niech pani tego nie robi.

*   *   *

Kobieta nazywała się Harriet Stewart, jej mąż Daniel Kelly. To wszystko, co wiedziała Scarlett do momentu, gdy ciało zostało złożone w trumnie i przeniesione do katolickiej kaplicy. Po czym wdowa, która dotychczas w mówieniu ograniczała się jedynie do odpowiedzi na słowa księdza, rozejrzała się, utkwiła w niej spojrzenie niespokojnych, ściemniałych oczu.

— Billy... — szepnęła. — Gdzie jest Billy? Powinien być tutaj!

Ksiądz zdołał się dowiedzieć, że Billy to jej syn zamknięty w pokoju hotelowym, by nie przyglądał się chłoście.

— Właściciele hotelu to bardzo mili ludzie — powiedziała kobieta. — Przyjęli w zapłacie moją obrączkę ślubną, choć wiedzieli, że nie jest złota.

— Przyprowadzę go — zdecydowała Scarlett. — Ojcze, niech ojciec rzuci okiem na Mrs. Kelly.

— Oczywiście. Proszę jeszcze przynieść butelkę koniaku, Mrs. O'Hara. Nasza biedna Mrs. Kelly jest bliska załamania.

— Ale się nie załamie — dokończyła kobieta. — Nie mogę. Muszę się opiekować synem. Jeszcze dziecko z niego, zaledwie osiem lat.

Mówiła kruchym, jak lód łamliwym głosem.

Scarlett szybko pobiegła do hotelu. Billy Kelly był zaciętym w sobie blondynkiem, jak na swój wiek wyrośniętym, pałającym gniewem z powodu konieczności przebywania w areszcie domowym, pałającym gniewem na angielskich żołnierzy.

— Każę sobie sprawić żelazną rózgę i będę tłukł ich po głowach, aż mnie zastrzelą — krzyknął. Właściciel hotelu musiał użyć całej swej siły, by uniemożliwić chłopcu ucieczkę.

— Nie bądź głupcem, Billu Kelly!

Ostre słowa Scarlett podziałały na niego jak kubeł zimnej wody.

— Matka cię potrzebuje, a ty chcesz jeszcze przysporzyć jej żalu? Co z ciebie za mężczyzna?

Właściciel hotelu mógł zwolnić chwyt. Chłopak ucichł.

— Gdzie moja mama? — spytał głosem małego, przestraszonego chłopca, jakim naprawdę był.

— Chodź ze mną.

80.

Opowieść Harriet Stewart Kelly snuła się bardzo powoli. Już ponad tydzień przebywała wraz z synem w Ballyhara, a Scarlett zdążyła poznać dopiero ogólne zarysy jej losów. Dziewiętnastoletnia córka anglikańskiego duchownego — znakomicie, jak na kobietę, wykształcona, i absolutnie nie obeznana w sprawach tego świata — objęła posadę młodszej guwernantki przy rodzinie barona Witley'a.

Jednym z jej obowiązków było dotrzymywać towarzystwa dzieciom podczas ich codziennych przejażdżek konno, które odbywały się zawsze przed śniadaniem. I tak zakochała się w promiennym uśmiechu i melodyjnym głosie jednego ze stajennych, który także brał udział w tych przejażdżkach. Toteż kiedy ją zapytał, czy nie miałaby ochoty uciec razem z nim, od razu pomyślała sobie, że czeka ją najbardziej romantyczna przygoda, jaka tylko może się zdarzyć.

Przygoda zakończyła się na małej farmie ojca Daniela. Ponieważ nie mieli referencji, nie mogli znaleźć pracy w swoim zawodzie. Daniel obrabiał więc kamieniste pola razem z ojcem i braćmi, Harriet spełniała polecenia jego matki, czyli najczęściej szorowała podłogę i cerowała bieliznę. A także haftowała – bardzo pięknie – tak, jak przystoi młodej damie. Billy, jedyne jej dziecko, był świadkiem umierania romantycznej miłości. Daniel bowiem nie mógł żyć bez swoich pięknych koni, wielkich stajni, fantazyjnie wyszywanej kamizelki, cylindra i wysokich skórzanych butów, które nosili stajenni. Oskarżał Harriet, że przez nią wypadł z łask pana barona i pocieszał się whisky. Jego rodzina nienawidziła jej ponieważ była Angielką i protestantką.

Danny został aresztowany, gdy w *pubie* rzucił się na angielskiego oficera. Gdy został skazany na sto batów, rodzina uznała go za zmarłego. Właśnie już odbywali stypę, gdy Harriet wzięła Billy'ego za rączkę, w drugą rękę wzięła kawał chleba i udała się do odległego o dwadzieścia mil Trim, gdzie stacjonował regiment obrażonego oficera. Błagała o darowanie mężowi życia. Otrzymała obietnicę wydania ciała.

– Jeśli pożyczy mi pani na bilet, Mrs. O'Hara, wrócę z synem do Anglii. Rodzice już nie żyją, lecz mam kuzynów, którzy może użyczą mi dachu nad głową. Oddam wszystko z zarobków. Chyba znajdę jakieś zajęcie.

– Bzdura – prychnęła Scarlett. –Czyż nie zauważyła pani, że mam córeczkę biegającą po okolicy jak młode źrebię? Kici potrzeba guwernantki. A poza tym zdaje mi się, że polubiła Billy'ego i chodzi za nim jak cień. Bo prócz guwernantki potrzeba jej przyjaciół, i to bardzo jej potrzeba. Droga Mrs. Kelly, wyświadczyłaby mi pani ogromną uprzejmość, gdyby zgodziła się pani przyjąć gościnę we Dworze.

Nie powiedziała jednak wszystkiego, co myśli. W gruncie rzeczy nie sądziła, by Harriet miała dość sił na przeprawę do Anglii, a już zupełnie wątpiła w jej umiejętności przeżycia. Ma dużą wiedzę, ale ani za grosz sprytu – podsumowała swe refleksje o Mrs. Kelly. Umie tylko tyle, ile zdołała nauczyć się z książek. Scarlett nigdy nie trzymała wiele o molach książkowych.

Pomijając jej zupełny brak zmysłu praktycznego, towarzystwo Harriet dobrze służyło Scarlett. Od momentu, gdy powróciła z Dublina, wielki dom zdał się nieznośnie pusty. Scarlett nie przypuszczała, by kiedykolwiek zatęskniła za Karoliną Montague, lecz jej nieobecność dotkliwie dawała się we znaki. Harriet przyjemnie wypełniała tę lukę. Pod wieloma względami była lepszą damą do towarzystwa niż Mrs. Montague, bowiem zwracała uwagę na wszystko, co robiły dzieci, nawet najmniejszą błahostkę. W ten sposób Scarlett dane było usłyszeć o wielu przygodach Kici, które sama zainteresowana uznałaby za niewarte wzmianki.

Billy Kelly był dla Kici dobrym towarzystwem, toteż zaniepokojenie Scarlett, że dziecko wzrasta w izolacji, powoli opadło. Jedyną ujemną stroną obecności Mrs. Kelly w Ballyhara była zdecydowana wrogość, z jaką odnosiła się do niej Mrs. Fitz. „Tu nie ma miejsca dla Anglików" – rzekła, gdy Scarlett przyjechała z Trim z Harriet i Billy'm. „Ta Montague była wprost nieznośna, ale przynajmniej zrobiła coś pożytecznego".

„Cóż, może istotnie nie nie życzy sobie pani obecności Mrs. Kelly w tym domu, ale to mój dom!" – krzyknęła wtedy Scarlett, srodze zmęczona tym ciągłym powtarzaniem, co jej wypada, a czego nie wolno. Najpierw celowała w tym Karolina, teraz zastąpiła ją w tej roli Mrs. Fitz. Za to Harriet nigdy jej nie krytykowała. Przeciwnie. Tak była wdzięczna za dach nad głową i używane sukienki, że Scarlett czasami miała ochotę ją zrugać za tę potulność i „do rany mnie przyłóż".

Scarlett najchętniej zrugałaby każdego, kto jej się pod rękę nawinął. Wstydziła się samej siebie, bowiem absolutnie nikt nie dawał jej powodów do wpadania w zły humor. Nigdy, jak długo wszyscy ją znali, nikt nie mógł rozsierdzić ją do tego stopnia. Zboże wybujało o połowę wyżej niż zwykle, na polach zieleniły się grube, soczysto-zielone krzaczki kartofli. Jeden słoneczny dzień podążał za drugim, a huczne targi w Trim odbywały się regularnie co tydzień i trwały do późnej nocy, jasnej i ciepłej. Scarlett tańczyła póki butów i pończoch nie zdarła, lecz muzyka i śmiech jeszcze długo dodawały jej sił. Gdy Harriet na widok splecionych ramionami młodych parek, wędrujących brzegiem rzeki, wzdychała romantycznie, Scarlett odwracała się od niej, niecierpliwie wzruszając ramionami. Dzięki Bogu — myślała — że poczta przyniosła zaproszenia. Już wkrótce zaczną się zjazdy na wsi. Zdało się, że elegancki świat Dublinu i pokusy dublińskich sklepów odebrały targowi w Trim resztkę uroku.

* * *

Z końcem maja wody Boyne opadły tak nisko, że było widać ogromne głazy przed wiekami rzucone na dno rzeki dla udogodnienia przeprawy na drugi brzeg. Rolnicy niecierpliwie spoglądali na obłoki gnane zachodnim wiatrem po niebie koloru ultramaryny. Pola potrzebowały deszczu. Krótkie deszczyki poprawiały powietrze, lecz ziemię zwilżały jedynie na tyle, by korzenie pszenicy i tymotki w poszukiwaniu wilgoci wyszły nad powierzchnię ziemi, co hamowało wzrost źdźbeł.

Pewnego dnia Kicia stwierdziła, że porośnięta chwastami droga do chaty Grainne została wydeptana i przypomina regularnie używaną ścieżkę.

— Ma więcej masła, niż może zjeść — rzekła Kicia, która właśnie smarowała masłem bułkę. — Ludzie kupują uroki na deszcz.

— Postanowiłaś zaprzyjaźnić się z Grainne?

— Tak. Billy ją polubił.

Scarlett uśmiechnęła się. Cokolwiek powiedział mały Kelly, dla Kici było prawem. Dobrze, że chłopak ma taki dobry charakter i cierpliwość świętego, bowiem w przeciwnym razie, jako przedmiot uwielbienia Kici, mógł się czuć niczym wystawiony na męki. Po ojcu odziedziczył Billy „dobrą rękę do koni". Kształcił więc Kicię na prawdziwą amazonkę i dziewczynka umiała już o wiele więcej niż Scarlett. Ale musi dorosnąć, by przesiąść się na prawdziwego konia — postanowiła Scarlett i uparcie trzymała się tej zasady. Doszło w końcu do tego, że Kicia przynajmniej dwa razy dziennie wspominała, iż kucyki są dla małych dziewczynek, a ona jest już dużą dziewczynką. Dzięki bogu, Billy zawyrokował: „za smarkata". Kicia nigdy nie pogodziłaby się z podobnym wyrokiem, gdyby usłyszała go z ust Scarlett.

* * *

Scarlett wyjechała do Roscommon w gości na początku czerwca, pewna, że nie wydaje Kici na pastwę samotności. Chyba nawet nie zauważy mego wyjazdu... jakże to poniżające.

— Czyż nie wspaniała pogoda? — pytali wszyscy goście. Po obiedzie, w łagodnym świetle długiego zmierzchu grali w tenisa na trawniku.

Scarlett cieszyła się na to spotkanie z ludźmi, z których większość zdołała polubić podczas swego pobytu w Dublinie. Jedynie Charlesa Raglanda powitała bez entuzjazmu.

— To ludzie z pana regimentu zaćwiczyli na śmierć tego biedaka. Nigdy nie zapomnę, nigdy nie przebaczę. Nawet jeśli teraz jest pan po cywilnemu, w niczym nie zmienia to faktu, że przede wszystkim pozostaje pan angielskim żołnierzem. A żołnierze to potwory.

Ku jej zaskoczeniu, Charles nie wykazał najmniejszych nawet objawów skruchy.

— Szczerze boleję nad tym, że widziała pani scenę tak okropną, Scarlett. Chłosta to ohydna robota. Ale byliśmy już świadkami scen o wiele bardziej ohydnych i musimy robić wszystko, by się nie powtórzyły.

Odmówił przykładów. Z ogólnej rozmowy towarzystwa Scarlett mogła się zorientować, że chodziło o zorganizowany bunt przeciwko właścicielom ziemskim — bunt rozprzestrzeniający się po całym kraju. Palono pola, podrzynano gardła krowom, w pobliżu Galway urządzono zasadzkę na rządcę wielkiego majątku, schytano go i poćwiartowano. Wśród ludu dało się słyszeć pogłoski o wskrzeszeniu Białych Chłopców —band maruderów, które już przed laty dały się poznać w roli bicza Bożego na ziemian. To niemożliwe — twierdzili dobrze poinformowani. Te ostatnie incydenty nie pozostają w żadnym ze sobą związku, są sporadyczne, w większości należałoby je wpisać na rachunek pospolitych podżegaczy. Z byle powodu nie ma co chować głowy w piasek, gdy taki dzierżawca, jeden z drugim, zajrzy do jadącego drogą powozu.

Scarlett przebaczyła Charlesowi. Ale — zapowiedziała sobie — przebaczyć nie znaczy zapomnieć.

— Chętnie przyjmę wobec pani odpowiedzialność za tę chłostę, o ile tylko będzie to pani mnie przypominać! — zawołał zapalczywie, by zaraz zaczerwienić się po czubki uszu.

— Do licha! — wyjąkał. — Kiedy w koszarach myślę o pani, przychodzą mi do głowy mowy godne Lorda Byrona, gdy jednak stoję przed panią, wygaduję brednie. Chyba domyśla się pani, że jestem w niej beznadziejnie zakochany?

— Tak, wiem. I wszystko w porządku, Charles. Nie sądzę, żebym mogła polubić Lorda Byrona, ale pana lubię, i to bardzo.

— Naprawdę, aniele? Czy zatem mogę mieć nadzieję, że...

— Nie sądzę. Proszę nie robić tak zrozpaczonej miny. To nie dlatego odmawiam, że nie chcę z panem. Z nikim nie chcę.

Kanapki w pokoju Scarlett schły i kiedy noc minęła, cienkie kromki chleba zwijały brzeżki do góry.

*　*　*

— Jak dobrze znowu być w domu! Wiesz, Harriet, paskudny ze mnie charakter. Zawsze, gdy wyjeżdżam, zaraz mnie korci, by wrócić do domu, nieważne, jak świetnie bym się bawiła. Ale założę się, że nim minie tydzień, zacznę myśleć o następnym wyjeździe... Powiedz, Harriet, co tu się działo, gdy mnie nie było. Czy Kicia zamęczyła twojego syna na śmierć?

— Na śmierć jeszcze nie. Ale wymyślili nową zabawę, którą nazwali „Topienie wikingów"... nie wiem, skąd pomysł z tą nazwą. Kicia twierdzi, że pani będzie wiedziała i wszystko wytłumaczy, bo ona pamiętała jedynie tyle, by ukuć nazwę. Przyczepili do wieży sznurkową drabinę. Billy wciąga na górę kamienie, później oboje zrzucają je przez okienka do rzeki.

Scarlett roześmiała się.

— Co za bezczelność! Od lat już mnie męczy, żeby pozwolić jej wspiąć się na wieżę. A teraz widzę, że zwaliła na Billy'ego czarną robotę i dopięła swego, chociaż jeszcze nie ma czterech lat. Nim dorośnie do sześciu, będzie tyranem. Przypuszczam, Mrs. Kelly, że alfabet będzie jej pani musiała wbijać do głowy przy pomocy kija.

— Prawdopodobnie nie. Właśnie zainteresowała się tym, co ma na ścianach w swoim pokoju.

Scarlett uśmiechnęła się na ukrytą w tym zdaniu zupełnie wyraźną sugestię, jakoby jej córeczka była geniuszem. O, tak. Była skłonna uwierzyć, że Kicia potrafi zrobić wszystko szybciej i lepiej niż jakiekolwiek inne dziecko w historii rodzaju ludzkiego.

— Zechce mi pani opowiedzieć, jak było na przyjęciu? — zapytała Harriett głosem pełnym tęsknoty. Prawda życia nie przywiodła jej do rozstania z romantycznymi marzeniami.

— Było miło — odparła Scarlett. — Było nas... och, pewnie trzydzieścioro. Przynajmniej na jednym takim zjeździe nie było generała w stanie spoczynku, który zanudzałby wszystkich opowiadaniem, czego to on się nie nauczył, służąc pod księciem Wellingtonem. Mieliśmy za to zawody w krykieta, ktoś tam przyjmował zakłady i wypłacał wygrane, całkiem jak na wyścigach konnych. Byłam w jednej drużynie z...

— Mrs. O'Hara! — przerwał jej czyjś krzyk. Scarlett zerwała się z krzesła. Wbiegła pokojówka. Dyszała, poczerwieniała na twarzy.

— Kuchnia... — wysapała. — Kicia... poparzona...

Scarlett wybiegła tak szybko, że omal jej nie przewróciła.

Jeszcze gdy biegła przez kolumnadę, w połowie drogi ze skrzydła mieszkalnego do kuchni, mogła usłyszeć płacz Kici. Wtedy przyspieszyła. Kicia nigdy nie płakała.

— Nie wiedziała, że patelnia jest rozgrzana... właśnie posmarowałyśmy jej rączkę masłem ... ledwo chwyciła, zaraz upuściła ...

— Mamusiu... mamusiu...

Zewsząd dobiegały ją jakieś okrzyki, lecz Scarlett słyszała jedynie płacz Kici.

— Kochanie, mama jest przy tobie. Ani mrugniesz oczkiem, a wszystko będzie dobrze.

Porwała w ramiona rozpłakane dziecko, rzuciła się ku drzwiom. Na dłoni Kici dostrzegła okropną, czerwoną pręgę. Ból był tak wielki, że Kicia szeroko rozcapierzyła paluszki.

Droga ze Dworu do miasteczka jakoś dziwnie się wydłużyła, była dwa razy dłuższa niż normalnie, mogłaby przysiąc. Biegła szybko, ile tylko miała sił w nogach, cały czas uważała, by nie potknąć się i nie przewrócić. Jeśli doktora Devlina nie ma w domu — powtarzała gorączkowo — gdy wróci, nie ma co liczyć na dach nad głową. Wyrzucę mu na ulicę wszystkie meble, co do sztuki, a z nimi jego rodzinę.

Szczęśliwie, doktor był na miejscu.

— Mrs. O'Hara, ależ nie ma powodu tak się gorączkować. Dzieciom zdarzają się różne rzeczy, taki to już ich los. Proszę mi pokazać oparzeliznę.

Gdy dotknął dłoni, Kicia krzyknęła. Scarlett miała wrażenie, jakby ktoś pchnął ją nożem prosto w serce.

— Brzydkie oparzenie, w rzeczy samej, brzydkie — pokiwał głową doktor Devlin. — Trzeba będzie posmarować rączkę czymś tłustym i poczekać, aż utworzą się pęcherze. Potem przekłujemy je i wypuścimy ropę.

— Ale ją teraz boli, doktorze. Może pan jakoś uśmierzyć ból?

Łzy z oczu Kici kropla za kroplą spadały Scarlett na rękę.

— Najlepsze byłoby masło. Na pewien czas powinno ochłodzić dłoń i ukoić ból.

— Na pewien czas?

Scarlett odwróciła się i wybiegła. Przypomniała sobie o likworze, którym poiła ją Grainne, gdy urodziła Kicię, przypomniała sobie, jak szybko i skutecznie koił ból.

Zaniesie dziecko do wiedźmy.

Tylko że to tak daleko... już zdążyła zapomnieć, że wieża i rzeka są tak daleko od miasteczka. Słaniała się na nogach ze zmęczenia... to nie powinno być aż tak daleko. Scarlett biegła, jakby piekła ją ścigały.

— Grainne! — krzyknęła, gdy dotarła do zarośli ostrokrzewu. — Grainne, pomóż! Na miłość Boską, pomóż!

Z cienia wyłoniła się *cailleach*.

— Usiądźmy tutaj — powiedziała spokojnie. — Już nie potrzeba biec.

Usiadła na ziemi, wyciągnęła ręce.

— Chodź do Grainne, Daro. Już ja tak zrobię, że cały ból zniknie, jak ręką odjął.

Scarlett posadziła jej Kicię na kolanach. Później sama przykucnęła obok, gotowa znowu porwać córkę w ramiona i znowu biec ... wszędzie, gdzie tylko może znaleźć pomoc. Jak gdyby miała na myśli jakieś konkretne miejsce lub osobę.

— Chcę wziąć twoją rączkę w moją — odezwała się Grainne. — Nie dotknę jej, nie będzie bolało. Najlepiej sama połóż swą dłoń na mej dłoni. Teraz będę przemawiać do oparzenia, a ono mnie usłucha. I ból zniknie.

Głos Grainne emanował spokojem, jakąś pewnością siebie. Kicia utkwiła spojrzenie swych zielonych oczu w poorannej zmarszczkami twarzy starej kobiety. Po czym bez słowa położyła oparzoną dłoń na suchej, poplamionej sokami ziół dłoni Grainne.

— Masz duże, silne poparzenie, Daro. Będę musiała je zamówić. To zajmie nam trochę czasu, ale potem poczujesz się znacznie lepiej.

Lekko dmuchnęła na oparzone miejsce, najpierw raz, potem drugi i trzeci. Zbliżyła usta do dłoni Kici i zaczęła coś szeptać.

Trudno było zrozumieć jej słowa. Jej głos przywodził na myśl szmer opadających liści albo szemranie płytkiej wody, ocierającej się o kamyki, odbijającej promienie południowego słońca. Minęło parę minut — nie więcej niż trzy — a Kicia przestała płakać, Scarlett zaś opadła na ziemię, zupełnie rozluźniona. Kicia kiwnęła głową, a po chwili spuściła główkę na piersi Grainne, która ciągle coś szeptała głosem niskim, monotonnym, kojącym. Scarlett wsparła głowę na ręku, lecz po chwili głowa ześlizgnęła się na ziemię, ociężała od snu. A Grainne nie przestawała przemawiać do oparzenia, choć Kicia już spała, i Scarlett spała, a opuchlizna powoli, bardzo powoli ustępowała, a czerwona pręga bladła, aż w końcu dłoń Kici wyglądała zupełnie normalnie, jakby oparzenie i ból były tylko złym snem. Wtedy Grainne podniosła głowę, językiem zwilżyła spierzchnięte wargi. Położyła oparzoną rączkę Kici na zdrowej, następnie objęła ją ramionami i zaczęła kołysać, mrucząc coś niewyraźnie. Po dłuższej chwili przestała.

— Dara!

Kicia otwarła oczy.

— Muszę odejść. Powiesz mamie, że Grainne jest zmęczona i musi spać. Zabierz mamę do domu.

Cailleach postawiła dziewczynkę u stóp matki, po czym znikła w gęstwinie ostrokrzewów.

— Mama. Czas wracać do domu.

— Kicia? Jakto możliwe, że tak nagle zapadłam w sen? Och, mój aniołku, bardzo przepraszam. Co się stało? Jak się czujesz, dziecino?

— Kicia miała drzemkę. Rączka nie boli. Mogę wspiąć się na wieżę?

Scarlett spojrzała na dłoń. Zdrowa, bez śladu oparzelizny.

— Och, Kiciu Kociu, mamie należy się całus, proszę...

Jeszcze przez chwilę zatrzymała dziewczynkę przy sobie, po czym pozwoliła jej odejść. Był to jej prezent dla Kici.

Kicia przycisnęła usteczka do policzka Scarlett.

— Chyba mam większą ochotę na herbatkę z ciasteczkami niż na spacer do wieży — szepnęła. To był jej prezent dla matki. — Chcę do domu.

*   *   *

— **Ta O'Hara** była pod działaniem uroku, a wiedźma i jej podrzutek rozmawiali w języku dla ludzi niezrozumiałym.

Nell Garrity widziała wszystko na własne oczy i z tego strachu przeszła przez Boyne w pierwszym lepszym miejscu, zapominając, że przecież powinna udać się do brodu. Jak nic by utonęła, gdyby w rzece był taki poziom wody, jak zwykle. Chwała Bogu, wody opadły, bo susza.

— Czy nie rzuciła uroku na chmury, żeby nas omijały?

— Czy nie odjęła mleka krowie Aneczki McGionty, najlepszej mleczarki w całym Trim?

— Dan Houlihan z Navan miał kurzajkę na stopie, tak go to męczyło, że nie mógł postawić kroku.

— Podrzutek jeździ na wilku, który za dnia przybiera skórę kucyka.

— Ci, co się na tym dobrze znają, mówią, że podrzutek widzi w ciemnościach, a kiedy skrada się w poszukiwaniu łupu, ślepia płoną mu jak latarnie.

— Mr. Reilly, a nie słyszał pan, jak to przyszło na świat? W wigilię Wszystkich Świętych się urodziło, gdy niebo rozrywały ognie komet, sprawiedliwie powiadam, ognie komet...

Te i inne opowieści krążyły po całej okolicy od chaty do chaty.

Mrs. Fitzpatrick była tą osobą, która pierwsza natknęła się na kocie szczątki położone na schodach przy frontowych drzwiach Dworu. Ocras został uduszony i wypatroszony. Zebrała pozostałości w ręcznik, zaniosła do swego pokoju, a kiedy była pewna, że nikt jej nie widzi, udała się nad Boyne i wrzuciła je do wody.

*　　*　　*

Rosaleen Fitzpatrick wpadła do stróżówki Columa bez pukania. Słysząc trzask otwieranych drzwi, Colum odwrócił się, spojrzał na Rosaleen, lecz nie podniósł się z krzesła.

— No, oto i obrazek, jakiegom się spodziewała! — krzyknęła z progu. — Bo, oczywiście, nie możesz jak każdy porządny człowiek, pójść do *pubu* i tam się upić, tylko musisz ukrywać tę swoją słabość w czterech ścianach, a za wymówkę, nędzną wymówkę, masz tego oto człowieka.

W jej głosie dźwięczała pogarda, także pogarda była w jej ruchach, gdy czubkiem buta szturchnęła parę razy bezwładną nogę Stefana O'Hary, drzemiącego na krześle. Nierówno pochrapywał, a z półotwartych ust wydobywała się ostra woń whisky, którą przesycone było także jego ubranie.

— Daj mi święty spokój — powiedział słabowitym głosem Colum. — Razem z kuzynem opłakujemy śmierć irlandzkiej nadziei.

Rosaleen wzięła się pod biodra.

— A co sądzisz, wielebny Columie O'Haro, o nadziejach, które wszyscy pokładamy w twojej kuzynce? Czy kiedy Scarlett pogrąży się w żałobie po stracie córeczki, ty utopisz swój smutek w następnej, nie wiem już, której, butelczynie whisky? Czy może będziesz towarzyszył w żałobie Scarlett? Albowiem powiadam ci, Columie O'Haro, ta dziewczynka znajduje się w śmiertelnym zagrożeniu.

Rosaleen rzuciła się na kolana przed krzesłem, na którym siedział.

— Na Jezusa i Najświętszą Panienkę, Colum, przecież musisz coś zrobić! Ja próbowałam już wszystkiego, ale ludzie mnie nie słuchają. Może jest już nawet za późno żeby wysłuchali ciebie, ale musisz podjąć się tej próby. Nie możesz uciekać przed światem. Ludzie czują, że wziąłeś nogi za pas, podobnie Scarlett.

— Kasia Colum O'Hara... — wybełkotał Colum.

– Jej krew na twoją głowę! – powiedziała Rosaleen kryształowo dźwięcznym, chłodnym głosem.

Następnego dnia Colum wybrał się na obchód okolicy. Nie spiesząc się obszedł każdy dom, chatę i *pub* w Ballyhara i w Adamstown. Trwało to do wieczora. Pierwszą wizytę złożył jednak we Dworze – zastał Scarlett w biurze, studiującą rachunki. Gdy go ujrzała w progu, gniew jej minął, zaraz jednak znowu zrobiła srogą minę, Colum bowiem domagał się, by wydała ucztę na cześć powrotu Stefana z Ameryki.

W końcu skapitulowała, jak się tego spodziewał, tak że obchodząc domy i chaty, i *puby* miał przynajmniej jakiś pretekst. Podczas rozmów usiłował znaleźć jakieś wskazówki na to, że niepokój Rosaleen Fitzpatrick był uzasadniony, lecz ku swej ogromnej uldze, nie usłyszał niczego, co kazałoby zachować czujność.

*   *   *

Po sumie wszyscy mieszkańcy miasteczka, cała rodzina O'Harów, wszyscy kuzyni i powinowaci z Powiatu przybyli do Dworu, by powitać Stefana i dowiedzieć się, co w Ameryce. Na trawniku przed Dworem ustawiono na kozłach długie stoły, a na nich dymiące talerze z peklowanym mięsiwem, koszyki pełne gorących gotowanych kartofli i zwieńczone białymi grzywami piany dzbany z porterem. Drzwi do salonu zostały otwarte. Każdy mógł wejść i obejrzeć malowidła irlandzkich bohaterów – każdy, kto miał na to ochotę.

Przyjęcie było prawie udane.

Później Scarlett pocieszała się myślą, że przecież zrobiła wszystko, co było w jej mocy. Najbardziej cieszyła się z możności dłuższego obcowania z Kasią.

– Tak za tobą tęskniłam – powiedziała do kuzynki. – Od kiedy wyjechałaś z Adamstown, wszystko się zmieniło. A niechby nawet w brodzie było wody na dziesięć stóp, i tak za żadne skarby nie zawitam do domu Gochny.

– A gdyby nawet wszystko pozostało po staremu, czy byłby powód do zadręczania się do utraty tchu? – odparła Kasia – matka zdrowego chłopca i prawdopodobnie równie krzepkiego jego braciszka, którego spodziewała się za sześć miesięcy.

Scarlett ze smutkiem uświadomiła sobie, że Kasia wcale za nią nie tęskniła.

Stefan w Irlandii nie był bardziej rozmowny niż w Ameryce, ale rodzina zdała się nie przejmować jego milczeniem.

– Mrukiem był i mrukiem pozostanie – kwitowano jego zachowanie.

Scarlett, jak mogła, starała się go unikać. Dla niej pozostał "Mrukliwym Stefanem". Z domu przywiózł jednak miłą wiadomość: dziadek Robillard umarł, a cały swój majątek zostawił Paulinie i Eulalii. Siostry zamieszkały więc w różowym domku, codziennie odbywały spacerki dla zdrowia i cieszyły się opinią osób zamożniejszych niż same Telfair'ówne.

*   *   *

Zebrani na przyjęciu usłyszeli nadciągający z dala huk gromu. Wszystkie rozmowy się urwały, wszyscy przestali jeść, umilkły śmiechy, każdy zadarł głowę do góry, spoglądając z nadzieją na drwiąco lazurowe niebo. Ojciec Flynn odprawiał codziennie wotywę na intencję deszczu, ludzie palili w kaplicy świeczki i do księżych modłów dołączali własne.

Na Święty Jana chmury, niesione zachodnim wiatrem, miast rozbić się po niebie i zniknąć bez śladu, zaczęły się zbierać nad zachodnim horyzontem. Zanim nadeszło popołudnie, nad zachodnim horyzontem zawisła ciężka, czarna zasłona. Ludzie, którzy właśnie znosili drwa na świętojańskie ognie, podnieśli głowy. Urywane podmuchy wiatru niosły ze sobą wilgotny zapach deszczu. Jeśli deszcz spadnie i ocali zbiory, prawdziwe będzie to święto.

Burza rozpętała się, gdy zapadł pierwszy zmierzch. Nadciągała poprzedzona kanonadą błyskawic, od których niebo zrobiło się jaśniejsze niż w dzień. Ludzie rzucili się na ziemię, osłaniając głowy czym kto miał. Z ciężkich, ołowianych chmur posypał się grad, lodowe kulki dochodziły wielkości orzechów włoskich. W ciszy między dudnieniem gromu i trzaskaniem błyskawic dały się słyszeć okrzyki bólu i trwogi.

Scarlett wyszła ze Dworu w nadziei na muzykę i tańce. Zaledwie jednak przestąpiła próg, w ciągu paru sekund przemokła do suchej nitki. Natychmiast rzuciła się z powrotem do domu, szybko wbiegła po schodach, rozejrzała się po korytarzu, zastanawiając się, gdzie najpierw szukać Kici. Znalazła. Dziewczynka stała przy oknie, spoglądając na burzę rozszerzonymi strachem oczami. Uszy zakryła dłońmi. Harriet Kelly kuliła się w kącie przyciskając do siebie Billy'ego. Scarlett uklękła obok Kici — obie spoglądały przez to samo okno na rozpętane żywioły.

Trwało to pół godziny, a potem przejaśniło się, czyste niebo zabłysło gwiazdami, nad którymi dominował księżyc w trzeciej kwadrze. Przygotowane na świętojańskie ognie drwa wiatr porozrzucał, deszcz przemoczył, tak że tej nocy ogniska nie mogły zapłonąć. Trawa na pastwiskach, pszenica na polach wyłożyła się, przygnieciona dywanem szarych lodowych kulek. Lamenty wyrwały się z gardeł mieszkańców Ballyhara, a ich przejmujące dźwięki przeniknęły przez kamienne mury i okienne szyby do pokoju Kici. Scarlett zadrżała i silniej objęła swe ciemne dziecko. Kicia cichutko zakwiliła. Jej dłonie nie były jeszcze dość wielkie, aby zdusić ten dźwięk.

*   *   *

— Straciliśmy tegoroczne plony — powiedziała Scarlett. Stała na stole na szerokiej głównej ulicy miasteczka, spoglądając na zgromadzonych wokół mieszkańców. — Ale na tym nie koniec. Wiele da się ocalić. Trawa wyschnie na siano, ze zbóż mieć będziemy słomę, chociaż nie ziarno, które dałoby się przemleć na mąkę. Jadę teraz do Trim, Navan i Drogheda skupować zapasy na zimę. Nie będzie głodu w Ballyhara, obiecuję wam to jakem O'Hara.

Zaczęli krzyczeć na wiwat.

Ale wieczorem, kiedy zasiedli w domach przy kominkach, nie mówili o niczym innym niż tylko o piekielnym podrzutku i o wieży, gdzie podrzutek pobudził ducha zmarłego lorda do zemsty.

81.

Wieczorem, zaraz po burzy, niebo się rozpogodziło, a nazajutrz z samego rana powróciły upały i trwały bez przerwy. Cała pierwsza strona *Irish Times* poświęcona była wyłącznie doniesieniom o pogodzie i prognozom, jak też rozwinie się sytuacja. Stronę drugą i trzecią zajmowały relacje o zamachach na właścicieli ziemskich oraz rządców. Niepokoje z dnia na dzień przybierały na sile.

Scarlett codziennie przeglądała gazetę, by po chwili odrzucić ją na podłogę. Ostatecznie, dzięki Bogu, ona nie musi się bać swych dzierżawców. Przecież wiedzą, jak o nich dba.

Co jednak nie było wcale takie proste. Niepokojąco często zdarzało się, że gdy zajeżdżała do wsi lub miasta, gdzie rzekomo miały się znajdować góry worków mąki, stosy beczek z mięsiwem, okazywało się, że bajeczne zapasy istnieją jedynie w ludowej wyobraźni, a jeśli nawet naprawdę istniały, już dawno temu zostały wykupione. Początkowo bardzo się targowała, bo ceny okropnie poszły w górę, potem jednak, kiedy z zapasami zrobiło się bardzo skąpo, płaciła bez słowa tyle, ile zażądano, szczęśliwa, że w ogóle znalazła cokolwiek, nawet pośledniego gatunku.

Jak w Georgii po Wojnie — myślała. A nawet jeszcze gorzej. Na Wojnie walczyliśmy z Jankesami, którzy kradli i puszczali z dymem wszystko, co się dało. Teraz walczę o przeżycie ludzi, którzy są ode mnie zależni, a więcej ich, niż kiedykolwiek miałam w amerykańskiej Tarze. W dodatku nie wiem, kto jest wrogiem. Jakoś trudno mi uwierzyć, że Bóg przeklął Irlandię.

A jednak za sto dolarów kupiła świece, które ludzie zapalali, gdy się schodzili na suplikacje do kaplicy. I ostrożnie objeżdżała stosy kamieni, które jak grzyby po deszczu zaczęły wyrastać na poboczach dróg lub zgoła na polach. Nie wiedziała, jakich to dawnych bóstw gniew miały odwrócić, lecz jeśli za ich przyczyną spadnie deszcz, gotowa była poświęcić im wszystkie kamienie w Powiecie. Gdyby okazało się to niezbędne, chętnie własnymi rękami usypałaby wielki kopiec.

Czuła się zupełnie bezradna — uczucie tyleż nowe, co przerażające. Łudziła się, że zrozumiała, na czym polega praca na roli tylko dlatego, że wyrosła na plantacji. Tymczasem tłuste lata w Ballyhara nie wzbogaciły jej o żadne nowe doświadczenie, jak zwykle, harowała ciężko i tego samego wymagała od innych. Cóż jednak począć teraz, gdy nie dość było samej gotowości do pracy?

Jeździła w gości, bywała na przyjęciach, na które zgodziła się przyjąć zaproszenie jeszcze nim głód zajrzał do oczu. Ale teraz nie rozrywki się spodziewała, lecz informacji — chciała zasięgnąć języka u innych ziemian.

*   *   *

Scarlett przybyła do Opactwa Kilbawney z jednodniowym opóźnieniem.

— Strasznie przepraszam — powiedziała do Lady Gifford, która zaprosiła ją w gości. — Gdybym była osobą dobrze wychowaną, natychmiast wysłałabym telegram, że się spóźnię. Prawda jednak jest taka, że chodziłam od Annasza do Kajfasza w poszukiwaniu dostawców mąki i mięsa i tak skołowaciałam, że zupełnie zapomniałam o kalendarzu.

Przyjazd Scarlett, choć spóźniony, tak ucieszył gospodynię, że zapomniała się obrazić. Lady Gifford wreszcie mogła odetchnąć: wszyscy goście przyjęli zaproszenia tylko dlatego, że wystawiła Scarlett na przynętę. W przeciwnym razie na pewno wybraliby się gdzie indziej.

— Długo czekałem na okazję, gdy będę mógł uścisnąć rączkę szanownej pani, młoda kobieto — mężczyzna w krótkich, zapiętych nad kolanami, bufiastych spodenkach energicznie potrząsnął dłonią Scarlett. Markiz Trevanne był pełnym wigoru staruszkiem z rozwichrzoną na wszystkie strony białą brodą i zatrważająco purpurowym haczykowatym nosie.

— Dziękuję, sir — rzekła Scarlett, w duchu zastanawiając się, dlaczego?

Lecz markiz zaraz jej to wyjaśnił, wyjaśnił jej to z wszystkimi szczegółami i bardzo głośno, mówił bowiem, jak to głusi, nieomal krzycząc. Jego usta się nie zamykały, mówił przez cały czas, nieważne, czy ktoś go słuchał, czy nie. A że głos miał donośny, jego pokrzykiwania docierały do trawnika, gdzie grano w krykieta.

Zasługuje na wyrazy uznania — krzyczał — ponieważ przywróciła do życia Ballyhara. A mówił przecie Arturowi, by nie był takim głupcem i nie kupował za niebotyczne sumy tych statków z rąk złodziejów, którzy zdołali mu wmówić, że wręgi są w dobrym stanie. Ale Artur nie słuchał, uparł się, żeby się wpędzić w ruinę. No i zapłacił. Osiemdziesiąt tysięcy funtów zapłacił, ponad połowę spadku. Za tę sumę można by wykupić ziemię w całym Powiecie Meath. Bo był głupcem. Zawsze był skończonym głupcem, ten człowiek nie miał za grosz oleju w głowie, poznał się na nim, gdy obaj byli jeszcze szczeniakami. No tak, psiakość, no tak, co zrobić, zawsze kochał Artura jak brata, choć zawsze wiedział, że dureń z niego. Nie znajdziesz wierniejszego przyjaciela nad Artura. Ryczał jak baba... tak, droga pani... ryczał jak baba kiedy usłyszał, że Artur się powiesił. No bo dureń z niego, to wiedział... ale żeby aż taki... Artur kochał tę ziemię, oddał jej serce, a w końcu życie. To zbrodnia, że Konstancja porzuciła Ballyhara i dopuściła, by tak zniszczała. Powinna zachować wszystko ze względu na pamięć o Arturze, jako pomnik.

Markiz był wdzięczny Scarlett, bo uczyniła to, na co wdowie po Arturze zabrakło przyzwoitości, żeby uczynić.

— Jeszcze raz chciałbym uścisnąć pani dłoń, Mrs. O'Hara.

Scarlett podała mu rękę zastanawiając się, co też on wygaduje. Młody pan przecież nie popełnił samobójstwa, to ktoś z miasteczka zaciągnął go do wieży i powiesił. Tak twierdził Colum. Markiz tkwi w błędzie. Starszym ludziom często miesza się pamięć... Albo to Colum się myli. Był wówczas dzieckiem, mógł wiedzieć jedynie tyle, ile usłyszał od starszych, nawet nie mieszkał w Ballyhara, jego rodzina wywodzi się z Adamstown. Markiz też nie był świadkiem tych wydarzeń, wiedział jedynie tyle, co ludzie mówili. Nie, to wszystko jest zbyt skomplikowane.

— Scarlett, witaj!

To Jan Morland. Scarlett miło się uśmiechnęła do markiza i zdołała uwolnić dłoń z jego uścisku. Ujęła Morlanda pod ramię.

— Bart, cieszę się, że pana widzę. Szukałam pana na każdym przyjęciu w karnawale, ale nigdy go nie widziałam.

— W tym roku spasowałem. Dwie oźrebione klacze za każdym razem dystansowały najlepsze konie wicekróla. Co tam u ciebie?

Wieki już chyba minęły od dnia, kiedy widziała go po raz ostatni. Nie bardzo wiedziała, od czego by tu zacząć.

— Wiem, co pana interesuje, Bart — powiedziała. — Spośród koni, które pomógł mi pan kupić, jeden już przewyższa w umiejętnościach Półksiężyca. To Kometa. Stało się to zupełnie niespodziewanie, tak jakby pewnego dnia rozejrzał się i uznał, że skakanie przez przeszkody to nie praca, tylko zabawa...

Powędrowali do cichego zakątka, gdzie mogli rozmawiać nie skrępowani obecnością innych. W stosownym czasie Scarlett dowiedziała się, że Bart nie ma żadnych nowin od Retta. Dowiedziała się nawet więcej niżby sobie tego życzyła: jak postępować z klaczą, której płód niebezpiecznie przekręcił się w macicy. Ale nie zwracała na to uwagi. Bart należał do grona ludzi, których szczególnie lubiła i na zawsze miał tam pozostać.

Goście Lady Gifford nie rozmawiali o niczym innym, tylko o pogodzie. Irlandia nigdy w swojej historii nie ucierpiała wskutek suszy, a jak inaczej nazwać te suche dni bez kropli deszczu? Nigdzie, w najodleglejszym nawet zakątku wyspy ani nie pokropiło. O, na pewno pojawią się niemałe kłopoty, gdy wrzesień nadejdzie i trzeba będzie zbierać opłaty dzierżawne za pierwsze półrocze.

Scarlett dotychczas nie zastanawiała się nad tym, toteż gdy uświadomiła sobie wagę problemu, serce zaciążyło jej niczym bryła ołowiu. Oczywiście, farmerzy nie będą mieli z czego zapłacić. A jeśli nie zapłacą farmerzy, swoich czynszów nie zapłacą też inni mieszkańcy miasteczka. Bo dochody sklepów, *pubów* a nawet doktora zależały od tego, czy i jak wielkie będą zyski rolników. W ostatecznym rozrachunku do kasy Dworu nie wpłynie nawet pół pensa.

Mając podobne myśli trudno było zachować pozory wesołości, ale musiała. Och, jakże będzie szczęśliwa, kiedy ten tydzień wreszcie się skończy.

Ostatnia noc gościny u Lady Gifford przypadała na czternasty lipca — rocznicę zburzenia Bastylii. Gościom zasugerowano, by na ten szczególny wieczór przygotowali jakieś zabawne ubrania — Scarlett wzięła ze sobą najlepszą, najbardziej jaskrawą ze spódnic, które kupiła w Galway, pod nią cztery halki (każda innego koloru). Sama spódnica była czerwona. Założenie grubych pończoch w paski w upał tak straszny, jak ten, nie było zapewne pomysłem najszczęśliwszym, lecz ubiór ten wywołał taką sensację, że efekt zdał się wyrównywać drobne niewygody, nawet jeśli pończochy fałdowały się na mokrych od potu nogach.

— W najśmielszych snach nie przyszłoby mi do głowy, że wieśniacy są tak uroczo ubrani pod tą skorupą brudu, która zawsze ich okrywa! — oznajmiła Lady Gifford. — Kupię sobie coś podobnego i wezmę w przyszłym roku do Londynu. Na pewno wszyscy błagać mnie będą, żebym zdradziła nazwisko mej krawcowej.

Głupia jędza — sarknęła w myśli Scarlett. Dzięki Bogu, to już ostatnia noc.

Po obiedzie zaczęły się tańce, na które przybył Charles Ragland. Przybył prosto z przyjęcia, które załamało się tego samego dnia nad ranem.

— Ale i tak bym stamtąd uciekł — powiedział Scarlett. — Gdy usłyszałem, że jest pani tak blisko, nie mogłem nie przyjechać.

— Tak blisko? Przecież zrobił pan pięćdziesiąt mil.

— I sto mil nie byłoby za dużo.

Scarlett pozwoliła mu złożyć na ustach pocałunek w cieniu wielkiego dębu. Ileż to czasu minęło od chwili, gdy czuła pocałunek mężczyzny, ileż to czasu minęło, gdy czuła się bezpieczna w męskich objęciach. Otoczona ramionami Charlesa Raglanda rozpłynęła się w cudownym uczuciu błogości.

— Ukochana — szepnął chrapliwym głosem Charles.

— Szszsz... Całuj mnie aż do zawrotów głowy, Charles.

No i dostała zawrotów głowy. Musiała mocno chwycić się jego muskularnych ramion, by nie upaść. Ale kiedy powiedział, że przyjdzie do jej sypialni, odwróciła się od niego i natychmiast oprzytomniała. Bo pocałunki to jedno, lecz dzielenie wspólnego łoża to zupełnie co innego.

Spaliła przebłagalny liścik, który wsunął jej pod drzwi i wyjechała tak wcześnie, że nie musiała z nikim się żegnać.

* * *

Ledwo wpadła do domu, natychmiast zaczęła szukać Kici. Nie była zaskoczona gdy dowiedziała się, że oboje z Billy'm poszli do wieży. W całym majątku było to jedyne miejsce, gdzie można było znaleźć trochę chłodu. Za to przyjemnym zaskoczeniem była dla niej wiadomość, że Colum oraz Mrs. Fitzpatrick oczekują na tyłach Dworu z herbatką na trawniku w cieniu drzew.

Bardzo była uradowana. Colum już od tak dawna trzymał się na uboczu, tak stronił od Dworu, że odzyskanie tego prawie-brata sprawiło jej niemało radości.

— Mam ci do opowiedzenia coś bardzo osobliwego — rzekła od razu na wstępie. — Kiedy to usłyszałam, omal nie oszalałam z ciekawości. Co o tym sądzisz, Colum? Czy to możliwe, żeby młody pan na Ballyhara sam powiesił się w wieży?

'Po czym opowiedziała, co usłyszała od starego markiza, parskając śmiechem, dowcipnie naśladując jego sposób wysławiania się.

Colum siedział nad swoją filiżanką herbaty, sztywny, starannie kontrolując każdy swój gest, każde swoje słowo.

— Nie wiem, Scarlett — odparł, gdy skończyła, a jego głos znowu brzmiał lekko i wesoło, jak za najlepszych czasów ich przyjaźni. — W Irlandii wszystko jest możliwe, w przeciwnym razie, jak na całym świecie, mielibyśmy na wyspie węże.

Uśmiechnął się i wstał.

— Muszę już iść. Oderwałem się od codziennych obowiązków tylko po to, by nacieszyć oczy twym wdziękiem. A poza wszystkim, by napełnić żołądek ciasteczkami, które podają u ciebie do herbaty ... ta kobieta może ci niejedno powiedzieć o moim łakomstwie.

Odszedł tak szybko i niespodziewanie, że Scarlett nawet nie miała czasu by zawinąć mu w serwetkę kilka ciasteczek.

— Zaraz wracam! — zawołała Mrs. Fitz i pobiegła za Columem.

— Hm... — westchnęła Scarlett, a widząc, że na skraju brunatnego, spalonego przez słońce trawnika stoi Harriet Kelly, pomachała ręką i krzyknęła:

— Proszę na herbatę!

Bo dużo herbaty zostało w czajniczku.

*   *   *

Rosaleen Fitzpatrick musiała zakasać spódnicę i biec co sił w nogach, by dopaść Columa w połowie długiego podjazdu. Kiedy dobiegła do niego, zwolniła kroku i szła obok, dopóki nie złapała oddechu.

— I co teraz? — spytała. — Wracamy do butelczyny, prawda?

Colum przystanął, zwrócił ku niej twarz.

— Nieprawda. Nic nie jest prawdą, co pani mówi, ani źdźbła prawdy nie znajdziesz w tym, co mówiła tamta. Dlatego boleje moje serce. Bo chyba słyszała pani, co wygadywała? Same angielskie łgarstwa! Na domiar złego daje im wiarę. Podobnie jak Devoy i jemu podobni uwierzyli w piękne słówka tego Parnella. Nie mogłem dłużej wysiedzieć przy stole, Rosaleen, w obawie, że porozbijam te jej filiżaneczki z angielską herbatą i zacznę wyć w proteście, niczym pies przykuty do łańcucha.

Rosaleen spojrzała na umęczone oczy Columa, na jej twarzy pojawił się wyraz jakiejś surowości. Zbyt długo współczuciem chciała koić jego zranioną duszę — nie pomogło. Przekonanie, że idee, którym służył, zbankrutowały, pewność, że wszędzie zakrada się zdrada były dla Columa źródłem okropnej udręki. Po ponad dwudziestu latach pracy na rzecz wolności Irlandii, po spełnieniu nałożonej na siebie misji, teraz, gdy podziemia anglikańskiego kościoła pełne były broni — teraz Colum usłyszał, że to wszystko jest pozbawione wszelkiego sensu. Bo polityczne działania Parnella mają większe znaczenie. Colum zawsze był gotów umrzeć za ojczyznę. Nie mógł żyć z przekonaniem, że niczym nie może się jej przysłużyć.

Rosaleen Fitzpatrick podzielała jego nieufność wobec Parnella, w nią także boleśnie uderzyły ostatnie decyzje zwierzchności Bractwa, dobrze jednak opanowała sztukę odsuwania własnych uczuć na plan dalszy i wypełniania rozkazów. Jej zaangażowanie w walkę było równie wielkie, jak jego, a może nawet większe, bowiem bardziej niż sprawiedliwości łaknęła zemsty.

A mimo to — teraz, w tej szczególnej chwili — na bok odsunęła nie uczucia, lecz posłuszeństwo. Cierpienia Columa więcej dla niej znaczyły niż męka Irlandii, albowiem kochała go miłością, która wzbroniona jest kobiecie wobec kapłana i nie mogła dopuścić, by zniszczyło go zwątpienie i gniew.

— Cóż z ciebie za Irlandczyk, Columie O'Haro? — spytała surowym tonem.
— Dopuścisz, żeby Devoy i spółka zagarnęli dla siebie władzę, rządzili źle i samowolnie? Chyba słyszysz, co się dzieje. Ludzie powstają i walczą na własną rękę, płacąc straszliwą cenę za brak przywódcy, który skoordynowałby ich wysiłki. Ludzie nie chcą Parnella, nienawidzą go równie jak ty. Zebrałeś broń, która uzbroi całą armię. Dlaczego więc teraz nie pójdziesz w lud, nie rozdasz broni i nie stworzysz prawdziwego wojska, miast siedzieć i zapijać się aż do utraty wzroku niczym lada jaki pijaczyna w byle jakiej oberży?

Colum spojrzał na nią, potem skierował wzrok gdzieś obok, lecz w jego oczach zaślniły iskierki nadziei.

Rosaleen dokładnie oglądała czubki swoich trzewików. Nie mogła dopuścić, by zauważył, jakim to uczuciem pałają jej oczy.

*   *   *

— Nie pojmuję, jak pani znosi tę spiekotę — powiedziała Harriet Kelly. Choć parasolka chroniła ją od słońca, jej delikatna twarzyczka lśniła kropelkami potu.
— Lubię, jak jest ciepło — odparła Scarlett. — Czuję się jak u siebie w kraju. Czy już mówiłam pani kiedyś, że jestem z amerykańskiego Południa?
Nie, okazało się, nie mówiła.
— Lato zawsze było moją ulubioną porą roku — ciągnęła. — Upał i bezdeszczowe dni to właśnie to, czego zawsze najbardziej pragnęłam. Było wtedy cudownie. Zieleniły się krzaki bawełny, pękały owoce, zagon po zagonie, jak

okiem sięgnąć. Murzyni śpiewali przy pracy, śpiew roznosił się daleko, rozlegał się w promieniu paru mil od pól, zdałoby się, wisiał w powietrzu.

Przysłuchiwała się własnym słowom nie bez przerażenia. Co ona właściwie mówi: "dom"? Tu ma swój dom, w Irlandii.

Oczy Harriet zaszły mgiełką.

– Jakie to romantyczne – westchnęła.

Scarlett spojrzała na nią z niesmakiem. Skłonność do marzycielstwa ściągnęła na głowę Harriet Kelly więcej kłopotów, niż mogła im podołać, a mimo to nie zmądrzała.

Ale ja zmądrzałam. Nie musiałam się męczyć, żeby odrzucić cały balast Południa. Generał Sherman zrobił to za mnie. A poza tym jestem za stara, żeby udawać, że nic się nie stało.

Sama nie wiem, co się ze mną dzieje, nic tylko sześć albo siedem punktów. Może to wina upału, może ze zmęczenia straciłam siłę uderzenia.

– Muszę przejrzeć księgi – powiedziała, przerywając grę w krykieta. Rzut oka na kolumny cyfr zawsze ją uspokajał, a czuła się teraz tak, jakby lada chwila miała wyskoczyć ze skóry.

Okazało się, że na widok rachunków jej przygnębienie jeszcze się pogłębiło. Jedyne wpływy pochodziły ze sprzedaży domków na peryferiach Atlanty. Cóż, teraz przynajmniej pieniądze nie przepadły w kieszeniach handlarzy bronią, u których zaopatrywał się Colum, a za jego pośrednictwem ów rewolucyjny ruch, do którego należał. Te sumy powinny cokolwiek poprawić bilans – a nawet więcej niż cokolwiek. A jednak i to ciągle było za mało. Utrzymanie domu i miasteczka pożerało niewiarygodnie dużo. No i jeszcze wydatki w Dublinie. Nie mogła wprost uwierzyć, że była aż tak rozrzutna, a jednak równe rzędy cyfr dowodziły tego ponad wszelką wątpliwość.

Gdyby tak Colleton zechciał nieco zacisnąć pasa i zaoszczędzić co nieco. Domki nadal sprzedawałyby się jak ciepłe bułeczki, za to zyski byłyby znacznie większe. O, nie, nie poleci mu kupować tańszego drewna – cały sens przedsięwzięcia sprowadzał się przecież do tego, by utrzymać Ashleya na powierzchni. O, nie! Istniały jeszcze inne metody obcinania wydatków. Fundamenty... kominy... w końcu cegły nie muszą być najwyższej jakości.

Scarlett niecierpliwie potrząsnęła głową. Joe Colleton nigdy tego nie uczyni tak po prostu, z własnej woli. On i Ashley są jak dwie krople wody – z gruntu uczciwi, idealiści, dla których interesy nigdy nie były najważniejsze. Przypomniała sobie, jak wtedy, na parceli, zatopili się w rozmowie o czymś. Jeśli w ogóle istnieje pokrewieństwo dusz, to ci dwaj są duchowymi braćmi. Nie byłaby zaskoczona, gdyby dowiedziała się, że nagle przerwali dyskusję o cenach drewna, by zająć się jakąś bzdurną książką, którą obaj ostatnio przeczytali.

Scarlett zatopiła się we własnych myślach, jej oczy przybrały wyraz zadumania.

Powinna wysłać do Atlanty Harriet Kelly.

Będzie z niej znakomita żona dla Ashleya. Tych dwoje dobrało się jak dwa ziarnka w korcu maku: oboje żyją książkami, bezradni wobec prawdziwego życia. Harriet w wielu sprawach była naiwna jak pierwsza lepsza pensjonarka, ale z pewnością dotrzymywała zobowiązań — prawie dziesięć lat udało się jej wytrzymać z tym okropnym mężem. Ponadto nie sposób odmówić jej swego rodzaju sprytu. Niemałej trzeba było odwagi, żeby w podartych butach pójść do dowódcy Gwardii i prosić o darowanie życia Danny'emu Kelly. Ashleyowi potrzeba tego rodzaju oparcia. Potrzeba mu kogoś, kto by się o niego troszczył. Wprawdzie India i ciotka Pitty nadskakują mu jak mogą, lecz niewiele dobrego mu z tego przyjdzie. A o tym, jaki to wpływ wywrze na Beau, lepiej nie myśleć. Billy Kelly nauczy go tego i owego. Scarlett uśmiechnęła się złośliwie. Wysyłając do Atlanty synka Harriet powinna zaopatrzyć go w szkatułkę z solami trzeźwiącymi dla ciotki Pitty.

Zaraz jednak uśmiech jej zgasł. Wszystko na nic. Cały plan do niczego. Co by powiedziała Kicia na odjazd Billy'ego? Gdy zniknął Ocras, przez tydzień nie odezwała się ani słowem, a przecież kotek nie był dla niej i w dziesiątej części tak ważny, jak Billy.

No i Harriet nie wytrzyma upałów Południa.

Nie, to wszystko nie ma sensu. Żadnego.

Scarlett znowu pochyliła głowę nad rachunkami.

82.

*M*usimy ograniczyć wydatki — mruknęła gniewnie Scarlett, potrząsając księgą z rachunkami. — Nie znam powodów, dla których miałabym utrzymywać w domu armię darmozjadów, teraz, gdy mąka na chleb kosztuje bajońskie sumy. Musimy odprawić przynajmniej połowę służby. Zresztą jaki my mamy pożytek z tych ludzi? I proszę mi tylko nie powtarzać w kółko znanej śpiewki o konieczności trzymania w domu gromady ludzi, którzy, gdy trzeba, zajmą się ubijaniem masła, ponieważ jeśli już można mówić, że czegoś mamy w nadmiarze, to właśnie masła jest za dużo. Nie sprzeda go pani nawet po pół pensa za funt.

Mrs. Fitzpatrick poczekała, aż Scarlett skończy tyradę. Po czym spokojnie wyjęła jej z dłoni księgę i odłożyła na stół.

— Wyrzuci ich pani na ulicę? — spytała, spoglądając jej prosto w oczy. — Jeśli tak, to znajdą się w licznym towarzystwie, bo nie ma dnia, żeby w którymś z irlandzkich dworów nie odprawiano służby. Nie ma dnia, żeby u drzwi kuchennych nie pojawiła się gromada żebraków proszących o łyżkę zupy. Chce pani powiększać ten zastęp nieboraków?

Scarlett niecierpliwym krokiem podeszła do okna.

– Nie, oczywiście, że nie, niech pani nie będzie śmieszna, ale na pewno istnieje jakaś możliwość ograniczenia wydatków.

– Więcej kosztuje wykarmienie pani koni niż służby – chłodno zauważyła Mrs. Fitzpatrick.

Scarlett odwróciła się twarzą do gospodyni.

– Dziękuję pani – zawołała, z trudem hamując gniew. – To wszystko. Proszę zostawić mnie samą.

Porwała ze stołu książkę i podeszła do biurka. Była jednak zbyt zdenerwowana, by skupić się na rachunkach. Jak Mrs. Fitz mogła być aż tak podła? Przecież na pewno wie, że polowanie cieszy mnie bardziej niż cokolwiek innego. Jeśli w ogóle coś podtrzymuje mnie na duchu i pozwala przetrwać te okropne upały, jest to niezbita pewność, że po lecie przyjdzie jesień i zaczną się łowy.

Scarlett zamknęła oczy, usiłowała wyobrazić sobie chłodny, rześki poranek, lekko oszronione pola, nad którymi snuły się poranne mgły, dźwięk rogu, oznajmiającego początek gonitwy. Choć zacisnęła szczęki, poczuła, jak mimowolnie drgnął mięsień policzka. O, tak. Marzenia nie były jej najmocniejszą stroną. O wiele lepsza była w działaniu.

Otworzyła oczy i wróciła do rachunków. Uparcie liczyła. Nie mając ziarna, które mogłaby sprzedać, bez wpływów z dzierżaw, trzeba będzie pogodzić się z deficytem w tym roku. Świadomość tego faktu bardzo ją dręczyła – zawsze dotychczas udawało się jej osiągać zyski. Strata to doświadczenie zupełnie nowe. I bardzo niepożądane.

Ale Scarlett wyrosła w świecie, gdzie nikt się nie dziwił, jeśli czasami zbiory były gorsze, albo gdy burza dokonała spustoszeń. Taka to kolej rzeczy. Wiedziała, że następny rok będzie inny – ponad wszelką wątpliwość lepszy. Nie zamierzała załamać rąk z powodu suszy i gradu. Uprawa roli nie dawała się porównać z tartakiem czy sklepem, które – jeśli nie przynosiły zysku – to tylko i wyłącznie z jej winy.

Tegoroczne straty zaledwie nadgryzą kawałeczek jej fortuny. Na rozrzutność może sobie pozwolić choćby i do końca życia, zbiory w Ballyhara mogą być co roku równie złe, a mimo to na brak pieniędzy nigdy nie będzie narzekać.

Westchnęła. Przez tyle lat harowała, ciułała grosz do grosza, oszczędzała, myśląc sobie, że jeśli tylko będzie miała dość pieniędzy, będzie szczęśliwa. Teraz, gdy dzięki Rettowi ma dosyć, czuła się tak, jakby to właściwie było bez znaczenia. Tyle że już nie musi urabiać się po łokcie, planować i zabiegać.

O, nie, aż taka szalona to ona nie jest, by pragnąć ubóstwa, by znowu rozpaczliwie ciułać grosik do grosza, potrzebowała jednak czegoś w rodzaju wyzwania, które poruszyłoby jej inteligencję, zmusiło do pokonywania przeszkód. Dlatego z utęsknieniem wyglądała chwili, gdy na ujarzmionym siłą jej woli potężnym koniu będzie mogła skakać przez płoty i przez rowy, zdobywając to, co los jej podsunie.

Gdy podliczyła rachunki, z cichym jękiem zwróciła się w stronę listów. Sama nienawidziła pisania. A co do zawartości tych kopert i tak nie miała złudzeń: zaproszenia. Zebrała listy i ułożyła je w stos. Harriet napisze za nią uprzejme odmowy, i tak nikt się nie domyśli, że to nie ona, zaś Mrs. Kelly bardzo lubi być użyteczną.

Aha, jeszcze listy z oświadczynami — w tym tygodniu dwa, co tydzień przynajmniej jeden. Iluż to mężczyzn wysyłało jej elaboraty, które w ich oczach uchodziły za liściki miłosne. Scarlett jednak doskonale zdawała sobie sprawę z tego, że gdyby nie była bogatą wdową, nie otrzymałaby ani jednego — w każdym razie większości.

Na pierwszy odpowiedziała często gęsto wplatając wygodne sformułowania w rodzaju „zaszczycona Pańską uwagą" „niezdolna odwzajemniać uczucia Szanownego Pana w stopniu, na jaki zasługuje" oraz „z pełnym szacunkiem dla nieoszacowanych a przyjaznych uczuć Drogiego Pana".

Z drugim listem sprawa nie była tak prosta. List wysłał Charles Ragland. Spośród wszystkich mężczyzn, jakich spotkała w Irlandii, Charles zdał się najlepszą partią. Jego uwielbienie dla niej przekonywało, w niczym nie przypominało owego wyszukanego płaszczenia się przed bogatą wdową, w czym celowała reszta zalotników. Nie pragnął jej pieniędzy, tego mogła być pewna, miał dosyć własnych. Jego rodzice byli możnymi ziemianami w Anglii, jako młodszy syn wybrał armię zamiast kariery kościelnej. Ale pieniądze ma własne, to nie ulega wątpliwości. Jego mundur kosztował więcej niż wszystkie suknie balowe, jakie kupiła.

Cóż więcej? Jest przystojny. Wysoki, jak Rett, tylko że jasny blondyn. Ale jego włosy nie są takie spłowiałe, jakby sprane, jak u wielu mężczyzn można widzieć. Włosy Charlesa to złoto z lekkim miedzianym odcieniem, co przy opaleniznie szczególnie rzucało się w oczy. Wygląd znakomity. Kobiety wprost pożerają go wzrokiem.

Dlaczego więc go nie kocha? Myślała o tym nie jeden raz, myślała o tym często i długo. Ale nie mogła się zakochać, nie dość jej na nim zależało.

Chcę kogoś pokochać. Wiem, co to miłość, to najpiękniejsze z możliwych uczuć. Nie zniosę tej niesprawiedliwości, która dotknęła mnie przez to, że zakochałam się za późno. Charles mnie kocha, a ja chcę być kochana, potrzeba mi tego, chcę wiedzieć, że ktoś mnie kocha, bo pozostawiona sobie samej dręczę się w samotności. Dlaczego więc, dlaczego nie mogę go pokochać?

Ponieważ kocham Retta, oti i cała odpowiedź. Oto dlaczego nie pokocham ani Charlesa, ani nikogo innego. Nikogo poza Rettem.

Lecz rozum jej podpowiadał: nigdy go nie odzyskasz.

A serce jej krzyczało: co, myślisz, że nie wiem? Myślisz, że nie cierpię, kiedy za każdym razem, gdy spojrzę na Kicię, widzę w niej Retta? Myślisz, że nawet gdy sądzę, iż moje życie do mnie wyłącznie należy, fala miłości nie opływa mnie, choć sama nie wiem, skąd przybywa?

Scarlett formułowała odpowiedź w możliwie najbardziej oględny sposób. Dobierała słów najdelikatniejszych, jakie znała — wszystko po to, by Charles Ragland usłyszał od niej „nie". Nigdy by nie zrozumiał, gdyby mu odpisała, że naprawdę go lubi, a nawet, poruszona jego miłością ku niej, troszeczkę go kocha, lecz właśnie ów serdeczny afekt jest przyczyną, dla której nigdy nie będzie mogła go poślubić. Życzyła mu wszystkiego, co najlepsze — szczerze pragnęła jego szczęścia — bardziej, niż jakakolwiek kobieta, która na zawsze należeć będzie do innego.

* * *

Ukoronowaniem letniego sezonu wizyt była parodniowa wizyta w wiejskiej rezydencji niedaleko Kilbride, kawałeczek drogi od Trim. W związku z czym Scarlett postanowiła wziąć bryczkę, zamiast jechać z kilkoma przesiadkami koleją. Wyjechała z domu wcześnie rano, jeszcze nim słońce zaczęło przypiekać. Konie strasznie męczyły się w upał, choć cztery razy dziennie były pławione. Nawet Scarlett czuła się nie najlepiej w tym skwarze, całą noc wierciła się, spocona, na gorącym łóżku, nie mogąc zasnąć. Dzięki Bogu, to już sierpień. Lato dobiegało końca — gdyby tak jeszcze samo chciało się z tym pogodzić.

Niebo ciągle jeszcze pałało różem przedświtu, a już dało się odczuć tchnienie żaru w powietrzu. Pozostawało tylko mieć nadzieję, że dobrze obliczyła czas podróży. Gdy słońce pojawi się nad horyzontem, wolałaby być gdzieś w cieniu — ona i konie.

Ciekawe, czy Nan Sutcliffe przyjedzie przede mną. Nigdy nie sprawiała wrażenia rannego ptaszka. Ale nieważne. Dopóki nie wezmę chłodnej kąpieli i nie zmienię sukni, nie chcę widzieć nikogo. Mam nadzieję, że wyznaczyli mi jakąś porządną pokojówkę, a nie taką, jak ten niezgrabny kloc o dwóch lewych rękach u Giffordów. Omal nie rozerwała rękawów matinki, kiedy wieszała ją do szafy. A może Mrs. Fitz ma rację, jak zwykle. Ale ja nie chcę pokojówki, która chodziłaby za mną krok w krok, minuta po minucie, aż do grobowej deski. Peggy Quinn w domu zupełnie mi wystarczy, a jeśli ktoś chce, żebym przyjechała z dłuższą wizytą, niech od razu zaznaczy, że mam przyjeżdżać bez pokojówki. Prawdę mówiąc, to chyba sama powinnam wydać jakieś przyjęcie, trzeba się zrewanżować za całą tę gościnność, jakiej doznałam. Wszyscy byli dla mnie tacy mili... Ale to jeszcze nie teraz. W przyszłym roku. Mogę się wytłumaczyć, że lato za gorące, że tak się martwiłam, co z gospodarstwem...

Z cienia, z obu stron drogi wyłonili się dwaj mężczyźni. Jeden wymierzył w nią z karabinu, drugi chwycił konia za uzdę. Scarlett serce załomotało, w głowie zakłębiło się od myśli. Dlaczego nie wzięła pistoletu? A może tylko zabiorą kufry z sukniami, a gdy przysięgnie, że nikomu nie powie, jak wyglądają, puszczą ją wolno do Trim. Idioci! Czemu nie założyli na twarze masek, jak ci, o których czytała w gazetach?

Na Boga żywego! Mają na sobie mundury, więc to nie bandziory!

— Psiakrew, przeraziliście mnie, omal ducha nie wyzionęłam.

Ledwo ich widziała — zielone mundury Policji Królewskiej stapiały się z zielenią żywopłotu.

— Jesteśmy zmuszeni prosić panią o podanie nazwiska — powiedział ten, który trzymał konie za udzę. — Kevin, spójrz no tam z tyłu.

— Niech wam do głowy nie przyjdzie dotykać moich rzeczy! Co sobie myślicie, że kim jestem? Macie przed sobą Scarlett O'Harę z Ballyhara, jadę do Sutcliffe'ów z Kilbride. Mr. Sutcliffe jest sędzią, już on dopilnuje, żebyście obaj skończyli na galerach!

Tak naprawdę to wcale nie była pewna, czy Ernest Sutcliffe jest sędzią, ale z tym swoim bujnym, ryżym wąsem wyglądał na takiego.

— Mrs. O'Hara?

Ów Kevin, który miał przeszukać jej bryczkę, podszedł bliżej i stanął obok kozła. Zdjął kapelusz.

— Słyszeliśmy o pani w koszarach, psze pani. Właśnie parę tygodni temu rozmawiałem z Johnny'm... to ten, tutaj... czy nie powinniśmy aby wybrać się do pani z wizytą.

Scarlett spojrzała nań z niedowierzaniem.

— Z wizytą? Do mnie? A po co?

— Mówili, że pani prosto z Ameryki, co teraz, słysząc, jak pani mówi, mogę tylko potwierdzić. I mówili też, że pani z tego wielkiego stanu, z Georgii. Stan Georgia to miejsce, które obaj szczególnie tkliwie wspominany, bo obaj walczyliśmy tam w sześćdziesiątym trzecim i później.

Scarlett uśmiechnęła się.

— Naprawdę?

I pomyśleć, że na drodze do Kilbride spotka kogoś z domu!

— A gdzie dokładnie byliście? W jakiej części Georgii? Byliście pod generałem Hoodem?

— Nie, szanowna pani. Ja byłem u Shermana, a Johnny był u Konfederatów, to tam zyskał sobie imię Johnny Reb.

Scarlett potrząsnęła głową. Nie, chyba się przesłyszała. Ale następne pytania i następne odpowiedzi potwierdziły ten absurd: ci dwaj mężczyźni, obaj Irlandczycy, walczyli w Wojnie po przeciwnych stronach, a teraz byli najlepszymi przyjaciółmi, dzielącymi wspomnienia lat okrucieństwa, każdy z innego punktu widzenia.

— Nie rozumiem — przyznała w końcu. — Piętnaście lat temu każdy z was usiłował zabić drugiego, teraz zaś jesteście w najlepszej zgodzie. To już nie kłócicie się, kto miał rację, Północ czy Południe?

„Johnny Reb" roześmiał się.

— A czym jest dla żołnierza słuszność lub jej brak? Żołnierz jest po to, aby walczyć, oto, co lubi żołnierz. Dopóki jesteś dobrym przeciwnikiem i stwarzasz możliwość dobrej bijatyki, nieważne, ani jakie są twe poglądy, ani kim jesteś.

*   *   *

Gdy Scarlett przybyła do rezydencji Sutcliffe'ów, omal nie wytrąciła lokaja z profesjonalnej równowagi, prosząc go o filiżankę kawy z koniakiem. Była bowiem tak wewnętrznie rozproszona, że już nie potrafiła nad sobą zapanować.

Kiedy się wykąpała, przebrała i zeszła na parter, równowaga jej powróciła i trwała w nienaruszonym stanie aż do chwili, gdy ujrzała Charlesa Raglanda. Nie, on nie powinien być tu zaproszony! Ale skoro już był, zachowywała się tak jak gdyby go nie zauważyła.

— Nan, jak ślicznie wyglądasz! Zdążyłam już się zakochać w twoim domu. Taki piękniutki pokój mi dałaś, że mogłabym tam zostać na zawsze.

416

— Nic bardziej by mnie nie ucieszyło. Prawda, że znasz pana Johna Grahama?

— Tylko ze słyszenia. I ze sławy, która go otacza. Od dawna pragnęłam pana poznać, Mr. Grahama...

— Mrs. O'Hara...

John Graham był wysokim szczupłym mężczyzną, poruszał się z naturalną swobodą urodzonego atlety. Był Wielkim Łowczym Bractwa Galwayskich Kurtek — organizatora zapewne najsławniejszego polowania na lisa w całej Irlandii. Wszyscy myśliwi na Wyspach żyli tajoną nadzieją, że w końcu i oni zostaną zaszczyceni zaproszeniem do wzięcia udziału w tej gonitwie. Graham dobrze o tym wiedział i Scarlett też dobrze wiedziała, że on wie. Nie było sensu owijać sprawy w bawełnę.

— Mr. Graham, da się pan przekupić?

Czemuż wreszcie Charles nie przestanie patrzeć się na nią w ten sposób? Co on tutaj robi?

John Graham roześmiał się, odrzucił wysrebrzoną siwizną głowę do tyłu. W jego oczach też zalśniły jakieś srebrzyste blaski, gdy spojrzał na Scarlett.

— Zawsze słyszałem, że wy, Amerykanie, od razu chwytacie byka za rogi, a teraz widzę, że to prawda. Mrs. O'Hara, proszę nam jednak dokładnie wyjawić, co miała pani na myśli mówiąc o przekupstwie?

— Utrzymam się na damskim siodle mając oparcie dla jednej tylko nogi ... i mogę jechać jedną tylko dłonią ściskając cugle ... To już chyba wszystko, co dobrego o damskim siodle mogę powiedzieć. Czy wystarczy?

Łowczy uśmiechnął się.

— Bardzo ekstrawagancka propozycja. Ale też słyszałem o Amerykankach, że mają ekstrawaganckie skłonności.

Scarlett była już zmęczona tą potyczką na słówka. A obecność Charlesa bardzo ją irytowała.

— Może jednak umknęło pana uwadze, Mr. Graham, że Amerykanki skaczą przez mur nawet tam, gdzie Irlandczycy wolą przejechać przez bramę, zaś Anglicy zbierają się do domu. Jeśli pozwoli mi pan polować z Kurtkami, dam panu w łapę, albo na oczach wszystkich zjem stado kruków ... bez soli.

— Na Boga, szanowna pani, osóbka z pani charakterem zawsze będzie mile widziana na naszych polowaniach.

Scarlett uśmiechnęła się.

— Trzymam pana za słowo.

Splunęła w dłoń. Graham uśmiechnął się szeroko i też splunął w dłoń. Kiedy oboje przybili, w długiej galerii poniosło głośnym echem.

Po czym Scarlett podeszła do Charlesa Raglanda.

— W mym ostatnim liście zaznaczyłam wyraźnie, drogi Charles, że na to jedno przyjęcie ... jedno jedyne w całym kraju ... nie powinien pan przychodzić. To podłość, że się pan zjawił.

— Nie przybyłem, by wprawiać panią w zakłopotanie, Scarlett. Jestem, by osobiście, nie na drodze listownej, powiedzieć, co mam do powiedzenia. Proszę się nie obawiać, że będę na panią nastawał lub narzucał się z mym towarzystwem. Rozumiem, że „nie" znaczy „nie". Mój regiment przenosi się w przyszłym tygodniu do Donegal, toteż pragnąłem skorzystać z tej ostatniej okazji, by rzec do pani kilka słów... oraz, przyznaję, by raz jeszcze panią ujrzeć. Obiecuję nie czyhać na panią w ukryciu, ani rzucać sentymentalnych spojrzeń.

Uśmiechnął się melancholijnie.

— Ćwiczyłem to przemówienie. Dobrze wypadło?

— Całkiem niczego. A co pana ściąga do Donegal?

— Kłopoty z bandami Białych Chłopców. Chyba w Donegal jest ich największe zatrzęsienie.

— Dwaj konstable zatrzymali mnie na drodze i chcieli przeszukać mi kabriolet.

— Tak, drogi roją się od patroli. Chyba już wkrótce do właścicieli powinny wpłynąć opłaty dzierżawne... ale to sprawa wojska, nie chciałbym teraz mówić o tym. Co takiego powiedziała pani Johnowi? Już od lat nie widziałem, żeby się tak śmiał.

— Zna go pan?

— Bardzo dobrze. To mój wuj.

Scarlett parsknęła śmiechem i śmiała się, aż ją boki rozbolały.

— Wy, Anglicy! — zawołała, gdy w końcu odzyskała zdolność mówienia. — Czyż nie to właśnie znaczy „nieśmiałość"? Gdyby pan miał choćby lekkie skłonności do przechwałek i opowiedział mi co nieco o swojej rodzinie, zaoszczędziłby mi pan masę kłopotów. Już od roku usiłuję wcisnąć się do Galwayskich Kurtek, ale nie znałam nikogo, kto by mnie tam wprowadził.

— Z całego towarzystwa na pewno przypadnie pani do serca moja ciotka Letycja. Ta kobieta potrafi na śmierć zagonić wuja i ani się nie obejrzy. Chodźmy, przedstawię panią.

*   *   *

Dało się słyszeć wielce obiecujące dudnienie grzmotu, lecz nie spadła ani kropla deszczu. W południe powietrze zastygło w bezruchu i prawie nie było czym oddychać. Ernest Sutcliffe uderzył w gong obiadowy, by zwrócić uwagę towarzystwa. Głosem drżącym ze zdenerwowania zapowiedział, że on i jego żona planują na popołudnie coś niezwykłego.

— Bo wszędzie nic tylko krykiet i strzelanie z łuku, hę? Albo czytanie książek i ... hę, tego panie ... bilard. Albo takie tam różne, panie tego...

— Erneście, do rzeczy — przynaglała go żona.

Kilka razy musiał zaczynać i kilka razy przerywał sobie, w końcu jednak wyłuszczył, w czym rzecz. Przygotowano więc dla wszystkich kostiumy kąpielowe i przeciągnięto przez rzekę liny. Jeśli kto chce, może się ochłodzić w rwącej wodzie.

— Rwąca to może onà nie jest — uzupełniła Nan Sutcliffe — w każdym razie płynie. Służba poda na brzegu mrożonego szampana.

Scarlett jako jedna z pierwszych zgodziła się wziąć udział w zabawie. Brzmiało zachęcająco: zimny prysznic przez całe popołudnie.

Było to jednak o wiele zabawniejsze od zimnego prysznica, mimo że woda była cieplejsza, niż się spodziewano. Scarlett, trzymając jedną ręką za linę, krok po kroku zmierzała na środek rzeki, gdzie było głębiej. Niespodziewanie znalazła się w samym nurcie, wcale wartkim. Tu woda była chłodniejsza niż w pobliżu brzegu, a różnica temperatur tak znaczna, że momentalnie wystąpiła gęsia skórka. Prąd cisnął Scarlett o linę, potem nagle straciła grunt pod stopami. Trzymała za gruby sznur, trzymała obiema dłońmi — jeśli puści, jej życie będzie w niebezpieczeństwie. Porwana w mocne objęcia prądu obracała się, zakreślając półkola, nie mogła zapanować nad nogami i zmusić je, by dotknęły dna — wirowała całym ciałem, nie mogła odzyskać oparcia. Coś ją kusiło, by puścić linę i dać się unosić prądowi, dokądkolwiek ją zabierze. Nie czując gruntu pod stopami, wreszcie oderwawszy się od ziemi, nie zamknięta w czterech ścianach domu, nie ograniczona poboczami drogi, wolna od czego-kolwiek, co by ją kontrolowało, sama też nie sprawująca kontroli, przez długie, mrożące krew w żyłach chwile oczyma wyobraźni widziała siebie, jak rzeka ją niesie, a ona nic, tylko daje się nieść.

Cała drżała od wysiłku utrzymania się przy linie. Powoli, w pełnym sku-pieniu, zdecydowana, przełożyła najpierw jedną dłoń, potem drugą i tak jeszcze parę razy, aż — posuwając się wzdłuż przecinającej rzekę liny w stronę brzegu — wyrwała się z zimnego uścisku prądu. Odwróciła się twarzą od innych, pokrzykujących, pluskających się w wodzie i zapłakała, sama nie wiedząc, dlaczego.

Opływały ją małe wiry — jakby palce silnego nurtu — opływały ją cieplejsze prądy. Scarlett z wolna zorientowała się, że reszta uczestników zabawy nie uświadamia sobie, w jakim niebezpieczeństwie jeszcze przed chwilą była. Wpłynęła między gości. Ciepłe macki wzburzonej ruchem wody uderzały ją w nogi, gładziły po udach, muskały ciało i piersi, oplatały się wokół jej bioder i kolan, wślizgiwały się pod wełnianą tunikę i pantalony. Przepełniała ją tęsknota do czegoś, czego nie potrafiła nazwać, czuła w sobie krzyczącą pustkę — pustkę, która wzywała, by czymś ją wypełnić.

— Rett — szepnęła, dotykając do liny, pocierając wargami o surowy paź-dzierz, smakując jego szorstkość, czując słodki smak krwi.

— Czyż nie szampańska zabawa? — krzyknęła Nan Sutcliffe. — A komu szampana?

Scarlett z wysiłkiem potoczyła wzrokiem.

— Scarlett, nieustraszona kobietko, nie bałaś się wypuścić na głębokie wody! Ale teraz wracaj. Żadnemu z nas nie starczy odwagi, by podejść tam do ciebie z kieliszkiem.

O, tak — potwierdziła w myśli. Muszę wracać.

Po obiedzie skierowała się tam, gdzie przy stole siedział Charles Ragland. Twarz powlekła jej bladość, tylko oczy dziwnie błyszczały.

— Czy dziś wieczorem zechce pan przyjąć ode mnie sandwicza? — spytała śmiertelnie spokojna.

*   *   *

Charles był wytrawnym kochankiem o łagodnym dotyku dłoni, jędrnych i gorących wargach. Scarlett zamknęła oczy. Niech ciało chłonie jego dotyk tak, jak przyjmowało pocałunki rzeki. Ale gdy wymówił jej imię, cały czar prysł. Nie — przemknęło jej przez myśl. Nie chcę stracić całego tego uniesienia, nie powinnam. Tym mocniej zacisnęła powieki. Myślała o Recie, wyobrażała sobie, że pieszczą ją jego dłonie, jego wargi, że to ciepło, to uczucie zaufania, wypełniające dręczącą ją pustkę, pochodzą od Retta.

Lecz nie było jej dobrze. Bo i nie miała przy sobie Retta. Świadoma tej smutnej prawdy zapragnęła umrzeć. Odwróciła się od poszukujących jej ust warg Charlesa i płakała, dopóki nie skończył.

— Kochanie — szepnął. — Kocham cię.

— Proszę — załkała. — Odejdź!

— Kochanie, co się stało? Coś nie tak?

— To ze mną, ze mną nie tak. Proszę, zostaw mnie samą.

Mówiła tak wątłym głosem, tak przepojonym rozpaczą, że Charles zrozumiał, iż nie jest w stanie jej pocieszyć, że tylko jedno może dla niej uczynić. Szybko więc pozbierał rozrzucone po sypialni części ubrania i zamknął za sobą drzwi tak cicho, jak tylko umiał.

83.

*O*djechałem, by dołączyć do regimentu. Zawsze będę
Panią kochał.
Pani Charles

*　　*　　*

Scarlett z pietyzmem złożyła liścik, po czym zamknęła go do szkatułki,
gdzie spoczął wśród pereł. Gdybyż tak...

Ale w jej sercu nie było nawet skrawka miejsca dla nikogo, prócz Retta.
Dla tego Retta, który drwił z niej, przechytrzał ją, wyzywał i zaskakiwał,
chciał ją okiełznać i obronić.

*　　*　　*

Zeszła na śniadanie z podkrążonymi oczyma, wokół których całonocny
płacz wycisnął sine obwódki. W sukni koloru mięty sprawiała wrażenie ozię-
błej. Czuła się jak skuta lodem.

Powinna się uśmiechać, rozmawiać, słuchać, wybuchać śmiechem. Do obowiązków gości należało robić wszystko, by przyjęcie było udane. Spojrzała na ludzi siedzących przy długim stole. Uśmiechnięci, rozmawiający, słuchający, wybuchający śmiechem. Ciekawe, ilu z nich w tej chwili cierpi z powodu głębokich ran? Ilu z nich czuje się tak wypalonymi od środka, że aż zmarłymi i ilu jest wdzięcznych za tę duchową śmierć? Dzielni ludzie!

Skinęła na lokaja, który na ruchomym barku trzymał specjalnie dla niej nakrycia. Na jej znak zaczął zdejmować pokrywy z wielkich srebrnych talerzy, pytając wzrokiem, które z dań zechce wybrać. Wybrała parę plastrów bekonu oraz łyżkę kremu z kurczęcia.

— Tak, i pieczony pomidor — dodała. — Nie, niczego zimnego.

Szynka, konserwowana gęsina, jajeczka przepiórcze w galarecie, pieczeń z ziołami, sałatka rybna, lody, owoce, sery, różne rodzaje chleba, przystawki, dżemy, sosy, wina, węgorz, jabłecznik, kawa — nie, nic z tych rzeczy.

— Proszę herbatę.

Była przekonana, że jest w stanie przełknąć parę łyków herbaty. Potem będzie mogła wrócić do pokoju. Całe szczęście, że przyjęcie należało do tych z rodzaju wystawnych, pomyślane głównie dla miłośników strzelania. Mężczyźni w większości już wyszli na dwór z bronią. W domu cały czas podawano lekkie przekąski, także na zewnątrz, gdzie zabawiali się amatorzy strzeleckich sportów. W domu i na dworze podawano herbatę. Każdy mógł sobie wybrać, co bardziej mu odpowiada. Do obiadu wszyscy zajmowali się sobą, nie było obowiązku przebywania w określonym miejscu. Z programu, który znalazła na stole u siebie w pokoju, wynikało jedynie, że goście powinni się zbierać w salonie po pierwszym uderzeniu gongu o dziewiętnastej czterdzieści pięć. Obiad równo o dwudziestej.

Wzrokiem wskazała krzesło obok nieznanej kobiety. Lokaj ulokował jej talerz na małej tacy, obok serwisu do herbaty — oddzielnego dla każdego z gości. Później odsunął krzesło, podsunął, gdy siadała, strzepnął złożoną w harmonijkę serwetką i położył ją na kolanach. Scarlett skinęła głową w stronę kobiety.

— Dzień dobry — powiedziała. — Jestem Scarlett O'Hara.

Nieznajoma wdzięcznie odwzajemniła uśmiech.

— Dzień dobry. Od dawna pragnęłam panią poznać. Moja kuzynka Lucynka Fane mówiła mi, że spotkała panią u Barta Morlanda. Wtedy, gdy był tam też Parnell. Proszę mi powiedzieć, czyż nie znajduje pani rozkosznie buntowniczym przyznać tak wszem i wobec, że popiera się ideę autonomii? Aha, nazywam się May Taplow.

— Mój kuzyn twierdzi, że nigdy bym nie poparła tej idei, gdyby Parnell był mężczyzną niskiego wzrostu, otyłym i miał kurzajkę — odpowiedziała Scarlett, nalewając sobie herbaty.

May Taplow roześmiała się. Dokładnie mówiąc, „Lady" May Taplow, tak, Scarlett zdawała sobie z tego sprawę. Ojciec May był prawdziwym księciem, jej mąż był synem wicehrabiego. Zabawne, jak w miarę upływu czasu i udzielania się na przyjęciach człowiek łatwo zapamiętuje te rzeczy. A jeszcze zabawniejsze, jak pojętnie uczy się tego wszystkiego zwykła dziewczyna z

Georgii. Pewnie następną umiejętnością, którą opanuje, będzie sztuka mówienia półgębkiem, tak że lokaj ze skąpych wzmianek będzie musiał odgadnąć, czego chce. Chyba niewiele to się różni od zwyczaju, by mówić czarnemu, że chce się „kamyczków", gdy w istocie chodzi o orzeszki ziemne.

— Obawiam się, że pani kuzyn wykazałby się całkowitym brakiem wyczucia, gdyby oskarżył mnie o to samo — wyznała May. — Gdy Bertie zaczął przybierać na wadze, zupełnie straciłam zainteresowanie dla spraw tego rodzaju.

Teraz przyszła kolej na wyznanie Scarlett.

— Nie wiem, kto to Bertie.

— Ach, rzeczywiście, co za brak domyślności z mojej strony. Oczywiście, że pani nie wie, nie była pani w zimowym sezonie w Londynie, prawda? Lucynka mi mówiła, że sama zarządza pani majątkiem. Myślę, że to cudowne zajęcie. A jak przy pani blado wyglądają ci mężczyźni, którzy najprostszej decyzji nie potrafią podjąć bez pomocy rządcy, w każdym razie co drugi... Ale, wracając do tematu, Bertie to książę Walii. Kochany, naprawdę poczciwa dusza, zachwycony, gdy może pozwolić sobie na nieprzyzwoitość, ale to dopiero początki. Za to jego żona Aleksandra na pewno by panią zachwyciła. Głucha jak pień, nie można jej niczego powiedzieć w sekrecie, chyba że się napisze, ale piękna, że słów brak, i równie miła jak śliczna.

Scarlett roześmiała się.

— Droga May, gdyby pani wiedziała, co teraz czuję, umarłaby pani ze śmiechu. W Georgii, gdy jeszcze byłam mała, kiedy się chciało poplotkować o osobach z najwyższych sfer, mówiło się o właścicielu nowej linii kolei żelaznych: wszyscy się dziwili, gdy zaczął chodzić w butach, nie na bosaka. Proszę więc się nie dziwić, że wprost trudno mi uwierzyć, iż plotkujemy sobie o następcy tronu, przyszłym królu Anglii.

— Lucynka mówiła mi, że doprowadzi mnie pani do szaleństwa, lecz zupełnie nie miała wyczucia. Proszę mi obiecać, że gdy wybierze się pani do Londynu, zatrzyma się pani u nas, dobrze? Proszę jednak dokończyć to o właścicielu kolei. Jakie buty nosił? Czy kiedy chodził, to utykał? Ameryka na pewno wprawiłaby mnie w zachwyt.

Scarlett ze zdziwieniem odkryła, że zjadła całe śniadanie. I że ciągle jest głodna. Skinęła więc na lokaja, który stał za jej krzesłem.

— Przepraszam, May, lecz muszę poprosić o dokładkę — powiedziała. — Poproszę ryż z potrawką z ryb, a do tego kawę ze śmietanką. Dużo śmietanki.

Życie biegnie ciągle do przodu, i to jeszcze jakie życie! Postanowiłam, że będę szczęśliwa i, jak zgaduję, jestem. Trzeba mieć tylko oczy i uszy otwarte, aby to zauważyć.

Uśmiechnęła się do swej nowej przyjaciółki.

— Ten człowiek od kolei był kulasem...

Na twarzy May pojawił się wyraz zmieszania.

— Aha, rzeczywiście — zreflektowała się w samą porę Scarlett. — W Ameryce „kulasem" nazywamy białego człowieka, który najpewniej nigdy w życiu nie miał na nogach butów. Nie należy go mylić z białym biedakiem. Ten nie nosi butów, bo go na to nie stać, podczas gdy kulas...

Oczarowała książęcą córkę.

* * *

Tego wieczoru podczas obiadu spadł deszcz. Wszyscy wybiegli na dwór i podskakiwali z radości. To nieznośne lato wkrótce wreszcie się skończy.

Scarlett ruszyła w drogę do domu następnego dnia w południe. Było chłodno. Zakurzone żywopłoty, wymyte wczorajszym deszczem, cieszyły oko świeżą zielenią. Wkrótce rozpoczną się polowania. Galwayskie Kurtki! Trzeba będzie coś postanowić z końmi. Będę musiała wysłać je pociągiem. Najlepiej byłoby najpierw do Trim, potem do Dublinu, a potem do Galway. Albo do Mullingar, tam krótki popas, później do Galway, chociaż to dłuższa droga. Ciekawe, czy obrok też powinnam wysłać? Będę musiała wynająć jakieś stajnie. Już jutro napiszę list do Johna Grahama...

Ani się obejrzała, a zajechała do domu.

* * *

— Takie dobre nowiny! — zawołała z samego progu Mrs. Kelly. — Takie dobre nowiny!

Scarlett nigdy jeszcze nie widziała Harriet w stanie takiego wzruszenia. No, no — pomyślała. Jest znacznie ładniejsza, niż mi się zdawało. Gdyby tak jeszcze ubrała się odpowiednio...

— Gdy pani nie było, otrzymałam list od jednego z mych angielskich kuzynów. Chyba mówiłam pani, że napisałam do wszystkich o tym, jakie to szczęście mnie spotkało i o pani dobroci? No właśnie. I teraz odpisał do mnie kuzyn, Reginald Parsons, w rodzince zwany Reggie, odpisał, że postarał się, ażeby Billy został przyjęty do tej samej szkoły, do której chodzi jego syn, to znaczy syn Reggie'go. Ma na imię...

— Chwileczkę, Harriet. O czym pani właściwie mówi? Myślałam, że Billy chodzi do szkoły w Ballyhara, i koniec.

— Oczywiście, gdyby nie było innych możliwości, chodziłby do szkoły w Ballyhara. Właśnie o tym napisałam do Reggie'go.

Scarlett zacisnęła szczęki.

— Chętnie usłyszałabym od pani, droga Harriet, co złego pani widzi w tutejszej szkółce?

— Nic. To dobra irlandzka szkółka wiejska. Ale chciałabym dla Billy'ego czegoś lepszego, chyba pani rozumie?

— Chyba na pewno nie rozumiem.

Była gotowa bronić szkoły w Ballyhara, bronić irlandzkich szkół, samej Irlandii do ostatniego tchnienia. Spojrzała na zwykle łagodną twarzyczkę Billy'ego, zawsze jakby nieco zakłopotaną i bezradną. Lecz teraz na twarzy chłopca nie mogła doszukać się tego wyrazu łagodności, nie było na niej ni śladu słabości. Podobnie z Harriet. Jej oczy, zawsze zamglone marzeniem, teraz spoglądały przenikliwie i ostro — kłuły spojrzeniami niczym dwa sztylety. Harriet była gotowa do walki z każdym, dla swego syna była gotowa na wszystko. Scarlett już kiedyś widziała podobną metamorfozę, już kiedyś na jej oczach jagnię zmieniło się w lwa. Było to wtedy, gdy Melania Wilkes stawała w obronie czegoś, co uważała za słuszne.

— Co z Kicią? Gdy Billy ją opuści, będzie bardzo samotna.

— Przykro mi, Scarlett, ale muszę myśleć o tym, co jest najlepsze dla mego syna.

Scarlett westchnęła.

— Dobrze. Ja jednak proponowałabym pani coś jeszcze innego. I pani, droga Harriet, i ja dobrze wiemy, że w Anglii Billy zawsze będzie prześladowany przez rówieśników jako syn Irlandczyka i piętnowany jako irlandzki pachołek. W Ameryce może być tym, kim chcesz, żeby był...

* * *

Z początkiem września Scarlett wzięła na ręce stoicko milczącą Kicię i obie pomachały na pożegnanie Billy'emu oraz jego matce, gdy statek wypływał z portu w Knigstown kierując się do Ameryki. Billy płakał. Twarz Harriet promieniała nadzieją i stanowczością. Jej oczy zaszły mgłą marzeń. Scarlett pozostawało ufać, że przynajmniej w części się spełnią. Wysłała listy do Ashleya i wuja Henryka Hamiltona, w których — oprócz krótkiej historii życia Harriet — była też prośba, by zechcieli się nią zająć, znaleźli jakiś dom i posadę nauczycielki. Żywiła przekonanie, że przynajmniej tyle dla niej zrobią. Reszta zależała już od Harriet i od okoliczności.

— A teraz pójdziemy zobaczyć zoo, Kiciu Kociu. Są tam żyrafy, lwy, niedźwiedzie i wielki, wielki słoń.

— Kicia najbardziej lubi lwy.

— Może zmienisz zdanie, gdy zobaczysz małe niedźwiedziątka.

W Dublinie zabawiły przez tydzień. Do zoo chodziły codziennie, po czym w kawiarni Bewleya jadły ciastka z kremem, by następnie już w hotelu obejrzeć przedstawienie teatrzyku kukiełkowego, po którym podawano uroczystą herbatę, a do niej całe góry kanapek i ciastek na srebrnych tacach, srebrne pucharki z bitą śmietaną i stosy, stosy eklerów. Scarlett mogła się przekonać, że jej córeczka niezmordowanie może uczestniczyć w życiu towarzyskim, a system trawienny tak ma wytrzymały, że i żelazo by zmógł.

* * *

Po powrocie do Ballyhara pomogła Kici zamienić wieżę w miejsce ściśle prywatne, gdzie wstęp jest tylko za zaproszeniem. Kicia wymiotła za próg pajęczyny i to wszystko, co zdążyło się zebrać w wieży przez stulecia, po czym Scarlett naniosła wody z rzeki, a wtedy obie wzięły się do szorowania ścian i podłogi. Kicia miała przy tym wyborną zabawę: śmiała się, brodziła w kałużach i puszczała bańki mydlane. Zachowaniem przypominała Scarlett samą siebie, gdy była jeszcze malutką dziewczynką i gdy razem brały kąpiele. Nie niecierpliwiła się, kiedy się okazało, że aby doprowadzić wieżę do porządku trzeba będzie harować ponad tydzień. Nie złościła się, chociaż schody na wyższe piętra były bardzo zdewastowane i trudno było tu robić porządki. Życzeniem Kici było wyszorować całą wieżę, aż po dach.

Skończyły mniej więcej wtedy, gdy w normalnym, urodzajnym roku przychodził czas na dożynki, na święto plonów. Colum poradził jej, żeby nie zadawała sobie trudu i nie urządzała fety, bo i nie było czego świętować. Pomógł jej za to rozwozić worki z mąką, solą i cukrem, ziemniakami i kapustą, z wszystkimi zapasami, które zaczęły przybywać na furgonach dostawców, z takim trudem znalezionych przez Scarlett.

— Nawet nie podziękowali — zauważyła z goryczą, kiedy już wszystko zostało rozdane. — A jeśli nawet ktoś się na to zdobył, to dziękował takim tonem, jakby chciał powiedzieć coś całkiem innego. A przecież przynajmniej paru z nich mogłoby przyjść do głowy, że i mnie dotknęła susza. Moja pszenica, moje pastwiska też ucierpiały, tak samo, jak ich, straciłam czynsze, a na dodatek kupiłam to wszystko, by nie pomarli z głodu.

Nie mogła znaleźć słów, by wyrazić, jak bardzo czuła się dotknięta. Ziemia — jej ziemia — obróciła się przeciwko niej. Ziemia i ludzie — mieszkańcy Ballyhara.

Całą energię skierowała na urządzenie wieży dla Kici. Ta sama kobieta, która nie miała dość czasu, by zajrzeć przez okno i zobaczyć, co się dzieje w domu, teraz całymi godzinami przemierzała wszystkie pokoje, uważnie przeglądając mebel po meblu, każdy dywan, każdy kilim, każdą kołdrę i poduszkę, wybierając najlepsze. Ostateczna decyzja należała do Kici, która przejrzała wszystko, co zebrała matka, by wskazać trzy jasne, kwieciste dywaniki, trzy kołderki z aplikacjami oraz jedną wazę z Sèvres — na pędzelki. Kilimy i kołderki powędrowały do głębokiej i szerokiej niszy w grubej, masywnej ścianie — to miejsce, gdzie Kicia będzie ucinać sobie drzemkę — powiedziała. Po czym cierpliwie krążyła między Dworem a wieżą, znosząc ulubione książeczki z obrazkami, książeczki do kolorowania, zbiór liści oraz pudełko z okruszynami ciastek, które szczególnie lubiła. Miała zamiar zwabiać do siebie ptaki i zwierzęta, które potem chciała uwiecznić na obrazkach malowanych na ścianach.

Scarlett słuchała planów Kici i przyglądała się jej przygotowaniom z dumą. Była dumna z tego, że jej córeczka z uporem usiłuje powołać do życia świat, gdzie byłaby szczęśliwa nawet bez Billy'ego. O, tak — pomyślała z żałością. W tym to niejednego mogłabym się od Kici nauczyć.

W wigilię Wszystkich Świętych odbyło się przyjęcie urodzinowe — takie, jakim je sobie umyśliła Kicia. Były więc cztery małe torciki, każdy z czterema świeczkami. Pierwszy torcik zjadły same, siedząc na wymytej podłodze w sanktuarium Kici. Drugim podzieliły się z Grainne. Potem poszły do domu, dwa następne zostawiwszy ptakom i zwierzętom.

Nazajutrz Kicia oznajmiła wzruszona, że ani kruszynki po torcikach nie zostało. Ale nie zaprosiła matki, by przekonała się na własne oczy. Teraz wieża należała wyłącznie do niej.

*   *   *

Jak wszyscy tej jesieni, Scarlett czytała gazety z trwogą przeradzającą się w oburzenie. Trwogę wzbudzała w niej wzrastająca liczba eksmisji. Wysiłki farmerów, by jakoś przeciwstawić się zajęciom, były dla Scarlett zupełnie zrozumiałe, bo zaatakowanie rządcy czy kilku konstabli gołymi pięściami lub parą wideł zdały się jej jedynie ludzką reakcją na nie ludzie potraktowanie. Pozostawało tylko żałować, że nie powstrzymało to fali eksmisji, jakże niesprawiedliwych, bo czyż rolników należało obciążać winą za nieurodzaj i za to, że nie mieli pieniędzy ze sprzedaży zboża, wobec czego nie mogli opłacić dzierżawnego? Sama doskonale zdawała sobie z tego sprawę.

Na polowaniach, które wkrótce się rozpoczęły, nie rozmawiano o niczym innym. Ale ziemianie nie byli aż tak tolerancyjnie usposobieni jak Scarlett, za to bardzo zaniepokojeni próbami stawiania oporu przez rolników.

– Do diabła – mówiono. – Czego oni się spodziewają? Jeśli nie opłacą dzierżawnego, stracą domy. Chyba zdają sobie z tego sprawę, zawsze tak było. No a teraz grożą nam tym cholernym powstaniem... och, przepraszam panie za język.

Lecz gdy do akcji ruszyli Biali Chłopcy, reakcja Scarlett niewiele się różniła od reakcji innych ziemian. Wprawdzie już latem dało się słyszeć to i owo o bandach, dotychczas jednak wszystko ograniczało się do drobnych incydentów. Jesienią bandy były już lepiej zorganizowane i brutalniejsze. Noc nie minęła, żeby nie podpalono jakiejś stodoły lub stogu siana. Zabijano bydło i owce, zarzynano świnie, wołom i koniom łamano nogi lub podcinano ścięgna. Wybijano witryny w sklepach, wrzucano do środka płonące pochodnie lub gnój. A im bliżej zimy, tym częściej zdarzały się skrytobójcze ataki na wojskowych, angielskich żołnierzy lub irlandzkich konstabli, na ziemiaństwo. Dlatego Scarlett, wybierając się gdzieś z wizytą, brała ze sobą dwóch stajennych dla eskorty.

Stałym powodem zmartwienia była dla Scarlett Kicia. Odjazdu Billy'ego dziewczynka nie przeżyła tak ciężko, jak można byłoby się tego obawiać. Nie była z tego powodu ani przygnębiona, ani skora do płaczu. Za to była czymś zajęta, jakimiś planami, jakimiś zabawami, które w większości sama wymyślała. Ale miała przecież zaledwie cztery latka – Scarlett niepokoiła się, czy dziecko nie jest zbyt samodzielne. O, tak, nie zamierzała pozbawiać Kici swobody, lecz nagle zapragnęła, by dziewczynka była mniej ruchliwa, mniej niezależna, nieco mniej nieustraszona niż dotychczas. Kicia z równą swobodą spacerowała po stajniach i stodołach, co po spiżarni i mleczarni, ogrodach i szopach. Wspinała się po drzewach, biegała po polach niczym dzikie zwierzątko – czuła się tam u siebie. W domu natomiast widziała miejsce, gdzie w sprzątanych lecz nie używanych pokojach można było próbować nowych zabaw, gdzie na regałach stały książki i pełne butelki, gdzie w suterenach półki zastawione były winem, baryłkami z zapasami, gdzie znajdowały się oddzielne pomieszczenia dla służby, osobne schowki na srebra, mleko, ser, lód, miejsca wydzielone na prasowanie, szycie, roboty stolarskie, czyszczenie butów i jeszcze miliardy różnych spraw, którymi żył Dwór.

Szukając Kici nigdy nie można było mieć pewności od czego zaczynać. Kicia mogła być wszędzie. Do domu przychodziła na posiłki i żeby się wykąpać. Scarlett nigdy nie mogła zrozumieć, w jaki sposób to dziecko wie, która godzina, ale Kicia nigdy się nie spóźniła.

Codziennie po śniadaniu matka i córka wybierały się na konną przejażdżkę. Ponieważ jednak Scarlett w obawie przed bandami nie chciała wyjeżdżać na drogę, nie chciała też zakłócać intymnej atmosfery tych przejażdżek przez obecność eskorty, stałym szlakiem ich spacerów stała się ścieżka wiodąca od wieży do brodu − ta sama, którą przed paroma laty tak często jeździła do Danielów. Gochnie O'Hara może to się nie spodobać − myślała − ale będzie musiała pofatygować się do Dworu jeśli chce, żebym płaciła za Seamusa dzierżawne. Bardzo pragnęła, by najmłodszy syn Daniela nie tracił tyle czasu w poszukiwaniu narzeczonej. Gdy Tymoteusz już znajdzie sobie żonę, będzie mógł zamieszkać w tej małej chacie, a obecność nowej O'Hary będzie dla Gochny okazją do wydoskonalenia duchowego. Scarlett bardzo dotkliwie odczuwała brak owej swobodnej poufałości, panującej wśród jej kuzynów z Adamstown do chwili, gdy u Danielów zamieszkała żona Seamusa.

*　　*　　*

Za każdym razem, gdy wybierała się na polowanie, Scarlett pytała Kicię, czy bardzo będzie się martwić, kiedy zostanie sama. Na co brązowe czółko marszczyło się w zakłopotaniu, a w jasnych, zielonych oczach pojawiało się zdziwienie.

− A dlaczego ludzie się martwią? − pytała Kicia i wtedy Scarlett od razu czuła się znacznie lepiej. W grudniu wyjaśniła córeczce, że będzie musiała zostać sama na dłużej, ponieważ mamusia wybiera się w dłuższą podróż pociągiem, lecz Kicia odpowiedziała to samo.

Scarlett przygotowywała się na od dawna oczekiwane polowanie Galwayskich Kurtek, które miało odbyć się w najbliższy czwartek. Wyruszyła już we wtorek − chciała mieć dzień odpoczynku − dla siebie i dla koni. Nie była zmęczona − wręcz przeciwnie. Nie chciała jednak zmarnować bodaj najmniejszej szansy. Musi dać z siebie wszystko − nawet więcej niż wszystko. Jeśli w czwartek odniesie triumf, zostanie na piątek i sobotę.

*　　*　　*

Kiedy pierwszy dzień łowów dobiegł końca, John Graham podarował Scarlett zbroczoną krwią łapę upolowanego przez nią lisa. Przyjęła dar z prawdziwie dworską uprzejmością.

− Dziękuję, Wasza Ekscelencjo.

Wszyscy zaczęli bić brawo.

Oklaski przybrały na sile, gdy dwaj kucharze wnieśli olbrzymie talerze pełne parującego gulaszu.

− Wszystkim opowiedziałem o pani sportowym zakładzie, Mrs. O'Hara − rzekł Graham. − I obmyśliliśmy specjalnie dla pani niewinny żarcik. Oto i gulasz cielęcy. Najpierw spróbuję ja, potem reszta towarzystwa, choć, szczerze mówiąc, spodziewałem się, że będzie to pani jeść bez naszej pomocy.

Scarlett uśmiechnęła się najpromienniejszym z uśmiechów.
— Chętnie. Ale dla pana, sir, dodam szczyptę soli.

*　　*　　*

Tego mężczyznę o jastrzębiej twarzy spotkała już pierwszego dnia łowów. Ale widziała go już wcześniej, nie sposób było go nie zauważyć. Pędził na swoim karym rumaku z brawurą pełną tak wyniosłej buty, że spoglądanie na niego groziło popadnięciem w niebezpieczną fascynację. Scarlett omal nie spadła z siodła, gdy dzień przedtem wykonał tuż przed nią nieprawdopodobnie ryzykowny i bardzo piękny skok, a ona musiała gwałtownie ściągnąć lejce, by na niego nie wpaść.

Podczas śniadania otaczało go grono ludzi — wszyscy mówili jeden przez drugiego, on jeden zachowywał powściągliwość. Był na tyle wysoki, by znad głów innych mogła dostrzec jego ciemne oczy i włosy tak czarne, że prawie granatowe.

— Kim jest ten mężczyzna, ten, który sprawia wrażenie, jakby cały świat go nudził? — spytała znajomą.

— Ach, to Luke Fenton! Najbardziej fascynujący niegodziwiec na Wyspach.

Scarlett nie dodała ni słowa komentarza, jednak w głębi ducha myślała sobie, że dobrze byłoby temu człowiekowi przytrzeć nosa.

*　　*　　*

Fenton podjechał tak, że jego zwierzę szło teraz krok w krok z koniem Scarlett. Dobrze, że wzięłam Półksiężyca — westchnęła. Teraz przynajmniej dorównywała wzrostem Fentonowi.

— Dzień dobry — powiedział Luk Fenton, dotykając czubkami palców ronda cylindra. — Jak rozumiem, jesteśmy sąsiadami, Mrs. O'Hara. Jeśli pani pozwoli, zajrzę kiedyś do Ballyhara z wyrazami uszanowania.

— Będzie mi bardzo miło. A gdzie pan mieszka?

Fenton uniósł grube czarne brwi, wyraźnie zdziwiony.

— Jak to, pani nie wie? Na drugim brzegu Boyne, w Adamstown.

Ach, zatem to hrabia Kilmessan. Scarlett bardzo była rada, że nie wiedziała, z kim ma do czynienia. Ten zarozumialec spodziewał się pewnie, że wszyscy go znają. Cóż za potworna pycha!

— O, tak, dobrze znam Adamstown — powiedziała. — Mam tam wielu kuzynów, pańskich dzierżawców, O'Harów.

— Czy być może? Nigdy nie wiedziałem, jak nazywają się moi dzierżawcy.

Uśmiechnął się, odsłaniając olśniewającego połysku białe zęby.

— To czarujące, że Amerykanka szczerze mówi o swym marnym pochodzeniu. Nawet w Londynie o tym wspominano. Jak widać, szczerość dobrze służy pani celom.

Dotknął końcem szpicruty ronda cylindra i odjechał.

Bezczelny! I źle wychowany — nawet się nie przedstawił.

Kiedy wróciła do domu, pierwsze, co zrobiła, to powiedziała Mrs. Fitz, że dla hrabiego Kilmessan nie ma jej w domu. Dopiero gdy złoży wizytę po raz trzeci, lokaj może go wpuścić.

Po czym pochłonęły ją świąteczne przygotowania. W tym roku postanowiła mieć naprawdę wielką choinkę.

Kiedy dotarła do niej paczka z Atlanty, natychmiast ją rozpakowała, jeszcze w biurze. Harriet Kelly przysłała worek mąki kukurydzianej — poczciwa dusza! Od razu pomyślała, że najwidoczniej częściej żaliła się na brak kukurydzianego chleba, niż sobie zdaje z tego sprawę. W paczce był jeszcze prezent od Billy'ego dla Kici. Otworzy, gdy przyjdzie do domu na herbatę — postanowiła. Aha, jeszcze list, całkiem gruby. Ściskając opasłą kopertę wygodnie usadowiła się w fotelu, nalała ciepłej kawy i przygotowała na amerykańskie nowinki — listy Harriet zawsze pełne były zaskakujących wiadomości.

I tak w pierwszym liście, który wysłała po przybyciu do Atlanty, na ośmiu zapisanych maczkiem stronach — wśród wielu pień dziękczynnych, bardzo poetyckich — znalazła się także niewiarygodna wprost opowieść o romansie Indii Wilkes. Tak. India Wilkes miała kawalera. Poważnego mężczyznę, świeżo przybyłego do Atlanty, pastora metodystów. I to Jankesa. Nader smakowite: Szlachetna Panna Konfederatka we własnej osobie — z Jankesem. Wystarczy, że pojawi się Jankes w spodniach i zwróci na nią uwagę, a ta gotowa zapomnieć, że w ogóle była Wojna.

Przebiegła wzrokiem stronice poświęcone sukcesom Billy'ego — przeczyta na głos Kici, powinno to ją zainteresować. W końcu znalazła wiadomość, której szukała: Ashley poprosił Harriet o rękę.

Czyż nie tego pragnęłam? Byłoby nieroztropne z mojej strony czuć teraz ukłucie żądła zazdrości. Dobrze się stało. Kiedy ślub? Wyślę im wspaniały prezent. O, u diaska! Ciotka Pitty, po ślubie Indii, nie może mieszkać sama w jednym domu z Ashleyem, ponieważ tak nie wypada. Trudno wprost dać temu wiarę! Tak. Nie mogę w to uwierzyć. Ale to przecież dokładnie w jej stylu: mdleć z rozpaczy, co ona zrobi, jak ona będzie wyglądać w oczach świata, sama jedna z mężczyzną w domu. Brr... najstarsza w świecie stara panna! Powinno to przyspieszyć ślub Harriet z Ashleyem. Może to nie najlepsza partia, jaką mogłaby sobie wyobrazić, lecz śniąc ciągle o koronkach i pączkach róż na pewno przyda temu wszystkiemu odpowiednio romantyczny posmak. Szkoda tylko, że wesele w lutym. Bo już dałabym się skusić na wyjazd, ale zimowy sezon w Dublinie jest jeszcze bardziej kuszący. I pomyśleć: kiedyś byłam przekonana, że Atlanta to wielkie miasto. Ciekawe, co sobie pomyśli Kicia, gdy zaraz po Nowym Roku zabiorę ją do Dublina. Mrs. Sims obiecuje, że przymiarki zajmą jedynie parę godzin z samego rana. Ciekawe, co oni robią na zimę z tymi biednymi zwierzątkami z zoo?

— Mrs. O'Hara, może znajdzie pani dla mnie jeszcze jedną filiżankę kawy? Zmarzłem jadąc tutaj.

Scarlett podniosła głowę znad papieru. Otworzyła w zdumieniu usta. Przed sobą miała hrabiego Kilmessan. Boże, chyba okropnie wyglądam! Dzisiaj rano zaledwie przebiegłam szczotką po włosach.

— Kazałam powiedzieć lokajowi, że nie ma mnie w domu — wypaliła, nerwowo trzepiąc kartkami listu o kolana.

Luke Fenton uśmiechnął się.

— Tak, ale ja wszedłem kuchennym wejściem. Mogę usiąść?

— Dziwię się, że pan czeka, aż go poproszę. Oczywiście, niech hrabia siądzie. Najpierw jednak proszę zadzwonić na pokojówkę. Mam tylko jedną filiżankę. Jak pan widzi, nie spodziewałam się gości.

Fenton pociągnął za sznur od dzwonka, wziął krzesło i postawił je bliżej fotela Scarlett.

— Jeśli to pani nie przeszkadza, chętnie napiję się kawy z pani filiżanki. Zanim przyniosą tu drugą, tydzień minie.

— Owszem, przeszkadza mi! — syknęła Scarlett. — Przeszkadza. Koniec, kropka!

Po czym nagle wybuchnęła śmiechem.

— Chyba już od dwudziestu lat nie mówiłam „koniec, kropka!". Pozostaje mi tylko się dziwić, że nie pokazałam panu języka. Bardzo irytujący z pana-człowiek, Milordzie.

— Luke.

— Scarlett.

— Mogę prosić o filiżankę kawy?

— Nie ma już kawy w dzbanku... koniec, kropka!

Gdy i Fenton wybuchnął śmiechem, nie wyglądał już tak wyniośle.

84.

*T*ego samego dnia po południu Scarlett odwiedziła
Molly. Aspirująca do życia wyższych sfer kuzynka tak bardzo starała się
przyjąć ją uprzejmie, że w gorączkowej krzątaninie jej otwarte pytania o
hrabiego Kilmessan pozostały właściwie nie zauważone. Dlatego i wizyta
Scarlett była bardzo krótka. Molly w gruncie rzeczy niczego nie wiedziała,
poza tym, że decyzja pana hrabiego spędzenia w Adamstown paru dni wpędziła
w osłupienie rządcę i służbę. Bo chociaż i dom, i stajnie cały czas trzymano
w pełnej gotowości — tak na wszelki wypadek, gdyby hrabia zdecydował się
przyjechać — zdarzyło się to dopiero po raz pierwszy od pięciu lat.

Służba przygotowuje dom do podjęcia gości — opowiadała Molly. Ostatnim razem, gdy urządzano tu zjazd, przybyło czterdzieści osób — wszyscy z
własną służbą i końmi. Przyprowadzono także sforę pana hrabiego, przyjechał
cały zastęp lokajów. Dwa tygodnie trwać będą łowy, które uwieńczy wielki
bal myśliwski.

W chacie Danielów skwitowano przyjazd hrabiego z humorem zaprawio-
nym sporą dozą goryczy. Źle wybrał czas pan hrabia — mówili mężczyźni.
Pola są za suche i zbyt twarde, nie nadają się do tratowania końskimi kopytami,

432

jak to było podczas ostatnich łowów. Susza uprzedziła pana hrabiego i jego przyjaciół.

Scarlett wróciła do Ballyhara niewiele mądrzejsza niż parę godzin temu, gdy wyjeżdżała dla zasięgnięcia języka. Luke Fenton nie wspomniał jej nawet słówkiem ni o polowaniu, ni o przyjęciu. Jeśli rzeczywiście miały się odbyć łowy i bal, a ona nie dostała zaproszenia, może się czuć jakby została publicznie spoliczkowana.

Po obiedzie napisała kilka listów do swych dublińskich przyjaciół. *Taka tu u nas ostatnio wrzawa wokół osoby Luke'a Fentona...* — pospiesznie wodziła piórem po ćwiartkach papieru — *i o hucznych przygotowaniach, które idą pełną parą w jego posiadłości niedaleko stąd. Nie było go tutaj już od tak dawna, że i sklepikarze zdążyli zapomnieć, kto zacz.*

Pieczętując koperty uśmiechała się pod nosem. Jeśli w odpowiedzi na te listy nie dowie się czegoś bliższego o panu hrabim, to już przyjdzie rozłożyć ręce.

*   *   *

Następnego dnia rano ubrała się starannie w jedną z sukni, które zakładała, gdy wybierała się z wizytą do Zamku. Nie obchodzi mnie, czy wyglądam pociągająco dla tego irytującego człowieka, czy też nie, ale nie dopuszczę, by wśliznął się tutaj po raz drugi i zastał mnie zupełnie nie przygotowaną — powtarzała sobie w duchu.

Kawa wystygła w dzbanku.

Fenton znalazł ją, gdy po południu ujeżdżała Kometę. Scarlett miała na sobie swój zwykły strój irlandzkiej wieśniaczki, a na ramionach rozpięte palto, bo jechała na oklep.

— Wrażliwa z pani osóbka — rzekł, mierząc ją butnym spojrzeniem ciemnych oczu. — Zawsze byłem zdania, że damskie siodła psują dobre konie, ten zaś wygląda całkiem nieźle. Odważy się pani wystawić swego wierzchowca w zawody i stanąć do krótkiej gonitwy?

— Z największą rozkoszą — odparła Scarlett, grubo smarując słowa miodem — ale słońce tak wypaliło pola, że jadąc za mną udusi się pan od kurzu.

Fenton uniósł brwi.

— Tak? Wobec tego kto przegra, stawia szampana, byśmy oboje mieli czym przepłukać gardła.

— Zakład stoi. Do Trim?

— Niech będzie do Trim.

Fenton ubódł konia ostrogami i nim Scarlett zdołała się zorientować, co właściwie się stało, ruszył do gonitwy. Była pokryta grubą warstwą kurzu, kiedy dognała go na drodze, krztusiła się, kiedy z wszystkich sił starała się dotrzymać mu kroku, kasłała, gdy łeb w łeb przegalopowali przez most przy rogatkach.

Ściągnęli cugle, gdy dotarli do krzaków przy murach Trim.

— Mam u pani szampana — powiedział Fenton.

— Absurd! Był remis.

— W takim razie ja stawiam pani. Wypijemy dwie butelki, czy raczej woli pani rozstrzygnąć gonitwę w drodze powrotnej?

Scarlett pchnęła Kometę kolanem w bok i ruszyła z ostrego startu. Zza pleców dobiegał ją śmiech Fentona.

Wyścig zakończył się na podjeździe do Dworu. Scarlett wygrała, lecz z niewielką przewagą. Uśmiechnięta potoczyła wzrokiem, zadowolona z siebie, zadowolona z Komety, zadowolona z rywala, bo dzięki niemu miała wspaniałą zabawę.

Luke dotknął czubkami palców siwego od kurzu ronda cylindra.

— Przywiozę szampana na obiad — powiedział. — Proszę mnie oczekiwać o ósmej.

Po czym uderzył w galop i odjechał.

Scarlett spojrzała, jak znika w chmurze pyłu. Bezczelny! Kometa, bojaźliwie drobiąc kroki, posuwał się lekko bokiem, aż w końcu zdała sobie sprawę z tego, że popuściła lejce. Zebrała je i poklepała spieniony kark Komety.

— Dobry jesteś — powiedziała na głos. — Teraz trzeba ci trochę odsapnąć, nakarmić cię i napoić. Mnie też. Myślę, że chociaż zastawiłam pułapkę, postępowałam honorowo i przyzwoicie.

Wybuchnęła śmiechem.

*   *   *

— Po co to? — spytała Kicia, zafascynowana błyskami diamentów w kolczykach, które właśnie zakładała matka.

— Dla ozdoby — odpowiedziała Scarlett. Podrzuciła głową, a wtedy długie diamentowe sople zakołysały się i rozbłysły.

— Jak choinka — zauważyła Kicia.

Scarlett roześmiała się.

— Coś w tym rodzaju. Ale że też nigdy nie przyszło mi to do głowy!

— Mnie też ubierzesz tak na święta?

— Tak, ale dopiero jak będziesz bardzo, bardzo duża, Kiciu Kociu. Małe dziewczynki mogą nosić sznur perełek albo zwykłą złotą bransoletkę, ale diamenty są dla dorosłych dam. Może mam ci podarować na Gwiazdkę coś z biżuterii?

— Nie. Jeśli to nie dla dziewczynek, to nie. Ale dlaczego już się stroisz? Przecież do świąt jeszcze daleko.

Scarlett, słysząc te pytania, z wolna zaczęła pojmować, że przecież Kicia nigdy przedtem nie widziała jej w stroju wieczorowym. Gdy były w Dublinie, zawsze jadały w hotelowym apartamencie.

— Bo przychodzi gość na obiad — odpowiedziała. — Bardzo strojny gość.

Pierwszy gość z prawdziwego zdarzenia w Ballyhara — pomyślała. I, oczywiście, Mrs. Fitz znowu miała rację. Powinnam była zaprosić kogoś znacznie wcześniej. Miło jest mieć towarzystwo i mieć się dla kogo stroić.

*   *   *

Hrabia Kilmessan był bardzo uroczym i miłym gościem. Scarlett ani się obejrzała, a rozgadała się bardziej, niżby tego pragnęła. Mówiła o wszystkim: o polowaniach, o tym, jak jeszcze dzieckiem będąc uczyła się jazdy konno, o Geraldzie i jego irlandzkim upodobaniu do koni. Luke Fenton był jedną z tych osób, z którymi łatwo się rozmawiało.

Tak łatwo, że zapomniała o pytaniu, które miała mu zadać. Dopiero gdy kończyli ostatnie danie, pamięć jej powróciła.

— Przypuszczam, że pańscy goście przyjadą lada minuta — rzekła, gdy służba nakrywała do deseru.

— Jacy goście? — Luke Fenton podniósł kieliszek z szampanem, sprawdzając kolor musującego trunku.

— Jak to? ... Ci zaproszeni na polowanie.

Fenton skosztował wina i z aprobatą pokiwał głową, co było znakiem dla lokaja, że można podawać.

— Skąd ten pomysł droga Scarlett? Ani polowania nie urządzam, ani nie spodziewam się gości.

— To co pan robi w Adamstown? Słyszałam, że nigdy pan tu nie bywa.

Napełniono oba kieliszki. Luke uniósł swój w stronę Scarlett.

— Czy możemy wznieść toast za wspólną dobrą zabawę?

Scarlett poczuła, jak oblewa się szkarłatem. Była prawie pewna, że za tą propozycją kryło się coś więcej. W odpowiedzi uniosła swój kieliszek.

— Wypijmy za to, że umie pan z wielką klasą przegrywać szampany — rzekła uśmiechnięta, spoglądając nań zza opuszczonych rzęs.

*   *   *

Później, gdy przygotowywała się na spoczynek, roztrząsała słowa Luke'a raz za razem. Czyżby przybył do Adamstown tylko po to, by ją ujrzeć? Czyżby zamierzał ją uwieść? Jeśli tak, to musi się przygotować na niespodziankę całego życia. W tej rozgrywce poniesie sromotną klęskę, nie mniej wyraźną niż w dzisiejszej gonitwie.

Z drugiej jednak strony zabawnie byłoby widzieć, jak ten zadowolony z siebie arogant popada w beznadziejną miłość do kobiety, która nigdy jej nie odwzajemni. O, mężczyźni nie powinni być do tego stopnia przystojni i bogaci, od razu bowiem sądzą, że mogą zdobyć wszystko, czego tylko zapragną.

Scarlett wspięła się na wysokie łóżko i wymościła sobie wygodne gniazdko wśród kołder. Nie mogła się doczekać, kiedy wreszcie wstanie nowy dzień, bowiem Fenton obiecał, że z samego rana wybiorą się na konną przejażdżkę.

*   *   *

Znowu się ścigali. Tym razem do Pike Corner. Fenton był pierwszy. Potem z powrotem do Adamstown. I znowu Fenton wygrał. Scarlett chciała zmienić konie i ruszyć do trzeciej gonitwy, lecz hrabia Kilmessan roześmiał się i odmówił.

— Z całej tej determinacji gotowa pani skręcić kark, a jak wtedy odbiorę wygrane?

— Jakie wygrane? Przecież nie robiliśmy zakładów.

Uśmiechnął się i nic nie odpowiedział, za to wzrokiem powędrował po jej ciele.

— Jest pan nieznośny, Fenton!

— Owszem, słyszałem o tym co nieco. Lecz nigdy nie mówiono mi tego tak gwałtownie. Czyliż wszystkie Amerykanki to kobiety równie porywczej natury jak pani?

Ode mnie nigdy się tego nie dowiesz — pomyślała Scarlett, lecz jak przed chwilą ściągnęła lejce, tak i język powstrzymała na wodzy. Popełniła błąd dając mu się wyprowadzić z równowagi, bowiem bardziej była zirytowana sobą niż nim. O, tak, już my się dobrze na tym znamy — uśmiechnęła się z przekąsem. Rett zawsze najpierw wyprowadzał mnie z równowagi, co w chwilach kłótni niezmiennie dawało mu przewagę.

Rett... Scarlett spojrzała na kruczoczarne włosy Luke'a Fentona, na jego czarne, drwiące oczy i znakomicie skrojone ubranie. Nic dziwnego, że wypatrzyła go w tłumie jeźdźców. Miał w sobie coś, co przywodziło na myśl Retta, lecz tylko za pierwszym, powierzchownym spojrzeniem. Bo miał w sobie coś, czym bardzo różnił się od Retta, coś, czego nie potrafiła nazwać.

— Dziękuję panu za przyjemność ścigania się — schyliła głowę. — Dziękuję, mimo że tym razem nie wygrałam. Lecz teraz muszę już pana opuścić. Mam huk zajęć na głowie.

Na ułamek sekundy jego twarz zastygła w grymasie zaskoczenia, zaraz jednak się uśmiechnął.

— Spodziwałem się, że zechce pani zjeść ze mną śniadanie.

— Spodziewałam się, że się pan spodziewa — odwzajemniła uśmiech.

Gdy zawróciła i skierowała się w stronę Ballyhara, czuła na plecach palące spojrzenie jego oczu. Nie była zaskoczona, gdy po południu zjawił się posłaniec na koniu z bukietem cieplarnianych kwiatów i zaproszeniem do Adamstown na obiad. Napisała grzeczną odmowę, którą posłaniec zabrał i natychmiast dostarczył panu hrabiemu.

Zaledwie odjechał, chichocząc pobiegła na piętro, by przebrać się w swój strój do konnej jazdy. Gdy Luke stanął w drzwiach salonu, właśnie wkładała kwiaty do wazonu.

— O ile się nie mylę, chce pani jeszcze raz ścigać się do Pike Corner — powiedział.

W Scarlett śmiały się tylko oczy.

— Co do tego, istotnie, nie myli się pan — odpowiedziała.

*   *   *

Colum zasiadł na wysokim stołku przy barze w *pubie* u Kennedy'ego.

— Przestańcie wreszcie ujadać, wy wszyscy. No bo was pytam, cóż więcej mogła zrobić ta biedna kobieta? Czyż nie zaopatrzyła was w jedzenie na zimę? Czyż w spiżarni nie czeka na was jeszcze więcej ziarna i mąki, gdybyście wcześniej przejedli to, co macie? Hańba mi, że widzę dorosłych mężczyzn, jak dąsają się niczym dzieci i wynajdują coraz to nowe krzywdy, by mieć jeden więcej powód do wypitki. A zapijcie się do upadłego... męskie to prawo zatruwać żołądek i tumanić głowę... tylko nie obciążajcie winą za waszą słabość **Tej O'Hary**, bo ona niczemu nie winna.

— ...Całkiem już trzyma z panami... całe lato jej nie było, tak jej się spodobały pańskie zabawy... prawie dnia nie ma, żeby nie harcowała po drodze z tym czarnym diabłem z Adamstown...

Pub trząsł się od gniewnych okrzyków.

Colum przekrzyczał wszystkich.

— Cóż z was za mężczyźni, skoro plotkujecie niczym gromada kobiet o strojach, przyjęciach i romansach innej kobiety? Przyprawiacie mnie o obrzydzenie... tak, wy wszyscy.

Splunął na kontuar.

— No, który z was to zliże? Bo jeśliście nie mężczyźni, to powinno wam posmakować.

Zapadła cisza, z której wyłonić się mogła każda reakcja — trudno byłoby przewidzieć, jaka.

Colum stanął szeroko rozstawiwszy nogi, ręce opuścił swobodnie, w każdej chwili gotów złożyć dłonie w pięści.

— Och, Columie, to dlatego, że niespokojni jesteśmy, gotowiśmy podpalać i strzelać jak chłopcy w innych miasteczkach, choć tak naprawdę to nie mamy powodu — rzekł najstarszy z farmerów. — Zajmij swe miejsce, dobądź *bodhranu*, ja wezmę flet a Kennedy skrzypce. Zaśpiewajmy o powstaniu, napijmy się razem, jak dobrzy żołnierze Bractwa.

Colum chwycił się ostatniej szansy uspokojenia nastrojów dosłownie jak tonący brzytwy się chwyta. Zaśpiewał, wybijając obcasami rytm.

U brzegu szemrzącej rzeki ciemne mężczyzn
mrowia stały
Nad lśniącymi dzid ostrzami zieleń
flagi łopotała
Śmierć wrogowi! Biada zdrajcy! Niech
marszowa zabrzmi nuta
Hurra, chłopcy! Naprzód wiara!
Już wstał księżyc! To za wolność ta ofiara!

*   *   *

Prawdą było, że Scarlett i Luke Fenton urządzali sobie wyścigi konne na drogach w pobliżu Adamstown i Ballyhara. Skakali przez płoty, rowy, żywopłoty, przeprawiali się przez Boyne. Już od tygodnia prawie dnia nie było, by hrabia nie przeszedł brodem przez rzekę i nie pojawił się w pokoju porannym Scarlett, żądając gorącej kawy i rzucając wyzwanie do następnego wyścigu. Scarlett zawsze czekała na niego pozornie opanowana, w istocie jednak

Fenton przyprawiał ją o rozstrój nerwowy. Był to bowiem człowiek o żywej inteligencji, w rozmowie nie do przewidzenia, tak że nawet przez chwilę nie mogła sobie pozwolić na rozproszenie czy zawieszenie gotowości do odpierania ataków z jego strony. Luke przyprawiał ją o dobry humor, irytował, jednym słowem sprawiał, że żyła pełnią życia.

Wyścigi pozwalały Scarlett odprężyć się nieco: stale spięta, w obecności Fentona, ścigając się mogła ukoić nerwy. Tu otwarcie współzawodniczyli, tu nie znali litości, walczyli wprost i bez pardonu. Gdy jednak w swej brawurze posuwała się aż do szaleństwa, opadało ją podniecenie — groźne i przerażające. Scarlett czuła, że jest w tym coś potężnego, coś, czego natury nie znała, coś ukrytego w głębi jej, stale zagrażającego, że przełamie zapory i wymknie się spod kontroli.

*　　*　　*

Mrs. Fitz ostrzegała ją, że mieszkańców miasteczka niepokoi jej zachowanie.

— *Ta O'Hara* traci respekt — powiedziała surowym tonem. — Co innego pani stosunki z Anglikami... czego nie widać, w oczy nie kole. Ale te galopady z hrabią Kilmessan działają im na nerwy, bo wyobrażają sobie, że darzy pani względami wroga.

— Nie obchodzi mnie, co ich kłuje w oczy, a co nie. Może ich kłuć, aż oślepną. Moje życie należy do mnie.

Gwałtowność, z jaką wypowiedziała te słowa, przeraziły Mrs. Fitzpatrick.

— A więc to tak? — spytała, a w jej głosie nie było już ani śladu surowości — Kocha go pani?

— Nie, nie kocham. I nie zamierzam pokochać. Dlatego proszę zostawić mnie samą i powiedzieć innym, żeby też dali mi święty spokój.

Rosaleen Fitzpatrick zachowała swe podejrzenia dla siebie, lecz kobiecy instynkt podszeptywał jej, że te gorączkowe przebłyski w oczach Scarlett mogą być zapowiedzią niemałych kłopotów.

*　　*　　*

Zakochana? Zakochana w Fentonie? Pytanie Mrs. Fitzpatrick zmusiło Scarlett, by sama je sobie zadała i poszukała odpowiedzi. A jej odpowiedź brzmiała: „nie!"

To dlaczego tak źle się czuję w te dni, gdy Luke mnie nie odwiedza? Trudno było jej znaleźć przekonującą odpowiedź.

Pomyślała o tym, czego dowiedziała się z listów przyjaciół. Hrabia Kilmessan — twierdzili zgodnie — to osoba powszechnie znana, właściciel jednego z największych majątków w Brytanii, do którego należały ogromne dobra ziemskie w Anglii, Szkocji i w Irlandii. Zaufany przyjaciel księcia Walii, posiadacz ogromnej rezydencji w Londynie — znanej z hucznych bibek, które odbywały się tam na zmianę ze sławnymi z wykwintności przyjęciami — cała śmietanka towarzyska wprost biła się o zaproszenia. Hrabia Kilmessan już od ponad dwudziestu lat był człowiekiem, ku któremu kierowały się najgłośniejsze westchnienia matek pragnących dobrze wydać za mąż córki — już w wieku lat osiemnastu, kiedy to odziedziczył tytuł i majątek, stał się upragnionym celem wszystkich rajfurek — lecz jak dotychczas żadna go nie usidliła, choć wśród kandydatek było kilka znanych z urody i wysokości posagu. Tym zatem chętniej szeptano po kątach o złamanych sercach, plamach na honorze, a nawet samobójstwach. Niejeden mąż stawał z hrabią do pojedynku. Luke Fenton był człowiekiem bez zasad, okrutnym, niebezpiecznym, a niektórzy nawet mawiali, że szatańsko złym. Tym bardziej więc był tajemniczy, tym chętniej uznawano go za najbardziej fascynującego mężczyznę na świecie.

Scarlett już sobie wyobrażała, jaką sensację zdołałaby wywołać, gdyby udało się jej — wdowie z czwartym krzyżykiem na karku — osiągnąć powodzenie tam, gdzie tyle utytułowanych angielskich piękności ponosiło klęskę. Na samą myśl o tym jej usta wygięły się w sekretnym uśmiechu, który jednak zaraz spełzł i zniknął.

Luke Fenton w niczym nie przypominał rozpaczliwie zakochanego mężczyzny. Chciał ją posiąść. Ale nie miał zamiaru jej poślubić.

Zmrużyła oczy. O, nie! Nie dopuszczę, by moje imię znalazło się na długim spisie jego ofiar.

Nie mogła jednak powstrzymać się od dociekań, jak smakuje pocałunek z mężczyzną takim jak on.

85.

*L*uke Fenton tak zacinał konia szpicrutą, aż zwierzę rozwinęło pełną szybkość, na jaką było je stać. Przegalopował obok Scarlett i zostawił ją w tyle, śmiejąc się głośno.

Scarlett, mocno pochylona do przodu, krzyknęła na Półksiężyca, żeby przyspieszył. Lecz prawie natychmiast musiała ściągnąć lejce: droga skręcała między wysokimi ławami z kamienia, zaś Luke postawił konia w poprzek, blokując przejazd.

— Co to za dowcipy! — krzyknęła. — Niewiele brakowało, a wpadłabym na pana.

— Właśnie do tego zmierzam — wyjaśnił Fenton.

Nim Scarlett zdążyła zrozumieć, co się dzieje, chwycił Półksiężyca za grzywę zmuszając oba konie, aby jechały obok siebie. Jego druga dłoń zamknęła się na szyi Scarlett — unieruchomiona, czuła, jak jego usta spieszą do jej ust. Całował mocno, zmuszając, by uchyliła zaciśniętych warg, usiłując wcisnąć język między zaciśnięte zęby. Zmusił ją, by mu uległa. Serce biło jej z zaskoczenia, strachu i — gdy pocałunek zdał się trwać nieskończenie długo — przerażenia, jak zniewalająca jest siła, którą posiada. Gdy zwolnił uścisk, była wstrząśnięta i osłabiona.

— Wreszcie przestaniesz przysyłać mi bileciki z odmową, gdy zapraszam cię na obiad — powiedział Luke. Jego czarne oczy błyszczały zadowoleniem.

Scarlett zebrała myśli.

— Obawiam się, że zbyt wiele pan sobie roi — rzekła, wściekła, że tchu braknie jej w piersiach.

— Czyżby? Szczerze mówiąc, wątpię.

Objął ją ramieniem i przytulił mocno, i znowu pocałował. Jego dłoń doszukała się jej piersi — ścisnął aż do granicy bólu. Scarlett poczuła, jak wzbiera w niej potrzeba odpowiedzi, tęsknota za dotykiem jego dłoni, które chciała czuć na całym ciele, za dotykiem jego warg — jakże brutalnym — który chciała chłonąć całą skórą.

Ale nerwowe konie nagle dały parę kroków do przodu, rozrywając uścisk. Scarlett omal nie spadła z siodła. Chwyciła za lejce, walcząc o utrzymanie równowagi ciała i ducha. Nie powinna tego robić. Nie powinna mu się poddawać, nie powinna oddawać się temu mężczyźnie. Jeśli mu się podda, przestanie interesować się nią tak szybko, jak szybko ją zdobył, zdawała sobie z tego sprawę.

Ale nie chciała go stracić. Pożądała go. Tutaj nie miała do czynienia z chorym z miłości chłopcem w typie Raglanda. Tu miała do czynienia z mężczyzną. W takim jak on zdolna byłaby się zakochać.

Scarlett pogłaskała Półksiężyca, uspokajała go, w sercu dziękowała mu za to, że tym jednym szarpnięciem uratował ją przed popadnięciem w szaleństwo. Gdy odwróciła się do Fentona, jej nabrzmiałe usta rozciągały się w szerokim uśmiechu.

— Dziwię się tylko, dlaczego nie założy pan zwierzęcej skóry i nie ściągnie mnie za włosy z konia? — powiedziała głosem, w którym dowcip i pogarda zostały wymieszane w doskonałych proporcjach. — Wtedy przynajmniej nie spłoszyłby pan koni.

Stuknęła Półksiężyca kolanem w bok, ponaglając go do truchtu, potem puściła konia w kłus. Ruszyła z powrotem drogą, którą tu przybyli.

Odwróciła głowę i zawołała przez ramię:

— Nie przyjdę na obiad, Luke, ale pan może jechać za mną do Ballyhara na kawę. Jeśli to panu za mało, może pan dostać wczesny lunch lub późne śniadanie.

Szepnęła coś do Półksiężyca, namawiała go do pośpiechu. Nie mogła z tej odległości widzieć nachmurzonej miny Fentona, czuła jednak, że coś się święci.

*   *   *

Właśnie zsiadła z konia, gdy na podwórzu pojawił się Luke. Szybko przełożył nogę przez koński grzbiet i zaraz ześlizgnął się z siodła, lejce rzucając stajennemu.

Scarlett udała, że nie zauważa, iż Luke zajął jedynego pachołka, który był w pobliżu. Osobiście zaprowadziła konia do stajni w nadziei znalezienia kogoś, kto by się nim zajął.

Kiedy jej oczy przyzwyczaiły się do półmroku, zatrzymała się nagle, w obawie, by nie wywołać hałasu. Przed sobą miała Kicię. Dziewczynka stała na bosaka na grzbiecie Komety, rączki wyciągnęła w bok, by utrzymać równowagę. Miała na sobie gruby sweter jednego ze stajennych — wisiał na niej zakrywając rąbek spódnicy, rękawy sięgały końców paluszków. Jak zwykle jej czarne włosy wymykały się splotom wstążek i spadały na plecy ciemną lawiną. Wyglądała jak dziecko ulicy, jak Cyganiątko.

— Co ty robisz, Kiciu? — spytała możliwie najspokojniejszym głosem Scarlett. Dobrze wiedziała, jak narowisty jest Kometa. Wystarczyło podnieść głos, a gotów był ponieść.

— Cyrk — odpowiedziała Kicia. — Tak jak w mojej książeczce na obrazku pani stoi na koniu. Kiedy wyjdę na arenę, będzie mi potrzebny parasol.

Scarlett starała się, by jej głos brzmiał jak najspokojniej, bo to, co tu widziała, przerażało ją bardziej niż wspomnienie wypadku Bonnie. Kometa mógł zrzucić Kicię i stratować.

— Byłoby chyba lepiej, gdybyś poczekała do lata. Pewnie nóżki ci zmarzły.

— Och...

Kicia ześlizgnęła się na posadzkę, zaraz obok podkutego kopyta.

— Nawet o tym nie pomyślałam.

Jej głos dobiegał gdzieś z głębi ogrodzonego kojca. Scarlett wstrzymała oddech. Po chwili Kicia wspięła się na barierkę, ściskając w dłoni buciki i wełniane pończochy.

— Myślałam, że w bucikach będzie Kometę bolało...

Scarlett siłą woli musiała się powstrzymywać, by nie porwać córeczki w ramiona, nie zamknąć jej w bezpiecznych objęciach. Kicia poczułaby się tym dotknięta. Spojrzała więc na prawo, szukając stajennego, któremu mogłaby oddać Półksiężyca. Spostrzegła Fentona. Stał i spoglądał na Kicię.

— To moja córka Kasia Colum O'Hara...

A zrób sobie z tym fantem, co ci tylko przyjdzie do głowy — pomyślała.

Kicia, skupiona na sznurowaniu butów, podniosła głowę, przez dłuższą chwilę studiowała twarz Luke'a Fentona, po czym odezwała się pierwsza:

— Mam na imię Kicia. A ty?

— Luke — powiedział hrabia Kilmessan.

— Dzień dobry, Luke. Lubisz żółtka jajek? Właśnie zamierzam zjeść śniadanie.

— Bardzo lubię żółtka — odparł Luke.

*   *   *

Tworzyli dziwaczny pochód: do domu prowadziła Kicia, obok szedł Luke Fenton, starając się dostosować swój krok do jej drobniutkich kroczków.

— Już jadłam dzisiaj śniadanie — wyznała mu Kicia. — Ale znowu jestem głodna. Dlatego zjem jeszcze jedno śniadanie.

— Odnoszę wrażenie, że to bardzo rozsądne z twojej strony — odparł, lecz bez szyderstwa w przenikniętym troską głosie.

Scarlett szła za nimi dwojgiem. Ciągle jeszcze nie mogła wrócić do równowagi przerażona tym, czego świadkiem była w stajni, ciągle jeszcze nie otrząsnęła się z gwałtownych namiętności, które wzbudziły w niej pocałunki Luke'a. Była oszołomiona i zmieszana. Fenton to ostatni człowiek na ziemi, o którym mogłaby pomyśleć, że kocha dzieci, a tu tymczasem wszystko wskazywało na to, iż Kicia go fascynowała. Traktował ją dokładnie tak, jak należało: poważnie. Nie przybierał wobec niej protekcjonalnej pozy tylko dlatego, że była od niego mniejsza. Kicia nie miała wiele cierpliwości do ludzi, którzy zachowywali się wobec niej infantylnie, przekonani, że z dziećmi trzeba po dziecinnemu. Luke wyczuł to tym swoim siódmym zmysłem i potrafił to uszanować.

Scarlett poczuła, jak łzy napływają jej do oczu. O, tak. Byłaby zdolna pokochać tego mężczyznę. Kicia zyskałaby w nim cudownego ojca... Szybko zamrugała. O, to nie czas na sentymentalizmy. Dla dobra Kici — i dla swego dobra — musi być silna i mieć przytomny umysł.

Spojrzała na przylizane czarne włosy Fentona pochylonego ku Kici. Sprawiał wrażenie wyższego niż był, szerokiego w barach, mocnego. Nie do pokonania.

Wzdrygnęła się wewnętrznie, zdecydowana bronić się przed napierającą falą słabości. Zwycięży. Musi wygrać, i to teraz. Pragnęła go. Dla siebie. Dla Kici.

*   *   *

Na widok Luke'a i Kici Scarlett omal nie roześmiała się w głos. Kicia była do głębi pochłonięta precyzyjnym odcinaniem czubka jaja na miękko tak żeby nie zniszczyć całej skorupki. Fenton — równie skupiony — obserwował jej manewry.

Wtem nagły przypływ żałości zniweczył jej radość. Te ciemne oczy śledzące każdy ruch dziecięcej rączki powinny być oczami Retta, nie hrabiego Fentona. To Rett powinien z zapartym tchem przypatrywać się córce, Rett powinien być tym jedynym, któremu byłoby wolno dzielić z nią jajka na miękko. On to powinien z nią spacerować, dostosowując długie kroki swych długich nóg do dziecinnego drobienia.

Bolesna tęsknota wyżłobiła dziurę w miejscu, gdzie powinno być serce, a fala cierpienia — któremu tak długo stawiała czoło — wpłynęła, by zapełnić lukę. Przepełniało ją bolesne pragnienie widoku Retta, tęsknota za jego głosem i jego miłością.

Gdybyż tak powiedziała mu o Kici, dopóki nie zrobiło się za późno... Gdyby została w Charlestonie ... Gdyby...

Kicia pociągnęła ją za rękaw.

— Chcesz jajko, mamusiu? Otworzę ci, jeśli chcesz.

— Dziękuję, kochanie — powiedziała do dziecka.

Nie bądź głupia — dodała w duchu do siebie samej. Uśmiechnęła się do córeczki, uśmiechnęła się do hrabiego. Zostawmy przeszłość jej cieniom. Teraz trzeba myśleć o przyszłości.

— Obawiam się, Luke, że będzie pan musiał zjeść jeszcze jedno jajko na miękko! — zawołała ze śmiechem.

*   *   *

Po śniadaniu Kicia się pożegnała i wybiegła, lecz Luke Fenton został.

— Przynieś jeszcze kawy — powiedział do pokojówki, nawet nie zadając sobie trudu, by na nią spojrzeć. — Opowiedz mi o swojej córce — zwrócił się do Scarlett.

— Kicia z jajek na miękko lubi tylko białko — odpowiedziała, uśmiechem maskującym zakłopotanie. Bo i co powinna mu powiedzieć, na przykład, o ojcu Kici? A jeśli Luke zapyta o nazwisko, to co ma mówić o okolicznościach jego rzekomej śmierci, co ma powiedzieć, gdy zapyta, kim był?

Ale Fenton skupił uwagę na samej Kici.

— Ile lat ma to niezwykłe stworzenie?

Nie krył zdumienia, kiedy dowiedział się, że dziecko ma zaledwie cztery lata, później zapytał, czy zawsze była taka opanowana, dojrzała, czy zawsze była taka wrażliwa... Widząc jego szczere zainteresowanie, Scarlett znowu zapłonęła do niego sympatią i z entuzjazmem opowiadała o swym zdumiewającym dziecku, aż ochrypła.

— Powinien ją pan sobie obejrzeć na kucyku, Luke ... jeździ konno lepiej ode mnie, czy od pana ... I wspina się na wszystko niczym małpka. Malarze musieli ją zdejmować z drabiny... Wie, gdzie rośnie każde drzewo, ma w sobie jakiś wewnętrzny kompas, tak że nigdy się nie zgubi ... „Wrażliwa?” Ależ ona jest zupełnie pozbawiona nerwów. To dziecko jest tak odważne, że jego nieustraszoność czasami mnie przeraża. Nie dba, gdy nabije sobie guza albo się zadrapie. Już jako niemowlęciu rzadko zdarzało się jej płakać, zaś kiedy zaczęła chodzić i się przewracała, po prostu spoglądała ze zdziwieniem, a potem podnosiła się i szła dalej... Oczywiście, zdrowa jak rzadko które dziecko! Chyba pan widział, jak prosto się trzyma, ile ma w sobie siły? Ma wilczy apetyt i jeszcze nigdy nie chorowała. Nie uwierzy pan, ile eklerów i ptysiów potrafi uprzątnąć bez mrugnięcia okiem...

Gdy Scarlett zaczęła chrypnąć, spojrzała na zegar i roześmiała się.

— Wielki Boże, wieki mijają, a ja się tu przechwalam. Ale to pańska wina, Luke. To pan mnie do tego podkusił. Niemniej jednak powinien mnie pan w porę uciszyć.

— Skądże znowu. Słuchałem z zainteresowaniem.

— Oj, niech pan uważa, bo zaraz zrobię się zazdrosna. Wygląda pan tak, jakby zakochał się w mojej córce.

Fenton uniósł brwi.

— Miłość to uczucie znane sklepikarzom i autorom groszowych romansideł. Ja jestem zainteresowany pani córką.

Wstał, pochylił głowę, podniósł dłoń Scarlett i wycisnął na niej delikatny pocałunek.

— Wyjeżdżam jutro do Londynu, gdzie chcę spędzić święta, zechce więc pani wybaczyć, że ją teraz opuszczę.

Scarlett podniosła się z krzesła — jak blisko siebie stali.

Będzie mi brakować naszych wyścigów — powiedziała, akcentując każde słowo. — Wróci pan wkrótce?

— Gdy tylko wrócę, dam znać pani i Kici.

Bardzo dobrze! — przemknęło Scarlett przez myśl, gdy drzwi zamknęły się za Fentonem. Nawet nie usiłował mnie pocałować na pożegnanie... Sama nie wiedziała, czy widzieć w tym pochlebstwo, czy obrazę. Chyba żałuje, że zachował się tak obmierzle, gdy mnie całował... Pewno stracił opanowanie. A już na pewno panicznie boi się słowa „miłość".

Uznała w końcu, że Luke Fenton zachowuje się jak mężczyzna, który potrafi się zakochać mimo woli. To odkrycie bardzo ją uradowało. Byłby dla Kici cudownym ojcem... Łagodnie koniuszkiem palca dotknęła pogryzionych warg. Co za fascynujący mężczyzna!

86.

*W*ciągu tygodni, które minęły od rozstania, Scarlett nie przestawała myśleć o Fentonie. Była niespokojna. Skoro świt wyprawiała się na przejażdżki i objeżdżała drogi, którymi razem się ścigali. Gdy razem z Kicią stroiła choinkę, przypomniała sobie, ile to radości miała, zakładając wieczorową suknię w ów wieczór, kiedy po raz pierwszy odwiedził ją w Ballyhara. A kiedy w dzień Bożego Narodzenia rozrywały z Kicią obojczyk kurczęcia, w duchu wyraziła życzenie, by Luke wrócił z Londynu możliwie szybko.*

Zdarzało się, że zamykała oczy i usiłowała przypomnieć sobie, co czuła, gdy jego ramiona oplatały się wokół niej, lecz każda taka próba doprowadzała ją do łez bezsilnej wściekłości, bo zawsze miast twarzy Luke'a widziała Retta, czuła jego objęcia, słyszała jego śmiech. To dlatego — powtarzała sobie — że Fentona znam za krótko. Gdy już będzie przy mnie, wszelkie wspomnienie o Recie wygaśnie, to przecież logiczne.

---

* Zgodnie z starym zwyczajem dłuższa część rozrywanego przez dwie osoby kurzego obojczyka ma wskazać, czyje świąteczne życzenie się spełni. (Przyp. tłum.)

Wieczorem na Sylwestra Dwór przeżył prawdziwy zjazd: na czele pochodu szedł Colum bijąc w *bodhran*, za nim dwóch skrzypków i Mrs. Fitzpatrick, która grała na „kościach". Scarlett pisnęła w radosnym zaskoczeniu, wybiegła, by wycałować kuzyna.

— Już straciłam wszelką nadzieję na to, że kiedykolwiek zobaczę cię w domu, Columie. Skoro jednak przyszedłeś, rok, który nadchodzi, musi być szczęśliwy, bo dobrze się zaczyna.

Wyrwała Kicię ze snu i tak pierwsze chwile nowego 1880 roku spędziły przy dźwiękach muzyki, otoczone miłością wszystkich zebranych w Dworze.

Dzień Nowego Roku rozpoczął się śmiechami, gdy potężna bryła ciasta rozbiła się, ciśnięta o ścianę, a okruchy i rodzynki posypały się na Kicię, pląsającą z głową zadartą do góry. Później jednak niebo zasnuło się chmurami, a lodowaty wiatr zrywał z głowy Scarlett szal, gdy chodziła od domu do domu, składając noworoczne wizyty. Colum, który jej towarzyszył, wszędzie wychylał szklaneczkę — whisky, nie herbaty — i rozprawiał z mężczyznami o polityce, tak długo, że Scarlett miała ochotę krzyczeć.

— Nie wpadniesz do *pubu*, Scarlett, kochanie i nie wypijesz szklaneczki za pomyślność Nowego Roku i za świeży powiew nadziei dla Irlandii? — zapytał Colum, gdy odwiedzili ostatnią chatę.

Nozdrza Scarlett gniewnie zadrżały, gdy uderzyła w nią fala przesyconego ostrym odorem whisky powietrza.

— Nie. Jestem zmęczona, zziębnięta i wracam do domu. Chodź ze mną. Usiądziemy sobie w spokoju przed kominkiem.

— Spokój jest tym, czego najbardziej się obawiam, Scarlett *aroon*. Gdy cisza wokół, ciemność sączy się w duszę mężczyzny.

Po czym, nierównym krokiem, przestąpił próg gospody Kennedy'ego, zaś Scarlett stąpając ciężko, ruszyła w stronę Dworu, mocno przyciskając do piersi szal, co i rusz targany podmuchami lodowatego wiatru. W styczniowej szarówce nawet jej czerwona spódnica i żółto-niebieskie pasy na jej pończochach straciły soczystość barw, zmętniały i wyblakły.

Filiżanka gorącej kawy, a potem gorąca kąpiel — obiecywała sobie, pchając ciężkie frontowe drzwi. Gdy weszła do hallu, usłyszała stłumiony śmiech. Serce jej się ścisnęło. To pewnie Kicia bawi się w chowanego. Postanowiła udawać, że niczego nie zauważyła. Zamknęła drzwi, rzuciła szal na krzesło i rozejrzała się.

— Szczęśliwego Nowego Roku, O'Haro — powiedział Luke Fenton. — Chociaż może się mylę... może mam do czynienia z Marią Antoniną? Czy ten wieśniaczy strój to najlepsza z karnawałowych kreacji londyńskich krawców?

Stał na półpiętrze.

Scarlett zadarła głowę. Wrócił. Tylko dlaczego musiał przyłapać ją w tym stroju? Inaczej to sobie wyobrażała. Hm... teraz to już bez znaczenia. Luke wrócił, nie musiała nań czekać zbyt długo, już nie czuła zmęczenia.

— Szczęśliwego Nowego Roku — odpowiedziała, przekonana, że Nowy Rok i tak już przyniósł jej szczęścia niemało.

Fenton usunął się na bok. Za nim na podeście stała Kicia. Stała z rękoma do góry, bowiem musiała podtrzymywać świecący złotem diadem opadający na jej zmierzwione ciemne włosy. Zaczęła schodzić na dół — jej zielone oczy nie przestawały się śmiać, musiała zaciskać usta, by nie wybuchnąć śmiechem. Za nią ciągnęła się barwna smuga — purpurowy tren z aksamitu, bramowany szerokimi pasami gronostajów.

— Kicia ma na sobie oznaki pani szlachectwa, hrabino — powiedział Luke. — Przybyłem by urządzić nasz ślub.

Scarlett nogi odmówiły posłuszeństwa — usiadła na marmurowej posadzce w kręgu czerwieni, spod której wyzierały zielono-błękitne falbany halek. Iskierka gniewu ... zaraz potem przejmujący dreszcz triumfu. Nie, to nie mogło być prawdą. Za prosto. Za łatwo. Wygrała tak szybko, że przestało to być zabawne.

* * *

— Wygląda na to, że niespodzianka nam się udała, Kiciu — powiedział Luke. Rozwiązał ciężki jedwabny chwost spinający tren, wyjął diadem z jej dłoni. — Możesz już sobie iść. Muszę porozmawiać z mamą.

— Ale mogę otworzyć pudełko?

— Możesz. Zaniosłem ci je do pokoju.

Kicia spojrzała na Scarlett, uśmiechnęła się, po czym pobiegła na górę. Luke zarzucił sobie tren na lewe ramię, przewiesił diadem przez nadgarstek i zszedł na dół. Stanął przy Scarlett, wyciągnął ku niej prawą rękę. Sprawiał wrażenie wysokiego, bardzo wysokiego, rosłego mężczyzny, jego oczy sprawiały wrażenie niemal czarnych. Podała mu dłoń, a on pomógł jej dźwignąć się na nogi.

— Przejdźmy do biblioteki — zaproponował Fenton. — Mamy tam ogień na kominku i butelkę szampana, żeby oblać interes.

Scarlett pozwoliła mu zaprowadzić się do biblioteki. Chciał ją poślubić. Trudno w to uwierzyć. Wstrząśnięta, oniemiała. Gdy Luke napełniał kieliszki, grzała się przy ogniu.

Luke podał jej szampana. Scarlett przyjęła. Z wolna zaczęła pojmować, co się stało. Odzyskała głos.

— Dlaczego powiedziałeś „interes", Luke?

Dlaczego po prostu nie powiedział, że ją kocha i że chce pojąć ją za żonę? Fenton dotknął brzegiem swojego kieliszka jej kieliszek.

— Czymże jest małżeństwo, droga Scarlett, jeśli nie interesem? Nasi prawnicy spiszą kontrakt, ale to tylko pusta forma. Ty, jak jestem przekonany, dobrze wiesz, czego się możesz spodziewać. Nie jesteś już podlotkiem ni niewiniątkiem.

Scarlett ostrożnie odstawiła kieliszek na stół. Po czym, równie ostrożnie, przysiadła na brzeżku krzesła. Było w tym wszystkim jakieś straszliwe nieporozumienie. Coś tu się nie zgadza. Twarz Luke'a chłodna, równie oziębła jego mowa. Nawet na nią nie patrzy.

— Byłabym wdzięczna — rzekła, powoli cedząc słowa — gdybyś łaskawie zechciał mi powiedzieć, czego mogę się spodziewać.

Fenton niecierpliwie wzruszył ramionami.

– Skoro nalegasz... Przekonasz się, że jestem bardzo bogaty. Przypuszczam, że to cię żywo interesuje.

Jest najbogatszym człowiekiem w Anglii – mówił – i spodziewał się, że sama zdaje sobie z tego sprawę. Szczerze podziwia jej przebiegłość we wspinaniu się ku coraz wyższym sferom życia towarzyskiego. O, tak, może zatrzymać sobie swoje pieniądze. Z jego strony może się spodziewać, że będzie jej dostarczał wszystkiego, czego potrzeba hrabinie Kilmessan: wytworne toalety, powozy, biżuterię, służbę i tak dalej. Po niej spodziewa się, że będzie mu przynosić zaszczyt. Miał okazję się przekonać, że potrafi sprostać temu zadaniu.

Dopóki żyje, Ballyhara pozostanie jej własnością. Zda się, że prowadzenie gospodarstwa ją bawi. Skoro tak, skoro lubi babrać się w błocie, może sobie wziąć i Adamstown. Ale po jej śmierci Ballyhara przejdzie na własność ich syna, zaś po jego śmierci, ich syn odziedziczy Adamstown. Bo łączenie sąsiadujących majątków zawsze było jednym z głównych powodów zawierania małżeństw.

– Choć, oczywiście, cały interes sprowadza się głównie do tego, byś urodziła mi męskiego potomka. Jestem ostatnim w tej linii mego rodu i nie mogę umrzeć bez dziedzica. Gdy dasz mi syna, twe życie należy do ciebie, rzecz jasna przy zachowaniu wszelkich pozorów i należytej dyskrecji.

Napełnił kieliszek, wypił. Diadem hrabiowski – dodał – zawdzięcza Scarlett Kici i jej to powinna być wdzięczna.

– Bo chciałbym mimochodem wspomnieć, że pierwotnie nie zamierzałem cię uczynić hrabiną Kilmessan. Jesteś kobietą z rodzaju tych, z którymi lubię się bawić. Im bardziej uparte, tym większą mam radość w naginaniu ich woli do mojej woli. O, tak. To powinno być interesujące. Lecz nawet w połowie nie tak ciekawe, jak ta twoja córeczka. Chciałbym, żeby mój syn był taki, jak ona: nieustraszony, krzepki, pełen wigoru. Zbyt dużo zawierano małżeństw w obrębie jednej rodziny i krew Fentonów jest zepsuta. Twa wiejska witalność powinna ją odświeżyć. Zauważyłem, że twoi kuzyni, rodzina O'Harów z Adamstown, dożywają sędziwego wieku. Jesteś więc cennym nabytkiem, moja droga. Dasz mi potomka, z którego będę dumny i nie zhańbisz w towarzystwie ani mnie, ani jego.

Scarlett spoglądała nań niczym zwierzę zahipnotyzowane przez węża. Teraz jednak, gdy skończył mówić, czar prysnął. Wzięła ze stołu swój kieliszek.

– Zostanę twoją żoną – powiedziała – gdy ogień piekielny zamarznie! Po czym wylała zawartość kieliszka do kominka. Buchnęło płomieniem.

– Oto i toast na oblanie interesu, hrabio. A teraz wynoś się z mego domu. Twa obecność już mi obmierzła.

Fenton roześmiał się. Scarlett zamarła w napięciu, gotowa w każdej chwili zerwać się i wymierzyć mu policzek.

– Myślałem, że bardziej ci zależy na przyszłości twego dziecka – wykrzywił usta w szyderstwie. – Ale chyba się myliłem.

Słysząc te słowa, Scarlett zatrzymała się w pół ruchu.

– Rozczarowujesz mnie, moja droga... bardzo mnie rozczarowujesz –

powtórzył Luke Fenton. – Spodziewałem się po tobie więcej przebiegłości, niż mogę zauważyć. Zapomnij o zranionej pysze. Dobrze się zastanów, co trzymasz w garści: niezachwiana pozycja w świecie dla ciebie i dla twej córki. Zaadoptuję ją, zostanie Lady Katarzyną. Oczywiście, „Kaśka", „Kasia" czy „Kicia" to imiona, z którymi będzie się musiała pożegnać, dobre dla dziewek kuchennych, nie dla hrabianki. Jako moja córka natychmiast i bez żadnych ceregieli otrzyma wszystko, co najlepsze, czego tylko zapragnie, czego będzie jej trzeba. Szkoły, przyjaciółki, mąż... wszystko będzie najlepszego gatunku, wystarczy, niech tylko kiwnie palcem. Chcesz pozbawić jej tego wszystkiego jedynie dlatego, że nie zaspokoiłem twego pragnienia romantycznej miłości, jakże typowego dla kobiet niższych sfer? Chyba nie...

– Kicia nie potrzebuje twych cennych tytułów, ani „wszystkiego, co najlepsze", Luke'u Fentonie. Ani ja. Dobrze radziłyśmy sobie bez ciebie, tak więc i teraz jakoś sobie damy radę.

– Jak długo? Nie trzymaj zbyt wiele o swym sukcesie w Dublinie. Byłaś tam nowością, spadłaś jak meteoryt, a meteoryty mają krótki żywot. I małpa mogłaby zostać w prowincjonalnym Dublinie gwiazdą sezonu, byleby tylko była dobrze ubrana. Przed tobą jeszcze jeden sezon, może dwa, a potem odejdziesz w zapomnienie. Kicia potrzebuje tarczy ochronnej w postaci ojca i dobrego nazwiska. Jestem jednym z bardzo niewielu mężczyzn, którzy są władni zdjąć z dziecka piętno bastarda... och, proszę, oszczędź sobie protestu. Nie obchodzi mnie, jaką wymyślną opowieścią na temat pochodzenia Kici zechcesz mnie uraczyć. Gdybyś mogła mieszkać razem z córką w Ameryce, nie zaszywałabyś się w tym zapomnianym przez Boga i ludzi zakątku Irlandii. I na tym chciałbym na razie skończyć. Zaczyna mnie to wszystko nudzić, a nudy nie znoszę. Daj mi znać, gdy zastanowisz się nad moją propozycją. Kiedy dojdziesz do siebie, zgodzisz się dobić targu. Zawsze dopinałem swego.

Ruszył w stronę drzwi.

Scarlett krzyknęła, żeby się zatrzymał. Było jeszcze coś, o czym nie wiedział, a czego powinien się dowiedzieć.

– Nie możesz zmusić całego świata, by był ci posłuszny, Luke'u Fentonie. Czyżby nie przyszło ci do głowy, że twoja żona, którą chciałbyś traktować jak klacz rozpłodową, może ci urodzić dziewczynkę, a nie chłopca?

Odwrócił się ku niej.

– Jesteś silną, zdrową kobietą. W końcu urodzisz mi chłopaka. Lecz jeśli nawet, w najgorszym wypadku, będę miał same dziewczynki, jedna z ich poślubi mężczyznę, który gotów będzie wyrzec się swego nazwiska i przyjąć moje. W ten sposób zyskam w nim dziedzica rodu Fentonów, spadkobiercę tytułu i kontynuatora linii. Moje zobowiązania zostaną wypełnione.

Chłód w głosie Scarlett dorównywał jego oziębłości.

– Wszystko sobie przemyślałeś, prawda? A jeśli jestem bezpłodna, albo ty nie jesteś w stanie spłodzić potomka, co wtedy?

Fenton uśmiechnął się.

– O mojej męskości niech świadczy krocie bękartów rozrzuconych po wszystkich miastach Europy, zatem nie czuję się dotknięty twą zniewagą. Co zaś się tyczy ciebie... Kicia najlepszym dowodem.

Nagle na jego twarzy zagościł wyraz zaskoczenia. Szybkim krokiem podszedł do Scarlett. Cofnęła się, przerażona gwałtownością tego zbliżenia.

– No, daj spokój, tylko bez dramatów. Czyż nie mówiłem, że lubię kruszyć kobietki, nie kobiety? Wcale nie mam ochoty cię dotknąć. Po prostu zapomniałem diademu. Do dnia ślubu będzie spoczywał w bezpiecznym miejscu. To klejnot rodzinny. Założysz go w stosownym czasie. Gdy będziesz gotowa się poddać, daj mi znać. Wyjeżdżam do Dublina, otwieram dom i przygotowuję się do karnawału. List proszę wysłać pod moim adresem na Marion Square.

Skłonił się kwieciście i dworsko. Wyszedł, a jego śmiech długo jeszcze było słychać.

Scarlett wysoko i dumnie trzymała głowę aż do chwili, gdy usłyszała, jak zamykają się za nim frontowe drzwi. Potem zerwała się z krzesła, podbiegła i zatrzasnęła drzwi do biblioteki. Bezpieczna od ciekawskich oczu służby rzuciła się na gęsty dywan i załkała. Jak mogła mylić się tak straszliwie, jak mogła tkwić w błędzie co do wszystkiego? Jak mogła sobie wmawiać, że kocha mężczyznę, w którym nie ma ni krzty uczucia? I co teraz pocznie? W pamięci miała obraz Kici stojącej u szczytu schodów, w diademie na głowie, zadowolonej i roześmianej. Co tu robić?

– Rett – zawołała rwącym się od płaczu głosem. – Rett, jakże mi cię potrzeba!

87.

*N*a zewnątrz Scarlett niczym nie zdradzała swego wstydu, lecz w głębi ducha potępiała się za uczucia, którymi jeszcze niedawno darzyła Luke'a Fentona. Gdy była sama, rozdrapywała obrazy pamięci niczym świeżo zagojone rany, a ból miał być jej karą.

Jakże głupia była, wyobrażając sobie życie razem z nim w szczęśliwej rodzinie, budując całą swą przyszłość na podstawie tego, co zobaczyła wtedy, przy śniadaniu, gdy Kicia raczyła ich troje jajkami na miękko. Cóż to za śmieszny pomysł, że mogła go przywieść do miłości. Gdyby wszyscy się dowiedzieli, cały świat by ją wyśmiał.

Snuła myśli o zemście; rozpowie wszystkim, rozgłosi po całej Irlandii, że prosił ją o rękę i dostał kosza. Napisze do Retta, a wtedy on przybędzie i zabije go za to, że nazwał bękartem jego córkę. Roześmieje się Fentonowi w twarz przed ołtarzem i powie mu, że biorąc ją za żonę zrobił z siebie durnia, albowiem nigdy już nie będzie mieć dzieci. Zaprosi go na obiad i poda mu truciznę...

Nienawiść płonęła w jej sercu. Colum rozciągał ją na wszystkich Anglików, zatem Scarlett znowu z pełnym oddaniem zaczęła wspierać Bractwo.

— Ale ja nie wiem, jak wydać te pieniądze — odparł, gdy zaproponowała mu, że wznowi przelewy. — W tej chwili cała nasza działalność ogranicza się do planowania poczynań Ligi Krajowej. Chyba słyszałaś, o czym rozmawialiśmy w Nowy Rok.

— Powiedz mi to raz jeszcze. To niemożliwe, żebym w niczym nie mogła pomóc.

Ale istotnie, nie mogła znaleźć żadnego punktu zaczepienia. Członkostwo w Lidze było zastrzeżone dla dzierżawców, i aż do wiosny, do chwili, gdy przyjdzie płacić pierwszą część czynszu, wszelkie akcje były odwołane. Planowano natomiast, że na wiosnę w każdym majątku jeden farmer zapłaci dzierżawne, inni odmówią. Jeśli właściciele ich wyeksmitują, przeniosą się do tej chaty, gdzie czynsz został zapłacony.

Scarlett nie mogła w tym dostrzec ładu ni składu. Jeśli farmerzy nie zapłacą, właściciel puści ich chaty w dzierżawę komu innemu.

Właśnie że nie — powiedział Colum. Bo w tym momencie do akcji włącza się Liga, która jest w stanie powstrzymać napływ nowych dzierżawców. Bez farmerów ziemianie nie tylko stracą czynsze, ale też i nowe zasiewy, ponieważ nie będzie komu ich doglądać. Wymyślił to geniusz — przyznał. Niestety, nie on.

Zatem pojechała do kuzynów do Adamstown i zaczęła ich naciskać, by przyłączyli się do Ligi. Jeśli zostaną wyeksmitowani — obiecywała — mogą natychmiast przenieść się do Ballyhara.

Jak jeden mąż odmówili.

Wróciła z goryczą w sercu. Zaraz poskarżyła się Columowi.

— Nie wiń siebie za ślepotę innych, moja droga — odparł jej z łagodnym uśmiechem. — Tym, co robisz, z nawiązką odpłacasz ich małą wiarę. Czyż nie jesteś **Tą O'Harą**, czyż nie przynosisz chluby naszemu nazwisku? Nie wiem, czy wiesz, ale w każdym domu w Ballyhara i w połowie domów w Trim ludzie wycinali z gazet wzmianki o tobie, te, w których można było wyczytać, że ich O'Hara jest irlandzką gwiazdą wschodzącą w zamku angielskiego wicekróla. Przechowują je między kartkami Biblii, wśród modlitewek i obrazków świętych.

*   *   *

Na Świętą Brygidę spadł lekki deszczyk. Scarlett odmawiała modlitwę o pomyślne plony z tak wielkim zapałem, z jakim nikt nigdy nie odmawiał żadnej modlitwy, a kiedy przerzucała pierwszą łopatę ziemi, łzy ciekły jej po policzkach. Ojciec Flynn pokropił pole wodą święconą, po czym kociołek z wodą przechodził z rąk do rąk — każdy upijał nieco i podawał dalej. Farmerzy opuszczali pole w ciszy, ze spuszczonymi głowami, wiedzieli bowiem, że teraz to już tylko w Bogu ratunek. Nikt nie przeżyje najbliższego roku, jeśli ten będzie taki, jak ostatni.

Scarlett wróciła do domu. Zdjęła uwalane w błocie buty, po czym zaprosiła do buduaru Kicię na filiżankę kakao — sama pakowała swe rzeczy i wyprawiała je w drogę do Dublina. Za niespełna tydzień wyjeżdża. Nie miała na to ochoty

— w Dublinie czeka na nią Luke Fenton, jak spojrzy mu w oczy? Znalazła tylko jedną odpowiedź: z podniesioną głową. Tego oczekiwał po niej jej lud.

* * *

Drugi dubliński karnawał był dla Scarlett jeszcze większym sukcesem niż pierwszy. Odniosła prawdziwy triumf. W *Shelbourne Hotel* oczekiwały na nią zaproszenia na wszystkie uroczystości zamkowe, pięć wieczorków tańcujących i dwie późne kolacje w prywatnych apartamentach wicekróla. W zapieczętowanej kopercie przesłano dowód najwyższej łaski: jej powóz może wjeżdżać na Zamek tylną bramą — drogą zastrzeżoną dla nielicznych. Wreszcie koniec z wyczekiwaniem na Dame Street w długim sznurze pojazdów, które po cztery naraz wpuszczano na dziedziniec zamkowy, gdzie mogły się zatrzymać tylko na czas potrzebny do wysadzenia gości.

Były też zaproszenia na przyjęcia i obiady do prywatnych domów — znacznie bardziej szykowne niż uroczystości zamkowe, z setkami gości przewalających się po ogromnych salonach. Scarlett roześmiała się z głębi serca: małpa dobrze ubrana, czyż nie tak, panie hrabio? Nie, właśnie że nie, a ten stos zaproszeń dowodził, że miała słuszność. Była O'Harą, panią na Ballyhara, dumną z siebie Irlandką. Była osobą oryginalną! Nieważne, że Luke Fenton właśnie bawi w Dublinie. Niech szydzi z wszystkiego do woli. Może mu spojrzeć prosto w oczy bez cienia wstydu, będzie wobec niego bezczelna.

Przebijała się przez stos zaproszeń, odrzucała jedne, wybierała drugie, a jej serduszko zaczęło wrzeć podnieceniem. Miło, gdy jest się osobą powszechnie lubianą, oczekiwaną, podejmowaną, miło, gdy można ubierać się w ładne suknie i tańczyć w pięknych salach. Cóż z tego, że życie towarzyskie Dublina jest zdominowane przez Anglików, przebiega na wzór i modłę londyńską. Była już wystarczająco mądra, by wiedzieć, że wszystkie te uśmieszki i groźne marszczenie brwi, reguły i rozmaite ich odmiany, zaszczyty i ostracyzm towarzyski, zwycięstwa i klęski to tylko różne odsłony tego samego spektaklu, to część gry. W gruncie rzeczy niczym nie należało się przejmować, bo wszystko to było nieważne, pozbawione znaczenia, nieistotne dla prawdziwego życia w prawdziwym świecie, który zaczynał się dopiero za progiem lśniącej złoceniami sali balowej. Gry jednak są po to, by w nie grać — ona, Scarlett O'Hara była dobrym graczem. Mimo wszystko była zadowolona, że przybyła do Dublinu. Lubiła zwyciężać.

* * *

Zaraz po przyjeździe dowiedziała się, że obecność Luke'a Fentona wywołała nerwowe podniecenie i falę spekulacji.

— Moja droga — rzekła do niej May Taplow. — Nawet w Londynie nie mówi się o niczym innym. Wszyscy wiedzą, że jak świat światem Fenton zawsze uważał Dublin za trzeciorzędną prowincjonalną mieścinę. Jego dom stał zabity deskami od dziesięcioleci. Co, na miły Bóg, sprowadza go tutaj w tym roku?

— Doprawdy, nie mogę pojąć — odparła Scarlett, smakując w myśli, jak też zachowałaby się May, gdyby jej powiedziała prawdę.

*   *   *

Zdałoby się, że Fenton ukazywał się wszędzie tam, gdzie poszła. Scarlett witała go poprawnie i chłodno, ignorując ów błysk wzgardliwej poufałości w jego oczach. Po pierwszym spotkaniu mogła nawet spotykać jego spojrzenie i nie czuła przy tym gniewu. Luke Fenton już nie mógł jej zranić.

On nie. Ale z każdym razem, gdy spoglądała na plecy wysokiego ciemnowłosego mężczyzny w aksamicie lub brokacie, ból ją przeszywał, myślała bowiem, że to Rett, a okazywało się, że to Fenton. Szukała Retta wszędzie, w każdej grupce ludzi. Rok temu był na Zamku, czemu w tym roku miałoby go zabraknąć... tej nocy... w tej sali?

Ale za każdym razem trafiała na Fentona. Wszędzie, gdzie tylko spojrzała, w każdej rozmowie, na szpalcie każdej gazety, którą czytała. W ostateczności powinna być mu wdzięczna, że nie zwracał na nią specjalnej uwagi, bo wtedy zaraz dotknęłoby ją żądło plotek. Nieba jednak mogłyby sprawić, by imię jego nie było na ustach wszystkich, i to każdego dnia.

Z wolna z plotek i poszeptywań wyłoniły się dwie teorie wyjaśniające pobyt Luke'a Fentona w Dublinie: jedna głosiła, że przygotowywał swój bardzo zaniebany dom na nieoficjalną wizytę księcia Walii. Druga mówiła, że to Lady Zofia Dudley rzuciła nań urok — kobieta, o której głośno było w maju w Londynie, a która w Dublinie powtarzała swój londyński sukces. Historia stara jak świat — mawiano. Mężczyzna sadzi dzikie dęby po całym świecie i jak długo może, wymyka się kobiecym sidłom, aż tu nagle — trach! — i czterdziestka na karku. Wtedy traci głowę i oddaje serce w niewolę niewinnej piękności.

Bo Lady Zofia Dudley miała lat siedemnaście. Jej włosy były złote jak złote jest dojrzałe siano, jej oczy były błękitne niczym lazur letniego nieba, a jej biało-różowa karnacja bielą mogłaby zawstydzić porcelanę. W każdym razie tak opiewały ją ballady specjalnie napisane ku jej czci i sprzedawane na rogach ulic po pensie za sztukę.

W rzeczy samej była piękną, wstydliwą dziewczyną, nazbyt poddaną kontroli chorobliwie ambitnej matki, często i jakże ślicznie pałającą purpurą, a to z powodu całej uwagi i uprzejmości, którymi ją darzono. Scarlett miała niemało okazji, by się jej przyjrzeć, bowiem prywatny salon Zofii sąsiadował z jej salonem. Co do wyposażenia i widoku na St. Stephen's Green był to apartament drugiej kategorii, doskonały jednak dla kogoś, komu bardzo zależało na stałym dopływie dużej liczby gości. Co, oczywiście, żadną miarą nie znaczy, by Scarlett pozostała nie zauważona — jako bogata, przyjmowana w najlepszym towarzystwie, zielonooka wdowa cieszyła się stałym powodzeniem, po prostu salon Zofii Dudley był bardziej na widoku.

Nie powinnam czuć się zaskoczona — rozmyślała Scarlett. W końcu jestem dwa razy od niej starsza, a w wielkim świecie pojawiłam się dopiero rok temu. Czasem jednak miała kłopoty z powstrzymaniem języka na wodzy, gdy imię

Zofii nazbyt często łączono z Fentonem. Powszechnie wiedziano, że sam książę prosił Zofię o rękę, wszyscy jednak byli zgodni co do tego, że Fenton byłby dla niej lepszą partią. Wprawdzie książę ma pierwszeństwo przed hrabią, ale Fenton był od niego ze czterdzieści razy bogatszy i ze sto razy przystojniejszy. „Niechbym tylko zechciała, a mój byłby" — cisnęło się Scarlett na usta. Kimże były te, o których pisano ballady?

Zbeształa się za nadwrażliwość. Uznała za niedorzeczność ciągłe rozmyślanie o przepowiedni Luke'a, według której za rok lub dwa popadnie w całkowite zapomnienie. I usiłowała nie martwić się tymi maleńkimi zmarszczkami pod oczami, które codziennie rano i wieczorem widziała w lusterku przy toalecie.

*   *   *

W pierwszą niedzielę miesiąca wróciła do Ballyhara — był to dzień, gdy tradycyjnie przyjmowała farmerów. Cieszyła się, że wreszcie może opuścić Dublin. Ostatni tydzień karnawału dłużył się w nieskończoność.

Dobrze było znowu znaleźć się w domu, dobrze było znów skupić myśli na czymś rzeczywistym i zamiast zastanawiać się, jaką suknię założyć na następne przyjęcie, pomyśleć o prośbie Paddy'ego O'Fadaina, który domagał się większego przydziału brykietów. A już czystą rozkoszą było czuć rączki Kici, która omal nie udusiła Scarlett, tak mocno objęła ją za szyję w gorącym powitalnym pocałunku.

Kiedy już odbyła ostatnią dyskusję, gdy obiecała spełnić ostatnią prośbę, Scarlett udała się do pokoju porannego na herbatkę z Kicią.

— Zostawiłam dla ciebie połowę — powiedziała, odwracając ku niej twarzyczkę umorusaną w czekoladzie z eklerów, które Scarlett przywiozła dla niej z Dublina.

— To bardzo miło z twojej strony, ale nie jestem głodna. Zjesz jeszcze parę?

— Tak.

— Tak, dziękuję.

— Tak, dziękuję. Mogę już zacząć jeść?

— Proszę bardzo, Panno Prosiaczek.

Eklery zniknęły z talerza nim Scarlett zdążyła wypić herbatę. Gdy chodzi o jedzenie eklerów, to Kicia wykazywała w tej dyscyplinie niemałe zdolności.

— Gdzie pójdziemy na spacer? — spytała córeczkę.

Kicia oznajmiła, że ma ochotę odwiedzić Grainne.

— Ona cię lubi, mamusiu. Bardziej od ciebie lubi mnie, ale ciebie też lubi.

— Dobry pomysł — odpowiedziała Scarlett. Z przyjemnością zobaczy wieżę. Spodziewała się, że widok tego miejsca ją ukoi, a jakże bardzo potrzebowało ukojenia jej serce.

*   *   *

Scarlett zamknęła oczy i przytuliła się policzkiem do starego, gładkiego kamienia. Trwała tak przez dłuższą chwilę. Kicia niecierpliwie przestępowała z nogi na nogę.

Później Scarlett pociągnęła za sznurkową drabinę wiodącą do drzwi. Chciała sprawdzić, czy jest dość wytrzymała. Grube liny, choć sieczone deszczem, palone przez słońce i targane przez wiatr, sprawiały wrażenie, że są mocne. W każdym razie – pomyślała – byłabym o wiele spokojniejsza, gdyby wymieniono ją na nową. Bo niechby sznur się przerwał i Kicia spadła ... nie, nie mogła znieść tej myśli. Za to opadło ją silne pragnienie odwiedzenia córeczki w jej samotni. Dlaczego jej nie zaprosi? Jeszcze raz, jakby dopominając się zaproszenia, pociągnęła za drabinkę.

– Grainne powinna na nas czekać, mamusiu. Narobiłyśmy strasznego hałasu.

– Już, już, słoneczko. Mamusia już idzie.

Znachorka wcale się nie zmieniła od chwili, gdy widziała ją po raz pierwszy, trudno byłoby stwierdzić, że się postarzała. Gotowam się założyć, że nawet nosi te same szale, co wtedy – pomyślała Scarlett.

Kicia tymczasem krzątała się po małej, ciemnej chatynce: zdjęła z półki filiżanki, podgarnęła stare, nadpalone ułomki brykietów do paleniska. Widać było, że czuje się tutaj jak u siebie w domu.

– Pójdę do strumienia i wezmę wody na herbatę – powiedziała, wzięła mały kociołek i wyszła. Grainne tkliwie spojrzała za nią.

– Dara często mnie odwiedza – wyjaśniła. – To bardzo miło z jej strony wobec samotnej duszy. Nie mam serca, żeby ją odprawić. Odchodzi, dopiero gdy sama uzna, że już czas. Dwie samotne dusze zawsze dobrze się zrozumieją.

Scarlett aż podskoczyła.

– Kicia lubi być sama! – zawołała. – Lubi, choć wcale nie musi. Tyle razy już ją pytałam, czy chce jakieś dzieci na towarzyszy zabaw, lecz ona zawsze odpowiadała mi, że nie chce.

– To mądre dziecko. Bachory z miasteczka chciały ją ukamienować, ale Dara była szybsza i zdołała się im wymknąć.

Scarlett myślała, że się przesłyszała.

– Bachory z miasteczka chciały... czego chciały?

Grainne pozostawała niewzruszona. Jacyś chłopcy z miasteczka – spokojnie wyjaśniła – ścigali Darę wśród drzew niczym zwierzynę. Słyszała, jak biegną, znacznie wcześniej nim zdołali dobiec w pobliże jej chaty. Pewnie były to jakieś podrostki – małe dzieci nie podeszłyby aż tak blisko, by rzucać kamieniami, które tamci przynieśli ze sobą. A podeszli tak blisko jedynie dlatego, że mogli biec szybciej niż Dara, na swoich dłuższych, starszych niż jej, bardziej wytrzymałych nogach. Sprytna dziewczynka. Wiedziała, jak się im wymknąć. Wiedziała, że w wieży będzie bezpieczna, że nie śmią wejść do środka, przerażeni opowieściami o duchu złego pana, który tam został powieszony.

Scarlett słuchała, zupełnie osłupiała. Jej droga Kicia dręczona przez dzieciaki z Ballyhara? Każdego bachora stłucze własnymi rękami, wyrzuci na bruk ich rodziców, porozbija ich meble na kawałki! Już, już chciała zerwać się z krzesła i przystąpić do zemsty.

– Chcesz złożyć na barki Dary ciężar winy za zrujnowanie Ballyhara? – spytała Grainne. – Usiądź, kobieto. Nawet jeśli sprowadzisz sobie innych farmerów, uczynią to samo, bowiem boją się wszystkiego i wszystkich, co się od nich różni. A to, czego się boją, usiłują usunąć ze swej drogi.

Scarlett opadła na krzesło. Wiedziała — wiedźma ma rację. Sama już niejednokrotnie płaciła cenę za to, że jest inna od innych. Tylko że w nią rzucano kamieniami oziębłości, plotkami i zmową milczenia. Jeśli jednak musiała cierpieć, sama na siebie to cierpienie ściągnęła, gdy tymczasem Kicia była zaledwie małą dziewczynką. Była niewinna. I była w niebezpieczeństwie.

— Ależ przecież nie mogę tak siedzieć i czekać! — wykrzyknęła Scarlett. — To nie do zniesienia. Muszę jakoś ich powstrzymać.

— Oh, ciemnoty nie sposób powstrzymać. Dara znalazła dla siebie własną drogę, pójdzie nią, i to jest dla niej dosyć. Plotki i bzdurne opowieści nie dotkną jej duszy. W wieży jest bezpieczna.

— Ale to nie dosyć! — zawołała Scarlett. — Bo jeśli jednak kamienie ją dosięgną? Jeśli zostanie ranna, co wtedy? I dlaczego wcześniej nie powiedziała mi o tym? Wprost nie mogę znieść myśli, że źle jej się dzieje.

— Posłuchaj starej kobiety, O'Haro. Posłuchaj mnie dobrze, z całego serca daj mi posłuch. Istnieje ziemia, którą ludzie znają jedynie z pieśni *seachain*. Nazywa się *Tir na nog* i leży wśród wzgórz. Znaleźli się jednak mężczyźni, a i kobiety, którzy potrafili odkryć drogę wiodącą do tego kraju. Poszli tam i od tej pory wszelki słuch o nich zaginął. Nie ma tam śmierci ni zniszczenia. Nie ma tam smutku ni bólu, ni nienawiści, ni głodu. Wszyscy tam żyją w pokoju jedno z drugim, a chociaż nikt nie pracuje, wszyscy mają wszystkiego w bród... I najpewniej, gdybyś mogła, O'Haro, wyprawiłabyś Darę do *Tir na nog*. Ale dobrze mnie posłuchaj, niewiasto: ponieważ w tej krainie ludzie nie znają smutku, nie wiedzą także, co to radość... Czy dostrzegasz sens w śpiewaniu pieśni *seachain*?

Scarlett potrząsnęła głową.

— Wobec tego nie mogę ukoić twego serca — westchnęła Grainne. — Dara posiadła więcej mądrości. Pozwól jej być taką, jaka jest.

I jakby stara kobiet ją wezwała, w tej samej chwili w progu stanęła Kicia. Nie spojrzała ani na matkę, ani na Grainne — jej cała uwaga skupiała się na pełnym po brzegi kociołku. Scarlett i Grainne w milczeniu obserwowały, jak Kicia wiesza kociołek na żelaznym trójnogu, nad paleniskiem, po czym podgarnia do ognia jeszcze więcej brykietów.

W końcu Scarlett musiała odwrócić głowę. Wiedziała, że jeśli będzie tak patrzeć jeszcze chwilę dłużej, nie potrafi powstrzymać się, by nie porwać Kici w ramiona i nie zamknąć jej w opiekuńczym uścisku. A Kicia nie znosiła podobnych czułości. Nie mogę się rozpłakać — powtarzała w duchu Scarlett. Tylko bym ją przestraszyła. Mogłaby poczuć, jak bardzo sama jestem przerażona.

— Spójrz, mamusiu — powiedziała Kicia. Po chwili, bardzo ostrożnie, napełniła wrzątkiem stary, osmalony czajniczek z chińskiej porcelany. Z czajniczka buchnęła para. Po izbie rozeszła się słodka woń. Kicia uśmiechnęła się.

— Nasypałam samych dobrych listków — roześmiała się dziewczynka. Sprawiała wrażenie dumnej i szczęśliwej.

— Powinaś czynić to, co ci zadano. Już Bóg zadba o dziecko.

Nie rozumiem niczego z tego, co ona mówi — westchnęła Scarlett. Ale strach — początkowo tak silny — z wolna ją opuszczał. Wypiła to, co w filiżance podała jej Kicia, chłonąc przyjazną ciszę i ciepło przesyconej zapachem ziół izby, zadowolona, że Kicia lubiła tu przychodzić. Równie była zadowolona z tego, że Kicia lubiła przebywać w wieży. Zanim wróciła do Dublina, kazała wykonać nową, mocniejszą drabinkę sznurkową.

88.

Wtym roku na wyścigi wybrała się Scarlett do Punchestown. Została zaproszona na dwór biskupi, do siedziby hrabiego Clonmell znanego jako „Hrabiątko". Ku jej radości także Jan Morland otrzymał zaproszenie. Ku jej wielkiemu niezadowoleniu, wśród gości znajdował się także Luke Fenton.

Scarlett rzuciła się w stronę Morlanda ledwie zdążyła go zauważyć.

— Bart! Co u pana słychać? Jeszcze nigdy w życiu nie widziałam takiego piecucha, jak pan. Wszędzie, gdzie byłam, rozglądałam się, czy i pana nie zobaczę, ale nigdzie się pan nie pokazywał.

Morland rozpromienił się ze szczęścia i głośno pstryknął palcami.

— Byłem bardzo zajęty — odparł. — I to czymś bardzo szlachetnym. Muszę wygrać, jestem tego pewny. Po tych wszystkich latach wreszcie zwyciężę.

Mówił o tym samym, co zawsze. Bart tak kochał swe konie, że zawsze, co roku, „najmniejszej wątpliwości" nie podlegało, iż każde źrebię z tych, które wystawił, zdobędzie Wielki Puchar. Scarlett miała ochotę go uściskać. Kochała Morlanda, choć w niczym nie przypominał jej Retta.

— ...imieniem Diana, bystra, zwinna, ma w sobie wszystko, co trzeba, sama pani wie, droga Scarlett. Ode mnie John. Pomijając kwestie natury biologicznej, czuję się właściwie jej ojcem. Dijon od nich pochodzi. Musztarda, tak sobie myślałem, do niczego się nie przyda. Zbyt francuska jak na irlandzkiego ogiera. Ale potem jeszcze raz przemyślałem sobie całą tę sprawę. Gorąca, ognista, taka szybka, że jak patrzysz, to aż obraz ci się rozmazuje, nie nadążasz z oczami. To nie najgorszy charakter. Jeden z rodzaju tych, do których nigdy nie miałem szczęścia: wyjdę z nią na cało, no i już. Taka jest Dijon. Wywalczy dla mnie fortunę. Postaw na nią piątaka, to pewny typ.

— Postawię dziesiątaka, Bart.

Właśnie zaczęła się zastanawiać, jakby tu zmusić go, ażeby wspomniał o Recie. Na to, co mówił dotychczas, w ogóle nie zważała.

— ... będzie naprawdę ciężko, jeśli się nie mylę. Moi dzierżawcy ogłosili mi strajk i nie płacą dzierżawnego... wymysł tej Ligi. Zostawili mnie bez pieniędzy, tak że nie mam za co kupić owsa. Dziwię się teraz, jak mogłem tak wysoko trzymać o Parnellu. Nigdy nie sądziłem, że ten człowiek poda rękę temu barbarzyńskiemu Bractwu.

W Scarlett zakrzepła krew. Nigdy by nie przypuszczała, że Liga może się zwrócić przeciwko człowiekowi takiemu jak Bart.

— Aż trudno w to uwierzyć. I co teraz pan zrobi?

— Jeśli wygra tutaj, albo zdobędzie ktoreś z punktowanych miejsc, zabiorę ją do Galway, a potem do Phoenix Park. Może jednak zdążę się jeszcze wcisnąć na jakieś małe gonitwy w maju i w czerwcu, żeby dać jej przedsmak tego, co ją czeka.

— Bart, ale ja pana nie pytam o Dijon. Chciałabym wiedzieć, co zamierza pan w związku z tym strajkiem.

Morland jakby poszarzał na twarzy.

— Sam nie wiem... Żyję jedynie z czynszów. Nigdy nie przeprowadzałem eksmisji, nawet do głowy by mi to nie przyszło. Teraz jednak, kiedy przyparli mnie do muru, mogę zostać do tego zmuszony. Co za hańba!

Scarlett myślała o Ballyhara. Przynajmniej tyle kłopotów zostało jej oszczędzone. Podarowała wszystkie czynsze, zrezygnowała z dzierżawnego aż do końca żniw.

— Aha... byłbym zapomniał. Od pani amerykańskiego przyjaciela otrzymałem dobre wiadomości... o Retcie Butlerze mówię.

Scarlett aż serce zamarło.

— I co? Przyjeżdża?

— Nie. Chociaż się go spodziewałem. Bo napisałem do niego o Dijon, no, rozumie pani... Ale odpisał mi, że niestety nie może przybyć. W czerwcu zostanie ojcem. Tym razem postanowił zachować szczególną ostrożność, już od miesięcy nie pozwala żonie wychodzić z łóżka, aż minie wszelkie niebezpieczeństwo. Nie chce, żeby powtórzyło się to, co już raz musiał przeżyć. Jednak wszystko wskazuje na to, że tym razem wszystko pójdzie jak po maśle. Ona jest zdrowa i szczęśliwa jak skowronek. On, rzecz jasna, też. Jak żyję nigdy jeszcze nie widziałem mężczyzny, który tak bardzo byłby dumny ze swego ojcostwa, jak Rett.

Scarlett musiała wesprzeć się o poręcz krzesła. Jeśli bowiem aż po dziś dzień pozwalała sobie śnić na jawie, oddawała się utopijnym marzenion, żywiła nadzieję, teraz wszystkie one zniknęły, rozwiały się i przepadły.

*   *   *

„Hrabiątko" zarezerwował dla swoich gości całą trybunę, oddzieloną od reszty miejsc kratami z kutego żelaza. Scarlett stała jak inni, spoglądając na tor przez *lorgnon* w oprawie z macicy perłowej. Murawa toru lśniła szmaragdowo, długi owal tętnił życiem, pełen ruchu i barw. Ludzie stali na wozach, na ławkach, na dachach powozów, przechadzali się dookoła pojedynczo i w grupach, cisnęli się przy wewnętrznej barierce.

Zaczęło padać. Scarlett dziękowała Bogu, że nad lożą jest jeszcze drugie piętro. W ten sposób uprzywilejowani bywalcy nie dość, że mogli sobie usiąść, to jeszcze mieli dach nad głową.

— Dobre widowisko — roześmiał się Bart Morland.

— Uważasz, że jest w tym coś zabawnego? — ktoś szepnął Scarlett do ucha. Poznała ten głos.

— Jeszcze nie podjęłam decyzji, Luke.

Gdy dżokeje wyszli na murawę, Scarlett pokrzykiwała i biła brawo wraz z innymi. Dobre dwadzieścia razy zgodziła się z Janem Morlandem, że nawet gołym okiem można wyłowić jego Dijon spośród całej stawki jako najpiękniejsze zwierzę. I gdy tak sobie rozmawiała, gdy tak się uśmiechała, w głębi ducha rozważała wszystkie wybory, jakich musiała dokonać w życiu, wszystkie „za" i „przeciw". Poślubić Fentona? Bardzo niehonorowo. Chciał dziecka, ona zaś nie mogła mu urodzić potomka. Mogła mu dać tylko Kicię, która z nim byłaby bezpieczna i pewna przyszłości. Nikt nigdy nie śmiałby kwestionować jej pochodzenia. No, może ci i owi półgębkiem wyrażaliby pewne wątpliwości, to jednak zupełnie się nie liczy. W ostateczności zostanie **Tą O'Harą**, panią na Ballyhara, hrabiną Kilmessan.

Zresztą cóż jestem winna Luke'owi Fentonowi? Honorowe postępowanie? Sam nie ma za grosz honoru, dlaczego ja miałabym postępować wobec niego honorowo?

Dijon wygrała. Jan Morland był zachwycony. Wszyscy tłoczyli się wokół niego, coś krzyczeli, poklepywali go po plecach.

Wykorzystując chwilę radosnego zamieszania Scarlett zwróciła się do Fentona.

— Proszę powiedzieć swemu adwokatowi, żeby porozumiał się z moim co do intercyzy — rzekła. — Ślub odbędzie się pod koniec września. Po Dożynkach.

*   *   *

— Columie, zamierzam poślubić hrabiego Kilmessan — powiedziała Scarlett.

Roześmiał się.

462

— A ja poślubię Lilit. Żeby było wesoło na weselu, gdzie gości będzie bawić czarcia czereda.

— To nie żart.

Jego śmiech ucichł jak ucięty mieczem, spojrzał na bladą twarz Scarlett, na jej zdecydowanie zaciśnięte usta.

— Nie pozwalam! — krzyknął. — Ten mężczyzna to diabeł wcielony i Anglik.

Scarlett wystąpiły czerwone plamy na policzkach.

— Co? Ty... ty nie pozwalasz? — spytała, mocno akcentując ostatnie słowo. — Co ty sobie myślisz, że kim niby jesteś? Bogiem?

Podeszła do niego. Oczy jej płonęły, stanęła tuż przed nim, omal nie dotykając jego twarzy.

— Posłuchaj mnie, Columie O'Haro, dobrze mnie posłuchaj! Ani ty, ani ktokolwiek inny nie śmie mówić do mnie w ten sposób. Nie zniosę tego!

Stali tak przez nieskończenie długą chwilę próbując, które dłużej wytrzyma: dorównywali sobie siłą spojrzenia, dorównywali siłą gniewu. Wreszcie Colum odchylił głowę nieco w bok i uśmiechnął się.

— Och, Scarlett, kochanie — powiedział — czyż to nie porywczość właściwa charakterowi O'Harów wkłada nam do ust słowa, których wcale nie chcielibyśmy wyrzec? Proszę cię o wybaczenie. Omówimy tę sprawę w spokoju.

Scarlett zrobiła krok do tyłu.

— Nie czaruj mnie, Columie — rzekła ze smutkiem w głosie — bo i tak ci nie wierzę. Przyszłam porozmawiać z moim najlepszym przyjacielem, a cóż widzę: nie mam go ... i może nigdy go nie miałam.

— Nie, Scarlett, to nie tak.

Jej plecy zgarbiły się na moment, przygnębiona wzruszyła ramionami.

— Nieważne. Postanowiłam. Wychodzę za mąż za Luke'a Fentona. We wrześniu przenoszę się do Londynu.

— Hańbisz swój lud — w głosie Columa dźwięczała stal.

— To kłamstwo — zmęczonym głosem odpowiedziała Scarlett. — Powiedz to Danielowi pochowanemu w ziemi O'Harów... w tej ziemi, która była już od stuleci w obcych rękach. Albo powiedz to swym drogim przyjaciołom z Bractwa, którzy odkąd tu jestem wykorzystują mnie, jak tylko mogą. Ach, nie obawiaj się, Columie, do głowy nie przyszła mi myśl o zdradzie. Ballyhara pozostanie w stanie nie naruszonym, z zajazdem, gdzie uciekinierzy mogą znaleźć schronienie, i z *pubami*, gdzie możecie zmawiać się przeciwko Anglikom. Zostaniesz moim rządcą, zaś Mrs. Fitz będzie prowadzić Dwór tak, jak w tej chwili. Oto, o co naprawdę się troszczysz: miasteczko i gospodarstwo, nie ja.

— Nie! — z ust Columa wydarł się okropny krzyk. — Och, Scarlett, tkwisz w straszliwym błędzie. Jesteś mi dumą i radością, a Kasia Colum trzyma me serce w swoich małych dłoniach. Irlandia jest moją duszą. Jej należy się pierwszeństwo.

Wzniósł ku niej ręce w geście błagania.

— Powiedz, że mi wierzysz, bo mówię szczerą prawdę.

Scarlett zmusiła się do uśmiechu.

– Wierzę. Ale ty musisz uwierzyć mnie. *Cailleach* powiedziała: „Rób, co do ciebie należy". Sam postępujesz nie inaczej, Columie. Pozwól więc, że i ja będę podobnie postępować z mym życiem.

*   *   *

Scarlett wracała do Dworu powłócząc nogami. Było to tak, jak gdyby całe brzemię, które czuła na sercu, obciążyło jej stopy. Scena z Columem głęboko ją zraniła. Poszła do niego, by mu się zwierzyć, by znaleźć schronienie, poszła w poszukiwaniu zrozumienia i współczucia, wbrew nadziei ufała, że Colum wymyśli coś, co pozwoli jej zejść ze ścieżki, na którą wkroczyła. Colum ją zawiódł i teraz była bardzo samotna. Bała się powiedzieć Kici, że muszą rozstać się z drzewami wokół Dworu, z wieżą, która tyle dla niej znaczyła.

Ale reakcja Kici podniosła ją na duchu.

– Lubię miasta – krótko stwierdziła dziewczynka. – Lubię, bo tam są ogrody zoologiczne.

Dobrze zrobiłam – pomyślała Scarlett. Teraz wiem to na pewno. Po czym posłała do Dublina, żeby przywieźli dla Kici książeczkę z londyńskimi widokami, jednocześnie prosząc Mrs. Sims o wyznaczenie terminu miary. Musi uszyć sobie suknię ślubną.

Kilka dni później przybył posłaniec od Fentona, z listem i paczką. W liście hrabia donosił, że pozostanie w Anglii aż do tygodnia przed ślubem. Zapowiedzi ukażą się nie wcześniej, niż w Londynie skończy się sezon zimowo-wiosenny. Suknia ślubna Scarlett winna dostosować się krojem do garnituru biżuterii, który posyła przez posłańca.

Ach, zatem ma dla siebie jeszcze całe trzy miesiące! Trzy miesiące spokoju. Nikt nie będzie zasypywał jej pytaniami, nikt nie będzie narzucał się z zaproszeniami, dopóki nie zostaną ogłoszone zaręczyny, a to jeszcze ciągle trzy miesiące!

W paczuszce znalazła prostokątne, płaskie pudełko opięte wołową skórą delikatnie wytłaczaną w złote ornamenty. Scarlett uniosła wieczko... i westchnęła. Wewnątrz szkatułka była wysłana szarym aksamitem, tak udrapowanym, by poukładane w osobnych przegródkach naszyjnik, dwie bransoletki i para kolczyków rozbłysły pełnym blaskiem.

Oprawne w ciężkie stare złoto, matowe, prawie brązowe, krwistoczerwone rubiny, każdy wielkości paznokcia u kciuka, doskonale harmonizowały z oprawą. Kolczyki były to po prostu dwa owalne rubiny zwieszone u zawiłych kształtów złotych guzów. W bransoletkach kamieni było po kilkanaście, naszyjnik zaś tworzyły dwa sznury rubinów spojonych wyzywająco grubymi złotymi ogniwami. Po raz pierwszy w życiu Scarlett naocznie mogła się przekonać czym różni się biżuteria od klejnotów. Nikomu bowiem nie przyszłoby do głowy określić te rubiny mianem „biżuterii". Były to niewątpliwie klejnoty. Gdy zapinała bransolety na przegubach dłoni, palce jej drżały. Sama nie mogła zapiąć naszyjnika – musiała zadzwonić po Peggy Quinn. A kiedy wreszcie rzuciła pierwsze spojrzenie do lusterka, aż westchnęła. Ciemna purpura rubinów podkreśliła alabastrową biel jej skóry. Włosy zdały się ciemniejsze i bardziej błyszczące. Usiłowała przywołać z pamięci obraz diademu... tak, również złoto wysadzane rubinami. Przedstawiana na dworze królewskim sama będzie wyglądać jak królowa. Zmrużyła oczy. Londyn obiecywał zabawę bardziej wymagającą niż Dublin, wyzwanie było większe. Kto wie, może nauczy się lubić to miasto, i to nawet bardzo lubić...

*   *   *

Peggy Quinn nie traciła czasu: z szybkością błyskawicy rozpowiadała służbie i rodzinie w miasteczku, co zamyśla jej pani. Cudowny garnitur klejnotów, bramowany gronostajami szkarłatny tren, no i przede wszystkim te tygodnie wspólnych wyścigów i porannych kawuś mogły oznaczać tylko jedno: **Ta O'Hara** zamierza poślubić tego zdziercę i łotra hrabiego Kilmessan.

A co się z nami stanie? Owo pytanie, z nim zaś strach o przyszłość, jak pożar przeskakiwało z chaty do chaty.

*   *   *

W kwietniowy dzień Scarlett i Kicia jechały wśród pszenicznych pól. Dziewczynka marszczyła nosek — w powietrzu unosił się ostry zapach świeżo rozrzuconego nawozu. Stajnie nigdy nie pachniały w ten sposób, bo gnój uprzątano codziennie. Scarlett, widząc niezadowoloną minę córeczki, roześmiała się.

— Nigdy mi nie krzyw noska na nawóz, Kiciu O'Haro. Dla rolnika ten zapach to niby słodka perfuma, a przecież w twoich żyłach płynie krew rolnika. Chciałabym, żebyś nigdy o tym nie zapominała.

Potoczyła wzrokiem po zaoranych, obsianych i użyźnionych akrach. Czuła, jak rośnie w niej duma. To moje. Ja przywróciłam tę ziemię do życia. Zdawała sobie sprawę z tego, że gdy przeprowadzi się do Londynu, bardzo jej będzie brakowało tego wszystkiego, co wiązało się z pracą na roli. Zawsze jednak zachowa ten epizod swego życia we wdzięcznej pamięci, zawsze będzie z tego zadowolona. W sercu na zawsze pozostanie **Tą O'Harą**. A pewnego dnia, gdy już podrośnie i sama będzie mogła się bronić, powróci tu Kicia.

— Nigdy, nigdy nie zapominaj, skąd pochodzisz — przykazywała dziecku.
— Zawsze bądź z tego dumna.

*   *   *

— Musi mi pani przysiąc na Biblię, że żywej duszy nie zdradzi pani, z czym do niej przychodzę — rzekła Scarlett, nim jeszcze wyjawiła Mrs. Sims prawdziwe powody swej wizyty.

Najlepsza krawcowa w Dublinie zmierzyła Scarlett lodowatym spojrzeniem.

— Mrs. O'Hara, nigdy nikomu nie dałam powodu do powątpiewania w moją dyskrecję.

— Dobrze — westchnęła Scarlett. — Otóż, Mrs. Sims, wychodzę za mąż, a pani uszyje mi suknię ślubną.

Wyjęła szkatułkę z klejnotami, uniosła wieczko i pokazała Mrs. Sims rubinowy garnitur.

— Taką suknię, żeby pasowała do tych klejnotów.

Mrs. Sims szeroko otworzyła oczy i usta, które ułożyły się w jedne wielkie *Ooo!* Ta krótka i bardzo jednoznaczna reakcja była Scarlett zapłatą za godziny tortur, w które zawsze zamieniały się długie przymiarki pod dyktatorskim okiem krawcowej. Na widok rubinów Luke'a Fentona Mrs. Sims przeżyła prawdziwy wstrząs — taki, jakiego doznaje kobieta raz na dziesięć lat.

— Czy nie mylę się w swym przypuszczeniu, że do tych klejnotów założy pani gronostaje, Mrs. O'Hara?

— Oczywiście, założę gronostaje.

— To przesądza o wszystkim — westchnęła Mrs. Sims. — Suknia musi być z białego aksamitu, na nim koronkowa narzutka. Koronki galwayskie będą najodpowiedniejsze. Ile mam czasu? Bo najpierw trzeba zrobić koronki, po czym każdy kwiat wszyć w aksamitny spód, każdy jeden z osobna. To potrwa.

— Trzy miesiące wystarczą?

— Tak krótko?... — Mrs. Sims wypielęgnowanymi palcami rozwichrzyła starannie ułożoną fryzurę. — Chwileczkę, muszę pomyśleć... jeśli zatrudnię dodatkowo dwie szwaczki... jeśli zakonnice zdążą z koronką ... no tak, ale to będzie najsłynniejszy ślub w całej Irlandii... na Wyspach w ogóle... Nie ma co, robota musi być zrobiona na czas...

Nagle uświadomiła sobie, że głośno myśli i dłonią zakryła usta. Za późno.

Scarlett z serca jej wybaczyła. Wstała i wyciągnęła rękę.

— Powierzam zatem losy mojej sukni w pani ręce, Mrs. Sims. Zawsze w panią wierzyłam. Proszę mi dać znać, kiedy mam przyjechać do pierwszej miary.

Mrs. Sims ścisnęła jej dłoń.

— O, nie, Mrs. O'Hara. To ja do pani przyjadę. I, jeśli pani tak łaskawa, proszę mówić do mnie „Daisy".

*   *   *

Słoneczne dni nikogo już nie cieszyły. W Powiecie Meath rolnicy obawiali się, że i ten rok będzie podobny do minionego. W Ballyhara potrząsano głowami i przepowiadano wszystko, co najgorsze. Czyż nie widziano, jak podrzutek wychodził z chaty wiedźmy? Molly Keenan widziała na własne oczy. A innym znowu razem Paddy Conroy widział diabelski pomiot, ale że sam szedł do wiedźmy, nie zdradził się z tym nikomu, tylko w świętej spowiedzi ulżył swemu sercu. A czy nie słyszano, jak puszczyki hukają w biały dzień w pobliżu Pike Corner, a to znowu Mrs. MacGruder zdechł w nocy cielak-me-dalista, tak zupełnie bez powodu. I mimo że w ciągu następnych dni padało, deszcze nie zatrzymały plotek.

*   *   *

W maju Colum udał się wraz ze Scarlett do Drogheda, na jarmark, żeby wynająć parobczaków. Pszenica dobrze wzeszła, trawa prawie już na tyle podrosła, że można było myśleć o sianokosach, kartofle pięknie się zieleniły zdrowymi listkami. Całą drogę Colum i Scarlett przebyli w niezwykłym milczeniu, każde zatopione we własnych myślach. Colum martwił się niezwykłą ruchliwością oddziałów milicji w Powiecie. Cały regiment miał przybyć do Navan — mówili informatorzy. Działalność Ligi Krajowej należało ocenić bardzo wysoko — sam Colum byłby ostatnim człowiekiem, który nie chciałby uznać zwycięstwa, jakim było obniżenie dzierżawnego. Ale strajki bardzo wzburzyły ziemian. Teraz, jeśli dokonywano eksmisji, to już bez uprzedzenia i podpalano strzechy zanim mieszkańcy zdążyli wynieść dobytek. Słyszało się, że w płomieniach zginęło dwoje dzieci. Następnego dnia jacyś żołnierze zostali w odwecie pokiereszowani. W Mullingar aresztowano trzech członków Bractwa, wśród których znalazł się Jim Daly. Namawianie do stawiania oporu byłoby rzeczą daremną, choćby nawet przesiadywał w *pubie* dzień i noc, i to przez okrągły tydzień.

Scarlett zachowała w pamięci jarmark tylko z jednego powodu — gdy była tam rok temu, spotkała Retta i Barta Morlanda. Teraz jednak bała się choćby spojrzeć w stronę końskiego targu. Kiedy zaś Colum zaproponował jej przechadzkę po jarmarku, tak tylko żeby wzrok nacieszyć, omal nie krzyknęła, że nie, że chce wracać do domu. Od dnia, gdy zdradziła się mu z zamiarem poślubienia Luke'a Fentona, między nimi ziała niewidoczna przepaść. Wprawdzie Colum zachowywał się poprawnie, lecz jego oskarżycielskie, gniewne spojrzenia mówiły wszystko.

To samo z Mrs. Fitz. Cóż oni sobie myślą, że niby kim są, by ją osądzać? Cóż oni wiedzą o smutkach i niepokojach, które ją trapią? Czyż nie dość im, że gdy przeniosę się do Londynu, zostawię im Ballyhara? Przecież w gruncie rzeczy tylko na tym im zależało. Nie, to niesprawiedliwe. Colum był jej prawie bratem, Mrs. Fitz była jej przyjaciółką. Ale tym bardziej zatem powinni jej okazywać współczucie. To niesprawiedliwe. Scarlett zdało się nagle, że wszędzie, w oczach wszystkich widzi dezaprobatę, że wszyscy spoglądają na nią z wyrazem potępienia na twarzach, nawet sklepikarze z miasteczka, choć przecież aż w głowę zachodziła, co by tu można u nich kupić, by zasilić ich kasy w tych chudych miesiącach przednówka. Nie bądź głupia — karciła się czasami. Wszystko to sobie wmawiasz, ponieważ nie jesteś przekonana o słuszności tego, co robisz. A dobrze robisz. Dobrze ze względu na Kicię, dobrze ze względu na siebie. Poza tym niech każdy pilnuje swego i nie wtyka nosa w nie swoje sprawy. Wszystko ją irytowało — wszystko i wszyscy z wyjątkiem Kici, ale ją akurat rzadko ostatnio widziała. Pewnego razu nawet wspięła się po paru stopniach sznurkowej drabiny, zaraz jednak zrezygnowała i zawróciła. No nie, przecież jestem dojrzałą kobietą — napomniała się. Nie będą ganiała za własnym dzieckiem, żeby się wypłakać i znaleźć pocieszenie. Wobec tego rzuciła się w wir zajęć. Pracowała przy sianokosach, szczęśliwa, że ma jakieś zajęcie, szczęśliwa, że wieczorami, po pracy, bolą ją ręce i łamie w nogach.

Szczęśliwa, że siano się udało. Z wolna opuszczały ją obawy, że i w tym roku, jak w poprzednim, grozi nieurodzaj.

Noc Świętego Jana dopełniła radości. Ognisko rozpalono większe niż kiedykolwiek, a muzyka i tańce były dokładnie tym, czego potrzebowały jej napięte nerwy i nadwerężona dusza, by odprężyć się i odzyskać siły. Gdy nad polami Ballyhara gromkim echem przetoczył się toast na cześć **Tej O'Hary**, Scarlett poczuła, że wszystko wróciło na swoje miejsce.

Niemniej jednak było jej nieco przykro, że odrzuciła wszystkie zaproszenia tego lata i że nigdzie nie pojedzie w gości. Ale nie było innego wyjścia, bała się zostawiać Kicię samą. Teraz jednak czuła się bardzo samotna, miała za dużo czasu wolnego, za dużo czasu żeby myśleć i martwić się. Była więc bez mała szczęśliwa, gdy dostała utrzymany w tonie prawie histerycznym telegram od Mrs. Sims: klasztor w Galway nie dostarczył na czas koronki, a chociaż słała listy i telegramy, nie otrzymała żadnej odpowiedzi.

Scarlett omal się nie uśmiechnęła, gdy zajeżdżała bryczką na stację kolejową w Trim. Miała już niejakie doświadczenie w toczeniu bojów z Matkami Przełożonymi i była zadowolona, że tym razem nie brak jej jasnego powodu do walki.

89.

*C*zasu było akurat tyle, by wpaść do pracowni Mrs. Sims, uspokoić krawcową, chwycić kartkę z wymiarami i wzory koronek, a następnie pognać na stację na pierwszy poranny pociąg do Galway. Scarlett wygodnie usadowiła się w fotelu, otwarła gazetę.

Panienko Najświętsza, więc to już. *Irish Times* wydrukował właśnie zapowiedzi, i to na tytułowej stronie. Scarlett zerknęła w stronę towarzyszy podróży by upewnić się, czy i oni czytają tę gazetę. Ubrany w sportową marynarkę mężczyzna wetknął nos w magazyn sportowy. Jakaś ładnie ubrana kobieta grała z jakimś chłopcem — chyba synem — w karty. Tylko ona, Scarlett, czytała *Timesa*. Obok krótkich zawiadomień, kto i kiedy zamierza wstąpić w związek małżeński, znajdowały się obszerne komentarze gazety. Scarlett uśmiechnęła się, czytając o Mrs. O'Harze, pani na Ballyhara, która jest „cudowną ozdobą najściślejszego grona gości Jego Ekscelencji" oraz „wyborną, pełną polotu i fantazji amazonką".

Wzięła ze sobą tylko jedną niewielką walizeczkę, więc w drodze do pobliskiego hotelu towarzyszył jej tylko jeden bagażowy.

W recepcji kłębiło się od ludzi.

— Co tu się dzieje, u licha? — spytała Scarlett.

— Wyścigi — odpowiedział bagażowy. — Chyba nie była paniusia na tyle nierozważna, żeby przyjechać tutaj o niczym nie wiedząc? W całym mieście nie ma jednego wolnego łóżka.

Bezczelny — pomyślała Scarlett. Poczekaj, już ja ci dam napiwek.

— Proszę zaczekać — powiedziała.

Przebiła się przez tłum do recepcji.

— Chcę mówić z właścicielem.

Zaniepokojony recepcjonista zmierzył ją od stóp do głów.

— Tak, oczywiście — bąknął. — Pani będzie łaskawa zaczekać chwilkę.

Zniknął za mleczną, zdobną w bogate ornamenty kryształową szybą. Wrócił z łysawym mężczyzną w czarnym surducie i w spodniach z lampasami.

— Jakieś skargi, *madame*? Przypuszczam, że służba hotelowa w czas wyścigów stara się jak może, powiedzmy, wszyscy dwoją się i troją, byleby nie zaniedbać się w doskonałości. Jeśli łaskawa pani narzeka na niewygody ...

Scarlett przerwała mu.

— Istotnie, pamiętam ten hotel ze względu na doskonałą obsługę.

Uśmiechnęła się triumfalnie.

— I dlatego pragnęłabym zatrzymać się w pańskim hotelu. Tylko na dzisiejszą noc. Jestem Mrs. O'Hara, pani na Ballyhara.

Obłudna grzeczność łysawego człowieczka wyparowała jak sierpniowe rosy.

— Pokój na noc? Dzisiaj? To jest po prostu...

Recepcjonista pociągnął go z rękaw. Mężyczyzna w surducie zerknął, nachylił się, a wtedy recepcjonista szepnął mu coś do ucha, postukując palcem w leżącą na kontuarze gazetę. *Irish Times*.

Człowieczek skłonił się przed Scarlett. Usteczka aż mu drżały, tak ochoczo chciałby jej usłużyć.

— Wielki to dla nas zaszczyt, Mrs. O'Hara. Mam nadzieję, że zechce pani przyjąć gościnę w naszym specjalnym apartamencie, najznamienitszym w Galway, jako honorowy gość naszego hotelu. Czy ma pani jakiś bagaż? Boy natychmiast zaniesie na górę.

Scarlett wskazała na bagażowego. Rzeczywiście, zostać hrabiną to nie byle co.

— Proszę to wstawić do pokoju. Ja przyjdę później.

— Natychmiast, *madame*.

W głębi ducha Scarlett żywiła cichą nadzieję, że wcale nie będzie musiała nocować w *Hotelu Kolejowym* i że jeszcze popołudniowym pociągiem zdąży wrócić do Dublina — kto wie, może nawet wczesnym popołudniem, a wtedy zdąży na pociąg do Trim. Bogu dziękować, dni są długie. Jeśli trzeba, można jechać i do dziesiątej wieczorem. A teraz przekonajmy się, czy i na mniszkach nazwisko „Fenton" wywiera odpowiednie wrażenie. Niedobrze, że Luke jest protestantem. Chyba nie powinnam żądać od Daisy Sims przysięgi milczenia.

Pogrążona we własnych myślach ruszyła w stronę drzwi.

Pfuj, jaki śmierdzący tłum. Na torze pewnie padało i te wszystkie tweedy im pomokły, a teraz schną i cuchną. Scarlett wepchnęła się między dwóch żwawo gestykulujących mężczyzn o nalanych czerwienią twarzach. Zderzyła się z Janem Morlandem, lecz gdy podniosła wzrok, z trudem go poznała. Sprawiał wrażenie człowieka ciężko chorego. Jego rumiana zazwyczaj twarz była blada, w jego ciepłych, inteligentnych oczach daremnie szukać by iskierki dowcipu.

— Bart, mój drogi, nic się panu nie stało?

Sprawiał wrażenie osoby, która ma trudności ze skupieniem wzroku w jednym punkcie.

— Och, przepraszam panią, Scarlett. To moja wina. Jeden kieliszek za dużo i skutki widać.

O tej porze? Jan Morland z wszelką pewnością nie należał do osób, które z upodobaniem zaglądają do kieliszka, a już na pewno nie przed *lunchem*. Mocno chwyciła go pod rękę.

— Proszę, niech pan się ze mną pofatyguje, Bart. Najpierw filiżanka mocnej kawy, potem coś do jedzenia.

Skierowali się do jadalni. Morland stąpał bardzo niepewnie. Scarlett za to była już pewna, że jednak przenocuje w Galway. Co tam koronki! Bart był dla niej ważniejszy. Co też mu się stało?

Gdy wypił kilka filiżanek bardzo mocnej kawy, poznała przyczynę całego nieszczęścia. Jan Morland załamał się i rozpłakał.

— Spalili mi stajnie ... — powtarzał głośno chlipiąc. — Spalili mi stajnie. Wziąłem Dijon na gonitwę w Balbriggan, taką zupełnie prowincjonalną... myślałem sobie: niech tam pobiega po piaseczku, jeśli lubi. A kiedy wróciliśmy, ze stajni zostały pogorzeliska. Boże, ależ śmierdzą! Jak strasznie śmierdzą ... Śnią mi się żywcem palone konie... kwiczą ze strachu... słyszę je nawet za dnia, kiedy nie śpię.

Scarlett zaniemówiła. Usta jakby jej zakneblowało. Odstawiła filiżankę na spodeczek. To niemożliwe, żeby ktoś rozmyślnie podłożył ogień. Niemożliwe, żeby człowiek był w stanie popełnić coś równie okropnego. To na pewno nieszczęśliwy wypadek.

— To zrobili moi dzierżawcy. Rozumiesz, wszystko z powodu czynszów. Ale jak to możliwe, że tak bardzo mnie znienawidzili? Zawsze usiłowałem być dobrym gospodarzem, zawsze... Dlaczego nie spalili mi dworu? Bo na przykład takiemu Edmundowi Barrow to właśnie dom spalili. Mogliby nawet spalić mnie w środku, wcale bym się tym nie przejął. W ogóle niczym bym się nie przejął, gdyby oszczędzili konie. Na miłość Boską, Scarlett, może pani wie, co złego zrobiły im moje biedne, spalone konie.

Cóż mogła mu odpowiedzieć? Stajnie i konie były dla Barta wszystkim. Ale, ale... przecież Dijon była wtedy na wyścigach. Ocalił więc Dijon, która tyle dumy i radości mu przysparzała.

— Przecież ocalił pan Dijon — powiedziała. — Przecież może pan wystawiać ją do wyścigów, może się pan nią zajmować. To piękna klacz, najpiękniejsza, jaką widziałam. Jeśli chcesz, możesz zająć stajnie w Ballyhara. Już pan nie pamięta? Sam pan powiedział, że są jak katedra. Możemy zainstalować tam organy. Będzie pan wychowywał swoje konie na muzyce Bacha. Nie wolno dopuścić, by los nami pomiatał, trzeba iść ciągle do przodu. Wiem coś o tym, kiedyś życie tak mną pomiatało, że znalazłam się na samym dnie. Nie powinien pan ot tak, zrezygnować. Nie wolno panu się poddać.

Oczy Jana Morlanda były niczym wystygły na popiół żar.

— Dzisiaj o ósmej wieczorem odpływam do Anglii. Nigdy w życiu nie chcę widzieć irlandzkiej twarzy, nie słyszeć głosu Irlandczyka. Gdy przyszło do licytacji za długi, ukryłem Dijon w bezpiecznym miejscu. Dziś po południu występuje w „gonitwie z pretensjami", a gdy wyścigi się skończą, pożegnam się z Irlandią, na zawsze.

Spojrzenie jego oczu, tak tragiczne, nareszcie mogło się skupić w jednym punkcie. Oczy Barta wreszcie wyschły. Scarlett już by wolała, żeby się rozpłakał, niż tkwił tak, odrętwiały. Gdy płakał, mogła być pewna, że coś czuje. Teraz wyglądał tak, jak gdyby w ogóle nie był zdolny do uczucia. Wyglądał niczym trup.

Spoglądając tak stała się świadkiem zadziwiającej przemiany. Bo oto, wysiłkiem woli, sir Jan Morland powrócił do życia. Baronet Jan Morland. Ramiona, dotychczas obwisłe, napęczniały grą mięśni, jego usta wykrzywiły się w uśmiechu.

— Biedna Scarlett, obawiam się, że czuje pani się niczym przepuszczona przez wyżymaczkę. Oczywiście, to moja wina. Nie powinienem był pani mówić o tym, to było nieludzkie z mojej strony. Proszę o wybaczenie. Ale jakoś to naprawię. Niech pani będzie dobrą dziewczynką, wypije kawę i pójdzie ze mną na tor. Postawię za panią piątaka na Dijon, a za wygraną, gdy pokaże ogon reszcie stawki, kupi pani sobie szampana.

Z wszystkich ludzi, których spotkała w życiu, nie było nikogo, kogo darzyłaby szacunkiem tak wielkim jak Jana Morlanda w tej chwili. Znalazła w sobie dość sił, by się uśmiechnąć, tak by jego uśmiech nie pozostał nieodwzajemniony.

— Do pańskiego piątaka, Bart, dorzucę jeszcze mojego, żeby było na kawior. Interes stoi?

Splunęła na dłoń, wyciągnęła rękę. Morland splunął w garść, przybił i uśmiechnął się raz jeszcze.

— Grzeczna dziewczynka.

*   *   *

W drodze na tor Scarlett zastanawiała się, cóż to takiego te „wyścigi z pretensjami". Drążąc głęboko w pamięci zdołała przypomnieć sobie, że wszystkie konie, które biorą udział w gonitwie, są wystawione na sprzedaż po cenie wyznaczonej przez właścicieli. Po wyścigu każdy miał prawo do kupna takiego konia, a właściciel miał obowiązek go sprzedać. W przeciwieństwie do końskich jarmarków, tutaj nie można było się targować. Konie, o które nikt nie zgłosił „pretensji", pozostawały przy właścicielach.

Scarlett ani przez chwilę nie wierzyła, żeby konie naprawdę mogły zostać sprzedane jeszcze przed rozpoczęciem gonitwy, niezależnie od reguł tego wyścigu. Dlatego gdy dotarli do toru, zapytała Barta o numer boksu, gdzie stała Dijon. Chce – jak twierdziła – sprawdzić czy wszystko w porządku, a w razie potrzeby uporządkować.

Zaledwie odszedł, znalazła porządkowego i poprosiła go, by jej wskazał miejsce, gdzie można zgłaszać „pretensje" o wybranego konia. Miała nadzieję, że Bart wyznaczył odpowiednio wysoką cenę za Dijon. Chciała kupić tę klacz, a gdy osiedli się w Anglii, miała zamiar mu ją posłać.

– Co to znaczy, że Dijon jest już zajęta? Przecież to niemożliwe, by ktoś kupował konia przed rozpoczęciem wyścigu.

Biuraliście w cylindrze na pewno nie było do śmiechu.

– Nie pani jedna potrafi być przewidująca, *madame*. Przezorność to chyba cnota wszystkich Amerykanów, bowiem dżentelmen, który zamówił Dijon, także podchodzi z Ameryki.

– Podwajam stawkę.

– Ależ to niemożliwe, Mrs. O'Hara.

– A jeśli odkupię klacz od baroneta przed rozpoczęciem gonitwy?

– Wykluczone.

Scarlett ogarnęła czarna rozpacz. Musi zdobyć tę klacz dla Barta.

– Gdybym mógł coś zasugerować...

– Proszę, niech pan mówi. To dla mnie bardzo ważne.

– Może pani zapytać nowego właściciela, czy zgodzi się sprzedać Dijon.

– Rzeczywiście. Tak też i zrobię.

Jeśli trzeba, wyłoży bajońskie sumy. Amerykanin – twierdzi urzędnik. Tym lepiej. W Ameryce pieniądze mają siłę przekonywania.

– Może jeszcze zechce mi pan powiedzieć, gdzie mam szukać tego człowieka?

Mężczyzna w cylindrze przerzucił stos kartek.

– Tak, mam. Znajdzie go pani w *Jury's Hotel*. Ten adres mi podał. Nazywa się Butler.

Scarlett, która już chciała odejść, zatrzymała się w półobrocie. Omal nie straciła równowagi. Kiedy się odezwała, jej głos brzmiała dziwnie cieniutko.

– Chyba to niemożliwe, żeby ten pan nazywał się Rett Butler.

Minęło nieznośnie dużo czasu, nim urzędnik zdołał odnaleźć karteczkę i sprawdzić imię, zanim je odczytał, zanim się odezwał.

– Tak. Właśnie tak brzmi imię i nazwisko tego dżentelmena.

Rett! I to tutaj! Bart chyba napisał do niego list, napisał o pożarze stajni, o licytacji, o Dijon. Zrobił to, co i ona zrobiłaby na jego miejscu: przypłynął z Ameryki, by pomóc przyjacielowi.

Albo żeby zostać zwycięzcą w następnej gonitwie charlestońskiej. Nieważne. Nawet ten biedny, drogi i tragiczny Bart – Boże, wybacz – stracił na znaczeniu. Nic już się nie liczyło, byleby tylko ujrzeć Retta. Dopiero po paru chwilach Scarlett uświadomiła sobie, że biegnie, że przepycha się przez tłum bez słowa przeprosin. Diabli bierz wszystko i wszystkich. Rett jest tutaj. I to zaledwie w odległości stu jardów.

– Boks ósmy – wysapała do porządkowego. Wskazał jej ręką kierunek. Scarlett zmusiła się, by oddychać powoli, bo przecież musi się zjawić jakby nigdy nic. Nikt nie może się domyślić, że serce wali jej jak młotem, nikt, prawda? Wspięła się po dwóch schodkach do ozdobionego kolorowymi wstążkami boksu. Na zewnątrz, na wielkim, wyłożonym murawą owalu toru dwunastu dżokejów w jaskrawokolorowych ubrankach poganiało konie, byle szybciej do mety. Wszyscy wokół krzyczeli, ponaglali konie do jeszcze większego wysiłku, ale Scarlett niczego nie słyszała. Przed sobą miała Retta. Oglądał wyścig przez lornetkę polową. Chociaż stała w odległości dziesięciu stóp od niego, mogła poczuć ostry odór whisky. Chwiał się na nogach. Pijany? Nie, to nie w jego stylu. Zawsze miał mocną głowę. Czyż zatem nieszczęście Barta tak go zdenerwowało?

Spójrz na mnie! — błagało jej serce. Odłóż lornetkę i spójrz na mnie. Zwróć się do mnie po imieniu. A kiedy będziesz do mnie mówił, pozwól mi ujrzeć oczy twe. Pozwól mi w nich dostrzec coś, co jest przeznaczone tylko dla mnie. Przecież kiedyś mnie kochałeś.

Okrzyki radości i jęki zawodu zakończyły wyścig. Rett drżącą ręką odsunął lornetkę od oczu.

— Bierz diabli, Bart, to już moja czwarta przegrana z rzędu — wybuchnął hałaśliwym śmiechem.

— Witaj, Rett — powiedziała.

Raptownie odwrócił głowę. Ujrzała jego czarne oczy.

— Witaj, hrabino.

Przebiegł ją spojrzeniem od stóp do głów, od trzewików z koźlej skóry zaczynając na zdobnym w czaple pióra kapeluszu kończąc.

— Wyglądasz bardzo... kosztownie.

Nagle odwrócił się do Jana Morlanda.

— Powinieneś był mnie ostrzec, Bart. Zostałbym przy barze. Bywaj.

I zostawiwszy oszołomionego tą sceną Barta sam szybko wybiegł z boksu, prześlizgując się obok Scarlett.

Jej oczy rozpaczliwie ścigały znikającą w tłumie sylwetkę. Potem łzy rozmyły ostrość widzenia.

Jan Morland niezgrabnie pogłaskał ją po ramieniu.

— Ja, droga Scarlett ... ja cię przepraszam za Retta. Za dużo wypił. Że też jednego dnia musiałaś natknąć się na nas obu. Niewiele masz z nas pociechy.

„Niewiele pociechy"... chyba tak się wyraził? „Niewiele pociechy" ... dobre mi określenie, gdy cię tratują z ciałem i duszą. Nie żądałam zbyt wiele. Tylko chciałam się przywitać, chciałam usłyszeć, jak wypowiada me imię. Co daje Rettowi prawo do gniewu i obrażania innych? Czyż nie mogę znowu wyjść za mąż po tym, jak mnie odrzucił niczym śmieć? A niech go piekło pochłonie. A niech go diabli porwą! Dlaczego tak się dzieje, że gdy on się ze mną rozwiedzie, to wszystko jest grzecznie, pięknie i Rett może poślubić przyzwoitą charlestoniankę i mieć porządne charlestońskie dzieci z prawego łoża, które kiedyś wyrosną na porządnych charlestońskich mieszczan, ale gdy ja chcę wyjść za mąż, to och! — jaka to hańba — i jaki to wstyd, gdy wydaję na świat jego własne dziecko, któremu daję wszystko to, co on mu dać powinien.

— Mam nadzieję, że potknie się o własne nogi i skręci sobie kark — powiedziała do Barta Morlanda.

— Niech pani nie będzie wobec niego nazbyt sroga, Scarlett. Tej wiosny Rett przeżył prawdziwą tragedię. Gdy widzę ludzi cierpiących, tak jak Rett, aż się rumienię, że rozpaczam nad pożarem stajni. Chyba mówiłem pani o jego nadziejach? Spodziewał się, że zostanie ojcem. Niestety, stało się coś potwornego, aż trudno uwierzyć. Najpierw, przy porodzie, obumarła go żona. Dziecko żyło cztery dni, potem zaś i ono poszło śladami matki.

— Co? Co? proszę, niech pan to powtórzy.

Tak mocno potrząsnęła go za ramię, że aż kapelusz spadł mu z głowy. Jan Morland spoglądał na nią z konsternacją, niemalże z trwogą. Było w niej bowiem coś tak dzikiego, jakaś siła, coś, co gwałtownością przerastało wszystko, czego doświadczył. Powtórzył zatem, że żona Retta oraz jego dziecko nie żyją.

— Dokąd on poszedł? — krzyknęła Scarlett. — Bart, przecież pan musi wiedzieć, przecież ma pan przynajmniej jakieś wyobrażenie co do tego, dokąd Rett mógł się udać.

— Nie wiem, Scarlett. Do baru... do hotelu... do *pubu* ... dokądkolwiek.

— Czy miał zamiar odpłynąć z panem dzisiaj wieczorem do Anglii?

— Nie. Mówił mi natomiast, że chciałby wpaść odwiedzić paru przyjaciół. Zadziwiający z niego człowiek... wszędzie ma przyjaciół. Czy wie pani, że kiedyś był na safari razem z wicekrólem? Jakiś maharadża pełnił honory domu. Szczerze wyznam, jestem zaskoczony, że tak się upił. Nie pamiętam nawet, jak ostatniej nocy zaciągnął mnie do hotelu, położył na łóżku i tak dalej... Był w dobrej formie, siły na pewno mu dopisywały. Liczyłem na to, że jakoś pomoże mi przebić się przez ten dzisiejszy dzień. Ale kiedy rano zszedłem do hallu, usłyszałem od portiera, że Mr. Butler, czekając na mnie, kazał sobie podać kawę i gazetę, a potem nagle zerwał się i wybiegł z hotelu, nawet nie zapłaciwszy. Poszedłem więc do baru, żeby na niego poczekać... Scarlett, co się z panią dzieje? Nie mogę dzisiaj pani zrozumieć. Dlaczego pani płacze? Czy może powiedziałem coś niestosownego?

Scarlett świata nie widziała przez łzy.

— Och, nie, nie, nie, najdroższy, najukochańszy Barcie. Wcale nie powiedział pan niczego niestosownego. On mnie kocha. Kocha! To najlepsza, najstosowniejsza wiadomość, jaką mogłam usłyszeć.

Rett przybył po mnie. Oto i całe wytłumaczenie jego podróży do Irlandii. Nie przypłynął tu z Ameryki żeby od Barta kupić klacz, bo gdyby tylko na tym mu zależało, mógłby to zrobić przez pocztę. Przybył po mnie, gdy tylko znowu był wolny. Luke Fenton nie wejdzie mu w drogę. Niech sobie czeka na mnie tak długo, jak ja na niego czekałam. Muszę wracać do domu. Jeśli nawet nie wiem, gdzie go szukać, on mnie na pewno znajdzie. Rett Butler nie da się zauroczyć tytułami, gronostajami i diademami — to nie robi na nim żadnego wrażenia. Pożąda mnie i już on da sobie radę, żeby do mnie dotrzeć. Znam go, wiem, że mnie kocha. Cały czas miałam rację. Wiem, przybędzie do Ballyhara. Muszę być tam przed nim.

— Do zobaczenia, Bart, pora na mnie — powiedziała Scarlett.

— Nawet nie popatrzysz, jak Dijon wygrywa? A co z naszymi piątakami?

Jan Morland potrząsnął głową. Odeszła. Ci Amerykanie! Fascynujący ludzie, lecz on nigdy ich nie zrozumie.

*   *   *

Spóźniła się na pociąg do Dublina. Całe dziesięć minut za późno! Następny dopiero o czwartej. Scarlett, sfrustrowana, przygryzła wargę.

— O której odjeżdża jakikolwiek pociąg w kierunku na wschód?

Mężczyzna za brązową kratą był potwornym flegmatykiem.

— Może pani jechać do Ennis, jeśli wola... Najpierw na wschód do Athenry, potem na południe. W składzie pociągu są dwa nowe wagony, bardzo ładne, jak mówią damy... Albo może pani jechać do Kildare... ale nie zdąży pani na ten pociąg, zawiadowca właśnie gwiżdże na odjazd... Albo do Tuam, o, to bardzo krótka przejażdżka, tylko że to raczej na północ niż na wschód, ale lokomotywa jest najlepsza z wszystkich na linii Great Western... paniusiu?

Ale Scarlett właśnie wypłakiwała się w mundur mężczyzny, który stał przy szlabanie zamykającym drogę na peron.

— ... Zaledwie dwie minuty temu dostałam telegram... mąż wpadł pod wóz z mlekiem. Muszę zdążyć na pociąg do Kildare!

Kildare to już więcej niż pół drogi do Trim i Ballyhara. Jeśli trzeba, resztę drogi pokona na piechotę.

Każdy postój był dla niej męczarnią. Dlaczego ten pociąg tak się wlecze? Szybciej, szybciej, szybciej — powtarzała bezgłośnie w takt stukotu kół uderzających o szyny. Walizkę zostawiła w najlepszym apartamencie *Hotelu Kolejowego*, w klasztorze wstrętne zakonnice dziergają szydełkami, wykańczając ostatnie ornamenty szykownego haftu, lecz ani jedno, ani drugie nie miało w tej chwili najmniejszego znaczenia. Musi być w domu. Gdy Rett przybędzie, musi na niego czekać. Gdyby Jan Morland nie rozwodził się tak straszliwie, nim wreszcie powiedział jej wszystko, co chciała wiedzieć, zdążyłaby na pociąg do Dublina. Może nawet Rett jechał tym pociągiem? Gdy tak wypadł z boksu Barta, mógł pojechać dokądkolwiek, gdzie go oczy poniosą.

Trzy i pół godziny — prawie tyle czasu trwała podróż do Moate, gdzie Scarlett musiała wysiąść. Było już po czwartej, ale przynajmniej była w drodze — gdyby zdecydowała się czekać, dopiero teraz wyjeżdżałaby z Galway.

— Gdzie tutaj mogę kupić dobrego konia? — spytała zawiadowcę. — Nie ważne, ile to kosztuje, byleby tylko miał siodło, uzdę i wigor.

Przed sobą miała pięćdziesiąt mil drogi.

Właściciel konia koniecznie chciał się targować, bo czy nie w targowaniu tkwi połowa radości z udanej transakcji? Pytanie takie zadał swym przyjaciołom w *pubie* Pod Tronem, gdzie każdemu postawił po kuflu piwa. A tu tymczasem ta szalona kobieta rzuciła weń mieszkiem pełnym złotych suwerenów i odjechała, jakby ją piekło ścigało. Na oklep! Już nie wspomniał o tych koronkach, które nieskromnie mu ukazała, ani o nogach — prawie gołych, okrytych jedynie jedwabnymi pończoszkami — nawet buciki miała cieniusieńkie, tak cienkie, że i po podłodze nie dałoby się w nich chodzić, co tam mówić o utrzymaniu się w strzemionach!

Koń już powłóczył nogami i dochodziła siódma wieczorem, gdy Scarlett wchodziła na most w Mullingar, konia prowadząc za sobą. W stajni, gdzie wynajmowano konie, podała lejce stajennemu.

— On nie jest kulawy — rzekła, wskazując na swego wierzchowca. — Zdyszany i zdrożony. Napój go, tylko ostrożnie, a będziesz miał z niego jeszcze sporo pożytku, chociaż nigdy nie był to koń wyścigowy. Daję ci go, jeśli sprzedasz mi jednego z tych koni myśliwskich, które trzymacie tutaj specjalnie dla panów oficerów z fortu. I tylko nie mów mi, że nie masz, bo polowałam z tymi dżentelmenami, dlatego dobrze wiem, gdzie wypożyczają wierzchowce. Aha... i jeszcze załóż mu to siodło, a jak uwiniesz się w pięć minut, dostaniesz gwineę więcej.

Dziesięć po siódmej znowu była w drodze. Przed sobą miała dwadzieścia sześć mil, lecz gdyby udało się jej pojechać na skróty, nie drogą, mogłaby zaoszczędzić czasu.

O dziewiątej minęła zamek w Trim i wjechała na drogę do Ballyhara. Każdy mięsień w jej ciele był ogniskiem bólu, czuła się tak, jakby miała pogruchotane kości. Teraz jednak od domu dzieliły ją nieco ponad trzy mile, przesycona purpurą zmierzchu mgła łagodnie osiadała na jej powiekach i skórze. Wkrótce zaczęło mżyć. Scarlett pochyliła się do przodu, poklepała konia po karku.

— Dobre natarcie i piękny finisz, a dostaniesz najlepsze tłuczone kartofle jakie dają w całym Powiecie, ty... jak ci tam na imię. Wziąłeś ten kawałek jak prawdziwy koń wyścigowy. Teraz możemy sobie dojechać do domu truchcikiem, bo zasłużyłeś na odpoczynek.

Oczy jej się zamykały, głowa sennie kiwała. O, dzisiejszej nocy będzie spała kamieniem. Aż trudno uwierzyć, że jeszcze rano była w Dublinie i w ciągu jednego dnia przejechała Irlandię tam i z powrotem.

Teraz jeszcze drewniany most nad Knightsbrook, a potem to już prawie w domu. Do miasteczka jedna mila, potem pół mili do krzyżówek, potem nieco pod górkę i Dwór. Jeszcze tylko pięć minut, nie dłużej. Wyprostowała się, mlasnęła, stuknięciem obcasami usiłowała namówić konia do pośpiechu.

*   *   *

Coś nie w porządku. Widziała już miasteczko, lecz w oknach nie paliło się światło. Zwykle o tej porze rzęsiście oświetlony *pub* przypominał księżyc w pełni. Scarlett dźgała konia w boki obcasami swych delikatnych, choć bardzo już zniszczonych, miejskich trzewików. Minęła pierwsze pięć ciemnych domów, kiedy na skrzyżowaniu, skąd droga wiodła do Dworu, zauważyła grupkę mężczyzn. Czerwone kurtki. Milicja. Cóż oni sobie myślą, cóż oni robią w jej miasteczku? Czyż już raz nie powiedziała, że nie chce ich tutaj widzieć? Że też musieli przypomnieć sobie o niej akurat tego wieczoru, gdy dosłownie nosem się podpiera ze zmęczenia. No, tak. Teraz to już wiadomo, dlaczego w *pubie* ciemno — nie ma wyszynku dla Anglików. Zaraz się ich pozbędę, a potem wszystko potoczy się własną koleją. Och, żebym jeszcze nie wyglądała tak nieporządnie. Trudno zapanować nad zgrają mężczyzn, gdy spod sukni wystaje ci bielizna. Lepiej by było, gdybym szła na piechotę. Przynajmniej kolana miałabym zakryte.

Ściągnęła cugle. Trudno było nie jęknąć z bólu, gdy przekładała nogę przez koński grzbiet. Dostrzegła, jak od grupki angielskiej milicji odrywa się żołnierz — nie, to oficer — i szybkim krokiem zmierza w jej stronę. Cóż, niech i tak będzie. Już ona zaraz mu wyłoży, co sobie myśli o tego rodzaju nie zapowiedzianych wizytach, jest w idealnym usposobieniu, by palnąć mu to kazanie. Jego ludzie byli w jej miasteczku, weszli jej w drogi i bronili jej wstępu do jej własnego domu.

Zatrzymał się przed pocztą. Hm... mógłby przynajmniej zdobyć się na tę grzeczność i podejść do damy, nie czekać, aż ona podejdzie do niego. Utykając, na sztywnych nogach Scarlett szła szeroką ulicą ku centrum miasteczka.

— Ej, ty, z koniem! Zatrzymaj się, albo strzelam!

Scarlett zatrzymała się w pół kroku. Ale nie dlatego, że posłuchała rozkazu. To z powodu głosu oficera. Znała ten głos. Boże w niebiesiech, to przecież głos człowieka, którego — jak sądziła — nigdy w życiu już nie usłyszy. Nie, chyba się myli. To zmęczenie daje się jej we znaki. Coś się jej zwiduje, coś sobie wymyśla, śni na jawie, i to koszmary.

— A wy, ci, którzy schowaliście się w domach! Obiecuję, że nic się wam nie stanie, jeśli wydacie księdza Columa O'Harę. Mam nakaz aresztowania. Nikomu włos z głowy nie spadnie, jeśli on się podda.

Scarlett chciała wybuchnąć szalonym śmiechem. To nie mogło być prawdą. Ale dobrze słyszała, tak, to ten głos, znała go, kiedy ostatnim razem go słyszała, sączył jej do ucha słowa miłości. To Charles Ragland. Raz, jeden jedyny raz w życiu zgodziła się dzielić łoże z mężczyzną, który nie był jej mężem, a który teraz przybył z drugiego końca Irlandii tylko po to, by aresztować jej kuzyna. Idiotyczne, absurdalne, niemożliwe! Cóż, ostatecznie mogła być jednego pewna — jeśli nie umrze ze wstydu przy pierwszym spojrzeniu, Charles Ragland był jedynym oficerem armii brytyjskiej, który uczyni to, co mu rozkaże. Odejdź, zostaw mnie, mego kuzyna i moje miasteczko w spokoju.

Opuściła lejce, zrobiła krok naprzód.

— Charles?

Zaledwie jednak wypowiedziała jego imię, ten znowu krzyknął — Stać! — i oddał strzał w powietrze.

Scarlett skrzywiła się z niesmakiem.

— Charlesie Raglandzie, czyś ty oszalał? — krzyknęła, a wtedy rozległ się huk drugiego wystrzału, który zagłuszył jej słowa. Zaraz potem zdało się, jakby Ragland podskoczył, po czym zwalił się na ziemię. Scarlett rzuciła się w jego stronę.

— Charles, Charles!

Słyszała coraz więcej strzałów, jakieś krzyki, lecz puszczała to wszystko mimo uszu.

— Charles!

— Scarlett! — dobiegł ją czyjś głos.

— Scarlett! — usłyszała z przeciwnej strony.

— Scarlett! — szepnął Charles, gdy przy nim uklękła. Ze straszliwej rany w szyi szybko ciekła krew, czerwony strumień wsiąkał w czerwoną kurtkę oficerskiego munduru.

— Scarlett, kochanie, odejdź stąd — dobiegł ją głos Columa. — Scarlett, *aroon*, odejdź.

Słyszała go, ale nie mogła zmusić się, by na niego spojrzeć.

— Charles, och Charles, zaraz sprowadzę doktora. Albo lepiej, przyprowadzę Grainne, ona na pewno ci pomoże.

Charles uniósł rękę. Ścisnęła jego dłoń. Czuła, jak łzy spływają jej po policzkach, lecz nie wiedziała, że płacze. Nie może umrzeć. Każdy, ale nie Charles, drogi, kochany Charles. Był dla niej taki czuły. Nie, nie może umrzeć. Dobry z niego był człowiek, wrażliwy. Nagle zdała sobie sprawę z tego, że wokół niej dzieje się coś niedobrego. Jakieś świsty... tuż obok niej coś świsnęło nad głową. Panienko Najświętsza, co się dzieje? Te strzały, te krzyki... Aha, angielscy żołnierze chcą zabić jej ludzi. Nie pozwoli. Ale przedtem musi pomóc Charlesowi... stukot butów, ktoś przebiegł, Colum krzyczy i — Boże, ty jeden wiesz! — co ja mam robić, jak to zatrzymać, och, jego dłoń jest już całkiem zimna.

— Charles! Charles! Nie umieraj!

— Tu jest ksiądz! — ktoś zawołał. Strzały padały z ciemnych okienek okolicznych chat. Jakiś żołnierz zatoczył się i upadł.

Czyjeś ramię objęło ją od tyłu. Scarlett podniosła rękę — nieprzewidziany atak, ale będzie się bronić.

— Później, moja droga, później będziemy walczyć — usłyszała głos Retta. — To najlepszy moment, drugiego takiego nie będzie. Zabiorę cię stąd, wystarczy, jeśli nie będziesz stawiała oporu.

Zarzucił ją sobie na plecy, jedną ręką chwycił za nogę na wysokości kolan i zgięty wpół pobiegł w stronę ocienionego miejsca.

— Jak się stąd wydostać?

— Postaw mnie, to ci pokażę — odpowiedziała Scarlett.

Rett delikatnie opuścił ją na ziemię. Jego wielkie dłonie zacisnęły się wokół jej ramion, niecierpliwym ruchem przyciągnął ją ku sobie, pocałował — szybko, mocno — i puścił.

— Nie chciałbym, żeby mnie zastrzelili wcześniej, niżbym otrzymał to, po co przybyłem — rzekł, zaś Scarlett zdało się, że słyszy śmiech w jego głosie. — Ale teraz lepiej stąd znikajmy.

Chwyciła go za rękę i pociągnęła w ciemną wąską uliczkę między domami.

— Tędy. Zaraz wejdziemy w zarośla. Stamtąd nikt nas nie dojrzy.

— Prowadź — powiedział Rett. Uwolnił dłoń z jej uchwytu, pchnął ją lekko do przodu. Scarlett najchętniej nie pozwoliłaby mu na to, żeby się odłączył, chciała trzymać jego dłoń w swojej dłoni, nigdy jej nie wypuszczać. Ale strzelanina była tuż — tuż, kule świstały głośno i niebezpiecznie blisko, pobiegła więc w stronę żywopłotu, gdzie spodziewała się znaleźć schronienie.

Żywopłot był wysoki i gęsty. Wystarczyło wbiec między krzaki, dać parę kroków, a odgłosy walki dobiegały jakby z dużej odległości, stłumione i niewyraźne. Scarlett zatrzymała się dla złapania tchu, żeby spojrzeć na Retta, żeby przekonać się, jak bardzo zmienił się od owego dnia, gdy widziała go po raz ostatni. Serce jej przepełniała euforia.

Zaraz jednak tylko pozornie odległa strzelanina skupiła jej uwagę. Przypomniała sobie o wszystkim, co się przed chwilą wydarzyło. Charles Ragland nie żyje. Widziała, jak któryś z żołnierzy został raniony, może nawet zabity. Milicja urządziła pościg za Columem, strzelała do mieszkańców miasteczka, może już kogoś zabiła. Ją także mogła dosięgnąć kula — także i Retta.

— Musimy przebić się do Dworu — powiedziała. — Tam będziemy bezpieczni. Muszę uprzedzić służbę, żeby trzymała się z dala od miasteczka, dopóki to się nie skończy. Szybko, Rett. Niewiele mamy czasu.

Już zrywała się do biegu, gdy chwycił ją za ramię i zatrzymał.

— Poczekaj, Scarlett. Może lepiej trzymać się z dala od domu. Właśnie stamtąd wracam. Ciemno tam, żywej duszy nie uświadczysz. Wszystkie drzwi stoją otworem. Służba uciekła.

Scarlett wyrwała rękę z jego dłoni. Szybko podkasała spódnicę, jęknęła, zdjęta trwogą i rzuciła się pędem w stronę Dworu — szybciej niż kiedykolwiek. Kicia. Gdzie jest Kicia? Słyszała głos Retta, który ciągle coś mówił, lecz nie zwracała na niego uwagi. Musi natychmiast zobaczyć Kicię.

*   *   *

Kiedy z tunelu żywopłotu wypadli na szeroką ulicę Ballyhara, spostrzegli pięć ciał w czerwonych kurtkach i trzy w codziennym, zgrzebnym ubraniu farmerów. Księgarz leżał przerzucony przez parapet okna, w którym znowu nie było szyby, z jego ust kapały kropelki krwi na przemian ze słowami modlitwy. Colum O'Hara, klęcząc obok, modlił się razem z nim, a kiedy księgarz wyzionął ducha, zrobił mu na czole znak krzyża. W odłamkach szyb odbijał się mdły blask księżyca, który z wolna wschodził nad wschodnim horyzontem szybko ciemniejącego nieba. Deszcz przestał kropić.

Columowi wystarczyły trzy kroki, by przeciąć pokój. Chwycił spod ściany miotłę i włożył do kominka, na którym jeszcze żarzyły się węgle. Strzeliło. Suche pręty wybuchły jasnym płomieniem.

Gdy Colum wybiegł na ulicę, z wysoko uniesionej pochodni na czarną sutannę sypał się warkocz iskier. Siwe włosy Columa zdały się jaśniejsze niż biel księżyca.

— Za mną, wy angielscy rzeźnicy! — krzyknął, gdy jak wicher wpadł do opuszczonej anglikańskiej świątyni. — Za mną, jeśli macie odwagę. Razem zginiemy za wolność Irlandii!

Dwie kule ugodziły go w szeroką pierś. Upadł. Zaraz jednak dźwignął się i zrobił siedem nierównych kroków, a wtedy następne trzy strzały rzuciły go w prawą stronę, potem w lewą, potem znowu w prawą, a potem na ziemię.

*   *   *

Scarlett błyskawicznie wbiegła po schodach i wpadła do mrocznego hallu, Rett zaraz za nią.

— Kiciu! — krzyknęła głosem drżącym od płaczu. — Kiciu!

Słowa potoczyły się echem po kamiennych schodach, odbiły się od marmurowych posadzek.

— Kiciu!

Rett potrząsnął ją z ramię. W mroku było widać tylko jego białą twarz i pałające oczy.

— Kiciu!

Rett potrząsnął ją, tym razem jeszcze mocniej.

— Moja droga, przestań wreszcie z tym kotem. Gdzie są stajnie? Potrzeba nam nie kotów, lecz koni.

— Ach, ty głupcze! — szepnęła Scarlett głosem nabrzmiałym pełnym współczucia politowaniem. — Sam nie wiesz co mówisz. Muszę znaleźć Kicię... Kasię O'Hara zwaną Kicia. To twoja córka.

Palce Retta boleśnie zamknęły się wokół ramienia Scarlett.

— Co ty, u diabła, mówisz?

Usiłował spojrzeć jej w oczy, lecz w półmroku jej twarz pozostawała prawie niewidoczna.

— Odpowiedz mi, Scarlett! — zawołał, ponownie ją potrząsając.

— Puść mnie, ty głupcze! To nie czas na wyjaśnienia. Kicia na pewno gdzieś tutaj jest, ale pozostawiona samej sobie boi się ciemności. Puść mnie, Rett, pozwól mi jej szukać, później odpowiem ci na wszystkie pytania. W tej chwili zaspokojenie twej ciekawości naprawdę nie jest najpilniejszą sprawą.

Usiłowała uwolnić się z jego chwytu, lecz Rett górował nad nią siłą.

— Dla mnie to jest najważniejsze — powiedział chrapliwym, pełnym przejęcia, zdradzającym niecierpliwość głosem.

— Dobrze, dobrze, proszę bardzo. To się stało, gdy żeglowaliśmy i zaskoczyła nas burza. Pamiętasz. W Savannah odkryłam, że jestem w ciąży, ale wtedy nie przyjechałeś po mnie i byłam strasznie na ciebie zła, dlatego o niczym ci nie powiedziałam. Jak mogłam się domyślać, że zanim ci powiem o dziecku, ty ożenisz się z Anną?

— Boże litościwy! — jęknął Rett i puścił rękę Scarlett. — Gdzie ona jest? Musimy ją znaleźć!

— Znajdziemy — starała się go uspokoić. — Na stole przy drzwiach stoi lampa. Zapal zapałkę. Niczego nie widać w tych ciemnościach.

Żółty płomyczek płonął wystarczająco długo, by Rett znalazł stół, lampę i zdążył ją zapalić. Podniósł promieniejący żółtym blaskiem szklany klosz w ciężkiej obudowie z brązu.

— Gdzie najpierw?

— Kicia może być wszędzie. Ale zacznijmy od tego...

Szybkim krokiem przeszła przez jadalnię i pokój poranny — Rett z lampą za nią.

— Kiciu! — wołała co chwilę. — Kiciu Kociu, gdzie jesteś?

Wołała donośnym głosem, pełnym napięcia, lecz nie histerycznych tonów, tak żeby nie przestraszyć dziewczynki.

– Kiciu!...

*   *   *

– Colum! – krzyknęła Rosaleen Fitzpatrick. Rzuciła się ze stopni schodów *pubu* Kennedych i wbiegła między żołnierzy. Rozpychała się, walczyła łokciami, byleby tylko przedostać się tam, gdzie na środku szerokiej ulicy leżało zbroczone krwią ciało Columa O'Hary.

– Nie strzelać! – krzyknął oficer. – To kobieta.

Rosaleen rzuciła się na kolana, dłońmi zakryła rany na ciele Columa.

– *Ochón!* – zapłakała. Kołysała się z boku na bok, płaczliwym głosem wykrzykując słowa lamentacji. Strzelanina ucichła. Głębia i siła jej rozpaczy domagała się uszanowania. Mężczyźni błądzili wzrokiem, byleby tylko nie patrzeć na jej żal.

Unurzanymi w jego krwi palcami delikatnie zamknęła mu oczy i po celtycku wyszeptała słowa ostatniego pożegnania. Po czym chwyciła pełgającą resztkami ognia pochodnię, zakołysała nią raz i drugi, by wzniecić płomień. Czerwonym blaskiem oświetlona jej twarz wyglądała upiornie. Zerwała się do biegu tak szybko, że gdy dotarła do dróżki wiodącej do anglikańskiej świątyni, żaden z żołnierzy nie zdążył oddać strzału.

– Za Irlandię i jej męczennika Columa O'Harę! – krzyknęła z triumfem, po czym wbiegła do arsenału wywijając pochodnią. Przez chwilę trwała cisza. Potem kamienne ściany kościoła z ogłuszającym hukiem runęły na ulicę, a w miejscu, gdzie jeszcze przed sekundą stała wyniosła budowla, teraz unosił się słup ognia i dymu.

*   *   *

Niebo było jaśniejsze niż w dzień.

– Boże wielki! – szepnęła Scarlett. Strach zaparł jej dech w piersi. Zakryła uszy dłońmi i rzuciła się do biegu wołając Kicię, gdy z oddali dobiegały grzmoty kolejnych wybuchów, gdy Ballyhara zalało morze ognia.

Wbiegła na schody. Rett zaraz obok. Wpadła na korytarz, tam, gdzie znajdowały się pokoje dziewczynki.

– Kiciu! – wołała, starając się, by nie było śladu grozy w jej głosie. – Kiciu!

Wymalowane na ścianie zwierzątka lekko drżały w pomarańczowym blasku wpadających przez okna, na świeżo wyprasowanym obrusie stał serwis do herbaty, kołderka na łóżku leżała równo, starannie wygładzona.

– Kuchnia! – wydyszała Scarlett. – Kicia kocha być w kuchni. Możemy zawołać ją z galeryjki.

Wypadła na korytarz, Rett za nią, deptał jej po piętach. Wbiegła do salonu. Krótki rzut okiem: książki kucharskie, książki z rachunkami, lista gości, których chciała zaprosić na ślub. Teraz drzwi wejściowe na galerię, po przeciwnej stronie drzwi do pokoju Mrs. Fitzpatrick. Scarlett zatrzymała się na środku długiego pomostu, przechyliła się przez balustradę.

— Kiciu Kociu! — zawołała łagodnym głosem. — Proszę, jeśli tu jesteś, odpowiedz mamie. To bardzo ważne, serduszko.

Bardzo się starała zachować spokój w głosie.

Pomarańczowa poświata odbijała się na miedzianych patelniach, które wisiały na ścianie nad zlewem. Na kominku żarzył się ogień. W olbrzymim pomieszczeniu zaległa cisza, tylko cienie tańczyły na posadzce, na suficie, na ścianach. Scarlett wytężyła słuch i wzrok. Ciągle nic. Już chciała zawrócić, gdy dobiegł ją cichutki głosik:

— Kicię bolą uszy.

— Och, Bogu niech będą dzięki! — westchnęła Scarlett z całego serca. Teraz tylko spokojnie, cichutko...

— Wiem, dziecino, straszny tu hałas, a Kicia ma bardzo wrażliwe uszka. Teraz mamusia obejdzie galeryjkę i zejdzie na dół. Poczekasz na mnie?

Mówiła normalnym głosem, zupełnie jakby nigdy nic, ale palce tak mocno zacisnęła na barierce, że aż cała balustrada zadygotała.

— Poczekam.

Scarlett krótkim ruchem dłoni wskazała drogę. Rett szedł za nią spokojnie, krok za krokiem, przez galerię w stronę drzwi. Zamknął je za sobą, dokładnie i cicho. A wtedy Scarlett zaczęła się trząść od płaczu.

— Byłam... taka przerażona. Myślałam, że ją zabrali. Albo zranili.

— Scarlett, spójrz — powiedział Rett. — Musimy się spieszyć.

Za otwartymi oknami stała ściana ognia — jeszcze daleka, lecz z każdą chwilą podpełzająca bliżej Dworu.

— Biegiem! — krzyknęła.

Światło z gorejącego purpurą nieba wpadało przez otwarte okna. W krwawopomarańczowym blasku Scarlett mogła widzieć twarz Retta — trzeźwą, opanowaną. Teraz znowu mogła na niego spojrzeć, wesprzeć się o jego ramię. Kicia była bezpieczna. Rett ujął ją pod rękę, podtrzymywał ją nawet wtedy, gdy prawie biegła.

Po schodach zbiegli. Wpadli do sali balowej. Irlandzcy bohaterowie z fresków, oświetleni łuną ogromnego pożaru, zdali się jakby żywi. Biegnąc przez kolumnadę mieli wrażenie, że to biały dzień, nie późny wieczór — tak mocna łuna biła nad Ballyhara. Dobiegły ich stłumione odgłosy dalekich wystrzałów. Scarlett, wpadłszy do kuchni, poczekała na Retta i natychmiast zatrzasnęła za nim drzwi.

— Pomóż mi zaryglować! — wydyszała resztką tchu.

Rett wziął od niej żelazną sztabę i wsunął ją w żelazne uchwyty.

— Jak ci na imię? — spytała Kicia, wychodząc z ciemnego kąta przy kuchni.

— Rett — odpowiedział drżącym ze wzruszenia głosem.

— Zaprzyjaźnicie się później — przerwała im Scarlett. — Teraz musimy biegiem do stajni. Tutaj są drzwi do ogrodu, ale nie przejdziemy przez wysoki mur, chyba że gdzieś tam jest furtka. Wiesz coś o jakiejś furtce w murze, Kiciu?

— Uciekamy?

— Tak, Kiciu Kociu. Ci ludzie, którzy narobili tyle strasznego hałasu, teraz chcą nam wyrządzić krzywdę.

— Mają kamienie?

— Tak. I to bardzo duże.

Rett podszedł do drzwi do ogrodu, otworzył je, wyjrzał na zewnątrz.

— Jeśli cię podsadzę, Scarlett, możesz wspiąć się na mur — powiedział.
— Potem podam ci Kicię.

— Dobrze. Ale najpierw przekonajmy się, czy nie można inaczej. Kiciu,
nie mamy czasu. Powiedz mamie: jest furtka w murze?

— Jest.

— Dobrze. A teraz podaj mamie rączkę. Idziemy.

— Do stajni?

— Tak. Idźmy już wreszcie, Kiciu.

— Tunelem byłoby szybciej.

— Tunelem? — głos Scarlett zadrżał. Rett wrócił od drzwi, położył Kici
rękę na ramieniu.

— Tunelem idzie się do skrzydła dla służby — wyjaśniła dziewczynka. —
Lokaje muszą tamtędy chodzić zawsze wtedy, gdy jemy śniadanie, tak, żeby
nie mogli podglądać nas przez okna.

— Straszne — szepnęła Scarlett. — Gdybym wiedziała...

— Kiciu — odezwał się Rett. — Bardzo cię proszę, zabierz mamę i mnie
do tunelu. Mam cię wziąć na ręce, czy wolisz iść o własnych siłach?

— Jeśli mamy się spieszyć, to weź mnie na ręce.

Rett przyklęknął, wyciągnął ramiona, zaś dziewczynka z pełnym zaufaniem
oddała się w jego objęcia. Przezornie nie ścisnął jej zbyt mocno, choć nie
mógł wytrzymać, by nie przytulić córeczki.

— A teraz wejdź mi na plecy — polecił — i mocno trzymaj mnie za szyję.
Powiedz, dokąd mam iść.

— Najpierw obok kuchni, do tych otwartych drzwi — zaczęła Kicia. —
Tutaj jest pomywalnia. O, drzwi do tunelu są otwarte. To ja zostawiłam je
otworem na wypadek, gdybym musiała uciekać. Mama była w Dublinie.

— Scarlett, kochanie, później się wypłaczesz. Pozwól Kici, żeby pomogła
nam unieść cało nasze nic nie warte głowy.

Tunel miał okienka — okratowane, tuż pod sklepieniem — tak że światła
wpadało zaledwie tyle, by się nie przewrócić w ciemnościach, ale Rett szedł
szybko, pewnym krokiem, ani razu się nie potknął. Szedł pochylony, trzymając
Kicię za rękę. Kiedy wpadł w galop, dziewczynka zaczęła piszczeć z radości.

Panienko Najświętsza! — jęknęła w głębi ducha Scarlett. Nasze życie w
niebezpieczeństwie, a ten człowiek bawi się w konika! Sama już nie wiedziała,
czy śmiać się, czy płakać. Czy był kiedy na świecie mężczyzna tak zwariowany
na punkcie dzieci jak Rett Butler?

Kiedy dotarli do skrzydła zamieszkanego przez służbę, Kicia wskazała im
drogę na podwórze. Szybko trafili do stajni. Konie szalały z przerażenia:
rżały, stawały dęba, biły kopytami o kraty.

— Mocno trzymaj Kicię! — krzyknęła Scarlett. — Ja wypuszczę konie.

Miała świeżo w pamięci opowieść Barta Morlanda.

— Ty ją weź — powiedział Rett, po czym podał jej Kicię. — Ja się zajmę
końmi.

Scarlett, dla wszelkiej pewności, wycofała się do tunelu.

— Kiciu Kociu, poczekasz tu chwileczkę sama? Mamusia pomoże Rettowi wypuścić konie.

— Tak. Ale tylko chwileczkę. Nie chcę, żeby Rettowi się jakaś krzywda.

— Wyślę je na pastwisko. Dzielna z ciebie dziewczynka.

— Tak — odpowiedziała Kicia.

Scarlett podbiegła do Retta, wspólnymi siłami wygnali ze stajni wszystkie konie z wyjątkiem Komety i Półksiężyca.

— Pojadę na oklep! — krzyknęła Scarlett. — Biegnę po Kicię.

Już mogli widzieć, jak wewnątrz domu szaleją płomienie. Nagle ogień wspiął się po zasłonach w którymś z pokojów. Scarlett tym szybciej pobiegła do wejścia do tunelu — Rett w tym czasie starał się uspokoić konie. Kiedy wróciła, siedział na Komecie, jedną ręką trzymał za lejce, drugą przytrzymywał za grzywę Półksiężyca.

— Podaj mi Kicię — powiedział.

Scarlett przekazała mu dziewczynkę, sama zaś weszła na stopień, skąd wspięła się na konia.

— Kiciu, pokażesz Rettowi drogę do brodu? Pojedziemy do Gochny, ścieżką koło wieży, jak zawsze. Z Adamstown ruszymy drogą do Trim. To niedaleko. Później w hotelu wypijemy herbatę i zjemy parę ciastek. Tylko nie marudź. Pokażesz Rettowi drogę. Ja pojadę pierwsza. Jazda!

— Kicia powiada, że nas zaprasza — spokojnie stwierdził Rett.

Jego szerokie ramiona wyraźnie rysowały się na tle sięgającej ku niebu ściany ognia. Adamstown też już stało w płomieniach. Jedyna droga ucieczki odcięta. Scarlett zeskoczyła z konia.

— Są już niedaleko — powiedziała dziwnie zrównoważonym głosem, ale niebezpieczeństwo było zbyt blisko, by mogła sobie pozwolić na zdenerwowanie. — Kiciu, zeskakuj i wspinaj się po drabinie, tylko szybko, jak małpeczka.

Konie pobiegły brzegiem rzeki. Odprowadzili je wzrokiem, a gdy znikły z pola widzenia, ruszyli w ślady Kici.

— Możesz już wciągnąć drabinę — rzekła Scarlett, gdy Rett pojawił się w otworze, który zastępował drzwi. — Wtedy nas nie dosięgną.

— Ale i tak będą wiedzieć, że tu jesteśmy — odarł. — Nie bój się, powstrzymam każdego, kto zechciałby tutaj wtargnąć. Tylko pojedynczo mogą próbować wejść do wieży, we dwóch nie zmieszczą się na drabinie. A teraz cicho. Coś słyszę. Nadchodzą.

Scarlett wczołgała się do głębokiej niszy w grubym murze, wzięła dziewczynkę w objęcia.

— Kicia się nie boi!

— Szsza, bądź cichutko. Głupiutka mamusia ma stracha.

Kicia, chichocząc, rączką zakryła jej usta.

*   *   *

Głosy były już zupełnie wyraźne — zbliżały się, a z nimi blask zapalonych pochodni. Scarlett usłyszała Józefa O'Neilla — kowala.

— A nie mówiłem, że wybijemy Anglików co do nogi, niech no tylko spróbują wejść do Ballyhara – perorował basem. – A widzieliście, jaką to minę zrobił, gdy wzniósł ramię nad nim? „Jeśli Boga macie w sercu, panie Angliku" ... rzekłem mu wtedy ... w co wątpię, pojednajcie się z nim co rychlej, bo zaraz was nie będzie. A później wraziłżem mu w brzucho włócznię niby wielkiej, tłustej świni.

Scarlett zakryła Kici uszy. Strasznie się chyba boi – pomyślała zaniepokojona. Boi się, choć zawsze była nieustraszona, moja biedna mała Kicia. Nigdy w życiu nie tuliła się do mnie w ten sposób. Scarlett delikatnie chuchała jej na szyję, kołysała ją na kolanach – *aroon, aroon* – jak gdyby jej ramiona były równie mocne, równie bezpieczne, jak drewniane, grube ściany kołyski.

Inne głosy przekrzyczały kowalskie przechwałki.

– **Ta O'Hara** przeszła na stronę Anglików, to jasne... A nie mówiłem, że na tym się skończy?...

– O, tak, Brendan, mówiłeś. I głupiec był ze mnie, żem ci nie wierzył...

– Widziałeś ją w miasteczku, jak klęczała przy Czerwonej Kurtce?...

– Zastrzelić ją to jeszcze mało! Powinniśmy ją powiesić i to tak, żeby powoli się dusiła własnym językiem...

– Lepiej spalić. Stos to najlepsze dla wiedźmy...

– Nie ją, to podrzutka powinniśmy spalić... tego czarnego odmieńca, od którego wzięły się wszystkie nieszczęścia... który rzucił czar na O'Harę...

– ... na pola...

– ... na chmury, żeby nie dawały deszczu...

– ... odmieniec...

– ... podrzutek....

– ... odmieniec...

Scarlett wstrzymała oddech. Głosy zdały się dobiegać z tak bliska, brzmiały tak nieludzko niczym skowyt dzikich zwierząt. Spojrzała na sylwetkę Retta, rysującą się na tle otworu, przez który wchodziło się do wieży. Czuła, że jest w gotowości. Może zabić każdego, kto usiłowałby wspiąć się po drabinie, cóż jednak powstrzyma kule, jeśli ci z dołu zaczną strzelać, a on nieopatrznie wystawi się na ogień? Rett. Och, Rett, bądź ostrożny. Scarlett czuła rozkoszne mrowienie, czuła, że w bliskości Retta jest szczęśliwa. Szczęście przepełniało ją całą, każdy zakątek jej ciała. Rett przybył. Kochał ją.

Motłoch dotarł do stóp wieży. Przystanęli.

– Wieża... – rozległo się poszeptywanie, gwar wielu głosów. – Wieża. Są w wieży.

Późniejsze krzyki, które się rozległy, były niczym poszczekiwanie psiej sfory nad lisią padliną. Serce Scarlett waliło tak mocno, że w uszach słyszała jakby dudnienie młotów. Głos Józefa O'Neilla przebił się przez gwar.

– Nie, nie ma ich tam, widzicie, drabina wisi na zewnątrz. Gdyby tam byli, to by ją wciągnęli.

– A właśnie, że nie – włączył się drugi głos. – O'Hara jest sprytniejsza, niż wam się wydaje, Józefie. Chce nas w ten sposób wywieść w pole.

Pozostali zgodzili się z opinią tego drugiego.

– ... Denny – zawołał ktoś. – Ty plotłeś tę linę, wiesz, że jest mocna, wejdź na górę i zobacz, czy ich tam nie ma.

— Jeszcze by co! — obruszył się Denny. — Sam sobie idź, Dave Kennedy, skoroś już wpadł na ten pomysł... Podrzutek rozmawia tam na górze z duchem powieszonego lorda... ciągle wisi, oczy ma otwarte i spojrzeniem przekłuwa cię na wskroś niczym nożem... Moja stara matka na Wszystkich Świętych widziała, jak się włóczył, powróz ciągnąc za sobą, a wszystko, czego dotknął, usychało... Czuję, jak wiatr mnie owiewa... O, odchodzę stąd.

— Ale co, jeśli O'Hara i podrzutek są w wieży? — wtrącił jakiś głos.

— I na to znajdzie się sposób. Za wszystko zło, które nam wyrządzili, zasłużyli na śmierć. Och, czy powolne konanie śmiercią głodową nie jest równie dobre jak stos? Chłopcy, przytknijcie pochodnie do drabiny. Liny spłoną, a tamci nie będą mogli zejść na dół nie skręciwszy sobie karków.

Scarlett poczuła gryzący dym palonych konopi. Omal nie zaczęła krzyczeć z radości. Teraz nic już im nie grozi! Nikt nie wejdzie na górę. Jutro splecie się linę z chodniczków, które Kicia porozkładała na podłodze. Dzięki Bogu, niebezpieczeństwo minęło, już po wszystkim. Jutro, skoro świt, opuszczą wieżę i jakoś przedostaną się do Trim. Ważne, że są bezpieczni. Przygryzła wargi, by powstrzymać się od śmiechu, od płaczu, od wykrzykiwania imienia Retta, które — czuła to — torowało sobie drogę przez ściśnięte ze wzruszenia gardło, wisiało w powietrzu; zdało się Scarlett, że słyszy jego odpowiedź, jego niski, jakby zawsze roześmiany głos wypowiadający jej imię.

Dużo czasu musiało jednak upłynąć, zanim głosy ucichły, nim zupełnie umilkł stukot butów. Ale nawet wtedy Rett nie odezwał się ani słowem, tylko podszedł do niej i do Kici, po czym wziął je w ramiona. I to wystarczyło za wszystko. Scarlett oparła głowę o jego ramię — tylko tego pragnęła, niczego więcej.

Później, znacznie później, gdy ciężka główka Kici opadła jej na piersi, a zwiotczałe rączki i nóżki wyraźnie przekonywały, że zmorzył ją sen, Scarlett położyła córeczkę na miękkim posłaniu w niszy i okryła kołderką. Potem zwróciła się do Retta. Dłonie zaplotła mu na szyi, jej wargi znalazły jego usta.

— A więc to tak — szepnęła drżącym ze wzruszenia głosem, gdy skończył się pocałunek. — Cóż, Mr. Butler, aż dech w piersi zatyka.

Zaniósł się niemym śmiechem. Delikatnie rozplótł jej zaciśnięte na swym karku dłonie.

— Odejdźmy od dziecka. Musimy porozmawiać.

Jego niski, spokojny głos nie obudził Kici. Zanim odszedł, poprawił jej kołderkę.

— Tutaj, Scarlett — wskazał ręką. Wyszedł z niszy i podszedł do okna. Na tle czerwonej łuny wyraźnie widziała jego jastrzębi profil. Scarlett posłusznie podeszła za nim do okna — teraz nie zawahałaby się pójść za nim choćby na koniec świata. Wystarczyłoby, by wezwał ją po imieniu. Nikt nigdy nie mówił „Scarlett" w ten sposób, jak on.

— Uciekniemy bez trudu — szepnęła poufnie, gdy już znalazła się obok niego. — Z chatki wiedźmy prowadzi ukryta ścieżka.

— Czyjej chatki?

— Wiedźmy... W rzeczywistości to nie wiedźma, w każdym razie ja tak uważam, ale to bez znaczenia. Ważne, że Grainne pokaże nam drogę. Albo

Kicia. Stale przebywając tu wśród drzew i w zaroślach powinna znać okolicę jak własną kieszeń.

— Czy istnieje coś, o czym Kicia by nie wiedziała?

— Nie wie, kim jest jej ojciec...

Spostrzegła, jak zacisnął szczęki.

— Pewnego dnia spiorę cię na kwaśne jabłko za to, że mi nie powiedziałaś.

— Chciałam, naprawdę chciałam! — zawołała żarliwie. — Ale nie mogłam, bo ty urządziłeś wszystko w ten sposób, że nie było jak. Rozwiodłeś się, chociaż rzekomo było to nie do zrobienia, a potem, zanim zdążyłam wszystko odwrócić, ożeniłeś się z Anną. I cóż ja biedna miałam począć? Uwiesić się u klamki frontowych drzwi w twoim domu w Charlestonie z dzieckiem zakutanym w szal, jak to robią upadłe kobiety ze swoimi bękartami? Jak mogłeś mi wyrządzić podobną krzywdę, Rett? To była wielka podłość z twojej strony.

— Podłość? Po tym, jak znikłaś Bóg wie gdzie bez słowa pożegnania? Moja matka zamartwiała się na śmierć, dosłownie się rozchorowała i dopiero wiadomość od Eulalii, że jesteś w Savannah, zdołała ją jakoś uspokoić.

— Ale ja przecież zostawiłam liścik. Nigdy w życiu nie ośmieliłabym się zdenerwować twojej matki. Kocham Miss Eleonorę.

Rett ujął jej podbródek w obie dłonie, odwrócił jej twarz w stronę okna i spoglądał tak przez dłuższą chwilę w świetle jasnoczerwonej łuny. Nagle pochylił się, pocałował ją, zaplótł wokół niej ramiona i przyciągnął ją bliżej siebie.

— I znowu to się stało — powiedział. — Moja ty droga, w gorącej wodzie kąpana, głupiutka, cudowna, przyprawiająca o białą gorączkę Scarlett, czy pojmujesz, że jednak, mimo wszystko, zdołaliśmy przebrnąć przez ten chaos? Nie zauważane uczucia, przegapiane szanse, pasmo nieporozumień, którego nikt nie potrafił przeciąć. A jednak udało się nam wyjść z tego galimatiasu obronną ręką. Jestem już za stary, by grać w dramatach.

Ukrył swe usta — i swój śmiech — w jej rozczochranych włosach. Scarlett zamknęła oczy i wsparła się o jego silną pierś. Bezpieczna w wieży, bezpieczna w objęciach Retta mogła dać upust całemu swemu zmęczeniu, mogła pozwolić sobie na wytchnienie. Rett objął ją jeszcze mocniej i łagodnie poklepywał po plecach.

Minęło dużo, dużo czasu, gdy jego ramiona napięły się pożądaniem, a Scarlett poczuła, jak do żył uderza jej nowa fala zatrważającej mocy. Uniosła twarz ku jego twarzy, a w oszałamiającym uniesieniu, które czuła, kiedy spotkały się ich wargi, nie było ani ulgi, ni bezpieczeństwa. Palcami wbiła się w jego gęste włosy, objęła go za głowę, pociągnęła w dół, aż ich usta znowu się spotkały, aż znowu poczuła zarazem omdlewającą słabość, dziwną moc i uczucie pełni. Jedynie ze strachu, żeby nie obudzić Kici, zdusiła dziki okrzyk radości, który już-już wyrywał się jej z piersi.

Gdy ich pocałunki stały się zbyt namiętne, Rett gwałtownie odsunął się. Chwycił za kamienny parapet z siłą tak wielką, że aż zbielały mu kłykcie.

— Mężczyzna może nad sobą panować tylko do pewnych granic — wydyszał ciężko. — A w tej chwili myślę jedynie o tym, że kamienna posadzka jest jeszcze bardziej niemiła w dotyku niż mokra plaża w czas burzy.

— Powiedz, że mnie kochasz!

Rett wykrzywił usta w uśmiechu.

— Skąd ten pomysł, skarbeńku? Tak często wsiadam na te przeklęte, klekoczące, zatykające się własnym dymem parowce jedynie dlatego, że lubię Irlandię dla jej klimatu.

Roześmiała się, a potem obiema pięściami stuknęła go w ramię.

— Powiedz, że mnie kochasz!

Rett chwycił ją za nadgarstki.

— Kocham cię, ty wstrętna dziewucho.

Nagle spochmurniał.

— I zabiję tego łajdaka Fentona, jeśli tylko spróbuje mi cię zabrać.

— Och, Rett — westchnęła. — Nie bądź głupi. Ja nawet nie zdołałam polubić tego zimnokrwistego potwora. Chciałam wyjść za niego tylko dlatego, że nie mogłam mieć ciebie.

Rett sceptycznie uniósł brwi — Scarlett poczuła się w obowiązku wyjaśnić wszystko do końca.

— Cóż... poniekąd podobał się mi ten pomysł zamieszkania w Londynie... tytuł hrabiowski... poza tym, poślubiając go, mogłabym pomścić wszystkie zniewagi, które wobec mnie popełnił... no i cały jego majątek przypadłby w udziale Kici.

Czarne oczy Retta rozbłysły dowcipem. Pocałował zamknięte w jego uściskach dłonie Scarlett.

— Bardzo mi cię brakowało.

*   *   *

Przegadali całą noc siedząc jedno przy drugim na zimnej posadzce z kamienia, spleceni rękoma. Rettowi ciągle nie było dosyć opowiadania o Kici, Scarlett zaś opowiadała mu o niej z przyjemnością, zachwycona, jak słuchając jej opowieści, rośnie w dumę.

— Uczynię wszystko, co w mojej mocy, żeby pokochała mnie bardziej niż ciebie — ostrzegł ją lojalnie.

— Nie masz najmniejszej szansy — zwierzyła się mu Scarlett. — Kicia i ja doskonale się rozumiemy i nie zamierzamy znosić twojego infantylizmu i nikomu nie potrzebnych pieszczot.

— A co z uwielbieniem?

— Och, Kicia przywykła do tego. Nie przestaję jej wielbić od dnia jej narodzin.

— Zobaczymy. Już ja mam swoje sposoby na kobiety, same mi o tym mówią.

— A ona doskonale umie sobie radzić z mężczyznami. Był tutaj taki chłopczyk, nazywał się Billy Kelly... aha, Rett, zgadnij, jaką nowinę mam dla ciebie. Ashley się ożenił. Byłam swatką. Posłałam matkę Billy'ego do Atlanty...

Skoro już zaczęła opowiadać o Harriet Kelly, nie mogła nie wspomnieć i o tym, że także India Wilkes znalazła sobie męża, a od tej wiadomości krótka już droga do informacji, że Rosemary nadal trwa w staropanieńskim żywocie.

– I chyba już do śmierci pozostanie starą panną – podsumował Rett opowieść o swej siostrze. – Mieszka w Dunmore Landing, topi pieniądze w przywracaniu do użytku zniszczonych pólek ryżowych i z każdym dniem coraz bardziej utwierdza się w przekonaniu, że zdołała zakasować Julię Ashley.

– Jest szczęśliwa?

– Aż promienieje od szczęścia. Gdyby mogła przyspieszyć mój odjazd, własnoręcznie spakowałaby mi kufry.

W oczach Scarlett czaiło się nieme pytanie. Rett odczytał je i odpowiedział.

– Tak – westchnął – opuściłem Charleston. Błędem z mojej strony było przekonanie, że mogę tam mieszkać i być zadowolony. I chociaż, jeśli człowiek urodzi się w tym mieście, nigdy nie zdoła się od niego uwolnić, wolę odwiedzać Charleston, nie chcę tam mieszkać.

– O, tak – mówił dalej. Próbował, wmawiał sobie, że musi się ustatkować, że potrzeba mu stabilności, którą daje rodzina i tradycja. W końcu jednak zaczął się czuć jak ptak, któremu obcięto skrzydła. Już nie był zdolny do wzlotów. Czuł się przywiązany do ziemi, obciążony pamięcią przodków, minionych pokoleń, przeszłości. Ciążyła mu tradycja tego miasta, bal świętej Cecylii, Charleston w ogóle. O, tak. Kocha to miejsce na ziemi – Bóg jeden wie, jak bardzo je kocha – kocha jego piękno, jego wdzięki, łagodne podmuchy przesyconego zapachem soli wiatru od morza, odwagę i determinację w obliczu zagłady i powojennej ruiny. Ale to nie dosyć. Nie może żyć przeszłością, trzeba mu wyzwania, ryzyka, czegoś w rodzaju blokady, przez którą musiałby się przedzierać.

Scarlett westchnęła cicho, ale z wyraźnym uczuciem ulgi. Nienawidziła Charlestonu i była przekonana, że Kicia też znielubi to miasto. Dziękować Bogu, Rett wcale nie miał zamiaru tam wracać.

Potem spokojnym, zrównoważonym głosem zapytała Retta o Annę. Zamilkł na chwilę i tkwił tak przez moment – zdałoby się – bardzo długi. Po czym odezwał się głosem przepełnionym żalem.

– Zasługiwała na męża lepszego niż ja i na los lepszy od tego, który ją czekał razem ze mną. Anna była kobietą obdarzoną prawdziwym, lecz ukrytym heroizmem, miała w sobie tyle siły, że każdy tak zwany bohater zarumieniłby się po uszy, gdyby przyszło mu zmierzyć się z nią... W owym czasie byłem prawie oszalały z rozpaczy. Odeszłaś, nikt nie wiedział, gdzie cię szukać... Sądziłem, że chcesz mnie ukarać, dlatego, żeby ukarać ciebie, żeby dowieść, że nic mnie nie obchodzisz, przeprowadziłem rozwód.

Niewidzącymi oczyma zapatrzył się przed siebie. Scarlett czekała. Potem powiedział, że modlił się, byle tylko nie zranić uczuć Anny i – jak daleko sięga jego pamięć – nie przypomina sobie, by kiedykolwiek świadomie ją uraził. Ale Anna była zbyt młoda, kochała go zbyt mocno, by podejrzewać, że przywiązanie i troska, którymi ją darzy, są jedynie cieniem męskiej miłości. Nigdy się nie dowie, jaką karę powinien ponieść za to, że ją poślubił. Była taka szczęśliwa. Jedną z wielkich niesprawiedliwości tego świata jest ta, że tak łatwo uczynić szczęśliwą, kobietę niewinną i pełną uczucia, że tak niewiele jej potrzeba.

Scarlett wsparła się głową o jego ramię.

— Wielka to rzecz uczynić kogoś szczęśliwym — powiedziała. — Nie rozumiałam tego, dopóki nie urodziłam Kici. Gdy przyszła na świat, wiele spraw dotąd dla mnie zupełnie obcych w jednej chwili pojęłam. Wydaje mi się, że chyba się od niej uczę.

Rett oparł się policzkiem o jej głowę.

— Bardzo się zmieniłaś, Scarlett — mruknął. — Wydorośłałaś. Będę musiał poznawać cię od nowa.

— A ja muszę poznawać ciebie, koniec, kropka. Bo nigdy cię nie znałam, nawet wtedy, gdy żyliśmy razem. Teraz zrobię to lepiej, obiecuję.

— Tylko nie bierz się za to zbyt serio, bo rozłożysz mnie na części — roześmiał się, po czym pocałował ją w czoło.

— Tylko przestań drwić ze mnie, Recie Butler ... albo nie, nie przestawaj. Lubię to, nawet gdy twoje drwiny doprowadzają mnie do obłędu.

Pociągnęła nosem.

— Oho, wilgoć w powietrzu. Pewnie się rozpadało. Deszcz powinien ugasić pożar. Gdy wzejdzie słońce, zobaczymy, czy cokolwiek ocalało. Teraz zaś spróbujmy zasnąć. Gdy wstanie dzień, czeka nas masa roboty.

Oparła głowę o jego kark, ziewnęła.

Kiedy usnęła, Rett wstał, wziął ją w ramiona i znowu usiadł. Trzymał ją w objęciach, a ona trzymała w objęciach Kicię. Irlandzka mżawka otuliła starą kamienną wieżę zasłoną słodkiej ciszy.

*   *   *

Gdy wzeszło słońce, Scarlett drgnęła, czując na twarzy dotyk pierwszych promieni, obudziła się i otwarła oczy. Pierwsze, co spostrzegła, to twarz Retta: policzki ocienione zarostem, sińce pod oczami... A jednak uśmiechnęła się, zadowolona. Następnie przeciągnęła się i ziewnęła cichutko.

— Wszędzie mnie łamie — poskarżyła się żałośnie. — I wygłodziłam się na śmierć.

— Logiczności, twe imię jest „kobieta" — mruknął Rett. — Kochanie, podnieś się, miażdżysz mi nogi.

Cichutko podeszli do posłania Kici. W niszy panował półmrok, lecz chociaż niczego nie mogli dostrzec, słyszeli spokojne pochrapywanie dziewczynki.

— Zawsze, gdy przewróci się na plecy, śpi z otwartymi ustami — wyjaśniła Scarlett.

— Bardzo utalentowana dziewczynka — szepnął Rett.

Scarlett stłumiła w sobie chęć do śmiechu. Wzięła Retta za rękę i pociągnęła w stronę okna. To co ujrzała, natychmiast przywróciło ją rzeczywistości: z kilkunastu miejsc dźwigały się ku niebu smugi dymu, brudząc szarymi plamami różowe obłoki. Oczy Scarlett wypełniły się łzami.

Rett objął ją ramieniem.

— Kochanie, możemy wszystko odbudować.

Scarlett spojrzała nań przez łzy.

— Nie, Rett, nie chcę. W Ballyhara Kicia nie jest bezpieczna, a, jak sądzę, także i ja. Nie sprzedam majątku. To ziemia O'Harów, niech więc pozostanie ich własnością. Nie chcę też, żeby wszystko znowu zarosło chwastami, popadło w ruinę. Ale nie chcę ani drugiego Dworu, ani nowego miasteczka. Moi kuzyni najmą jakichś farmerów, którzy będą obrabiać ziemię. Bo, niezależnie od tego, ile pożarów by tu nie wybuchło, ile by kul nie świstało, Irlandczycy zawsze będą kochać pracę na roli. Papa zwykł był mawiać, że dla każdego Irlandczyka ziemia jest niczym matka... Ale ja nie należę do tego miejsca, już nie czuję się z nim związana... może nigdy naprawdę nie byłam, bo w przeciwnym razie nie wyprawiałabym się tak chętnie do Dublina, na polowania i w gości... Sama nie wiem, gdzie moje miejsce, Rett. Nawet w Tarze nie czuję się u siebie.

Ku jej zaskoczeniu Rett wybuchnął śmiechem — śmiechem radości.

— Należysz do mnie, Scarlett, czyż jeszcze tego nie odkryłaś? A świat zaczyna się dla nas wszędzie tam, gdzie jesteśmy... tam jest nasz cały świat. Nie jesteśmy ludźmi przywiązanymi do jednego określonego miejsca. Awanturnicy z nas, poszukiwacze przygód, korsarze, kurierzy z oblężonego miasta, przedzierający się przez blokadę. Gdy życie nie rzuca nam wyzwań, żyjemy zaledwie połowicznie. Możemy pójść dokądkolwiek, a dopóki jesteśmy razem, tam jest nasz dom, do nas należy to miejsce. Ale, mój ty skarbeńku, my nigdy nie będziemy należeć do niego, nigdy się z nim nie zrośniemy. To dobre dla innych, nie dla nas.

Spojrzał na nią, a kąciki jego ust drżały rozbawieniem.

— Powiedz mi, Scarlett, powiedz mi o wschodzie słońca pierwszego dnia naszego nowego życia: kochasz mnie z całego serca, czy tylko pożądałaś mnie dlatego, że nie mogłaś mnie mieć?

— Rett, jakie podłości wygadujesz! Kocham cię z całego serca i zawsze będę cię kochać.

Chwila wahania nim udzieliła mu odpowiedzi była tak krótka, że tylko Rett mógł ją usłyszeć. Odrzucił głowę do tyłu, zagrzmiał śmiechem.

— Kochanie — zawołał — widzę, że nigdy nie będziemy narzekać na nudę. Aż trudno mi się doczekać, kiedy stąd wyjdziemy.

Mała, brudna rączka pociągnęła go za nogawicę. Spojrzał na dół.

— Kicia chce iść razem z wami — powiedziała jego córeczka.

Porwał ją w ramiona, jego oczy błyszczały uczuciem.

— Mrs. Butler, jest pani gotowa? — odwrócił się do Scarlett. — Blokada czeka.

Kicia roześmiała się, szczęśliwa. Spojrzała na Scarlett oczyma, w których igrały tajemnicze chochliki.

— Stara drabina leży pod posłaniem — powiedziała, obejmując Retta za szyję. — Grainne kazała mi ją przechować.

KONIEC